KU-715-456

CARDIFF
CAERDYDD

ナミヤ雑貨店の奇蹟

東野圭吾
Higashino Keigo

角川書店

ナミヤ雑貨店の奇蹟

目次

装 画：水上多摩江
装 丁：高柳雅人

第一章　回答は牛乳箱に

1

あばらやに行こう、といいだしたのは翔太だった。手頃なあばらやがあるんだ、と。

「何だよ、それ。手頃なあばらやって」敦也は、小柄なうえに、顔にまだ少年っぽさの残る翔太を見下ろした。

「手頃っていったら手頃だ。身を潜めるのにちょうどいいっていう意味だ。下見に来た時、たまたま見つけたんだ。まさか、本当に使うことになるとは思わなかったけどさ」

「ごめんな、二人とも」幸平が大きな身体を縮こまらせた。未練がましい目で、横に停まっている旧型のクラウンを見つめている。「まさかこんなところで、バッテリーが上がっちゃうとは夢にも思わなかった」

敦也はため息をついた。

「今さら、そんなことをいったって、どうしようもねえよ」

「でも、どういうことなのかな。ここへ来るまでは何の問題もなかったのに。ライトを点けっぱなしにしていたわけでもないし……」

「寿命だよ」翔太があっさりといった。「走行距離を見ただろ。十万キロを超えてた。老衰と同じだ。寿命が尽きかけてたところで、ここまで走ってきて完全にダウンしたんだ。だから盗むなら新しい車にしろっていったんだ」

幸平は腕組みをし、うーん、と唸った。「新しい車は盗難防止の装備が充実してるからなあ」

「もういいよ」敦也は手を振った。「翔太、その廃屋ってのは近いのか」

翔太は首を捻った。「急いで歩けば二十分ってところかな」

「よし、じゃあ、行ってみよう。案内してくれ」

「いいけど、この車はどうする？　ここに置いといても大丈夫かな」

敦也は周囲を見回した。彼等がいるのは、住宅街の中にある月極の駐車場だ。空いているスペースがあったので、そこにクラウンを停めたのだが、本来の契約者が気づけば、間違いなく警察に通報するだろう。

「あまり大丈夫じゃないけど、動かないんだから仕方がない。おまえら、素手ではどこにも触ってないよな。だったら、この車から足がつくことはないはずだ」

「運を天に任せるわけね」

「だから、そうするしかないっていってるだろうが」

「確認だよ。オーケー、じゃあ、ついてきてくれ」

翔太が軽やかに歩きだしたので、敦也は後に続いた。右手に提げたバッグが重い。

幸平が横に並んできた。

「なあ、敦也。タクシーを拾ったらどうかな。もう少し行けば、広い道に出る。あそこなら空車が来ると思うんだけど」

敦也は、ふんと鼻を鳴らした。

「こんな時間に、こんな場所で、怪しげな男三人がタクシーを拾ったら、さぞかし運転手の記憶に残ることだろうな。俺たちにそっくりの似顔絵が公開されて一巻の終わりだ」

「でも運転手が、俺たちの顔をじろじろ見るかな」

「じろじろ見るやつだったらどうする。じろじろ見なくても、ちらっと見ただけで顔を覚える才能のあるやつだったらどうする」

幸平は沈黙して少し歩いてから、ごめん、と小声で謝った。

「もういいよ。黙って歩け」

高台にある住宅地を三人は歩いた。時刻は午前二時過ぎ。似たようなデザインの家が建ち並んでいるが、明かりの点(とも)っている窓は殆(ほとん)どない。だが油断するわけにはいかない。下手に大声で話して、それを誰かに聞かれたら、「夜中、怪しい男たちが歩いていた」と警察にしゃべられてしまうおそれがある。敦也としては、警察には犯人は現場から車で逃走したと思ってもらいたかった。もちろん、あの盗んだクラウンがすぐには見つからない、という条件が必要だったが。

道には緩やかな勾配(こうばい)があったが、しばらく歩くうちに傾斜が少しずつ大きくなっていくようだった。それと共に民家がまばらになっていく。

「なあ、どこまで行くんだ」幸平があえぎながら訊いた。

もう少しだ、と翔太は答えた。

実際、それから間もなく翔太の足が止まった。そばに一軒の家が建っている。

さほど大きくもない店舗兼用の民家だった。住居部分は木造の日本建築で、間口が二間ほどの店舗はシャッターが閉じられている。シャッターには、郵便物などの投入口が付いているだけで、何も書かれていない。隣には倉庫兼駐車場にしていたと思われる小屋が建っている。


ここか、と敦也は訊いた。

「ええと」翔太は家を眺め、首を傾げた。「ここのはずなんだけどな」

「何だよ、はずって。違うのか」

「いや、ここでいいと思う。でもなんか、前に来た時とは印象が違うんだよな。もう少し新しかったと思うんだけど」

「前に来たのは昼間だろ。そのせいじゃないのか」

「かもしれない」

敦也は鞄から懐中電灯を取り出し、シャッターの周辺を照らした。上に看板が付いていて、雑貨という文字が辛うじて読めた。その前に店名があるようだが、判読できない。

「雑貨屋？　こんな場所で？　人が来るのかよ」敦也は思わずいった。

「来ないから、つぶれたんじゃないの」翔太がもっともなことをいう。

「なるほど。で、どこから入るんだ」

「裏口がある。鍵は壊れてた」

こっちだ、といって翔太は建物と小屋の隙間に入った。敦也たちも後についていった。隙間の幅は一メートルほどだ。進みながら空を見上げた。真上に丸い月が浮かんでいた。

たしかに裏には勝手口があった。扉の横に小さな木箱が付いている。何だこれ、と幸平が呟いた。

「知らないのか。牛乳箱だ。配達の牛乳を入れるんだ」敦也が答えた。

「へえ」感心したような顔で幸平は箱を見つめていた。

裏口の扉を開け、三人は中に入った。埃の臭いがするが、不快なほどではない。二畳ほどの土間には、おそらく壊れていると思われる錆だらけの洗濯機が置いてあった。

靴脱ぎには埃まみれのサンダルが一足あった。それをまたぐようにして土足で上がり込んだ。

入ってすぐのところは台所だった。床は板張りで、窓際に流し台とコンロ台が並んでいる。その横には2ドアの冷蔵庫があった。部屋の中央にはテーブルと椅子が置いてある。

幸平が冷蔵庫を開けた。「何も入ってないや」つまらなそうにいう。

「当たり前だろ」翔太が口を尖らせた。「ていうか、入ってたらどうなんだよ。食うつもりか」

「入ってないっていっただけだ」

隣は和室だった。箪笥と仏壇が残っていた。隅には座布団が積まれている。押入があったが、開ける気にはなれない。

和室から先は店だ。敦也は懐中電灯で照らしてみた。商品棚には、わずかながら品物が載っている。文房具や台所用品、掃除用具といったところか。

仏壇の引き出しを調べていた翔太が、ラッキー、といった。「蠟燭があるこれで明かりは確保できるぞ」

数本の蠟燭にライターで火をつけ、あちらこちらに立てた。それだけでずいぶんと明るくなった。敦也は懐中電灯のスイッチを切った。

やれやれ、といって幸平が畳の上で胡座をかいた。「後は夜が明けるのを待つだけか」

敦也は携帯電話を取り出し、時刻を確認した。午前二時半を少し過ぎたところだ。

「あっ、こんなものが入ってた」仏壇の一番下の引き出しから、翔太が雑誌のようなものを引っ張り出した。どうやら古い週刊誌のようだ。

「見せてみろ」敦也は手を伸ばした。

埃を払い、改めて表紙を見た。タレントだろうか。若い女性が笑顔で写っている。どこかで見たことがあると思い、じっと眺めているうちに気がついた。母親役などで、よくドラマに出ている女優だ。現在の年齢は六十代半ばというところか。

週刊誌を裏返し、発行時期を確認した。今から約四十年前の日付が印刷されていた。そのことをいうと、二人とも目を丸くした。

「すげえなあ。その頃って、どんなことが起きてたんだろ」翔太が訊く。

敦也はページをめくった。体裁は今の週刊誌と殆ど変わらない。

「トイレットペーパーや洗剤の買い占めでスーパーが大混乱……か。なんかこれ、聞いたことがあるな」

「あ、それ知ってる」幸平がいった。「オイルショックってやつだ」

敦也は目次をさっと眺め、最後にグラビアページを見てから週刊誌を閉じた。アイドルやヌードの写真はなかった。

「この家、いつ頃まで人が住んでたんだろうな」週刊誌を仏壇の引き出しに戻し、敦也は室内を見回した。「店には少し商品が残っているし、冷蔵庫や洗濯機も残っている。あわてて引っ越したって感じだな」

「夜逃げだな。間違いない」翔太が断定した。「客が来なくて、借金だけが膨らんだ。で、ある夜荷物をまとめてとんずら。まっ、そんなところだろ」

「かもな」

「腹減ったなあ」幸平が情けない声を出した。「この近くにコンビニないかな」

「あったとしても、行かせないからな」敦也は幸平を睨んだ。「朝までは、ここでじっとしているんだ。眠れば、あっという間だ」

幸平は首をすくめ、膝を抱えた。「腹が減ると、俺、眠れないんだよなあ」

「それに、この埃だらけの畳じゃ、横にもなれないぜ」翔太がいう。「せめて何か敷くものがあればなあ」

「ちょっと待ってろ」そういって敦也は腰を上げた。懐中電灯を手にし、表の店に出た。

商品棚を照らしながら店内を移動した。ビニールシートのようなものがあれば、と思ったのだ。

筒状に丸めた障子紙があった。これを広げれば何とかなるかもしれない。そう思って手を伸ばしかけた時だった。背後で、かすかな物音がした。

ぎくりとして振り返った。何か白いものが、シャッターの手前に置かれた段ボール箱に落ちるのが見えた。懐中電灯で箱の中を照らす。どうやら封筒のようだ。

一瞬にして、全身の血が騒いだ。誰かが郵便口から投入したのだ。こんな時間に、こんな廃屋に郵便が届くわけがない。つまり、この家の中に敦也たちがいることに気づいた何者かが、彼等に何かを知らせてきたということになる。

敦也は深呼吸をし、郵便投入口の蓋を開いて表の様子を窺った。もしやパトカーに取り囲まれているのではないかと思ったが、予想に反して外は真っ暗だった。人の気配もない。

少しほっとして、封筒を拾い上げた。表には何も書かれていない。裏返すと、丸い文字で、『月のウサギ』と書いてあった。

それを持って和室に戻った。二人に見せると、どちらも気味悪そうな顔をした。

「何だよ、それ。前からあったんじゃないのか」翔太がいった。

「今、投げ込まれたんだ。この目で見たんだから間違いない。それに、この封筒を見てみろよ。新しいだろ。前からあったものなら、もっと埃だらけのはずだ」

幸平が大きな身体を縮こまらせた。「警察かな……」

「俺もそう思ったけど、たぶん違う。警察なら、こんなまどろっこしいことはしない」

そうだよな、と翔太が呟いた。「警察が、『月のウサギ』とは名乗らないよな」

「じゃあ、誰なんだよう」幸平が不安そうに黒目を動かした。

敦也は封筒を見つめた。持った感じでは、中身はかなり分厚い。手紙だとすれば、長文のようだ。投入者は、一体何を彼等に伝えようとしているのか。

「いや、違うな」彼は呟いた。「これは俺たち宛ての手紙じゃないぞ」

どうして、と尋ねるように二人が同時に敦也を見た。

「考えてみろよ。俺たちがこの家に入ってから、どれだけ時間が経った？　ちょっとしたメモならともかく、これだけの手紙を書くとなれば、少なくても三十分やそこらは必要だ」

「なるほど。そういわれりゃそうだ」翔太が頷(うなず)いた。「でも手紙とはかぎらないぜ」

「まあ、たしかにな」敦也は改めて封筒に目を落とした。固く封がされている。意を決して、その部分を両手で摘(つま)んだ。

「何するんだよ」翔太が訊いた。

「開けてみる。中を見るのが、一番話が早い」

「でも俺たち宛ての手紙じゃないんだろ」幸平がいった。「勝手に開けるのはまずいんじゃないか」

「仕方ないだろ。宛名が書いてないんだから」

敦也は封を破った。手袋をしたまま指を入れ、中の便箋(びんせん)を引っ張り出した。広げてみると、青いインクでびっしりと文字が綴(つづ)られている。最初の一行は、『初めて御相談いたします。』というものだった。

「何だ、これ」敦也は思わず呟いた。

幸平と翔太が横から覗(のぞ)き込んできた。

それはじつに奇妙な手紙だった。

『初めて御相談いたします。私は、月のウサギという者です。性別は女です。わけあって本名を明かせないことをお許しください。

じつは私は、あるスポーツをやっております。申し訳ないのですが、種目も明かすわけにはいきません。といいますのは、自分でいうのもおこがましいのですが、それなりの実績がありまして、来年行われるオリンピックの代表候補になっております。つまり種目を明かせば、ある程度、人物が特定できてしまうのです。そして私の相談事というのは、自分がオリンピックの代表候補であることを伏せたままでは打ち明けられない内容なのです。どうか御理解ください。

私には愛する男性がいます。彼は私の最大の理解者であり、協力者であり、応援者です。私がオリンピックに出ることを心の底から望んでいます。そのためなら、どんな犠牲を払ってもかまわないとまでいってくれます。実際、物質的にも精神的にも、数えきれないほど助けられました。彼のそんな献身があったからこそ、私も今までがんばってこられたのです。苦しい練習にも耐えられました。オリンピックの舞台に立つことこそが、彼への恩返しだと思ってきました。

ところが、そんな私たちに悪夢のような出来事が起きました。突然、彼が倒れたのです。病名を聞き、目の前が真っ暗になりました。癌でした。

治癒の見込みは殆どなく、あと半年ほどの命だと病院の先生が私にだけ打ち明けてくれました。でもおそらく彼自身も気づいているようです。

彼は病床から、自分のことは気にせず、競技に打ち込んでほしいといいます。今が大切な時期だから、と。実際その通りで、強化合宿や海外遠征の予定がたくさん入っています。代表に選ばれるためには、今、がんばらねばならないのです。そのことは頭ではわかっています。

でも私の中にある、競技者とは違うもう一人の自分は、彼と一緒にいることを望んでいます。練習などは放棄して、彼のそばにいて、彼の看病をしたいと思っています。事実、オリンピック出場を断念することを彼に提案したこともあります。しかしその時の彼の悲しそうな顔は、今思い出しても涙が出そうになるほどのものでした。そんなことは考えないでくれ、君がオリンピックに出ることが僕の最大の夢なのだから、どうかそれを取り上げないでくれ、と訴えてきました。何があっても、オリンピックという舞台に君が立つまでは死なない。だからがんばると約束してくれといわれました。

彼の真の病名については、周囲には隠しています。オリンピックが終われば結婚する予定なのですが、どちらの家族にも話していません。

どうすればいいのかわからぬまま、日々を過ごしています。練習をしていても、まるで気持ちを集中させられず、当然のことながら成果も上がりません。こんなことをしているぐらいなら、すぱっと競技をやめたほうがいいのではないか、という考えが頭をもたげてきますが、彼の悲しそうな顔を思い出すと、とても踏み切れません。

一人で悩んでいた時、たまたまナミヤ雑貨店さんの噂を聞きました。もしかすると何か名案を授けていただけるのではないかと一縷（いちる）の望みを抱き、こうして手紙を書かせていただくことにしました。

返信用の封筒を同封しておきます。どうかお助けくださいませ。

月のウサギ』

2

手紙を読み終え、三人で顔を見合わせた。

「何だ、これ」最初に声を発したのは翔太だった。「なんで、こんな手紙を投げ込んできたんだ」

「悩んでるからだろ」幸平がいった。「そう書いてある」

「それはわかってるよ。どうして悩み相談の手紙を、雑貨屋に放り込むんだといってるんだ。しかも、誰も住んでいないつぶれた雑貨屋に」

「そんなこと、俺に訊かれたってわかんないよ」

「幸平になんか訊いてねえよ。ただ疑問をいっただけだ。何だ、これって」

二人のやりとりを聞き流し、敦也は封筒の中を覗いた。折り畳んだ封筒が入っていて、宛名のところに、『月のウサギ』とサインペンで記してあった。

「どういうことだろうな」ようやく彼も言葉を発した。「凝った悪戯（いたずら）ってことでもなさそうだ。本気で相談している。しかもかなり深刻な悩みだ」

「どこかと間違えたんじゃないか」翔太がいった。「どこかにさ、悩み相談に乗ってくれる雑貨屋があって、そこと間違えたんだよ、きっと」

敦也は懐中電灯を取り、立ち上がった。「確かめてくる」

裏の勝手口から外に出て、店の前に回った。懐中電灯で、汚れた看板を照らした。目を凝らす。ペンキが剝げ落ちてひどく読みにくいが、『雑貨』の前にある文字は、『ナミヤ』に間違いなさそうだった。

屋内に戻り、そのことを二人に話した。

「じゃあ、やっぱりこの店なのか。こんな廃屋に手紙を投げ込んで、まともに答えが返ってくると思うかねえ、ふつう」翔太が首を傾げた。

「ナミヤ違いとか」そういったのは幸平だ。「どこかに本物のナミヤ雑貨店があって、名前が同じだから間違えたんじゃないか」

「いや、それはありえない。あの看板の薄い文字は、ナミヤだと思って読まなきゃ読めない。それよりも……」敦也は先程の週刊誌を取り出した。「どこかで見たような気がするんだよな」

「見たって?」翔太が訊く。

「『ナミヤ』っていう文字だ。たしか、この週刊誌に載ってたんじゃなかったかな」

「えっ」

敦也は週刊誌の目次を開いた。さっと視線を走らせる。すぐに目が一箇所で止まった。

その記事は、『大評判！　ナヤミ解決の雑貨店』というものだった。

「これだ。ナミヤじゃなくてナヤミだけど……」

ページを開いた。そこに載っていたのは、次のような記事だった。

『どんな悩みも解決してくれる雑貨店が評判だ。件の店は、××市にあるナミヤ雑貨店。夜、相談事を書いた手紙をシャッターの郵便口から投げ込んでおけば、翌日には店の裏にある牛乳箱に回答が入っている。店主の浪矢雄治さん（72）が笑いながら話す。

「きっかけは近所の子供たちとの口げんか。店のことを、ナヤミ、ナヤミとわざと間違えるんです。看板に、お取り寄せもできます、御相談ください、と書いてあるものですから、爺さん、だったらナヤミの相談をしてもいいのかと尋ねてきたんです。ああいいとも、どんな相談にでも乗ってやると答えたら、本当に相談にやってきた。冗談がきっかけですから、最初の頃はふざけた相談事ばかりでした。勉強は嫌いだけど通信簿をオール5にしたい、どうしたらいいか、とかね。だけどこっちが意地になって真面目に答えていたら、だんだんと真剣な内容が増えてきた。お父さんとお母さんが喧嘩ばかりしていて辛いとかね。そのうちに、相談事は手紙に書いてシャッターのポストに入れてもらうことにしました。返事は裏の牛乳箱に入れておく。そうすれば匿名の相談にも対応できますからね。するとある時期から、大人の相談事も舞い込むようになったんです。私みたいな平凡な爺さんに相談しても仕方がないと思うのですが、とりあえず私なりに一所懸命考えて、回答するようにしています」

　どんな悩みが多いですかと尋ねたところ、圧倒的に多いのが恋の悩みらしい。

「でもじつは、それに答えるのが一番苦手なんですよねえ」と浪矢さん。それが御自身のナヤミらしい。』

記事には小さな写真が付いていた。そこに写っているのは、間違いなくこの店だった。小柄な老人が、その前に立っている。

「この週刊誌が残ってたのは、たまたまじゃなくて、わざと残してあったんだな。自分ちのことが載ってるから。いや、それにしても――」驚いたな、と敦也は呟いた。「悩み相談のナミヤ雑貨店か。まだ相談事を持ち込んでくる人間がいるのか。四十年も経ってるのに」そういって『月のウサギ』からの手紙を見た。

翔太が便箋を手にした。

「噂を聞きましたって書いてある。ナミヤ雑貨店さんの噂をって。これを読むかぎりだと、最近聞いたって感じだ。ていうことは、まだそういう噂が残ってるのかな」

敦也は腕組みをした。「そうなのかもしれない。考えにくいけど」

「ぼけた年寄りから話を聞いたんじゃないか」幸平がいった。「その年寄りは、ナミヤ雑貨店がこんなふうになってることを知らないで、ウサギさんにそんな話をしたんだよ」

「いや、仮にそうだとしたら、この家を見た時点で、おかしいと気づくはずだ。誰も住んでないことは明らかだからな」

「じゃあ、ウサギさんの頭がおかしいんだ。悩みすぎて、ノイローゼになってるんだ」

敦也は首を振った。「頭のおかしい人間の書いた文章じゃないと思うけどな」

「だったら、どういうことなんだよ」

「だからそれを考えてるんだろうが」

すると翔太が、「もしかしてっ」と声を上げた。「まだ続いてるんじゃないの?」

敦也は翔太を見た。「何が?」

「だから、悩み相談が。ここで」

「ここで? どういう意味だ」

「今、ここには誰も住んでないけど、悩み相談の受付だけはしているんじゃないかってこと。爺さんはどこか別の場所に住んでて、時々手紙の回収にやってくる。で、回答は、裏の牛乳箱に入れておく。それなら筋が通る」

「たしかに話は通るけど、その場合、爺さんはまだ生きてるってことになる。とっくに百十歳を越えてるぜ」

「代替わりしてるんじゃないの」

「だけど、人が出入りした形跡なんて全くないぞ」

「家の中には入ってないんだよ。シャッターを開ければ、手紙は回収できる」

翔太の話は、頷けるものではあった。確かめようということになり、三人で店に行った。するとシャッターは内側から溶接して、開かないようになっていた。

くそっ、と翔太は吐き捨てた。「一体どういうことだよ」

三人は和室に戻った。敦也は改めて『月のウサギ』からの手紙を読んだ。

「なあ、どうする?」翔太が敦也に訊いてきた。

「まあ、気にする必要はないんじゃないか。朝になれば、どうせ出ていくわけだし」敦也は手紙を封筒に戻し、畳の上に置いた。

沈黙が少し続いた。風の音が聞こえる。蠟燭の炎がほんの少しだけ揺れていた。

「この人、どうするのかな」幸平が、ぽつりといった。

「何が？」敦也は訊いた。

だから、といって幸平は続けた。「オリンピックだよ。諦めるのかな」

さあな、と敦也は首を振った。

「そういうわけにもいかないんじゃないか」そういったのは翔太だ。「だって恋人は、この人がオリンピックに出ることを望んでるわけだし」

「でもさ、好きな人が病気で死にそうなんだろ。そんな時に練習なんてやってられないよ。一緒にいたほうがいいよ。恋人だって、本当はそう思ってるんじゃないかな」幸平が珍しく強気の口調で反論した。

「俺はそんなことないと思うな。恋人は彼女の晴れ姿が見たくて病気と闘ってるんだ。せめてその日までは生き延びようとがんばってるんだと思う。それなのに彼女がオリンピックを捨てたら、もう生きる気力がなくなっちまうじゃないか」

「でもさ、ここにも書いてあるけど、何をするにも上の空だと思うんだ。そんなんじゃ、結局、オリンピックには出られないよ。恋人と会えなくて、挙げ句に願いも叶わないんじゃ、踏んだり蹴ったりだと思わないか」

「だから死ぬ気でがんばらなきゃいけないわけだよ、この人は。あれこれ悩んでる場合じゃないんだ。恋人のためにも、必死に練習して、何としてでもオリンピック出場を勝ち取る、それしか残されていないわけよ」

えー、と幸平は顔を歪めた。「そんなの、俺には無理だなあ」

「おまえにやれといってるわけじゃねえよ。このウサギさんにいってるんだ」

「いやあ、俺、自分にできないことを人にやれとはいえないんだよね。翔太は自分だったらどう？　できる？」

幸平に問われ、翔太は返答に窮したようだ。不貞腐れたような顔を敦也に向け、「敦也はどうよ」と尋ねてきた。

敦也は二人の顔を交互に眺めた。

「おまえら、何を真剣に語り合ってんの？　そんなこと、俺たちが考える必要ないだろ」

「じゃあ、この手紙はどうするわけ？」幸平が訊く。

「どうするって……どうしようもねえよ」

「でも何か返事を書かないと。放ってはおけないよ」

「はあ？」敦也は幸平の丸い顔を見返した。「返事、書く気かよ」

幸平は頷いた。

「書いたほうがいいんじゃないの。だって、勝手に手紙を開けちゃったわけだし」

「何いってんだ。ここには本来、誰もいないんだぜ。そんなところに手紙なんかを投げ込むほうが悪いんだ。返事がなくて当たり前なんだよ。翔太だって、そう思うだろ？」

翔太は顎を撫でた。「まあ、そういわれりゃそうかな」

「だろ？　ほっときゃいいんだよ。余計なことはするな」

敦也は店へ行き、障子紙のロールをいくつか持ってくると、それを二人に渡した。

「ほら、これを敷いて寝ろ」

サンキューと翔太はいい、幸平はありがとうといって受け取った。

敦也は障子紙を畳の上に広げ、慎重に横になった。目を閉じて眠ろうとしたが、二人が動く気配がないことが気になり、目を開けて顔を起こした。

二人は障子紙を抱えたままで、胡座をかいていた。

「連れていけないかな」幸平が呟いた。

「誰を？」翔太が訊く。

「恋人。病気の。彼女の合宿や遠征先とかへ連れていけたら、ずっと一緒にいたままで、彼女は練習できるし試合にも出られる」

「いやあ、それは無理だろう。病人なんだぜ。しかもあと半年の命っていう」

「でも動けないかどうかはわからないよ。車椅子での移動ならできるとか、そういうレベルだったら、連れていけるんじゃないの？」

「もしそれができるんなら、こんなふうに相談してこねえよ。たぶん寝たきりで、動かすわけにはいかないんだ」

「そうなのかなあ」

「そうなんだよ、たぶん」

おい、と敦也は声をかけた。

「いつまでくだらねえことをしゃべってるんだ。ほっとけっていってるだろ」

二人は気まずそうに口をつぐみ、項垂（うなだ）れた。だがすぐに翔太が顔を上げた。

「敦也のいってることはわかるんだけど、なんか放っておけなくてさ。だってこのウサギさん、かなり本気で悩んでるみたいだぜ。どうにかしてやりたいじゃないか」

敦也は、ふんと鼻を鳴らし、身体を起こした。

「どうにかしてやりたい？　笑わせるなよ。俺たちみたいな者に何ができる？　金はない、学歴はない、コネもない。俺たちにできることといえば、けちな空き巣狙いぐらいだ。それにしたって、ちっとも計画通りに運ばない。何とか金目のものを奪ったと思ったら、逃走用の車が故障ときてる。だからこんなところで埃まみれになってるんだろうが。自分のことでさえ何ひとつ満足にできない俺たちが、人の相談に乗るなんてこと、できるわけないじゃねえか」

敦也がまくしたてると、翔太は首をすくめるように俯いた。

「とにかく、さっさと寝ろ。朝になったら、通勤客が動きだす。それに紛れて逃げるんだ」

そういうと敦也は再び横になった。

ようやく翔太が障子紙を敷き始めた。しかしその動きは遅い。

なあ、と幸平が躊躇いがちに口を開いた。「とりあえず、何か書かない？」

「何かって？」翔太が訊く。

「だから、返事をだよ。このままだと、なんか気になって……」

「馬鹿か、おまえは」敦也はいった。「そんなことを気にしてどうすんだよ」

「でもさあ、何か書いてやるだけでも、ずいぶん違うと思うんだよね。話を聞いてくれただけでもありがたいってこと、よくあるじゃないか。この人はさ、誰にも悩みを打ち明けられずに苦しんでるんだよ。大したアドバイスはできなくても、あなたの悩みはよくわかりました、がんばってくださいって答えてやったら、きっと少しは気持ちが楽になるんじゃないかな」

けっ、と敦也は吐き捨てた。「だったら、好きにしろよ。どんだけ馬鹿なんだ」

幸平は立ち上がった。「何か書くものないかな」

「文房具があったみたいだぞ」

翔太と幸平は店に出ていくと、しばらくごそごそしてから戻ってきた。

「書くもの、あったのか」敦也は訊いた。

「うん。サインペンは、どれも書けなくなってたけど、ボールペンは書けた。あと、便箋もあった」幸平が嬉しそうな顔で答え、隣の台所に入った。テーブルの上で便箋を広げ、椅子に座った。「さてと、何て書こうか」

「おまえ、今いってたじゃないか。あなたの悩みはよくわかりました、がんばってくださいって。そう書けばいいだろ」敦也はいった。

「いやあ、それだけだとちょっと素っ気なくないかな」

敦也は、ちっと舌を鳴らした。「勝手にしろ」

「さっきのはどうよ。彼氏も一緒に連れていったらどうだっていう案」翔太がいった。

「それができるんなら、こんなふうに相談してこないだろうっていったのは、翔太じゃないか」

「さっきはそういったけど、一応確かめてみたらどうかなと思ったんだ」

幸平は迷い顔を敦也に向けてきた。「どう思う？」

知らねえよ、と敦也は横を向いた。

幸平はボールペンを手にした。だが書き始める前に、また敦也たちのほうを見た。

「手紙の出だしって、どんなふうに書くんだっけ？」

「ああ、なんかあったな。拝啓とか前略とか」翔太がいった。「でも、別にいらないだろ、そんなのは。この相談の手紙だって、何も書いてないし。メールのつもりで書けばいいんだよ」

「あっ、そうか。メールだと思えばいいんだ。えーと、メールじゃなくて、手紙読みました、か。て、が、み、よ、み、ま、し、た……と」

「声出さなくていいよ」翔太が注意した。

幸平が文字を書く音が、敦也の耳にも伝わってきた。かなり筆圧が強いようだ。

しばらくして、できた、といって幸平が便箋を持ってやってきた。

翔太がそれを受け取った。「汚(きた)ねえ字だなあ」

敦也も横から覗き込んだ。本当に汚い字だった。おまけに平仮名ばかりだ。

『手紙よみました。たいへんですね。あなたのなやみはよくわかりました。ひとつおもいついたのですが、あなたのいくところへカレもつれていけばいいのじゃないですか。あまりいいアイデアを出せずにすみません。』

「どう？」幸平が訊いてきた。

「まあ、いいんじゃないの」翔太が答え、なあ、と敦也に同意を求めてきた。

どうでもいいよ、と敦也はいった。

幸平は便箋を丁寧に畳むと、同封されていた『月のウサギ』宛ての封筒に入れた。「箱に入れてこよう」そういって裏口から出ていった。

敦也は、ため息をついた。

「全く、何を考えてやがるんだ。見ず知らずの他人の相談に乗ってる場合かよ。翔太まで一緒になって、何をやってるんだ」

「そういうなよ。たまにはいいじゃないか」

「何だよ、たまにはって」

「だってさ、ふつうなら俺たちが誰かの悩みを聞くなんてことないだろ。俺たちになんか、誰も相談しようとしない。たぶん一生ないぜ。これが最初で最後だ。だから一回ぐらいいいじゃないかってこと」

ふん、と敦也はまた鼻を鳴らした。「そういうのを身の程知らずっていうんだ」

幸平が戻ってきた。

「牛乳箱の蓋が固くて参ったよ。ずいぶん長い間、使われてないんじゃないかなあ」

「そりゃそうだろ。今時、牛乳配達なんて――」ない、といいかけたところで敦也は言葉を切った。「おい、幸平。おまえ、手袋はどうした」

「手袋？　それならここにあるよ」テーブルの上を指した。

「おまえ、いつの間に外したんだ」

「手紙を書く時。だって、手袋を嵌めてたら、字を書きにくいから……」

「馬鹿野郎っ」敦也は立ち上がった。「便箋に指紋が付いたかもしれないだろ」

「指紋？　何かまずかった？」

とぼけた顔で訊く幸平の丸い頬を、敦也は引っぱたきたくなった。

「いずれ警察は、俺たちがここに潜んでたことに気づく。もし牛乳箱の返事を、『月のウサギ』とかいう女が回収しなかったらどうなる。指紋を調べられて、一発でアウトだ。おまえ、交通違反で指紋を採られたことがあるだろ」

「あ……たしかに」

「ちっ、だから余計なことをするなといってるのに」敦也は懐中電灯を摑むと、大股で台所を横切り、裏口から外に出た。

牛乳箱の蓋はぴったりと閉じられている。幸平がいうように、たしかに固い。それでも力ずくで開けた。

敦也は中を懐中電灯で照らした。ところが何も入っていない。

裏口の扉を開け、中に向かって問いかけた。「おい、幸平。おまえ、どこに入れたんだ」

幸平が手袋を嵌めながら出てきた。

「どこって、そこの牛乳箱」

「入ってねえぞ」

「えっ、そんなはずは……」

「入れたつもりが、落っことしたんじゃねえか」敦也は懐中電灯で地面を照らした。

「絶対にそんなことないよ。たしかに入れたって」

「じゃあ、どこへ消えたんだ」

さあ、と幸平が首を捻った時、どたどたと駆け寄る足音がして、翔太が出てきた。

「なんだ、どうした」敦也が訊いた。

「店のほうで物音がしたから様子を見に行ったら、郵便用の小窓の下にこれが落ちてた」翔太が青ざめた表情で差し出したのは、一通の封筒だった。

敦也は息を呑んだ。懐中電灯を消し、足音をたてぬよう、ゆっくりと家の脇を通った。物陰から、こっそりと店の前を覗いた。

しかし——。

そこに人影はなかった。誰かが立ち去った気配もなかった。

3

『早速の御回答ありがとうございます。昨夜、おたくのポストに手紙を投函した後、面倒な相談事をもちかけて御迷惑だったのではないか、と今日は一日中考えておりました。お返事をいただけてほっとしています。

ナミヤさんの疑問はもっともです。私も、できることなら、彼を遠征先や合宿先に連れていきたいです。でも彼の病状を考えますと、それは不可能です。病院でしっかりとした治療を受け続けているから、まだ病気の進行を遅らせられているのです。

　それならば私が彼の近くで練習すればいいのではと思われるかもしれません。ところが彼が入院している病院のそばには、私が練習できるような場所も設備もないのです。練習が休みの日だけ、長い時間をかけて会いに行っているというのが現状です。

　こうしている間にも、次の強化合宿への出発日が近づいてきます。今日、彼の顔を見てきました。しっかりと結果を出してきてくれといわれ、はい、とうなずいてしまいました。本当は、行きたくない、あなたのそばにいたいといいたいのですが、ぐっと我慢しました。そんなふうにいえば、彼が辛いだろうとわかっているからです。

　離れていても、せめて顔だけでも見られたらと思います。マンガなどに出てくる、テレビ電話があればいいのにと夢想したりします。現実逃避ですね。

　ナミヤさん、私の悩みに付き合ってくださり、本当にありがとうございます。こうして手紙で打ち明けているだけでも、幾分心が楽になります。

　答えは自分で出さねばならないと思いますが、何か思いついたことがあれば、お返事ください。逆に、もう何もアドバイスできることはないと思われるのなら、そのように書いてください。御迷惑はおかけしたくありませんので。

　いずれにせよ、明日も牛乳箱を覗いてみます。

　よろしくお願いいたします。

月のウサギ』

最後に手紙を読んだのは翔太だった。彼は顔を上げ、二度瞬(まばた)きした。「これ、どういうことだ」

　わかんねえ、と敦也はいった。「一体、どうなってんだ。何だ、これは」

「返事じゃないの？　ウサギさんからの」

　そう答えた幸平の顔を、敦也と翔太は同時に見た。

「なんで来るんだよっ」二人の口から同じ台詞が出た。

「なんでって……」幸平は頭を掻く。

　敦也は裏口を指した。

「おまえが手紙を牛乳箱に入れたのは、ほんの五分ほど前だ。すぐに見に行ったら、その手紙が消えてた。もしその手紙をウサギとかいう女が取り出したとしても、これだけの返事を書くにはいくらか時間がかかるだろう。それなのに、その直後に二通目の手紙が放り込まれた。いくらなんでもおかしいだろ」

「それはおかしいと思うけどさ、ウサギさんからの返事だってことはたしかじゃないの？　だって、俺が訊いたことについてちゃんと答えてるし」

　幸平の答えに、敦也は反論できない。たしかにその通りなのだ。

　貸してみろ、といって翔太の手から手紙を奪った。改めて読み返してみる。幸平の回答を知らなければ、書けない内容だった。

「くっそー、どういうことだ。誰かにからかわれてんのか」翔太が苛立った声を出した。

「それだ」敦也は翔太の胸のあたりを指した。「誰かが仕組んでやがるんだ」

　敦也は手紙を投げ捨てると、そばの押入を開けた。中には布団や段ボール箱が入っているだけだった。

「敦也、何やってんの?」翔太が訊いてきた。

「誰か隠れてないか、確かめてるんだ。幸平が手紙を書く前のやりとりを盗み聞きして、一足先に返事を書き始めてたに違いない。いや、盗聴器って手もあるか。おまえらも、そのへんを探してみろ」

「ちょっと待ってよ。どこの誰がそんなことをするわけ？」

「そんなこと知るかよ。どこかの物好きだ。この廃屋に忍び込んだ人間をからかうのが趣味なんだろ」敦也は仏壇の中を懐中電灯で照らした。

しかし翔太と幸平は動こうとしない。

「なんだよ。どうして探さないんだ」

敦也が訊くと翔太は首を捻った。

「いやあ、違うと思う。そんなことをする人間がいるとは思えないなあ」

「事実、いるじゃねえか。それしか考えられないだろ」

「そうかなあ」翔太は釈然としない様子だ。「牛乳箱から手紙が消えたことは？」

「それは……何かのトリックだろ。手品と同じで種があるんだよ」

「トリックねえ……」

再び二通目の手紙を読み返していた幸平が顔を上げた。「この人、ちょっとおかしいよ」

何が、と敦也は訊いた。

「だって、テレビ電話があればいいのにって書いてある。この人、ケータイを持ってないのかな。それともテレビ電話の機能が付いてないのかな」

「病院内じゃケータイを使えないってことだろ」翔太が答えた。

「でも、マンガなどに出てくる、とも書いてる。この人きっと、テレビ電話機能の付いたケータイがあるってことを知らないんだよ」

「まさか。ありえねえよ、今時」

「いや、きっとそうなんだと思う。よし、教えてやろう」幸平は、台所でテーブルに向かった。

「おい、なんだよ。また返事を書く気か。からかわれてるだけなんだぞ」敦也はいった。

「でも、そんなのまだわかんないし」

「からかわれてるに決まってる。このやりとりも聞かれてて、今頃は先回りして手紙を書いてるさ。――いや、待てよ」敦也の頭に閃いたことがあった。「そうだ。よし幸平、返事を書け。いいことを思いついたぞ」

「何だよ、急に。どうしたんだ」翔太が訊く。

「いいんだよ。すぐにわかる」

やがて、書けた、といって幸平がボールペンを置いた。敦也は横に立ち、便箋を見下ろした。相変わらず、汚い字だ。

『二つめの手紙をよみました。いいことをおしえてあげます。テレビ電話ができるケータイがあります。どこのメーカーでもあります。病院にばれないように、こっそりつかえばいいと思います。』

「こんな感じでどうかな」幸平が訊いてきた。

「いいんじゃないか」敦也はいった。「何でもいいよ。さっさと封筒に入れろ」

二通目の手紙にも『月のウサギ』宛ての封筒が同封されていた。幸平は自分の書いた手紙を折り畳み、そこへ入れた。

「俺も一緒に行く。翔太は、ここにいろ」敦也は懐中電灯を持って、裏口に向かった。

外に出ると、幸平が牛乳箱に手紙を入れるのを見届けた。

「よし、幸平はどこかに隠れて、この箱を見張ってるんだ」

「わかった。敦也は?」

「表に回る。どんなやつが手紙を入れるのか、見届けてやる」

家の脇を通り、物陰から表の様子を窺った。まだ人影はない。

しばらくそうしていると、背後から人の気配がした。振り返ると、翔太が近づいてくるところだった。

「何だよ。家の中にいろっていっただろ」敦也はいった。

「誰か、現れた?」

「まだ来ねえよ。だから、こうしてるんだろうが」

すると翔太は途方に暮れたような顔になった。口は半開きだ。

「なんだよ。どうしたんだ」

そう尋ねた敦也の顔の前に、翔太は封筒を出してきた。「来たんだ」

「何が？」

だから、といって唇を舐め、翔太は続けた。「三通目の手紙が」

4

『再度の御回答ありがとうございます。悩みをわかってくださる方がいるというだけでも、少し気が楽になります。

ただ本当に申し訳ないのですが、今回の御回答については、ナミヤさんの意図が今ひとつ、といいますか、正直なところ全く理解できておりません。

おそらく私の不勉強、教養のなさが原因なのだろうと思います。そのせいで、せっかくナミヤさんが私を励まそうと思って書かれたジョークが理解できないのでしょう。誠にお恥ずかしいかぎりです。

よく母は私に、「わからないことがあるからといって、すぐに人に教えてもらおうとしてはだめだ。まずは自分できちんと調べなさい」といいます。それで私も、なるべく自分で調べるように努力しています。でも今回は、どうしてもわかりませんでした。

ケータイとは何のことでしょうか。

カタカナでお書きになっていることから、外来語ではないかと思って調べたのですが、見つかりませんでした。英語ならば、つづりは「catie」あるいは「katy」あたりかと類推しましたが、違うようです。英語ではないのでしょうか。

この「ケータイ」の意味がわからないかぎり、ナミヤさんの貴重なお言葉も、私にはまさに「馬の耳に念仏」、「猫に小判」でしかありません。どうかお教えいただけますと助かります。

お忙しいのに、こんなことに付き合わせて、本当にごめんなさい。　　　月のウサギ』

『月のウサギ』からの三通の手紙をテーブルに並べ、それを囲むように三人は椅子に座った。

「整理しよう」翔太が口を開いた。「今回も牛乳箱に入れた幸平の手紙は消えていた。幸平は物陰からずっと見張ってたけど、牛乳箱に近づいた者はいなかった。一方、敦也は店の前を見張ってた。誰もシャッターには近づいていない。だけど三通目の手紙が放り込まれた。ここまでの話で、何か事実と違ってることはあるかな」

ねえよ、と敦也は短く答えた。幸平は黙って頷いた。

「つまり」翔太は人差し指を立てた。「この家には誰も近づいてないのに、幸平の手紙は消えて、ウサギさんからの手紙は届いた。牛乳箱もシャッターも、じっくり調べたけど何の仕掛けもなかった。これはどういうことだと思う?」

敦也は背もたれに体重を預け、頭の後ろで両手の指を組んだ。

「それがわからねえから、こうして悩んでるんじゃないか」

「幸平はどう?」

幸平は丸い頬を振った。「わかんない」

「翔太、おまえ、何かわかってんのかよ」

敦也が訊くと翔太は三通の手紙を見下ろした。

「変だと思わないか。この人、ケータイのことを知らないんだぜ。外来語だと思ってる」

「ふざけてるだけだろ」

「そうかな」

「そうだよ。今時、ケータイのことを知らない日本人なんていねえよ」

すると翔太は一通目の手紙を指した。

「じゃあ、これはどう？　来年のオリンピックって書いてあるよな。でも、よくよく考えてみたら、来年は冬も夏もオリンピックなんてないぜ。この間、ロンドンオリンピックが終わったばかりだ」

あっ、と敦也は思わず声を漏らした。それをごまかすために、顔をしかめ、鼻の下を擦(こす)った。「勘違いしたんだろ、きっと」

「そうかな。そんなことを間違うかな。自分が目指してる大会だぜ。テレビ電話の存在も知らないみたいだし、少しズレすぎてると思わないか」

「それは思うけど……」

「それ以外に、もう一つあるんだ」翔太は声をひそめた。「すごくおかしいことが。俺、さっき外にいる時に気づいた」

「何だ、一体」

翔太は一瞬躊躇いの色を浮かべてから口を開いた。

「敦也のケータイ、今、何時になってる？」

「ケータイ?」ポケットから取り出し、表示を確認した。「午前三時四十分だ」

「うん。つまり、ここへ来てから一時間以上は経ってる」

「そうだな。それがどうかしたのか」

「うん、まあ、ついてきてよ」翔太が立ち上がった。

再び裏口から外に出た。翔太は隣の倉庫との隙間に立ち、夜空を見上げた。

「最初にここを通った時、月が真上にあることに気づいた」

「俺も気づいてたよ。それがどうかしたか」

翔太は、じっと敦也の顔を見つめてきた。

「変だと思わない？　一時間以上も経ってるのに、月の位置が殆ど変わってない」

翔太が何のことをいっているのかわからず、一瞬当惑した。だがすぐに意味を理解した。

心臓が大きく跳ねた。顔は熱くなり、背筋には冷たいものが走った。

携帯電話を取り出した。時刻は午前三時四十二分を示している。

「一体どういうことだ。どうして月は動いてないんだ」

「今は、月があまり動かない季節だとか」

幸平の意見を、「そんな季節、ねえよ」と翔太が一蹴（いっしゅう）した。

敦也は自分の携帯電話と夜空の月とを交互に見た。何が起きているのか、さっぱりわからなかった。

そうだ、と翔太が携帯電話の操作を始めた。どこかに電話をかけているらしい。

その顔が強張った。瞬きを繰り返す目には余裕がなかった。

「どうしたんだ。どこにかけてるんだ」敦也は訊いた。

翔太は黙ったままで携帯電話を差し出した。聞いてみろ、ということらしい。

敦也は電話を耳につけた。飛び込んできたのは、女性の声だった。

「午前、二時、三十六分、ちょうどを、お知らせします」


三人は家の中に戻った。

「ケータイが壊れてるわけじゃない」翔太はいった。「この家がおかしいんだ」

「ケータイの時計を狂わせる何かがあるってことか？」

敦也の問いに翔太は頷かなかった。

「ケータイの時計は狂ってないと思う。ふつうに動いている。でもその表示は、実際の時刻とは違っている」

敦也は眉根を寄せた。「なんでそんなことになるんだよ」

「この家の中と外では、時間的に隔絶されてるんじゃないかと思う。時間の流れ方が違うんだ。ここでの長い時間も、外ではほんの一瞬でしかない」

「はあ？　おまえ、何をいってんの」

翔太は再び手紙に目を落としてから、敦也を見た。

「この家には誰も近づいてないはずなのに、幸平の手紙は消えて、ウサギさんからの手紙は届く。本来、そんなことはありえないはずだ。じゃあ、こう考えてみたらどうだろう。誰かが幸平の手紙を持ち去り、それを読んでから、次の手紙を持ってきている。ところがその誰かの姿が俺たちには見えない」

「見えない？　透明人間かよ」敦也はいった。

「あっ、わかった。幽霊の仕業だ。えっ、ここ、そんなのが出るのか」幸平が身体を縮めて周囲を見回した。

翔太はゆっくりとかぶりを振った。

「透明人間でも幽霊でもない。その誰かは、この世界の人間じゃないんだ」三通の手紙を指して続けた。「過去の人なんだよ」

「過去？　何だよ、それ？」敦也は声を尖らせた。

「俺の説はこう。シャッターの郵便投入口と牛乳箱は、過去と繋がっている。過去の誰かが、その時代のナミヤ雑貨店に手紙を投げ込むと、現在ここにある店に届く。逆に、こっちが牛乳箱に手紙を入れると、過去の牛乳箱に入ったことになる。どういうわけで、そんなことが起きるのかはわからないけど、そう考えたら説明がつく」

ウサギさんは過去の人なんだ、と翔太は締めくくった。

敦也は、すぐには声を出せなかった。何をいえばいいかわからなかったからだ。考えることを脳が拒否している。

「まさか」ようやく、そういった。「そんなこと、あるわけねえよ」

「俺もそう思うよ。だけど、それ以外には考えられない。違うというなら、敦也が別の説明を考えてよ。筋の通った説明をさ」

翔太にいわれ、敦也は返答に窮した。無論、筋の通った説明などできない。

「おまえが返事なんか書くから、話がややこしくなっちまったじゃないか」半ば八つ当たりで幸平にいった。

「ごめん……」

「幸平を責めなくたっていいだろ。それに、もし俺の説が当たっているなら、これはすごいことだぜ。俺たち、過去の人間と手紙のやりとりをしてるってことになる」翔太は目を輝かせた。

敦也は混乱していた。何をどうすればいいのかわからなくなった。

「出よう」そういって立ち上がった。「こんなところ、出ていこう」

驚いたように二人は彼を見上げた。どうして、と翔太が訊いた。

「だって、気味が悪いじゃねえか。面倒臭いことになったら厄介だ。出よう。身を潜める場所なら、ほかにいくらでもある。この家にいくら長くいても、実際の時間は殆ど止まったままなんだろ。ずっと朝が来ないんじゃ、潜伏してる意味がない」

しかし二人は同意してくれなかった。どちらも浮かない顔で黙り込んでいる。

「どうしたんだ。なんとかいえよっ」敦也は怒鳴った。

翔太が顔を上げた。その目には真剣な光が宿っている。

「俺は、もう少しここにいる」

「はあ？　何のために？」

翔太は首を捻った。

「何のためかは自分でもよくわからない。でも、今自分がすごい経験をしてるってことはわかる。こんなチャンスはめったに……いや、たぶんもう一生来ない。だからこのチャンスを無駄にしたくない。敦也は出ていけばいいよ。だけど俺は、もうしばらくここにいる」

「こんなところにいて、どうする気だ」

翔太はテーブルに並べた手紙を見た。

「とりあえず、手紙を書く。過去の人とやりとりできるなんてすごいことだから」

「うん、そうだ」幸平も頷いていった。「このウサギさんの悩みも解決してやらなきゃいけないし」

敦也は二人を見ながら少し後ずさりし、大きく首を振った。

「おまえら、おかしいよ。何を考えてるんだ。昔の人間と文通して、何が楽しい？　やめろやめろ。おかしなことに巻き込まれたらどうするんだ。俺は関わり合いになりたくない」

「だから、敦也は出ていけばいいといってるじゃないか」翔太が表情を和ませていった。

敦也は大きく息を吸った。反論しようと思ったが、言葉が出ない。

「勝手にしろ。何があっても知らないからな」

和室に戻ってバッグを掴むと、二人の顔を見ないで裏口から外に出た。空を見上げる。丸い月は、やはり殆ど動いていなかった。

携帯電話を取り出した。これには電波時計が内蔵されていることを思い出し、自動で時刻を合わせてみた。瞬時に液晶画面に示された時刻は、さっき時報で聞いた時刻から一分も経っていないものだ。

街灯の少ない暗い道を、敦也は一人で歩いた。夜の空気は冷たかったが、顔が火照っているせいで気にならない。

そんなことあるわけない、と思った。

郵便投入口や牛乳箱は過去と繋がっていて、『月のウサギ』なる女性からの手紙は過去から届いているもの？

馬鹿げている。たしかにそう考えれば辻褄は合うが、実際にそんなことが起きるはずがない。何かの間違いだ。誰かにからかわれているんだ。

仮に翔太の説が当たっているとしても、そんな異常な世界とは関わらないほうがいいに決まっている。万一何かあった時でも、誰も助けてくれない。自分たちのことは自分たちで守るのだ。これまで、ずっとそうやって生きてきた。必要以上に他人と関わったって、いいことなんて何ひとつない。ましてや相手は過去の人間だ。今の自分たちに何かをしてくれるわけじゃない。

しばらく歩くと、太い道路に出た。時折、車が行き来している。その道に沿って歩いていたら、前方にコンビニエンスストアが見えた。

腹が減った、と幸平が情けない声を出していたことを思い出した。あんなところで眠らないでいたら、さらに空腹になるだろう。彼等は一体どうするつもりなのか。それとも時間が経たなければ、腹も減らないのだろうか。

こんな時間にコンビニなんかに入ったら、店員に顔を覚えられてしまうおそれがある。何より、防犯カメラに映ってしまう。あの二人のことなんかどうでもいい。自分たちで何とかするだろう。

そんなふうに考えながらも、敦也は足を止めていた。コンビニの店内には、今は店員以外はいないようだ。

敦也は吐息をついた。全く俺は人が良い——。バッグをゴミ箱の後ろに隠し、ガラスドアを押していた。

おにぎりと菓子パン、ペットボトル入りの飲み物などを買い、店を出た。店員は若い男だったが、敦也のことを一度も見なかった。防犯カメラは作動していたかもしれないが、この時間に買い物をしていたからといって、警察が疑うとはかぎらない。むしろ、犯人の行動としてはおかしいと思うだろう。そう考えることにした。

隠したバッグを回収し、来た道を引き返した。食べ物を二人に渡したら、すぐに立ち去るつもりだった。あの怪しげな家に長居する気はない。

やがて廃屋に戻ってきた。幸いなことに、すれ違う人間は一人もいなかった。

敦也は改めて家を眺めた。閉じられたシャッターの郵便投入口を見て、もし今こちら側から手紙を投函したら、一体いつの時代のナミヤ雑貨店に届くのだろうと思った。

倉庫との隙間を抜け、裏に回った。すると裏口の扉が開いたままになっている。中の様子を窺いながら足を踏み入れた。

「あっ、敦也」幸平が嬉しそうな声を出した。「戻ってきたんだ。一時間以上経ったから、もう戻ってこないと思った」

「一時間?」敦也は携帯電話の時計を見た。「ほんの十五分ほどだぜ。それに、戻ってきた

んじゃねえよ。差し入れだ」コンビニの袋をテーブルに置いた。「いつまでここにいる気か

は知らないけどさ」

わあ、と顔を明るくして幸平は早速おにぎりに手を出した。

「ここにいたんじゃ、なかなか朝にならないぜ」敦也は翔太にいった。

「それが、いい手を思いついたんだ」

「いい手?」

「裏口を開けっ放しにしてあっただろ」

「ああ」

「ああしておくと、家の中でも外と同じように時間が進むんだ。幸平と二人でいろいろやってみて、発見した。それで、敦也との時間のずれが一時間程度で済んだんだ」

「そういうことか……」敦也は裏口の扉を見つめた。「一体、どういう仕掛けになってるんだ。この家は何だ?」

「どういうことかはわからないけど、これで敦也が出ていく必要もなくなったんじゃないか。ここにいても、朝を迎えられるわけだし」

「そうだよ。一緒にいたほうがいい」幸平も同調した。

「だけどおまえら、あの妙な文通を続ける気なんだろ」

「いいじゃないか。嫌なら敦也は関わらなきゃいい。本当は相談に乗ってほしいけど」

翔太の言葉に、敦也は眉をひそめた。「相談?」

「敦也が出ていった後、俺たち、三通目の返事を書いたんだ。そうしたら、また手紙が届い

た。とにかく、一度読んでくれよ」

敦也は二人の顔を見返した。どちらも何かを訴えかけるような目をしていた。

「読むだけだぞ」そういって椅子に腰を下ろした。「で、おまえらはどんなふうな返事を書いたんだ」

「うん。ここに下書きがある」翔太は一枚の便箋を置いた。

翔太たちの三通目の回答は、以下のようなものだった。書いたのは翔太らしく、文字は読みやすく、漢字も使われている。


『ケータイについては、とりあえず忘れてください。今のあなたには関係ないことでした。

あなたと彼のことを、もう少し教えてください。特技は何ですか。二人に共通の趣味はありますか。最近、二人で旅行をしましたか。映画は見ましたか。音楽が好きなら、最近のヒット曲ではどういう歌がお気に入りですか。

そういうことを教えてもらえると、こちらとしても相談にのりやすいです。よろしく。

(字を書く者が変わっていますが、気にしないでいいです。) ナミヤ雑貨店より』

「何だ、これは。なんで、こんなことを訊いたんだ」敦也は便箋をひらひらさせた。

「だってさ、まずはこの『月のウサギ』っていう人が、どの時代の人なのかをはっきりさせなきゃいけないと思ったんだ。それがわからないままじゃ、話が嚙(か)み合わないだろ」

「だったら、そう書けばいいじゃねえか。そっちはいつの時代かって」

敦也の答えを聞き、翔太は眉間に皺を寄せた。

「相手の身になってみなよ。向こうはこの状況を知らないんだぜ。突然そんなことを訊かれたら、頭がおかしいんじゃないかと思うだけだろ」

敦也は下唇を突き出し、指先で頬を掻いた。反論できなかった。「で、向こうからはどんな答えが返ってきたんだ」

翔太はテーブルの上から封筒を取った。「まっ、読んでみてよ」

何を勿体ぶってるんだ、と思いながら敦也は封筒から出した便箋を広げた。

『再三のお返事ありがとうございます。あれからもケータイについて調べてみたり、周囲の人たちに尋ねたりしたのですが、やはりわかりませんでした。すごく気になっているのですが、私には関係ないということでしたら、今は考えないようにします。でも、いつか教えていただけるとありがたいです。

そうですね。自分たちがどんな人間かということを、少しは打ち明けたほうがいいのでしょうね。

最初の手紙で書きましたように、私はスポーツをしています。かつては彼も同じ競技をしていて、その縁で知り合ったのです。彼も五輪候補になったことがあります。でもそれ以外は、私も彼も、本当に平凡な人間です。共通の趣味といえば、映画鑑賞でしょうか。今年になってから見た映画といえば、「スーパーマン」や「ロッキー2」などです。「エイリアン」も見ました。彼は面白かったといいますが、私はああいうのは苦手です。音楽もよく聞きます。最近ではゴダイゴやサザンオールスターズが好きです。「いとしのエリー」は名曲だと思いませんか。

こんなふうに書いていると、彼が元気だった頃のことを思い出せて楽しい気分になります。もしかするとそれがナミヤさんの狙いなのでしょうか。いずれにせよ、この往復書簡（という言い方は変かもしれませんが）が、励みになっているのは事実です。できましたら、明日もよろしくお願いいたします。

月のウサギ』

読み終えてから、なるほどな、と敦也は呟いた。

「『エイリアン』に『いとしのエリー』か。これで大体、時代がわかるじゃねえか。たぶん、俺たちの親の世代だ」

翔太は頷いた。

「さっき、ケータイで調べた。ああ、そうだ。この家の中じゃ、ケータイは繫がらない。裏口を開けておけば繫がる。それはともかく、手紙に書いてある三つの映画の公開年を確認した。全部、一九七九年だった。『いとしのエリー』が発表されたのも一九七九年」

敦也は肩をすくめた。

「いいじゃないか。だったら、一九七九年で決まりだ」

「そう。つまり、ウサギさんが出ようとしているオリンピックは、一九八〇年に行われた大会ってことになる」

「だろうな。それがどうかしたのか」

すると翔太は心の奥まで見透かそうとでもするかのように、敦也の目をじっと覗き込んできた。

なんだよ、と敦也は訊いた。「俺の顔に何かついてんのかよ」

「まさか、知らないのか？　幸平は仕方ないと思ったけど、敦也も」

「だから、何がだ」

翔太は、すっと息を吸い込んでから口を開いた。

「一九八〇年に開催されたのはモスクワオリンピック。日本が出場をボイコットした大会だ」

5

もちろん敦也も、そういう出来事があったことは知っていた。それが一九八〇年だったということを知らなかっただけだ。

まだ東西の冷戦が続いていた頃の話だ。きっかけは一九七九年のソ連によるアフガニスタン侵攻だった。それに抗議する意味で、米国が、まず最初にボイコットを表明し、西側諸国に同調するよう呼びかけた。日本はぎりぎりまでもめたが、結局は米国に倣ってボイコットの道を選んだ――翔太がネットを使って調べた内容を要約するとこういうことになる。この詳しい経緯については、敦也は今回初めて知った。

「だったら、問題解決じゃねえか。来年のオリンピックに日本は出場しないから、今は競技のことなんか忘れて、思う存分恋人の看病をすればいいって手紙に書けばいい」

敦也の言葉を聞き、翔太は苦い顔を作った。

「そんなこと書いたって、相手が信用するわけないだろう。実際、日本の代表選手たちは、正式にボイコットが決定されるまで、出場できることを信じてたそうなんだぜ」

「こっちは未来なんだといったら……」そこまでいって敦也は顔をしかめた。「だめか」

「ふざけてると思われるだけだろうね」

敦也は舌打ちをし、テーブルを拳(こぶし)で叩(たた)いた。

「あのさあ」今まで黙っていた幸平が躊躇いがちにいった。「理由、書かないとだめ？」

敦也と翔太は同時に彼を見た。

いやその、と幸平は頭の後ろを掻いた。

「本当の理由なんて書かなくてもいいんじゃないの。とにかく練習なんかやめて、彼氏の看病をしなさいって書けばいいと思うんだけど。だめ？」

敦也は翔太と顔を見合わせた。どちらからともなく首を縦に動かしていた。

それだ、と翔太がいった。

「だめじゃない。それでいいんだ。彼女はどうしたらいいんでしょうって、アドバイスを求めてる。藁(わら)にもすがる思いってやつだ。だったら、本当の理由なんか教える必要はない。彼を愛しているなら最後までそばにいてやるべきだ、彼だって内心はそれを望んでいる、とはっきり答えてやればいいんだ」

翔太はボールペンを手にすると、便箋に文字を書き始めた。

「これでどう?」

そういって敦也に見せた文章は、今彼がしゃべったのとほぼ同じ内容だった。

「いいんじゃないか」

「よし」

翔太が手紙を持って裏から出ていき、裏口を閉めた。耳を澄ますと、牛乳箱の蓋を開けているのが聞こえる。ぱたん、と閉める音も届いた。

その直後だった。表で、ぱさり、と何かが落ちる音がした。

敦也は店に行った。シャッターの手前の段ボール箱を覗くと、封筒が入っていた。


『お返事、誠にありがとうございます。

正直に申し上げて、これほどきっぱりとした御回答をいただけるとは、予想しておりませんでした。もっと曖昧（あいまい）といいますか、漠然とした、最終的には私自身に道を選ばせるような、そういう答えをいただくことになると思っておりました。でもナミヤさんは、そんな中途半端なことはなさらないのですね。だからこそ、「悩み相談のナミヤ雑貨店」と人々から愛され、信頼されているんでしょうね。

「愛しているなら最後までそばにいてやるべき」

この一文は深く私の胸に刺さりました。まさにその通りだと思いました。何も迷う必要などないのです。

しかし、です。彼も内心ではそれを望んでいるはず、とはとても思えないのです。

じつは今日、彼に電話をしました。ナミヤさんのアドバイスに従って、オリンピック出場を断念するつもりだと伝えるつもりでした。ところが私の決意を見越したかのように、彼に先にいわれてしまいました。僕に電話をする時間があるなら、練習に充ててほしい、と。君の声が聞けるのは嬉しいけど、こうして話している間にもライバルたちに差をつけられるのではないかと思うと気が気でないから、と。

私は不安なのです。もし私がオリンピックを諦めたら、失望のあまり彼の病状が悪化してしまうのではないでしょうか。そうならないという保証がないかぎり、とてもきりだせません。

こんなふうに思う私は弱い人間なのでしょうか。

月のウサギ』

手紙を読み終え、敦也は埃だらけの天井を見上げた。

「わけわかんねえ。何なんだよ、こいつ。こっちのいうことをきかないなら、最初から相談なんてすんなよ」

翔太がため息をついた。

「仕方ないよ。彼女は、まさか未来の人間に相談しているとは思ってないだろうから」

「電話で話したってことは、今は彼とは離れて暮らしてるんだな」幸平が便箋を見ながらいった。「かわいそうだなあ」

「この男もイラつくよな」敦也はいった。「女の気持ちをわかってやれっつうの。オリンピックったって、結局は運動会の派手なバージョンっていうだけじゃないか。たかがスポーツだろ？　恋人が不治の病にかかったって時に、そんなものに気持ちを向けられるわけないだろうが。いくら病人だからって、我儘いって、女を困らせてどうすんだよ」

「男は男で辛いんじゃないの。オリンピック出場が彼女の夢だってことはわかってる。自分のせいで、それを断念させたくないっていう気持ちもあるんだと思う。強がりっていうか、やせ我慢っていうか、まあ無理してるんじゃないかな」

「そこがイラつくんだよ。そいつは、そんなふうに無理してる自分に酔ってるんだ」

「そうかな」

「そうだよ。決まってる。悲劇のヒロイン……じゃなくて、悲劇のヒーローを気取ってやがるんだ」

「じゃあ、手紙にはどんなふうに書けばいい？」翔太が便箋を引き寄せながら訊く。

「だから、男の目を覚まさせることが先決だって書いてやれ。はっきりと男にいえばいい。たかがスポーツで、恋人のことを縛るんじゃねえ。オリンピックなんて、運動会と変わんねえんだから、こだわるんじゃないってな」

翔太はボールペンを持ったままで、眉をひそめた。

「それを彼女の口からいわせるのは無理だろう」

「無理でも何でも、いわせなきゃ仕方ない」

「無茶いうなよ。それができるなら、こんな手紙を書いてこないよ」

敦也は両手で頭を掻きむしった。「面倒臭えなあ」

「代わりに誰かにいってもらったらどうかな」幸平がぽつりといった。

「代わりにって、誰にだよ」翔太が訊いた。「彼氏の病気のことは、誰にも話してないんだぜ」

「そこなんだけど、親にも話してないってのは、やっぱまずいんでないの？　話せば、みんな彼女の気持ちをわかってくれると思うんだけどな」

それだ、と敦也は指を鳴らした。

「彼女の親でもいいし、男の親でもいい。とにかく病気のことをばらしちまうんだ。そうすりゃあ、彼女にオリンピックを目指せなんてことは誰もいわないはずだ。翔太、そういうふうに書け」

わかった、といって翔太はボールペンを走らせ始めた。

出来上がった文面は次のようなものだった。

『あなたが迷う気持ちはわかります。でも、ここはひとつ私を信じてください。だまされたと思って、いうとおりにしてください。

はっきりいって、彼は間違っています。

たかがスポーツなのです。オリンピックといっても、単なる大きな運動会にすぎません。そんなもののために、残り少ない恋人との時間をムダにするのはばかげています。そのことを彼にわからせるべきです。

できることなら、あなたのかわりに私が彼にそういってやりたいところです。でもそれは無理です。

だから、あなたか彼の親に、いってもらってください。病気のことを打ち明ければ、誰だって協力してくれるはずです。

もう迷わないでください。オリンピックのことは忘れなさい。悪いことはいいません。そうしなさい。いうことを聞いてよかったと必ず思うはずです。

ナミヤ雑貨店より』

手紙を牛乳箱に入れに行った翔太が、裏口から戻ってきた。

「あれだけしつこく念を押したんだから、今度は大丈夫じゃないかな」

幸平、と敦也は表に向かって呼びかけた。「手紙は来たか?」

「まだ来ない」店から幸平の声が返ってきた。

「まだ? おかしいな」翔太が首を傾げた。「これまでは、すぐに来たのに。裏口が、きちんと閉まってなかったのかな」もう一度確認するつもりらしく、椅子から腰を上げた。

やがて、来た、来た、という声が店から聞こえ、幸平が手紙を持ってやってきた。


『御無沙汰(ぶさた)しています。月のウサギです。せっかく御回答をくださったのに、一か月近くもお返事せず、申し訳ありませんでした。

早くお手紙を書かねばと思っているうちに、強化合宿が始まってしまったのです。

でも、それは単なる言い訳かもしれません。どのように書けばいいのか迷っていたのも事実ですから。

彼が間違っているとはっきり書いておられるのを読み、少々驚きました。たとえその人物が不治の病にかかっていたとしても、間違っていると思ったならば毅然としてそう断言される姿勢に、背筋が伸びる思いがしました。

たかがスポーツ、たかがオリンピック……そうなのかもしれませんね。いえ、おそらくそうなのだと思います。もしかしたら私たちは、すごくつまらないことで悩んでいるのかもしれません。

でも私から彼に、そんなふうにはとてもいえません。ほかの人にとってはどうでもいいことだとわかりつつ、私も彼も命がけでその競技に取り組んできた過去があるからです。

ただ、病気のことはいずれ双方の親に話さねばならないとは思っています。でも今はまだ話すわけにはいかないのです。じつは彼の妹さんが出産したばかりで、御両親は歓びに浸っておられる時期なのです。もう少し幸せな時間を過ごさせてやりたいと彼はいいます。その気持ちは私にもよくわかります。

今回の合宿中も、何度か彼に電話をかけました。私が練習に励んでいることを伝えると、すごく喜んでくれます。それがお芝居だとは思えません。

でもやはり、私はオリンピックのことは忘れたほうがいいのでしょうか。競技を捨て、彼の看病に専念したほうがいいのでしょうか。それが彼のためになるのでしょうか。

考えれば考えるほど迷ってしまいます。

月のウサギ』

敦也は大声を張り上げたくなった。手紙を読んでいるうちにいらいらしてきたのだ。

「何やってんだよ、このクソ女。やめろっていってるのに、合宿なんかに行きやがって。その間に男が死んだらどうする気だ」

「彼氏の手前、合宿をサボるわけにはいかなかったんだろうなあ」幸平がのんびりとした口調でいう。

「だけどその合宿も、結局は無駄になるんだよ。何が、考えれば考えるほど迷ってしまう、だ。せっかく教えてやってるのに、なんでいうことをきかないんだ」

「だからそれは彼氏のことを考えてるからだよ」翔太がいう。「彼氏の夢を奪いたくないんだろ」

「どっちみち奪われるんだよ。どっちみち、彼女はオリンピックには出られない。くっそー、そのことを何とかわからせる手はねえかなあ」敦也は貧乏揺すりをした。

「彼女が怪我をするってのはどう?」幸平がいった。「怪我のせいでオリンピックには出られないってことなら、彼氏も諦めるんじゃないかな」

「おっ、それ、いけそうだな」

敦也は賛同したが、「だめだよ、そんなの」と翔太が反対した。

「彼氏から夢を奪うことに変わりはないじゃないか。ウサギさんは、それができなくて悩んでるんだろ」

敦也は鼻の上に皺を寄せた。

「夢、夢ってうるせえんだよ。オリンピックだけが夢じゃねえだろうが」

すると翔太は、何かを思いついたように目を見張った。

「それだ。オリンピックだけが夢じゃないってことを彼氏にわからせればいいんだ。もっとほかの、オリンピックに代わる夢を持たせるんだ。たとえば……」少し考えてから彼は続けた。「子供？」

「子供だ」

「赤ちゃんだよ。彼女に、妊娠したっていわせるんだ。もちろん彼氏の子供だ。それならオリンピックは断念せざるをえない。だけど、自分の子供が生まれるという夢を持つことはできる。生きる励みにもなる」

このアイデアを敦也は頭の中で整理した。次の瞬間には手を叩いていた。

「翔太、おまえ天才。それでいこう。それ、完璧だ。男の寿命は、あと半年かそこらなんだろ。嘘ついたって、ばれねえよ」

よし、といって翔太はテーブルの前に座った。

これなら大丈夫だろう、と敦也は思った。彼の病気が発覚した時期は不明だが、これまでの手紙を読むかぎりでは、何か月も前という感じではない。それまではふつうに生活していたようなニュアンスだから、セックスだって行っていたはずだ。避妊していたかもしれないが、そんなものは何とでもいいくるめられる。

だが、その内容の回答を牛乳箱に入れた直後に郵便口から投入された手紙は、次のようなものだった。

『お手紙拝読しました。思いもよらないアイデアに驚かされ、そして感心いたしました。たしかにオリンピックに代わる夢を彼に与えるというのは、ひとつの手だと思います。私が妊娠したと聞けば、さすがに堕胎してまでオリンピックを目指せとは彼もいわないでしょうし、私が元気な赤ちゃんを産むことを望んでくれるに違いありません。

ただ、問題がございます。ひとつは妊娠の時期です。彼と最後に性交渉があったのは、おそらく三か月以上前だと思います。今頃妊娠が発覚したといって、果たして不自然ではないでしょうか。彼から証拠を求められたら、どうしたらいいでしょうか。

それにもし彼が信じた場合、たぶん両親に話すだろうと思います。当然、私の親にも伝わります。さらには親戚（しんせき）、知人たちにも話が広まっていくでしょう。でも私は彼等に、妊娠が嘘であることを話すわけにはいきません。なぜそんな嘘をつくのかを説明しなければならなくなるからです。

私は芝居が得意ではありません。嘘をつくのも苦手です。妊娠したということで周りが大騒ぎしている間も、ずっと演技を続けていけるか自信がありません。いつまで経ってもお腹が出ないのは奇妙ですから、それなりのカムフラージュが必要でしょうが、周囲にばれずに済むとはとても思えません。

また、もう一つ重要な問題がございます。もし彼の病気の進行が遅くなった場合、彼が存命中に架空の出産予定日が来てしまう可能性があるということです。その日になっても子供が生まれないとなれば、すべて嘘だとばれてしまいます。その時の彼の失意を想像すると、心が痛みます。

素晴らしいアイデアだと思いますが、そういうわけで、私には無理だと思います。

ナミヤさん、いろいろと考えてくださって本当にありがとうございます。これまで相談に乗っていただけただけで満足ですし、感謝の気持ちでいっぱいです。やはりこれは私が自分で答えを出さなければならない問題だと気づきました。この手紙に対する返事は結構です。今まで煩わせてしまって申し訳ありませんでした。

月のウサギ』

「何だ、これはっ」敦也は便箋を投げ捨て、立ち上がった。「これまで散々付き合わせといて、最後の最後で返事は結構ですとはどういうことだ。そもそもこの女、人の意見を聞く気があるのか。全部、無視じゃねえか」

「まあ、この人のいうことももっともだとは思うけどねえ。たしかに演技を続けるのは大変だと思うよ」幸平がいった。

「うるせえよ。恋人が生きるか死ぬかって時に、何を甘っちょろいこといってんだ。死ぬ気になりゃ、何だってできる」敦也は台所のテーブルの前に座った。

「敦也が返事を書くのか？　筆跡が変わっちまうよ」翔太が訊く。

「いいんだよ、そんなことは。一発、がつんといってやらなきゃ気が済まねえ」

「わかった。じゃあ、いってくれよ。そのまま書くから」翔太が敦也の向かい側に座った。

『月のウサギさんへ
あんた、バカですか。ていうか、バカです。
せっかくいいことを教えてやってるのに、なんでいうとおりにしないわけ？
オリンピックのことなんか忘れろと何べんいったらわかるのですか。

オリンピックをめざして、どんなに練習したって意味ありません。

あなた、絶対に出られません。だからやめなさい。ムダです。

迷うこと自体がムダです。そんな暇があるなら、今すぐに彼のところへ行きなさい。

あなたがオリンピックを断念したら彼が悲しむ？

悲しみのあまり病気が悪化する？

ふざけちゃいけません。あなたがオリンピックに出ない程度のことが何ですか。

世界のあちこちで戦争が起きています。オリンピックどころじゃない国だって、たくさんあります。日本だって、他人事（ひとごと）じゃないんです。そのことが今にわかるでしょう。

でも、もういいです。好きにすればいいです。好きにして、思いきり後悔してください。

最後に、もう一度いいます。あんたはバカです。

ナミヤ雑貨店』

6

翔太が新しい蠟燭に火を点けた。目が慣れたせいか、数本の炎だけで部屋の隅々までが見える。

「手紙、来ないね」幸平が、ぼそりといった。「こんなに間隔が空いたことはなかったのにな。もう書かない気かな」

「まあ、書かないだろうな」翔太がため息交じりにいう。「あれだけコテンパンにいわれたら、ふつうならヘコむか怒るかのどっちかだよ。で、どっちにしても返事を書く気にはなれないと思う」

「何だよ。俺が悪いとでもいうのかよ」敦也は翔太を睨みつけた。

「そんなこといってないだろ。俺だって敦也と同じ気持ちだし、あれぐらいは書いたってい
いと思うよ。でも書きたいことを書いたんだから、返事が来ないのは仕方ないんじゃないかっていってるんだ」

「……それならいいけどさ」敦也は横を向いた。

「でも、どうしたんだろうなあ」幸平がいった。「やっぱりあのまま競技を続けてたのかな。
で、無事にオリンピック選手に選ばれてたりして。それで肝心のオリンピックを日本がボイ
コット。ショックだろうなあ」

「もし、そうなってたら、ざまあみろだ。俺たちのいうことを聞かないのが悪いんだ」敦也
は吐き捨てるようにいった。

「彼氏はどうなったかな。いつまで生きてたんだろ。ボイコットが決まった日まで、生きて
たのかな」

翔太の言葉に、敦也は黙り込んだ。気まずい沈黙が三人を包んだ。

「ねえ、いつまでこうしてる?」不意に幸平が訊いた。「裏口だよ。あそこを閉めたままだ
と、ずっと時間が経たないわけだろ?」

「でも開けたら、過去との繋がりが切れる。もし彼女が手紙をくれたとしても、ここには届
かない」翔太が敦也のほうを向いた。「どうする?」

敦也は下唇を嚙み、指の関節を鳴らし始めた。左手の五本をすべて鳴らしたところで幸平

を見た。「幸平、裏口を開けてこい」

「いいのかい」翔太が訊く。

「かまわねえよ。もうウサギ女のことは忘れよう。俺たちには関係のないことだし。幸平、さっさと行け」

うん、といって幸平が腰を上げた時だった。

こんこん、という物音が表から聞こえてきた。

三人は同時に動きを止めた。顔を見合わせた後、一緒に表のほうに顔を向けた。

敦也はゆっくりと立ち上がり、店に向かって足を踏み出した。翔太と幸平も後からついてくる。

するとまた、こんこん、と音がした。誰かがシャッターを叩いているのだ。まるで中の様子を窺うような叩き方だった。敦也は足を止め、息を殺した。

やがて郵便投入口から一通の封筒が落ちた。


『ナミヤさんは、まだこちらにお住まいでしょうか。もし、もうお住まいではなく、ほかの方がこの手紙を拾得されたのだとしたら、お手数ですが、どうかこのまま読まずに焼却していただけますと幸いです。大したことは書いておりませんし、読んだところで何ひとつ得することなどありませんから。

ここから先はナミヤさん宛ての手紙です。

御無沙汰しております。覚えておられるでしょうか。私は、昨年の暮れにかけて何度か手紙のやりとりをさせていただいた、「月のウサギ」です。早いもので、あれから半年あまりが経ちましたね。お元気にしておられますか。

その節は、本当にありがとうございました。親身に相談に乗っていただいたこと、一生忘れません。御回答の一つ一つが真心に満ちておりました。

御報告させていただきたいことが二点、ございます。

一点目は、もちろん御存じのことだと思いますが、日本がオリンピックをボイコットすることが正式に決まりました。ある程度、覚悟していたことではありますが、実際に決定してしまうと、やはりショックは大きいですね。自分は出られずとも、出場が決まっていた友人たちのことを思うと、胸が締め付けられます。

政治とスポーツ……全然別物だと思うのですが、国家間の問題となれば、そうもいってられないのでしょうか。

御報告の二点目は、恋人のことです。

懸命に闘病生活を続けていた彼でしたが、今年の二月十五日、病院で息を引き取りました。たまたま私は身体が空いていて、駆けつけることができました。彼の手を握りしめ、彼が旅立っていくのを見送りました。

彼が最後に私にかけてくれた言葉は、「夢をありがとう」でした。

最後の最後まで、彼は私がオリンピックに出ることを夢見ていたのだろうと思います。それが生きる望みだったのだろうと想像いたします。

だから彼を看取った後、私はすぐに練習を再開いたしました。選考会まで、もうあまり時間がなかったせいもありますが、とにかく全力で最後のチャンスに賭けることが、彼への供養になると思ったのです。

結果は、先にも少し触れましたが、私は代表には選ばれませんでした。力不足です。でも全力を尽くした結果なので、悔しさはありません。

もし代表に選ばれていたとしても、オリンピックには出られなかったわけですが、だからといってこの一年間の過ごし方が間違っていたとは思っていません。

今、こんなふうに思えるのは、ナミヤさんのおかげです。

告白しますと、最初に御相談の手紙を差し上げた時、私の気持ちはオリンピックを断念する方向で固まりつつありました。もちろんそれは、愛する人のそばにいて、最後まで看病したいという気持ちがあったからですが、じつはそれだけではありませんでした。

あの頃の私は、競技に対して行き詰まりを感じておりました。

焦ってもなかなか良い結果が出ず、自分の能力の限界を痛感する毎日でした。ライバルたちとの争いにも疲れ、オリンピックに出場せねばというプレッシャーにも耐えられずにいました。逃げたい、と思っていました。

彼の病気が発覚したのは、そんな時でした。

これで辛い競技生活から逃れられる、と考える自分がいたことを否定できません。恋人が不治の病で苦しんでいるのです。看病に専念するのが当然です。私の行動を非難できる人はいないでしょう。何よりも自分自身を納得させられます。

でも彼は、そんな私の弱さに気づいていました。だからこそ、何があってもオリンピックを諦めないでほしいといい続けたのだと思います。自分の夢を奪わないでくれと彼はいいました。本来の彼は、そんな我が儘なことをいう人ではありません。

どうすればいいのか、本当にわからなくなりました。恋人の看病をしたいという思い、オリンピックから逃げたいという思い、彼の夢を叶えてやりたいという思い、様々な思いが私の胸中でぐるぐると回っておりました。自分が本当はどうしたいのか、わからなくなっていたといえます。

悩んだ末に書いたのが、あの最初の手紙だったのです。ただし私はあの手紙で、本当のことを書きませんでした。内心ではオリンピックから逃げたがっている、ということは隠しました。

でもおそらくナミヤさんは、そんな私の狡さなど簡単に見抜いておられたのでしょうね。何回かのやりとりの後、突然、「愛しているなら最後までそばにいてやるべき」と断言する回答をくださいました。あの一文を目にした時、頭をハンマーで殴られたような衝撃を受けました。なぜなら私の思いは、あれほど純粋なものではなかったからです。もっと狡猾で、もっと醜く、そして卑小なものでした。

その後もナミヤさんは、全くぶれのないアドバイスをくださいました。

「たかがスポーツ」

「オリンピックなんて、単なる大きな運動会」

「迷うのはムダ。今すぐに彼のところへ行きなさい」

じつは不思議でした。なぜこれほどまで自信たっぷりにいいきれるのだろう、と。やがて気づきました。ナミヤさんは私を試しておられたのですね。

　オリンピックのことなんか忘れなさいといわれ、私が簡単にいいなりになるようなら、所詮その程度のものでしかなかった。だったら、本当に競技なんかやめて、彼の看病に専念したらいい。でももし、ナミヤさんからやめろやめろと何度いわれても、私が決心できないようなら、それだけオリンピックへの思いが強いということになる。

　そう思った時、不意に気づきました。

　私の本心は、オリンピックに執着していました。子供の頃からの夢です。簡単に捨てられるわけなどなかったのです。

　ある日、私は彼にいいました。

「あなたのことを誰よりも愛しているし、いつだって一緒にいたいと思っています。もし私が競技をやめればあなたの命が助かるなら、迷いなくやめるでしょう。でもそうではないのなら、私は自分の夢を捨てたくはありません。夢を追いかけてきたからこそ、私は私らしく生きてこられたし、そんな私をあなたが好きになってくれたと思うから。あなたのことを片時だって忘れることはありません。でも、どうか夢を追わせてください」

　すると病床で彼は涙を流しました。その言葉を待っていた。君が僕のことで悩んでいるのを見ているのが辛かった。愛する人に夢を諦めさせることは、死ぬよりも苦しいことなんだ。たとえ離れた場所にいても、僕たちの心はいつも一緒にいる。何も心配することはない。悔いのないよう、夢を追ってほしい。そういってくれました。

　その日から私は、何の迷いもなく競技に取り組めるようになりました。そばにいることだけが看病ではないのだ、ということがわかったからです。

そんな日々の中で、彼が息を引き取りました。彼が最後にいってくれた、「夢をありがとう」という言葉、そして満足そうな死に顔は、私にとっての最大の御褒美でした。オリンピックには行けませんでしたが、金メダルよりも価値のあるものを得られました。

ナミヤさん。本当にありがとうございました。あなたとのやりとりがなければ、私は大切なものを失い、一生後悔するところでした。深い洞察に心より敬意を表し、感謝いたします。

もうこの家には住んでおられないのかもしれませんが、この手紙が届くことを祈っております。

月のウサギ』

翔太も幸平も無言だった。発すべき言葉が浮かばないのだろうと敦也は思った。彼自身がそうだったからだ。

『月のウサギ』からの最後の手紙は思いもよらないものだった。彼女はオリンピックを諦めなかった。最後まで目指した挙げ句、代表に選ばれなかっただけでなく、日本にとってのオリンピックは消滅してしまったにもかかわらず、少しも後悔していないのだ。金メダルよりも価値のあるものを得られたと心の底から喜んでいる。

しかもそれがナミヤ雑貨店のおかげだと思っている。敦也たちが怒りと苛立ちを込めて書いた手紙によって、正しい道を選べたと信じている。おそらく嫌みや皮肉ではないだろう。そんなことのために、これだけの手紙は書けない。

笑いがこみ上げてきた。本当におかしくなってきた。敦也は胸を揺すって笑い始め、次には低く声を漏らし、ついにはげらげらと大口を開けた。

　どうしたんだよ、と翔太が訊いた。

「だって笑えるじゃねえかよ。こいつ、本当に馬鹿女だ。俺たちはマジでオリンピックのことなんか忘れちまえといってたのに、勝手に都合の良いように解釈しやがった。それで結果オーライだったもんだから、俺たちに感謝してるんだぜ。深い洞察に敬意を表し、だってさ。そんなもんねえよ、こっちには」

　翔太も表情を緩めた。「まあ、いいんじゃないの。結果オーライで」

「そうだよ。それに、俺はなんか楽しかった」幸平がいった。「誰かの相談に乗るなんてこと、これまでの人生では一度もなかったからなあ。まぐれでも結果オーライでも、相談してよかったと思われるのは嬉しいよ。敦也はそう思わないか」

　敦也は顔をしかめ、鼻の下を擦った。

「まあ、悪い気はしねえけどさ」

「だろ？　ほら、やっぱりそうなんだ」

「おまえほどは喜んでねえよ。そんなことはもういいから、そろそろ裏口を開けるぞ。このままじゃ、ちっとも時間が流れない」敦也は裏口に向かった。

　扉の把手（とって）を摑み、開けようとした時だった。「ちょっと待って」と翔太がいった。

「なんだ？」

　だが翔太は答えず、店のほうに行った。

「どうしたんだ」

幸平に尋ねたが、彼はただ首を捻るだけだ。

やがて翔太が現れた。浮かない顔をしている。

「何やってんだ」敦也は訊いた。

「また来た」翔太はいい、ゆっくりと右手を上げた。「別の人間からみたいだ」

彼の指は茶色の封筒を摘んでいた。

第二章　夜更けにハーモニカを

1

来客者用の窓口にいたのは、明らかに六十歳は超えていると思われる痩せた男性だった。去年はいなかったから、役場あたりを定年退職して、ここへ来たのかもしれない。克郎は不安を覚えながら、松岡ですが、といってみた。予想通りに男性は、「どこの松岡さんですか」と尋ねてきた。

「松岡克郎です。慰問演奏に来たんですけど」

「慰問？」

「クリスマスの……」

ああ、とようやく男性は合点したようだ。

「何か演奏する人が来るって聞いてたから、楽団みたいなのを思ってたんだけど、お一人なんだねえ」

「はあ、すみません」つい謝っていた。

「ちょっと待ってくださいね」

男性がどこかに電話をかけ始めた。相手と二言三言話した後、「ここで待っててください」と克郎にいった。

間もなく眼鏡をかけた女性がやってきた。見覚えがある。去年もパーティの運営を担当していた人だ。向こうも覚えていたらしく、お久しぶりです、と笑顔で挨拶してきた。

「今年もよろしくお願いします」克郎がいうと、こちらこそ、という言葉が返ってきた。

まずは控室に案内された。簡単な応接セットのある部屋だ。

「時間は約四十分なんですけど、去年と同様、進行や曲目はお任せしていいんでしょうか」係の女性が訊いてきた。

「大丈夫です。曲目はクリスマスソングが中心です。あとはオリジナルの曲を少々」

「そうですか」女性は曖昧な笑みを浮かべた。オリジナルの曲ってどんなのだったっけ、と考えたのかもしれない。

演奏会まではまだ時間があったので、克郎は控室で待つことになった。ペットボトルのお茶が用意されていたので、紙コップに入れて飲んだ。

児童養護施設『丸光園』に来るのは、去年に続いて二度目だった。丘の中腹に建てられた鉄筋コンクリートの四階建てには、居室のほかに食堂や浴室などの設備があり、幼児といえるような子供から十八歳になる青年までが団体生活を送っている。克郎はこれまでにいくつもの施設を見てきたが、ここは規模としては中の上というところだ。

克郎はギターを手にした。音の最終確認をする。軽く発声練習。大丈夫、調子はまずまずだ。

先程の女性がやってきた。そろそろ始めたいという。もう一杯お茶を飲んでから腰を上げた。

演奏会の会場は体育館だ。子供たちは並べられたパイプ椅子に行儀良く座っている。小学生ぐらいの子供が中心だ。克郎が入っていくと、ぱちぱちぱちと拍手してくれた。指導員から指示されてのことだろう。

克郎にはマイクと椅子と譜面台が用意されていた。子供たちに向かって会釈してから椅子に腰掛けた。

「皆さん、こんにちは」

こんにちは、と子供たちが応(こた)えてくれた。

「僕がここへ来るのは二度目です。去年もクリスマスイブに来ました。クリスマスイブのたびに来るのですからサンタクロースみたいなものですが、残念ながらプレゼントはありません」ほんの少しだけ笑い。「そのかわりに去年と同じく、歌をプレゼントしたいと思います」

まず最初に『赤鼻のトナカイ』を弾き、歌った。子供たちがよく知っている曲なので、途中からは彼等も歌い始めた。

続けて定番のクリスマスソングを何曲か歌った。曲の合間にはトークも入れた。子供たちは楽しそうだ。手拍子も出てきた。まずまず盛り上がっているといっていいだろう。

だが途中で克郎は、一人の子供のことが気になり始めた。

その女の子は前から二列目の、一番端に座っていた。小学生だとすれば高学年だろう。目はあらぬところに向けられ、克郎のほうを全く見ようとしない。歌には興味がないのか、口が動くこともない。

　だがその憂いを帯びた表情に克郎は惹かれた。子供らしくない色香のようなものがあった。克郎は、何とか彼女にこちらを向かせたいと思った。

　童謡は子供っぽすぎてつまらないのかもしれないと思い、松任谷由実の『恋人がサンタクロース』を歌ってみた。昨年公開されてヒットした映画、『私をスキーに連れてって』の挿入歌だ。こういう場で歌うのは厳密にいえば著作権法違反なのだが、まさか通報されることもあるまい。

　多くの子供たちは喜んだ。しかし例の彼女は斜め横を向いたままだった。

　その後もあの年代の少女が好みそうな曲を演奏したが、効果はなかった。彼女は音楽には興味がない、と諦めるしかなさそうだった。

「では、いよいよ最後の曲です。僕が演奏会の締めくくりに必ず演奏する曲です。どうか聴いてください」

　克郎はギターを置き、ハーモニカを取り出した。息を整えてから、目を閉じ、ゆっくりと吹き始めた。もう何千回と演奏した曲だ。譜面など見るまでもない。

　三分半ほどをかけて、その曲を演奏した。体育館内は、しんと静まり返っていた。ハーモニカを吹き終える直前、克郎は瞼を開いた。その瞬間、どきりとした。

　例の彼女が、じっと彼のことを見つめていたからだ。その目は真剣そのものだった。年甲斐もなく、克郎はどぎまぎした。

演奏を終えると、子供たちの拍手に包まれながら退場した。係の女性がやってきて、お疲れさまでした、といった。

あの少女のことを尋ねようとして、克郎は言葉を呑み込んだ。尋ねる理由が思いつかなかった。

ところが意外な形で、彼女と言葉を交わすことになった。

演奏会の後には食堂で食事会があり、それには克郎も招かれたのだが、彼が食事をしていると彼女がやってきたのだ。

「あれ、何という曲ですか」真っすぐに克郎の目を見つめ、訊いてきた。

「あれというと……」

「最後にハーモニカで演奏した曲です。知らない曲でした」

克郎は笑って頷いた。

「そりゃあそうだ。俺のオリジナルだからね」

「オリジナル？」

「俺が作った曲ってこと。気に入ってくれた？」

少女はしっかりと首を縦に動かした。

「すっごく良い曲だと思います。もう一度聴きたいです」

「そうか。じゃあ、ちょっと待ってて」

克郎は、今夜はここに泊まることになっていた。彼のために用意された部屋に行き、ハーモニカを取って食堂に戻った。

彼女を廊下に連れ出し、ハーモニカの演奏を聴かせた。彼女は真剣な眼差しで聴き入っていた。

「曲のタイトルはないんですか」

「いや、一応あるよ。『再生』というんだ」

「再生……」そう呟いてから彼女はハミングを始めた。それを聴き、克郎は驚いた。『再生』のメロディを完璧に再現していたからだ。

「もう覚えたの？」

彼がいうと、彼女は初めて笑顔を見せた。「曲を覚えるのは得意だから」

「それにしてもすごい」

克郎は少女の顔をしげしげと眺めた。才能、という言葉が頭をよぎった。

「ねえ、松岡さんはプロにはならないんですか」

「プロかあ……。どうかな」克郎は首を捻り、心にさざなみが立ったのをごまかした。

「その曲、きっと売れると思うけどな」

「そう？」

彼女は頷いた。「あたしは好き」

克郎は笑った。「ありがとう」

その時だった。セリちゃん、と呼ぶ声が聞こえた。食堂から職員の女性が顔を出していた。

「タツ君に御飯を食べさせてくれる？」

「あ、はい」セリちゃんと呼ばれた少女は克郎に頭を下げると、食堂に向かった。

少し遅れて克郎も食堂に戻った。セリが幼い少年の隣に座り、彼にスプーンを持たせようとしていた。少年は身体が小さく、表情が乏しかった。

演奏会の担当だった女性がそばにいたので、さりげなくセリたちのことを訊いてみた。すると彼女は神妙な顔をした。

「今年の春に姉弟で入園してきたんです。親の虐待に遭ってたようです。弟のタツ君は、セリちゃん以外の人とは口をききません」

「へえ」

克郎は弟の世話をするセリを見た。クリスマスソングを拒絶していた理由がわかったような気がした。

食事会が終わると、克郎は部屋に引き揚げた。ベッドで横になっていると、窓の外から賑やかな声が聞こえてくる。身体を起こし、見下ろした。子供たちが花火をしていた。寒さなど気にならないらしい。

セリとタツの姿もあった。少し離れたところから眺めている。

プロにはならないんですか――。

久しぶりにいわれた台詞だ。曖昧に笑ってごまかしたのも十年ぶりぐらいだ。だがあの頃と今とでは、気持ちが全然違う。

親父、と夜空に向かって呟いた。すまん、俺はまだ負け戦すらできてないよ――。

克郎の思いは八年前に飛んでいた。

2

祖母が死んだという知らせが入ったのは、七月に入って間もなくの頃だった。克郎が開店準備をしていると、妹の栄美子から店に電話がかかってきたのだ。

祖母の具合が悪いことは知っていた。肝臓も腎臓も弱っていて、いつ息を引き取ってもおかしくない状況だったらしい。それでも克郎は帰らなかった。祖母のことは気になっていたが、帰りたくない理由があったのだ。

「通夜は明日。で、明後日がお葬式。お兄ちゃん、いつ帰ってこれる?」栄美子が訊いた。

克郎は受話器を持った手でカウンターに肘をつき、もう一方の手で頭を掻いた。

「仕事があるからなあ。マスターとも相談しなきゃいけないし」

栄美子が、すうっと息を吸うのが聞こえた。

「仕事といったって、ただの手伝いでしょ? その店、前はマスター一人でやってたっていわなかった? 一日や二日休む程度のこと、何とでもなるんじゃないの? いつでも休めるから、ほかのバイトじゃなくて、その店で働くことにしたっていってたじゃない」

たしかにその通りだった。栄美子は記憶力がよくて、しっかり者だ。口先でごまかされるタイプではない。克郎は黙り込んだ。

「お兄ちゃんが帰ってきてくれないと困る」栄美子は声を尖らせた。「お父さんは体調がよくないし、お母さんだって、お婆ちゃんの看病ですごく疲れてるんだから。それにお兄ちゃん、お婆ちゃんにはお世話になったでしょ。お葬式ぐらい出るべきだと思う」

克郎はため息をついた。「わかった。何とかするよ」

「なるべく早く帰ってきてね。できれば今夜」

「それは無理だ」

「じゃあ、明日の朝。遅くてもお昼」

「考えておく」

「ちゃんと考えてよ。今まで好き勝手なことをさせてもらったんだから」

何だよ、その言い方――文句をいおうとしたが、その前に電話は切れていた。

受話器を置き、スツールに腰掛けた。ぼんやりと壁の絵を眺めた。描かれているのは、沖縄の砂浜らしい。マスターが沖縄好きなのだ。だからこの小さなバーのいたるところに、沖縄を思わせる小物が飾られている。

克郎の視線が店の隅に向いた。そこには籐（とう）椅子とフォークギターが並んでいる。どちらも克郎専用のものだ。客にリクエストされた時、椅子に座って弾くのだ。彼の演奏に合わせて客が歌うこともあるが、ふつうは克郎が歌う。初めて彼の歌を聴く客は、大抵驚いてくれる。とても素人とは思えない、という。プロの歌手になればいいのに、といわれることもしばしばだ。

いえいえと謙遜（けんそん）しながら、とっくに目指してますよ、と腹の中で答えている。大学を中退したのは、そのためだ。

中学生の時から音楽に興味があった。二年生の時、同級生の家へ遊びに行くと、ギターが置いてあった。兄のものだと同級生はいい、弾き方を教えてくれた。ギターに触れるのは生まれて初めてだった。最初はうまく指を動かせなかったが、何度か繰り返すうちに、簡単な曲のワンフレーズが弾けた。その時の歓(よろこ)びは、とても言葉では表せない。音楽の授業でリコーダーを吹かされた時には得られなかった快感が、全身を貫いた。

　数日後、思い切って両親にギターが欲しいといってみた。父親は魚屋だ。音楽とは全く縁がない。目を丸くした後、怒りだした。そんな友達とは付き合うなと怒鳴った。どうやら父親には、ギターを弾く若者イコール不良という思い込みがあったようだ。

　きちんと勉強する、地元の一番いい高校に必ず合格する、もし落ちたらギターを捨てる、二度と弾かない――思いつくかぎりの約束事を並べ、懸命に頼んだ。

　そこまで克郎が何かを欲しがったことはなかったので、両親も驚いたようだ。まず母親が軟化し、次に父親が折れてくれた。ただし、連れていかれたところは楽器屋ではなく質屋だった。質流れのギターで我慢しろというのだ。

「捨てるかもしれないものだからな。高いものは買えん」父親は仏頂面でいった。

　だが質流れ品でも十分に嬉(うれ)しかった。その夜は買ってもらった中古のフォークギターを枕元に置いて寝た。

　古本屋で入手した教本を参考に、ほぼ毎日、ギターの練習に励んだ。もちろん両親との約束があったので、勉強もしっかりやった。おかげで成績がぐんと伸び、休日に克郎が二階の部屋でギターを弾き続けていても、両親は文句をいわなくなった。そして目的の高校にも無事に入学を果たした。

高校には軽音楽部があったので、すぐに入った。そこで出会った仲間たちと三人でバンドを組み、いろいろな場所で演奏を披露した。最初は既存のバンドをコピーしているだけだったが、次第にオリジナルの曲を演奏するようになった。それらの曲は、主に克郎が作った。ボーカルも克郎だ。仲間たちは彼の作る曲を高く評価してくれた。

だが三年生になると、そのバンドも自然消滅することになった。いうまでもなく受験があるからだった。全員が無事に大学に入ったなら、また結成しようと約束したが、それが果たされることはなかった。仲間の一人が受験に失敗したからだ。その彼は一年後に大学生になったらしいが、再結成の話が持ち上がることはなかった。

克郎は東京にある某大学の経済学部に入っていた。本当は音楽の道に進みたかったが、両親に猛反対されることがわかっていたので、諦めたのだ。彼が家業の魚屋を継ぐということは、幼い頃から既定路線になっていて、それ以外の道を選ぶことなど、両親は露ほども考えていないようだった。彼自身も、たぶんそうなるのだろうなと漠然と想像していた。

大学には音楽サークルのようなものがたくさんあった。そのうちの一つに入ったが、すぐに失望させられることになった。部員たちは遊ぶことばかり考えていて、音楽に対する真剣味がまるで感じられなかったからだ。そのことで文句をいうと、途端に白い目で見られるようになった。

「何、かっこつけてんだ。音楽なんて楽しけりゃいいんだよ」

「そうだ。必死こいてどうするんだ。プロになるわけでもないのに」

それらの非難に対して一言もいい返さず、克郎はサークルを抜けることにした。議論をしても無駄だと思ったからだ。目指すものが違いすぎる。

それ以後、ほかのサークルに入ることもなかった。一人でやるほうが気楽だと思ったからだ。やる気のない人間と一緒にいてもストレスが溜まるだけだ。

その頃からアマチュアのコンテストに挑むようになった。観客のいる前で歌うのは高校以来だった。初めの頃は予選落ちばかりだったが、何度か挑戦を続けているうちに、上位に進むことが増えてきた。またそれらのコンテストには常連組が多数参加しており、いつしか声を掛け合うようになった。

そして克郎は、彼等から強烈な刺激を受けた。それは一言でいえば、音楽にかける情熱だった。すべてを犠牲にしてでも自分たちの音楽を高めたいという思いだった。

自分も負けられない――彼等の演奏を聴くたびに思った。

起きている時間の殆どすべてを音楽に注ぎ込むようになった。食事をしている時も風呂に入っている時も、頭の中にあるのは新しい曲のことばかりだった。次第に大学には行かなくなった。行く意味が見出せないのだ。当然、単位を取得できず、落第を繰り返すようになった。

東京に行かせた一人息子がそんなふうになっているということに、両親は全く気づかなかった。四年経てばふつうに卒業し、実家に帰ってくると思い込んでいたようだ。だから克郎が二十一歳の夏、電話で大学をやめたことを告げると、電話口で母親は泣きだした。続いて電話に出た父親は、一体どういうことだと耳が痛くなるほどの大声で怒鳴った。

自分は音楽の道に進む、だから大学に行く意味がなくなった。そう答えると、父親はさらに大きな声で喚（わめ）いた。うるさいので一方的に電話を切ると、その日の夜に二人で上京してきた。父親は顔を赤くし、母親は青ざめていた。

六畳一間の部屋で、明け方近くまで話し合った。大学をやめたのなら、さっさと実家に帰って魚屋を継げ、と両親はいうのだった。克郎は首を縦には振らなかった。そんなことをしたら一生後悔することになる、志を果たすまでは東京にいる、といって譲らなかった。

ろくに睡眠を取ることもなく、両親は始発電車で帰っていった。アパートの窓から、克郎は二人の後ろ姿を見送った。どちらの背中も寂しげで、小さく見えた。克郎は思わず両手を合わせていた。

それから三年になる。本来ならば、とっくの昔に大学を卒業していたはずだ。しかし克郎は、まだ何も手に入れていなかった。相変わらず、アマチュアのコンテスト出場を目指して練習する日々の繰り返しだ。何度か入選したことはある。出場を続けていれば、いずれは音楽関係者の目に留まるだろうと思った。しかしこれまでのところ、克郎に声をかけてくる者はいなかった。レコード会社にデモテープを送ったりもしたが、何の反応もない。

一度だけ、店によく来る客から音楽評論家を紹介されたことがある。その人物の前で克郎は、自作の曲を二つ披露した。彼はシンガーソングライターとしてやっていきたいと考えているのだ。二曲とも自信のある作品だった。

白髪にパーマをかけた音楽評論家は、いいんじゃないの、といった。

「曲はさわやかだし、歌も結構うまい。大したものだよ」

嬉しかった。デビューに近づいたかもしれないと期待で胸が膨らんだ。

評論家を紹介してくれた客が、克郎に代わって尋ねてくれた。「プロになれそうかな？」

克郎は身体を緊張させた。評論家の顔を見られなかった。

一拍置いてから、うーん、と評論家は唸（うな）った。

「まあ、それは考えないほうがいいだろうね」

顔を上げた。どうしてですか、と訊いてみた。

「君程度に歌のうまい人間はざらにいるよ。声に個性があれば話は別だが、それもない」

ずばりといわれ、いい返せなかった。自分でもわかっていることだった。

「曲はどうですか。いいと思うんですけど」同席していたマスターが訊いた。

「いいですよ。素人が作ったわりには」評論家は無機質な声で答えた。「でも、残念ながらそのレベルです。既存の曲をイメージさせる。つまり新味がない」

辛辣（しんらつ）だった。悔しさと惨めさで身体が熱くなった。

自分には才能がないのだろうか、音楽で食べていこうなどというのは思い上がりなのか
――その日以来、そんなふうに考えるようになった。

3

結局、翌日の昼過ぎになってアパートを出た。荷物はスポーツバッグとスーツバッグだ。スーツバッグの中身は、マスターから借りた黒いスーツだ。いつ東京に戻れるのかがわからないので、本当はギターも持っていきたかったが、両親に何かいわれそうなので我慢するこ

とにした。そのかわりにハーモニカをバッグに押し込んだ。

東京駅で列車に乗った。車内はすいていて、四人がけのボックスシートを一人で占領できた。靴を脱ぎ、向かい側の座席に足を載せた。

実家のある町へは、東京駅からだと電車を乗り継いで二時間ほどだ。東京の会社まで通勤している人もいるという話だが、克郎には考えられない。

祖母が亡くなったことをいうと、マスターはすぐに帰省を認めてくれた。

「いい機会だから、御両親とゆっくり話し合ってくるといい。これからのこととかさ」マスターは諭すようにいった。そろそろ音楽の道は諦めてはどうか、と暗に仄めかしているように聞こえた。

車窓を流れる田園風景を眺めながら、やっぱり俺には無理なのかな、とぼんやり考えた。家に帰ったら、きっと何かいわれるだろう。いつまで夢を見ているんだ、世の中はそんなに甘いもんじゃない、さっさと目を覚まして家業を継げ、どうせまともな仕事には就けないんだから――両親たちの言葉は容易に想像がついた。

克郎は小さく頭を振った。憂鬱なことばかり考えるのはよそうと思った。スポーツバッグを開け、中からウォークマンとヘッドホンを取り出した。昨年発売されたこの音響機器は画期的な商品だ。どこにいても音楽を楽しめる。

再生スイッチを入れ、目を閉じた。耳に流れてきたのは、美しいメロディを奏でる電子音だ。演奏しているのはイエロー・マジック・オーケストラ。メンバーは全員が日本人だが、海外で先に有名になった。聞くところによると、ロサンゼルスでチューブスの前座をやった際、観客が総立ちで絶賛してくれたという。

才能のある人間とは、こういう連中のことをいうのかな——考えまいと思いつつ、やはりそんな悲観的な思いが胸中を横切るのだった。

やがて実家の最寄り駅に到着した。駅舎を出ると、見慣れた光景が目に飛び込んできた。幹線道路に繋がるメインストリート沿いに、小さな商店が並んでいる。近所の常連客だけを相手にしているような店ばかりだ。大学を中退してから帰るのは初めてだったが、町の雰囲気はまるで変わっていなかった。

克郎は足を止めた。花屋と八百屋に挟まれた、間口が二間ほどの商店のシャッターが半分くらい開いていた。シャッターの上の看板には、『魚松』とあり、その横に少し小さい文字で『鮮魚　仕出し』と記されている。

魚屋を始めたのは祖父らしい。最初の店は今とは違う場所にあって、もっと広かったそうだ。だがその店は戦争で焼けてしまったので、戦後、この場所で新たに開業したという話だった。

克郎はシャッターをくぐった。店内は暗かった。目を凝らしたが、冷蔵ショーケースに魚はなかった。この季節、生ものは一日とは保たない。残ったものは冷凍にしたのだろう。壁には、『うなぎ蒲焼き始めました』と書いた紙が貼られていた。

嗅ぎなれた魚の臭いが、やはりそれなりに懐かしく感じられた。克郎は店の奥へと進んだ。奥には母屋に繋がる靴脱ぎがあるのだ。母屋の引き戸は閉じられていたが、隙間から光が漏れている。人が動く気配もあった。

息を整え、ただいま、といってみた。いってから、こんにちは、のほうがよかったかなと思った。

戸がさっと開いた。黒いワンピースを着た栄美子が立っていた。しばらく見ないうちに、すっかり大人びている。彼女は克郎を見下ろし、ふうっと息を吐いた。

「よかった。もしかしたら来ないんじゃないかと思った」

「なんでだよ。何とかするっていっただろ」克郎は靴を脱いで上がり込み、狭い室内を一瞥した。「栄美子だけか？　おふくろと親父は？」

栄美子は眉根を寄せた。

「とっくに会場に行ってるよ。あたしも手伝わなきゃいけなかったんだけど、お兄ちゃんが来た時に誰もいなかったら困るだろうと思ったから、ここで待ってたの」

克郎は肩をすくめた。「そうか」

「お兄ちゃん、まさかその格好でお通夜に出る気じゃないよね」

克郎はTシャツにジーンズという出で立ちだった。

「当たり前だろ。ちょっと待っててくれ。今、着替えてくる」

「早くしてね」

「わかってるよ」

荷物を持って、階段を上がった。二階には、四畳半と六畳の和室がある。六畳間のほうが克郎が高校生まで使っていた部屋だ。

襖を開けると、むっとした。カーテンが閉まっているので暗い。壁のスイッチを入れた。

蛍光灯の白い光の下に、昔過ごした空間がひっそりと残っていた。学習机には古い鉛筆削りが取り付けられたままだし、壁に貼ったアイドルのポスターも処分されてはいなかった。書棚には参考書と並んでギターの教本が収まっている。

克郎が上京してしばらくした頃、栄美子がこの部屋を使いたいといっているという話を母親から聞いた。別に構わない、と彼は答えた。その頃はすでに音楽の道に進みたいと考えており、自分が実家に戻ることはないだろうと思ったからだ。

だが部屋がこのままということは、両親はまだ彼が帰ってくることを期待しているのかもしれない。そう思うと気持ちが重たくなった。

スーツに着替え、栄美子と共に家を出た。七月のわりには涼しく、助かった。

通夜の場所は、町の集会所らしい。最近できたばかりで、徒歩で十分ほどのところにあるという。

住宅地に足を踏み入れると、景色がずいぶんと変わっているので少し驚いた。栄美子によれば、新しい住人が増えているそうだ。こんな町でも多少の変化はあるのだなと克郎は思った。

「お兄ちゃん、どうなの?」歩きながら栄美子が訊いてきた。

何の話かはわかったが、「何が」と、わざととぼけた。

「将来のことに決まってるじゃない。本当に音楽でやっていけるんならいいけど、自信あるの?」

「当たり前だろ。ないならやってねえよ」答えながら心のざわつきを覚える。自分を偽っている感覚がある。

「でもさあ、あたしはどうしてもピンとこないんだよね。うちの家族にそういう才能がある人間がいるっていうのが。そりゃあ、あたしだってお兄ちゃんのライブに行ったことがあるし、かなりうまいほうだとは思うよ。でも、プロとして通用するかどうかっていうのは、また違う次元の話じゃないの？」

克郎は顔を歪(ゆが)めた。

「生意気なことをいうじゃねえか。おまえに何がわかるっていうんだよ。ど素人のくせに」

怒るかなと思ったが、栄美子は冷静だった。

「そうだよ、ど素人だよ。音楽業界のことなんか、何もわからない。だから訊いてるんでしょ、一体どうなのって。そんなに自信があるんなら、もっと具体的なビジョンを示してよ。どういうプランがあって、これからどんなふうに進んでいって、いつになったら音楽で食べていけるようになるわけ？　それがわからないから、あたしもそうだけど、お父さんたちだって不安なわけじゃない」

妹のいっていることは正論だったが、克郎はふんと鼻を鳴らした。

「そんなふうに予定通りに行くなら誰も苦労しねえよ。地元の女子大を出て、地元の信用金庫に就職するような人間にはわからないかもしれないけどな」

栄美子のことだった。来年の春に卒業する彼女は、早々に就職先を決めていた。今度こそ怒るだろうと思ったが、彼女は大きなため息をついただけだった。そして、「お兄ちゃんさあ、親の老後のことなんか考えたことあんの？」と呆(あき)れたように尋ねてきた。

克郎は黙り込んだ。親の老後——考えたくないことの一つだった。

「お父さんさあ、ひと月前に倒れたんだよ。また例の心臓発作で」

克郎は足を止め、栄美子の顔を見た。「マジで？」

「マジだよ、もちろん」栄美子はじっと見つめ返してきた。「幸い、大事には至らなかったけどさ。お婆ちゃんが寝込んでる時にそんなことになって、ほんと、焦ったよ」

「全然知らなかった」

「お父さんがお母さんに、克郎には知らせるなっていったみたい」

「ふうん……」

自分のような親不孝者に連絡する必要はない、ということか。反論できないだけに、ここでも克郎は黙っているしかなかった。

再び二人で歩き始めた。その後は集会所に着くまで、栄美子も何もいわなかった。

4

集会所は、平屋の民家を少し大きくしたような建物だった。喪服を着た男女が忙しそうに動き回っていた。

受付のところに母親の加奈子（かなこ）の姿があった。痩せた男と何やら言葉を交わしている。克郎はゆっくりと近づいていった。

加奈子が彼に気づき、まあ、というように口を開いた。それで、ただいま、といおうとした。だがその直前、そばに立っている男の顔を見て、声が出なくなった。

それは父親の健夫だった。あまりに痩せていたので、他人だと思ったのだ。

健夫は克郎をじっと見つめた後、真一文字に結んでいた口を開いた。

「なんだ、来たのか。誰が知らせた」ぶっきらぼうな口調だった。

「栄美子から聞いた」

「ふうん」健夫は栄美子を見た後、克郎に目を戻した。「こんなところに来る暇があったのか」

志を果たすまでは顔を見せないつもりじゃなかったのか、という言葉が省略されているのを克郎は感じた。

「東京に戻れっていうんなら、今すぐに戻るよ」

克郎、と加奈子が窘める顔をした。

健夫は煩わしそうに手を振った。

「そんなことはいってない。俺は忙しいんだから、面倒臭いことをいうな」そういうと、足早にその場を離れた。

その背中を見つめていると、「よく帰ってきてくれたわね」と加奈子がいった。「もしかしたら帰ってこないかもと思ったんだけど」

どうやら加奈子の指示で、栄美子は克郎に電話をかけてきたらしい。

「栄美子からうるさくいわれたからさ。それより、親父、痩せたな。また倒れたって聞いたけど、大丈夫なのか」

克郎の言葉に加奈子が肩を落としたように見えた。

「本人は強がってるけど、私から見ても、だいぶん体力が落ちたと思う。だって、もう六十過ぎだもんね」

「そんなになるのか……」

健夫が加奈子と結婚したのは、三十六を過ぎてからだったらしい。『魚松』を再建するのに必死で、嫁を探している暇などなかった、というのは克郎が子供の頃によく聞かされた話だ。

通夜の始まる午後六時近くになると、親戚(しんせき)たちが続々とやってきた。健夫はきょうだいが多いので、そちらの親戚だけでも二十人ほどになる。克郎が最後に彼等と顔を合わせたのは、十年以上も前だ。

健夫よりも三歳下の叔父(おじ)が、懐かしそうに握手を求めてきた。

「おう、克郎君、元気そうじゃないか。まだ東京にいるんだってな。何をしてるんだ?」

「はあ、えーと、いろいろやってます」

はっきりと答えられないのは自分でも情けなかった。

「何だ、いろいろって? まさか、大学をわざと留年して、遊んでるんじゃないだろうな」

ぎくりとした。両親たちは親戚に、克郎が大学をやめたことをいっていないようだ。加奈子は近くにいて、今のやりとりが聞こえていないはずはなかったが、何もいわずに横を向いている。

屈辱感がこみ上げてきた。健夫や加奈子は、息子が音楽の道を目指していることなど人にはいえないと思っているのだ。

　だがそれを明言できなかったのは自分も同じだ。それではいけないと思った。

　唇を舐め、叔父の顔を正面から見た。「やめたんです」

　叔父は、「へっ?」と不思議そうな顔をした。

「大学、やめたんです。中退しました」加奈子が全身を硬直させるのを目の端に捉えながら続けた。「音楽の世界で生きていこうと思って」

「おんがくう?」叔父は聞いたことのない言葉を耳にしたような表情を見せた。

　通夜が始まったので、会話はここまでとなった。叔父は腑に落ちないといった顔つきで、ほかの親戚を捕まえて何やら話し込んでいる。克郎のいったことが本当かどうかを確かめているのだろう。

　読経が行われ、型通りに通夜が進んでいった。克郎も焼香した。祖母の遺影は優しげに笑っていた。幼い頃、とてもかわいがってもらった記憶がある。生きていれば、きっと今でも応援してくれただろう。

　通夜が終わると別室に移動した。そこには寿司やビールなどが用意されていた。見回すと、残っているのは親戚ばかりだった。亡くなった祖母が九十近くだったこともあり、誰の顔も悲しみの色は薄かった。久しぶりに親戚が集まったということで、むしろ和やかな空気に包まれている。

　そんな中、急に、「うるせえな、人の家のことはほっとけよ」と大きな声を出す者がいた。見なくても、それが健夫だということは克郎にもわかった。

「人の家ってことはない。今の場所に移る前は、死んだ親父の家だった。俺だって、そこに住んでたんだ」いい合っている相手は、さっきの叔父だった。酒のせいか、二人とも赤い顔をしている。

「親父の建てた家は戦争で焼けた。今の家は俺が建てたんだ。おまえにどうのこうのいわれる筋合いはない」

「何いってるんだ。『魚松』の看板があったから、あの場所で商売が始められたんじゃねぇか。その看板は親父から譲り受けたものだろうが。そんな大事な店を、俺たちに断りなく畳むとはどういうことだ」

「誰が畳むといった。俺はまだまだやるつもりだ」

「そんな身体で、いつまでやれるっていうんだ。トロ箱だって満足に運べないくせに。そもそも一人息子を東京の大学に行かせること自体がおかしいんだ。魚屋に学問なんか必要ねぇだろうが」

「何だと、魚屋を馬鹿にする気かっ」健夫が立ち上がった。

今にも取っ組み合いの喧嘩が始まりそうになったが、まあまあと周りの人間があわてて止めに入った。それで健夫も腰を下ろした。

「……ったくよお、おかしいぜ。一体、何を考えてるんだ」トーンダウンしつつも、叔父は御猪口で酒を飲みながらぶつぶついっている。「大学をやめて歌手になるなんて、よくもまあそんな馬鹿げたことを認めたもんだ」

「うるさい、余計なお世話だ」健夫がいい返す。

また喧嘩が再燃しそうになったので、叔母（おば）たちが叔父を離れた席に連れていった。

二人のいい争いは収まったが、気詰まりな雰囲気は元には戻らなかった。じゃあそろそろ、といって一人が腰を上げたのを皮切りに、ほかの親戚たちも引き揚げていった。

「おまえたちも帰っていいぞ」健夫が加奈子や克郎たちにいった。「線香の火は俺が見ているから」

「本当に大丈夫？　無理しないでよ」

案じる加奈子に、「病人扱いするな」と不機嫌そうに健夫はいった。

克郎は加奈子や栄美子と共に集会所を後にした。だが、少し歩いたところで足を止めた。

「悪いけど、先に帰っててくれ」二人にいった。

「どうしたの？　忘れ物？」加奈子が訊いた。

「いや、そうじゃなくて……」口籠（くちご）もった。

「お父さんと話すの？」栄美子がいった。

うん、と頷いた。「少し、話をしたほうがいいかなと思ってさ」

「そう。わかった。じゃあ、行こうよ、お母さん」

しかし加奈子は動こうとしなかった。考え込むように俯（うつむ）いた後、顔を上げて克郎を見た。

「お父さん、克郎のことを怒ってないわよ。好きにすればいいと思ってる」

「……そうなのか」

「だからさっきも叔父さんと喧嘩したんじゃない」

「うん……」

そのことは克郎も感じた。うるさい、余計なお世話だ――叔父に対して発した台詞は、一人息子が勝手なことをしているのを一応自分たちは認めている、という外への意思表示になっていた。だから克郎も、その真意を健夫から聞こうと思ったのだ。

「お父さんだって、克郎には夢を叶えてほしいのよ」加奈子はいった。「その邪魔を自分がしちゃいけないと思ってる。自分の病気が原因で、克郎が夢を捨てるようなことはあっちゃいけないと思ってる。お父さんと話をするのはいいけど、そのことは忘れないで」

「うん、わかった」

二人が歩きだすのを見届けてから、克郎は踵を返した。

東京駅で列車に乗る時には全く予想していなかった展開だ。両親からは小言をいわれ、親戚からも責められることを覚悟していた。だが両親は楯になってくれている。三年前、二人が克郎のアパートから去っていった時のことを思い出した。息子の説得に失敗した彼等は、どんなふうにして気持ちを切り替えたのだろうか。

集会所の明かりは殆ど消えていた。光が漏れているのは、奥の窓だけだ。

克郎は玄関には向かわず、足音を殺してその窓に近づいた。ガラス窓の内側は障子で閉じられるようになっているが、今は少し開いていた。その隙間から中の様子を覗いた。

そこは通夜ぶるまいをした部屋ではなく、棺の置かれた葬儀会場だった。前方の祭壇では線香が焚かれている。ずらりと並んだパイプ椅子の一番前に健夫の姿があった。

何をしているのだろうと思った時、健夫が立ち上がった。傍らに置いた鞄から何か取り出した。白い布のようなものに包まれている。

健夫は棺に近づくと、白い布をゆっくりと開いた。中から現れたものは、一瞬きらりと光った。その瞬間、それが何かわかった。

包丁だった。古い包丁だ。それにまつわるエピソードなら、克郎は耳にたこができるほど聞かされていた。

祖父が『魚松』を興した時から使っていた品なのだ。健夫が継ぐと決まった時、それも手渡されたそうだ。若い頃、健夫はその包丁で修業したらしい。

健夫は棺桶（かんおけ）の上に白い布を広げ、そこに包丁を置いた。さらに遺影を見上げた後、両手を合わせて祈り始めた。

その姿を見ていると克郎は胸が苦しくなった。健夫が心の中でどんなことを祖母に語りかけているのかがわかるような気がするからだった。

たぶん詫（わ）びているのだろう。父親から譲り受けた店を、自分の代で閉めざるをえないことを。一人息子に、形見の包丁を渡せなかったことを。

克郎は窓から離れた。玄関には向かわず、集会所の敷地を出た。

5

健夫に対して、申し訳ないという気持ちになった。そんなふうに心の底から思ったのは初めてだ。息子の我（わ）が儘（まま）を許してくれたことには感謝しなければならない。

しかし、本当にこのままでいいのだろうか。

叔父もいっていたが、健夫の体調は、どうやらかなり悪いようだ。すると、いつまで魚屋を続けていけるかはわからない。当面、加奈子が切り盛りするとしても、健夫の看病もある。急に店を閉めなければいけなくなる、ということだってありうる。

そうなったらどうなるのか。

来春から栄美子が働き始める。地元の信用金庫だから自宅から通えるだろう。しかし彼女の収入だけで両親の面倒をみるのは無理だ。

ではどうするのか。音楽の道を諦めて、自分が『魚松』を継ぐのか。

それが現実路線ではある。しかしそうなると長年の夢はどうなるのか。加奈子によれば、健夫だって自分のせいで克郎に夢を捨てさせたくないといっているらしい。

大きなため息をついた後、克郎は周りを見回して足を止めた。

まるで知らない場所に出てしまっていたからだ。新しい住宅が増えているので、道を間違えてしまったようだ。

小走りで、周辺を動き回った。やがて見覚えのある道に出た。子供の頃によく遊んだ空き地がこのあたりにあった。

その道は緩やかに上り坂になっている。克郎はゆっくりと歩き始めた。やがて右側に懐かしい建物が見えてきた。文具などをよく買った雑貨店だ。間違いなかった。煤(すす)けた看板には、『ナミヤ雑貨店』とある。

この店には買い物をした以外にも思い出があった。店主の爺(じい)さんに、いろいろと悩みの相談に乗ってもらったのだ。もちろん、今から考えると大した悩みではない。運動会の徒競走で一位になる方法を教えてくれとか、どうすればお年玉の額を増やせるか、とかだ。それでもナミヤの爺さんは、いつも真剣に答えてくれた。たしかお年玉の額を増やす方法は、「お年玉は透明の袋に入れなければならないという法律を作る」だった。「そうすれば、見栄っ張りな大人は少ない額を入れにくくなるから」というわけだ。

あの爺さん、まだ元気なのだろうか。克郎は懐かしい思いで店を眺めた。錆びたシャッターは閉じられ、二階の住居部分の窓からも明かりは漏れてこない。

隣にある倉庫の横に回った。よくこの倉庫の壁に落書きをした。しかし爺さんは怒らなかった。どうせ描くなら、もっと上手に描いてくれといわれただけだ。

残念ながら、壁の落書きは見当たらなかった。あれから十年以上が経っている。風化して消えたのかもしれない。

その時だった。表のほうから自転車のブレーキ音が聞こえてきた。克郎は倉庫の陰から顔を出した。若い女性が自転車から降りるところだった。

彼女は自転車を止めると、斜めがけにしていたバッグから何かを取り出した。それを『ナミヤ雑貨店』のシャッターに付いている小窓に投げ込んだ。その場面を見た瞬間、えっと克郎は声を発していた。

さほど大きな声ではなかったが、静寂に包まれていたせいで、やけに響いてしまった。彼女は怯えたように克郎を見た。次に、あわてた様子で自転車に乗ろうとした。変質者だとでも思ったのかもしれない。

「待ってくださいっ。違います、違います。怪しい者じゃありません」克郎は手を振りながら飛び出した。「隠れてたわけじゃないんです。懐かしくて、建物を眺めていただけなんです」

　自転車に跨がり、今にもペダルをこぎだしそうだった彼女は、警戒心の籠もった目を向けてきた。長い髪を後ろで束ねている。化粧気は薄いが、顔立ちは整っている。克郎と同じぐらいか、もう少し若いかもしれない。何かスポーツをしているのか、Tシャツの袖から出ている腕はたくましかった。

「見ましたよね」彼女は訊いてきた。ややハスキーな声だった。何のことかわからないので克郎が黙っていると、「私が何をしていたか、見なかったんですか」と、さらに尋ねてきた。責めるような口調だった。

「封筒を入れたように見えたけど……」

　克郎がいうと彼女は眉間に皺を寄せ、下唇を噛んで顔をそむけた。それから改めて彼に目を向けた。

「お願いがあります。今見たことは忘れてください。私のことも」

「えっ……」

　じゃあ、といって彼女は自転車をこぎだそうとした。

「待って。一つだけ教えてください」克郎は駆けだし、素早く自転車の前に出た。「今入れた封筒は、もしかして相談事？」

　彼女は顎を引き、上目遣いに見てきた。「あなた、誰ですか」

「この雑貨店をよく知っている者です。子供の頃から爺さんに悩みを相談したりして……」

「名前は？」

克郎は眉根を寄せた。「人に名前を訊く前に、まず自分が先に名乗るべきじゃないかな」

彼女は自転車に跨がったままで吐息をついた。

「私の名前はいえません。今入れたのは相談の手紙じゃありません。お礼の手紙です」

「お礼？」

「半年以上前に相談事をして、貴重なアドバイスを貰いました。おかげで問題を解決できたことのお礼です」

「相談事をした？　この『ナミヤ雑貨店』に？　あの爺さん、まだここに住んでるんですか」克郎は女性の顔と古びた店舗を交互に見ながら訊いた。

彼女は首を傾げた。

「住んでおられるのかどうかはわかりません。でも、去年私が相談の手紙を入れたところ、翌日には裏の牛乳箱に回答が……」

そうだった。悩み事を書いた手紙を夜のうちにシャッターの小窓に入れておくと、翌日の朝には牛乳箱に答えが入っているというわけだ。

「今でも相談に乗ってもらえるのかな」

「さあ、それはどうでしょう。私も、最後にアドバイスをいただいてから、ずいぶんと御無沙汰していたんです。だから今入れたお礼の手紙も、もしかしたら読んでもらえないかもしれません。それでもいいと思って書いた手紙なんです」

どうやら彼女は、かなり貴重なアドバイスを貰ったようだ。

あの、と彼女はいった。「もういいでしょうか。遅くなると家の者が心配するので」

「あ……どうぞ」

克郎は横に移動した。彼女はペダルを力強く踏み込んだ。自転車は動きだし、すぐにスピードを上げた。克郎の視界から消えるのに、十秒とかからなかった。

彼は改めて『ナミヤ雑貨店』を見た。人の気配は全くといっていいほどない。この建物から悩み相談の回答が返ってくるとしたら、幽霊でも住んでいるとしか思えない。

克郎は鼻から息を吐いた。ふん、馬鹿馬鹿しい。そんなことがあるわけがない。頭を軽く振りながら、その場を離れた。

家に帰ると栄美子が居間に一人でいた。眠れないから寝酒を飲んでいたのだという。卓袱(ちゃぶ)台の上にはウイスキーのボトルとグラスが載っていた。いつの間にか大人になったものだ。加奈子は先に休んだそうだ。

「お父さんと話をしたの?」栄美子は訊いた。

「いや、結局集会所には戻らなかった。今まで、ちょっと散歩してたんだ」

「散歩? こんな時間に、どこを歩いてたの?」

「あちこちだ。それよりさあ、『ナミヤ雑貨店』って、覚えてるか」

「ナミヤ? 覚えてるよ。変な場所にある店だよね」

「あそこ、まだ誰か住んでるのか」

「はあ?」栄美子は声に疑問符を付けた。「住んでないと思うよ。少し前に店じまいしてから、ずっと空き家のはずだけど」

「ふうん、やっぱりそうか」

「何？　あの店がどうかしたの」

「いや、何でもない」

栄美子は怪訝そうに口元を曲げた。

「それよりお兄ちゃん、どうすんの？　やっぱりこのまま『魚松』を見捨てるわけ？」

「そんな言い方するなよ」

「でもそういうことだよ。お兄ちゃんが継がないなら、お店は閉めるしかない。あたしはそれでもいいけど、お父さんやお母さんのことはどうすんの？　まさか、二人のことも見捨てるなんていわないよね」

「うるせえな。ちゃんと考えてるよ」

「どう考えてるの？　教えてよ」

「うるせえっていってるだろ」

階段を駆け上がり、スーツのままでベッドに身体を投げ出した。様々な考えが頭の中でぐるぐると回るが、アルコールが残っているせいか、少しもまとまらない。

やがて克郎はのろのろと起き上がった。学習机に向かって座り、引き出しを開けた。レポート用紙が見つかった。ボールペンもあった。

レポート用紙を広げ、『前略　ナミヤ雑貨店様』と書きだした。

6

翌日の葬儀も、滞りなく進められた。参列者たちの顔ぶれは、昨日とさほど変わらない。早々に親戚たちがやってきたが、昨夜のことがあるからか、誰もが克郎の前では少しよそよそしかった。叔父は近づいてこなかった。

親戚以外には、商店街や町内会の人間が目立った。克郎が子供の頃からよく知っている人間ばかりだ。

その中に同級生の姿があった。礼服を着ていたのですぐには気づかなかったが、中学の時に同じクラスだった男に間違いなかった。家は『魚松』と同じ商店街で判子屋を営んでいるはずだ。

そういえば、と以前誰かから聞いた話を思い出した。幼い頃に父親を亡くした彼は、祖父から印鑑の手彫り技術を習い、高校を卒業したら店を手伝うことになっているということだった。つまり今日は、店を代表してやってきたのだろう。

焼香を終えた同級生は、克郎たちの前を通る時、丁寧に頭を下げてきた。その様子は、克郎よりも何歳も年上に見えた。

葬儀が終わると出棺、火葬と続いた。その後は家族と親戚だけが集会所に戻り、初七日の法要を行った。最後に親戚の前で健夫が挨拶し、すべてが終了となった。

親戚たちが帰っていくのを見送り、克郎たちも引き揚げることになった。荷物は多い。店のバンのハッチを開け、祭壇セットや花を積み込んだ。おかげで後部座席が狭くなった。運転するのは健夫だ。

「克郎、あなた、助手席に乗りなさい」加奈子がいった。

彼は首を振った。

「いや、おふくろが乗ればいい。俺、歩いて帰るから」

加奈子は不満そうな顔をした。父親の隣に座るのを嫌がっていると思ったのだろう。

「ちょっと寄りたいところがあるんだ。すぐに帰るけど」

「ふうん……」

釈然としない様子の加奈子たちに背を向け、克郎はさっさと歩きだした。どこに行くのかを尋ねられたら面倒だ。

歩きながら時計を見た。午後六時になろうとしているところだった。

昨夜遅く、克郎は家を抜け出した。『ナミヤ雑貨店』に行くためだった。ジーンズのポケットには茶封筒が入っていた。その中のレポート用紙には、現在の悩みが綿々と綴(つづ)られていた。もちろん書いたのは克郎自身だ。

自分の名前こそ明記しなかったが、今の状況をなるべく隠さずに書き記した。その上で、自分はどうすればいいだろうかと相談する内容だった。夢を追うべきか、それを諦めて家業を継ぐべきか――一言でいえば、そういうことになる。

だがじつは、今朝目を覚ましてから後悔した。何と馬鹿なことをしたものだろうかと思った。あの家に人など住んでいるわけがない。昨夜の女性は頭がおかしかったのではないか。

もしそうだとしたら大変だ。あの手紙を他人に読まれたくはない。

しかし一方で、もしかしたら、と期待する気持ちもあった。昨夜の女性のように、自分も的確なアドバイスを貰えるのではないか。

まさに半信半疑の心境で克郎は坂道を歩いた。やがて『ナミヤ雑貨店』の古びた店舗が見えてきた。昨夜来た時は、暗すぎてよくわからなかったが、本来はクリーム色だったはずの壁面が、どす黒く変色してしまっている。

店と隣の倉庫の間に細い隙間があった。家の裏に回るには、そこから入っていくしかなさそうだ。壁に触れて服が汚れないよう、気をつけて奥に進んだ。

裏には勝手口があり、そのすぐ横には、たしかに木製の牛乳箱が取り付けられていた。克郎は唾（つば）を飲み込み、側面の蓋（ふた）を引っ張った。少し固かったが、何とか開いた。

中を覗くと、茶色の封筒が入っていた。克郎は手を入れて取り出した。克郎が使った封筒を再利用しているようだ。宛名欄には、『魚屋アーティストさんへ』と黒いボールペンで書いてあった。

心底驚いた。やはりこの家には誰かが住んでいるのだろうか。克郎は裏口の扉の前に立ち、耳を澄ました。だが物音は何ひとつ聞こえてこない。

あるいは回答者は別の場所に住んでいて、夜ごと悩み相談の手紙が来ていないかどうかをチェックするのだろうか。それならば筋は通る。しかし、なぜわざわざそんなことをするのだろう。

首を傾げつつも克郎は、その場を離れた。そんなことは今はどうでもいい。『ナミヤ雑貨店』には『ナミヤ雑貨店』なりの事情というものがあるのかもしれない。それより、今は回答の内容が気になる。

封筒を手に、克郎は付近を歩き回った。どこか落ち着ける場所で読もうと思ったからだ。やがて小さな公園が見つかった。ブランコと滑り台と砂場があるだけだ。人影は全くなかった。克郎は隅のベンチに腰を下ろし、大きく呼吸を繰り返してから封筒を開いた。中から出てきたのは一枚の便箋だった。どきどきしながら読み始めた。

『魚屋アーティストさんへ

悩み、たしかに受け取りました。

たいへんぜいたくな悩みを聞かせてくれてありがとう。

いいですね。先祖代々からの魚屋さんの一人息子ですか。何もしなくても、その店を継げるわけですね。昔からのおなじみさんもいるだろうし、客集めに苦労することもありませんねえ。

ちょっとききますが、まわりに就職先が見つからずに悩んでる人っていないのですか。

もしいないってことなら、いい世の中ですね。

あと三十年もしてごらんなさい。そんなのんきなことをいってる場合じゃなくなりますよ。仕事があるだけまし。大学を無事に卒業したって就職できるかどうかわかんないって時代が来ます。きっと来ます。賭けたっていいです。

だけどあなたは中退ですか。やめちゃったわけですか。親にお金を出させて、せっかく入れた大学を捨てちゃったんですか。へえええ。

そして音楽ですか。アーティストを目指しちゃうわけですか。代々のお店を捨ててまで、ギター一本で勝負しようと思ってるんですか。おやおや。

もうね、何もアドバイスする気がしないです。好きにすればって、いいたいです。甘い考えで生きている人間は、どっかで痛い目にあえばいいと思っちゃいます。だけどこっちも、いきがかり上とはいえ、ナミヤ雑貨店の看板をしょっちゃったものだから、一応回答します。

悪いことはいいません、ギターなんか置いて、さっさと魚屋さんを継ぎなさい。お父さんの具合、悪いんでしょ。のほほんとしてる場合じゃないです。音楽なんかで食っていけるわけないでしょ。そんなことができるのは特別な才能がある人だけです。あなたには無理です。アホみたいな夢を見てないで、現実を見なさい。

ナミヤ雑貨店』

読み進むうちに、便箋を持つ手が震えてきた。無論、怒りで、だ。

何だこれは、と思った。なぜこんな罵詈(ばり)雑言を浴びせられねばならないのか。

音楽を諦めて家業を継ぎなさい——そういう回答が返ってくることは予想していた。現実的に考えれば、そちらのほうが無難だからだ。だがそれにしても、この書きようはないのではないか。失礼にもほどがある。

相談なんかしなければよかったと思った。便箋と封筒を丸めてポケットに押し込み、克郎は立ち上がった。ゴミ箱があれば、どこかで捨てようと思った。

だがゴミ箱は見当たらず、結局ポケットに入れたままで自宅に着いてしまった。家では両親と栄美子が、仏壇の前に祭壇セットを並べているところだった。

「どこ行ってたの？　遅かったわね」加奈子がいった。

「うん、ちょっと……」そういって階段を上がった。

自室に戻って着替えを済ませると、丸めた便箋と封筒をゴミ箱に投げ込んだ。だがすぐに思い直し、拾い上げた。皺だらけの便箋を広げ、もう一度読んだ。何度読んでも胸くそが悪いことに変わりはなかった。

こんなものは無視しようと思ったが、このままで済ませるのも我慢がならなかった。これを書いた人物は、大きな勘違いをしている。先祖代々の魚屋と書いているところを見ると、やけに立派な店を想像しているのではないか。相談者のことを、裕福な家で育ったボンボンだとでも思っているのではないか。

現実を見なさいと書いているが、克郎だって現実から目をそむけているわけじゃない。だからこそ悩んでいるのだが、回答者にはそこのところがわかっていない。

克郎は机に向かった。引き出しを開け、レポート用紙とボールペンを取り出した。そして少し時間をかけて書いた手紙は、次のようなものだった。

『前略　ナミヤ雑貨店様

お返事ありがとうございました。回答をもらえるとは思わなかったので、驚きました。

でも中身を読んで、がっかりしました。

はっきりいって、あなたは私の悩みをちっともわかっていません。私だって、家業を継ぐほうが手堅いということはわかっています。あなたにいわれるまでもありません。

しかし現時点で手堅いからといって、安泰だとはかぎりません。

誤解しておられるようですが、うちは間口が二間ほどの小さな店です。さほど繁盛しているとはいえず、毎日の生活費を稼ぐのがやっとです。そんな店を継いでも、将来を約束されているとはいえないと思います。それならば思い切って、別の道を模索するというのも、一つの考え方ではないでしょうか。前の手紙にも書きましたが、今では父や母も応援してくれているのです。ここで夢を捨てたら、二人を失望させることになります。

もう一つ、誤解しておられることがあります。私は音楽を、きちんと職業の一つとして捉えています。歌ったり演奏したり曲を作ったりして、生活費を稼ごうと考えているのです。でもあなたは私のことを、ただ道楽として芸術を楽しみたいだけの人間と思っておられるのではないですか。だからアーティスト（芸術家）を目指しちゃう、などという表現を使われたのでしょう。それについては、きっぱりと否定しておきます。私が目指すのは、浮世離れした芸術家などではなく職業音楽家です。ミュージシャンです。

成功するのは特別な才能のある人間だけだということは、私だってわかっています。でもどうしてその才能が私にはないと断言できるのですか。あなたは私の歌を聞いたことがないでしょう？　思い込みだけで決めつけないでください。何事も挑戦しなければわからないのではないでしょうか。

お返事をお待ちしています。

魚屋ミュージシャンより』

7

「おまえ、いつ東京に戻るんだ?」

葬儀の翌日、克郎が昼食を摂っていると、頭に手ぬぐいを巻いた健夫が店から入ってきて尋ねた。『魚松』は今日から営業を始めている。早朝、健夫がライトバンで仕入れに行くのを、克郎は自室の窓から見送った。

「まだ決めてない」ぼそりと答えた。

「こんなところでのんびりしてていいのか。おまえのいう音楽への道っていうのは、そんなに生易しいものなのか」

「別にのんびりしてるわけじゃねえよ。俺なりにいろいろと考えてる」

「何を考えてるんだ」

「いいだろ、そんなことどうだって」

「三年前、あれだけの啖呵を切ったんだ。死ぬ気になって、やれるところまでやってみろ」

「うるせえな。そんなこと、いわれなくたってわかってるよ」克郎は箸を置き、立ち上がった。台所から加奈子が心配そうに見ていた。

夕方になって、克郎は家を出た。無論、『ナミヤ雑貨店』に行くためだ。昨夜遅く、二通目の手紙をシャッターの小窓から投げ込んでおいたのだ。

牛乳箱を開くと、昨日と同じように克郎が使った封筒が入っていた。やはり回答者は、相談事の手紙が来ていないかどうかを毎日チェックしているのだろうか。

昨日と同様、近所の公園で回答を読んだ。それは次のようなものだった。

『魚屋ミュージシャンさんへ
大きかろうと小さかろうと店は店です。そのお店のおかげで、あんたは大学まで行かせてもらったんじゃなかったの？　経営が苦しいなら、それを何とかするのが息子の役目じゃないの？

親が応援してくれてるって、そりゃまともな親なら、犯罪とかでないかぎり、子供が何をするにしても応援してくれるでしょう。だからって、それに甘えてどうするのですか。

音楽をやるなとはいってません。趣味でいいではないですか。

はっきりいってあなたに音楽の才能はありません。あなたの歌を聞いたことはありませんが、そんなことはわかります。

だって三年も続けて、まだ芽が出ないわけでしょ？　それ、才能がない証拠。

売れてる人を見てみなさい。みんな、注目されるまで、そんなに時間がかかってないから。特別な光を持ってる人って、絶対に誰かが気づくんだよね。あなたには誰も気づいてない。そのことを認めなきゃ。

アーティストっていわれるのが嫌なわけ？　だとしたら、そこらへんの感覚も時代遅れかもね。とにかく、悪いことはいわないから、今すぐにでも魚屋さんになりなさい。

ナミヤ雑貨店』

克郎は唇を嚙んだ。前回と同様、今度の回答もひどいものだ。まさに、けちょんけちょんではないか。

だが、不思議にさほど怒りはこみ上げてこなかった。むしろ、ここまで書かれると爽快ですらある。

克郎は、もう一度文面を読み直した。思わず太いため息をついた。

そうだよな、と納得する気持ちが自分の中にあることを認めざるをえなかった。言葉は粗野だが、ここに書かれていることは真実を突いている。特別な光を持っていれば誰かが気づく――克郎自身がわかっていながら、これまで目をそむけてきたことだ。単にまだ運が巡ってこないだけだと自分自身を慰めてきたが、才能があるなら運なんてさほど必要ないはずなのだ。

今まで誰もそんなことはいってくれなかった。難しいからやめたほうがいい――せいぜいこの程度だ。自分の言葉に責任を持ちたくないからだ。しかしこの回答者は違う。言葉に全くぶれがない。

それにしても、と改めて便箋に目を落とした。

この人物は一体何者なのか。よくもまあこれだけずけずけと遠慮なく書けるものだ。ふつうなら少しは遠回しな表現を使うものだが、デリカシーというものがまるで感じられない。書いたのが、克郎がよく知っているナミヤの爺さんでないことはたしかだ。あの爺さんなら、もっと優しい言葉を使ってくれるはずだ。

この人物に会ってみたい、と思った。手紙だけでは伝わらないことも多い。直に会って話がしたかった。

夜になり、克郎は再び家を抜け出した。例によってジーンズのポケットには封筒が入っている。中身は三通目の手紙だ。自分なりにあれこれ考え、次のようにしたためた。

『前略　ナミヤ雑貨店様

二度目の返事ありがとうございます。

正直いって、ショックでした。あそこまで痛烈に非難されるとは思いませんでした。自分では、それなりに才能があるつもりでいました。いつかは日の目を見られるのではないかと夢を抱いていました。

でも、はっきりといわれ、すっきりしました。

もう一度、自分自身を見つめ直してみようと思います。考えてみれば、夢を追うことに意地になっていたような気がします。引っ込みがつかなくなっている、という部分もあるかもしれません。

ただ、情けない話ですが、まだ決心はつきません。もう少しだけ音楽の道を追い求めたいという気持ちがあります。

それで気づいたのです。私の本当の悩みは何だったのかを。

自分がどうすべきかは、とっくの昔にわかっていたのだと思います。夢を捨てる決心がつかなかっただけなのです。そして今も、どうすればそれができるのかがわかりません。たとえていえば、片思いの心境です。恋が実らないとわかりつつ、相手のことを忘れられないのです。

文章では、どうもうまく気持ちを表現できません。そこでお願いがあります。一度、直接会って話を聞いてもらえないでしょうか。あなたがどういう人なのかということも、大変興味があります。

どこへ行けばあなたに会えますか。教えてもらえれば、どこへでも行きます。

魚屋ミュージシャン』

『ナミヤ雑貨店』は、いつものようにひっそりと薄闇の中に佇(たたず)んでいた。克郎はシャッターに近づき、郵便物投入用の小窓を開いた。そこにジーンズのポケットから出した封筒を入れ、半分ほど押し込んだところで止めた。

シャッターの向こう側に誰かがいるような気がしたからだ。

もしそうなら、封筒は向こう側から引っ張り込まれるはずだ。このままの状態にして、しばらく様子を見ようと思ったのだ。

時計を見ると、午後十一時を少し過ぎたところだった。

克郎は別のポケットに手を突っ込んだ。出してきたのはハーモニカだった。深呼吸を一つした後、シャッターのほうを向いて、ゆっくりと吹き始めた。中にいる人に聴いてもらいたかった。

彼が作った曲の中で一番気に入っている作品だ。タイトルは、『再生』。歌詞は、まだつけていない。ふさわしいものが思いつかないのだ。ライブハウスなどでは、いつもハーモニカで演奏している。ゆったりとしたバラード調のメロディだ。

ワンコーラスを演奏し終えたところでハーモニカを口から離し、小窓に突っ込んだ封筒を見つめた。しかしそれが引き込まれる気配はない。どうやら中には誰もいないようだ。手紙が回収されるのは朝なのかもしれない。

克郎は指先で封筒を押し込んだ。ぱさり、と下に落ちる音がかすかに聞こえた。

8

「かつろう、起きてっ」

身体を激しく揺すられ、克郎は目を覚ました。加奈子の青ざめた顔が目の前にあった。

克郎は顔をしかめ、瞬き(まばた)を繰り返した。

「何だよ、一体」訊きながら枕元に置いた腕時計を手にしていた。時刻は午前七時を過ぎたところだ。

「大変なの。お父さんが、市場で倒れたんだって」

「えっ」上半身を起こした。いっぺんに目が覚めた。「いつ?」

「たった今、市場の人から連絡があったの。病院に運ばれたそうなんだけど」

ベッドから飛び起きた。椅子の背もたれにかけてあったジーンズに手を伸ばした。

身支度を済ませると、加奈子や栄美子と共に家を出た。シャッターには、『本日臨時休業』の貼り紙をした。

タクシーを拾い、病院に駆けつけた。魚市場で役員をしているという中年の男性が待っていた。加奈子とも顔見知りらしい。

「荷物を運んでいる時、急に苦しそうにし始めたんです。それですぐに救急車を呼んだというわけで……」男性が説明した。

「そうですか。どうも御迷惑をおかけしました。あとはこちらのほうで何とかいたしますので、どうか市場にお戻りになってください」加奈子は礼を述べた。

処置が終わったということなので、担当医から話を聞くことになった。克郎も栄美子と共に同席した。

「一言でいうと過労です。それで心臓に負担がかかったんでしょう。お心当たりはありませんか。最近、何か疲れるようなことをされませんでしたか」白髪の品の良い顔立ちの医師が落ち着いた口調でいった。

葬儀を終えたばかりだと加奈子がいうと、医師は納得したように頷いた。

「肉体だけでなく精神面での緊張が続いたからかもしれませんね。心臓の具合については、今すぐにどうこうというわけではありませんが、気をつけたほうがいいでしょうね。定期的に検診を受けることをお勧めします」

そうさせます、と加奈子は答えた。

面会できるということなので、その後すぐに病室に向かった。救急患者用の病室のベッドで、健夫は横たわっていた。克郎たちを見て、少しばつが悪そうな顔をした。

「全員で来るとは大げさだな。大したことないのに」強がっていうが、その声には張りがなかった。

「やっぱり店を開けるのが早すぎたのよ。二、三日休んだほうがいいわね」

加奈子の言葉に、健夫は渋い顔で首を振った。

「そんなことできるか。大丈夫だ。うちが休んだら、お客さんたちが迷惑するだろうが。うちの魚を楽しみにしている人だっているんだ」

「でも、無理して身体を壊したら元も子もないでしょ」

「だから大したことはないといってるだろ」

「親父は無理するな」克郎はいった。「どうしても店を開けるというなら、俺が手伝う」

三人の視線が彼の顔に集まった。いずれの目にも驚きの色があった。

全員が一瞬沈黙した後、「何いってるんだ」と健夫が吐き捨てた。「おまえに何ができる。魚のさばき方も知らんくせに」

「そんなことはない。忘れたのか。高校の時までは、夏休みとかは手伝ってた」

「あんなのはプロの仕事じゃない」

「だけど――」克郎は言葉を切った。健夫が毛布の下から、息子の発言を制するように右手を出してきたからだ。

「おまえ、音楽はどうするんだ」

「だから、それは諦めようかなと……」

「何だと」健夫の口元が歪んだ。「逃げるのか」

「そうじゃなくて、俺が店を継いだほうがいいと思ったんだ」

健夫は舌打ちした。

「三年前、あんなにえらそうなことをいっておいて、結局はそんなことか。はっきりといっておくが、俺はおまえに店を継がせる気はない」

克郎は驚いて父親の顔を見返した。あなた、と加奈子も心配そうな声を発した。

「どうしても魚屋をやりたいっていうんなら話は別だ。だけど今のおまえはそうじゃない。そんな気持ちで継いだって、ろくな魚屋になれねえよ。何年か経ったら、やっぱり音楽をやってりゃよかったたって、うじうじ考えるに決まってるんだ」

「そんなことはない」

「あるよ。俺にはわかる。で、その時になって、親父が病気で倒れたもんだから仕方なく継いだんだとか、家のために犠牲になったんだとか、いろいろと自分に言い訳するんだよ。何ひとつ責任取らないで、全部人のせいにするんだ」

「あなた、そんな言い方しなくても」

「おまえは黙ってろ。——どうだ、いい返せないだろ。何か文句があるならいってみろ」

克郎は口を尖らせ、健夫を睨んだ。「家のことを考えるのが、そんなに悪いことかよ」

健夫は、ふんと鼻を鳴らした。

「そういう立派なことは、何か一つでも成し遂げてからいうんだな。おまえ、音楽を続けてきて、何かモノにしたか？　してねえだろ？　親の言葉を無視してまで一つのことに打ち込もうと決めたなら、それだけのものを残せっていうんだ。それもできない人間に、魚屋ならやれそうだと思われたんだとしたら、全く失礼な話だ」

一気にまくしたてた後、健夫は少し苦しそうな顔をし、胸を押さえた。あなた、と加奈子が声をかけた。「大丈夫？――栄美子、先生を呼んできて」

「心配するな。どうってことない。おい、克郎、よく聞け」健夫は横になったままで真剣な目を向けてきた。「おまえの世話にならなきゃいけないほど、俺も『魚松』もヤワじゃない。だから余計なことは考えず、もういっぺん命がけでやってみろ。東京で戦ってこい。その結果、負け戦なら負け戦でいい。自分の足跡ってものを残してこい。それができないうちは帰ってくるな。わかったな」

返す言葉が思いつかずに克郎が黙っていると、「わかったのかっ」と強い口調で確認された。

わかった、と克郎は小声で答えた。

「本当だな。男と男の約束だぞ」

父親からの問いかけに、深く頷いた。

病院から家に帰ると、克郎はすぐに荷物をまとめ始めた。持ってきた荷物だけでなく、部屋に残してあったものの整理も行った。長い間、まともに片付けたことがなかったので、ちょっとした大掃除になった。

「机とかベッドは処分してくれ。本棚も使わないなら捨ててくれていい」休憩を兼ねて昼食を摂っている時、克郎は加奈子にいった。「あの部屋、もう使わないから」

「じゃあ、あたしが使っていい？」即座に栄美子が訊いてきた。

「ああ、いいよ」

やった、と栄美子は小さく手を叩いた。

「克郎、お父さんはあんなことをいったけど、いつでも帰ってきていいんだからね」

そんなことをいう母親に、克郎は苦笑を向けた。

「横で聞いてただろ。男と男の約束なんだ」

でも、といったきり加奈子は口を閉ざした。

部屋の片付けは夕方までかかった。それより少し前、加奈子が病院へ行き、健夫を連れ帰っていた。健夫は朝に比べると顔色がよくなっていた。

夕食はすき焼きだった。加奈子が上等の肉を奮発したようだ。栄美子は子供のように喜び、健夫は二、三日はタバコとアルコールを控えるようにいわれたらしくビールを飲めないことを嘆いていた。克郎にとっては葬儀後初めての和気あいあいとした食事だった。

夕食が終わると出かける支度をした。東京に戻るのだ。明日にすればと加奈子はいったが、好きにさせてやれと健夫が窘めた。

「じゃあ、行くから」両手に荷物を提げ、克郎は両親や栄美子に別れを告げた。

しっかりね、と加奈子がいった。健夫は黙っていた。

家を出た後、そのまま駅には向かわず、寄り道をすることにした。最後にもう一度『ナミヤ雑貨店』に行っておこうと思った。昨日の手紙の返事が牛乳箱に入っているかもしれない。

行って確かめてみると、やはり返事は入っていた。克郎はそれをポケットに入れた後、改めて廃屋になった店を眺めた。埃だらけの看板は、克郎に何かを語りかけたそうにしているように見えた。

駅に行き、列車に乗ってから手紙を読んだ。

『魚屋ミュージシャンさんへ
三通目の手紙、読みました。

くわしいことはいえないのですが、じかに会うのは無理です。それに、会わないほうがいいです。会ったらたぶんがっかりします。今までこんなやつに相談していたのかと思って、自分がいやになるでしょう。だから、この話はやめましょう。

そうですか。ようやくミュージシャンをあきらめようって気になりましたか。

でもたぶん、それは今だけです。あなたはやっぱりミュージシャンを目指します。もしかしたら、この手紙を読む時には気が変わっているかもしれませんね。

それでよかったのかどうか、悪いけどよくわかりません。

ただ、ひとつだけあなたにいっておきたいことがあります。

あなたが音楽の道を進むことは、決してムダにはなりません。

あなたの曲によって、救われる人がいると思います。そしてあなたが生み出した音楽は必ず残ります。

なぜそんなことをいいきれるのかときかれたら困るけど、それは確かなことです。

最後まで、そのことを信じてください。最後の最後まで信じていてください。

それしかいえません。

ナミヤ雑貨店』

読み終えるなり克郎は首を捻った。

何だろう、この回答は。妙に丁寧だ。今までの乱暴な言葉遣いは見当たらない。

何より不思議なのは、克郎が再びミュージシャンを目指そうと決心したことを見抜いている点だ。あるいは、それだけ人の心を見通せるから、『悩み相談のナミヤ雑貨店』なのかもしれないが。

最後の最後まで信じていてください、か——。

どういう意味だろうと思った。いつかは夢が叶うということだろうか。しかしなぜそんなことが断言できるのか。

克郎は手紙を封筒に戻し、バッグに入れた。いずれにせよ勇気づけられた、と思った。

9

通りかかったCDショップの店頭に、ブルーのジャケットのCDが山積みにされていた。

克郎は一枚を手にし、喜びを嚙み締めた。ジャケットには『再生』というタイトルが印刷されている。その横には『松岡克郎』の文字。

やっとここまで来た。辿(たど)り着くことができた。

長い道のりだった。固い決心のもと、再び上京した克郎は、それまで以上に音楽に打ち込んだ。あらゆるコンテストに挑戦し、オーディションを受け、レコード会社にテープを送り続けた。路上ライブだって、数え切れないほどやった。

それでも日の目を見ることはなかった。

あっという間に時間が過ぎた。次第に自分が何をしていいのかわからなくなった。

そんな時、たまたまライブを聴きに来ていた客から、児童養護施設で慰安演奏をしてみないかと声をかけられた。

そんなことをして何になるんだと思いつつ、承諾していた。

行った先は、児童が二十人もいない小さな施設だった。戸惑いつつ、演奏した。聴いている子供たちも戸惑っていた。

やがて一人の子供が手拍子を始めた。それを合図に、ほかの子供たちも真似をした。次第に克郎も乗せられていった。楽しくなってきた。

歌っていて心底楽しいと思えたのは、久しぶりだった。

それ以来、日本中の施設を回るようになった。子供向けの持ち歌は、千曲を超えている。

結局、本格的なデビューは叶わなかったが――。

克郎は首を捻った。デビューできなかった？　ではここにあるCDは何だろう。ちゃんとデビューできているじゃないか。自分の一番気に入っている曲で。

『再生』を口ずさもうとした。だがどうしたことか、歌詞が思い出せない。そんな馬鹿な。自分の歌なのに。

一体、どんな歌詞だっただろう。克郎はCDケースを開けた。ジャケットを取り出し、歌詞を見ようとした。ところが指がうまく動かない。折り畳まれたジャケットを広げられない。

店内からは、耳が痛くなるほどの大音響が流れてくる。何だ、これは。どういう音楽だ——。

次の瞬間、克郎は目を開いていた。自分がどこにいるのか、咄嗟にはわからなかった。見覚えのない天井、壁、カーテン。そこまで視線を移動させたところで、ようやく『丸光園』の一室だと気づいた。

ベルがけたたましく鳴っている。悲鳴のようなものが聞こえる。さらに、火事だ、落ち着いて、といった声。

克郎は跳ね起きた。旅行バッグとジャンパーを手にし、靴を履いた。洋服を着たままで眠っていたのが幸いだ。ギターはどうするか。諦めよう。一秒で結論を出した。

部屋を出て、ぎょっとした。廊下に煙が充満していた。

職員の男性がハンカチを口に当て、手招きしていた。「こっちです。こっちから逃げてください」

いわれるままに男性の跡を追って駆けだした。階段を二段とばしで下りていく。

だがすぐ下の階に下りたところで足を止めた。廊下にセリの姿があったからだ。

「何してるんだ。早く逃げろっ」克郎は怒鳴った。

セリは目を血走らせていた。頬は涙で濡れている。

「弟が……タツユキがいない」

「何だって？　どこへ行ったんだ」

「わかんないけど、たぶん屋上。眠れない時、いつもあそこへ行くから」

「屋上……」

一瞬迷った。だが次の行動は速かった。自分の荷物をセリに押し付けた。「持っててくれ。君はすぐに逃げるんだ」

えっ、と目を見開いた彼女を残し、克郎は階段を駆け上がった。

短時間のうちに煙の濃度は増していた。涙がぽろぽろ出る。喉も痛い。視界が不良なだけでなく、息をするのも苦しい。気味が悪いのは、炎が見えないことだ。一体、どこで何が燃えているのか。

これ以上は危険かもしれない。逃げるか。そう思った時だった。どこからか子供の泣き声が聞こえてきた。

「おーい、どこだ」声を出した。その途端、煙が喉に入ってきた。激しくむせながら前に進んだ。

何かが崩れる音がした。同時に、煙が薄くなった。階段の上で少年がうずくまっているのが見えた。セリの弟に相違なかった。

克郎は少年を肩に担ぎ、階段を下りようとした。その瞬間、轟音と共に天井が落ちてきた。あっという間に周囲は火の海となった。

少年が泣き叫んだ。克郎は混乱した。

だが立ち止まってはいられなかった。階段を下りるしか助かる道はないのだ。

少年を担いだままで克郎は炎の中を走った。どこをどう進んでいるのか、自分でもわからなかった。巨大な炎の塊が、次々に襲ってきた。全身に痛みが走った。息もできない。

赤い光と黒い闇、それらに同時に包み込まれた。

誰かに呼びかけられているような気がした。しかし答えられない。身体をぴくりとも動かせないのだ。いや、自分の身体があるのかどうかもわからない。

意識が遠のいていく。どうやら眠ってしまいそうだ。

一通の手紙の文面が、ぼんやりと脳裏に浮かんできた。


『あなたが音楽の道を進むことは、決してムダにはなりません。

あなたの曲によって、救われる人がいると思います。そしてあなたが生み出した音楽は必ず残ります。

なぜそんなことをいいきれるのかときかれたら困るけど、それは確かなことです。

最後まで、そのことを信じてください。最後の最後まで信じていてください。』


ああ、そうなのか。今が最後の時なのか。今もまだ、俺は信じていればいいのか。

だとすれば親父、俺は足跡を残したことになるのかな。負け戦だったけどさ――。

10

超満員のアリーナは、ついさっきまでは熱狂的な歓声に支配されていた。アンコールで披露したこれまでの三曲は、ファンたちの熱気を燃やし尽くすために用意したものだ。

だが最後の曲は、これまでとは趣が違う。そんなことは長年のファンならわかっているらしく、彼女がマイクを構えたところで、数万人が静まり返った。
「最後はいつもの曲です」稀代の天才女性アーティストはいった。「この曲は、私がアーティストとして世に出るきっかけになった作品です。でもそれ以上に深い意味があります。この曲を作った人は、私にとって唯一の肉親である弟の命の恩人なのです。自分の命と引き換えに、彼を救ってくれました。その人に出会わなければ、今の私はなかったでしょう。だから私は、生涯、この曲を歌い続けるのです。それが私にできる唯一の恩返しなのです。どうか、聴いてください」

そして『再生』のイントロが流れ始めた。

第三章　シビックで朝まで

1

改札口を出て腕時計を見ると、二本の針は午後八時半を少し過ぎたところを指していた。おかしいなと思い、周囲を見回した。案の定、時刻表の上に取り付けられた時計は、八時四十五分を示している。浪矢貴之（たかゆき）は口元を歪（ゆが）め、舌打ちした。オンボロ時計め、また狂ってやがる。

大学の合格祝いで父親から貰（もら）った時計は、最近になって不意に止まることが多くなった。二十年も使っていれば当然か。そろそろクォーツに買い替えようかなと考えた。水晶発振方式の画期的な時計は、かつては軽自動車並みの値段がしたが、最近では急速に低価格化している。

駅を出て、商店街を歩いた。この時間になっても、まだ開いている店があることに驚いた。外から覗（のぞ）いたかぎりでは、どの店もなかなかに繁盛しているらしい。ニュータウンができて新しい住人が増え、駅前商店街の需要が高まった、と聞いたことがある。

こんな地方の、ぱっとしない街がねえ、と貴之は意外に思うが、生まれ育った土地に活気が戻っているという話を聞いて悪い気はしない。それどころか、せめてうちの店もこの商店街の中にあったならな、などと考えてしまう。

商店の並ぶ通りから脇道に入り、しばらく真っすぐ歩いた。すぐに住宅の建ち並ぶエリアに入った。このあたりは来るたびに景色が少しずつ変わる。新しい家が次々と建っていくからだ。それらの住人の中には、ここから東京まで通勤している者も珍しくないという。特急電車を使っても、二時間はかかるだろう。自分にはとてもできない、と貴之は思った。彼の現在の住まいは都内の賃貸マンションだ。狭いながらも２ＬＤＫで、妻と十歳になる息子と三人で暮らしている。

しかし、と思い直した。ここから通うのは無理だが、立地条件について、ある程度は妥協する必要はあるかもしれない。人生は、自分の思う通りにならないことのほうが多い。通勤時間が延びるぐらいのことは我慢すべきだろう。

住宅地を抜けると、Ｔ字路に出た。右折し、さらに歩いていく。緩やかな上り坂だ。このあたりなら、目をつむっていても歩ける。どれだけ歩けば、道がどの程度に曲がっていくか、身体が覚えている。何しろ、高校を卒業するまで通った道だ。

やがて右前方に小さな建物が見えてきた。街灯は点(とも)っているが、看板の字は煤(すす)けていて読みにくい。シャッターは閉まっていた。

店の前で足を止め、改めて看板を見上げた。ナミヤ雑貨店――近づけば辛うじて読める。隣の倉庫との間に、幅一メートルほどの通路がある。貴之は、そこから店の裏側に回った。

小学生の頃は、ここに自転車を止めていた。

店の裏には勝手口があった。ドアのすぐ横に牛乳箱が取り付けられている。牛乳を配達してもらっていたのは、十年ほど前までだ。母親が亡くなって、しばらくしてからやめた。しかし牛乳箱はそのままだ。

牛乳箱の脇にはボタンが付いている。押せば、昔はブザーが鳴った。今は鳴らない。

貴之はドアノブを引いた。やはり抵抗なく開いた。いつもこうだ。

靴脱ぎには、見慣れたサンダルと、古びた革靴が並んでいた。どちらも所有者は同じだ。

今晩は、と低く声をかけた。返事はなかったが、構わずに進んだ。靴を脱ぎ、上がり込んだ。入ってすぐのところが台所だ。その先には和室があり、さらにその向こうが店舗になっている。

雄治は和室で卓袱台に向かっていた。股引にセーターという出で立ちで、正座をしている。そのまま顔だけをゆっくりと貴之のほうに向けた。老眼鏡を鼻先にずらしている。

「何だ、おまえか」

「何だ、じゃないよ。鍵がかかってなかったぞ。戸締まりはきちんとしろって、いつもいってるだろ」

「大丈夫だ。誰か来たら、すぐにわかる」

「わからなかったじゃないか。俺の声、聞こえなかったんだろ」

「何か聞こえてたが、考え事をしてたので、返事をするのが面倒だったんだ」

「また、そういう負け惜しみを」貴之は持参してきた小さな紙袋を卓袱台に置き、胡座をかいた。「ほら、親父の好きな木村屋のあんぱんだ」

おう、と雄治は目を輝かせた。「いつもすまんな」

「別にいいよ、これぐらい」

雄治は、どっこいしょと立ち上がり、紙袋をつまみ上げた。すぐそばの仏壇は扉が開いたままだ。そこの台にあんぱんの入った袋を置くと、立ったままで鈴を二度鳴らし、元の場所に座った。小柄で痩せているが、八十歳近くになっても姿勢だけは良い。

「おまえ、晩飯は食ったのか」

「会社の帰りに蕎麦を食った。今夜はこっちに泊まるから」

「ふうん。芙美子さんにはいってあるのか」

「ああ。あいつも親父のことを心配してたぜ。体調はどうなんだ」

「おかげさまで問題ない。わざわざ様子を見に来てもらうまでもない」

「せっかく来てやったのに、その言い方はないだろ」

「心配無用といってるだけだ。ああそうだ、さっき風呂に入って、湯はそのままにしてある。まだ冷めてないだろうから、好きな時に入ればいい」

会話の間中、雄治の視線は卓袱台の上に向けられていた。そこには便箋が広げられている。傍らに封筒が置いてあった。表書きは、ナミヤ雑貨店様へ、となっている。

「それ、今夜来たのか」貴之は訊いた。

「いや、届いたのは昨日の深夜だ。朝になって、気づいた」

「それなら、今朝、回答しなきゃいけなかったんじゃないのか」

『ナミヤ雑貨店』への悩み相談の回答は、翌朝牛乳箱に入れられる——それが雄治の作ったルールのはずだ。そのため雄治は午前五時半には起きる。

「いや、夜中だということで相談者も気を遣ったらしい。回答は一日遅れでいいと書いてある」

「ふうん、そうなのか」

おかしな話だ、と貴之は思った。なぜ雑貨屋の店主が、他人の悩み相談に応じねばならないのか。もちろん、こうなってしまった経緯はわかっている。何しろ、週刊誌が取材に来たほどなのだ。あの直後は相談件数が増えた。真面目な内容もあったが、多くがふざけたものだった。明らかに嫌がらせと思われるものも少なくなかった。極めつけは一晩で三十通以上の悩みが持ち込まれたことだ。明らかに一人の手によるものだった。内容はすべてでたらめなものだった。ところが雄治は、それらにさえも回答をしようとした。さすがにその時には、

「やめろよ、そんなこと」と貴之は雄治にいった。

「どう考えたって悪戯だろ。真面目に相手をするなんて馬鹿馬鹿しいじゃないか」

しかし老いた父親は一向に懲りている様子がなかった。それどころか、「おまえは何もわかってないなあ」と哀れむようにいうのだった。

何がわかってないのか、とむきになって詰問すると、雄治は涼しい顔をしてこういった。

「嫌がらせだろうが悪戯目的だろうが、『ナミヤ雑貨店』に手紙を入れる人間は、ふつうの悩み相談者と根本的には同じだ。心にどっか穴が開いていて、そこから大事なものが流れ出しとるんだ。その証拠に、そんな連中でも必ず回答を受け取りに来る。牛乳箱の中を覗きに

来る。自分が書いた手紙に、ナミヤの爺さんがどんな回答を寄越すか、知りたくて仕方がないわけだ。考えてみな。たとえでたらめな相談事でも、三十も考えて書くのは大変なことだ。そんなしんどいことをしておいて、何の答えも欲しくないなんてことは絶対にない。だからわしは回答を書くんだ。一生懸命、考えて書く。人の心の声は、決して無視しちゃいかん」

実際に雄治は、その同一人の手によるものと思われる三十通の悩み相談の一つ一つに真面目に回答を書き、朝までに牛乳箱に入れた。そしてたしかに店を開ける前の午前八時には、それらのすべてが持ち去られていたのだった。その後、同種の悪戯は起きていない。代わりにある夜、『ごめんなさい。ありがとうございました。』と一文だけ書かれた紙が放り込まれた。その筆跡は、三十通の主のものと酷似していた。それを誇らしげに息子に見せた時の父親の顔を、貴之は忘れられない。

たぶん生き甲斐ってやつなんだろうと思った。約十年前、貴之の母親が心臓病でこの世を去った時には、雄治はすっかり元気をなくしてしまった。すでに子供たちは全員家を出ていた。一人きりの孤独な生活は、間もなく七十歳になろうという老人から生きる気力を奪い取るには、十分なほど辛いものだったようだ。

貴之には二歳上の、頼子という姉がいる。だが彼女は夫の両親と同居しており、とても頼るわけにはいかなかった。雄治の面倒をみるとすれば、貴之しかいない。とはいえ彼も所帯を持ったばかりの頃だった。当時は狭い社宅暮らしで、雄治を引き取る余裕などなかった。そんな子供たちの実情をわかっていたのだろう。雄治は元気をなくしながらも、店を閉めるとは決していわなかった。貴之も、そんな父のやせ我慢に甘えていた。

ところがある日、姉の頼子から意外な電話がかかってきた。

「びっくりしたわよ。すっかり元気になってるんだもの。お母さんが死ぬ前より生き生きしてるかもしれない。あれなら一安心。当分は大丈夫だと思う。あなたも一度顔を見に行ってみたら？　驚くわよ、きっと」

久しぶりに様子を見に行ったという姉は、声を弾ませていた。さらに彼女は興奮した口ぶりで、「どうしてお父さんがそんなに元気になったかわかる？」と訊いてきたのだ。貴之がわからないというと、「そりゃそうよねえ、わかるわけないと思う。私なんか、それを聞いて二度びっくり」と続けた後、ようやく事情を話してくれたのだ。お父さんは悩みの相談室まがいのことをしている、と。

その話を聞いた時、貴之は今ひとつぴんとこなかった。何だよそれ、と思っただけだ。そこで早速、次の休日に実家に帰ってみた。そうして目にした光景は、とても信じられないものだった。『ナミヤ雑貨店』の前に人だかりができているのだ。集まっているのは主に子供たちだが、大人の姿もあった。どうやら彼等は店の壁を眺めているようだった。そこには紙がたくさん貼ってあり、それを見て笑っているのだ。

貴之は近づいていき、子供たちの頭越しに壁を見上げた。そこに貼られているのは便箋やレポート用紙だった。小さなメモ用紙もある。内容を読んでみると、たとえば中の一枚には次のようなことが書かれていた。

『相談です。勉強せず、カンニングとかのインチキもしないで、テストで百点をとりたいです。どうすればいいですか。』

明らかに子供の字と思われた。それに対する回答が、下に貼られている。こちらは貴之が見慣れた雄治の字で書かれていた。

『先生にたのんで、あなたについてのテストを作ってもらってください。あなたのことだから、あなたの書いた答えが必ず正解です。』

何だこれは、と思った。悩みの相談というより、とんちではないか。

ほかの悩み相談にも目を通したが、サンタクロースに来てほしいが煙突がないのでどうすればいいかとか、地球が猿の惑星みたいになった時には誰から猿の言葉を習えばいいかとか、とにかくどれもこれもふざけた内容ばかりだ。だがいずれの質問にも、雄治は生真面目に回答している。どうやらそれがうけているらしい。そばには投入口の付いた箱が置いてあり、『悩みの相談箱　どんなことでも遠慮なく相談してください　ナミヤ雑貨店』と書いた紙が貼ってあった。

「まあ、一種の遊びだ。近所のガキ共の挑発に乗って、引っ込みがつかなくなってやり始めたんだが、意外と好評で、あれを読むために遠くから人が来るようになった。何が功を奏するかわからんな。ただ、近頃ではガキ共も捻(ひね)った悩みを入れてきやがるもんだから、こっちも頭を使わなきゃいかん。結構大変だ」

苦笑いを浮かべながら話す雄治の表情は、生き生きとしていた。妻を亡くした直後とは明らかに違っていた。姉の言葉は嘘ではなかったのだ。

雄治の新たな生き甲斐となった悩み相談は、当初は遊びの要素が強かったが、やがて真剣な悩みが寄せられるようになった。そうなると人目につく相談箱ではまずいだろうということとで、現在のシャッターの郵便口と牛乳箱を使った方式に変えたそうだ。ただし面白い悩みが持ち込まれた場合には、今まで通り、壁に貼り出しているらしい。

雄治は卓袱台の前で正座し、腕組みをしている。便箋を広げているが、ペンを取る気配はなかった。下唇を少し突き出し、眉間に皺を寄せている。

「ずいぶんと考え込んでるな」貴之はいった。「難しい内容なのか」

雄治はゆっくりと頷いた。

「女の人からの相談だ。この手の問題は一番苦手だ」

色恋沙汰だな、と解した。雄治は見合い結婚だが、お互い婚礼の当日まで相手のことをよく知らなかったという話だ。そんな時代を過ごしてきた人間に恋愛問題を相談するほうが非常識だと貴之は思う。

「適当に書いとけよ」

「何いってるんだ。そんなわけにいくか」雄治は少し怒った声を出した。

貴之は肩をすくめ、腰を上げた。「ビール、あるんだろ。貰うぜ」

雄治の返事はないが、冷蔵庫を開けた。2ドアタイプの旧式で、二年前に姉の家が買い替えた時、それまで使っていたものを貰ったのだ。この前に使っていたのは1ドアだった。昭和三十五年に買った代物だ。貴之は大学生だった。

ビールの中瓶が二本冷えていた。酒好きの雄治は冷蔵庫からビールを絶やすことがない。昔は甘いものになど見向きもしなかった。木村屋のあんぱんが大好物になったのは、六十歳を過ぎてからだ。

まずはビール瓶を一本取り出し、栓を抜いた。さらに食器棚から勝手にコップを二つ出し、卓袱台に戻った。

「親父も飲むだろ」

「いや、今はいらん」

「そうなのか。珍しいな」

「回答を書き終えるまでは酒は飲まん。いつもそういってるだろ」

ふうん、と頷きながら貴之は自分のコップにビールを注いだ。

考え込んでいた雄治が、ゆっくりと貴之のほうに顔を巡らせた。

「父親には女房と子供がいるらしい」いきなり、そういった。

はあ、と貴之は口を開けた。「何の話だ」

雄治は、そばに置いてある封筒を摘んだ。

「相談者だ。女性なんだが、父親には妻子がいるんだ」

やはり意味がわからない。貴之はビールを一口飲んでから、コップを置いた。

「そりゃそうだろう。俺の父親にだって、妻と子供がいた。妻は死んだけど、子供は生きている。この俺だ」

雄治は顔をしかめ、苛立ったように首を振った。

「わしの話なんかはしてない。そういう意味じゃない。父親ってのは、相談者の父親ではなく、子供の父親だ」

「子供？　誰の？」

だから、と雄治はもどかしそうに手を振った。「お腹の子供だ。相談者の」

えっ、といってから、ああ、と納得した。

「そういうことか。相談者は妊娠してるわけだ。で、相手の男が妻子持ちなんだな」

「そうだ。さっきからそういってるだろう」

「言い方が悪いんだよ。父親っていわれたら、誰だって相談者の父親だと思うだろ」

「それは早合点というものだ」

「そうかな」貴之は首を捻り、コップに手を伸ばした。

「で、どう思う?」雄治が訊いてきた。

「何が」

「何を聞いてるんだ。相手の男には女房と子供がいる。そんな男の子供を孕(はら)んだわけだ。どうすりゃいいと思う?」

ようやく相談内容が見えてきた。貴之はビールを飲み、ふうっと息を吐いた。

「全く近頃の若い女は節操がないな。おまけに馬鹿だ。女房持ちと関わって、良いことなんかあるわけない。何を考えてるんだ」

雄治は渋面を作り、卓袱台を叩(たた)いた。

「講釈はいいから、どうすればいいかを答えろ」

「そんなことは決まってるだろ。堕(お)ろすしかない。ほかにどういう答えがあるんだ」

雄治はふんと鼻を鳴らし、耳の後ろを掻(か)いた。「おまえに訊いたのが間違いだった」

「何だよ、どういう意味だ」

すると雄治はげんなりしたように口元を曲げ、相談者の封筒を手でぽんぽんと叩いた。

「堕ろすしかない、ほかにどういう答えがあるんだ——おまえでさえ、そんなふうにいうんだ。この相談者だって、まずはそう考えただろうさ。その上で悩んでるってことがわからんのか」

鋭い指摘に貴之は黙り込んだ。たしかにその通りだ。

いいか、と雄治はさらにいった。

「堕ろしたほうがいいということはわかっているとこの人は書いている。相手の男が責任を取ってくれるとは思えないし、女手ひとつで育てるとなれば、この先、相当苦労するだろうと冷静に見極めている。その上で、どうしても産みたいという気持ちを捨てきれない、堕ろすことなど考えられないといっているんだ。どうしてだか、わかるか？」

「さあね。俺にはわからんよ。親父にはわかるのか」

「手紙を読んだからな。この人によれば、これは最後のチャンスらしい」

「最後って？」

「この機会を逃せば、自分が子供を産むことはないだろうということだ。この人は前に一度結婚していて、どうしても子供ができないんで病院で診てもらったら、子供のできにくい体質だとわかったそうなんだ。医者からは、子供は諦めたほうがいいとまでいわれたらしい。それが理由で結婚生活もうまくいかなかったみたいだ」

「不妊症ってやつか……」

「とにかくそういう事情だから、この人にとっては最後のチャンスってことになるわけだ。

ここまで聞けばいくらおまえでも、堕ろすしかない、なんて簡単には答えられないとわかるだろう」

貴之はコップのビールを飲み干し、瓶に手を伸ばした。

「いってることはわかるけどさあ、やっぱり産むのはやめたほうがいいんじゃないか。子供がかわいそうだろ。きっと、苦労するぜ」

「だからそれは覚悟していると書いてある」

「そうはいってもなあ」貴之はコップにビールを注いだ後、顔を上げた。「だけど、それ、相談って感じじゃないな。そこまでいうなら、もう産む気だぜ。親父がどう回答しようが、関係ないんじゃないか」

雄治は頷いた。「かもしれん」

「かもしれんって……」

「長年悩みの相談を読んでいるうちにわかったことがある。多くの場合、相談者は答えを決めている。相談するのは、それが正しいってことを確認したいからだ。だから相談者の中には、回答を読んでから、もう一度手紙を寄越す者もいる。たぶん回答内容が、自分が思っていたものと違っているからだろう」

貴之はビールを飲み、顔を歪めた。「よくそんな面倒臭いことに何年も付き合ってるな」

「これも人助けだ。面倒臭いからこそ、やり甲斐がある」

「まったく、物好きだな。だけどそういうことなら、考える必要はないだろ。その人は産む気みたいなんだから、がんばって元気な赤ちゃんを産んでください、とでも書けばいいじゃないか」

すると雄治は息子の顔を見て口をへの字にし、ゆらゆらと頭を振った。

「やっぱりおまえは何もわかってない。たしかに手紙からは産みたいという気持ちがひしひしと伝わってくる。しかし大事なのは、気持ちと意思は別だってことだ。もしかしたらこの人は、産みたいと強く思いつつも、堕ろすしかないと頭ではわかっていて、その決心を固めたくて手紙を書いたのかもしれない。だとしたら、産みなさいなんて書いたら、全くの逆効果だ。余計に苦しめることになる」

貴之は指先でこめかみを押した。頭が痛くなってきた。

「俺なら、勝手にしろと書くな」

「心配せんでも、誰もおまえには回答を求めとらん。とにかくこの文面から、相談者の心理を読まなきゃならんのだ」雄治は再び腕組みをした。

大変だな、と貴之は他人事ながら思う。だがこうして回答を考えるのが、雄治にとっては何よりも楽しいのだろう。それだけに用件を切り出しにくかった。貴之が今夜ここへ来たのは、単に老いた父親の様子を見るためだけではないのだ。

「親父、ちょっといいかな。俺からも話があるんだけど」

「何だ。見ればわかると思うが、今、忙しいんだ」

「そんなに時間は取らせないよ。それに、忙しいといったって、ただ考え込んでるだけじゃないか。少し違うことを考えたほうが、良い案が浮かぶかもしれないぜ」

それもそうだとでも思ったのか、雄治が仏頂面を息子に向けた。「一体、何だ」

貴之は背筋を伸ばした。

「姉貴から聞いた。店のほう、かなり悪いみたいだな」

途端に雄治は顔をしかめた。「頼子のやつ、余計なことを」

「心配して知らせてくれたんだ。娘なんだから当然だろ」

頼子は昔、税理士事務所に勤めていた。その時の経験を生かし、『ナミヤ雑貨店』の確定申告は、すべて彼女が処理をしているのだ。ところが先日、今年の分を済ませた彼女が、貴之に電話をかけてきた。

「ひどいわよ、うちの店。赤字なんてもんじゃない。真っ赤っか。あれじゃあ誰が確定申告しても同じよ。節税対策なんて必要ない。正直に申告しても、税金なんて一銭も払わなくていいもの」

そんなにひどいのかと貴之が訊くと、「お父さん本人が申告に行ってたら、生活保護の申請を勧められてたかも」という答えが返ってきたのだった。

貴之は父親のほうに向き直った。

「なあ、そろそろ店を畳んだらどうだ。このへんの客は、今では駅前の商店街に行くだろ?あの駅ができる前は、バスの停留所が近いってことで、このあたりでも商売ができたけど、もう無理だ。諦めたほうがいい」

雄治はげんなりしたような顔で顎(あご)を擦(こす)った。

「店を畳んで、どうしろっていうんだ」

貴之はひと呼吸してからいった。「俺のところへ来ればいい」

雄治の眉(まゆ)が動いた。「何だと」

貴之は室内を見回した。壁のひび割れが目に入った。

「商売をやめるなら、こんな不便なところに住んでる必要はない。俺たちと暮らそう。芙美子の了解も取ってあるんだ」

雄治は、ふんと鼻を鳴らした。「あの狭い部屋でか」

「いや、じつは引っ越そうと思っているんだ。そろそろ家を買おうって話になってさ」

老眼鏡の向こうで雄治の目が大きくなった。「おまえが？　家を？」

「別におかしくないだろう。俺だって、もうすぐ四十だ。いろいろと物件を探しているところなんだ。それで、親父のことをどうしようって話にもなってさ」

雄治は顔をそむけ、小さく手を振った。「わしのことは考えなくていい」

「どうして？」

「自分のことは自分で何とかする。おまえたちの世話にはならん」

「そんなことといったって、無理なものは無理だろ。ろくに収入がなくて、どうやって生きていくっていうんだ」

「大きなお世話だ。何とかするといってるだろ」

「何とかって――」

「うるさいな」雄治は声を尖(とが)らせた。「おまえ、明日はここから会社に行くんだろ。だったら早起きしなきゃいかんのじゃないか。ごちゃごちゃいってないで、風呂にでも入ってさっさと寝ろ。わしは忙しいんだ。やらなきゃいけないことがある」

「やらなきゃって、それを書くだけだろ」貴之は顎を突き出した。

雄治は無言で便箋を睨んでいる。もう答える気はないように見えた。

ため息をつき、貴之は立ち上がった。「風呂、借りるぜ」

しかしこれに対しても返事はなかった。

浪矢家の風呂場は狭い。古いステンレス浴槽に、体育座りのように手足を縮めて浸かりながら、貴之は窓の外を眺めた。すぐ横に大きな松の木があり、その枝がほんの少しだけ見える。子供の頃から見慣れた光景だ。

おそらく雄治は、雑貨店ではなく、悩み相談のほうに未練があるのだろう。店を閉め、ここを出ていけば、誰も相談に来ないと思っているのだ。それはそうだろうと貴之も思う。遊び心があるから、気軽に相談ができる。

今すぐに楽しみを取り上げるのは酷かな、と思った。

翌朝は午前六時に起きた。昔から使っているゼンマイ式の目覚まし時計が役に立った。二階の部屋で着替えをしていたら、窓の下で物音がした。そっと開けて見下ろすと、人影が牛乳箱から離れるところだった。白い服を着た、髪の長い女性だ。顔はわからなかった。

貴之は部屋を出て、一階に下りていった。すると雄治も起きていて、台所に立ち、鍋で湯を沸かしていた。

おはよう、と声をかけた。

「ああ、もう起きたのか」雄治は壁の時計にちらりと目をやった。「朝飯、どうする?」

「俺はいいよ。すぐに出なきゃいけない。それより、あれはどうした? 悩みの相談」

雄治は缶から鰹節を摑み出す手を止め、渋面を貴之に向けた。

「書いたよ。夜中までかかった」

「何と答えたんだ」

「それは教えられん」

「どうして？」

「決まっとる。それがルールなんだ。プライバシーに関わる話だからな」

ふうん、と貴之は頭を搔いた。プライバシー、という言葉を雄治が知っていたことが意外だった。

「女の人が牛乳箱を開けてたぜ」

「何だと？　おまえ、見たのか」雄治は責める顔つきになった。

「見えたんだよ。二階の窓からちらりと」

「まさか、向こうに気づかれたんじゃないだろうな」

「それは大丈夫だと思う」

「思うだけか」

「大丈夫だよ。一瞬のことだったし」

雄治は下唇を突き出し、首を振った。

「相談者の姿を見ようとしちゃいかん。それもルールだ。見られたと思ったら、その人は二度と相談を寄越さん」

「だから、見ようとしたんじゃなく、たまたま見えたんだって」

「全く、久しぶりに顔を見せたと思ったら、ろくなことをせんな」ぶつぶついいながら、雄治は鰹節の出汁(だし)を取り始めた。

どうもすみませんねと小声でいい、貴之はトイレに入った。その後、洗面所で歯を磨いて顔を洗い、身支度を済ませた。台所では雄治が卵焼きを作っていた。独り暮らしが長いせいか、慣れた手つきだ。

「とりあえず、今はいいんだな」父の背中に向かって貴之はいった。「まだ俺たちと暮らさなくても」

雄治は黙っている。答えるまでもない、ということらしい。

「わかった。じゃあ、俺、行くから」

ああ、と雄治が低く答えた。背中を向けたままだった。

貴之は裏口から家を出た。牛乳箱を開けてみると、中には何も入っていなかった。

親父、何と回答したんだろう——少し、いや、かなり気になった。

2

貴之の職場は新宿にある。靖国(やすくに)通りを見下ろせるビルの五階だ。業務内容は事務機器の販売やリースで、顧客は中小企業が多い。若い社長は、「これからはマイコンの時代だぞ」と息巻いている。マイクロ・コンピュータの略で、職場に一台ずつ置かれるのが常識の時代が来るという。そんなものを何に使うのかと文系の貴之などは思うが、社長によれば、用途は無限にあるのだそうだ。

「だからおまえたちも、今から勉強しておけよ」これが最近の社長の口癖だ。

姉の頼子から会社に電話がかかってきたのは、貴之が『マイコン入門』という本を読んでいる時だった。内容がさっぱり理解できず、投げ出そうとしているところだった。

「ごめんなさいね、職場にまで電話しちゃって」頼子は申し訳なさそうにいった。

「まあいいよ。で、何の用だ。また親父のことか」姉が電話をかけてきたとなれば、それしか思いつかない。

案の定、そうなのよ、と彼女はいった。

「昨日、様子を見てきたんだけど、店を休んでるの。何か聞いてる？」

「えっ、いや、何も聞いてない。どうしたんだ」

「どうしたのって訊いたら、別に何でもないっていうの。たまには休むこともあるって」

「じゃあ、そうなんだろう」

「それがそうじゃないの。帰りに近所の人を捕まえて尋ねてみたのよ。最近、『ナミヤ雑貨店』はどうですかって。そうしたら、一週間ぐらい前から閉まってるって」

貴之は眉をひそめた。「それはおかしいな」

「おかしいでしょ。それにお父さん、顔色が良くなかった。何だか、すごく痩せたようにも思うし」

「病気なら、そういうんじゃないか」

「だと思うんだけど……」

たしかに気になる話だった。雄治にとって、今は悩みの相談が最大の生き甲斐だ。それを続けるには、雑貨店が健在であることが第一条件なのだ。

店を畳んだらどうだ、と説得しに行ったのは一昨年のことだ。あの時の雄治を思うと、病気でもないのに店を閉めることは考えられない。

「わかった。今日の帰りに行ってみる」

「悪いけど、そうしてくれる？　貴之になら、本当のことを話すかもしれないし」

それはどうかなと思いながら、「まあ、訊いてみるよ」といって電話を切った。

定時後、会社を出て、実家に向かった。途中、公衆電話で自宅にかけた。事情を話すと、妻の芙美子も心配そうにしていた。

雄治に会うのは今年の正月以来だった。芙美子と息子を連れ、帰省したのだ。その時には雄治は元気そうにしていた。あれから半年が経つ。その間に何があったのか。

『ナミヤ雑貨店』に着いたのは、午後九時を少し過ぎた頃だった。貴之は足を止め、店を眺めた。シャッターが下りているのは不思議ではないが、店全体から生気が消えているように感じられた。

裏口に回り、ドアノブを回した。すると珍しく鍵がかかっている。貴之は合鍵を出した。これを使うのは何年ぶりだろう。

ドアを開け、中に入った。台所の明かりは消えている。上がり込むと、和室で雄治が布団(ふとん)を敷いて横になっていた。

物音で気づいたらしく、雄治が身体を捻り、顔を向けた。「何だ、どうした」

「どうしたじゃないよ。姉貴が心配して電話をかけてきたんだ。店、閉めてるそうじゃないか。しかも一週間も」

「頼子か。あいつは全く、余計なことを」

「余計じゃないだろ。一体、何があったんだ。体調、悪いのか」

「大したことはない」

　ということは、やはり身体の具合が良くないわけだ。

「どこが悪いんだ」

「だから大したことはないといってるだろ。別に、どこが痛いとか苦しいとか、そういうことではないんだ」

「じゃあ、何なんだ。どうして店を休んでるんだ。教えてくれよ」

　すると雄治は黙り込んだ。また意地を張ってるのか、と貴之は思った。だが父親の顔を見て、はっとした。雄治は眉間に深い皺を寄せ、唇を真っすぐに結んでいる。その表情には深い苦悶の色が滲んでいた。

「親父、一体……」

「貴之」雄治が口を開いた。「部屋はあるのか」

「何のことだ」

「おまえのところだ。東京の」

　ああ、と頷いた。去年、三鷹に一軒家を買ったのだ。中古の物件だが、入居前にリフォームした。もちろん、雄治も見に来た。

「余ってる部屋なんか、ないんじゃないのか」

雄治が何をいっているのかがわかった。同時に、意外な思いがした。

あるよ、と貴之はいった。

「親父のための部屋なら用意してある。一階の和室だ。前に来た時、見せたじゃないか。ちょっと狭いけど、日当たりはいいぞ」

雄治は太いため息をつき、眉の上を掻いた。

「芙美子さんはどうなんだ。本当に納得してるのか。せっかくマイホームを手に入れて、親子水入らずで暮らしているところへ、こんな爺さんに押し掛けられたら迷惑じゃないのか」

「その点は大丈夫だ。家を買う時、それを前提に物件を選んだ」

「……そうか」

「来る気になったのか。うちは、いつだって構わない」

雄治は深刻な顔つきのまま、わかった、と答えた。「じゃあ、世話になるか」

貴之は何かが胸に迫るのを感じた。ついにこの日が来たか。だがそんな思いは顔に出さないよう気をつけた。

「遠慮するな。でも、どういうことなんだ。前は、ずっと続けるようなことをいってたけど。やっぱり、身体の具合が悪いんじゃないのか」

「そうじゃない。おかしな心配をするな。何というか、まあ……」雄治は言葉を切り、少し間を置いてから続けた。「まあ、潮時ってやつだ」

貴之は頷いた。そうか、と答えた。そういわれれば、返す言葉がなかった。

雄治が『ナミヤ雑貨店』を出たのは、それから一週間後のことだった。業者に頼まず、自分たちだけで引っ越しを行った。とりあえず最低限必要なものだけを運び、後は店に残した。建物をどう処分するかが決まっていなかったからだ。売りに出したところで、買い手がつくわけがない。当分はそのままにしておこう、ということになった。

家に向かう途中、レンタルしたトラックのラジオからは、サザンオールスターズの『いとしのエリー』が流れていた。三月に発売された曲で、大ヒットしている。

妻の芙美子や息子は、新たな同居人を歓迎してくれた。もちろん貴之はわかっている。息子はともかく、芙美子は内心面倒だと思っているだろう。しかしそれを口には出さない賢明さと優しさが彼女にはある。だから女房にしたのだ。

雄治も、新生活が気に入っている様子だった。自分の部屋で本を読んだり、テレビを見たりして過ごし、時には散歩に出かけていった。特に孫の顔を毎日見られるのは、本当に嬉しいようだった。

だがそんな日々も、さほど長くは続かなかった。

同居生活が始まって間もなく、雄治が突然倒れたのだ。夜中に苦しみだしたので、救急車で病院に運んだ。本人は激しい腹痛を訴えていた。そんなことは初めてだったので、貴之は狼狽した。

翌日、病院で医師から説明を受けた。詳しい検査が必要だが、おそらく肝臓癌だろうということだった。

しかも末期でしょう、と眼鏡をかけた医師は冷徹な口調でいった。助からないという意味かと貴之は確認した。そう思ってもらったほうがいい、と医師は変わらぬ調子で答えた。手術は無意味だとのことだった。

無論、その席に雄治はいなかった。まだ彼が麻酔で眠っている間のやりとりだった。

本人には本当の病名を知らせないということで話がついた。適当な病名を考えてもらうことにした。

事情を知り、姉の頼子は号泣した。もっと早くに病院に連れていくべきだったと自分を責めるのだった。それをいわれると貴之も辛い。元気がないとは思ったが、そんな大病を抱えているとは想像もしなかった。

雄治の闘病生活が始まった。しかし幸いというべきか、痛みを訴えることは殆どなかった。見舞いに行くたびに痩せていくのがわかるのが辛かったが、ベッドの上で、比較的元気そうにしていた。

そんなふうにして一か月ほどが経った頃のことだった。貴之が会社の帰りに見舞いに行ってみると、雄治は珍しく身体を起こし、窓の外を眺めていた。二人部屋だが、今はもう一つのベッドは空いている。

「元気そうじゃないか」貴之は、そう声をかけた。

雄治は息子を見上げ、ふっと含み笑いを漏らした。

「ふだんが底値だからな。少しはましな日だってあるさ」

「ましなら良かった。これ、あんぱんだ」貴之は紙袋を横の棚に置いた。

雄治は紙袋に目をやった後、改めて貴之の顔を見た。

「おまえに頼みがあるんだがな」

「何だ」

うん、といった後、雄治は目を伏せた。それから躊躇いがちに開かれた口から出てきた言葉は、貴之が予想していないものだった。

店に戻りたい、というのだ。

「戻ってどうするんだ。また商売をするっていうのか。その身体で」

貴之の問いに、雄治は首を振った。

「ろくに商品がないのに、店を開けるわけにはいかんだろ。それはいいんだ。ただ、あの家に戻りたいだけだ」

「何のために?」

雄治は口を閉じた。話すべきかどうか、迷っているように見えた。

「なあ、常識で考えてくれよ。その身体じゃ、一人では生活できないだろ。誰かが一緒にいて、親父の面倒をみなきゃいけない。それはちょっと難しいってことぐらいはわかるんじゃないか」

すると雄治は眉根を寄せ、かぶりを振った。

「誰もいてくれなくていい。わしは一人で大丈夫だ」

「そんなわけにいくかよ。病人を一人で放っておくなんてこと、できないに決まってるだろ。無茶苦茶なこというなよ」

雄治は何かを訴えかけるような目を、じっと向けてきた。「一晩でいいんだ」

「一晩？」

「そうだ、一晩だ。一晩だけ、わしをあの家で一人にしてほしいんだ」

「何だよ、それ。どういうことだ」

「話しても無駄だ。たぶん、おまえには理解できん。いや、おまえでなくても無理だ。馬鹿げた話だと思って、取り合う気になれんだろう」

「そんなの話してみなきゃわからないじゃないか」

いやあ、と雄治は首を捻った。「無理だ。おそらく信じない」

「はあ？　信じないって、何を」

だがこの問いには答えず、「なあ、貴之」と雄治は改まった口調でいった。「病院の先生からいわれてるんじゃないのか。もういつでも退院していいって。どうせ治療はできんのだから、本人のやりたいようにやらせなさいって、そういわれてるだろう？」

貴之が沈黙する番だった。雄治のいっていることは事実だ。手の施しようはなく、いつ逝(い)ってもおかしくないと宣告されていた。

「頼むよ、貴之。この通りだ」雄治が顔の前で手を合わせた。

貴之は顔をしかめた。「やめろよ」

「もう時間がないんだ。何もいわず、何も訊かず、わしのやりたいようにやらせてくれ」

老いた父親の言葉は、重々しく貴之の胸の奥に堆積(たいせき)していった。何が何だかまるでわけがわからなかったが、願いを叶(かな)えてやりたいと思わざるをえなかった。

貴之はため息をついた。「いつがいいんだ」

「なるべく早いほうがいい。今夜はどうだ」

「今夜？」思わず目を剝いた。「どうしてまた、そんな急に……」

「だから時間がないといってるだろ」

「でも、みんなにも説明しなきゃいけないし」

「その必要はない。頼子たちには黙っておけ。病院には一時帰宅だといえばいい。ここから直接、店に向かうんだ」

「親父、一体どうしたんだ。とにかくわけを話してくれよ」

雄治は顔をそむけた。「わしの話を聞いたら、おまえはだめだというだろう」

「いわない。約束する。店には俺が連れていく。だから話してくれ」

雄治の顔がゆっくりと貴之のほうに向いた。「それ、本当だろうな。わしの話を信じるんだな」

「本当だ。信じる。男と男の約束だ」

よし、と雄治は頷いた。「では話そう」

3

助手席の雄治は、車中殆どしゃべらなかったが、眠っていたわけでもなさそうだ。病院を出てから約三時間、見慣れた光景が近づいてくると、懐かしそうに窓の外を眺め始めた。

今夜雄治を連れ出すことは、妻の芙美子にだけは話した。病人の雄治に電車での移動は無理だ。車を使う必要があった。それに、今夜は帰れない可能性が高かった。

前方に『ナミヤ雑貨店』が見えてきた。貴之は昨年買ったばかりのシビックを、ゆっくりと店の前に寄せて停めた。サイドブレーキを引いてから時計を見ると、午後十一時を少し過ぎたところだった。

「さあ、着いたぞ」

エンジンキーを抜き、貴之は腰を浮かしかけた。すると雄治の手が伸びてきて、彼の太腿(ふともも)を押さえた。

「ここでいい。おまえは帰れ」

「いや、でも……」

「何度もいっただろう。わし一人でいい。そばには誰もいてほしくない」

貴之は目を伏せた。父親の気持ちはわかった。あの不思議な話を信じるとすれば、だが。

すまんな、と雄治はいった。

「こんなところまで送ってきてもらって、勝手なことをいっているよなあ」

「いや、まあ、それはいいんだけど」貴之は鼻の下を擦った。「じゃあ、朝になったら様子を見に来る。それまで、どこかで時間を潰(つぶ)してるよ」

「車の中で寝る気か。そんなのはいかん。身体に毒だぞ」

貴之は舌打ちした。

「親父にそんなことがいえるのか。重病人のくせに。俺の身にもなってくれ。病気の父親を廃屋同然の家に置いて、自分だけ帰れると思うか。どっちみち、朝には様子を見に来るしかない。だったら、車の中で待機しているほうが楽だ」

雄治は口元を歪め、顔の皺を一層深くした。「すまんな」

「本当に一人で平気なんだろうな。見に来たら、真っ暗な中でくたばってた、なんてのはごめんだぜ」

「うん、大丈夫だ。それに電気は解約しとらんから、真っ暗ってことはない」そういうと雄治は助手席側のドアを開け、足を地面に下ろした。ひどく頼りない動作だった。

ああそうだ、といって雄治は振り返った。

「大事なことを忘れるところだった。おまえにこれを渡しておかなきゃいかんのだ」彼が差し出したのは、一通の封筒だった。

「何だよ、それ」

「本当は遺言状にするつもりだった。だけど、さっきおまえにはすべてを包み隠さず話したからな。今、ここで渡しても問題ないだろう。むしろ、そのほうがいいかもしれん。わしが家に入った後で読んでくれ。読んだ上で、どうかわしの希望通りにすると誓ってくれ。そうでないと、これからのことが無意味になる」

貴之は封筒を受け取った。表にも裏にも何も書いてない。だが中に便箋らしきものは入っているようだ。

「じゃあ、よろしくな」雄治は車を降り、病院から持ってきた杖(つえ)をついて歩き始めた。

貴之は声をかけられなかった。言葉が思いつかなかったからだ。雄治は息子を一度も振り返ることなく、店と倉庫の間にある通路に消えていった。

しばらくの間、貴之はぼんやりしていた。ふと我に返ってから、手元の封筒の中を確かめた。やはり便箋が入っていた。そこに書かれていたのは、奇妙な文面だった。

『貴之殿

これを読む時には、もう私はこの世にいないのだろうね。さびしい話だが仕方がない。それに私には、たぶんさびしいと思う心もなくなっているはずだ。

君に、この手紙を残した理由はほかでもない。どうしても頼みたいことがあるからだ。何があっても引き受けてもらわねばならん。

頼み事とは、一言でいうと告知だ。私の三十三回忌が近づいたら、何らかの方法で世間の人に告知してほしい。その内容は以下の文面だ。

「〇月〇日（ここには当然私の命日が入る）の午前零時零分から夜明けまでの間、ナミヤ雑貨店の相談窓口が復活します。そこで、かつて雑貨店に相談をし、回答を得た方々にお願いです。その回答は、貴方(あなた)の人生にとってどうでしたか。役に立ったでしょうか。それとも役には立たなかったでしょうか。忌憚(きたん)のない御意見をいただければ幸いです。あの時のように、店のシャッターの郵便口に手紙を入れてください。どうかお願いいたします。」

君にとっては、わけのわからない頼み事に違いない。しかし私にとっては、重大な問題なのだ。馬鹿馬鹿しいと思うだろうが、どうか願いをきいてほしい。

父より』

文面を二度読み、貴之は一人で苦笑した。

もし何の説明も聞かず、こんなおかしな遺言状を残されていたら、自分はどうしていただろうか。その答えは明白だ。たぶん無視したに違いない。死期が迫っていたので親父は頭がどうかしていたんだろうと解釈し、それでおしまいだ。仮にその時は少し気にしたとしても、すぐに忘れたに違いない。すぐではなくても、三十年後には記憶の欠片も残っていないだろう。

しかし今は、無視する気持ちにはなれなかった。雄治の奇妙な話を聞いてしまったからだ。そしてそれは同時に、雄治の深刻な悩みでもあった。

その告白をする時、雄治は一枚の切り抜き記事を出してきた。これを読んでみろ、と貴之のほうに差し出した。

それは三か月ほど前の新聞記事だった。内容は、隣町に住んでいた女性の死を報じるものだった。記事によれば、一台の軽自動車が港から海に転落するところを複数の人々が目撃したという。通報を受けた警察と消防が救助に駆けつけたが、運転席にいた女性はすでに死亡していた。だが同乗していたと思われる生後一年程度の赤ん坊は、転落直後に車外へ放り出されたらしく、水面近くで浮いているところを発見され、奇跡的に無事だった。運転していたのは川辺ミドリという二十九歳の女性で、結婚はしていなかった。軽自動車は、子供を病院へ連れていきたいから、といって友人から借りたものだった。近所の人間の話では、仕事をしていた様子はなく、生活は苦しそうだったらしい。実際、家賃の滞納を理由にその月いっぱいでの退去を命じられていた。現場にブレーキを踏んだ痕跡はないことなどから、警察では無理心中の可能性が高いとみて捜査をしている——記事は、そう締めくくられていた。

この記事がどうかしたのか、と貴之は訊いた。すると雄治は辛そうに目元に皺を作り、こう答えた。あの時の女性だ、と。

「妊娠したが、相手の男が妻帯者なので迷っている、という内容の相談をしてきた女性がいただろう？　おそらくあの時の女性だ。場所は隣町だというし、赤ん坊が生後一年だという点も一致する」

まさか、と貴之はいった。単なる偶然ではないのか。

しかし雄治は首を振った。

「相談者は偽名を使っていた。あの時の偽名は、『グリーンリバー』というものだった。川辺ミドリさん……緑の川、これも偶然か？　わしは違うと思う」

貴之は何もいえなくなった。たしかに偶然にしては出来過ぎている。

それに、と雄治は続けた。

「この女性があの時の相談者なのかどうかは大きな問題じゃない。大事なのは、あの時のわしの回答が本当に正解だったかどうかだ。いや、あの時だけじゃない。これまでに書いてきた無数の回答が、それぞれの相談者たちにとってどうだったのかが重要なんだ。わしは毎回、懸命に考えて答えを書いてきた。適当に書いたことなんてただの一度もないと断言できる。しかしそれでも、その回答が相談者たちのためになったかどうかはわからない。もしかしたら、わしの回答の通りに行動して、とんでもなく不幸になってしまった、なんてこともあるかもしれない。そのことに気づいた瞬間、わしはもういてもたってもいられなくなったんだよ。もう、気楽に相談窓口を開けている気分ではなくなった。だから店を閉めたんだよ」

そういうことか、と貴之は納得した。それまでは頑として店を畳もうとしなかった雄治が、なぜ急に変心したのかは、大きな謎だった。

「おまえの家に厄介になるようになってからも、ずっとそのことが頭から離れなかった。わしの回答が、誰かの人生を狂わせてしまったのではないかと思うと、夜も眠れなかった。病気で倒れた時も、わしは思ったんだ。これは天罰じゃないか、とね」

考え過ぎだ、と貴之はいった。回答内容がどうであれ、最後に決断したのは相談者自身のはずだ。仮に不幸な結果に終わったとしても、雄治が責任を感じる必要はない。

だが雄治は、そんなふうには割り切れなかったようだ。来る日も来る日も、病室のベッドで、そのことばかりを考え続けた。するとある時から、不思議な夢を見るようになった。ほかでもない。『ナミヤ雑貨店』の夢だ。

「真夜中だ。誰かが店のシャッターの郵便口に手紙を入れている。わしはそれをどこかで見ているんだ。どこかはわからん。空からのような気もするし、すぐそばのような気もする。とにかく見ているんだ。しかもそれは、今からずっと先の……何十年も先のことなんだ。なぜそう思うのかと訊かれると自分でもうまく答えられんが、とにかくそうなんだ」

その夢を、ほぼ毎晩見るのだという。やがて雄治は気づいた。これは単なる夢ではない。未来に起きることを予知しているのだと。

「シャッターに手紙を投げ込んでいるのは、かつてわしに相談の手紙を寄越し、わしからの回答を受け取った人たちなんだ。自分の人生がどんなふうに変わったか、それを知らせてくれているんだよ」

あの手紙を受け取りに行きたい、と雄治はいうのだった。

未来の手紙をどうやって、と貴之は訊いた。

「わしが店に行けば、あの人たちからの手紙を受け取れる。不思議な話だが、そんな気がする。だから何としてでも店に行きたいんだ」

雄治の口調はしっかりしていた。妄想を語っているようには見えなかった。

到底、信じられる話ではなかった。だが貴之は、信じると約束したのだ。父の願いを聞かないわけにはいかなかった。

4

貴之が狭いシビックの中で目を覚ました時、周囲はまだ薄暗かった。車内灯を点け、時刻を確かめた。午前五時まで、あと数分というところだった。

公園のそばで路上駐車していた。大きく倒していた背もたれを元に戻し、首を前後左右に曲げてから車を降りた。

公園のトイレで用を足し、顔を洗った。子供の頃に、よく遊んだ公園だ。トイレを出てから園内を見回し、案外狭かったことに少し驚いた。こんなに狭い場所で、どうやって野球をしていたのだろうと不思議に思った。

車に戻り、エンジンをかけた。ヘッドライトを点け、ゆっくりと発進する。ここから家までは、距離にして数百メートルだ。

少し空が明るくなってきた。『ナミヤ雑貨店』の前に着いた時には、看板の文字が読めるようになっていた。

貴之は車を降り、店の裏に回った。裏口のドアは、ぴったりと閉じられている。鍵もかかっていた。合い鍵は持っているが、ノックすることにした。

ノックをしてから待つこと十数秒、ドアの向こうからかすかに物音が聞こえてきた。

鍵の外れる音がした。ドアが開き、雄治が顔を見せた。穏やかな表情だ。

「そろそろどうかなと思って」貴之はいってみた。声が少しかすれた。

「うん、まあ入れ」

貴之は屋内に足を踏み入れ、裏口のドアをぴしゃりと閉じた。その瞬間、空気が少し変わったのを感じた。外の世界と隔絶されたような気がした。

靴を脱ぎ、上がり込んだ。何か月も放置してあったにもかかわらず、室内はさほど傷んでいなかった。埃っぽさも覚悟したほどではない。

「案外奇麗だな。空気の入れ換えを――」全然していないのに、といいかけたところで貴之は言葉を呑んだ。台所に置かれたテーブルの上を見たからだ。

そこには封筒が並んでいた。十数通あるだろうか。いずれも奇麗な封筒だった。それらの殆どに、『ナミヤ雑貨店様へ』と表書きがされていた。

「これ……昨夜、届いたのか」

雄治は頷き、椅子に座った。封筒を眺め回した後、貴之を見上げてきた。

「思った通りだったよ。わしがここに座った途端、次々と封筒がシャッターの郵便口から落ちてきた。まるでわしの帰りを待ってたみたいにな」

貴之は首を横に振った。

「親父が家に入った後も、俺はしばらく表にいた。店を見てたけど、誰も近づかなかった。それどころか、誰も家の前を通っていない」

「そうか。だけど、こうして手紙は入れられた」雄治は両手を小さく広げた。「未来からの回答だ」

貴之は椅子を引き、雄治と向き合うように座った。「信じられない……」

「わしの言葉を信じてくれたんじゃなかったのか」

「いや、それはまあそうなんだけど」

雄治は苦笑した。

「内心では、まさか、と思っていたわけだな。しかし、これを見た感想はどうだ。それとも、これらは全部わしが用意したとでもいうのか」

「そうはいわない。そんな暇はなかったと思うし」

「これだけの封筒と便箋を用意するのも大変だしな。念のためにいっておくが、うちの商品は一つもない」

「わかってるよ。どれも、見たことのない品物だ」

貴之は少し混乱していた。こんなお伽噺（とぎばなし）のようなことがあるだろうか。誰かの巧妙な手品に騙（だま）されているのではないかという疑いさえ抱いた。だがこんなことを仕掛ける理由がない。死を目前にした老人を騙して、何が嬉しいのか。

未来からの手紙——そんな奇跡が起きたと考えるのが妥当なのかもしれない。それが事実だとすれば、とんでもないことだ。本来ならば、興奮する局面だ。ところが貴之は冷静だった。多少混乱はしているが、自分でも意外なほどに落ち着いている。

「で、全部読んだのか」貴之は訊いた。

うん、と答え、雄治は一通の封筒を手にした。そこから便箋を出し、貴之のほうに差し出した。「読んでみろ」

「いいのか」

「それは問題ないだろう」

貴之は便箋を受け取り、広げた。おっと声を上げたのは、手書きではなかったからだ。白い紙に活字で印刷されている。そのことをいうと、雄治は頷いた。

「半分以上の手紙が、そんなふうに文字が印刷されている。どうやら未来では、各自が簡単に活字を印刷できる機械を持っているみたいだな」

そのことだけでも、未来からの手紙だということを裏付けている。貴之は深呼吸を一つしてから文面に目を走らせた。

『ナミヤ雑貨店さんへ

本当に復活するんでしょうか。一晩かぎりと書いてありましたが、どういうことなのでしょう。どうしようかとずいぶん悩みましたが、「騙されてるとしてもまあいいか」と思い、これを書くことにしました。

今から四十年ほど前になるでしょうか。私は次のような質問を書きました。

勉強をせずにテストで百点を取るにはどうすればいいですか？

小学生の時ですが、本当に馬鹿な質問をしたものです。これに対してナミヤさんは、素晴らしい回答をくださいました。

先生に頼んで、あなたについてのテストをしてもらってください。あなたに関する問題だから、あなたの答えはすべて正しい。だから百点満点のはずです。

これを読んだ時には、いんちきじゃないかと思いました。国語や算数で百点を取る方法を知りたいのに、と。

でもこの回答は私の記憶に残りました。中学生になっても、高校生になっても、テストといえば思い出しました。それほど印象深かったということです。子供のふざけた質問に正面から向き合ってもらえたことがうれしかったのでしょう。

でもその回答の素晴らしさを本当に知るのは、学校で子供たちを教えるようになってからです。そうです。私は教師になりました。

教壇に立つようになってから間もなく、私は壁にぶつかりました。クラスの子供たちは私に心を開かず、なかなかいうことを聞いてくれません。子供たち同士の仲も、あまり良いとはいえず、何かをしようとしてもまるで前に進まないのです。彼等の心はバラバラで、ごく少数の友人たち以外には無関心という感じでした。

様々なことを試しました。皆でスポーツやゲームを楽しむ機会を作ったり、討論会をやらせてみたりしました。でもいずれも失敗です。誰もが楽しそうではありませんでした。

そのうちに一人の子供がいいました。こんなことはしたくないから、テストで百点を取れるようにしてほしい、と。

それを聞き、はっとしました。大事なことを思い出したのです。

もうおわかりだと思いますが、私は彼等に、ある筆記テストをやらせることにしました。名称は、「ともだちテスト」といいます。クラスの一人を無作為に選び、その子に関して、いろいろな問題を出すのです。生年月日、住所、きょうだいの有無、保護者の職業といったことから、趣味、特技、好きなタレントといったことも問題にしました。テストが終わると本人から答えを述べさせます。答え合わせは各自が行います。

最初は戸惑っていた彼等でしたが、二度三度と行ううちにやる気を見せてくれるようになりました。テストで高得点を取る秘訣(ひけつ)は一つです。クラスメイトたちについて、よく知ることです。彼等は見違えるほど、コミュニケーションをよく取るようになりました。

新米教師だった私にとって、大きな経験でした。教師としてやっていけると自信を深め、実際、今日までやってこられました。

すべてナミヤ雑貨店さんのおかげです。感謝したい気持ちはあったのですが、その方法がわかりませんでした。今回、この機会を得られたことをうれしく思います。

百点小僧より

※この手紙は浪矢さんの御家族の方が回収されるのでしょうか。浪矢さんの仏前に供えていただけることを祈っております。よろしくお願いいたします。』

貴之が便箋から顔を上げた瞬間、どうだ、と雄治が訊いてきた。

「よかったじゃないか」とりあえずそういった。「この質問、覚えてるよ。勉強せずに百点を取る方法を教えてくださいってやつだ。あの時の子供が手紙をくれるとはなあ」

「わしも驚いた。しかも感謝してくれている。こっちは悪戯半分の質問に、とんちで返しただけなんだがね」

「でもそれをこの人は、ずっと忘れなかったわけだ」

「そうらしいな。忘れなかっただけでなく、自分なりに咀嚼して、人生に生かした。この人はわしに感謝してくれているが、そんな必要はない。うまくいったのは、この人自身の力によるものだ」

「だけどきっと、この人は嬉しかったんだよ。冗談で書いた質問を無視するんじゃなくて、まともに向き合ってくれたことがさ。だからずっと覚えていたんだと思う」

「あんなのは大したことではないんだがな」雄治はほかの封筒を見回した。「ほかの手紙もそうなんだ。殆どが、わしの回答に感謝してくれている。それはありがたいと思うが、読んでみると、わしの回答が役に立った理由はほかでもない、本人の心がけがよかったからだ。本人に、真面目に生きよう、懸命に生きようという気持ちがなければ、たぶんどんな回答を貰ってもだめなんだと思う」

　貴之は頷いた。同感だった。

「それがわかったのならよかったじゃないか。親父のやってきたことは間違いじゃなかったってことだから」

「まあ、そういうことになるのかな」雄治は指先で頰を搔いた後、一通の封筒を手に取った。「おまえに読んでほしい手紙がもう一通ある」

「俺に？　どうして？」

「読めばわかる」

貴之は封筒を受け取り、中から便箋を取り出した。手書きだった。奇麗な字が、びっしりと並んでいる。

『ナミヤ雑貨店様へ

今夜かぎりの復活という話をネットで知り、いても立ってもおられず、こうして筆を執りました。

じつは私は、ナミヤ雑貨店さんのことは話でしか知りません。ナミヤさんに悩み相談の手紙を出したのは別の人物です。それが誰なのかを打ち明ける前に、私の生い立ちを御説明しておきたいと思います。

子供の頃、私は児童養護施設におりました。いつからそこにいたのかは、全く記憶がありません。気がつけば、ほかの子供たちと一緒に暮らしていました。それが特別なことだとは思いませんでした。

でも学校に行くようになり、疑問を抱き始めました。なぜ自分には両親がいないのだろう。家というものがないのだろう。

ある日、私が一番心を許していた職員の女性が、私が預けられた経緯を話してくださいました。彼女によれば、私が一歳の時に母が事故で亡くなったということでした。父は、元々いなかったと説明されました。詳しい事情は、もう少し大きくなったら教えてあげるから、といわれました。

どういうことだろう。なぜ自分には父親がいないのだろう。釈然としないまま、時間だけが過ぎていきました。

そして中学生の時でした。自分が生まれた頃のことを調べるという課題が社会科の授業で出されました。私は図書館で新聞の縮刷版を眺めていて、たまたまその記事を発見したのです。

軽自動車が海に落ちて、運転していた川辺ミドリという女性が死亡したという記事でした。生後一年ほどの赤ん坊を同乗させ、ブレーキを踏んだ形跡がないことなどから無理心中の疑いが濃い、とありました。

母の名前も、かつてどのあたりに住んでいたかも聞いておりましたので、ここに書かれているのは自分たちのことに違いないと確信しました。

ショックでした。母親の死が事故ではなく自殺だったということもそうですが、無理心中を図った、つまり母親は私を死なせるつもりだったと知り、強い衝撃を受けました。

図書館を出た後、私は施設には帰りませんでした。ではどこにいたのかと聞かれても、答えられません。自分でもよく覚えていないからです。その時に私の頭の中にあったのは、自分は死ぬべきだった人間、生きていても仕方のない人間ではないか、という考えだけでした。この世で最も深い愛情を注いでもらえるはずの母親に殺されかけたのです。そんな人間が生きていて、一体何の価値があるでしょう。

私が警察に保護されたのは、三日目のことでした。デパートの屋上にある小さな遊園地の隅で倒れているところを発見されたのです。なぜそんなところへ行ったのか、さっぱりわかりません。ただ、高いところから飛び降りたら楽に死ねるのではないか、と考えた覚えはあります。

私は病院に運ばれました。ひどく衰弱していた上に、手首に無数の切り傷があったからです。後生大事に抱えていた鞄から、血の付いたカッターナイフが見つかりました。

しばらくの間、私は誰とも口をききませんでした。それどころか、人と顔を合わせることさえ苦痛でした。ろくに食事を摂らないので、日に日に痩せていきました。

そんな時、一人の見舞い客がやってきました。施設で一番仲の良い女友達です。同い年で、彼女には障害のある弟がいました。親の虐待に遭い、二人で入所したという話でした。彼女はとても歌がうまく、私も音楽が好きだったので、それがきっかけで仲良くなったのでした。

彼女が相手だと、私も話ができました。当たり障りのない会話をいくつか交わした後、彼女が不意にいいました。今日は大切なことを教えにきたんだ、と。

施設の人から、私の生い立ちについてすべて聞いたので、それについて話したいと彼女はいいました。どうやら彼女は施設の人に頼まれたようです。彼女以外の人間では私が話をしないと思ったのでしょう。

もう全部知っているから聞きたくない、と私は答えました。すると彼女は首を強く横に振りました。そして、あなたの知っていることなどほんのわずかで、本当のことなど何も知らないはずだ、というのです。

たとえばお母さんが亡くなった時の体重を知っているか、と彼女はききました。そんなこと、私が知るはずがありません。そういうと、三十キロだ、と彼女は答えました。それがどうしたのかといおうとし、私は聞き直しました。三十キロ？　たったの？

友達はうなずき、次のように話し始めました。

死体で見つかった時、川辺ミドリはひどく痩せていた。警察が彼女の部屋を調べたところ、食べ物は粉ミルク以外、ろくなものがなかった。冷蔵庫にも、離乳食を入れた器が一つ残っていただけだった。

関係者の話では、ミドリは仕事に就けず、貯金も底をついていたようだ。家賃を滞納したせいで、アパートからの退去を命じられていた。ここまでだけなら、思い余った末の無理心中と考えるのが妥当だ。

でも大きな謎があった。それは赤ん坊のことだ。なぜ赤ん坊は奇跡的に助かったのか。じつはそれは奇跡でも何でもなかったのだ、と友人はいいました。でもそのことを話す前に読んでほしいものがある、そういって彼女は一通の手紙を出してきました。

彼女によれば、その手紙は母の部屋で見つかったそうです。私のへその緒なんかと一緒に大切にしまってあったもので、ずっと養護施設で保管されていたということでした。施設の職員たちは話し合い、時期が来れば私に渡そう、と思っていたらしいです。

手紙は封筒に入っていました。そして封筒の表書きは、「グリーンリバーさんへ」となっていました。

私はためらいつつ、便箋を広げました。そこには達筆な文章が並んでいました。一瞬、母が書いたものだろうかと思いました。しかし中身を読んでいくうちに、そうではないと気づきました。その手紙は、母に向けて書かれたものだったのです。グリーンリバーとは、母のことだったのです。

手紙の内容は、一言でいえば母に向けてのアドバイスでした。どうやら母のほうが、その人に相談をしたようです。文面から察すると、母は妻子ある人の子を身籠り、産むべきか堕ろすべきかを悩んでいたらしいのです。

自分の出生の秘密を知り、私は新たにショックを受けました。不道徳の末に生まれてきた命なのかと思うと情けなくなりました。

友人の前で、私は母に対する怒りを口にしました。なぜ産んだのだろう。産まなければよかったのに。そうすれば苦労することもなかった。無理心中だって、やらずに済んだ。

すると友人は、そうではない、その手紙をよく読めといいました。

手紙の主は母に、大事なことは生まれてくる子供が幸せになれるかどうかだ、と書いていました。両親が揃っているからといって幸せになれるとはかぎらない。子供を幸せにするためならどんなことにも耐えるという覚悟ができていないなら、仮にあなたに夫がいたとしても、産まないほうがいいと答えるだろう、と締めくくっていました。

あなたのお母さんは、あなたを幸せにするための覚悟があったからあなたを産んだのだ、と友人はいいました。この手紙を大切にしていたことが何よりの証拠だ、と。

だから無理心中などするわけがないのだ、と彼女はいいました。

彼女によれば、転落した車は、運転席側の窓が全開になっていたそうです。その日は朝から雨で、走っている間に開けたとは考えられず、落ちてから開けたとしか考えられないということでした。

つまりあれは無理心中ではなく、事故だった。十分な食事を摂っていなかった川辺ミドリは、運転中に栄養失調による貧血を起こしたのではないか。知人から車を借りたのは、おそらく彼女がいった通り、子供を病院に連れていくためだった。

貧血のせいで一時的に気を失った彼女は、海に落ちてから我に返った。頭が混乱する中、彼女は窓を開けた。そしてまずは我が子を車外に出した。助かってくれることを祈って。

遺体で発見された川辺ミドリは、シートベルトさえも外せずにいた。貧血のため、意識が朦朧(もうろう)としていたのだろう。

ちなみに、赤ん坊は体重が十キロ以上あった。川辺ミドリは、赤ん坊には十分な食事をさせていたと思われる。

以上の話をした後、どう思うか、と友人は私に聞きました。それでも生まれてこなければよかったと思うのか、と。

私は自分の気持ちがよくわからなくなりました。そもそも母には会ったこともありません。憎む気持ちにしても抽象的なものでした。それを感謝の気持ちに転換しようと思っても、ただ戸惑うだけです。そこで私が発した言葉は、別に何とも思わない、でした。

車が落ちたのは自業自得、栄養失調になるほど金がないのが問題、そして子供を助けるのは親として当然、自分が逃げられなかったのは馬鹿、そんなことをいいました。

その直後、私は友人から頬を平手打ちされました。彼女は、人の命をそんなふうに考えないでほしいといって泣きました。三年前の火事を忘れたのかといいました。それを聞き、はっとしました。

その火事は、私たちがいた施設で起きました。クリスマスの夜で、私も、とても怖い思いをしました。

友人の弟は、逃げ遅れて、あわや命を落とすところでした。免れたのは、彼を助けてくれた人がいたからです。その人はクリスマスパーティのためにやってきたアマチュアのミュージシャンでした。私も覚えていますが、優しそうな顔をした男の人でした。皆が外へ逃げる中、その人だけは彼女の頼みを聞いて、彼女の弟を探しに階段を逆に上がっていったのです。その結果、彼女の弟は助かりましたが、その人は全身に大やけどを負い、病院で亡くなりました。

友人は、自分と弟は死ぬまでその人に感謝し、償い続けるつもりだといいました。人の命の大切さを、どうかあなたにも、つまり私にもわかってほしいといって泣きました。

私は、なぜ施設の職員たちが彼女を寄越したのか、ようやくわかりました。私が母に対してどんなふうに思えばいいのか、彼女以上に教えられる人間はいないと思ったのでしょう。そしてそれは正解でした。彼女に感化されたように、私も泣きました。記憶のかけらもない母親に対して、素直に感謝できるようになりました。

その日以来、生まれてこなければよかった、などと思ったことは一度もありません。今日までの道のりは決して平坦(へいたん)ではなかったけれど、生きているから感じられる痛みもあると思い、乗り越えてきました。

そうすると気になるのは、母に手紙を書いた人のことです。末尾には、ナミヤ雑貨店とありました。この人は何者なのだろう。雑貨店とは、どういうことだろう。

それが悩み相談好きのお爺さんのことだということを、最近になってネットで知りました。ブログに思い出を綴っている人がいたのです。ほかにもいないかと探していて、今回の告知を知ったというわけです。

ナミヤ雑貨店様。

母へのアドバイス、心から感謝します。そのことをいつかどうしても伝えたいと思っていました。どうもありがとうございました。私は今、自信を持っていえます。生まれてきてよかった、と。

グリーンリバーの娘より

PS　私は今、その友人のマネージャーをしています。彼女は音楽の才能を発揮し、日本を代表するアーティストになったのです。彼女も恩返しをしているのです。』

5

分厚い便箋の束を丁寧に畳み直し、貴之は封筒に戻した。

「よかったな。親父のアドバイスは間違ってなかった」

雄治は、いやいやと首を振った。

「さっきもいっただろ。大事なことは、本人の心がけだ。わしの回答で誰かを不幸にしたんじゃないかと悩んでいたが、考えてみれば滑稽な話だ。わしのような平凡な爺さんの回答に、人の人生を左右する力なんぞあるわけがない。全くの取り越し苦労だった」そんなことをいいながらも顔は嬉しそうだった。

「この手紙、全部親父の宝物だな。大事にしないとな」

貴之がいうと、雄治は考え込む表情になった。「そのことだが、おまえに頼みがある」

「何だ」

「これを全部、預かってほしいんだ」

「俺が？　どうして？」

「おまえも知っているように、わしはもう長くない。こんなものを手元に置いていて、もしほかの人間に見つかったら大変なことになる。これらの手紙に書かれているのは、すべて未来のことなんだ」

貴之は唸った。そういわれればたしかにそうだ。実感はまるでなかったが。

「いつまで預かってりゃいいんだ」

うーん、と今度は雄治が唸った。「やっぱり、わしが死ぬ時までかな」

「わかった。じゃあ、棺桶に入れるってのはどうだ。それなら灰になる」

「それがいい」雄治は膝を叩いた。「そうしてくれ」

貴之は頷き、改めて手紙を眺めた。これらを書いたのが未来の人間だということが、どうしても信じられなかった。

親父、と彼はいった。「ネットって何だろうな」

「あっ、それだ」雄治が人差し指を向けてきた。「わしもさっぱりわからんので気になってたんだ。じつはほかの手紙にも、ちょくちょく出てくる。ネットで告知を見た、とかって。あと、ケータイっていうのも出てくる」

「ケータイ？　何だ、それ」

「だから、わからんのだ。未来の新聞みたいなものかなあ」そういってから雄治は目を細めて貴之を見た。「さっき渡した手紙は読んだな。どうやらおまえは、わしの頼みを聞いて、三十三回忌に告知してくれたようだ」

「そのネットとかケータイとかに？」

「たぶんそうだろ」

えー、と貴之は顔をしかめた。「何だよ、それ。気味が悪いな」

「心配せんでも、未来になればわかる。さて、では引き揚げるか」

その時だった。店のほうから、かすかな物音が聞こえた。ぱさり、と何かが落ちた音だ。

貴之は雄治と顔を見合わせた。

「また来たようだな」雄治がいった。

「手紙が？」

うん、と雄治は頷いた。「ちょっと見てきてくれ」

わかった、といって貴之は店のほうに行った。店はまだ片付けが済んでおらず、商品が棚に残っている。

シャッターの手前に段ボール箱が置いてある。その中を覗くと、折り畳まれた紙が入っていた。どうやら便箋らしい。それを手に、和室に戻った。「こんなものが入ってた」

雄治は便箋を広げた。途端に、その顔に怪訝(けげん)そうな色が浮かんだ。

どうしたんだ、と貴之は訊いた。

雄治は唇を真一文字に結んだまま、広げた便箋を貴之のほうに向けた。

えっ、と思わず声を漏らした。便箋には何も書かれていないからだ。

「どういうことだよ、それ」

「わからん」

「悪戯かな」

「かもしれん。しかし――」雄治は便箋を睨んだ。「そうではないような気がする」

「じゃあ、何なんだ」

雄治は便箋をテーブルに置き、腕組みをした。

「もしかしたら、まだ答えを出せていない人かもしれんな。たぶん、まだ何かを迷っているんだ。答えが見つかっていないんだ」

「だからって、何も書いてない便箋を入れるなんて……」

雄治は貴之のほうを向いた。

「すまんが、おまえ、外で待っててくれ」

貴之は瞬(まばた)きした。「何をする気だ」

「決まっている。こいつに返事を書く」

「それに？　だって、何も書いてないんだぜ。どう回答する気だ」

「それは、これから考える」

「これからって……」

「時間は取らせん。先に行っててくれ」

どうやら雄治の決心は固いようだった。貴之は諦めた。「じゃあ、なるべく早くな」

ああ、と雄治は便箋を見つめたままで答えた。すでに上の空らしい。

貴之が外に出てみると、まだそれほど明るくなってはいなかった。不思議だなと思った。ずいぶん長い時間、家にいたような気がしたからだ。

シビックに戻り、首の体操などをしていると、急速に空が明るくなってきた。あの家の中と外とでは時間の流れ方が違うのかもしれないと気づいた。

この不思議な話は、姉の頼子や妻の芙美子にも内緒にしておこうと思った。話したところで、どうせ信じてもらえない。

続けざまに欠伸（あくび）をした直後、家のほうから物音が聞こえ、狭い通路から雄治が現れた。杖をつき、ゆっくりと近づいてくる。貴之は車を降り、迎えに行った。

「書いたのか？」

「うん」

「その回答は、どうしたんだ」

「もちろん、牛乳箱に入れたよ」

「それでいいのか。向こうに届くのか」

「うん、届くような気がする」

貴之は首を捻った。父親が別の生き物のように思えた。

車に乗り込んでから、「何と書いたんだ」と貴之は訊いた。「あの白紙に対して」

だが雄治は首を振った。「回答は教えん。前にもそういっただろ」

貴之は肩をすくめ、エンジンキーを回した。だが車を発進させる前に、「待ってくれ」と雄治がいった。あわててブレーキを踏んだ。

助手席では雄治が、じっと店を見つめていた。数十年間、彼の生活を支えてきた店だ。名残惜しいに違いなかった。しかも彼にとっては単なる商売だけの場ではなかった。

うん、と雄治は低く呟(つぶや)いた。「いいよ。行ってくれ」

「気が済んだのか」

「ああ。これで、全部終わった」そういって雄治は助手席で目を閉じた。

貴之はシビックをスタートさせた。

6

汚れのせいで、『ナミヤ雑貨店』という文字が判読しにくいのは残念だったが、そのままシャッターを押した。アングルを変え、さらに何枚か撮った。カメラは得意ではない。上手に撮れているのかどうか、まるでわからなかった。それでも別に構わない。他人に見せるものではない。

通りの反対側から古い建物を眺めながら、貴之は一年前の出来事を思い出していた。雄治と二人で過ごした夜のことだ。

振り返ってみると、とても現実のこととは思えなかった。いや今でも、あれは夢だったんじゃないかと疑うこともしばしばある。未来から手紙が届いたなんてことが、本当にあったのだろうか。あの夜の出来事について雄治と話すことは一度もなかったのだ。

しかしあの時に預かった手紙の束を、雄治の棺に入れたのは紛れもない事実だ。頼子たちから、それは何の手紙だと問われ、返答に窮した。

不思議といえば、雄治の死自体がそうだ。いつ死んでもおかしくないといわれていながら、特に痛みを訴えることもなく、納豆の糸がいつまでも切れずに伸びるように、命の火を細々と燃やし続けていた。医師さえも驚いていたふしがある。ろくに食べず、殆ど寝てばかりだったが、あれからじつに一年近く生きたのだ。まるで雄治の身体だけ、時間の流れが遅くなっているようだった。

貴之がぼんやりと回想にふけっていると、あの、と声が聞こえた。我に返り、横を向いた。背の高いスポーツウェア姿の若い女性が、自転車を引いて立っていた。後部席にスポーツバッグをくくりつけている。

はい、と貴之は答えた。「何ですか」

女性は躊躇いがちに、「ナミヤさんの関係者の方ですか」と訊いてきた。

貴之は口元を緩めた。

「息子です。ここは親父の店だったんです」

彼女は驚いたように口を開け、瞬きした。「そうだったんですか」

「うちの店を御存じなんですか」

「はい。あ、でも、お買い物をしたわけではないんです」女性は申し訳なさそうに肩をすぼめた。

事情を察し、貴之は頷いた。「悩み相談のほうですか」

はい、と彼女は答えた。「すごく貴重なアドバイスをいただきました」

「そうですか。それはよかった。いつ頃のことですか」

「去年の十一月だったと思います」

「十一月？」

「このお店、もう開くことはないんですか」女性は店を見て訊いた。

「……ええ、父が亡くなりましたから」

彼女が息を呑む気配があった。悲しげに眉尻(まゆじり)を下げた。

「そうなんですか。いつ？」

「先月です」

「ああ……それは、あの、お悔やみ申し上げます」

「ありがとうございます」貴之は頷き、「何かスポーツをされてるんですか」とスポーツバッグを見ながら訊いた。

「はい。フェンシングを……」

「フェンシング？」貴之は目を丸くした。意表をつかれた思いだ。

「一般の人には馴染みがないですよね」彼女は微笑み、自転車に跨がった。「お忙しいところをすみませんでした。失礼します」

「あ、どうも」

女性が自転車で遠ざかるのを貴之は見送った。フェンシング。たしかに馴染みがない。オリンピックの時にテレビで見る程度か。しかも総集編でだ。今年はモスクワ五輪を日本がボイコットしたので、それすらも見ていない。

彼女は去年の十一月といったが、たぶん何かの間違いだろう。その頃、雄治は病院で寝ていた。

ふと思いついたことがあり、貴之は通りを渡り、店の脇の通路に入っていった。裏に回り、牛乳箱の蓋を開けてみた。

だが中は空だった。あの夜、白紙に対して雄治が書いたといった回答は、無事に未来に届いたのだろうか。

7

二〇一二年、九月――。

浪矢駿吾はパソコンの前で迷っていた。やっぱりやめておこうか。変なことをして、何か騒ぎにでもなったら面倒だ。自宅のパソコンだから、警察に調べられたら一発でわかってしまう。しかもネット犯罪は、案外罪が重かったりする。

だが、そんな変なことを貴之が頼んだとは思えない。彼は最後までぼけてなかったのだ。話をしていた時の口調もしっかりしていた。

貴之というのは、駿吾の祖父だ。昨年の暮れに亡くなった。胃癌だった。貴之の父親も癌で死んだという話だから、癌家系なのかもしれない。

その貴之が入院する前、駿吾は部屋に呼ばれた。そしていきなり、頼みがある、といわれた。しかもほかの人間には秘密にしてほしいという。

どんなこと、と駿吾は訊いた。好奇心には勝てなかった。

「駿吾はパソコンは得意らしいな」貴之は訊いてきた。

「まあ得意なほうかな」駿吾は答えた。中学では数学部に入っている。パソコンを使うことも多い。

すると貴之は一枚の紙を出してきた。

「来年の九月になったら、ここに書いてあることをインターネットに流してほしいんだ」

駿吾は紙を受け取り、中の文面を読んだ。奇妙な内容だった。

「何、これ。どういうこと?」

貴之は首を振った。

「あまり深く考えなくていい。とにかくそこに書いてあることが、広く知れ渡るようにしてほしいんだ。駿吾ならできるだろ?」

「それはまあできるけどさ……」

「本当は、私が自分でやりたいんだ。そう約束したからね」

「約束？　誰と？」
「親父とだよ。駿吾にとっては曾爺（ひいじい）さんってことになる」
「爺ちゃんのお父さんと……」
「でも私は入院しなきゃいかんだろ。それにいつまで生きられるかわからん。だから駿吾に頼んでおこうと思ったわけだ」

駿吾は返す言葉が思いつかなかった。貴之の命がもうあまり長くはないということは、両親たちの会話から察していた。

わかった、と駿吾は答えた。貴之は満足そうに首を何度も縦に振った。

結果的に貴之は、それから間もなく、この世を去った。駿吾は通夜や葬式に出席したが、棺桶に納められた亡骸（なきがら）は、任せたぞ、と語りかけているようだった。

それからずっと、貴之との約束が頭から離れることはなかった。どうしようどうしようと思っているうちに九月になった。

駿吾は手元の紙を見た。貴之から受け取った紙だ。文面は次のようになっている。

『九月十三日の午前零時零分から夜明けまでの間、ナミヤ雑貨店の相談窓口が復活します。そこで、かつて雑貨店に相談をし、回答を得た方々にお願いです。その回答は、貴方の人生にとってどうでしたか。役に立ったでしょうか。それとも役には立たなかったでしょうか。忌憚のない御意見をいただければ幸いです。あの時のように、店のシャッターの郵便口に手紙を入れてください。どうかお願いいたします。』

紙と一緒に貴之から受け取ったものがある。『ナミヤ雑貨店』の写真で、駿吾は行ったことがないが、店は今も存在するらしい。

浪矢家が、かつて雑貨屋を営んでいたという話は、貴之から聞いて駿吾も知っている。だが詳しいことは聞いたことがない。

相談窓口とは何のことなのだろう。復活します、とはどういう意味なのか。

やっぱりやめておこうか。取り返しのつかないことになったら厄介だし。

駿吾はノートパソコンを閉じようとした。だがその時、彼の目に入ったものがあった。

机の片隅に飾ってある腕時計だ。それは大好きだった爺ちゃん――貴之の形見として貰ったものだ。一日に五分も狂うその時計は、貴之が大学の合格祝いに父親から贈られたものだと聞いている。

駿吾はパソコンを睨んだ。黒い液晶モニターに自分の顔が映っている。それが爺ちゃんの顔と重なった。

男と男の約束は守らなきゃ――駿吾はパソコンを起動させた。

第四章　黙禱（もくとう）はビートルズで

1

駅を出て、商店の並ぶ道を歩きながら、和久浩介（わくこうすけ）は意地の悪い感情が胸に広がるのを自覚した。思った通りだ。案の定、ここも寂れている。次々とよそから人がやってきて住み着き、駅前商店街が繁栄していたのは一九七〇年代のことだ。あれから約四十年が経つ。時代は変わった。地方の町は、どこもシャッターが閉まったままの店が目立つようになった。この町だけが例外でいられる道理がなかった。

　昔に見た光景と照合しながら、ゆっくりと歩いた。この町の記憶はおぼろげだと思っていたが、実際に来てみると思い出すことが意外と多く、そのことに彼自身が驚いた。

　もちろんこの町も、全く変わっていないわけではなかった。母がよく買い物をしていた魚屋は、商店街から姿を消していた。たしか屋号は『魚松』といった。真っ黒に日焼けした店主は、通りに向かっていつも威勢のいい声を上げていた。奥さん、今日の牡蠣（かき）は最高だよ、買わなきゃ損だよ、旦那（だんな）さんに食わせなきゃ――。

どうなったのだろうか、あの魚屋。跡継ぎの息子がいると聞いたような気がするが、記憶は曖昧だ。ほかの店と間違えているのかもしれない。

商店街に沿ってしばらく歩いた後、大体このあたりだろうと見当をつけて道を右に曲がった。うまく目的地に辿り着けるかどうかはわからない。

薄暗い道を浩介は進んだ。街灯はあるが、すべてが点灯されているわけではない。昨年の震災以来、日本中のすべての場所で節電が強いられている。街灯など、足下が見えれば十分ということか。

浩介が子供の頃に比べると、ずいぶんと住宅が密集しているように思われた。小学生の頃、この町が開発計画で盛り上がっていたことをかすかに覚えている。映画館ができるそうだぜ――クラスの誰かがそんなことをいっていた。

きっと計画は、ある程度はうまくいったのだろう。やがてバブル景気も訪れた。この町が東京のベッドタウンとして人気を集めたこともあったかもしれない。

歩いていた道がT字路にぶつかった。予想外ではない。むしろ、記憶通りだ。浩介は右に曲がった。

しばらく歩くと緩やかな上り坂になった。これまた記憶通り。もう少し行けば、あの店があるはずだ。もしあの情報がデマでなければ、だが。

浩介は足下を見つめながら歩き続けた。前方を見ていたほうが、あの店が現存するかどうかは早くわかる。だが彼は顔を上げずに足を運んだ。答えを早く知るのが何となく怖かった。仮にデマだとしても、ぎりぎりまで期待を抱いていたかった。

やがて足を止めた。あの店のそばだ、とわかったからだ。何度も通った道なのだ。

浩介は顔を上げた。その直後、大きく息を吸い込み、そして吐いていた。

その店は現存した。『ナミヤ雑貨店』。浩介の運命に大きく関わった店。

ゆっくりと近づいた。看板の文字は煤けて見えない。シャッターは錆だらけだ。しかし建っている。浩介が来るのを待っていたかのようだ。

腕時計を見た。まだ午後十一時にもなっていない。少し早く着きすぎた。

浩介は周囲を見渡した。人気はない。この家に誰かが住んでいるとは思えない。果たして、あの情報を信用していいものだろうか。所詮、ネット上の情報だ。疑ったほうが無難ではある。

しかし、今この時代に、『ナミヤ雑貨店』の名称を使ってデマ情報を流し、どんなメリットがあるというのだ。この店を知っている者など、ごくわずかだ。

とにかくもう少し様子を見よう、と浩介は考えた。それに自分は、まだ手紙を書いていない。奇妙なイベントに付き合うにしても、それでは話にならない。

浩介は、来た道を引き返した。住宅地の中を通り、駅前商店街に戻った。殆どの店は閉まっている。二十四時間営業のファミレスがあることを期待していたが、どうやら当てが外れたらしい。

コンビニがあったので、中に入った。とりあえず買わなければならないものがあった。文具コーナーで品物を手にし、レジまで持っていった。店員は若い男だった。

「このあたりに、遅くまでやってる店はないかな。居酒屋とか」支払いを済ませてから尋ねてみた。

「この先に、何軒か飲み屋さんがあります。自分は入ったことありませんけど」店員はぶっきらぼうな口調でいった。

「そう。ありがとう」

コンビニを出てから少し歩くと、たしかに小さな居酒屋やスナックが並んでいた。どの店も繁盛している気配がない。せいぜい、地元の商店主が溜まり場として使っているぐらいだろう。

だが一軒の店の看板を見て、浩介は足を止めた。『Ｂａｒ　Ｆａｂ４』とあった。黙って通り過ぎるわけにはいかない店名だ。

黒っぽい色のドアを開け、中を覗いた。手前にテーブル席が二つあり、奥がカウンターになっている。黒いノースリーブのワンピースを着た女がスツールに座っていた。髪を短めのボブにしている。ほかに人がいないところを見ると、この女性がママなのか。

女性が少し驚いたように顔を向けた。「お客さん？」

年齢は四十代半ばだろうか。日本的な顔立ちをしていた。

「そうなんだけど、もう遅いかな」

浩介が訊くと、彼女は薄い笑みを浮かべてスツールから降りた。

「そんなことないですよ。一応、十二時までが営業時間ですから」

「だったら、一杯貰おうか」浩介は店内を進み、カウンターの一番端の席に腰掛けた。

「そんな隅に行かなくても」ママが苦笑しながらおしぼりを出してきた。「今日はもう、ほかにお客さんは来ないと思うから」

「いや、いいんだ。飲みながら、やりたいことがある」おしぼりを受け取り、手と顔を拭(ふ)いた。

「やりたいことって?」

「うん、まあ、ちょっと」言葉を濁した。説明するのが難しい。

ママは詮索してこなかった。

「そうですか。邪魔しませんから、どうぞ、ごゆっくり。何をお飲みになります?」

「ええと、じゃあ、ビールを。黒ビール、あるかな」

「ギネスでいいですか」

「もちろん」

カウンターの内側でママはしゃがみ込んだ。冷蔵庫があるようだ。

ギネスの瓶が出てきた。彼女は栓を抜き、タンブラーに黒ビールを注いだ。うまい注ぎ方だった。クリームのような泡が二センチほど浮かんだ。

浩介はごくりと飲み、手の甲で口元を拭(ぬぐ)った。独特の苦みが口の中に広がった。

「ママさんも、よかったらどうぞ」

「ありがとうございます」彼女はナッツの入った皿を浩介の前に置いた後、小さなグラスを出してきて、そこに黒ビールを注いだ。「では、いただきます」

どうぞ、と浩介は答え、コンビニの袋から中身を出した。便箋(びんせん)と水性ボールペンだ。それらをカウンターの上に置く。

あら、という顔をママはした。「お手紙を書かれるんですか」

「まあ、そんなところ」

ママは合点したように頷き、少し離れた場所に移動した。気をきかせたつもりだろう。

浩介はギネスを一口飲み、店内を見回した。

寂れた町の飲み屋のわりに、野暮ったさはない。椅子やテーブルのデザインもシンプルで洗練されている。

そして壁にはポスターやイラストが飾られていた。四十数年前、世界で最も有名だった四人の若者を表現したものだ。ポップなデザインの黄色い潜水艦を描いた一枚もある。

Fab4とは「Fabulous 4」の略だ。日本語に訳せば、「素敵な四人」ということになる。ビートルズの別称だ。

「ビートルズ専門の音楽バーってこと?」浩介はママに訊いた。

彼女は小さく肩をすくめた。

「まあ一応、それを売りにしています」

ふうん、と改めて店内に視線を走らせた。壁には液晶ディスプレイが取り付けられている。ビートルズの、どんな映像を流すのだろうと気になった。『ハード・デイズ・ナイト』か。それとも『ヘルプ!』あたりか。浩介の知らない秘蔵映像が、こんな田舎のバーに存在するとは思えない。

「ママさんの世代だと、ビートルズなんてよく知らないんじゃないの?」

浩介の質問に、彼女は再び肩をすくめた。

「とんでもない。中学に上がった時には、解散してからまだ二年かそこらでした。私たちの間では、ブーム真っ盛りでしたよ。あちこちでイベントがあったりして」

浩介は彼女の顔を眺めた。

「こういうことを女性に訊くのは失礼だと思うけど……」

すぐに察したらしく、彼女は苦笑した。

「そんなことを気にする歳じゃありません。亥年です」

「いのしし、ということは……」浩介は瞬きした。「俺より二つ下？」

五十歳過ぎには、とても見えない。

「あら、そうですか。お客さん、若く見えますね」ママはいった。これは無論、お世辞だろう。

驚いたな、と浩介は呟いた。

ママは名刺を出してきた。原口恵理子と印刷されていた。

「お客さん、このあたりの方じゃないですよね。こちらへはお仕事か何かで？」

浩介は返答に迷った。適当な嘘が出てこない。

「仕事じゃない。里帰りだ。昔、この町に住んでた。四十年ぐらい前だけど」

「へええ」ママは目を丸くした。「じゃあ、どこかで会っていたかも」

「そうかもしれないな」浩介はビールを含んだ。「ところで、ＢＧＭがかかってないね」

「ああ、ごめんなさい。まずは定番のＣＤでいいですか」

「何でもいいよ」

ママはカウンターに戻り、手元の機械を操作した。間もなく壁に取り付けられたスピーカーから、懐かしいイントロが聞こえてきた。『ラヴ・ミー・ドゥ』だ。

ギネスの一本目はすぐ空になった。二本目を注文した。

「ビートルズが日本に来た時のこと、覚えてるかい?」浩介は訊いた。

彼女は、うーんと唸(うな)って顔をしかめた。

「テレビで見たような気もするんですけど、錯覚かもしれません。兄たちが話しているのを聞いて、自分の記憶みたいに感じているのかも」

浩介は頷いた。「それはあるかもしれないな」

「お客さんは覚えてるんですか」

「まあね。といっても、俺も小さかった。でも自分の目で見たのはたしかだ。生放送じゃないけど、ビートルズが飛行機から降りて、キャデラックで首都高を走るシーンを見た覚えがある。もっとも、車がキャデラックだったと知ったのは、ずいぶん後からだけどね。その時に流れていたBGMのタイトルが、『ミスター・ムーンライト』っていうことも」

ミスター・ムーンライト、とママは復唱した。

「その歌、ビートルズのオリジナルじゃないんですよね」

「そう。日本では、その公演をきっかけに有名になったものだから、オリジナルだと思っている人が多いけどね」思わず熱い口調で語っていることに気づき、浩介は唇を閉じた。こんな話で盛り上がるのは久しぶりのことだ。

「いい時代でしたよね」ママがいう。

「全く」浩介はタンブラーを空にし、すぐにまた黒ビールを注いだ。
思いが、四十年以上前に飛んでいた。

2

ビートルズが来日した時、浩介はまだ彼等のことをよくわかっていなかった。知っていたのは、外国の有名な四人組ということだけだ。だから、来日の模様を中継録画で伝えるテレビを前に従兄（いとこ）が泣きだすのを見て、心の底からびっくりした。従兄は高校生だったが、九歳になったばかりの浩介にとっては大人と一緒だ。世の中には、すごい人間たちがいるもんだと思った。日本に来たというだけで、男に感激の涙を流させてしまう。

その従兄が急死したのは、それから三年後のことだ。バイク事故が原因だった。彼の両親は、息子にバイクの免許を取らせたことを泣きながら悔いていた。さらに、あんなものを聴いていたから悪い仲間と付き合うようになった、と葬儀の時にいった。ビートルズのことだ。あんなレコードは全部捨てる、と従兄の母は強い口調でいい放った。

捨てるなら自分が貰う、と浩介はいった。三年前のことを思い出していた。従兄をあれほど夢中にさせたビートルズとは一体どんなものなのか、自分の耳で確かめたいと思ったのだ。彼は間もなく中学生になろうとしていた。音楽に興味が湧く年頃だった。

ほかの親戚（しんせき）はやめておいたほうがいいと浩介の両親にいった。従兄と同じように不良になる、というのだった。だが彼等のアドバイスに、両親は従わなかった。

「流行の音楽を聴いたからって、不良になるとはかぎらんだろう。そもそも、哲雄君が不良だったわけじゃない。バイクなんて、ちょっと元気のある高校生なら、みんな乗っている」

父の貞幸は、こういって年寄り連中の心配を一笑に付した。

「そうよ。うちの子は大丈夫だから」母の紀美子も同調してくれた。

浩介の両親は揃って新しいもの好きで、髪を伸ばしているだけで不良少年と決めつける世間一般の親たちとは考え方が違っていた。

従兄は、それまでに日本で発売されていたビートルズのレコードを、殆どすべて持っていた。その形見を、浩介は夢中になって聴いた。彼等の音楽は、これまでに聴いたことのないものだった。初めて味わうメロディ、初体験のリズムは、彼の身体の中にある何かを確実に刺激した。

ビートルズ来日をきっかけに、エレキギターを中心とするバンドが多数現れ、一時、日本の音楽業界を席巻したが、あんなものはビートルズの真似ですらない、と思った。ただの出来の悪い偽物だ。その証拠に、ブームはあっという間に去った。

中学に上がると、クラスにビートルズ・ファンがたくさんいた。浩介は時折、彼等を家に招いた。

部屋に入った友人たちは、そこに置かれている音響装置を見て、例外なく驚嘆の声を上げた。当然だった。最新型のアンプやスピーカーを組み合わせたシステムは、彼等の目には未来の機械に映ったことだろう。そんな装置が子供部屋にあること自体を友人たちは不思議がった。当時は、少々裕福な家でも、家具のようなアンサンブル型ステレオを居間に置き、家族全員でレコードを聴くというのが一般的だったからだ。

「芸術には金を惜しむなっていうのが、うちのお父さんの口癖なんだ。せっかく音楽を聴くなら、良い音で聴かないと意味がないって」

浩介の回答に、すごいなあと友人たちは羨ましがった。

最先端の音響機器を使い、浩介は彼等にビートルズを聴かせた。日本で発売されているものなら、すべてが揃っていた。そのことにも友人たちは驚いていた。

おまえの親父さん、一体何の仕事をやってんの？――家に来た友人たちは、必ずこう訊いてきた。

「詳しいことはわからないけど、いろんなものを売ったり買ったりしてる。安く仕入れて、高く売れば儲かるだろ？　そういう会社をやってるんだ」

じゃあ、社長なのか？――それに対して、まあそんなところ、と答える。自慢げに聞こえないようにするのが難しい。

実際、自分は恵まれていると思った。

浩介たちが住む家は高台にあった。洋風の二階建て住宅で、庭には芝生が敷かれていた。天気の良い日は、そこでバーベキューをした。そういう時には、父の会社の社員たちが来ることも多かった。

「これまで日本は、世界の中ではヒラ社員だった」部下たちの前で父の貞幸はよくそんな言い方をした。「だけどこれからは違う。リーダーになっていかなきゃならない。そのためには世界を知る必要がある。商売敵は外国だ。だけど商売仲間も外国だ。そのことを忘れちゃいけない」

よく通るバリトンで貞幸が話すのを聞き、浩介は誇らしい気分になった。父の言葉のすべてを信じていたし、父ほど頼りになる人間はいないと思っていた。

自分の家が金持ちだということに、浩介は些かの疑問も抱いていなかった。プラモデル、ゲーム、レコード――欲しいと思ったものは、大抵買ってもらえた。高価な洋服、腕時計――特に欲しいと思わなかったものまで買い与えられた。

両親たち自身も、贅沢を楽しんでいた。貞幸は手首に金の時計を嵌め、いつも高級葉巻をくわえていた。車も、しょっちゅう買い替えていた。無論、母の紀美子も負けてはいない。デパートの外商部から営業マンを呼びつけては、カタログの品物を片っ端から注文していた。

「安物を身に付けると、人間も安物になっていくのよ」紀美子は、そんなふうにいっていた。「安物に見えるだけじゃない。本当にそうなっていくの。人間性が卑しくなっていくといえばいいかしら。だから身に付けるものは高級なものでないとだめ」

紀美子は美容にも気を遣っていた。だから同年代の女性より、時には十歳も若く見られることがあった。学校の授業参観日に紀美子が現れると、同級生の誰もが驚いた。いいなあ、あんなに若いお母さんで――その台詞を何度聞いたかわからない。

自分たちの上には青空が広がっている、いつだって太陽の光が降り注いでくる。そう信じていた。

だがある時期から、微妙な変化を感じるようになった。その変化が、所謂暗雲の気配だったと知るのは、七〇年代がスタートした年のことだった。

この年の最大の話題は、何といっても万国博覧会だ。それに向けての世間の盛り上がりは、最高潮に達しようとしていた。

四月に中学二年生になる浩介は、春休みの間に万博に行くつもりだった。誰よりも早く行ったほうが人に自慢できる。父親からも、春休みになったら行くぞといわれていた。

三月十四日、日本万国博覧会が華やかにオープンした。その模様を浩介はテレビで見た。ブラウン管に映し出されていたオープニング・イベントは、やたらに派手なわりには中身の感じられないものだったが、日本が高度経済成長を遂げたことを世界中に示すという意味では、目的を果たしているように思われた。お父さんのいった通りだ、と思った。日本はリーダーになっていくんだ。

ところがその貞幸が、なかなか万博に行こうといいださなかった。ある夜、さりげなくそのことを切り出すと、貞幸は顔をしかめた。

「万博か。今はだめだな。忙しいから」ぶっきらぼうな口調だった。

「今はだめって、じゃあゴールデンウィーク?」

父の答えはなかった。不機嫌そうに経済新聞を読んでいた。

「いいじゃない、万博なんて」横から紀美子がいった。「いろんな国が、国自慢の展示をしてるだけでしょ。あと、ちょっとした遊園地もどきがあるだけで。中学生にもなって、あんなところに行きたいの?」

こんな言い方をされたら返す言葉がなかった。浩介としては、特に具体的な目的があって行きたがっているわけではないのだ。友人たちに自慢した手前、行かないと格好がつかないと思っただけだ。
「とにかく今年は勉強よね。来年は三年生になるんだから、そろそろ高校受験のことを考えてくれないと。一年なんて、あっという間よ。万博のことなんか考えている暇はないはずよ」紀美子は、さらに浩介がいい返せない言葉を浴びせてきた。浩介は黙っているしかなかった。

しかし異変を感じたのは、この時だけではない。様々な局面で、浩介は周囲で何かが変わり始めているのを直感的に悟った。

たとえば体操着だ。成長期に入ったせいで、すぐにサイズが合わなくなる。それまではさっさと新しい服を買ってもらえたが、紀美子は初めて違う反応を見せた。
「もう小さくなったの？　去年の秋に買い替えたばかりなのに。もう少し我慢しなさい。新しいのを買っても、またすぐに小さくなるんだから」まるで身体が大きくなるのが悪いかのような言い方だった。

庭でのバーベキューもなくなった。休日に部下が遊びに来ることも、貞幸がゴルフに出かけることもなかった。代わりに家の中では口論が絶えなくなった。貞幸と紀美子が、何かにつけいい争いを始めるのだ。詳しいことは不明だが、金にまつわる話だということはわかった。

おまえがもっとちゃんとしてたら、と貞幸がぼやけば、あなたに甲斐性(かいしょう)がないからこうなったんでしょう、と紀美子はいい返した。

いつの間にか、貞幸が大切にしていたフォード・サンダーバードが車庫から消えていた。

彼は電車で会社に通うようになった。紀美子は買い物をしなくなった。そして二人共、いつも不機嫌だった。

　そんな中、浩介にとって信じられない情報が飛び込んできた。ビートルズが解散した、というのだった。イギリスの新聞が報じたらしい。

　仲間たちと情報交換を行った。インターネットもミクシィもない時代だ。結局のところはマスコミ頼みでしかない。こういうニュースを見た、ラジオでこんなことをいっていた、外国の新聞にはこんなふうに書いてあったらしい——頼りない情報を集約した結論は、どうやら噂は本当らしいということだった。

　まさか、と思った。どうしてそんなことになったんだ。

　解散の理由に関する情報は、さらに錯綜していた。ポール・マッカートニーの奥さんとオノ・ヨーコが不仲だったとか、ジョージ・ハリスンが活動に嫌気がさしていたとか、何が本当で何が嘘なのか、まるでわからなかった。

「なあ、知ってるか」ある友人が浩介にいった。「日本公演だけどさ、あれ、ビートルズは全然やる気がなかったそうだぜ。だけど儲かるからってことで、会社の人間が強引に話を進めたんだってさ。あの頃、ビートルズはコンサートに嫌気がさしていて、やめたくて仕方がなかったらしいよ。実際、その後すぐにコンサートはやらなくなったもんな」

　そういう話は浩介も聞いたことがあった。だが信じていなかった。信じたくなかったというべきかもしれない。

「だけど俺は、すごく盛り上がってたって聞いたぞ。ビートルズも、楽しそうに演奏してたって」

「そうじゃないんだ。ビートルズは最初、真面目に演奏する気さえなかったって話だ。どうせ観客は大声で騒ぐだろうから、歌も楽器の音も聞こえない。だから適当に演奏して、適当に歌ったって、誰も気づかないだろうとたかをくくってたんだってさ。ところが日本の観客が意外とおとなしくて、演奏とかもきちんと聞こえちゃうもんだから、途中から大急ぎで真面目に演奏し直したってことだ」

浩介は、かぶりを振った。「信じられない」

「そんなことといったって、実際はそういうことらしいぜ。俺だって信じたくないよ、こんな話。でも、仕方がない。ビートルズだって人間だ。やつらにとっちゃ、日本なんてクソ田舎の小さな国だ。ちょこちょこっと演奏の真似事だけやって、さっさとイギリスに帰ればいいって気分だったんだろう」

浩介は首を振り続けた。来日の模様を伝えていたテレビ番組が脳裏に蘇った。それを見て泣いていた従兄の横顔も。友人の話が本当なら、彼の涙はどうなるのか。

学校から帰ると自室に籠もり、ビートルズの曲を聴き続けた。彼等がもう新しい曲を出さないということが、どうしても信じられなかった。

悶々としたままで時が過ぎた。夏休みに入ったが、気持ちは全く晴れなかった。ビートルズのことが気になっていた。間もなく『レット・イット・ビー』という映画が封切られるという情報が入ってきたが、浩介たちの町では上映されない。噂によれば、その映画を見れば解散の理由がわかるということだった。その内容はどんなものだろうと考えるだけで眠れなくなった。

　人生最大の決断を迫られる時が来たのは、そんなふうに時代の風が吹き荒れている頃だった。

　ある夜、いつものように部屋でビートルズを聴いていると、ノックもなくドアが開いた。開けたのは紀美子だった。浩介は抗議をしようと思ったが、言葉が出なかった。母は、それまでに見たことのない暗い顔をしていた。

「大事な話があるから、ちょっと来てちょうだい」

　浩介は黙って頷き、ステレオのスイッチを切った。話の内容は全く見当がつかなかったが、こういう日が来ることは前からわかっていたような気がした。たぶん良い話ではないだろう、と予想してもいた。

　居間では貞幸がブランデーを飲んでいた。高級ブランデーだ。外国に行った時、免税だからといって買ってきた品だ。

　浩介が座ると、貞幸は徐(おもむろ)に口を開いた。その内容は浩介を当惑させた。

　今月末に引っ越すから、その準備をしておけ、というのだった。しかも、そのことを誰にもいってはならないという。

　わけがわからなかった。一体どういうことなのかと問うた。なぜ、急に引っ越さねばならないのか。それに対して貞幸は答えた。

「俺は商売をしている。商売ってのは、戦みたいなものだ。敵からどれだけの財産を奪うかってことが重要なんだ。それはわかるな」

いつもいわれていることなので浩介は頷いた。貞幸は続けた。

「戦をしてると、時には逃げなきゃいけないこともある。当たり前だ。命を取られたらおしまいだからな。これもわかるな」

浩介は頷かなかった。本当の戦ならそうだろう。しかし商売をしていて、命を奪われることなどあるのだろうか。

だが貞幸は構わずにいった。

「今月末、俺たちは逃げることにした。この家を引き払う。でも大丈夫だ。何も心配はいらない。おまえはただ黙ってついてくるだけでいい。中学は転校しなきゃいけないが、問題はない。今はちょうど夏休みだ。二学期からだと区切りがいい」

浩介は仰天した。突然、知らない学校に移れというのか。

「そんなの、どうってことないだろ」貞幸は軽い口調でいった。「父親の仕事の都合で、何度も転校する子だっている。珍しいことじゃない」

父親の言葉を聞き、浩介は生まれて初めて不安を感じた。人生に対する不安だ。

翌日、紀美子が台所で調理をしている時、浩介は入り口に立って尋ねた。

「うち、夜逃げするのか？」

フライパンで炒(いた)め物をしていた紀美子の両手が止まった。

「誰かに、そのことを話したの？」

浩介は首を振った。

「話してない。でも父さんの話を聞いてたら、そんなふうにしか思えないんだけど」

紀美子はため息をつき、調理を再開した。「誰にもいっちゃだめよ」

かすかに期待していた否定の言葉は返ってこなかった。浩介は目の前が暗くなった。

「なんで、そんなことになったんだ。うち、そんなにお金がないのか」

これに対する返答はなかった。紀美子は黙々と手を動かしている。

「どういうことだよ。高校はどうなるの？　俺、どこの高校に行けばいいんだ」

紀美子の首が、ほんの少しだけ動いた。

「そういうことは、向こうに行ってからちゃんと考えるから」

「向こうってどこだよ？　俺たち、どこに住むんだ？」

「もう、うるさいわねっ」背中を向けたままで紀美子はいった。「文句があるなら、お父さんにいって。お父さんが決めたことなんだから」

浩介は絶句し、途方に暮れた。怒るべきか、悲しむべきかもわからなくなった。

部屋に籠もり、ビートルズを聴くだけの日々が続いた。ヘッドホンを着け、ボリュームを思いきり大きくした。そうしている間は、嫌なことを考えずに済んだ。

だがそんな唯一の楽しみも奪われることになった。ステレオを処分する、と貞幸がいいだしたのだ。

無論、浩介は反発した。絶対に嫌だといった。だが聞き入れてはもらえなかった。

「引っ越しをするのに、あんな大きな荷物があると大変なんだ。一段落したら新しいステレオを買ってやる。それまで少しは我慢しろ」貞幸は冷淡な口調でいった。

さすがに頭にきた。「引っ越しじゃないだろっ」思わずいった。「夜逃げだろっ」

貞幸が険しい顔つきで睨んできた。

「おまえ、それを外で話したら承知しないからな」まるでヤクザのような言い方だった。

「やめようよ、そんなこと。こそこそしたくないよ」

「うるせえ。おまえは何もわかってないんだから、黙ってろ」

「だけど――」

「ぶっ殺されるぞっ」貞幸は目を剝いていった。「夜逃げするところを見つかったら、全員ぶっ殺される。それでもいいのか。チャンスは一回しかない。絶対にうまく決めなきゃいけないんだ。これを逃がしたら、三人で首を吊るしかねえんだよ。それぐらい切羽詰まってるんだ。だから、ちっとは協力しろ」

父の目は血走っていた。浩介は言葉を失った。心の中で、何かががらがらと音をたてて崩壊を始めた。

それから数日後、知らない男たちがやってきて、浩介の部屋にあるすべての音響機器を運び出してしまった。男の一人は紀美子に金を渡していた。その場に貞幸はいなかった。

ステレオがなくなった部屋を眺め、浩介は殺伐とした気持ちに襲われた。生きている意味さえないような気がした。

ビートルズを聴けないのでは、家に籠もっている理由がない。その日から浩介は出歩くことが多くなった。だが友人たちとは会わなかった。会えば、夜逃げのことをしゃべってしまいそうな気がするからだ。ステレオを処分されたことを隠しておくのも辛かった。

だが所持金が少ないので、ゲームセンターに行っても、長くはいられなかった。最も多く足を運んだのは図書館だ。町にある一番大きな図書館の中は閑散としたものだった。ただし自習室は例外で、冷房目当ての学生たちでいつも賑わっていた。彼等の多くは大学受験を控えた高校生や浪人生だ。その様子を眺めながら、果たして自分にもそういう日が来るのだろうかと不安になった。

両親、特に父の貞幸に対する失望感が大きかった。これまで浩介は、父のことを誇りに思ってきた。貞幸のやることは常に正しく、その指示に従っていれば、いずれは自分も同じように成功できるのだと信じていた。

しかし現実は全く違った。時折聞こえてくる両親たちのやりとりから、浩介にも大まかな事情が摑めてきた。貞幸は成功者ではなかっただけでなく、とんでもない卑怯者だった。膨らんだ借金をそのままにして逃げ出そうとしている。どうやら会社は、修復不可能なほど経営に行き詰まっているようだ。それが発覚するのは来月らしい。社員らにも、何も告げていないようだ。自分たちだけが助かろうとしている。

一体どうすればいいのだろう。このまま両親たちの指図通りに生きていくしかないのか。だが、それが嫌だからといって、ほかに選択肢はない。

図書館でビートルズ関連の本などを眺めながら、浩介は悩み続けた。どの本にも答えは載っていなかった。

3

夜逃げの実行日が着々と近づいてくるが、浩介にはどうすることもできなかった。両親からは荷物をまとめろといわれているが、まるで手につかない。

そんなある日のことだ。図書館に向かういつもの道が工事で通行止めになっていたので、別の道を通ることになった。すると道沿いの一軒の店に子供たちが集まっている。彼等は店内の壁を見上げて笑っていた。

浩介は近づいていき、子供たちの後ろから覗き込んだ。壁には便箋のようなものが何枚か貼ってあった。


『問　ガメラは回転しながら飛んで、目が回らないのでしょうか。　ガメラの友達より』

『回答　ガメラはバレエを習ったのだと思います。バレリーナは、どんなに速く回転しても目が回らないそうです。　ナミヤ雑貨店』


『問　王選手のまねをして一本足で打っていますが、ちっともホームランになりません。どうしたらいいでしょう。　ライトで八番』

『回答　まず二本足でホームランを打てるようになってから、一本足に挑戦してはどうでしょうか。二本足でもだめなら、一本増やして三本足を試してはいかがですか。とにかく初めから無理をしてはいけません。

ナミヤ雑貨店』

ははあ、この店か、と浩介は合点した。話は友達から聞いたことがあった。

どんな悩みの相談にも乗ってくれるという話だった。ただし真面目な相談ではなく、店主の爺(じい)さんを困らせるような内容ばかりだ。それに対して爺さんがどう回答するのかが面白いのだという。

くだらないと思い、浩介はその場を離れた。子供っぽい遊びだ。

だが次の瞬間、頭に閃(ひらめ)いたことがあった。

彼は家に帰った。会社に行っている貞幸は無論のこと、紀美子も家にはいなかった。

自分の部屋に入ると、レポート用紙を取り出した。文章を書くのは、あまり得意ではない。それでも三十分ほどをかけて、次のように文面をまとめた。

『うちの両親は、ぼくを連れて、夜逃げをしようとしています。

ものすごくたくさんの借金があって、それが返せず、会社もつぶれるようです。

今月末に、こっそりとこの町を出ていくつもりです。

ぼくには転校しろといいます。

ぼくは何とかして、やめさせたいです。借金取りは、どこまでも追いかけてくると聞きました。いつまでも逃げ回らなくてはならない生活になりそうでこわいです。

ぼくはどうしたらいいでしょうか。

ポール・レノンより』

何回か読み返した後、レポート用紙を四つに折り畳み、ジーンズのポケットに入れて再び家を出た。

さっきと同じ道を通り、『ナミヤ雑貨店』の近くまで戻った。少し離れたところから店内を観察したかぎりでは、客の姿はなかった。店主の爺さんは奥で新聞を読んでいる。今がチャンスだと思った。

浩介は深呼吸を一つしてから店に近づいていった。相談内容を入れる箱については、先程確認しておいた。爺さんの位置からは見えにくい場所に置いてある。もちろん、わざとそうしてあるのだろう。

爺さんの様子を窺いながら店に入った。爺さんは新聞を広げたままだ。

浩介はポケットから四つ折りにしたレポート用紙を取り出し、貼り紙を見上げるように壁の前に立った。箱は、すぐ前にある。心臓が弾み始めていた。躊躇う気持ちが湧いてくる。こんなことをして大丈夫だろうか。

その時、子供の声が聞こえてきた。何人かいるようだ。まずい、と思った。彼等が店にやってきたら、チャンスはなくなる。

えいっ、とばかりに紙を投入した。すとん、とやけに大きな音がし、浩介は思わず身をすくませた。

そこへ、子供たちがどやどやと入ってきた。「爺さん、鬼太郎の筆箱、どうだった?」五年生ぐらいの少年が、いきなり訊いた。

「ああ、問屋を何軒か当たって見つけておいた。これじゃないかい？」

　間もなく少年は、すっげえ、と感激の声を上げた。

「これだよ。雑誌で見たのと同じだ。爺さん、待ってて。今から家に帰って、お金を貰ってくるからさ」

「ああ、いいよ。気をつけてな」

　彼等のやりとりを背中で聞きながら、浩介は店を出た。どうやら少年は、『ゲゲゲの鬼太郎』のイラストが入った筆箱を注文していたらしい。

　通りを歩き始める直前、浩介は一度だけ振り返った。すると店主の爺さんの顔も彼のほうを向いていた。一瞬目が合ったので彼はあわてて顔をそらし、足早に立ち去った。

　歩きながら、早くも後悔を始めていた。あんなもの、入れなければよかった。あの爺さんに顔を見られた。紙を入れた時、音がした。爺さんが後で箱を開けて、あの紙を見つけた時、入れたのは浩介だと気づくのではないか。

　だがそんな心配をする一方で、それならそれでも構わないと開き直る気持ちもあった。いずれにせよ爺さんは、いつものように『ポール・レノン』からの手紙を貼り出すだろう。それに対して爺さんが、どんなふうに答えるのかはわからない。大事なのは、この町の人々の目に手紙が晒(さら)されるということだ。

　この町の誰かが夜逃げを企(たくら)んでいる——これは噂になるのではないか。その噂が広まり、貞幸の会社に金を貸している人間の耳に入ったらどうだろうか。彼等は、夜逃げを計画しているのは和久貞幸たちではないか、と疑うのではないか。そうなれば何らかの対応をするはずだ。

もちろん、先に噂を耳にした両親が計画を断念してくれるのが一番良い。

これは浩介の賭けだった。中学二年生にできる、精一杯の博打だった。

翌日の午後、浩介は家を出て、真っすぐに『ナミヤ雑貨店』に行ってみた。幸いなことに店先に爺さんの姿はなかった。トイレにでも立っているのかもしれない。今のうちにと思い、浩介は壁を見上げた。昨日より、貼り紙が一枚増えていた。しかしそれは彼が書いた手紙ではなかった。その貼り紙には、次のように書いてあった。

『ポール・レノンさんへ
悩みの相談、たしかに受け取りました。
回答は、うちの牛乳箱に入れてあります。店の裏に回ってください。
※皆さんへ
牛乳箱の中の手紙は、ナミヤ雑貨店からポール・レノンさんに宛てたものです。どうかほかの方は触れないでください。他人の手紙を勝手に見たり、盗んだりすることは犯罪です。よろしくお願いいたします。

ナミヤ雑貨店』

浩介は当惑した。思ってもいない展開だ。彼の手紙は貼り出されなかった。賭けに出たつもりが、完全に空振りに終わってしまった。

しかし回答というのは気になった。あの手紙に対して、爺さんはどんなアドバイスを書いたのだろうか。

浩介は店の外に出ると、周囲に人がいないことを確認し、店の脇にある幅が一メートルほどの路地に足を踏み入れた。そのまま奥まで進む。家の裏には勝手口があり、そのすぐ横に木製の古い牛乳箱が取り付けられていた。

おそるおそる蓋を開けてみた。中に牛乳瓶はなく、封筒が一通入れられていた。取り出して表書きを見ると、『ポール・レノンさんへ』となっていた。

封筒を握りしめ、路地を戻った。表に出ようとした時、人が通りかかったので、あわてて首を引っ込めた。誰もいなくなるのを確かめてから、道路に出て、駆けだした。

辿り着いたのは図書館だ。しかし中には入らず、その前にある小さな公園のベンチに腰掛けた。改めて封筒を見る。しっかりと糊付けしてあるのは、第三者が盗み見するのを防ぐためかもしれない。浩介は指先で慎重に封を開けた。

封筒の中には便箋数枚が折り畳まれて入っていた。さらに浩介が相談事を書いたレポート用紙も同封されていた。便箋を広げてみると、黒い万年筆で書かれた文字がびっしりと並んでいた。

『ポール・レノンさんへ
お手紙、拝見しました。正直いって、驚きました。子供たちからナヤミ（悩み）雑貨店とからかわれたことがきっかけで、悩みの相談室の真似事を始めたわけですが、実態はただの遊び、子供たちとの他愛のないやりとりに過ぎません。ところがポール・レノンさんからのお手紙には、真剣な、それも差し迫った本当の悩みが書き記されておりました。読んだ時、私はポール・レノンさんが勘違いをされているのではないかと思いました。どんな悩みも解決してくれるナミヤ雑貨店という噂をそのまま鵜呑みにし、こんな真面目な内容を書いてこられたのではないかと。もしそうならば、このお手紙は返却すべきだろうと判断しました。もっとほかの、相応しい方に相談されたほうがいいに決まっているからです。あなたからの手紙を同封したのは、そういう理由からです。

しかし、このまま何も回答しないというのも、何だかとても無責任な気がします。たとえ勘違いであったとしても、ナミヤの爺さんに相談してみようと思ってもらえたのだから、自分なりに何らかの答えは出さねばならんのではと思いました。

そこで考えました。ポール・レノンさんは、一体どうすべきなのだろうか、と。血の巡りの悪い頭で、一所懸命に考え抜きました。

一番良いのは、やはり御両親に夜逃げを断念してもらうことでしょう。私も夜逃げをした人を何人か知っています。彼等がどうなったのか、私にはよくわかりませんが、たぶんあまり幸せにはなっていないように思います。たとえ一時は楽になっても、あなたがいうように、債権者たちをはじめ、いろいろな人から追われ続けます。

でも御両親を説得するのは無理かもしれませんね。御両親だって、すべてをわかった上で、決断されたはずですから。その考えが変わりそうにないから、あなたも悩んでいるわけなんですよね。

そこでこちらから一つ、質問です。あなたは御両親のことを、どう思っていますか。好きですか、嫌いですか。信頼していますか。それとも、もう信頼できなくなりましたか。あなたの質問内容は、あなたの御家族がどうすべきかではなく、あなた御自身がどうすべきか、ということですよね。だからまず、あなたと御両親の結びつきについて知りたいと思った次第です。

最初に書きましたように、ナミヤ雑貨店が真面目な悩み相談に乗るのは、これが初めてです。だから、まだうまく回答できません。愛想を尽かしたということなら、それで仕方がありません。でももし、もう一度相談してみようという気になられたのなら、私からの質問に、どうか正直に答えていただけないでしょうか。もしそうしてもらえれば、今度こそは何かしらの回答を差し上げたいと思います。

ただし、今度は相談箱に手紙を入れる必要はありません。当店は午後八時にはシャッターを閉めますから、その後、シャッターの郵便口から手紙を入れてください。回答は、翌日、なるべく早い時間に牛乳箱に入れておきます。開店前でも、閉店後でも結構ですから、取りに来てください。開店時刻は八時半です。

こんな中途半端な回答で申し訳ありませんが、懸命に考えた結果です。御容赦ください。

ナミヤ雑貨店』

手紙を読み、浩介は考え込んだ。内容を咀嚼(そしゃく)するため、もう一度最初から読み直した。

まず、合点のいったことがあった。爺さんが、この手紙を貼り出さなかった理由だ。考えてみれば当然のことで、これまでは冗談半分の相談事ばかりだったから、それが面白いということで、みんなに見せていたのだ。だが今回のように真剣な相談の場合は、そういうわけにはいかないと考えたのだろう。

しかも爺さんは、真剣な悩み事は受け付けないと突っぱねることもなく、何とかして真面目に相談に乗ろうとしてくれている。そのことがまず嬉(うれ)しかった。自分の置かれている境遇について知っている人がいると思うと、ほんの少しだが気持ちが楽になるようだった。手紙を書いてよかった、と思った。

だが爺さんは、まだ明確な回答を出してくれていない。その前に一つだけ質問に答えてくれと書いている。そうすれば、何らかの答えを出してくれるつもりらしい。

その夜、浩介は自室で再びレポート用紙に向かった。爺さんの質問に答えるためだ。

あなたは御両親のことを、どう思っていますか――。

浩介は首を捻(ひね)った。どう思っているのだろう。自分でもよくわからなかった。

中学生になってから、両親のことを鬱陶(うっとう)しいと思うことが増えた。しかし嫌っていたわけではない。あれこれ干渉されたり、子供扱いされたりするのが我慢ならなかっただけだ。

だが今回の夜逃げの話が出て、両親に失望したのはたしかだった。好きか嫌いかと問われれば、今の両親のことは嫌いだと答えるしかない。信頼も、あまりできない。だから彼等のいう通りにしても大丈夫なのかどうかがわからず、不安なのだ。

いくら考えても、そういう答えしか思い浮かばなかった。仕方なく浩介は、そのままを文章に書いた。書き終えたレポート用紙を折り畳み、ポケットに入れて家を出ることにした。紀美子が行き先を尋ねてきたので、友人の家とだけ答えた。彼女も夜逃げのことで頭がいっぱいなのか、それ以上は詮索してこなかった。貞幸は、まだ帰っていなかった。

午後八時を過ぎていたので、『ナミヤ雑貨店』のシャッターは閉まっていた。浩介は四つ折りにしたレポート用紙を郵便口から投入すると、すぐに駆けだした。

翌朝は七時過ぎに起きた。じつのところ、よく眠れなかったのだ。

両親は、まだどちらも眠っている様子だった。浩介は、こっそりと家を出た。

『ナミヤ雑貨店』のシャッターは閉まったままだった。さっと周りを見て、誰もいないことを確かめてから、店の脇の通路に入った。

牛乳箱を、そっと開けてみた。昨日と同様に、封筒が入っていた。表書きを確認し、すぐにその場から離れた。

図書館に着くまで待てなかった。道端に軽トラックが停まっていたので、その陰で回答を読み始めた。

『ポール・レノンさんへ
お気持ちは大変よくわかりました。

たしかに今の状況では、あなたが御両親に対して信頼を置けなくなっているというのも無理のない話だと思います。嫌いになってしまったのも、当然かもしれません。

しかし私にはどうしても、「そんな親にはさっさと見切りをつけて、あなたはあなたの正しいと思う道を進むべきだ」とは申し上げられないのです。

家族に関しての私の基本的な考えは、前向きな旅立ちを除いて、家族は極力一緒にいるべきだ、というものです。嫌いになったからとか、愛想を尽かしたからといった理由で離れていってしまうのは、家族の本来の姿ではないと思います。

あなたの手紙には、「今の両親のことは嫌いだ」と書いてありましたね。私は、「今の」の一言を付けておられる点に望みを持ちたいと思います。つまり、かつてはあなたも御両親のことが好きだったわけで、今後の展開次第ではあなたの御両親への思いが修復される可能性もあるということではないでしょうか。

だとすれば、あなたの選ぶべき道は一つしかないように思います。

夜逃げは良いことではありません。可能ならば、中止にすべきです。でももしそれができないということであれば、御両親についていくしかないのではないか、というのが私の意見です。

御両親には御両親なりのお考えがあるはずです。逃げたところで何の解決にもならないことはわかっておられるでしょう。今はとりあえず身を隠し、時機を見て、少しずつ問題を解決していこうということではないですか。

すべての問題が解決するまで、時間を要するかもしれません。多くの苦難を経験することになるかもしれません。しかし、だからこそ、家族が一緒にいる必要があると思います。あなたの前では何もおっしゃらないかもしれませんが、お父さんは、かなりのことを覚悟しておられるはずです。それはほかでもありません、家族を守るためです。そんなお父さんを後ろから支えるのが、あなたやお母さんの役目です。

一番の不幸は、夜逃げをきっかけに家族がばらばらになってしまうことです。それでは元も子もありません。夜逃げは決して正しい選択ではないと思いますが、家族が同じ船に乗っていさえすれば、一緒に正しい道に戻ることも可能です。

あなたの年齢はわかりませんが、文章力から判断して、中学生か高校生ではないかと想像します。いずれはあなたが御両親を支えていかねばならない時も来るでしょう。その日に備え、研鑽(けんさん)を積まれることを祈っております。

どうか信じていてください。今がどんなにやるせなくても、明日は今日より素晴らしいのだ、と。

ナミヤ雑貨店』

4

ビートルズ好きの友人が電話をかけてきたのは、夏休みの残りが一週間を切った頃だった。いつだったか、日本公演での裏話をしてくれた友人だ。これから家に行ってもいいか、と訊いてきた。例によって、ビートルズの鑑賞会をやりたいようだ。彼はビートルズ・ファンではあったが、レコードは一枚も持っていなかった。家にプレーヤーがないのだ。だからビートルズを聴きたい時には、浩介のところへやってくる。

「悪いけど、しばらく無理なんだ。家の内装工事中でさ、ステレオは使えないってわけ」音響機器を処分された時から友人たちへの言い訳を考えてあったので、淀(よど)みなく答えることができた。

「なんだ、そうなのか」友人は、がっかりしたような声を出した。「今、徹底的に聴きたい気分なんだけどな。ビートルズを。しかも良い音で」

「何かあったのか」

浩介が訊くと、うん、と短く返事し、思わせぶりに間を置いた後、「映画、見てきたんだ」と友人はいった。「今日、公開だっただろ」

あっと口の中で声を上げた。『レット・イット・ビー』のことだとすぐにわかった。

「どうだった?」浩介は訊いた。

「うん……何というか、いろいろとわかった」

「わかった? 何が?」

「だから、いろいろと。どうして解散したのか、とか」

「解散の理由を誰かがしゃべってるのか」

「いや、そうじゃない。あの映画を撮ってる時点では、そういう話は出てきてないみたいだ。でも、何となく感じ取れるんだ。ああ、こういうことになってたのかって。言葉ではうまくいえないけど……。見ればわかるよ、たぶん」

「ふうん」

話が盛り上がらないまま、電話を終えた。浩介は自分の部屋に戻り、ビートルズのレコード・ジャケットを一枚一枚眺めた。従兄から譲り受けたものに自分で買い足したものを合わせると、五十枚を超える。

これだけは手放したくなかった。何とかして次の転居先まで持っていこうと考えていた。なるべく荷物を少なくするようにと両親からいわれているが、絶対に引き下がるわけにはいかなかった。

　夜逃げについては、もうあまり深く考えないでいることにした。反対したところで、両親が計画を変更するとは思えない。だからといって浩介だけが行かないということも不可能だろう。だったらナミヤの爺さんがいうように、両親には両親なりの考えがあり、いずれは問題を解決するつもりなのだと信じるしかない。

　それにしても友人は、どうしてあんなことをいったのか。『レット・イット・ビー』を見たら、一体何がわかるというのだ。

　この夜の夕食後、貞幸は夜逃げの具体的な計画を初めて明かした。決行は八月三十一日の深夜で、日付が変わる頃に出発するつもりだという。

「三十一日は月曜日だから、その日は出勤する。会社の人間には、九月一日から一週間ほど休暇を取るといってあるから、翌日に俺が現れなくても誰も変には思わないだろう。だけど翌週になれば、様々なところから支払いに関する問い合わせがくるはずだ。俺たちが逃げたってことは、すぐにばれる。それからしばらくは新しい住処（すみか）で息をひそめているしかない。でも心配するな。俺たち三人が一年や二年は食っていけるだけの現金は確保してある。その間に次の一手を考える」貞幸の口調は自信に満ちているようだった。

「学校は？　俺はどこの中学に転校すればいいわけ？」

　浩介の問いに、貞幸は表情を曇らせた。

「それについても、ちゃんと考えている。だけど、すぐにどうこうできるわけじゃない。それまでは、自分なりに勉強しておくことだ」

「自分なりにって、学校に行けないの？」

「そんなことはいってない。すぐには無理だということだ。だけど大丈夫。中学は義務教育だ。必ずどこかの学校には入れる。だからおまえは余計なことは考えなくていい。担任の先生には、仕事の都合で家族で一週間ほど海外にいるから、初登校はその後になると連絡しておく」貞幸は不機嫌な表情で、ぶっきらぼうにいい放った。

じゃあ高校はどうなるんだ――浩介は、そう訊きたかったが黙っていた。父親の返答は予想がついた。ちゃんと考えてある、おまえは心配するな。そんなところだろう。

　本当に一緒についていって大丈夫なんだろうか、と再び不安な気持ちが首をもたげてくる。ほかに選択肢はないとわかっていながら、覚悟を決められない。

　そんなふうにして時間だけが過ぎていった。気がつくと、八月三十一日を明日に控えていた。夜、浩介が荷物の確認をしていると、ドアがいきなり開いた。驚いて見上げると、貞幸が入り口に立っていた。

「今、ちょっといいか」

「いいけど……」

　貞幸は部屋に入ってきて、浩介の横で胡座をかいた。「荷物、まとまったか」

「何とか。教科書は一通り持っていったほうがいいかなと思うんだけど」

「うん、教科書は必要だな」

「あと、これは絶対に持っていく」浩介は傍らの段ボール箱を引き寄せた。中身はビートルズのレコードだ。

貞幸は箱の中を覗き込み、かすかに眉根を寄せた。「そんなにあるのか」

「ほかのものはできるだけ減らした。だからこれだけは持っていく」浩介は口調を強くしていった。

貞幸は曖昧に頷き、室内を見回した後、浩介に視線を戻した。

「父さんのこと、どう思ってる?」唐突に尋ねてきた。

「どうって?」

「怒ってるんじゃないのか。こんなふうになっちまったことについて。情けない親父だと思ってるんだろ?」

「情けないっていうか……」口籠もってから続けた。「何を考えてるのかわからなくて、はっきりいって、不安」

うん、と貞幸は頷いた。「まあ、そうだろうな」

「父さん、本当に大丈夫なの? 俺たち、ふつうの生活に戻れるの?」

貞幸はゆっくりと瞬きしながら、大丈夫だ、といった。

「いつまでにどうするとか今はいえないが、必ずこれまでの生活に戻れるようにする。それは約束する」

「本当だね」

「本当だ。俺にとって一番大切なのは家族だ。家族を守るためなら、俺は何でもする。命だって張る覚悟だ。だから――」貞幸はじっと浩介の目を見つめてきた。「だから夜逃げだってするんだ」

それは父親の本音に聞こえた。浩介が初めて耳にするような台詞だった。だからこそ心に響いた。

わかった、と彼は答えた。

よし、といって貞幸は両膝を叩き、立ち上がった。「明日の昼間はどうするんだ。まだぎりぎり夏休みだ。会っておきたい友達とかいるんじゃないのか」

浩介は首を振った。「そんなの、もうどうでもいいよ」どうせ今後は会えないわけだし、という言葉は呑み込んだ。

でも、といった。「東京に行ってきてもいいかな」

「東京？　何しに？」

「映画。見たい映画があるんだ。有楽町のスバル座でやってる」

「明日じゃなきゃだめなのか」

「だって今度行くところに、その映画をやってる映画館があるかどうかわからないし」

貞幸は下唇を突き出し、頷いた。「そういうことか」

「行っていいよね」

「ああ。夕方には帰ってくるんだぞ」

「わかってる」

貞幸は、じゃあおやすみ、といって部屋を出ていった。

浩介は段ボール箱を覗き込み、一枚のＬＰ盤を出した。今年買った、『レット・イット・ビー』だ。ビートルズの四人の顔写真が縦横に四角く並んでいる。

今夜は映画のことだけを考えながら眠ろうと思った。

5

翌日、朝食を済ませると浩介は家を出た。紀美子は、「何も今日みたいな日に映画なんか見に行かなくたって」と難色を示したが、貞幸がうまく説得してくれた。

東京には友達と何度か行ったことがある。だが一人で行くのは初めてだった。

東京駅に着くと山手線に乗り換え、有楽町で降りた。駅にある地図で調べたら、映画館はすぐそばにあった。

夏休み最終日だからか、映画館の前には人だかりができていた。浩介は並んでチケットを買った。上映時刻は新聞で確認してある。次の回が始まるまで、三十分ほど余裕があった。せっかくだからと思い、付近を歩いてみることにした。東京に来たことはあっても、有楽町や銀座は初めてだ。

そして歩きだして数分、浩介は愕然としていた。

こんなに巨大な街があったのかと思った。有楽町の周囲でさえ、人の多さやビルの大きさに驚いていたのだ。だが銀座の大きさはそれどころではない。何か特別な催しでも行われるのかと思うほど、居並ぶ店舗は華やかさに溢れ、賑やかだった。行き交う人々は誰も彼もが洗練され、裕福に見えた。ふつうの街なら、そういう場所が一箇所あれば上等だ。そこが繁華街だと喜んでいられる。ところがこの街は、どの場所もそうだった。いたるところで祭りが行われているようだった。

やがて浩介は、様々なところに万博のマークが貼られていることに気づいた。ああそうだ、と思い出した。今、大阪では万博が開かれている。そのことで日本中が華やいだ気分になっているのだ。

浩介は、自分が海への入り口に紛れ込んできてしまった小さな川魚のように思えた。世の中には、こんなところがある。こんな場所で人生を謳歌（おうか）している人たちがいる。しかし自分には無縁の世界だ。自分は細く暗い川で生きるしかない。しかも明日からは人目につかない川底で――。

俯（うつむ）き、その場を離れることにした。自分がいる場所じゃない、と思った。

映画館に戻ると、ちょうどいい時刻だった。チケットを見せて中に入り、席を確保した。館内はさほど混んでいなかった。一人で来ている客が多いように感じた。

間もなく映画が始まった。『THE　BEATLES』という文字のアップが最初の映像だった。

浩介は、心臓の高鳴りを覚えた。あのビートルズの演奏を見られる。それだけで体温が上昇するようだった。

だがそんな高揚した気持ちは、映画の進行と共に沈んでいった。

映画を見ているうちに、浩介には事情がおぼろげながらわかってきた。『レット・イット・ビー』は、リハーサルとライブ映像を組み合わせたドキュメンタリー映画ということになっている。しかし、こういうものを作ろうという意図のもとに撮影されたわけではないようだった。それどころか、メンバーは映画を作ること自体に消極的な様子だ。いろいろな事情が複雑に絡み合って、仕方なく撮影を許可したという感じだった。

中途半端なリハーサルの合間に、メンバーたちのやりとりが差し込まれる。それもまた中途半端で意味不明だ。懸命に字幕を目で追うが、誰の真意も全く読めない。

しかし映像から感じ取れるものはあった。

心が離れている、ということだ。

喧嘩（けんか）をしているわけではない。演奏を拒否しているわけでもない。とりあえず四人は、目の前の課題をこなそうとしている。だがそこから何も生まれてこないことを全員がわかっている、そんなふうに見えた。

終盤、ビートルズの四人はアップル・ビルの屋上へと移動する。そこには楽器や音響器具が運び込まれている。スタッフだって揃っている。冬場なので、全員寒そうだ。ジョン・レノンなんて毛皮のジャケットを羽織っている。

そんな中、『ゲット・バック』の演奏が始まる。

このライブが正式な届けを出したものでないことは、すぐに判明する。ビルの屋上から大音響でビートルズの肉声が聞こえてくるものだから、忽（たちま）ち周囲は大騒ぎになり、警察が駆けつけてくる。

『ドント・レット・ミー・ダウン』『アイヴ・ガッタ・フィーリング』と曲は続く。だが演奏に熱は感じられない。これがビートルズとしての最後のライブになるのだが、メンバーの誰一人として感傷的にはなっていないようだった。

こうして映画は幕を閉じた。

館内が明るくなった後も、浩介はしばらく席でぼんやりとしていた。立ち上がる元気がなかった。鉛を呑み込んだように、胃袋の底が重たかった。

何だこれは、と思った。期待していたものとは、まるで違った。メンバー間でまともな議論が交わされることもなく、話し合いは常に噛み合わない。彼等の唇から漏れるのは、不満と嫌み、そして冷めた笑いだけだ。

噂では、この映画を見ればビートルズ解散の理由がわかるということだった。だが実際にはわからなかった。なぜならスクリーンに映っていたのは、実質的にはすでに終わっていたビートルズだったからだ。どうしてこんなふうになってしまったのか、浩介はそれが知りたいと思った。

だけど実際は、別れというのはそういうものなのかもしれない——帰りの電車の中で、浩介は考え直した。

人と人との繋がりが切れるのは、何か具体的な理由があるからじゃない。いや、見かけ上はあるとしても、それはすでに心が切れてしまったから生じたことで、後からこじつけた言い訳みたいなものではないのか。なぜなら心が離れていなければ、繋がりが切れそうな事態が起きた時、誰かが修復しようとするはずだからだ。それをしないのは、すでに繋がりが切れているからなのだ。だから船が沈んでいくのを傍観しているように、あの四人はビートルズを救おうとはしなかったのだ。

浩介は裏切られたような気がした。大切にしていた何かを壊された気分だった。そして、ある決心をした。

　駅に着くと、公衆電話ボックスに入った。そこから友人に電話をかけた。先週、『レット・イット・ビー』を見たと知らせてきた友人だ。

　友人は家にいた。相手が電話口に出ると、レコードを買わないか、と浩介は持ちかけてみた。

「レコード？　何の？」

「もちろん、ビートルズの。自分もいつかは揃えたいって前にいってただろ」

「そりゃいったけど……どのレコード？」

「全部だ。俺が持っているレコード、全部買わないか」

「えっ、全部って……」

「一万円でどうだ。揃えようと思ったら、そんな金額じゃ無理だぜ」

「それはわかるけど、そんなこと、急にいわれても困るよ。だって、うちにはステレオはないし」

「わかった。じゃあ、ほかのやつに当たるよ」浩介は電話を切ろうとした。すると、待って、とあわてた様子の声が受話器から聞こえた。

「少し考えさせてくれよ。明日、返事する。それでいいだろ」

　浩介は受話器を耳に当てたままで首を振った。「明日じゃだめなんだ」

「どうして？」

「どうしてもだ。時間がないんだよ。今すぐに買ってくれないなら、もう電話を切る」

「待って。ちょっとだけ待ってくれ。五分。五分だけ待って」

浩介は、ため息をついた。「わかった。じゃあ、五分経ったら、また電話するから」

受話器を戻し、一旦（いったん）電話ボックスを出た。空を見上げると、日が少し傾き始めている。なぜレコードを売ろうという気になったのか、浩介自身にもよくわからなかった。何となく、もう自分はビートルズを聴いてはいけないような気持ちになっていた。一つの季節が終わったような気分、とでもいえばいいだろうか。

五分が経った。浩介は電話ボックスに入り、友人に電話をかけた。

「買うよ」友人はいった。口調に少し興奮の色が混じっていた。「親に話してみたんだ。そうしたら、金を出してくれるって。ただしステレオは自分で買えっていわれたけどね。これから取りに行けばいいかな」

「ああ、待ってるよ」

取引成立だ。あのレコードを全部手放す。そう考えただけで、胸の奥がきゅっと縮こまるようだった。しかし浩介は小さく頭を振った。こんなのは大したことじゃない。

家に帰ると、段ボール箱のレコードを、運びやすいように二つの紙袋に入れ替えた。一枚一枚、ジャケットを眺めた。どのレコードにも思い出がたくさんあった。

手を止めたのは、『サージェント・ペパーズ・ロンリー・ハーツ・クラブ・バンド』のLPを見た時だった。

音楽上での様々な実験を試みていた時期の、集大成的作品といわれている。ジャケットも奇抜で、カラフルな軍服を着た四人のメンバーの周りに、古今東西の有名人たちの肖像がぎっしりと並んでいる。

右端にマリリン・モンローらしき女性がいるが、その横の暗い部分に、黒いマジックで補修した箇所があった。じつはそこには、レコードの元の持ち主だった従兄の顔写真が貼ってあったのだ。ビートルズの大ファンだった彼は、自分もジャケットの一員になりたいと考えたのかもしれない。それを浩介が剝がしたところ、印刷がかすれてしまったので、黒いマジックを塗ってごまかしたのだ。

大切なレコードを売ってごめん。でも仕方がないんだ——天国の従兄に心で詫びた。

紙袋を玄関まで運んでいたら、「何をしてるの？」と紀美子から訊かれた。隠す必要もないので、浩介は事情を話した。ふうん、と彼女はあまり関心がなさそうな顔で頷いていた。

それから間もなく友人がやってきた。一万円札を入れた封筒と引き換えに、二つの紙袋を差し出した。

すげえ、と友人は紙袋の中を見ていった。

「でも本当にいいのか。あんなにがんばって集めてたのに」

浩介は顔をしかめ、首の後ろを掻いた。

「なんか、急に飽きちゃったんだ。ビートルズはもういいかなって。じつはさ、映画を見てきたんだ」

「『レット・イット・ビー』？」

「うん」

「そっか」友人は半分納得し、半分は釈然としていない顔で頷いた。

彼が二つの紙袋を提げたので、浩介は玄関のドアを開けてやった。サンキュ、と呟いて友人は外に出た。それから浩介に向かっていった。「じゃあ、また明日」

明日？——一瞬、返答が遅れた。明日から二学期が始まることを失念していたのだ。怪訝そうな色を見せた友人に、「うん、明日学校で」とあわてて答えた。

玄関のドアを閉めた後、浩介は太いため息をついた。その場にしゃがみ込みそうになるのを辛うじて堪えた。

6

貞幸は、夜八時を少し回った頃に帰ってきた。最近では、こんなに遅くなったことはなかった。

「会社で最後の仕上げをしてきた。なるべく、騒ぎが大きくなるのは遅くしたいからな」ネクタイを緩めながら貞幸はいった。ワイシャツは汗で濡れ、肌に張り付いていた。

それから遅い夕食となった。その家で食べる最後の食事は、昨日の残りのカレーだった。冷蔵庫の中は、すでに空っぽになっている。

食事をしながら、貞幸と紀美子が荷物についてぼそぼそと話し始めた。貴重品と衣類、すぐに必要になる雑貨、浩介の勉強道具、持っていくのは基本的にそれらだけで、ほかのものはすべて置いていく——すでに何度も交わされたことを、最後にもう一度確認しているだけだ。

途中、紀美子が浩介のレコードの話をした。

「売った？　あれを全部か。どうして？」貞幸は心底驚いている様子だった。

何となく、と浩介は俯いたままで答えた。「どうせ、ステレオはないし」

「そうか。売ったのか。うん、それはいい。助かる。あれだけでもかなり嵩張るからな」貞幸はそういった後、「で、いくらで売ったんだ」と訊いてきた。

浩介がすぐに答えないでいると、「一万円だって」と紀美子が代わりにいった。

「一万円？　たったの？」途端に貞幸の口調が変わった。「馬鹿か、おまえ。何枚あったんだ。ＬＰだって、かなりあっただろ。あれを全部揃えようとしたら、一体いくらかかる？　二万や三万じゃ無理だろ。それを一万円って……何考えてんだ」

「別に儲けようとか思ってなかったから」浩介は、下を向いたままで答えた。「それに殆どは哲雄にいちゃんから貰ったものだし」

貞幸が大きな音をたてて舌打ちした。

「何、甘いことをいってるんだ。人から金を取れる時は十円でも二十円でも多く取らないとだめだ。もう今までみたいな生活はできないんだからな。わかってるのか」

浩介は顔を上げた。誰のせいでそうなったんだよ、といいたい気分だった。

しかし貞幸は息子の表情を見てどう解釈したのか、「わかったな」と念を押してきた。

浩介は頷かず、カレーを食べていたスプーンを置いた。ごちそうさま、といって立ち上がった。

「おい、どうなんだ」

「うるさいな。わかったよ」

「何？　親に向かって、その口の利き方は何だっ」

「あなた、もういいじゃない」紀美子がいった。

「よくない。おい、その金はどこへやった」貞幸がいった。「その一万円は？」

浩介は父親を見下ろした。貞幸はこめかみに血管を浮き上がらせていた。

「誰の金でレコードを買った？　小遣いで買ったんだろ？　じゃあその小遣いは誰が稼いできた金だ？」

「あなた、やめなさいよ。息子から金を取ろうっていうの？」

「そもそも誰の金なのかわかってるのかっていってるんだ」

「もういいでしょ。浩介、自分の部屋に行って、出発の準備をしなさい」

紀美子にいわれ、浩介は居間を出た。階段を上がり、自分の部屋に入ると、ベッドに横になった。壁に貼ってあるビートルズのポスターが目に入った。上半身を起こすと、ポスターをむしり取り、両手で引き裂いた。

ドアがノックされたのは、それから二時間ほど後だ。顔を覗かせたのは紀美子だった。

「準備、できた？」

「一応」浩介は机の横を顎で示した。段ボール箱一つとスポーツバッグ。以上が彼の全財産だ。「もう行くのか？」

「うん、そろそろ」紀美子は部屋に入ってきた。「ごめんね。辛い思いをさせて」

浩介は黙っていた。返す言葉が思いつかなかったからだ。

「でもきっとうまくいくから。少しの間だけ我慢してちょうだい」

うん、と低く答えた。

「私もそうだけど、お父さんだって、浩介のことを一番に考えているの。浩介が幸せになるのなら、何だってする覚悟よ。命だって惜しくない、それぐらい思ってる」

浩介は俯き、嘘つけ、と心で呟いた。一家で夜逃げして、どうして息子が幸せになれるわけがあるのか。

「じゃあ、あと三十分ぐらいしたら荷物を下に運んでちょうだい」そういって紀美子は出ていった。

リンゴ・スターみたいだな、と浩介は思った。『レット・イット・ビー』の中で、リンゴは崩壊しつつあるビートルズを何とか修復しようとしているように見えた。その努力は結局実らなかったのだけど――。

そして深夜零時、浩介たちは暗闇の中、出発した。貞幸がどこかで調達してきた白くて古い大型のワンボックス・バンが、逃避行の手段だった。最前列のベンチシートに三人で並んで座り、貞幸がハンドルを握った。後部の荷台には段ボール箱やバッグ類がぎっしりと詰め込まれていた。

車中、三人は殆ど無言だった。車に乗り込む直前、「行き先はどこ?」と浩介が貞幸に尋ねたところ、「行けばわかる」という答えが返ってきた。会話らしい会話といえば、それだけだった。

やがて車は高速道路に入った。どこを走っているのか、どこに向かっているのか、浩介にはまるでわからなかった。時折表示板が現れるが、知らない地名ばかりだった。

二時間ほど走った頃、トイレに行きたいと紀美子がいいだした。それで貞幸は、車をサービスエリアに入れた。その時、富士川（ふじかわ）という表示が目に入った。

深夜だからか、駐車場はすいていた。それでも貞幸は一番端のスペースにワンボックス・バンを停めた。徹底的に目立つことを避けているようだった。

浩介は公衆トイレに貞幸と二人で入った。小便を済ませて手を洗っていると、貞幸が横にやってきた。「当分、小遣いはなしだからな」

浩介は怪訝に思い、鏡に映った父親を見た。

「当たり前だろう」貞幸は続けた。「一万円もあるんだろ？　十分じゃないか」

またその話か、とげんなりした。たかが一万円で。しかも子供相手に。

貞幸は手を洗わずにトイレを出ていった。

その後ろ姿を見つめているうちに、浩介の中で何かの糸がぷつんと音をたてて切れた。おそらくそれは、父や母と繋がっていたいと願う、最後の思いだ。それが切れた。そのことが彼自身に、はっきりとわかった。

浩介はトイレを出ると、自分たちの車が停まっている場所とは全く逆の方向に駆けだした。サービスエリアの構造なんて、さっぱりわからない。とにかく両親から遠ざかることしか頭になかった。

無我夢中で走った。闇雲に移動した。気づくと、別の駐車場に出ていた。トラックが何台か停まっている。

しばらくすると一人の男がやってきて、そのうちの一台に乗り込んだ。今にも、これから出発しそうな雰囲気だった。

浩介はトラックに駆け寄り、後ろに回った。幌の中を覗くと、木箱のようなものがたくさん積まれていた。臭いはないし、隠れるスペースはある。

突然、トラックのエンジンがかかった。それが背中を押した。浩介は荷台に身体を滑り込ませていた。

間もなくトラックは動きだした。浩介の心臓は激しく動いていた。息は荒くなったままで、静まる気配がなかった。

膝を抱え、その中に顔をうずめるようにして目を閉じた。眠りたかった。とりあえず眠って、後のことは目が覚めてから考えようと思った。しかし大変なことをしてしまったという思いと、これからどうやって生きていけばいいのかという不安感が、彼を興奮状態から解放してくれなかった。

その後、トラックがどこをどう走ったのか、当然のことながら浩介には全くわからなかった。真っ暗だったせいもあるが、仮に昼間だとしても、景色だけで場所を推定することは彼には不可能だっただろう。

一睡もできなかったように思ったが、少し微睡んだようだ。目を覚ました時、トラックは停まっていた。信号待ちなどではなく、目的地に着いたという感じだった。

浩介は荷台から顔を出し、外の様子を窺った。そこは広い駐車場のようだった。周りにもトラックが何台か停まっていた。

周囲に人目がないことを確認し、彼は荷台から出た。そのまま頭を低くし、駐車場の入り口らしきものに向かって走った。警備員がいないのは幸運だった。外に出てから入り口の看板を見て、東京都の江戸川区にある運送会社だと知った。

まだ真っ暗だった。開いている店などなかった。仕方なく浩介は歩いた。どこに向かっているのかもわからなかったが、とにかく歩いた。歩けば、どこかに辿り着けるような気がした。

歩いているうちに夜が明けてきた。バス停が、ちらほらと目につくようになった。その行き先を見て、目の前が開けたような気がした。東京駅、となっていたからだ。いいぞ、このまま進めば東京駅に行ける。

だが東京駅に行って、どうする？　そこからどこへ行く？　東京駅からは、いろいろな電車が出ているだろう。それらの中の、どれに乗る？——歩きながら考えた。

小さな公園などで一休みしつつ、浩介は前に進んだ。考えまいとしても、両親のことが頭から離れなかった。息子がいなくなったことに気づいた二人は、あれからどうしただろうか。捜す手だてはない。だからといって警察に届けるわけにもいかない。家に戻るわけにもいかない。

おそらく二人は予定通りに次の場所に向かっただろう。そこで落ち着いてから、改めて息子を捜そうとするはずだ。しかし表立った行動は取れない。親戚や知人に問い合わせるわけにもいかない。それらの場所では、二人が恐れる「債権者」たちが網を張っているに違いないからだ。

浩介の側にも、両親を捜す手段はなかった。二人は身元を隠して生きていくつもりだろう。本名は使わないはずだ。

つまり今後両親と会うことは永遠にないのだ。そう思うと胸の奥がほんの少しだけ熱くなった。しかし後悔はしていなかった。自分たち親子の心は離れてしまったのだ。そうなったら、もうどうしたって修復はできない。一緒にいたって意味がない。そのことをビートルズが教えてくれた。

時間が経つと共に、車の流れが激しくなってきた。歩道を行き交う人々の数も増えつつあった。その中には、通学途中と思われる子供たちもいた。今日から二学期が始まることを浩介は思い出した。

追い越していくバスの行き先に向かって歩き続けた。今日から九月だが、夏の暑さは残っていた。着ていたTシャツは汗と埃にまみれになっていった。

東京駅に着いたのは、午前十時を少し過ぎた頃だった。建物が近づいてきた時、それが駅だということに、最初はなかなか気づかなかった。赤い煉瓦で包まれた立派な建物は、中世ヨーロッパの巨大な屋敷を連想させるものだった。

構内に足を踏み入れ、その大きさに改めて圧倒された。浩介はきょろきょろと周りを見回しながら歩いた。やがて新幹線という文字が目に飛び込んできた。

一度、新幹線に乗ってみたいと思っていた。その機会は、今年こそあるだろうと思っていた。大阪で万博が開かれているからだ。

実際、いたるところに万博のポスターが貼ってあった。それらによると、新幹線を使えば簡単に万博会場に行けるようだった。新大阪駅からは地下鉄で一本、とある。

不意に、行ってみようか、と思った。財布には一万四千円ほど入っている。一万円はレコードを売って得たもので、あとは今年のお年玉の残りだ。

万博を見に行って、その後どうするかはまるで決めていなかった。行けば、何とかなるような気がした。日本中、いや世界中から人が集まって、お祭り騒ぎをしているのだ。自分一人が生きていくチャンスぐらいは見つけられるのではないかと思えた。

切符売り場に行き、料金を確かめた。新大阪までの料金を見て、胸を撫で下ろした。思ったほど高くはなかったからだ。新幹線には「ひかり」と「こだま」がある。少し迷ったが、「こだま」を選ぶことにした。節約は必要だ。

窓口に行き、「新大阪まで一人」といった。係の男性は、じろりと浩介を見て、「学割は?」と訊いてきた。「使うのなら、学割証と学生証が必要だけど」

「あ……ないです」

「じゃあ、ふつう運賃でいいね」

「はい」

何時の列車か、自由席か指定席か、係の男性は次々と質問してくる。浩介はしどろもどろになりながら答えた。

少し待ってて、といって男性は奥に下がった。浩介は財布の中を確かめた。切符が手に入ったら、駅弁を買おうと思った。

その時だった。後ろから肩に手を置かれた。「ちょっといいかな」

振り返るとスーツを着た男性が立っていた。

「何ですか」

「訊きたいことがあるんだ。こっちに来てもらえるかな」男性は威圧的にいった。

「でも俺、切符を……」

「時間は取らせない。質問に答えてくれればいいだけだ」

さあ早く、といって男性は浩介の腕を摑んだ。その握力は強く、有無をいわせない迫力を感じさせた。

連れていかれたのは事務所のような部屋だった。時間は取らせないと男性はいったが、実際にはそれから何時間も浩介はそこで拘束されることになった。なぜなら彼が質問に答えなかったからだ。

君の住所と氏名は？——それが最初の質問だった。

7

切符売り場で声をかけてきたのは、警視庁少年課の刑事だった。夏休み明けは家出する少年少女が多いことから、彼等は東京駅を私服で見張っていたらしい。汗びっしょりで構内を不安そうに歩いている浩介を目にし、すぐにぴんときたらしかった。切符売り場まで尾行し、タイミングを見計らって係の男性に目配せしたようだ。係の男性が席を外したのは、偶然ではなかったのだ。

以上のようなことを刑事が話してくれたのは、何とかして浩介の口を開かせようと考えた末のことだったのだろう。おそらく最初は、それほど手こずることはないだろうとたかをくくっていたに違いない。住所と名前を聞き出したら、いつものように親か学校に連絡して引き取りに来てもらえばいいと軽く考えていただろう。

しかし浩介の側には、絶対に身元を明かせられない事情があった。そんなことをすれば、両親が夜逃げしたことも話さねばならなくなる。

東京駅の事務所から警察署の相談室に移動してからも、浩介は黙り続けた。握り飯と麦茶が出された時も、すぐには手を伸ばさなかった。死ぬほど腹が減っていたが、食べたら質問に答えなければならないと思ったからだ。そのことに気づいたのか刑事は苦笑した。

「とりあえず食えよ。一旦、休戦だ」そういって彼は部屋を出ていった。

浩介は握り飯を頬張った。昨夜、家族で残り物のカレーライスを食べて以来の食事だ。梅干しが入っただけの握り飯だったが、この世にこんなに美味しいものがあったのかと感激した。

間もなく刑事が戻ってきた。「話す気になったか」と、いきなり訊いてきた。浩介は俯いた。「やっぱりだめか」刑事はため息をついた。

別の人間がやってきては、刑事と何やらやりとりをしていた。会話の断片から、全国の家出人捜索願と照合しているらしいことがわかった。

浩介は学校のことが気になっていた。もしすべての中学校に問い合わせれば、自分が欠席していることも判明するはずだ。貞幸は、一週間ほど家族で海外にいると学校に知らせたようだが、学校側は怪しまなかっただろうか。

やがて夜になった。浩介は二度目の食事を相談室で摂った。夕食は天丼だった。それもまた旨かった。

刑事は弱りきっていた。頼むから名前だけでも教えてくれと懇願してきた。浩介は、彼が少し気の毒になった。

フジカワ、と呟いてみた。それで刑事は、えっと顔を上げた。「今、何といった？」

「フジカワ……ヒロシ」

「えっ？」刑事はあわてた様子で紙とボールペンを引き寄せた。「それが名前だな。どういう字？　いや、書いてもらったほうがいいか」

浩介は差し出されたボールペンを受け取り、『藤川博』と書いた。

偽名を使うことは、ぼんやりと考えていた。フジカワといったのは、富士川サービスエリアが頭にあったからだ。ヒロシは、万博から取った。

「住所は？」刑事は訊いてきた。これには首を振った。

その夜は、そのまま相談室に泊まった。移動可能な簡易ベッドを用意してもらえたのだ。借りた毛布にくるまり、朝までぐっすりと眠った。

翌日、刑事は浩介と向き合うなり、「今後のことを決めよう」といった。「正直に自分のことを話すか、児童相談所に行くかだ。今のままでは埒があかないんでね」

だが浩介は黙っていた。刑事は苛立ったように頭を掻いた。

「一体、何があったんだ。君の親は何をしている？　息子がいなくなったことに気づいてないのか」

浩介は答えず、じっと机の表面を見つめた。

「仕方ないな」刑事は諦めたようにいった。「どうやら余程の事情があるようだ。藤川博も本当の名前じゃない。そうだろ?」

浩介はちらりと刑事の顔を見て、また目を伏せた。図星らしいと悟ったのか、刑事は太い息を吐き出した。

それから間もなく、浩介の身柄は児童相談所に移された。学校のような建物を想像していたが、行ってみるとヨーロッパの古い屋敷のような建物だったので驚いた。聞いてみると、実際にかつては誰かの邸宅だったらしい。ただし老朽化は激しく、壁が剝がれ落ちたり、床が反ったりしているところがたくさんあった。

浩介はそこの保護施設で約二か月を過ごした。その間、たくさんの大人と面談させられた。その中には医者や心理学者もいた。彼等は何とかして、藤川博と名乗る少年の正体を暴こうとした。だが誰もそれを成し遂げられなかった。皆が一様に不思議がったのは、該当しそうな家出人捜索願が、日本中のどこの警察にも出されていないことだった。親なり保護者なりは一体何をやってるんだ——最後には誰もがそう口にした。

児童相談所の次に浩介が住むことになったのは、『丸光園』という児童養護施設だ。東京からは離れていたが、かつての自宅からだと車で三十分ほどの距離だ。もしかしたら正体がばれたのかと不安になったが、大人たちの様子を見ているかぎりでは、単にそこの施設に空きがあったからというだけのようだった。

施設は丘の中腹にあった。緑に囲まれた四階建ての建物だ。乳幼児もいれば、無精髭（ひげ）を生やした高校生もいた。

「素性について話したくないなら、それはそれでいい。ただ、生年月日だけは教えてほしい。今、何年生なのかわからないのでは、学校に通わせてやれないからね」眼鏡をかけた中年の指導員がいった。

浩介は考えた。実際には一九五七年二月二十六日生まれだ。だが本当の年齢をいうと、ばれやすくなるのではないかと思った。ただ、年上のふりはできない。中学三年の教科書なんて、見たこともない。

考えた末に彼は答えた。一九五七年六月二十九日生まれだ、と。

六月二十九日――ビートルズが日本に来た日だ。

8

二本目のギネスが空になった。「おかわりは？」と恵理子が尋ねてきた。「それとも、ほかのお酒にします？」

「うん、そうだな」浩介は酒瓶が並ぶ棚に目を向けた。「ブナハーブンをロックで貰おうか」

恵理子は頷き、ロックグラスを出してきた。

店内には『アイ・フィール・ファイン』が流れていた。浩介はカウンターを指先で叩いてリズムを取ろうとしてすぐにやめた。

それにしても、と店内を見渡して改めて思った。こんな小さな町に、こういう店があるのは意外だった。ビートルズ・ファンは浩介の周りにもいたが、自分以上のマニアはこの町にはいなかったはずだという自負がある。

ママがアイスピックで氷を割り始めた。その様子を見ながら、浩介は彫刻刀で木を削った頃のことを思い出した。

施設での生活は悪くなかった。食事には困らないし、学校にも通わせてもらえた。特に最初の一年間は、年齢をごまかしているせいで勉強が全く苦にならなかった。

名前は「藤川博」で通した。皆は彼のことをヒロシと呼んだ。返事が遅れたりしたのは最初の頃だけで、すぐにそう呼ばれることに慣れた。

しかし友人と呼べる者はいなかった。いや、作らなかったといったほうがいいだろう。親しくなれば、本名をいいたくなる。身の上話をしたくなる。そうならないためにも、一人でいる必要があった。彼のほうがそんなふうであるからか、近寄ってくる者も少なかった。気味が悪いと思われていたらしく、いじめられることはなかったが、施設でも学校でも孤立していた。

仲間と遊ぶことはなかったが、特に寂しいと思ったことはなかった。施設に入ってから、新しい楽しみを見つけたからだ。それは木彫刻だ。そのへんに落ちている木を拾ってきて、彫刻刀で好きなように削るのだ。最初は単なる暇つぶしだった。ところが、いくつか作っていくうちに夢中になった。動物、ロボット、人形、車、どんなものでも作った。複雑で難しいものほど挑戦し甲斐があった。設計図を描かず、成り行き任せで彫っていくのが面白いのだ。

出来上がった完成品は、年下の子供たちにあげた。付き合いの悪い「藤川博」からのプレゼントに最初は戸惑っていた彼等も、品物を手にすると笑顔になった。新しい玩具(おもちゃ)が手に入ることなど、めったにないからだろう。やがてリクエストされるようになった。次はムーミンがいい。僕は仮面ライダーがいい。浩介は、それらの要求に応(こた)えた。子供たちの喜ぶ顔を見るのが楽しみになった。

浩介の木彫刻については、指導員たちの間でも有名になった。ある日、指導室に呼ばれた彼は、館長から思いもよらないことを提案された。木工職人にならないか、というのだった。館長の知り合いに木彫刻を生業(なりわい)にしている人物がいて、後継者を探しているという話だった。そこに住み込みで弟子入りすれば、おそらく定時制の高校に通わせてもらえるだろう、ともいわれた。

中学卒業の時期が近づいていた。彼をどうするか、施設の人間たちも頭を悩ませていたに違いない。

じつはそれと相前後して、浩介に関する一つの手続きが完了しようとしていた。戸籍の作成だ。家庭裁判所に就籍許可を申し立てていたのだが、それが認められることになったのだ。ふつうは幼い捨て子などに対して取られる処置で、浩介の年齢で認められることは珍しい。というより、本人が自分の素性を頑(かたく)なに隠し、さらに警察にも突き止められないケースなどまずないから、そんな申し立てをする必要自体がないのだ。

浩介は家庭裁判所の人間とも何度か会った。彼等もまた、何とかして彼に生い立ちをしゃべらせようとした。しかし彼は、これまでと全く同じ態度を取り続けた。つまり沈黙を貫いたのだ。

何らかの精神的ショックが原因で、自分の素性に関する記憶が欠落している可能性がある。つまり彼は自分のことを話したくても話せないのだ——大人たちは、そういうシナリオを作り出した。たぶん、そのほうがこの厄介な案件を処理しやすいと考えたのだろう。

中学を卒業する直前、浩介は「藤川博」という戸籍を手に入れた。埼玉の木彫刻職人のもとに弟子入りしたのは、それからすぐのことだった。

9

木彫刻の修業は、生易しいものではなかった。親方は典型的な職人気質(かたぎ)の人物で、融通がきかず、頑固だった。最初の一年間、浩介は道具の手入れと材料の管理、そして作業場の掃除ばかりをさせられた。木を削ることを許可されたのは、定時制の高校二年になってからだ。指示された形のものを、毎日何十個も削らされた。出来上がったものが全く同じ形になるまで繰り返すのだ。面白くも何ともない作業だった。

だが親方は根は良い人で、浩介の将来を真剣に案じてくれていた。彼を一人前の職人に育てることが自分の使命だと考えているようだった。それは単に後継者が必要だという事情からだけではないと感じられた。親方の奥さんも優しい人だった。

高校を卒業した頃から、本格的に親方の仕事を手伝うようになった。まずは簡単な作業から。慣れてきて信頼を得るようになると、徐々に仕事の内容は難しく、しかしやり甲斐のあるものへと変わっていった。

充実した毎日だった。家族で夜逃げした日の記憶は消えなかったが、思い出すことは少なくなっていった。そしてこう思った。あの時の決断は間違っていなかった、と。

両親なんかについていかなくてよかった。あの夜、訣別しておいて正解だった。『ナミヤ雑貨店』の爺さんのアドバイスに従っていたら、今頃はどんなことになっていたか。

そんな浩介が少なからずショックを受けたのは、一九八〇年十二月のことだった。元ビートルズのジョン・レノンが殺されたというニュースがテレビから流れてきたのだ。

かつてビートルズに夢中になった日々が鮮やかに蘇ってきた。切なく、ほろ苦い思いがこみ上げてくる。だがその中には当然のことながら、懐かしさも混じっていた。

ジョン・レノンはビートルズを解散させたことを後悔しなかったのだろうか。ふと、そんな疑問が頭に浮かんだ。早まったと思ったことはなかったのか。

だがすぐに浩介は首を振っていた。そんなことあるわけがない。解散後、メンバーのそれぞれが独自に活躍している。それはビートルズという呪縛から解放されたからなのだ。自分が親子という縛りから逃れたおかげで幸せを摑めたように。

一度心が離れてしまえば、二度と結びつくことはない——改めて思った。

それからさらに八年が経った師走のある日、驚くべき記事を新聞で目にした。『丸光園』が火災に遭ったというのだ。死者も出ているらしい。

一度様子を見に行ってこいと親方にいわれたので、翌日、店のライトバンを運転して向かった。施設を訪ねるのは、高校卒業時に挨拶に行って以来なので、十数年ぶりだ。『丸光園』の建物は、半分ほどが焼け崩れていた。児童や職員は、近くにある小学校の体育館を借りて生活していた。ストーブがいくつか持ち込まれていたが、皆、寒そうだった。

すっかり年老いた館長が、浩介の訪問を喜んでくれた。本名を明かさないほど心を閉ざしていた少年が、火災に遭った施設を心配できる大人へと成長したことに驚いている様子でもあった。

自分にできることがあれば何でもいってほしい、と浩介はいった。その気持ちだけで十分だ、という答えが返ってきた。

その場を立ち去ろうとした時だった。「藤川さん?」と声をかけられた。見ると、一人の若い女性が近寄ってくるところだった。二十代半ばといったところか。高価そうな毛皮のコートを羽織っていた。

「やっぱりそうだ。藤川博さんでしょう?」彼女は目をきらきらと輝かせた。「私、ハルミです。ムトウハルミです。覚えておられますか」

残念ながら、その名前は記憶になかった。すると彼女は提げていたバッグを開け、何かを取り出してきた。

「これはどうですか。これなら覚えてるんじゃないですか」

あっ、と思わず声を漏らした。

それは木彫りの子犬だった。たしかに記憶にあった。『丸光園』にいた頃に浩介が彫ったものだ。

改めて女性の顔を見た。どこかで会ったことがあるような気がしてきた。

「施設で？」

ええ、と彼女は頷いた。「これを藤川さんからいただきました。私が五年生の時です」

「思い出した。何となく……だけど」

「えー、そうなんですかあ？　私はずっと覚えていたのに。これ、宝物だと思っているんですよ」

「そうか。いや、申し訳ない」

彼女は微笑み、木彫りの子犬をバッグにしまった。代わりに名刺を出してきた。そこには『オフィス・リトルドッグ　代表取締役　武藤晴美』とあった。

浩介も名刺を渡した。晴美の顔が一層明るくなった。

「木彫刻……やっぱりプロになったんですね」

「親方にいわせれば、まだ半人前らしいけどね」浩介は頭を掻いた。

体育館の外にベンチがあったので、二人で並んで座った。晴美によれば、彼女も火災のことをニュースで知り、駆けつけてきたということだった。館長には援助を申し出たらしい。

「お世話になった施設ですから、この機会に恩返しをしたいと思って」

「そうか。偉いね」

「でも藤川さんだって、そうでしょう？」

「俺は親方にいわれたからだよ」浩介は彼女の名刺に目を落とした。「君は会社を経営してるのか。どういう会社？」

「小さな会社です。若者向けのイベントを企画したり、広告の企画を作ったり」

ふうん、と曖昧に答えた。まるでイメージが湧かなかった。

「若いのに、すごいね」

「すごくないです。運が良かっただけです」

「運だけじゃないと思うけどな。そもそも会社を興そうって思うことがすごいよ。人に雇われて給料を貰ってる生活のほうが楽だし」

晴美は首を傾げた。

「性分でしょうね。人に使われるのって、あまり得意じゃないんです。バイトだって、長続きしなかったし。だから施設を出た後も、何をして生きていったらいいのかわからなくて困っていました。そんな時、ある人から貴重なアドバイスをいただいて、それで自分の方向性が決まったように思います」

「へえ。ある人って?」

「それがね」彼女は少し間を置いてから続けた。「雑貨屋さんなんです」

「雑貨屋?」浩介は眉根を寄せた。

「友達の家の近くにあった雑貨屋さんなんですけど、悩みの相談に乗ってくれることで有名だったんです。週刊誌に載ったこともあったらしくて。それで駄目元で相談してみたら、すごく良いアドバイスを貰えたんです。今の私があるのは、その人のおかげです」

浩介は言葉を失った。彼女が話しているのは『ナミヤ雑貨店』のことに違いない。ほかにそんな雑貨屋があるとは思えない。

「信じられないですか、こんな話」彼女は訊いた。

「いや、そんなことはない。ふうん、そんな雑貨屋があるんだ」平静を装った。

「面白いでしょ。今もあるかどうかはわかりませんけど」

「とにかく仕事がうまくいってるのならよかった」

「おかげさまで。でもじつは、今は副業のほうが儲けが多いんですけどね」

「副業って？」

「投資です。株とか不動産とか。あとゴルフ会員権も」

ああ、と浩介は頷いた。最近、よく耳にする話だ。不動産の価格が高騰していて、それにつられて好景気が続いているという。おかげで木彫刻の仕事も好調だ。

「藤川さん、株とかに御興味は？」

浩介は苦笑して首を振った。「全然」

「そうですか。それならいいんですけど」

「何か？」

晴美は少し迷った表情を見せてから口を開いた。

「もし投機で株や不動産を取得されたとしても、一九九〇年までにはすべて売却されたほうがいいです。そこから先、日本経済は下落に転じます」

浩介は当惑し、彼女の顔を見つめた。あまりにも確信に満ちた言い方だったからだ。

ごめんなさい、といって晴美はぎごちない笑みを浮かべた。

「変なことをいっちゃいましたね。忘れてください」そういって腕時計に目を落とし、立ち上がった。「久しぶりにお会いできて嬉しかったです。いずれまたどこかで」

「うん」浩介も腰を上げた。「君も元気でね」

晴美と別れた後、浩介は車に戻った。エンジンをかけ、発進させたが、すぐにブレーキを踏んだ。

ナミヤ雑貨店か――。

不意に、あの店のことが気になった。結果的に浩介は、あの爺さんのアドバイスには従わなかった。それでよかったと思っている。だが晴美のように、未だに恩義を感じている者もいる。

あの店、どうなったんだろう。

浩介は再び車を発進させていた。迷いつつ、帰路とは違う方向に走らせていた。『ナミヤ雑貨店』を見ておきたいと思ったのだ。たぶんもうつぶれているだろう。それを確認すれば、何かが一つ解決するような気がした。

生まれ育った町に戻るのは十八年ぶりだ。記憶を呼び覚ましつつ、ハンドルを操作した。顔を見てすぐに浩介だと気づく人間がいるとは思えなかったが、なるべく人目は避けるよう用心した。自宅があった場所に近づくことは論外だ。

町の雰囲気はずいぶんと変わっていた。住宅が増え、道も整備されている。好景気の影響なのかもしれない。

しかし、『ナミヤ雑貨店』は同じ場所に、同じような佇まいで建っていた。老朽化は明らかで、看板の文字も読みにくくなっていたが、建物の形はしっかりと保っていた。錆びたシヤッターを開ければ、店内には商品が並んでいそうだ。

浩介は車を降り、建物に近づいた。懐かしさと悲しさが去来した。両親たちの夜逃げに同行するかどうかを悩み、手紙を郵便口に投げ入れた夜のことが蘇った。

気がつくと家の脇道に足を踏み入れ、裏に回っていた。例の牛乳箱は、あの時のまま取り付けられていた。蓋を開けてみたが、何も入ってはいなかった。

ため息をついた。これでもういいか、と思った。このことは終わりにしよう。

その時だった。すぐそばのドアが開き、男性が現れた。年齢は五十歳前後か。

向こうも驚いている様子だった。ここに人がいるとは思わなかったのだろう。

「あ、すみません」浩介はあわてて牛乳箱の蓋を閉めた。「怪しい者じゃありません。ただ、あの、ちょっと……」うまい言い訳が思いつかなかった。

男性は怪訝そうな顔で浩介と牛乳箱とを交互に見た後、「もしかして、相談者の方?」と訊いてきた。

えっ、と浩介は相手を見返した。

「違うの？　昔、うちの親父に相談の手紙を出した人じゃないの？」

虚を衝かれた思いで浩介は口を半開きにした。その顔のままで頷いた。

「そうです。ずいぶん前ですけど……」

男性は口元を緩めた。

「やっぱりね。そうでなかったら、この牛乳箱を触ったりしないだろうから」

「すみません。久しぶりに近くまで来て、何となく懐かしくなったので……」浩介は頭を下げた。

　男性は顔の前で手を振った。

「謝ることはない。私は浪矢の息子です。親父は八年前に他界しましてね」

「そうだったんですか。じゃあ、こちらのお宅は……」

「今は誰も住んでいません。たまに私がこうして様子を見に来る程度で」

「取り壊す予定とかはないんですか」

　男性は、うーんと小さく唸った。

「事情があって、それはできないんです。このまま残すってことになってまして」

「へえ」

　その事情というのを知りたかったが、そこまで詮索するのは失礼だという気がした。

「真面目な相談ですね？」男性がいった。「牛乳箱を見てたってことは、あなたが相談した内容は真面目なほうでしょう？　親父をからかったような内容ではなくて」

　何のことをいっているのかがわかった。

「そうです。自分としては真面目に相談したつもりでした」

　男性は頷き、牛乳箱を見た。

「親父もおかしなことをしてたもんです。人様の相談に乗ってる暇があるなら、商売のことでも考えてりゃいいのにといつも思ってました。でもあれが生き甲斐だったんだなあ。いろいろな人に感謝されて、満足だったと思います」

「お礼をいいに来た人とか、いたんですか」

「うん……まあ、そういうことです。何通か、手紙を貰いました。親父は自分の回答が役に立ったかどうかを、ひどく心配していましたが、それらを読んで安心したようでした」

「感謝する内容が書いてあったわけだ」

ええ、と男性は真剣な眼差し（まなざし）で顎を引いた。

「子供の頃に親父から貰ったアドバイスを、学校の先生になってから生かしてうまくいったと書いてきた人がいました。また、相談者本人ではなく、娘さんによる礼状もありました。相談者は妻子ある男性の子供を産むかどうかで悩んで、親父に相談したようです」

「なるほど。いろいろな悩みがあるものですね」

「全くです。礼状を読んでみて、つくづくそう思いました。親父はよく続けられたものです。親の夜逃げについていくべきかどうか迷っている、なんていう深刻な悩みもあれば、学校の先生を好きになったけどどうしたらいいなんていう微妙な問題を孕（はら）んだ悩みもあったりして――」

「ちょっと待ってください」浩介は右手を出した。「親の夜逃げについていくべきかどうか、という相談事があったんですか」

「そうですが」それがどうかしたのか、という顔で男性は瞬きした。

「その人も礼状を？」

はい、と男性は頷いた。

「親父は、両親についていくべきだとアドバイスしたようです。で、その人もその通りにして、結果的に良かったと書いておられました。両親と一緒に幸せに暮らせるようになったとか」

浩介は眉根を寄せていた。「それはいつ頃の話ですか。礼状を受け取ったというのは」

男性は逡巡(しゅんじゅん)の色を見せてから、「親父が亡くなる少し前です」と答えた。「ただこれにもいろいろと事情があって、礼状が書かれたのがその時というわけではないんですが」

「というと?」

「それがじつは――」男性は、いいかけてから一旦口を閉じた。それから、弱ったな、と呟いた。「余計なことをいわなきゃよかった。まあ、気にせんでください。別に深い意味はありませんから」

少し様子がおかしかった。男性は、そそくさと裏口のドアに鍵(かぎ)をかけた。

「私はこれで失礼します。構いませんから、気が済むまで、ゆっくり見ていってください。といっても、特に見るところもないんですが」

男性は寒そうに背中を丸め、狭い通路を歩いていった。その後ろ姿を見送った後、浩介は再び牛乳箱に目を戻した。

一瞬、箱が歪(ゆが)んだように見えた。

10

気がつけば、『イエスタデイ』が流れていた。浩介はウイスキーを飲み干し、「おかわりを」とママにいった。

手元の便箋に目を落とした。頭を捻りながらようやく書き上げた文面は、次のようなものだった。

『ナミヤ雑貨店様へ

私は今から四十年ほど前、あなたに相談の手紙を出した者です。その際、ポール・レノンと名乗りました。覚えておられるでしょうか。

私の相談内容は、両親たちが夜逃げを画策しており、自分も一緒に逃げるよういわれているが、どうしたらいいだろうか、というものでした。

それに対してあなたからは、家族が離ればなれになるのはよくないから、今は両親を信じて行動を共にするべきだ、との回答をいただきました。

それで私も一旦は、そのようにしようと決心いたしました。実際、両親たちと一緒に家を出たのです。

しかし途中でどうしても耐えられなくなりました。両親のことが、とりわけ父親のことが信頼できなくなったのです。このまま自分の人生を任せようという気持ちにはなれませんでした。私たち親子の心の絆は、すでに切れていたのだと思います。

ある場所で、私は両親から逃げました。先のことはまるでわかりませんでしたが、とにかく彼等と一緒にいてはいけないと思ったのです。

その後、両親がどうなったのか、私は全く知りません。しかし私のことだけをいえば、あの時の決断は間違っていなかったと断言できます。

紆余曲折はありましたが、私は幸福を手に入れました。今は精神的にも金銭的にも安定した生活を送れています。

つまりナミヤさんのアドバイスに従わなくて正解だった、ということになります。誤解のないように断っておきますが、この手紙は決して嫌みで書いているわけではありません。ネットで目にした情報によりますと、アドバイスが自分の人生にとってどうだったかを正直に教えてほしいとのことでした。だからアドバイスに従わなかった人間のこともお知らせしておきたいと考えた次第です。

結局のところ、自分の人生は自分の力だけで切り開いていくしかないのだと思います。このお手紙はナミヤさんのご遺族の方が読まれるのでしょうか。ご不快に思われたのならお詫びいたします。どうか処分してください。

ポール・レノン』

カウンターにロックグラスが置かれた。浩介はウイスキーを口に含んだ。

一九八八年の暮れのことが頭をよぎる。店主だった爺さんの息子から聞いた話だ。それによれば浩介と全く同じ内容の悩み相談があったらしい。しかも相談者は爺さんの指示に従って両親たちについていき、結果的に幸せになったという。

奇妙な偶然もあるものだと思った。同じような悩みを抱えた子供が、あの町にもう一人いたということか。

一体その子供と両親は、どうやって幸せを摑んだのだろうか。自分たちのことを思い返すと、簡単に打開策が見つけられるとは思えなかった。逃げ道がほかにないから、浩介の両親は夜逃げという方法に走ったのだ。

「お手紙、書き上がったんですか」ママが訊いてきた。

「まあ、何とか」

「珍しいですね、手書きのお手紙なんて」

「そういえばそうだな。まあ、急に思い立ったものだから」

今日の昼間のことだ。パソコンで調べものをしている時、ある人物のブログの中で、たまたまその書き込みを見つけたのだった。ナミヤ雑貨店、という文字に目が反応したといってもいい。次のようなものだった。

『ナミヤ雑貨店を御存じの方々へ
九月十三日の午前零時零分から夜明けまでの間、ナミヤ雑貨店の相談窓口が復活します。そこで、かつて雑貨店に相談をし、回答を得た方々にお願いです。その回答は、貴方の人生にとってどうでしたか。役に立ったでしょうか。それとも役には立たなかったでしょうか。忌憚のない御意見をいただければ幸いです。あの時のように、店のシャッターの郵便口に手紙を入れてください。どうかお願いいたします。』

どきりとした。まさかと思った。誰かの悪戯か。しかしこんなことをして、どんな意味があるのか。

情報源はすぐに見つかった。『ナミヤ雑貨店　一夜限りの復活』というサイトが存在したのだ。運営主は自らのことを、「ナミヤ雑貨店・店主の子孫」と名乗っていた。九月十三日が店主の三十三回忌なので、こういう供養を思いついた、とのことだった。

今日は一日中、そのことが頭から離れなかった。仕事にも集中できなかった。いつものように定食屋で夕食を済ませ、一旦家に帰ったが、気持ちは引っ掛かったままだった。結局、着替えることもなく、再び家を出た。独り暮らしなので、行き先を誰かに告げる必要はない。

迷いつつ、電車に乗っていた。何かに突き動かされている感じだった。

たった今書き上げた手紙を読み直し、これでようやく自分の人生も完結に向かうことになるのかな、と浩介は思った。

BGMは『ペイパーバック・ライター』に変わっていた。浩介が好きだった曲だ。何気なくCDプレーヤーに目を向け、すぐ横にレコード・プレーヤーがあることに気づいた。

「アナログのレコードをかけることもあるの?」ママに訊いてみた。

「ごく稀にですけどね。御贔屓にしてくださるお客さんから頼まれた時だけ」

「へえ……ちょっと見せてもらってもいいかな。いや、かけてくれなくていいから」

いいですよ、といってママはカウンターの奥に消えた。

すぐに戻ってきた彼女は、数枚のLPレコードを手にしていた。

「ほかにもあるんですけど、部屋に置いてあるので」そういってレコードをカウンターの上に並べた。

浩介は一枚を手に取った。『アビイ・ロード』だ。発売は『レット・イット・ビー』より先になったが、実質的にはビートルズが作った最後のアルバムで、横断歩道を四人が渡っているジャケットは伝説的といっていいほど有名だ。ポール・マッカートニーがなぜか裸足で、そのせいで「この時ポールはすでに亡くなっていた」という噂が流れた。

「懐かしいね」思わず呟き、二枚目に手を伸ばした。『マジカル・ミステリー・ツアー』だった。同名映画のサントラ盤らしいが、映画の内容は意味不明なものだったという。

三枚目は、『サージェント・ペパーズ・ロンリー・ハーツ・クラブ・バンド』だ。いわずと知れたロックの金字塔だが――。

浩介の目が、ある一点に釘付けになった。ジャケットの右端に金髪の美女の姿がある。昔はマリリン・モンローだと思っていた。じつはダイアナ・ドースという女優だと大人になってから知った。そのさらに横だ。印刷の剝げたところをマジックで補修した形跡がある。

身体中の血が騒ぎだした。心臓が早打ちを始めた。

「これ……これは」声がかすれた。唾を飲み込み、ママを見た。「これは、君のもの？」

彼女は、やや戸惑った表情を浮かべた。

「今は私が保管していますけど、元々は兄のものでした」

「お兄さんの？　それをどうして君が？」

彼女は、ふっと吐息をついた。

「兄は二年前に亡くなったんです。私がビートルズのファンになったのは兄の影響です。兄は子供の頃からビートルズの大ファンで、大人になってからも、いつかはビートルズ専門のバーを開きたいといってました。それで三十代の頃に脱サラして、この店を始めたんです」

「……そうだったのか。お兄さんは御病気か何かで？」

「はい。胸のほうの癌で」彼女は自分の胸を軽く押さえた。

浩介は、先程貰った彼女の名刺を見た。原口恵理子とある。

「お兄さんの名字も原口さん？」

「いえ、兄は前田といいます。原口は私の嫁ぎ先の名字です。といっても、離婚して今は独り身なんですけどね。面倒だから、そのままの名字を使っています」

「前田さん……か」

間違いないと確信した。浩介がレコードを売った友人の名字が、「前田」だった。つまり、今浩介が手にしているレコードは、彼自身のものだったのだ。

こんなことがあるのかと思いつつ、あっても不思議ではないとも思った。考えてみれば、この小さな町でビートルズに拘ったバーを出そうとする人間はかぎられている。『Ｆａｂ４』という店名を見た時、知り合いの店ではないかと気づくべきだった。

「兄の名字が何か？」ママが訊いてきた。

「いえ、何でも」浩介は首を振った。「これらのレコードは、お兄さんの形見なわけだ」

「そうなんですけどね、元の持ち主の形見でもあるんです」

えっ、と聞き直した。「元の持ち主って……」

「殆どのレコードは、兄が中学時代に同級生から売ってもらったものなんです。まとめて何十枚も。その友達は兄以上にビートルズ・ファンだったらしいんですけど、急に売りたいといってきたんですって。兄は喜びつつも不思議だったといっていたんですけど——」そこまで話してから、ママは口元に手をやった。「ごめんなさい。つまんないですよね、こんな話」

「いや、聞きたいな」浩介はウイスキーを舐めた。「聞かせてよ。その友達に何かあったわけ？」

ええ、と彼女は首を縦に動かした。

「その友達、夏休み明けから学校に来なくなったそうなんです。じつは、両親と一緒に夜逃げしたんです。すごくたくさんの借金があったようだと兄はいってました。でも結局逃げきれないと思ったらしく、最後は気の毒なことに……」

「どうなったの？」

ママは目を伏せて表情を沈ませた後、ゆっくりと顔を上げた。

「夜逃げした二日後ぐらいに心中したんです。無理心中らしいですけど」

「心中？　死んだわけ？　誰と誰が？」

「だから一家三人で、です。お父さんが奥さんと息子さんを殺して、最後は自分も……」

まさか、と思わず声を上げそうになるのを辛うじて堪えた。

「どうやって殺したんだろう？　その……奥さんたちを」

「詳しいことは知りませんけど、薬を飲ませて眠らせて、船から海に落としたって聞いています」

「船から？」

「夜中に手漕ぎの船を盗んで、海に出たそうです。でもお父さんは死にきれなくて、陸に戻ってから首を吊ったとか」

「二人の遺体は？　奥さんと息子の遺体は見つかったの？」

さあ、とママは首を捻った。

「そこまでは聞いていません。でもお父さんが遺書を残していたので、二人が亡くなったこともわかったみたいですよ」

「ふうん……」

浩介はウイスキーを飲み干し、おかわりを、といった。頭の中が混乱している。アルコールの力で神経を鈍らせなければ、平静を保っていられそうになかった。

仮に遺体が見つかっていたとしても、紀美子だけだろう。しかし遺書に妻と息子を殺したと書いてあれば、もう一方の遺体が見つからなくても、警察がその内容を疑う可能性は低いと思われた。

問題は、なぜ貞幸がそんなことをしたのか、だ。

浩介は、四十二年前のあの日のことを思い返した。富士川サービスエリアから、運送屋のトラックの荷台に隠れて逃亡した夜のことだ。

息子が姿を消したことに気づいた貞幸と紀美子は、自分たちがどうすべきかについて悩んだに違いない。息子のことは忘れて、予定通りに夜逃げを続行するか、それとも息子を捜す道を選ぶか。浩介は、おそらく前者だろうと予想した。息子を捜そうにも方法がないからだ。

しかし二人は、どちらも選ばなかったのだ。彼等が採ったのは、心中という道だった。

ロックグラスが前に置かれた。浩介はグラスを手にし、軽く振った。氷が小さな音をたてて動いた。

一家心中という選択肢は、もしかしたらそれまでにも貞幸たちの念頭にはあったのかもしれない。もちろん最後の手段としてだ。だが浩介の行動が、彼にそれを決心させたことは間違いないだろう。

いや、彼だけではない。たぶん紀美子と二人で話し合って決めたのだ。

それにしても、なぜ船を盗んでまで紀美子の身体を海に沈めたのか。

その理由について考えられることは一つしかない。息子も一緒に殺したことにするためだ。広い海ならば、遺体が見つからなくても不思議ではない。

心中しようと決めた時、両親は浩介のことを考えたのだ。自分たちだけが死んだ場合、息子は一体どうなるのだろう、と。

浩介がどうやって生きていくつもりなのか、彼等には想像がつかなかったかもしれない。だが、和久浩介という名前や経歴を捨てるかもしれないとは考えたのではないか。もしそうならば自分たちがその邪魔をしてはいけない、とも。

だから和久浩介という人間をこの世から抹消することにしたのだ。

警視庁少年課の刑事、児童相談所の職員、その他多くの大人たちが浩介の身元を明かそうとした。だが誰にもそれはできなかった。当然だ。和久浩介という中学生については、すべての資料から早々に削除されていたのだ。

夜逃げの直前、母の紀美子が部屋にやってきて浩介にいった言葉が蘇る。

私もそうだけど、お父さんだって、浩介のことを一番に考えているの。浩介が幸せになるのなら、何だってする覚悟よ。命だって惜しくない——。

あの言葉は嘘ではなかったのだ。そして今の自分があるのは、両親のおかげということになる。

浩介は頭を振り、ウイスキーを呷った。そんなことはないと思った。あんな人間たちが親だったせいで、しなくてもいい苦労をさせられた。本名さえも捨てることになった。今の生活を手に入れられたのは、自分が努力をしたからだ。それ以外にはない。

だがそう思う一方、後悔と呵責の念が胸に迫ってきているのも事実だった。

自分が逃げ出したせいで、結果的に両親には選択肢がなくなってしまった。彼等を追い詰めたのは自分なのだ。逃げ出す前に、なぜもう一度提案しなかったのだろう。夜逃げなんかやめて家に帰ろう、と。家族で一からやり直そう、と。

「どうかされました?」

声をかけられ、顔を上げた。ママが心配そうな目を向けてきた。

「何だか、ひどく辛そうですけど……」

いや、と首を振った。「何でもない。ありがとう」

手元の便箋に目を落とした。自分の書いた文章を読み返すうちに、不快感が胸に広がってきた。

自己満足を書き並べただけの、何の価値もない手紙に思えてきた。相談に乗ってくれた人物に対する敬意も感じられない。何が、『自分の人生は自分の力だけで切り開いていくしかない』だ。軽蔑していた両親の犠牲がなければ、どうなっていたかわからないくせに。

便箋をめくり取り、びりびりと破った。ママが、あらっ、と声を漏らした。

「ごめん。もう少しここにいてもいいかな」浩介は訊いた。

「ええ、大丈夫ですよ」ママは微笑んでくれた。

ボールペンを手にし、改めて便箋を見下ろした。

やっぱりナミヤの爺さんは正しかったのかもしれないと思った。家族が同じ船に乗っていさえすれば、一緒に正しい道に戻ることも可能です――回答の一部が思い出された。自分だけが逃げ出したばかりに、船は行き場を失ったのだ。

ではこの手紙には何と書けばいいのだろうか。アドバイスを無視して両親のもとから離れたところ、二人は心中してしまいました、と本当のことを書けばいいのか。

そんなことはできない、しないほうがいい、とすぐに思い直した。

和久親子の心中事件が、この町でどこまで話題になったのかは不明だ。だがもしナミヤの爺さんの耳に入っていたらどうか。相談者『ポール・レノン』の一家ではないかと気にしていたのではないか。両親についていけとアドバイスしたことについて、後悔していたかもしれない。

今夜のイベントは、ナミヤの爺さんの三十三回忌の供養として行われるのだ。ならばあの世にいる爺さんを安心させてやらねばならない。忌憚のない御意見をとあるが、本当のことを書かねばならないわけではない。要は、アドバイスは正しかったという思いが伝わればいいのだ。

少し考えた末、浩介は次のような手紙を書いた。出だしは、最初に書いたものと殆ど同じだ。

『ナミヤ雑貨店様へ
私は今から四十年ほど前、ポール・レノンという名で相談した者です。

相談内容は、両親たちが夜逃げを画策しているが、自分も一緒に行くべきかどうか迷っている、というものでした。その時の手紙は壁に貼り出されませんでした。真面目な相談事が寄せられるのは、それが初めてだったようです。

ナミヤさんからは、家族が離ればなれになるのはよくないから両親を信じて行動を共にするべきだ、との回答をいただきました。家族が同じ船に乗ってさえすれば、一緒に正しい道に戻ることも可能だ、という貴重な励ましの言葉も添えられておりました。

私は、その言葉に従い、両親と行動を共にすることにしました。そしてその判断は間違いではありませんでした。

詳しいことは省きますが、結果的に私たち親子は苦難から脱することができました。近年になり両親は亡くなりましたが、二人共幸せな人生を送ったと思います。私もまた、恵まれた生活を送っています。

すべてナミヤさんのおかげです。感謝の気持ちをお伝えしたく、筆を取らせていただきました。

このお手紙はナミヤさんの御遺族の方が読まれるのでしょうか。三十三回忌の供養になれば幸いです。

ポール・レノン』

何度か読み返し、浩介は不思議な気持ちになった。ナミヤの爺さんの息子から聞いた、もう一人の夜逃げ少年からの礼状と内容が酷似している。無論、偶然にすぎないが。

便箋を折り畳み、封筒に入れた。時計を見ると、間もなく零時になろうとしている。

「ちょっと頼みがあるんだけどな」浩介は立ち上がった。「今からこの手紙をある場所に届けてくる。すぐに戻るから、その後でもう一杯だけ飲ませてもらえないか」

ママは戸惑いの浮かんだ表情で手紙と浩介の顔を交互に見た後、にっこり笑って頷いた。

「ええ、わかりました」

ありがとう、といって浩介は財布から一万円札を出し、カウンターに置いた。飲み逃げかと疑われたくない。

店を出て、夜道を歩いた。周辺の居酒屋やスナックは、すでに営業を終えていた。

『ナミヤ雑貨店』が見えてきた。浩介は足を止めた。店の前に人影があったからだ。

訝（いぶか）りながらゆっくりと近づいた。そこにいたのはスーツ姿の女性だった。三十代半ばといったところか。近くにベンツが停まっている。車内を覗いてみると、助手席に段ボール箱が置いてあった。箱の中身は、某女性アーティストのCDだった。同じものが何枚も入っているようだ。関係者なのかもしれない。

女性はシャッターの郵便口に何かを差し入れた後、その場を離れた。それから浩介に気づき、はっとしたように動きを止めた。顔に警戒の色が浮かんでいる。

浩介は持っていた封筒を見せ、もう一方の手でシャッターの郵便口を指した。それで事情を悟ったらしく、彼女は表情を緩ませた。無言で会釈をしてから、そばのベンツに乗り込んだ。

今夜、何人の人間がここを訪れるのだろうと浩介は考えた。『ナミヤ雑貨店』の存在が人生の中で大きな意味を持つという者は、案外多いのかもしれない。

ベンツが走り去ってから、浩介は封筒を郵便口に差し込んだ。ぱさりと落ちる音が聞こえた。四十二年ぶりに聞く音だった。

何かが吹っ切れたような気がした。もしかすると、ようやく決着をつけられたのかもしれないと浩介は思った。

『Ｆａｂ４』に戻ると、壁の液晶ディスプレイに電源が入っていた。ママがカウンターの中で何やら操作をしている。

何をしてるの、と浩介は訊いた。

「兄が大切にしていた映像があるんです。正規版は発売されていなくて、何かの海賊版の一部らしいんですけど」

「へえ」

「お酒は何にします？」

「うん、じゃあ同じものを」

ブナハーブンのロックが浩介の前に置かれた。彼が手を伸ばした時、映像がスタートした。グラスが唇に触れる直前、彼は手を止めた。何の映像か、わかったからだ。

「これは……」

映っているのはアップル・ビルの屋上だった。寒風が吹く中、ビートルズが演奏を始めた。

映画『レット・イット・ビー』のクライマックス・シーンだ。

グラスを置き、浩介は画面を凝視した。彼の人生を変えた映画だ。これを見て、人間の心の結びつきとはいかに弱いものなのかを痛感した。

しかし――。

映像の中のビートルズは、浩介の記憶とは少し違っていた。映画館で見た時には、彼等の心はばらばらで、演奏もまとまりのないもののように感じた。だが、今こうして見ると印象は違う。

四人のメンバーは懸命に演奏をしていた。楽しんでいるようにも見えた。たとえ解散を目前にしていても、四人で演奏する時には昔の気持ちに戻れたのだろうか。

映画館で見た時、ひどい演奏に思えたのは、浩介の気持ちに原因があったのかもしれない。心の繋がりを信用できなくなっていたのだ。

浩介はグラスを手にし、ウイスキーを飲んだ。静かに目を閉じ、両親の冥福を改めて祈った。

第五章　空の上から祈りを

1

店から翔太が戻ってきた。浮かない顔つきだ。

「来てないか」敦也が訊いた。

翔太は頷き、ため息をついた。「風でシャッターが揺れただけみたいだ」

そうか、と敦也はいった。「それでいいよ」

「俺たちの回答は読んでもらえたのかな」そう訊いたのは幸平だ。

「読んだんじゃないか」翔太が答える。「牛乳箱に入れた手紙がなくなっているわけだから。ほかの人間が取ったりはしないだろ」

「そうだよなあ。じゃあ、どうして返事が来ないんだろ」

それは、といいかけたところで翔太が敦也に目を向けてきた。

「しょうがないだろ」敦也はいった。「何しろ、あんな内容の手紙だ。受け取ったほうとしちゃ、わけがわかんなかったんじゃないか。それに、返事が来たら来たで厄介じゃねえか。

あれはどういう意味だって尋ねてくる内容だったらどうする？」

　幸平と翔太は無言で俯いた。

「答えられないだろ？　だから、これでいいんだよ」

「でも驚いたよな」翔太がいった。「こんな偶然ってあるのかな。『魚屋ミュージシャン』が、あの人だったなんてさ」

「それは、まあな」敦也も頷いた。驚かなかった、とはとてもいえない。

　オリンピック候補だった女性との手紙のやりとりを終えた直後、別の人物から悩みの相談を書いた手紙を受け取った。その内容を読み、敦也たちは呆れ、腹を立てた。「家業の魚屋を継ぐべきか、音楽の道に進むべきか迷っている」という相談事は、とても悩みとは思えなかった。恵まれた人間の単なる我儘だとしか思えなかった。

　そこで、そんな甘ったれた考えを非難する回答を揶揄を込めて返したのだが、『魚屋ミュージシャン』と名乗る相談者としては心外だったらしく、すぐに反論する手紙を寄越してきた。それに対して敦也たちが改めて一刀両断にする内容の答えを返すと、次に手紙が入れられる際、奇妙なことが起きた。

　その時、敦也たちは店の中にいた。『魚屋ミュージシャン』からの手紙を待つためだった。間もなく手紙は郵便口に差し込まれてきたが、途中で止まった。驚くべきことが起きたのは、次の瞬間だった。

　郵便口から、ハーモニカの演奏が聞こえてきたのだ。しかもそれは敦也たちがよく知っているメロディだった。タイトルも知っている。『再生』というものだ。

その曲は、水原（みずはら）セリという女性アーティストの出世作として知られているが、それ以外にも有名な逸話がある。そしてそれは敦也たちにとっても無関係ではない。

水原セリは弟と共に児童養護施設『丸光園』で育った。彼女が小学生の時、施設が火事に見舞われた。その際、逃げ遅れた弟を、一人の男性が助けてくれた。彼はクリスマスパーティのために呼ばれたアマチュアのミュージシャンだった。全身に大やけどを負った彼は、病院で息を引き取った。

『再生』は、そのミュージシャンが作った曲だ。彼への恩返しとして水原セリは歌い続け、結果的にアーティストとしての彼女の地位を不動のものにした。

このエピソードについては、敦也は子供の頃からよく知っている。なぜなら彼等も『丸光園』で育ったからだ。水原セリは、園児たちの誇りであり希望の星だ。いつかは自分もあんなふうに輝きたいと夢を抱かせてくれる存在だ。

その『再生』が聞こえてきたので、敦也たちは驚いた。ハーモニカの演奏が終わると、手紙は郵便口からぽとりと落ちた。向こうから押し込んだようだ。

どういうことだろうと三人で話し合った。相談者たちのいる時代は一九八〇年のはずだ。水原セリは生まれているが、まだ幼い子供だ。当然、『再生』は世間に知られていない。

考えられることは一つしかなかった。『魚屋ミュージシャン』こそ、『再生』の作者なのだ。水原姉弟にとっての恩人なのだ。

手紙には、『ナミヤ雑貨店』からの回答にショックを受けたが、もう一度自分自身を見つめ直してみようと思うと書いてあった。さらに、直（じか）に会って話をしたいとも付け加えられていた。

三人は悩んだ。『魚屋ミュージシャン』に未来のことを教えるべきかどうか。一九八八年のクリスマスイブの夜、あなたは『丸光園』という児童養護施設で火事に遭って死にます、と教えてやったほうがいいのか。

教えてやろう、といいだしたのは幸平だ。そうすれば彼は死ななくて済むかもしれない、というのだった。

すると翔太が、だが代わりに水原セリの弟が死ぬのではないか、と疑問を口にした。これには幸平も反論できなかった。

最終的な結論は敦也が下した。火事については教えないことにした。

「そんなことを教えても、向こうはたぶん本気にしない。気味の悪い予言を聞かされたと思って、不愉快になるだけだ。そうしていずれは忘れる。それに『丸光園』の火事のことも、水原セリが『再生』を歌うことも、俺たちはすでに事実として知っている。そういうことは、きっと変えられない。どんな手紙を書いても同じことだ。だったらせめて、何か励ます言葉でも書いてやったほうがいい」

この意見に翔太と幸平は納得してくれた。では最後にどんな言葉を書けばいいか。

「俺は……お礼をいいたいな」そういったのは幸平だ。「あの人がいなかったら、水原セリはアーティストにならなかったかもしれないし、『再生』も聴けなかったわけだし」

敦也は同感だった。翔太も、それでいこうよ、といった。

三人で文面を考えた。手紙の締めくくりに、次のように書いた。

『あなたが音楽の道を進むことは、決してムダにはなりません。
あなたの曲によって、救われる人がいると思います。そしてあなたが生み出した音楽は必ず残ります。
なぜそんなことをいいきれるのかときかれたら困るけど、それは確かなことです。
最後まで、そのことを信じてください。最後の最後まで信じていてください。
それしかいえません。』

手紙を牛乳箱に入れ、しばらくしてから開けてみた。手紙は消えていた。『魚屋ミュージシャン』の手に渡ったということだろう。

もしかしたら、それに対する返事が来るのではないかと思った。それで裏口のドアを閉め、今まで待っていたのだ。

しかし返事は来なかった。これまでは牛乳箱に回答を入れた直後に、返事が郵便口から投入された。『魚屋ミュージシャン』は、敦也たちからの手紙を読み、何らかの決着をつけたのかもしれない。

「じゃあ、裏口を開けるぜ」敦也は腰を上げた。

「ちょっと待って」幸平が敦也のジーンズの裾（すそ）を摑（つか）んだ。「もう少し、だめかな」

「何が？」

だから、といって幸平は唇を舐（な）めた。「もう少しの間だけ、裏口を閉めておこうよ」

敦也は眉をひそめた。

「何のために？　魚屋からの返事は、たぶんもう来ねえぞ」

「それはわかってる。あの人のことはもういいんだ」

「じゃあ、何なんだ」

「だから……ほかの人からも相談が来るんじゃないかと思って」

「はあ？」敦也は大きく口を開け、幸平を見下ろした。「おまえ、何いってんの。裏口を閉めたままだと時間が流れないんだぜ。わかってるのかよ」

「わかってる、もちろん」

「だったら、そんなことをしてる場合じゃないってこともわかるだろ。乗りかかった船だから、魚屋までは付き合ってやった。でももう終わり。悩みの相談ごっこはおしまいだ」

幸平の手を払いのけ、敦也は裏口に向かった。ドアを開放すると、外に出て時刻を確認した。午前四時を少し過ぎたところだった。

あと二時間ってところか――。

午前六時を過ぎたらここを出ようと考えていた。その頃なら電車が動きだすはずだ。

室内に戻ると幸平が冴えない顔で座っていた。翔太は携帯電話をいじっている。

敦也はダイニングチェアに腰を下ろした。テーブルの上に立てた蝋燭の火が揺れている。外から風が入ってくるからだろう。

それにしても不思議な家だ、と煤けた壁を見ながら敦也は思った。一体どういうわけで、こんな超常現象が起きているのか。そしてどうして自分たちが、こんなことに巻き込まれたのか。

「うまくいえないけどさ」幸平が、ぼそりといった。「これまで生きてきて、今夜初めて人の役に立ててるって気がしたんだ。こんな俺が。俺みたいな馬鹿が」

　敦也は顔をしかめた。

「だから悩み相談を続けたいっていうのか。一銭の儲(もう)けにもならないのに」

「金じゃないよ。儲けにならないからいいんだ。損得抜きで誰かのために真剣に何かを考えたことなんて、これまでに一度もなかった」

　敦也は、大きな音をたてて舌打ちした。

「そうやって考えて手紙を書いて、で、どうなった？　俺たちの回答は役になんか立ってねえよ。オリンピック女は、こっちの回答を自分の都合の良いように解釈しただけだし、魚屋にいたっては何もしてやれなかった。初めからいってるだろ。俺たちみたいな落ちこぼれが、誰かの相談に乗ること自体、おこがましいんだ」

「でも『月のウサギ』さんからの最後の手紙を読んだ時は、敦也だって嬉(うれ)しそうにしたじゃないか」

「悪い気はしなかった。だけど勘違いはしてない。俺たちは人に意見できる人間じゃない。俺たちは――」敦也は部屋の隅に放置してあるバッグを指差した。「俺たちは、ちんけなコソ泥だ」

　幸平が傷ついたような顔をし、俯いた。それを見て敦也は、ふんと鼻を鳴らした。

　その時だった。翔太が、「えーっ」と大きな声を上げた。敦也は驚き、思わず椅子から尻(しり)

を浮かせた。

「何だ、一体」

「いや、あの」翔太は携帯電話を示した。「ネットに『ナミヤ雑貨店』のことが出てる」

「ネットに？」敦也は眉根を寄せた。「そりゃまあ、昔の思い出を書き込むやつだっているんじゃないか」

「そう思って俺も、『ナミヤ雑貨店』で検索をかけてたんだよ。誰かが何か書いてないかと思ってさ」

「そうしたら、昔話か何かが出てきたってわけか」

「ところがそうじゃないんだ」翔太がやってきて、携帯電話を差し出した。「これ、見てみなよ」

何だよ、といいながら携帯電話を受け取り、液晶画面に表示されている文字に目を走らせた。そこには、『ナミヤ雑貨店　一夜限りの復活』とある。それに続く文章を読むうち、翔太が騒ぎだしたことに得心がいった。敦也自身、体温が上昇する感覚があった。

それは次のようなものだった。

『ナミヤ雑貨店を御存じの方々へ
九月十三日の午前零時零分から夜明けまでの間、ナミヤ雑貨店の相談窓口が復活します。そこで、かつて雑貨店に相談をし、回答を得た方々にお願いです。その回答は、貴方(あなた)の人生にとってどうでしたか。役に立ったでしょうか。それとも役には立たなかったでしょうか。

忌憚のない御意見をいただければ幸いです。あの時のように、店のシャッターの郵便口に手紙を入れてください。どうかお願いいたします。』

「何だよ、これ。どういうことだ」

「わかんないけど、九月十三日が店主の三十三回忌だから、こういう供養を思いついたって書いてある。主催者は店主の子孫だってさ」

「えっ、何？」幸平もやってきた。「何がどうしたの？」

翔太は幸平に携帯電話を渡してから、「敦也、今日が九月十三日だぜ」といった。

敦也も気づいていた。九月十三日の午前零時零分から夜明けまで——今が、まさにそうだ。真っ直中に自分たちはいる。

「えー、何これ。相談窓口復活って……」幸平が瞬きを繰り返した。

「今までの不思議な現象は、このことと関係しているんじゃないか」翔太はいう。「きっとそうだよ。今日は特別な日で、だから現在と過去が繋がってるんだ」

敦也は顔を擦った。理屈はわからないが、おそらく翔太のいう通りだろう。

裏口の開け放たれたドアを見た。外は、まだ真っ暗だ。

「ドアを開けてると、過去とは繋がらない。夜明けまで、まだ時間がある。敦也、どうする？」翔太が訊いてきた。

「どうするって……」

「もしかしたら俺たちは、何かの邪魔をしているのかもしれない。本当ならあのドアは、ずっと閉まっていたはずなんだから」

　幸平が立ち上がった。無言で裏口に近づくと、ぴしゃりとドアを閉めた。

「あっ、何、勝手なことやってるんだっ」敦也はいった。

　幸平は振り返り、首を横に振った。「閉めておかないと」

「何でだよ。そんなことをしたら、時間が流れない。ずっとここにいる気か？」そういった直後、敦也の頭に一つの考えが浮かんだ。彼は頷いた。「そうか、わかった。裏口は閉めておこう。ただし、俺たちはここから出よう。そうすれば、全部丸く収まる。誰かの邪魔をしなくても済む。そうだろ？」

　しかし二人は首を縦に振ろうとはしなかった。どちらも浮かない顔つきのままだ。

「何だよ。まだ何かいいたいことがあるのか」

　ようやく翔太が口を開いた。

「俺、もう少しここにいるよ。敦也は出ていけばいい。外で待っててくれてもいいし、先に逃げてもいい」

「俺もそうする」幸平が即座にいった。

　敦也は頭を掻きむしった。「ここにいて、どうする気だ」

「何をどうするかってことじゃない」翔太が答えた。「ただ、見届けたいんだ。この不思議な家がどうなるのか」

「わかってるのか。夜明けまで、あと一時間ほどある。外の世界の一時間は、この家の中だと何日にもなるんだぞ。その間、飲まず食わずでずっといるっていうのか。そんなこと、不可能だろうが」

翔太は目をそらした。敦也のいうことが当を得ていると思ったのだろう。

諦めろ、と敦也はいった。だが翔太は答えない。

シャッターの揺れる音が聞こえたのは、その直後だ。敦也と翔太は顔を見合わせた。

幸平が小走りに店に向かった。その背中に向かって、「どうせ、また風だ」と敦也はいった。「風で揺れただけだ」

やがて幸平が、のっそりと戻ってきた。その手には何もなかった。

「やっぱり風だっただろ」

幸平は、すぐには答えない。だが敦也たちのところへ来ると相好を崩し、右手を後ろに回した。さらに、じゃーん、といって出した右手には白い封筒が摑まれていた。尻ポケットに隠していたらしい。

敦也は思わず顔を歪めた。面倒臭いことになった、と思った。

「これを最後にしよう、敦也」翔太が封筒を指していった。「この相談事に回答したら、ここを出ていく。約束する」

敦也はため息をつき、椅子に腰を下ろした。「まずは、読んでからだ。俺たちには手に負えない悩みかもしれないだろ」

幸平が慎重に封筒の端を破り始めた。

2

『こんにちは、ナミヤ雑貨店さん。悩みを相談したくて手紙を書くことにしました。

私は今年の春に商業高校を卒業し、四月から東京の会社で働き始めました。大学に進まなかったのは、家庭の事情もあって、なるべく早く社会に出て働きたかったからです。

でも働き始めてすぐに、これでよかったのかどうか自信がなくなってしまいました。

うちの会社が高卒の女子を採用するのは、単純な雑用をさせるためにすぎません。私が毎日やっていることは、お茶汲み、コピー取り、男性社員が雑に書いた書類の清書といった、誰にでもできる簡単な作業ばかりです。中学生、いえ少し字がうまければ小学生でもできるでしょう。仕事をしているという充実感は、まるで得られません。私は簿記二級を持っていますが、今のままでは宝の持ち腐れに終わるでしょう。

どうやら会社側は、女子が就職するのは結婚相手を探すためで、手頃な男が見つかったらどうせすぐに結婚して辞めるだろうとタカをくくっているようです。単純作業をやらせるだけなんだから学歴なんてどうでもいいし、若い女性社員がどんどん入れ替わるように入ってきてくれたほうが、男性社員たちの嫁探しになるし、給料だって安く済むから都合がいいってことのようです。

でも私は、そんなつもりで就職したわけではありません。私は、しっかりとした経済力を持った、自立した女になりたいんです。腰掛けでOLをする気なんて、これっぽっちもありません。

この先どうしたらいいだろうと悩んでいたところ、ある日街で声をかけられました。うちの店で働かないかといわれたのです。店というのは、新宿のクラブでした。そうです、その人はホステスを探しているスカウトマンでした。

話を聞いてみると、条件は驚くほど良いのです。昼間の会社とは桁(けた)が違います。あまりにも好条件なので、何か裏があるのではと疑ったほどでした。

一度見学を兼ねて遊びに来たらどうかと誘われ、思い切って店に行ってみました。そしてそこで私はカルチャーショックを受けました。

クラブやホステスという言葉から、ややいかがわしいものを想像していたのですが、そこに繰り広げられていたのは、華麗な大人の世界でした。女性たちはただ美しく着飾っているだけでなく、どうすればお客様に満足してもらえるかを懸命に考え、努力しているように見えました。自分にできるかどうかはわからないけれど、チャレンジする価値はあるように思いました。

こうして、昼間は会社に通い、夜はホステスとして店に出るという生活が始まりました。実際には十九歳ですが、店には二十歳といっています。体力的には辛(つら)いし、接客は思った以上に難しいのですが、やりがいのある毎日だと思っています。金銭面でも、ずいぶんと楽になりました。

でも二か月が経ち、疑問を感じるようになりました。ホステスをしていることにではなく、OL生活を続けていることにです。このまま単純作業しかさせてもらえないのなら、苦労してまで今の仕事を続ける必要はないのではないか、それよりもホステスに専念したほうが、お金を稼ぐという意味でも効率が良いのではないか、と。

ただ、水商売をしていることは、周囲の人間には内緒にしています。突然会社を辞めるということになれば、各方面にも少なからず迷惑をかけるおそれもあります。

でも私は、ようやく自分の進むべき道を見つけたように思うのです。どのようにすればみんなの理解を得られ、穏便な形で会社を辞められるか、何か良いアドバイスをいただけると助かります。

よろしくお願いいたします。

迷える子犬より』

手紙を読み、敦也はふんと強く鼻を鳴らした。「論外だな。話にならねえ。最後の悩み相談が、よりによってこんなのかよ」

「これは、たしかにないよなあ」翔太も口元を歪める。「いつの時代にもいるんだなあ。水商売に憧(あこが)れる軽い女子って」

「この子、きっと美人なんだろうな」幸平が嬉しそうな顔をした。「道を歩いててスカウトされるほどだし、たった二か月で結構稼げるようになったみたいだし」

「感心してる場合かよ。おい翔太、返事を書け」

「どんなふうに書く？」翔太がボールペンを構えた。

「決まってるだろ。寝ぼけてんじゃねえって書け」

翔太は顔をしかめた。「十九の乙女に対して、それはきつすぎるんじゃないの」

「少しぐらいきつくいわないとわかんねえんだよ、こういう馬鹿女は」

「それはわかるけど、もう少しソフトにいこうよ」

敦也は舌打ちした。「甘いな、翔太は」

「あまりきつい書き方だと、却って反発するもんなんだよ。敦也だって、そうだろ」

そういって翔太が書き上げた文面は以下のようなものだ。

『迷える子犬さんへ
お手紙読みました。

はっきりいいます。水商売はやめましょう。無茶ってやつです。

そりゃあね、ふつうのOLよりもはるかに稼げるのはわかります。しかも楽に。

あなたとしては、ぜいたくな生活が簡単に手に入ったわけだから、これでいいやと思うのも無理ないでしょう。

でもいいのは若いうちだけ。あなたはまだ若いし、働いて二か月だから、あの仕事の本当の辛さがわかってないんです。客の中には、いろいろな人間がいます。あなたの身体目当てっていう男も、この先いっぱい現れるでしょう。そういう男たちを、あなたうまくあしらえる？　それともその男たち全員と、あなたやっちゃう？　身体、もたないよ。

ホステスに専念？　それ、何歳までですか。自立した女になりたいってことだけど、年とると、どこも雇ってくれなくなります。

ずっとホステスを続けて、最終的にはどうなりたいわけ？　クラブのママさん？　それなら何もいいません。がんばってください。でも仮に店を持てたとしても、経営の大変さはハンパじゃないです。

あなただって、いつかは誰かと結婚して、子供を産んで、幸せな家庭を築きたいんじゃないの？　だったら悪いことはいわない。すぐにやめたほうがいい。

ホステスを続けてて、どういう人と結婚する気？　お客さん？　あなたの店に来るお客さんのうち、独身者って何パーセント？

親のことも考えようよ。そんなことをさせるために育てたわけじゃないし、学校に行かせたわけでもないと思うよ。

腰掛けOL、いいじゃないですか。会社に入って、大した仕事をしなくても給料をもらえて、おまけにまわりからちやほやされて、最終的には社員と結婚できるわけでしょう？　で、その後はもう働かなくていい。

それで何が不満なわけ？　最高じゃない。

迷える子犬さんに教えておくけど、世の中には仕事がなくて困っているおじさんがいっぱいいます。そのおじさんたちは、高卒女子の半分の給料でも、喜んでお茶くみでも何でもやるでしょう。

いじわるで、こんなことを書いてるんじゃないからね。これ、あなたのためだから。信用して、いう通りにしてください。

ナミヤ雑貨店』

「まあ、これぐらいのことはいってやったほうがいいだろうな」文面を確認し、敦也は頷いた。親に高校まで通わせてもらって無事に就職できたのに、ホステスになりたいとはどういう料簡か、と直に説教したい気分だった。

翔太が回答を牛乳箱に入れにいった。戻ってから裏口のドアを閉めると、早速シャッターの裏でかすかに物音がした。取ってくる、といって翔太がそのまま店に向かった。

彼はすぐに戻ってきた。口元に笑みが浮かんでいる。「来たよ」そういって封筒をひらひらさせた。

『ナミヤ雑貨店様

早速の御回答ありがとうございました。もしかしたらお返事をいただけないのでは、と心配していたので、ほっとしました。

でもお手紙を読み、失敗したと思いました。ナミヤさんは、いろいろと誤解しておられるようです。こちらの事情を、もっとくわしくお伝えすべきでした。

私は、単に贅沢がしたくてホステスに専念したいと思っているわけではありません。私が求めているのは経済力です。人に頼らなくても生きていけるための武器です。腰掛けでＯＬを続けているだけでは、それは手に入らないと思います。

また、私に結婚願望はありません。子供を産んで平凡な主婦になるのも幸せの一つの形でしょうけど、私はそういう人生を選ぼうとは思っていません。

水商売の厳しさについても、多少はわかっているつもりです。まわりにいる先輩ホステスを見れば、今後どんな苦労が待ち受けているか、容易に想像がつきます。そのうえで、この道で生きていこうと決心したのです。将来は自分の店を持つことも考えています。

自信はあります。たったの二か月ですが、贔屓にしてくださるお客様がすでに何人かいます。ただ、そうしたお客様に対して十分なことができていないのは事実です。その主な原因は、私が昼間の仕事を持っていることにあります。会社を終えてからしか店には行けないので、お客様と食事をすることもできないのです。私が会社を辞めたいと思った理由には、そういうこともあります。

ただ断っておきますが、ナミヤさんが心配されているようなこと、つまり肉体関係を結んだことは一度もありません。求められたことがないとはいいませんが、うまくかわしています。私はそこまで子供ではありません。

保護者に対しては申し訳ないと思います。心配をかけることになるでしょう。でも最終的には、彼等への恩返しにも繋がると思うのですが。

それでもやはり私の考えは無謀でしょうか。

迷える子犬

追伸　私は周囲の人間を説得するにはどうしたらいいかを御相談したかっただけで、水商売をやめる気はありません。同意できないということでしたら、どうかこの手紙は無視してくださって結構です。』

「無視しちゃおうぜ」便箋を差し出しながら敦也はいった。「何が、自信はあります、だ。世の中を舐めてんじゃねえよ」

幸平が浮かない顔で便箋を受け取りながら、「まあ、そうだよね」と応じた。

「でもこの子の書いてること、そう見当外れでもないぜ」そういったのは翔太だ。「学歴のない女が経済的に自立しようと思ったら水商売が手っ取り早い。これ、わりとまともな考えだよ。この世は金だ。金がなきゃ、何も始まらない」

「そんなこと、てめえにいわれなくてもわかってるよ」敦也はいった。「考え方が間違ってなくても、うまくいくことといかないことってのがあるんだ」

「じゃあ、どうしてこの子はうまくいかないといいきれるんだよ。そんなこと、わからないじゃないか」翔太が口を尖(とが)らせる。

「うまくいく人間より、うまくいかない人間のほうがはるかに多いからだ」敦也は即答した。「売れっ子ホステスが独立したはいいが、半年で店を畳んだなんていう話はいくらでも転がってる。そもそも商売なんて、そう簡単には始められない。金は必要だけど、金があればいいってものでもない。この子だって、今はこう書いてるだけだ。ただの世間知らずの小娘なんだ。その日暮らしの生活にどっぷり浸(つ)かったら、きっとそんなことはどうでもよくなる。で、気がついた時には手遅れだ。婚期は逃して、おまけにホステスとしてやっていくには老けすぎたってことになる。そうなってから後悔しても遅いんだよ」

「この子はまだ十九だ。そんな先のことまで心配しなくても――」

「若いからいってるんだっ」敦也は声を上げた。「とにかく、馬鹿な考えは捨てて、ホステスなんか辞めて、会社で婿探しに専念しろって書いてやれよ」

翔太はダイニングテーブルに置いた便箋を見つめてから、ゆっくりと首を振った。

「俺は応援してやりたい。この子は軽い気持ちで手紙を書いてきたんじゃないと思う」

「軽いとか重いとかっていう問題じゃねえよ。現実的かどうかってことだ」

「俺は十分に現実的だと思うけど」

「どこがだよ。じゃあ賭けるか？　この子がクラブの経営者として成功するほうに。俺は、ホステスをやっている間におかしな男に引っ掛かって、最後は父親のいない子供を産んで周りに迷惑をかけるってほうに賭けさせてもらう」

翔太の顔に、はっと息を呑む気配が走った。さらに気まずいような顔で俯いた。

重たい沈黙が室内を満たした。敦也も下を向いていた。

ねえ、と口を開いたのは幸平だ。「確かめてみたらどうかな」

何を、と敦也は訊いた。

「もっと詳しいことをだよ。二人の話を聞いてると、どっちも間違ってないような気がする。この子がどの程度真剣なのかを訊いてみて、それから考えたらどうかな」

「そりゃあ真剣だって答えるだろうさ。本人はそのつもりなんだから」敦也はいった。

「もっと具体的なことを訊いてみよう」翔太が顔を上げた。「どうして経済的に自立したいのかとか、結婚して幸せを摑むっていう道だとなぜ気に入らないのかとか。あとそれから、将来は自分の店を持つってことだけど、どういう計画なのかも尋ねよう。敦也のいうように、商売を始めるってのは簡単なことじゃないからな。そういうことを質問して、もしきちんとした答えが返ってこなかったら、俺もこの子の夢は非現実的だと判断する。ホステスは辞めるように回答しよう。それでどうだ」

敦也は洟をすすり、頷いた。

「訊くだけ無駄だと思うけど、まあいいよ、それで」

よし、といって翔太がボールペンを手に取った。

時折考え込みつつ翔太が便箋に文字を埋めていくのを眺めながら、敦也は先程の自分の台詞を反芻していた。ホステスをやっている間におかしな男に引っ掛かって、最後は父親のいない子供を産んで周りに迷惑をかける——それはほかでもない。彼の母親のことだった。それを知っているから、翔太たちも黙り込んだのだ。

敦也の母親が彼を産んだのは、二十二歳の時らしい。父親は同じ店にバーテンとして働いていた年下の男だった。だが出産の直前、その男は行方をくらました。

乳飲み子を抱えた敦也の母親は、その後も水商売を続けた。おそらくほかにできる仕事がなかったのだろう。

物心がついた時、すでに母親のそばには男がいた。だが敦也がその男のことを父親と認識することはなかった。やがてその男はどこかへ消え、しばらくすると別の男が部屋に住み着くようになった。母親は男に金を渡していた。男は働かなかった。その男もやがて姿を消し、また別の男がやってくる。そんなことが何度か繰り返された。そして何番目かに現れたのが、あの男だった。

その男は、わけもなく敦也に暴力をふるった。いや男には男なりの理由があったのかもしれないが、敦也にはわからなかった。顔が気に入らないといって殴られたこともあった。小学校一年の時だ。母親は守ってくれなかった。男の機嫌を損ねた息子が悪いと思っているようだった。
　敦也の身体のどこかには必ず痣があったが、誰にも気づかれないように用心した。学校にばれたら騒ぎが広がる。そんなことになったら、さらにひどい目に遭わされると知っていた。男が博打で逮捕されたのは、敦也が二年生の時だ。家にも刑事が何人かやってきた。そのうちの一人が、ランニングシャツ姿の少年の身体に痣があることに気づいた。母親を問いつめたところ、彼女は不自然な嘘をいった。その嘘はすぐにばれた。

　警察から児童相談所に連絡が入った。間もなく職員がやってきた。

　職員の質問に、自分の手で育てられると母親は答えた。なぜ彼女がそんなふうに答えたのか、敦也は今でもわからない。育児なんか大嫌い、子供なんか産まなければよかったと電話で話しているのを何度も聞いていた。

　職員は帰っていった。敦也は母親と二人だけの暮らしをすることになった。これでもう殴られずに済むと思った。

　たしかに殴られることはなくなった。しかしまともな生活を手に入れられたわけでもなかった。母親は以前にも増して家に帰ることが少なくなった。だからといって食事を用意しておいてくれるわけでも、お金を置いていってくれるわけでもなかった。学校給食だけが命綱だった。それでもこの窮状を、敦也は誰にも訴えなかった。なぜなのか、自分でもわからない。同情されるのが嫌だったのかもしれない。

　季節は冬に変わっていた。敦也はクリスマスも一人きりだった。そしてそのまま学校は冬休みに入った。だが母親は二週間以上帰ってこなかった。冷蔵庫の中には何もない。

空腹に堪えかねた敦也が屋台の焼き鳥を万引きして捕まったのは、十二月二十八日のことだった。冬休みに入ってからその日まで、何を食べて暮らしていたのか敦也には記憶がない。じつをいうと万引きをしたこともはっきりとは覚えていなかった。簡単に捕まったのは、逃げる途中で貧血を起こして倒れたからだった。

敦也が児童養護施設『丸光園』に預けられたのは、それから三か月後のことだった。

3

『迷える子犬さんへ

二通目のお手紙、たしかに受け取りました。

あなたが単にぜいたく目的でホステスをしているのではないことはわかりました。

いつか自分の店を持つのが夢だというのも、すごいことだと思います。

ただこちらとしては、あなたはホステスの仕事を始めて、華やかさと金回りのよさに酔っているだけではないのかと疑ってもいます。

たとえば開業のための資金を、どのように貯めていく予定ですか。いつまでにこれだけの金額を、という具体的なプランはありますか。またその後は、どんなふうに進めていくのですか。店を経営するには、たくさんの人を雇う必要があります。経営のノウハウは、どこで身につけますか。ホステスをやっていれば何とかなると思っているのですか。そういった計画で成功する自信がありますか。あるとすれば、その根拠は何ですか。

経済的に自立したいという考えは立派だと思います。でも経済力のしっかりとした相手と結婚して、安定した生活を手に入れることだって、立派な生き方だとは思いませんか。たとえ外で働いていなくても、裏から旦那さんを支えているのならば、その奥さんは、ある意味自立しているといえるのではないでしょうか。

あなたは親に恩返しをしたいようなことを書いておられますが、お金で返すことだけが恩返しではないでしょう。あなたが幸せになりさえすれば、きっと御両親は満足だし、恩返しをしてもらったと感じるでしょう。

同意できないなら無視してくれと書いてありましたが、どうしても見過ごすことができず、このような手紙を書きました。どうか、正直に答えてください。

ナミヤ雑貨店』

「いいんじゃないか、こんな感じで」便箋を翔太に返しながら敦也はいった。

「これで向こうがどう出るかだね。しっかりとした将来のプランが返ってくるかどうか」

翔太の言葉に、敦也はかぶりを振った。「それはないと俺は思う」

「どうして？　根拠もなく決めつけるのはやめようよ」

「仮にプランらしきものがあったとしても、夢みたいな話に決まってる。自分を贔屓にしてくれる芸能人とかプロ野球選手に応援してもらう、とかさ」

「あっ、それなら成功しそう」幸平が食いついた。

「ばーか。そんなわけねえだろ」

「とにかく、入れてくるよ」翔太が便箋を封筒に入れ、立ち上がった。

裏口を開け、翔太が出ていく。牛乳箱の蓋を開ける音が聞こえる。続いて、ぱたんと閉める音。今夜、一体何回聞いただろうと敦也はふと思った。

翔太が戻ってきた。裏口のドアを閉める。その直後、表のシャッターの揺れる音が聞こえた。「俺、取ってくる」幸平が足早に向かった。

敦也は翔太を見た。目が合った。

「どうだろうな」敦也は訊いた。さあ、と翔太は肩をすくめた。

幸平が戻ってきた。封筒を持っている。「先に読んでいい？」

どうぞ、と敦也と翔太は同時に答えた。

幸平が手紙を読み始めた。その顔は最初は楽しそうだったが、次第に険しいものへと変わっていった。親指の爪を嚙むのを見て、敦也は翔太と顔を見合わせた。幸平がパニックになった時に見せる癖だった。

便箋は何枚かあるようだ。とても待ちきれなかった。幸平が読み終わった便箋に敦也は手を伸ばした。

『ナミヤ雑貨店様へ

二通目の回答、読ませていただきました。そして、またまた後悔いたしました。

華やかさと金回りのよさに酔っているだけではないのかと疑っておられるとのこと、正直いって腹が立ちました。どこの誰が、お遊びでこんなことを考えるものか、と。

でも冷静になると、ナミヤさんの言い分も尤もだと思いました。十九の小娘が商売を始めたいなどと書いても信用されないのは当然です。

結局、妙な隠し立てをしたのがよくないと反省しました。この際、すべてを打ち明けようと思います。

再三書いておりますように、私は経済的に自立した人間になりたいのです。しかもその経済力は豊かなものでなくてはなりません。はっきりいうと、たくさん稼げる人間になりたいのです。でもそれは自分の欲望のためではありません。

じつは私は幼い頃に両親を亡くし、小学校卒業までの六年間を児童養護施設で過ごしました。丸光園というところです。

でも私は幸せなほうでした。小学校卒業のタイミングで、親戚の家に引き取ってもらえたからです。私が高校まで進めたのも、その家の人たちのおかげです。施設では、本当の親から虐待を受けていたという子供たちを何人も見ました。引き取られた先の里親が補助金目当てで、その子にはろくに食べ物さえも与えていなかったという事件もありました。それに比べれば、自分は何と恵まれているのだろうといつも思ってきました。

だからこそ、いつかは恩返しをしなければならないと考えているのです。でも、あまり時間はありません。世話になった親戚は高齢で、仕事をしていないため、残り少ない蓄えだけで何とか生活しているという状態です。彼等を助けてやれるのは、私だけなのです。そしてそれには、会社でお茶汲みやコピー取りをしているだけではだめなのです。

自分の店を出すためのプランはあります。貯金をするのは当然のことですが、頼りになるアドバイザーがいます。彼はお店のお客さんで、何軒もの飲食店の開業に関わっている人です。自分でも、お店を持っています。その人が、いずれ私が独立する時が来たら、全面的に協力するといってくれているのです。

でもきっとナミヤさんは、このことについても疑問を持たれるでしょうね。なぜその人がそんなに親切にしてくれるのかと。

正直に打ち明けます。今その人から、愛人にならないかといわれています。もしオーケーすれば、月々のお手当もくれるそうです。それは決して安い金額ではありません。私は前向きに考えています。私もその人のことは嫌いではないからです。

以上が、ナミヤさんからの問いに対する私の答えです。決して浮ついた気持ちでホステスをしているのではないということ、理解していただけたでしょうか。それともこれでもやはり、私の手紙からは真剣味が感じられないでしょうか。小娘の夢物語とおっしゃるのでしょうか。だとすれば、何がいけないのか、何が欠けているのかを御教示いただければ幸いです。

よろしくお願いいたします。

迷える子犬』

4

「ちょっと駅前まで行ってくるね」晴美は台所にいる秀代の背中に声をかけた。鰹節のいい匂いが漂ってくる。

はあい、と大伯母は振り向いて頷いた。小皿に出汁を注ぎ、味見をしている最中のようだった。

家を出ると、門の脇に止めてある自転車に跨がった。

ゆっくりとペダルをこぎ始めた。この夏、朝早くに出かけるのは、これで三度目だ。秀代は少し不審に感じているかもしれない。何も訊かないのは、晴美のことを信用してくれているからだろう。実際、悪いことをしているわけではない。

いつものコースを、いつものペースで進んだ。やがて目的地が近づいてきた。

昨夜雨が降ったせいか、『ナミヤ雑貨店』の周囲には靄が漂っていた。晴美は周りに人がいないことを確かめてから、店の脇の路地に足を踏み入れた。初めての時はかなりどきどきしたが、今は慣れた。

店の裏には勝手口があり、そのすぐ横に古びた牛乳箱が据え付けられていた。深呼吸を一つしてから、蓋に手をかけた。開けてみると、これまでと同じように封筒が入っていた。

思わず安堵のため息が出た。

路地から出ると、再び自転車に跨がり、帰路についた。三度目の回答はどんなものだろう。封筒の中身を一刻も早く確認したくて、ペダルをこぐ足に力が入った。


武藤晴美が帰省したのは、八月第二週の土曜日のことだった。昼間の職場と夜に勤めている新宿のクラブが、同じタイミングでお盆休みに入ったのは幸運だった。もしずれていたら、帰れなかったところだ。昼間の職場は、お盆休みの前後には休暇を申請しにくい。一方のクラブは事前にいえば休ませてもらえるが、晴美自身が休みたくなかった。稼げる時に稼いでおきたいのだ。

帰省とはいっても、晴美が身を寄せているのは彼女が生まれた家ではなかった。門には、田村と彫られた表札が出ている。

五歳の時、晴美は交通事故で両親を亡くした。対向車線からトラックが中央分離帯を越えて進入してくるという、通常ではありえない事故だった。その時彼女は幼稚園で学芸会の練習をしていた。事実を知った時のことを、彼女は今も思い出すことができない。とてつもない悲しみに襲われたはずなのだが、すっぽりと記憶が抜け落ちている。半年近く口をきかなかったということも、後から話で聞いて知っているだけだ。

親戚がいないわけではなかったが、交流は殆どなかった。当然、晴美を引き取ろうという家が現れるはずもない。そんな時に手を差し伸べてくれたのが田村夫妻だった。

田村秀代は、母方の祖母の姉だ。つまり大伯母ということになる。晴美の祖父は戦死し、祖母も戦後間もなく病死したので、秀代は彼女のことを孫のようにかわいがってくれていた。ほかに頼れる親戚などないから、まさに天の助けといっていいだろう。大伯父も優しくて良い人だった。

しかし幸福な時間も長くは続かなかった。田村夫妻には一人娘がいたのだが、彼女が夫や子供たちと共に転がり込んできたからだ。後で聞いた話によると、その夫というのが事業で失敗して多額の借金を作り、住む家もなくなったのだということだった。

小学校に上がるタイミングで、晴美は児童養護施設に預けられた。すぐに迎えに来るから――別れの日、大伯母はそういってくれた。

その約束は六年後に果たされた。娘一家がようやく出ていったのだ。晴美を改めて迎え入れた日、「いろいろな意味で肩の荷が下りた。妹にも顔向けができる」といって大伯母は仏壇を見た。

田村家の斜め向かいに北沢（きたざわ）という家があり、そこには静子（しずこ）という晴美より三つ年上の娘がいた。最初に田村家に引き取られた時、何度か遊んでもらったことがあった。晴美が中学生になったように、静子は高校生になっていた。久しぶりに会った彼女は、自分よりもはるかに大人に見えた。

静子は晴美との再会を喜んでくれた。心の底から心配していたのだといって、目に涙さえ浮かべていた。

この日以来、二人の距離は急速に縮まった。静子は晴美を妹のようにかわいがってくれたし、晴美も姉のように慕った。家が近いので、いつでも会える。今回の帰省でも、静子に会うのが最大の楽しみだった。

現在静子は体育大学の四年生で、高校から始めたフェンシングでは、オリンピック出場を狙えるまでの選手になっていた。基本的に大学へは自宅から通っているが、強化選手に指定されてからは練習が忙しく、海外に遠征することも増え、長期間家を空けることも少なくなかった。

しかしその静子も、この夏は自宅でのんびりとしていた。目指していたモスクワ五輪を日本政府がボイコットしたことで、ショックを受けているのではないかと心配していたのだが、杞憂（きゆう）に終わった。久しぶりに会った静子の表情は明るかった。オリンピックの話題を避けることもなかった。彼女によれば、代表選考に漏れて、その時点ですっきりしていたのだという。

「代表選手に選ばれた人たちはかわいそうだったけどね」根が優しい彼女は、その時だけ声を沈ませた。

晴美が静子に会うのは約二年ぶりだった。かつては華奢だった身体が、スポーツウーマンらしく、がっしりとしたものになっていた。肩幅は広く、二の腕の力こぶなどは、そのへんのやわな男性よりも立派だ。オリンピックを目指す人間の肉体は別格だなと思った。

「お母さんによくいわれる。あなたがいると部屋が狭く感じるって」そういって静子は鼻の上に皺を作った。昔からの癖だ。

晴美が静子から『ナミヤ雑貨店』の話を聞いたのは、二人で近所の盆踊りを見に行った帰りだった。将来の夢や結婚などについて話している途中で、「フェンシングと恋人だったら、どっちを選ぶ?」と晴美は訊いてみた。彼女を困らせてやろうという意地悪な気持ちからだった。

すると静子は足を止め、真っすぐに晴美を見つめてきた。その目に宿っている光は、どきりとするほど真摯なものだった。さらに彼女は静かに涙を流し始めた。

「えっ、どうしたの? あたし、何か変なことをいった? ごめん。気を悪くさせたならごめんなさい」晴美は狼狽し、あわてて謝った。

静子は首を振り、浴衣の袖で涙を拭った。笑顔に戻っていた。

「何でもない。ごめんね、驚かせて。何でもない。何でもないから」しきりに首を振った後、彼女は歩き始めた。

その後は二人とも無言だった。家路がやけに遠く感じられた。

また静子が足を止めた。

「晴美ちゃん、ちょっと寄り道しようか」

「寄り道？　いいけど、どこへ行くの？」

「来ればわかる。大丈夫、そんなに遠くないから」

静子に連れていかれたところは、古い小さな店の前だった。『ナミヤ雑貨店』という看板が出ている。シャッターが閉まっているのが、閉店時刻を過ぎたからなのか、もう商売をしていないせいなのかは、見ただけではわからなかった。

「この店のこと、知ってる？」静子が訊いた。

「ナミヤ……どこかで聞いたことがあるような気がする」

「悩みの相談お任せください、『ナミヤ雑貨店』」静子は歌うようにいった。

あっ、と声を漏らした。「それ、聞いたことがある。友達がいってた。へえ、ここがそうなんだ」

噂は中学時代に聞いた。しかし来たことはなかった。

「このお店、商売はもうやってないんだけど、悩みの相談には乗ってくれるのよ」

「えっ、本当？」

静子は頷いた。

「だって、つい最近、私がお世話になったんだもの」

晴美は目を見開いた。「うそ……」

「誰にも話してないことだけど、晴美ちゃんにだけ話してあげる。だって、涙を見られちゃったものね」そういった静子の目が、また少し潤んだ。

静子の話は、晴美にとっては衝撃的だった。フェンシングのコーチだった男性と恋に落ち、結婚まで考えていたというのも驚きだったが、何よりもショックだったのは、その人が今はもうこの世にはおらず、そのことを覚悟しながら静子はオリンピックを目指していたということだった。

あたしならそんなことできない、と晴美はいった。

「だって好きな人が不治の病にかかってるんでしょ。そんな状態でスポーツに打ち込むなんてこと、絶対に無理だと思う」

「それは晴美ちゃんが、私たちのことを知らないからよ」静子は穏やかな口調と表情でいった。「彼は自分の寿命が長くないことをわかっていたと思う。だからこそ残り少ない時間を、祈ることにかけてくれたのよ。私の夢、彼の夢が叶うようにね。それがわかってからは、私には迷いがなくなった」

その迷いを取り去ってくれたのが『ナミヤ雑貨店』だ、と静子はいうのだった。

「すごい人だと思う。ごまかしとか曖昧さとかが全然ない。私なんて、コテンパンに叱られちゃった。でも、おかげで目が覚めたの。自分自身を偽ってたってことにね。だから迷いなく、フェンシングに打ち込むことができた」

「ふうん……」晴美は『ナミヤ雑貨店』の古びたシャッターを眺めながら、不思議な思いに駆られた。どう見ても、人が住んでいるようには見えなかった。

「私もそう思う」静子はいった。「でも本当のことよ。たぶん、ふだんは誰もいないけど、夜中とかに手紙だけを回収しに来るんじゃないかな。で、回答を書いたら、朝までに牛乳箱に入れておくのよ」

「ふうん」

なぜわざわざそんなことを、と疑問に思った。しかし静子がいうのだから、本当のことなのだろう。

その夜から『ナミヤ雑貨店』のことが頭から離れなくなった。理由はほかでもない。晴美にも、誰にも相談できない大きな悩みがあったからだ。

それは一言でいえば、お金に関することだ。

大伯母の口から直接聞いたことはないが、田村家の経済状態はかなり悪い。船に喩(たと)えれば、沈没寸前といったところだ。船室に溜(た)まった水をバケツで汲み出すことで、辛うじて浮かんでいる。無論、そんなことが長続きするはずもない。

元々田村家は資産家だった。周辺にかなりの土地を所有していた。だがそれらの大部分を、ここ数年の間に手放している。理由はただ一つで、娘の夫の負債を清算するためだ。そしてそれが成し遂げられたからこそ、娘一家は出ていったわけだし、結果的に晴美も引き取ってもらえたわけだ。

だが田村家の苦難は、それだけでは終わらなかった。昨年の暮れ、大伯父が脳梗塞(こうそく)で倒れたのだ。後遺症のせいで、右半身がろくに動かなくなった。

そういう中で晴美は上京し、就職したのだ。当然、自分が田村家を支えなければと思っている。

だが給料の殆どは自身の生活費に消えてしまう状況では、田村家を援助するなど夢のまた夢だ。

水商売と出合ったのは、そんなふうに心を痛めている時だった。逆にいうとそんな時でなかったら、やってみようとは思わなかったかもしれない。正直なところ、ホステスという仕事には偏見を持っていた。

しかし今は違う。自分が田村家に恩返しをするには、会社を辞め、水商売に専念したほうがいいのではないかと思っている。

こんな悩みを相談するのは無茶かなあ、相談されたほうが困るかなあ――中学時代から使っている机に向かい、晴美は考えた。

だが静子の悩みだって、相当に難問だったはずだ。それでも『ナミヤ雑貨店』は、見事に解決している。ならば、自分の問題に対しても、何か良い回答をくれるのではないか。

迷っていても仕方がない。とりあえず書いてみよう――こうして晴美は悩み相談の手紙を書くことにしたのだった。

ただし手紙を『ナミヤ雑貨店』の郵便口に入れる時には、一抹の不安を覚えた。果たして本当に回答を貰(もら)えるのだろうか。静子によれば、彼女が回答を受け取っていたのは去年のことらしい。すると今はもう誰もいなくて、晴美の書いた手紙が廃屋内に残されるおそれもあるのではないか。

まあいいや、と思い切って手紙を投入した。自分の名前は書いていない。別の人間に読まれたところで、誰のことかはわからないだろう。

しかし翌朝行ってみると、牛乳箱にはちゃんと封筒が入っていた。そうでなくては困るのだが、実際に手にしてみると不思議な感じがした。

その手紙を読み、なるほどなと思った。静子のいう通りだ。言葉をオブラートで包むことなく、ストレートに回答してくる。遠慮もなければ、礼儀もない。わざとこちらが腹を立てるよう、挑発しているようにさえ感じられる。

「それがナミヤさんのやり方なのよ。そうすることで、こちらの本音を引き出し、自分自身で正しい道を見つけるよう仕向けてきたんだと思う」静子は、そういっていた。

それにしても、あまりに無礼ではないかという気もした。晴美の必死の思いを、ホステスの華やかさに浮かれているだけだと決めつけている。

すぐに反論の手紙を出すことにした。会社を辞めて水商売に専念しようと思うのは、単に贅沢がしたいからではなく、いずれは商売を始めたいという夢があるからだと書いた。

ところがそれに対する『ナミヤ雑貨店』からの回答は、晴美を一層苛立(いらだ)たせるものだった。あろうことか、彼女の真剣度に疑問を投げつけてきたのだ。世話になった人々に恩返しをしたいなら、結婚して幸せな家庭を築くという方法もある、なんていうピント外れなことまで書いてあった。

だが晴美は、もしかしたら自分がよくなかったのかもしれない、と思い直した。肝心なことを隠しているから、相手に気持ちが伝わらないのだ。

そこで三通目の手紙では、ある程度自分のことを打ち明けることにした。生まれ育った環境や、恩人たちの窮状についても明記した。さらには、今後の自分の計画も打ち明けてみた。果たして『ナミヤ雑貨店』は、どんな回答を返してくるか——期待半分、おそれ半分で手紙を郵便口に入れたのだった。

家に帰ると朝食の支度がすっかりできていた。晴美は和室に置かれた卓袱台に向かい、食事を始めた。隣の部屋では大伯父が布団に横になっている。秀代がスプーンを使って粥を食べさせ、冷めた茶を吸い飲みで飲ませていた。その様子を見ながら、改めて焦りを覚えた。この人たちを助けなければ、自分が何とかしなければ。

朝食を終えると、すぐに部屋に戻った。ポケットから封筒を出し、椅子に座った。便箋を広げると、いつものようにあまりうまくない字が並んでいる。

だがそこに書かれている内容は、これまでとはまるで違ったものだった。

『迷える子犬さんへ

三通目のお手紙、読みました。あなたがとてもつらい状況にいて、真剣に恩返しをしたいと考えていることは、よくわかりました。そのうえでいくつか質問があります。

・あなたに愛人契約を持ちかけている人物は、本当に信用できる人間ですか。飲食店の開業に関わったということですが、どういう店にどんなふうに関わったか、具体的に聞いたことはありますか。もし関わったという店に案内してもらえるなら、営業時間外に案内してもらって、スタッフたちとも話をしてみてください。
・あなたが開業する時、その人が必ず協力してくれるという保証はありますか。たとえば愛人関係が奥さんにばれたとしても、その約束は守られますか。
・あなたはその人物と永遠に関係を続けるつもりですか。あなたに好きな人ができた時はどうしますか。
・豊かな経済力を手に入れるために水商売を続け、いずれは自分の店を持ちたいとのことですが、経済力を得られるのならば別の方法でもいいわけですか。それとも水商売でなければいけない理由が何かあるのですか。
・もし水商売以外に、あなたが十分な経済力を得る方法があるとして、その方法をナミヤ雑貨店が教えてくれるとしたら、あなたはナミヤ雑貨店の指示に全面的に従えますか。その指示の中には、「ホステスをやめること」、「おかしな男の愛人にならないこと」などが入っている可能性があります。
以上の質問に対する答えを書いて、もう一度手紙をください。答え次第では、あなたが夢をかなえられるお手伝いができます。

こんな話はとても信用できないと思うでしょう。でも決してあなたをだまそうとしているわけではないのです。第一、こんなことであなたをだましても、こちらは何も得をしません。信用してください。

ただし、注意事項があります。

あなたと手紙のやりとりができるのは九月十三日までです。その後は、一切連絡を取ることは不可能となります。

どうか、よく考えてみてください。

ナミヤ雑貨店』

5

三組目の客を見送った後、マヤに従業員用洗面所に連れていかれた。マヤは晴美よりも四つ年上だ。

洗面所に入るなり、マヤは晴美の髪を摑んできた。

「あんたさあ、若いからって図に乗るんじゃないよ」

痛みに顔をしかめながら、「何ですか」と訊いた。

「何ですかじゃねえだろ。人の客に色目使いやがって」赤い口紅をべっとりと塗ったマヤの唇が歪んだ。

「誰にですか。使ってません」

「とぼけるんじゃないよ。佐藤のオヤジに馴れ馴れしくしやがって。あのオヤジは、あたしが前の店から引っ張ってきた客なんだ」

佐藤？　あのデブに色目を？——冗談じゃないと思った。

「話しかけられたから、答えただけです」

「嘘つけ。妙なシナを作ってやがったくせに」

「ホステスだから、愛想よくするのは当然じゃないですか」

「うるせえんだよ」マヤは髪を離すと同時に、どんと胸を突いてきた。晴美の背中が壁に当たった。「今度やったら承知しないからね。覚えときな」

ふん、と鼻を鳴らし、マヤは洗面所を出ていった。

晴美は鏡を見た。髪が乱れている。手で直しながら、強張(こわば)った表情も元に戻すよう努めた。こんなことでくじけてなんかいられない。

洗面所を出ると、新たな席に着くよういわれた。羽振りの良さそうな三人の客がいるテーブルだ。

「おー、これはまた若い子が来たねえ」禿頭(とくとう)の男が晴美を見上げ、好色そうに笑った。

「ミハルです。よろしくお願いします」男を見つめながら隣に座った。先に席に着いていた先輩ホステスが、作り笑いをしたままで冷たい視線を向けてきた。この女からも以前、あまり目立ちすぎるなと難癖をつけられたことがある。構うものか、と思った。この仕事をしている以上、客に気に入られなければ意味がない。

それからしばらくして、富岡信二(とみおかしんじ)が一人で現れた。グレーのスーツを着て、赤いネクタイを締めていた。腹の出ていない体形は四十六歳という年齢を感じさせない。

当然のごとく、晴美が席に呼ばれた。

「赤坂に洒落(しゃれ)たバーがある」水割りを一口飲んでから富岡は声をひそめていった。「朝の五時までやってて、世界中のワインが揃っている。キャビアの上物が入ったから、ぜひ来てくれと連絡があったんだ。この後、どうかな」

行ってみたい気持ちはある。だが晴美は顔の前で両手を合わせた。

「ごめんなさい。明日は遅刻できないから」

富岡は渋い顔でため息をついた。

「だから早く辞めろといってるのに。何の会社だっけ？」

「文具メーカー」

「そこで何をしてるわけ？　ただの事務だろ」

うん、と頷く。実際には事務ですらない。雑用だ。

「そんな安月給で縛られてどうするの。若い時は二度とないんだぜ。君の夢のためにも時間は有効に使わないと」

うん、ともう一度頷いてから富岡を見た。

「そういえば、銀座のダイニングバーに連れてってくれるっておっしゃってましたよね。開店の時、富岡さんがいろいろと準備されたっていう」

「ああ、あの店ね。いいよ、いつでも。いつがいい？」富岡は身を乗り出してきた。

「あの、できれば営業時間外がいいんですけど」

「時間外？」

「はい。スタッフの方たちのお話とか聞きたいんです。店の舞台裏なんかも見たいし」

途端に富岡の顔が暗くなった。「それはちょっと、どうかなあ……」

「だめですか」

「仕事とプライベートは区別する主義なんだ。俺が親しいからって、部外者に店の裏を見せたりしたら、スタッフたちも不愉快だろうし」

「あ……そうですね。わかりました。無理なことをいってすみませんでした」晴美は頭を下げた。

「まあ、客としてなら何も問題ない。近いうちに行こう」富岡の表情に明るさが戻った。

この夜、晴美が高円寺のアパートに戻ったのは、午前三時を少し過ぎた頃だった。富岡にタクシーで送ってもらった。

「部屋に入れてくれなんてこと、俺のほうからはいわないから」車の中で富岡はいつもの台詞を口にした。「例の件、考えといてくれよ」

愛人契約のことだ。晴美は曖昧に笑ってごまかした。

部屋に入ると、まずはコップで水を飲んだ。店に出るのは週に四日だ。帰りは大抵、このぐらいの時刻になる。銭湯には週に三回しか行けない。

化粧を落とし、顔を洗ってから、手帳で明日の予定を確認した。朝から会議があるので、お茶の準備などのために、いつもより三十分は早く出社しなければならない。眠れるのはせいぜい四時間といったところか。

手帳をバッグに戻した。ついでに、一通の封筒を取り出した。中の便箋を広げ、ため息をつく。何度も読み返しているから、内容は完全に頭に入っている。しかし一日に一度は、この手紙を眺める。『ナミヤ雑貨店』からの三通目の手紙だ。

あなたに愛人契約を持ちかけている人物は、本当に信用できる人間ですか――。

これは晴美自身が密かに抱いていた疑問だ。疑いつつ、敢えて考えないようにしてきた。富岡の話がすべて嘘だとなれば、自分の夢の実現は遠のいてしまう。

だが冷静に考えれば、『ナミヤ雑貨店』の疑問は的確だ。もし晴美が富岡の愛人になったとして、その関係が妻に発覚しても、彼は変わらず晴美に力を貸してくれるだろうか。たぶん難しい、と誰もが思うはずだ。

それに今夜の富岡の態度。仕事とプライベートは区別する主義だというのはおかしくないが、自分の仕事ぶりを見せたいから店に連れていきたい、といいだしたのは富岡のほうなのだ。

やはり彼を当てにはできないかもしれない、と思い始めていた。だがそうなると、自分は今後どうすればいいのか。

改めて手紙に目を落とす。『もし水商売以外に、あなたが十分な経済力を得る方法があるとして、その方法をナミヤ雑貨店が教えてくれるとしたら、あなたはナミヤ雑貨店の指示に全面的に従えますか』とある。さらに、『答え次第では、あなたが夢をかなえられるお手伝いができます』と続けている。

何だろう、この文面は。訝(いぶか)らずにはいられなかった。まるで悪徳商法を操る詐欺師の言葉のようだ。ふつうだったら、絶対に無視していただろう。

しかし差出人は、ほかならぬ『ナミヤ雑貨店』だ。静子の悩みを解決した人物だ。いやそうでなくとも、これまでのやりとりで、晴美はこの相手を信用する気になっていた。曖昧な表現を使わず、こちらの顔色を窺(うかが)うこともせず、ずばりと意見をぶつけてくる態度は、不器用さと同時に誠実さも感じさせた。

この手紙に書かれている通りだ。晴美を騙(だま)したところで、得をすることなど何もない。とはいえ、話を鵜呑みにもできない。必ずうまくいく方法なんてものがあるなら、誰も苦労しない。『ナミヤ雑貨店』の店主が、大金持ちになっていなければおかしい。

お盆休みが終わってしまうので、結局この手紙に対する返事を書かないまま、晴美は東京に戻ってきた。そして水商売の仕事を再開した。女子事務員とホステスの二足のわらじを履く生活に戻った。正直いって、肉体的にきつい毎日だ。会社なんかさっさと辞めてしまいたい、と三日に一度は思う。

気になることが、もう一つある。晴美はテーブルの上のカレンダーに目をやった。今日は九月十日、水曜日だ。

手紙のやりとりができるのは九月十三日までとある。それ以後は一切連絡が取れなくなるという。十三日といえば、今週の土曜日だ。なぜその日までなのだろう。悩みの相談を、その日で打ち切るということなのか。

話に乗ってみてもいいかもしれない、と思った。とりあえず詳しいことを教えてもらうのだ。その上で、実践するかどうかを決めればいい。約束したからといって、必ず守らねばならないというわけではない。約束を破って晴美がホステスを続けたところで、相手にはわからないのだ。

眠る前に鏡を見ると唇の横にニキビができていた。このところ、睡眠不足が続いている。会社を辞めたら昼過ぎまで寝てやろう、と思った。

十二日の金曜日、会社の仕事を終えた後、田村夫妻の家に向かった。新宿のクラブは休んだ。

お盆休みが明けてからひと月も経たないうちに晴美がまた帰ってきたので、大伯母夫婦は少し意外そうだった。もちろん喜んでくれている。前回、大伯父とはあまりゆっくり話せなかったので、夕食を摂りながら近況報告などをした。いうまでもないことだが、ホステスをしていることは二人には話していない。

「アパート代とか、水道代とか、ちゃんと、払えてるのかい？　足りんようなら、え、遠慮なく、い、いってくれよ」大伯父は不自由そうに口を動かしながらいった。家計のことはすべて秀代任せにしているので、彼自身は田村家の経済的状況を把握していないのだ。

「大丈夫だよ、節約すれば何とかなる。それに忙しくて遊ぶ暇がないから、お金を使うこともないんだよね」晴美は、さらりと答えた。遊ぶ暇がない、というのは事実だ。

夕食後、風呂に入った。網戸の入った窓から、夜空を眺めた。まん丸い月が浮かんでいる。明日も晴れそうだ。

どんな回答が返ってくるんだろう――。

じつは田村家に来る途中で、『ナミヤ雑貨店』に寄ってきた。水商売をしたいわけではない、夢を叶える方法があるのなら愛人契約など結ばないし、ホステスを辞めてもいい、あなたを全面的に信じる、という趣旨の手紙を郵便口に投げ込んできたのだ。

明日は十三日だ。どんな回答にせよ、受け取れるのはこれが最後になる。それを読んでから、今後のことを考えようと思った。

翌朝は午前七時前に目が覚めた。いや覚めたというより、熟睡できずにうつらうつらとしていることに嫌気がさして起き上がった、といったほうが適切だ。

大伯母はもう起きて朝食の支度を始めていた。和室のほうから異臭がかすかに漂ってくる。大伯父の下の世話をした直後なのだろう。彼は自力ではトイレに行けない。

朝の空気を吸ってくる、といって晴美は家を出た。自転車に跨がり、お盆休みの時と同じコースを走った。

やがて『ナミヤ雑貨店』の前に着いた。ひと昔前の雰囲気を纏った商店は、静かにじっと晴美を待ってくれていたように見えた。彼女は脇の路地に入った。

勝手口の横にある牛乳箱を開けてみると、封筒が入っていた。期待と不安、猜疑心と好奇心、そういったものが胸に押し寄せてくる。それらの交通整理など全くできないまま、彼女は手を伸ばした。

とても家に帰るまで我慢できなかった。近くの公園を通りかかった時、自転車のブレーキをかけた。周りに人がいないことを確かめてから、自転車に跨がったまま、封筒から便箋を取り出した。

『迷える子犬さんへ

お手紙、読みました。ナミヤ雑貨店を信じてくれるとのことで、ほっとしました。

もっとも、あなたが本心を書いたのかどうかは、こちらにはわかりません。とりあえず回答を知りたくて、そのように書いた可能性もあるわけです。でももうどうしようもないので、信じてもらえるという前提で書きます。

さて、あなたが夢をかなえるには何をすればいいか。

それは勉強です。そして貯金です。

これから五年間ほど、経済関連の勉強を徹底的にやってください。具体的には、証券取引と不動産売買です。その勉強のためならば、昼間の会社を辞めるのも仕方がないと思います。その間は、水商売を続けるのもいいでしょう。

貯金をするのは、不動産購入が目的です。なるべく都心に近いところがいいです。土地でもマンションでも一戸建て物件でもかまいません。中古でも小さくても問題ありません。何とかして、一九八五年までに買ってください。ただしこの物件は、あなたが住むためのものではありません。

一九八六年以降、日本には空前の好景気が押し寄せ、不動産物件は必ず値上がりします。そうしたら即座に売り、さらに高い物件を買ってください。その物件もまた間違いなく値上がりします。そういうことを繰り返して得たお金を、株式に投入してください。その日のために証券取引についての知識を身につけておくのです。一九八六年から八九年の間なら、おそらくどの銘柄を買っても損をすることはないでしょう。

ゴルフ会員権も有望な投資先です。購入は早ければ早いほど良いです。

ただし、です。

これらの投資によってもうけられるのは、せいぜい一九八八年か八九年までと思っていてください。一九九〇年になると、状況は急に変わります。ですから、まだまだ価格が上がりそうな気配があったとしても、それまでにすべての投資から手を引いてください。状況はトランプのババ抜きと同じです。成功者になるか失敗者で終わるかの大事な分かれ道です。どうか信用して、いうとおりにしてください。

それ以後、日本経済は悪化する一方になります。うまい話などありませんから、投資でもうけようとは考えないでください。そこから先は、何かの事業で地道に稼いでいくしかありません。

でもあなたは戸惑っているでしょうね。なぜ数年先のことを、そんなにきっぱりと断言できるのかと。日本経済の行く末を予言できるのかと。

それについては、残念ながら説明できません。説明したところで、たぶんあなたは信じないでしょう。だから、とてもよく当たる占いだとでも解釈してください。

ついでにもう少し先のことも予言しておきます。

日本経済は悪化する一方だと書きましたが、夢も希望もないというわけではありません。九〇年代は新しいビジネスを起こすチャンスの時代でもあります。

世の中にはコンピュータが普及していくでしょう。一家に一台、いえ一人一台の時代が必ずきます。それらのコンピュータがつながれ、世界中の人間が情報を共有するようになります。さらに人々は、携帯可能な電話を持つでしょう。その電話機もまた、コンピュータのネットワークにつながることになります。

つまりそのネットワークを利用したビジネスにいち早く参入することが、成功するための条件だということになります。それはたとえば、ネットワークを使っての会社や店や商品の宣伝、あるいは商品の販売といったことです。可能性は計り知れません。

信じるか信じないかは、あなたの自由です。でも忘れないでほしいのです。最初に書いたように、私があなたをだまして得することなど何ひとつありません。あなたの人生にとって一番良い道は何かを真剣に考えた結果が、この手紙なのです。

本当は、もっと力になりたいです。だけど、もう時間がありません。これが最後の手紙になるでしょう。あなたからの手紙を受け取ることもできません。

信じるか信じないかはあなた次第です。でも信じてください。信じてくれることを心から祈っています。

ナミヤ雑貨店』

手紙を読み、晴美は唖然とした。その内容は、彼女の意表をつくものだった。

これはまさに予言の書だ。しかも確信に満ちている。

一九八〇年現在、日本経済は決して好調とはいえない。オイルショックのダメージをまだ引きずっているし、大学生の就職だって楽ではない。

ところが、あと数年したら空前の好景気が訪れるというのだ。

到底信じられなかった。担がれているとしか思えない。

だが手紙に書いてある通りだ。こんなことを書いて晴美を騙したところで、『ナミヤ雑貨店』にメリットは何もない。

では手紙に書かれていることは本当なのか。だとしたら、なぜ『ナミヤ雑貨店』には、そんなことが予測できるのか。

日本経済のことだけではない。手紙では、未来の科学技術についても予測が述べられている。いや、予測というにはあまりにも断定的だ。すでに決まっていることを書いている、という感じなのだ。

コンピュータ・ネットワーク、携帯可能な電話機――ぴんとこない話だった。たしかに二十一世紀まで、あと約二十年。いろいろな夢の技術が実現していても不思議ではない。とはいえ、やはり手紙に書かれていることは、晴美にはＳＦかアニメの中の出来事としか思えなかった。

一日中、晴美は悩むことになった。悩んだ末、夜になってから机に向かった。便箋を広げ、手紙を書き始めた。無論、『ナミヤ雑貨店』宛てだ。もうやりとりはできないということだったが、今はまだ十三日だ。午前零時を過ぎるまでなら、もしかするとチャンスがあるかもしれない。

手紙の内容は、予言の根拠を知りたい、というものだった。たとえ信じられないような話であっても構わないから教えてほしい、それを聞いてから今後の道を決定したい、そう書いた。

午後十一時近くになってから、こっそりと家を出た。自転車のペダルをこぎ、『ナミヤ雑貨店』を目指した。

店の前に着いた時、晴美は時刻を確認した。午後十一時を五分ほど過ぎたところだ。大丈夫、これなら間に合う。そう思って、店に近づこうとした。

だが次の瞬間、足を止めていた。

『ナミヤ雑貨店』の建物を見た瞬間、すべてが終わっている、と感じたからだ。

これまで店を包んでいた、不思議な気配が消えていた。そこに建っているのは、閉店した平凡な雑貨店以外の何物でもなかった。なぜそう感じるのか、説明はできない。だが晴美はそう確信した。

郵便口に手紙を入れるわけにはいかなかった。晴美は自転車に跨がり、帰路についた。

その判断が正しかったと知るのは、約四か月後のことだった。正月休みに帰省した晴美は、年が明けてすぐ、静子と二人で近所の神社に初詣に行った。静子は就職先が決まっていて、春からは大手スーパーで働くことになっていた。当然、その会社にフェンシング部などはない。競技は続けられないだろう、ということだった。

もったいない、と晴美はいったが、静子は笑顔で首を振った。

「フェンシングについては気が済んだから、もういいの。モスクワオリンピックを目指して、自分の中の全部を吐き出した。天国の彼も、たぶん許してくれると思うし」そういって空を見上げた。「これからは次のことを考える。まずは仕事でばりばりがんばらなきゃ。それから良い人を見つける」

「良い人?」

「そう。結婚して、元気な赤ちゃんを産まないと」静子は悪戯っぽく笑い、鼻の上に皺を作った。その表情には、一年前に恋人を失った悲しみの色はなかった。強いんだな、と晴美は感心した。

神社から帰る途中、ああそうだ、と何事かを思い出したように静子はいった。

「夏に話したこと、覚えてる? 悩みの相談に乗ってくれる不思議な雑貨店のこと」

「覚えてるよ。『ナミヤ雑貨店』だったよね」少しどきどきしながら晴美は答えた。悩み相談の手紙を出したことは、静子にも話していない。

「あの店ね、もう完全に閉めちゃったの。店主だったおじいさんが亡くなったそうよ。店の前で写真を撮っている人がいたから訊いてみたら、その人は息子さんだったの」

「そうなんだ。いつの話？」

「息子さんに会ったのが、たしか十月だった。その時、先月亡くなったとおっしゃってた」

晴美は、はっと息を呑んだ。「ということは、おじいさんが亡くなったのは九月……」

「そうなるわね」

「九月の何日？」

「そこまでは聞いてない。どうして？」

「うん……何となく訊いただけ」

「ずっと店を閉めてたのは、体調が良くなかったからだったみたい。でも、悩みの相談だけは続けておられたのよ。で、最後の相談者は、たぶん私なんじゃないかな。そう思うと、何だか胸が熱くなっちゃう」静子は、しみじみとした口調でいった。

違うよ、最後はあたしだよ――そういいたいのを晴美は我慢した。そして、店主が亡くなったのは九月十三日ではないだろうかと想像した。店主は、自分の寿命が十三日までだとわかっていたから、手紙のやりとりができるのはその日までだと書いたのではないか。

もしそうだとすると、店主には驚くべき予知能力があることになる。自分の死をも予知できたのだ。

まさか、と思いつつ、もしかすると、と想像を膨らませた。
あの手紙の内容は本当かもしれない。

6

一九八八年十二月――。

油絵が飾られた部屋で、晴美はある契約を締結しようとしていた。それは不動産売買契約だった。ここ数年間で、何度も取り交わしてきたことだ。一千万単位で金を扱うことなど、何でもなくなっている。しかも今回の物件は、さほど高額でもない。だが彼女は、これまでに味わったことのない緊張感を抱いていた。その物件に寄せる思いは、これまでに扱った不動産とは別次元のものだった。

「以上で御異存がなければ、こちらの書類に御署名と御捺印(なついん)をお願いいたします」上下で二十万円は下らないだろうと思われるダンヒルのスーツを着た不動産会社の男が、日焼けサロンで焼いたと思われる小麦色の顔を晴美に向けてきた。

晴美の会社のメインバンクである某銀行の、新宿支店の一室を使わせてもらっている。この場には仲介したダンヒル男のほか、物件の売り主である田村秀代と小塚(こづか)公子(きみこ)、そして公子の夫の繁和(しげかず)が顔を揃えていた。公子は去年、五十歳を過ぎたという。髪に白いものが交じっていた。

晴美は売り主たちの顔を順番に眺めた。秀代と公子は俯いていた。繁和は不機嫌そうに横を向いている。情けない男だ、と思った。気に食わないのなら、睨みつけてくればいいのに。

バッグからペンを取り出した。「問題ありません」そういって署名と捺印を終えた。

「お手数でした。これで契約は完了です。無事、成立とさせていただきます」ダンヒル男が高らかに宣言し、書類をまとめた。大きな仕事ではないが、それなりの手数料が確定して満足そうだった。

双方が書類を受け取ると、繁和が真っ先に立ち上がった。だが公子はまだ下を向いて座ったままだった。そんな彼女の顔の前に、晴美は右手を差し出した。えっ、というように公子は顔を上げた。

「契約完了の握手です」晴美はいった。

「あ、はい」公子は晴美の手を握ってきた。「あの……ごめんなさい」

「どうして謝るんですか」晴美は笑いかけた。「よかったじゃないですか。お互いにとって、良い形で落ち着いたんだから」

「それはあの、そうだけど」公子は目を合わせようとはしなかった。

おい、と繁和がいった。「何してるんだ。行くぞ」

うん、と頷いて公子は隣の母親に目を向けた。その顔に迷いの色がある。

「おばさんなら、私が送っていきます」晴美はいった。秀代は大伯母だが、昔からおばさんと呼んでいる。「私に任せてください」

「そう。じゃあ、そうさせてもらおうかしら。お母さん、それでいい？」

「私はどっちでもいいよ」秀代は小声で答えた。

「わかった。じゃあ晴美さん、よろしくね」

はい、と晴美が返事をする前に、繁和は部屋を出ていった。公子は申し訳なさそうに一礼した後、夫の跡を追った。

銀行を出ると、晴美は近くの駐車場に停めてあったＢＭＷに秀代を乗せ、彼女の自宅を目指した。だが正確にいえば、もう「秀代の自宅」ではない。田村邸は晴美のものになった。ついさっき結んだ契約が、それだった。

今年の春、大伯父が亡くなった。老衰といってよかった。最後は布団の中で尿を漏らしていた。その瞬間、長きに亘った秀代の介護生活は終わりを告げた。

彼の寿命が長くないと知った時から、晴美には気にかかっていることがあった。遺産のことだ。もっと具体的にいえば、彼等の家だ。かつては資産家だったが、財産らしきものはほかになかった。

ここ二、三年、不動産の価格は上昇を続けている。東京から約二時間と少々不便ではあるが、資産価値は十分にある。娘夫婦、とりわけ夫の繁和が目をつけないわけがないと睨んでいた。彼は相変わらず怪しげな事業に手を出したりしていたが、成功したという話は聞いたことがなかった。

案の定、大伯父の四十九日が過ぎた頃、公子から秀代に連絡があった。遺産相続のことで相談したい、というのだった。

公子からの提案はこうだ。財産は家しかないから、それを秀代と公子が半分ずつ相続することになる。とはいえ家屋を分断するのは不可能だから、家の名義を公子に移したうえで、専門家に評価額を算出してもらい、その半分の現金を公子が秀代に支払う、というのだった。もちろん、秀代は今のまま住んでいてもいい。ただしその場合には、家賃を払わねばならない。そこで公子が秀代に支払うべき金を分割にし、その家賃と相殺させようというのだ。

法的には一応筋が通っているし、公平であるように思われる。だがこの話を秀代から聞いた時、晴美はきな臭さを感じた。要するに家の権利はすべて公子側に移り、しかも公子から秀代には一銭も支払われないことになるのだ。公子は、いつでも家を売却できる。住人がいるといっても、自分の母親だ。追い出すことは難しくない。追い出した場合は、家賃と相殺にしていた金額を秀代に支払う義務が生じるが、なし崩しにしたところで訴えられることはないと見越しているのだろう。

こんなひどいことを実の娘が考えたとは思いたくない。繁和が後ろで糸を引いているのだろうと晴美は睨んだ。

そこで秀代に提案したのが、家を公子との共同名義にしてもらったうえで、晴美が買い取るというものだった。後は、その金を母娘(おやこ)で半分ずつ受け取ればいい。もちろん秀代には、そのまま住んでもらうつもりだった。

この話を秀代から公子に話してもらったところ、予想通り繁和が横槍(よこやり)を入れてきた。なぜこちらの案ではだめなのか、というのだ。それに対して、秀代にこういってもらった。

「晴美ちゃんに買ってもらえるのなら、それが一番良いと私が思ったの。どうか、私の我儘を通させてちょうだい」

これで繁和は文句をいえなくなった。元々、あの男には口出しする権利がないのだ。

秀代を田村家まで送っていき、そのまま晴美も泊まることにした。しかし明日は早くに出なければならない。土曜日で会社は休みだが、大きな仕事がある。東京湾をクルージングする船で行われるパーティを仕切らねばならない。明日はクリスマスイブなのだ。二百枚用意したチケットは、あっという間に売り切れた。

布団に横になり、見慣れた天井の染みを眺めながら、晴美は感慨にふけっていた。この家が自分のものになったということが、まだ信じられなかった。現在住んでいるマンションを購入した時とは、また違った思いがある。

もちろんこの家だけは手放す気はなかった。いずれ秀代が亡くなる日が来るだろうが、何らかの形で持っているつもりだ。別宅として使ってもいい。

何もかもがうまくいっている。怖いほどに順調だ。まるで何かに庇護されているようにさえ感じられる。

すべてはあの手紙から始まった——。

瞼を閉じると、あの個性的な文字が浮かんでくる。『ナミヤ雑貨店』からの不思議な手紙だ。

俄には信じられないようなことばかりが書いてあったが、悩んだ末、晴美は指示に従うことにした。ほかに道が思いつかなかったというのもある。冷静に考えれば、富岡などに頼るのはたしかに危険だ。それに、経済を勉強することは将来のためにも無駄にはならないだろうと思った。

昼間の会社は辞めた。その代わり、専門学校に通った。時間の許すかぎり、株取引や不動産について勉強し、いくつかの資格も取得した。

一方でホステスの仕事には、それまで以上に力を入れた。ただし長くてもあと七年と決めた。期限を設けたことで、余計に集中力が増した。がんばればそれなりに結果が出るのが、水商売の面白いところでもある。みるみるうちに贔屓にしてくれる客の数が増え、店でもトップクラスの売り上げを記録するようになった。愛人契約を断ったことで富岡は来なくなったが、その程度のマイナスは簡単に埋められた。後でわかったことだが、富岡がいくつかの飲食店の開業に関わったというのは、やはり法螺(ほら)だった。少しばかり相談に乗ったという程度の話だったのだ。

一九八五年の七月、晴美は最初の勝負に出た。数年間で貯金は三千万円を超えていたが、それを吐き出してマンションを購入したのだ。四谷(よつや)の中古物件だった。どう転んでも値下がりはないと見越してのことだった。

それから約二か月後、世界の経済界に大きな激震が走った。アメリカで行われたプラザ合意により、一気に円高ドル安が進んだのだ。晴美は鳥肌が立った。日本経済は輸出産業で成り立っている。円高が進めば、不景気に陥るのではと思った。

この頃すでに晴美は、株取引にも手を出していた。景気が低迷すれば株価も下がる。何てことだ、と思った。『ナミヤ雑貨店』の予言とはまるで逆ではないか。

しかし事態は悪いほうへとは進まなかった。景気の悪化を恐れた政府が、低金利政策を打ち出した。さらに公共事業への投資を宣言した。

そして一九八六年の初夏、一本の電話がかかってきた。晴美がマンションを買った不動産業者からだった。まだ引っ越していないようだが、どうなっているのかと尋ねてきた。晴美が言葉を濁していると、もし転売する気ならうちで引き取りたい、というのだった。

ぴんときた。マンションの資産価値が上昇しているのだ。

売る気はないといって電話を切った彼女は、すぐに銀行に向かった。四谷のマンションを担保にすれば、いくらまで金を借りられるかを確認するためだった。後日、担当者が弾き出してきた数字に驚いた。買った時の金額の一・五倍になっていた。

すぐに融資の申し込みをし、並行して物件を探した。早稲田に手頃なマンションがあったので、銀行から借りた金で購入した。間もなく、そのマンションの価格も上昇した。金利など、殆ど無視できるほどの上がりようだった。

次は、このマンションを担保に金を借りることにした。すると銀行の担当者から、会社を設立してはどうかと勧められた。そのほうが資金調達に有利だからだ。こうして生まれたのが『オフィス・リトルドッグ』だ。

晴美は確信した。『ナミヤ雑貨店』の予言は正しいのだ。

一九八七年の秋まで、晴美はマンションの購入と転売を繰り返した。物件によっては、たったの一年で値段が三倍近くになった。株価も上昇する一方で、資産は、あっという間に膨れあがった。ホステス稼業とは別れを告げた。代わりにホステス時代の人脈を生かし、イベントを手伝う仕事を立ち上げた。アイデアを出したり、コンパニオンを用意したりするのだ。世間は好景気に沸き、毎日どこかで派手なお祭り騒ぎが繰り広げられている。仕事はいくらでもあった。

一九八八年に入ると、持っていたマンションやゴルフ会員権などを整理し始めた。価格が頭打ちになり始めていることに気づいたからだ。好景気は持続しているが、用心するに越したことはない。晴美は『ナミヤ雑貨店』の予言を信じている。「ババ抜き」というのも、きっと本当のことだ。考えてみれば、今のような馬鹿騒ぎがいつまでも続くことのほうがおかしい。

その八八年も、あと数日で終わろうとしている。来年はどんな年になるのだろう。ぼんやりと考えながら晴美は眠りについた。

7

船上クリスマスパーティは大成功に終わった。晴美はスタッフたちと朝まで祝杯をあげた。ドン・ペリニヨンのロゼを何本空けたか記憶にない。翌日、青山にある自分の部屋で目を覚ました時には軽い頭痛が残っていた。

ベッドから這(は)い出てテレビをつけた。ニュース番組の途中だった。どこかの建物が火災に遭ったようだ。ぼんやりと画面を眺めていた彼女だったが、表示された文字を見て目を剝(む)いた。半焼した児童養護施設丸光園、とあったからだ。

あわてて耳をそばだてたが、そのニュースは終わってしまった。チャンネルを替えてみるが、ほかではニュースを流していない。

急いで服を着替えた。新聞を取ってくるためだ。オートロックのマンションは防犯性が高いが、郵便や新聞を一階まで取りにいかねばならないのが面倒だ。

日曜日なので、新聞は分厚かった。大量のチラシが入っているので尚更だ。それらの殆どが不動産関連だった。

隅々まで目を通したが、『丸光園』の火災に関する記事は見当たらなかった。都外の出来事だからかもしれない。

秀代に電話をかけてみた。地元の新聞なら載っているのではと思ったのだ。その推測は当たっていた。秀代によれば、新聞の社会面に掲載されているらしい。

火事が起きたのは二十四日の夜で、死者一名で重軽傷者は十名ほど。亡くなったのは施設の人間ではなく、パーティに呼ばれたアマチュアのミュージシャンだという。

すぐにでも駆けつけたかったが、現場の状況がわからないので控えた。混乱しているところへ部外者が押し掛けたら迷惑だろうと思ったのだ。

小学校卒業と同時に『丸光園』を出たが、その後も何度か挨拶に訪れた。高校進学時や就職が決まった時などだ。しかしホステスを始めてからは足が遠のいていた。水商売の気配が伝わりそうな気がしたからだ。

翌日、晴美のオフィスに秀代から電話があった。朝刊に続報が出ていたというのだ。記事によれば、施設の職員や子供たちは近くの小学校の体育館に避難しているらしい。

この寒い師走に体育館で生活とは――想像するだけで背筋がぞくぞくした。

仕事を早めにきりあげ、ＢＭＷを運転して現場に向かった。途中、薬局に寄り、段ボール一箱分の使い捨てカイロと風邪薬や胃薬などを買った。きっと体調を崩している子供も少なくないはずだ。隣にスーパーがあったので、レトルト食品も大量に買うことにした。食堂が使えず、職員たちは困っているに違いない。

荷物を積み終えると、再びＢＭＷを走らせた。カーラジオからはサザンオールスターズの『みんなのうた』が流れてくる。楽しい歌だが、晴美の心は晴れない。今年はいいことばかりが続いていると思っていたのに、最後の最後でこんなことが起きるとは。

二時間ほどで現場に着いた。晴美の記憶にある白い建物は、真っ黒な塊と化していた。消防や警察の調査が続いているので、そばには近づけないが、煤の臭いが漂ってきそうだった。

職員や子供たちが避難している体育館は、そこから一キロほど離れたところにあった。館長の皆月良和は、晴美の訪問に驚き、感激してくれた。

「遠いところを、わざわざありがとう。まさか君が来てくれるとは思わなかった。それにしても、大人になったね。いや、立派になったというべきかな」そういって皆月は晴美が差し出した名刺を何度も眺めた。

火事による心労からか、皆月は最後に会った時よりも、ずいぶんと痩せたように思われた。年齢は七十歳を過ぎているはずだった。以前はたっぷりと残っていた白髪も、かなり少なくなっている。

使い捨てカイロや薬、そして食べ物の差し入れを、皆月は喜んで受け取ってくれた。やはり食事には難儀していたようだ。

「ほかに困ったことがあれば、何でもいってください。できるだけのことはさせていただきますから」

「ありがとう。そういってもらえると心強いよ」皆月は目を潤ませた。

「本当に遠慮しないでくださいね。この機会に御恩返しをしたいと思っているんです」

皆月は、ありがとう、と繰り返した。

帰り際、懐かしい人物と会った。施設で一緒だった藤川博だ。晴美よりも四つ上で、中学卒業と同時に施設を出ていった。彼女がお守りとして常に持ち歩いている、木彫りの子犬を作ってくれた人物だ。それが『リトルドッグ』の由来になった。

藤川はプロの木彫刻職人になっていた。晴美と同様、火事のことを知って駆けつけてきたのだという。昔と同じで、口数が少なかった。

今回の火事で心配している卒園生は、ほかにもたくさんいるだろう。藤川博と別れてから、そう思った。


年明け早々、天皇崩御という大きな出来事が起きた。新しい元号は「平成」となった。テレビから娯楽番組が消えたり、大相撲初場所が一日遅れたりと、非日常的な日々がしばらく続いた。

それが落ち着いた頃、晴美は『丸光園』の様子を見に行った。体育館のそばに簡単な事務所が作られており、そこで皆月と会った。児童たちの体育館生活はまだ続いていたが、仮設宿舎の建設工事は始まっていた。それが完成したらとりあえず児童たちをそちらへ移らせ、次に本来の場所にきちんとした施設を建て直す、ということだった。

火災の原因は判明していた。食堂の老朽化していた部分からガス漏れが発生したらしい。

空気が乾燥していたため、おそらく静電気が引火に繋がったのだろう、というのが消防や警察の見解だ。

「もっと早くに建て直しておくべきだった」原因を説明した後、皆月は苦しそうな表情を浮かべた。

死者が出たことについて、皆月は特に心を痛めている様子だった。亡くなったアマチュアのミュージシャンは、一人の少年を助けようとして逃げ遅れたらしい。

「その方は本当に気の毒だったと思いますけど、子供たちが全員無事だったのは不幸中の幸いじゃないですか」

晴美がそういって慰めると、それはまあね、と皆月は頷いた。

「夜で寝ている子供たちも多かったから、ひとつ間違ったら大惨事になるところだった。だから職員たちといってたんだ。前の館長が守ってくれたのかもしれないねって」

「前の館長というと、たしか女性でしたよね」

かすかに記憶があった。穏和な表情をした、小柄な老婦人だった。いつ皆月と交代したのかは覚えていなかった。

「私の姉だよ。『丸光園』は姉が作ったんだ」

晴美は皆月の皺だらけの顔を見つめた。「そうだったんですか」

「知らなかったのか。君がうちにいたのは小さい時だけだったからなあ」

「初めて聞きました。でもどうしてお姉様は養護施設を？」

「それを説明すると少々話が長くなるが、一言でいうと還元かな」

「還元?」

「こういっては自慢になるが、うちの先祖は地主でね、それなりに資産もあった。親が亡くなり、私と姉が財産を譲り受けた。私は自分の会社に投資したが、姉は恵まれない子供たちの力になろうと思い、『丸光園』を作ったというわけだ。彼女は学校の教師をしていてね、戦争で多くの子供が孤児になったことに悩んでいた」

「お姉様が亡くなられたのは……」

「十九年前、いやそろそろ二十年になるか。生まれつき心臓が悪くてね、最後はみんなに見守られる中、眠るように逝った」

晴美は小さくかぶりを振った。「すみません。全然知りませんでした」

「それは無理もない。彼女の遺志で、子供たちには知らせず、病気療養中だと説明したからね。私は会社を息子に任せ、後を引き継ぐことにしたが、しばらくの間、肩書は館長代理だった」

「そのお姉様が守ってくださったというのは、どういうことでしょうか」

「息を引き取る前、姉が呟いたんだよ。心配しないで、私は空の上からみんなの幸せを祈っているからってね。だから今度のことで、そのことを思い出したというわけだ」皆月は少し照れたような笑みを見せ、「まあ、こじつけだよ」と付け足した。

「そういうことですか。とても素敵なお話だと思います」

「ありがとう」

「お姉様に御家族は?」

皆月はため息をつき、首を振った。

「姉は結婚はしておらず、生涯独身だった。一生を教育に捧げたといっていいだろうね」

「そうでしたか。立派な方だったんですね」

「いやいや、立派だなどといわれると、あの世で本人が嫌がるんじゃないかな。好きなように生きているだけだと思っていたはずだからね。そういえば、君はどうなんだ。結婚の予定は？　付き合っている人とかいないのかな」

突然自分のことを尋ねられ、晴美は狼狽した。「ありません、そんな人いません」手を横に振った。

「そうか。女性が仕事に生き甲斐を見出すと婚期を逃す。会社経営もいいが、早く良い人を見つけることだね」

「生憎、お姉様と一緒で私も好きなように生きているだけなんです」

皆月は苦笑した。

「強いんだね。ただ姉が結婚しなかったのは、仕事一筋だったからだけではないんだ。じつをいうと、若い頃に一度だけ、ある男性と結ばれようとしたことがある。しかも駆け落ちを画策した」

「本当ですか」

面白そうな話だった。晴美は少し身を乗り出していた。

「相手の男性は姉より十歳ほど上で、近所の小さな工場で働いていた。彼女の自転車を修理してもらったことがきっかけで知り合った、とかいってたね。工場の昼休みとかに密会していたんだろうなあ。何しろ当時は、若い男女が歩いているだけで噂になったからね」

「駆け落ちということは、御両親はお二人の仲をお認めにならなかったんですか」

皆月は頷いた。

「理由は二つあった。一つは、姉がまだ女学校に通っていたということ。しかしそれは時間が解決してくれる問題だ。大きいのは、もう一つのほうだ。さっきもいったように、うちは資産家だった。金があれば、次に欲しくなるのは名誉だ。うちの父親は、娘をどこかの名家に嫁がせようとしていた。名もない機械工にやるわけにはいかなかったんだ」

晴美は表情を引き締め、顎を引いた。今から六十年ほど前のことだ。おそらく珍しい話ではなかったのだろう。

「駆け落ちはどうなったんですか」

皆月は肩をすくめた。

「無論、失敗した。姉は女学校からの帰りに神社の境内に寄り、そこで着替えてから駅に向かうつもりだった」

「着替えて?」

「うちには何人か女中さんがいたんだけど、その中の一人が姉と歳も近く、非常に仲が良かった。その彼女に頼んで、神社まで着替えを持ってきてもらうことにしたんだ。その着替えというのは、女中さんの着物だった。お嬢様の洋服では目立ちすぎるからね。駅では機械工の彼が、やはりそれなりに変装して待っている。無事に合流できたら、汽車に乗って逃避行だ。なかなかよくできた作戦だった」

「でもうまくいかなかったんですね」

「残念ながら、姉が境内に行くと、待っていたのは仲の良かった女中さんではなく、父が雇った男たちだった。女中さんは姉の頼みを引き受けたものの、怖くなって先輩の女中さんに相談したようだね。そうなれば結果は明らかだ」

晴美は、その若い女中さんの気持ちもわかるような気がした。時代を考えると、とても責められない。

「相手の男性……その機械工の人はどうなったんですか」

「うちの父が使者に手紙を持たせて、駅まで届けさせた。手紙の中身は、自分のことは忘れてくれ、という姉からの要望だった」

「お父様が誰かに書かせた偽の手紙ですね」

「いや、そうじゃない。手紙は姉自身の手によるものだった。男のことは見逃してやるから、と父にいわれて書いたんだ。姉としては従うしかなかった。父は警察にも顔がきいた。その気になれば、機械工を刑務所に送ることだってできた」

「手紙を読んで、相手の男性はどうされたんでしょうか」

皆月は首を捻(ひね)った。

「わからない。はっきりしているのは、その町を去ったということだけだ。元々男性は、その町の人間ではなかった。故郷に帰ったんじゃないかという噂が流れたが、真偽のほどは不明だ。ただ私は、それから一度だけ彼と会っている」

「えっ、そうなんですか」

「三年ぐらい経った頃、当時学生だった私が家を出てしばらくすると、後ろから呼び止められた。そこにいたのは三十歳ぐらいの男性だった。駆け落ち騒ぎが起きた時も、私は相手の人間を知らなかったから、目の前にいるのが誰なのかわからなかった。彼は一通の手紙を出してきて、皆月アキコさんに渡してほしいといった。——ああ、アキコというのが姉の名前だ。暁に子供の子と書く」

「相手の男性は、皆月さんが弟さんだとわかったんでしょうか」

「弟だと確信したわけではないだろうが、おそらく家から尾行していたんじゃないかな。私が躊躇していると、怪しむなら中身を読んでもいい、何なら御両親に見てもらってもいい、とにかく最終的に暁子さんに読んでもらえればいいから、彼はそんなふうにいった。それで私は受け取ることにした。本音をいえば、中身を読みたかった」

「で、お読みになったんですか」

「もちろん、読んだよ。封筒には封がされていなかったしね。学校に行く途中で読んだ」

「内容は、どういうものだったんですか」

それは、といって皆月は口を閉ざした。晴美を見つめ、少し考える表情をしてから自分の膝を叩き、「説明するより、見てもらったほうが早いな」と呟いた。

「えっ、見るって……」

「ちょっと待ってなさい」

皆月は、そばに積んである段ボール箱の一つを開け、何かを探し始めた。箱の横には、『館長室』とマジックで書いてある。

「火元となった食堂と離れていたせいで、館長室に被害は殆どなかった。それでこっちに運んできたんだけど、この機会に整理しようと思っているんだ。姉の遺品なんかも、ずいぶんと残っている。おっ、これだ。見つけたぞ」

皆月が引っ張り出してきたのは四角い缶だった。その蓋を晴美の見ている前で外した。

缶の中には、ノートが何冊か入っていた。写真も見える。その中から皆月は一通の封筒を取り出し、晴美の前に置いた。表書きに、皆月暁子様へ、とある。

「読んでみるといいよ」皆月はいった。

「いいんですか」

「構わない。誰に読まれてもいいという覚悟で書かれた手紙だからね」

「では拝見します」

封筒の中には折り畳まれた白い便箋が入っていた。広げると、万年筆で書かれた文字が並んでいた。流れるような達筆で、機械工という職業から受けるイメージと違っていた。

『一筆啓上　突然このような形で書簡をお届けしたこと、どうかお許しください。郵便では、中を読まれないままに処分されるおそれもあると思ったのです。

暁子さん、お元気でしょうか。私は三年前までクスノキ機械におりました浪矢です。もしかすると、もう忘れてしまいたい名前かもしれませんが、最後まで読んでいただけますと幸いです。

今回、筆を執らせていただいたのはほかでもありません、是非一言お詫びを申し上げたかったからなのです。じつはこれまでにも何度か試みようとしたのですが、生来の意気地なしのせいで決心がつかずにおりました。

　暁子さん、その節は本当に申し訳ありませんでした。自分のしでかしたことの愚かさに、今更ながら深く後悔しております。まだ女学生であった貴方の心を惑わし、あろうことか、御家族の皆さんと離ればなれの人生を歩ませようとしたこと、振り返れば大悪事であったと思います。弁解の余地がございません。

　あの時に貴方が思い留(とど)まられたのは、全く以(もっ)て正しい選択でございました。もしかすると御両親から説得された末のことだったのかもしれませんが、そうだとすれば私は御両親に感謝せねばなりません。私はもう少しで、とんでもない過ちを犯すところでした。

　私は今、郷里で野良(のら)仕事などをしております。貴方のことを思い出さない日はありません。短い日々でしたが、これまでに生きてきた中で最上の時間でした。同時に貴方に詫びない日もございません。あの時の出来事が、貴方の心に傷跡を残しているかもしれないと思うと、眠れなくなります。

　暁子さん、どうか幸せになってください。私が今、心の底から願うのはそのことだけです。良い人に巡り合われることを祈っております。

敬具

浪矢雄治

皆月暁子様』

晴美が顔を上げると皆月と目が合った。どうかね、と彼は訊いてきた。

「相手の男性は優しい人だったんですね」

彼女の言葉に、皆月はこっくりと頷いた。

「私もそう思う。駆け落ちが失敗した時、彼はいろいろなことを考えたに違いない。うちの両親を恨んだだろうし、姉の裏切りに幻滅したと思う。しかし三年の間に改めて振り返るうち、あれはあれでよかったと納得したんじゃないかな。でもそれだけではいけないと彼は思ったわけだ。きちんと詫びなければ、姉の心に傷が残ったままになると。恋人を裏切ったことで、彼女が自分自身を責めてないはずがなかったからね。それでこういう手紙を書いた。その気持ちがわかったから、私は手紙を姉に渡した。もちろん、両親には内緒でね」

晴美は便箋を封筒に戻した。

「お姉様は、この手紙をずっと手元に置いておられたんですね」

「そのようだ。姉の死後、彼女の事務机からこれを見つけた時、私は胸が熱くなった。姉が一生独身を続けたのは、おそらくこの男性の存在があったからだろうと思う。姉は最後まで、ほかの男性を愛することはなかったんだよ。その代わりに自分の人生を『丸光園』に捧げたというわけだ。なぜ彼女が、この土地に施設を作ったと思う？　本来、私たちには縁もゆかりもない場所だった。姉は最後まで明言しなかったが、たぶん彼の郷里に近かったからだ。実家の正確な住所は不明だったが、かつて交わした会話などから、おおよその地域は推測できたのだろう」

晴美は小さく首を振り、感嘆の息を吐いた。結ばれなかったことはかわいそうだが、一人の男性をそこまで深く愛せたというのは、羨ましくもあった。

「姉は最後に、空の上からみんなの幸せを祈っているといったが、この手紙の男性も、きっとどこかで姉に見守られているんじゃないかな。彼がまだ生きていればの話だけどね」皆月は真面目な顔でいった。

そうですね、と相槌を打ちながら、晴美は一つだけ気になっていることがあった。それは男性の名前だ。浪矢雄治、ナミヤユウジ——。

晴美は『ナミヤ雑貨店』と手紙のやりとりをしたが、店主の正確な名前は知らない。ただ静子から聞いた話などから、一九八〇年の時点でかなりの高齢であったことはたしかだ。今の皆月の話に出てくる人物と、同年代のように思われる。

「どうかしたかね」皆月が訊いてきた。

「あ、いえ、何でもありません」晴美は顔の前で手を振った。

「まあ、そういうわけで、姉がそこまでして続けてきた施設だから、簡単には終わりにできない。何としても立て直すつもりだよ」皆月は締めくくるようにいった。

「がんばってください。応援しますから」そういって持っていた封筒を皆月に返した。その時、皆月暁子様へ、という文字が目に入った。改めて、深い決意が込められているように感じた。その筆跡は、晴美が受け取った『ナミヤ雑貨店』の手紙とはまるで違っている。

やはり単なる偶然だろう——。

このことについて晴美はそれ以上深く考えるのはやめることにした。

8

目を覚ました直後、晴美は盛大にくしゃみをした。ぞくりとしたので、タオルケットを肩まで引っ張り上げた。エアコンが効きすぎている。昨夜は暑かったので温度設定を少し低めにしたのだが、眠る前に戻すのを忘れてしまったようだ。枕元には読みかけの文庫本が放り出されているし、電気スタンドも点いたままだった。

目覚まし時計は午前七時より少し前を示していた。アラームが七時に鳴るようにセットしてあるが、その音を聞くことはめったにない。鳴る前に目を覚まし、スイッチを切るからだ。腕を伸ばしてスイッチを切り、その勢いでベッドから出た。カーテンの隙間から夏の光が射し込んでくる。今日も暑くなりそうだ。

トイレを済ませ、洗面所に入った。大きな鏡の前に立ち、そこに映った自分の顔を見て、はっとした。なぜか自分は二十代の頃のような気持ちになっていた。しかし当然のことながら、映っているのは五十一歳の女の顔だった。

鏡を眺めながら晴美は首を傾げた。どうしてそんな気持ちになったのかを考え、おそらく夢を見たせいだろうと気づいた。細かいことは覚えていないが、若い頃の夢を見た記憶がかすかに残っていた。『丸光園』の皆月館長が出てきたようにも思う。

そんな夢を見る原因については心当たりがあったので、特に意外ではなかった。むしろ、夢の内容を詳しく記憶していないことが悔しかった。

自分の顔を見つめ、ひとつ頷いた。多少の肌のたるみや皺は仕方がない。懸命に生きてきた証であって、少しも恥じることはない。

顔を洗った後、化粧をしながらタブレット型端末で様々な情報を確認し、ついでに朝食を摂った。昨夜のうちにサンドウィッチと野菜ジュースを買っておいたのだ。最後に自炊をしたのはいつだろう。夜は大抵会食だ。

支度を済ませると、いつもの時刻に部屋を出た。乗り込んだのは、小回りのきく国産のハイブリッドカーだ。大きいだけの高級外車には飽きた。自分で運転し、六本木に着いた時には八時半を少し過ぎていた。

会社が入っている十階建てビルの地下駐車場に車を停め、エントランスホールに向かいかけた時だった。

「社長、武藤社長っ」どこからか男の声がした。

周囲を見回すと、グレーのポロシャツを着た太った男が、短い足で駆け寄ってくるところだった。どこかで見た顔だが、誰なのか思い出せなかった。

「武藤社長、お願いでございます。『スイーツ・パビリオン』の件、考え直していただけないでしょうか」

「スイーツ？　ああ……」思い出した。この男は、饅頭屋の社長だ。

「あと一か月。何とか、あと一か月だけチャンスをいただけませんか。必ず、立て直してみせますので」社長は頭を深々と下げた。薄い髪をぺったりと固めてある。その様子は彼の店の商品である栗饅頭を連想させた。

「お忘れですか。人気投票で二か月連続最下位になった場合には、出ていっていただくこともありうる――契約書に記してあります」

「わかっております。わかったうえでお願いしているのでございます。どうかあと一か月だけ待っていただけないでしょうか」

「無理です。すでに次に入る店舗は決まっております」晴美は歩きだした。

「そこを何とかっ」饅頭屋の社長は諦めずについてくる。「必ず結果を出します。自信はあるんです。どうかチャンスをください。今ここで撤退したら、うちはもうやっていけません。あと一回だけチャンスをっ」

騒ぎを聞きつけたらしく、警備員がやってきた。「どうしました?」

「この人、部外者よ。つまみ出して」

警備員の顔色が変わった。「わかりました」

「いや、待ってくれ。部外者じゃない。関係者なんだ。あっ、社長。武藤社長」

饅頭屋の社長が喚(わめ)くのを聞きながら、晴美はエレベータホールへと向かった。

ビルの五階と六階が、『株式会社リトルドッグ』のオフィスだ。九年前に新宿から移転してきた。

社長室は六階にある。ここではパソコンを使う。再び情報の確認と整理。たくさん届いているメールがろくでもないものばかりなのでうんざりした。迷惑メールはフィルターが除去してくれるが、そうでないかぎりはどんなに中身のないメールでも届いてしまう。

いくつかのメールに返信をしている間に九時を過ぎた。社内電話の受話器を取り、短縮番号を押した。電話はすぐに繋がった。

「おはようございます」専務の外島の声が聞こえた。

「ちょっと来てくれる？」

「わかりました」

約一分後に外島は現れた。半袖シャツ姿だ。職場の冷房は昨年同様、弱めにしてある。

晴美は駐車場での出来事を話した。外島は苦笑した。

「あのおやじさんですか。担当者から聞いています。泣きつかれたってね。でもまさか社長に直談判とは驚きました」

「どういうこと？　きちんと説明して、納得させたっていってたじゃない」

「そのはずですが、饅頭屋としては、やはり諦めきれなかったんでしょう。本店のほうの客足が落ちて、かなり危ないと聞いています」

「そういわれてもねえ。こっちも仕事だから」

「おっしゃる通りです。気にすることはないと思います」外島は淡白な口調でいった。

二年前、湾岸にある大型ショッピングモールのリニューアルの際、一つの依頼が晴美の会社に舞い込んだ。イベント会場をもっとうまく利用できないかというのだった。元々はちょっとしたコンサートなどに使う予定だったらしいが、たしかに有効活用されているとはいえない状況だった。

早速リサーチと分析に取りかかった。辿り着いた結論は、スイーツの聖地を作ろうというものだった。ショッピングモール内に点在していたスイーツの店やカフェを集めることにした。それだけでなく、日本中にあるスイーツの店に連絡し、出店を募った。こうして完成したのが『スイーツ・パビリオン』だ。三十店舗以上が、常に軒を並べている。

テレビや女性誌で取り上げられたおかげで、この企画は大成功した。ここで評判になった店は、例外なく本店の売り上げも伸ばした。

しかし油断はできなかった。同じことをしていたら、すぐに飽きられる。大事なことは、いかにリピーターを増やすかだった。そのためには定期的に店の入れ替えを行わなければならない。そこで採用されたのが人気投票だ。来場者に対して行い、不人気の店には、その事実を伝える。時には撤退してもらうこともある。だからそれぞれの店は、毎月必死だ。ほかの店すべてがライバルというわけだ。

先程の饅頭屋は、地元に本店がある。この計画を始める時、「まずは地元を大切に」ということで声をかけた。饅頭屋は喜んで出店した。だが最大の売り物が地味な栗饅頭では、やはり苦しい。このところの人気投票では最下位が指定席だ。今のままではほかの店に対して示しがつかなくなる。情に流されるわけにはいかないのが、商売の辛いところだ。

「ところで例の３Ｄアニメはどうなった?」晴美は訊いた。「実用レベル?」

外島はしかめっ面をした。

「デモを見ましたが、技術的にはまだまだですね。スマホの画面は小さいですから、とにかく見づらいんです。今度、改良版を作るそうなので、その時に御覧になったらいかがでしょうか」

「そうするわ。大丈夫、ちょっと興味があっただけだから」晴美は微笑んだ。「ありがとう。

私のほうからは以上よ。そちらから何かある？」

「いえ。重要なことはメールでお伝えした通りです。ただ、少し気になることが」外島が意味ありげな視線を送ってきた。「例の児童養護施設のことです」

「あれは私が個人的に動いていること。会社とは関係ないわ」

「わかっています。私は社内の人間ですから。しかし社外の者からは、なかなかそうは見えないようで」

「何かあった？」

外島は口元を曲げた。「問い合わせが来ているようです。おたくの会社は『丸光園』をどうするつもりなのか、と」

晴美は顔をしかめ、前髪の生え際を掻いた。「参ったなあ。何で、そうなるわけ？」

「社長は目立つんですよ。だからふつうのことをやろうとしても、ふつうに見えない。自覚してください」

「それ、どういう皮肉？」

「皮肉じゃありません。事実を述べています」外島は、しれっという。

「わかった。もういいわ」

失礼します、といって外島は部屋を出ていった。

晴美は立ち上がり、窓際に立った。六階だから、特に高いとはいえない。じつはもっと高層階の物件もあったが、思い留まった。自らを過信しないためだった。それでもこうして外を眺めていると、それなりの場所には辿り着いたのだなという実感はある。

不意に、この二十年あまりのことが蘇った。改めて、時代に乗るということはビジネスにとっていかに重要か、と思う。それは時に天国と地獄とを反転させる。

一九九〇年三月、不動産価格の高騰を沈静化させるため、当時の大蔵省から金融機関に対し、融資を制限する行政指導が行われた。所謂総量規制だ。それが必要なほど、地価は高くなっていた。もはや一般のサラリーマンは、マイホームを持つことを断念していた。

だがこの程度のことで本当に地価抑制に効果があるのだろうかと晴美などは疑問に思った。マスコミの論調も、「焼け石に水」というものばかりだった。実際、地価が急激に下がることはなかった。

しかしこの総量規制が、ボディブローのように日本経済にダメージを与えていくことになる。

まず日経平均株価が下降を始めた。加えて八月にイラクがクウェートに侵攻したことで原油価格が上昇し、景気後退に拍車をかけた。

そしてこの頃から、ついに地価も下落していく。

しかし世間では、まだ土地神話は残っていた。この現象は一時的なもので、いずれは回復に転じると多くの人々が信じていた。彼等が本当に祭りの終焉を感じるのは、一九九二年を過ぎた頃だった。

だが『ナミヤ雑貨店』の手紙を予言と捉えていた晴美は、不動産取引で儲けられる時代は終わったのだと悟った。彼女は投資用に所持していた物件は、一九八九年までにすべてを処分していた。株もゴルフ会員権も同様だ。彼女は「ババ抜き」の勝ち組だった。結果的にバブル景気と呼ばれることになったこの時期に、数億円の利益を挙げた。

世間がようやく目を覚ました頃、晴美は新たなアンテナを張り始めていた。『ナミヤ雑貨店』はコンピュータと携帯電話による情報網の充実を予言している。それを裏付けるように携帯電話は現実のものとなっているし、パソコンも家庭に普及し始めていた。それならば、この波を利用しない手はない。

彼女はパソコン通信に触れながら、きっとこの先に夢の世界が広がっていくのだろうと予想した。そこで自分なりに猛勉強し、情報を集めた。

インターネットが普及しつつあった一九九五年、晴美は情報工学科出身の学生数名を雇い入れた。一人に一台ずつパソコンを与え、インターネットで何ができるかを考えさせた。彼等は一日中でもパソコンに向かっていた。

そして翌年、『オフィス・リトルドッグ』として最初に始めたネット関連事業が、ホームページ制作だ。手始めに、自社の宣伝をやってみた。そのことが新聞などで取り上げられると、反響は大きかった。企業や個人からホームページ制作に関する問い合わせが相次いだのだ。まだ誰もがインターネットにアクセスできる時代ではなかったが、不況の中、新しい広告媒体に期待する空気は熱かった。ホームページの制作注文は続々と舞い込んだ。

それから数年間、『オフィス・リトルドッグ』は面白いように儲かった。インターネットを使った広告事業、販売事業、ゲーム配信事業、何もかもがうまくいった。

二〇〇〇年に入ると、晴美は次の事業展開を考えるようになった。社内にコンサルティング部門を作ったのだ。きっかけは、知り合いのレストラン経営者から相談を受けたことだった。その店は売り上げが伸びず、経営難に陥っていた。

晴美は中小企業診断士の国家資格を持っていた。そこで専任のスタッフを置き、検討に入った。出した結論は、単に宣伝するだけではだめで、しっかりとしたコンセプトの下に料理の種類や店の内装を改善していく必要があるというものだった。

彼女たちが出したアイデアに基づいてリニューアルしたこのレストランは、見事大成功を収めた。再開してから三か月後には、予約の取りにくい店へと変貌（へんぼう）していたのだ。

コンサルティングは金になる、そう確信した。しかし中途半端ではだめだ。単に経営不振の原因を分析するだけなら誰にでもできる。抜本的対策を講じ、結果を出して初めて息の長いビジネスになる。晴美は外部から優秀な人材を集めた。時にはクライアントの商品開発に積極的に関わり、また時には非情な人員削減を提案した。

ＩＴ部門とコンサルティング部門、この二つを柱に『株式会社リトルドッグ』は成長を続けた。振り返ると、明らかに出来過ぎだ。多くの人間から、「武藤さんは先見の明がある」といわれた。たしかに少しはそれもあった。だがやはり『ナミヤ雑貨店』の手紙がなければ、こうまでうまくはいかなかっただろう。だからいつかは恩返しを、と考えている。自分の力だけでは今の自分はない。

恩返しといえば、『丸光園』のことも忘れてはならない。

今年になって、経営が破綻（はたん）しそうだという噂を聞いた。調べてみると事実だった。皆月館長が二〇〇三年に亡くなり、長男が運送業を営む傍らで維持してきたが、肝心の本業で膨大な赤字を出し、とても『丸光園』を支えていく余裕がなくなったらしい。

晴美はすぐに連絡した。現在の館長は長男だが、それは名目上で、実際に運営の主導権を握っているのは苅谷という副館長だった。晴美は彼に、自分にできることがあればいってほしい、場合によっては出資してもいい、とまでいった。

ところが相手は煮えきらない。なるべくなら他人の手を借りたくない、という危機感のない台詞まで聞かされることになった。

埒があかないと思い、晴美は皆月家に出向いた。『丸光園』を自分に任せてもらえないだろうかと尋ねてみた。しかし結果は似たようなものだった。施設のことは苅谷さんにお任せしてあるので、という頼りない答えが返ってきただけだ。

晴美は『丸光園』について調べてみた。すると、ここ数年の間に正規職員の数が半減していることがわかった。奇妙な肩書の臨時職員がやけに多いのだ。しかもそういう人間が実際に働いたという形跡がない。

晴美は察知した。皆月館長が亡くなったのをいいことに、何らかの不正、おそらく補助金の不正請求が行われているのだ。主犯はおそらく苅谷だろう。それを明らかにされたくないから、晴美が経営に関わろうとするのを拒んでいるに違いない。

ますます放ってはおけなくなった。何とかしなければならない。『丸光園』を救えるのは自分だけなのだと晴美は思った。

9

その情報を晴美が摑んだのは、ちょっとした偶然からだった。買い替えたスマートフォンで様々な語句を検索していたところ、『ナミヤ雑貨店　一夜限りの復活』という文章が見つかったのだ。

ナミヤ雑貨店――晴美にとって忘れられない、いや忘れてはならない名称だった。すぐに詳細を調べてみたところ、正式なサイトが見つかった。そこに記されていたのは、今年の九月十三日は『ナミヤ雑貨店』店主の三十三回忌なので、かつて相談した人たちに回答が人生に役立ったかどうかを教えてもらいたい、という内容だった。十三日の午前零時から夜明けまでの間に、店のシャッターにある郵便口から手紙を投入してほしいとあった。

信じがたい話だった。まさかこの時代になって、その店名を目にするとは思わなかった。一夜限りの復活とはどういうことなのか。サイトを運営しているのは店主の子孫らしいが、三十三回忌の催しと書いているだけで、詳しいことは説明してくれていない。

悪戯ではないか、とまず疑った。しかし、そうだとすれば意図がわからない。こんなことをして人を騙して、何のメリットがあるというのか。そもそも、果たして何人がこの情報に気づくだろうか。

何より晴美の心を動かしたのは、九月十三日が店主の命日だという点だ。『ナミヤ雑貨店』との手紙のやりとりが可能だったのが、まさに三十二年前の九月十三日だったのだ。

悪戯なんかじゃない、これは本気のイベントだと確信した。そうなると、じっとしてはいられない。自分こそ、手紙を出さねばならない人間だと思った。無論、感謝の手紙を。

だがその前に一応確かめておかねばならない。『ナミヤ雑貨店』は、本当に健在なのだろうか。現存しているのだろうか。田村邸には年に何度か行くが、『ナミヤ雑貨店』のほうまで足を向けたことはなかった。

ちょうど『丸光園』に行く用があった。施設の譲渡に関する話し合いだ。その帰りに『ナミヤ雑貨店』に寄ってみようと思った。

話し合いの席に現れたのは、またしても副館長の苅谷だった。

「この件に関しましては、皆月御夫妻から全権を任されています。これまでお二人は、施設の運営にはノータッチでしたから」細い眉をぴくぴくと動かしながら苅谷はいった。

「だったら施設の財政状況を正確にお伝えになったらいかがですか。そうすればお二人の考えも変わると思うんですけど」

「いわれなくても、きちんと報告していますよ。その上で、私に任せるといっていただいているのです」

「ではその内容を私にも見せていただけますか」

「それはできません。あなたは部外者だ」

「苅谷さん、冷静に考えてください。今のままだと、この施設はつぶれますよ」

「あなたに心配していただくことではありません。自分たちの力だけで何とかしてみせます。どうかお引き取りを」苅谷はオールバックにした頭を下げた。

晴美は、今日のところは引き揚げることにした。無論、諦める気はない。何とかして皆月夫妻を説得するしかないなと思った。

駐車場に行くと、車に泥の塊がいくつも付いていた。晴美は周りを見回した。何人かの子供の顔が塀の上から彼女のほうを見ていて、さっと引っ込んだ。

やれやれ、とため息をついた。どうやら悪者だと思われているようだ。苅谷が子供たちに何か吹き込んでいるに違いない。

泥を付けたままで車を発進させた。バックミラーを見ると、子供たちが出てきて、何かを怒鳴っていた。二度と来るな——そんなところかもしれない。

不愉快な思いを抱えながらも、『ナミヤ雑貨店』の様子を見に行くという用件は忘れていなかった。おぼろげな記憶を頼りに、晴美はハンドルを操作した。

やがて懐かしい町並みが前方に見えてきた。三十年前と、あまり変わらない。『ナミヤ雑貨店』もまた、彼女が手紙を投入した時代のままの姿で建っていた。看板の文字は殆ど読めないし、シャッターに浮き出た錆は痛々しいほどだったが、孫娘を待っていた老人のような温かさに包まれていた。

晴美は車を停め、運転席側の窓を開けて『ナミヤ雑貨店』を眺めた後、ゆっくりと車を動かした。ついでに田村邸の様子も見ておこうと思った。

九月十二日の終業後、晴美は一旦自宅に戻り、パソコンを立ち上げて手紙の文面を考えた。本当はもっと早くに書いておきたかったが、連日仕事が忙しく、時間がなかったのだ。じつは今夜も得意先との会食があったのだが、どうしても外せない用があるからといって、一番信頼しているスタッフに代わりに行ってもらうことにした。

何度も読み返したり書き直したりしながら文面を仕上げたのは、午後九時を少し過ぎた頃だった。それから晴美は便箋に清書を始めた。大事な相手に手紙を出す時には必ず手書きする、というのは彼女にとって常識だ。

書き上げた手紙を読み返し、ミスがないことを確認してから封筒に収めた。便箋と封筒は、この日のために買ったものだった。

支度にあれこれと時間がかかったため、車で自宅を出た時には十時近くになっていた。スピード違反に気をつけつつ、アクセルを踏んだ。

約二時間後、目的地の近くまでやってきた。直接『ナミヤ雑貨店』に向かうつもりだったが、午前零時までは少し時間がある。先に田村邸に荷物を置いておくことにした。今夜は、こっちに泊まる予定なのだ。

晴美が家の権利を取得した後も、最初の約束通り、秀代には田村邸での生活を続けてもらった。だがそんな秀代も、二十一世紀の幕開けを見届けることはできなかった。大伯母の死後、晴美は家に多少手を加え、自分の別宅として使用することにした。彼女にとって田村邸は実家のようなものだった。周囲に自然がまだたくさん残っていることも気に入っていた。ただしここ数年は、ひと月かふた月に一度訪れる程度だ。冷蔵庫には缶詰と冷凍食品ぐらいしか入っていない。

田村邸の周辺は街灯が少なく、いつもはこの時間になると一際暗い。だが今夜は月明かりのおかげで、遠くからでも家の様子が窺えた。

周囲に人影はなかった。家の隣に車庫はあるが、車は路上に停めた。着替えや化粧品を入れたトートバッグを肩にかけ、外に出た。空にはまん丸い月が浮かんでいる。

門をくぐり、玄関の鍵(かぎ)を外した。ドアを開けた途端、芳香剤の匂いがした。靴箱の上に置いてあるのだ。前に来た時、彼女自身が置いたものだ。その横に車のキーを並べた。

壁に手を這わせ、明かりのスイッチを入れた。靴を脱ぎ、上がり込む。スリッパがあるが、面倒なので履くことは少ない。廊下を奥へと進んだ。奥には居間へのドアがある。

ドアを開け、先程と同じようにスイッチを手で探った。しかしその手を途中で止めた。奇妙な気配を感じたからだ。いや、気配ではない。臭いだ。自分とは無関係で、この部屋で漂うはずのない臭いが、かすかに存在している。

危険を察知し、踵(きびす)を返そうとした。だがその直前、スイッチへと伸ばしかけていた手を何者かに摑まれた。さらに強い力で引っ張られ、口に何かが当てられた。声を発する暇もなかった。

「騒ぐな。おとなしくしてたら何もしない」耳元で発せられたのは若い男の声だった。男は背後にいるので、顔はわからない。

晴美は頭の中が真っ白になった。なぜこんなところに知らない人間がいるのか。ここで一体何をしているのか。なぜ自分がこんな目に遭わなければいけないのか。いくつもの疑問が瞬間的に押し寄せてきた。

抵抗しようと思いつつ、身体が全く動かなかった。神経が麻痺(まひ)したようになっている。

「おい、風呂場にタオルがあっただろ。何本か持ってこい」男がいった。だが反応はない。男は苛立ったように繰り返した。「早くしろっ。タオルだ。ぐずぐずするなっ」

暗闇の中で、あわてたように影が動くのがわかった。ほかにも誰かいるようだ。

晴美は鼻で荒く呼吸した。心臓の鼓動は激しいままだが、ほんの少しだけ判断力を取り戻しつつあった。口を塞がれているが、軍手を嵌めた手のようだとわかった。

その時だ。また一人別の男の声が耳に入った。斜め後方からだった。まずいよ、と小声で囁いたのだ。

それに対して、晴美を拘束している男が答えた。「仕方ねえだろ。それより、バッグの中を調べろ。財布が入ってるんじゃねえか」

後ろから晴美のトートバッグが奪われた。中を漁る気配がした。やがて、あった、と声がした。

「いくら入ってる?」

「二、三万かな。あとは変なカードばっかりだ」

晴美の耳元でため息が聞こえた。

「なんでそんなに少ないんだ。まあいい。現金だけ抜いておけ。カードは役に立たない」

「財布は？　ブランド品だぜ」

「使い込んであるものはだめだ。バッグは新しいみたいだから、貰っておこう」

間もなく足音が戻ってきた。「これでいい？」と尋ねている。こちらの声も若かった。

「よし。じゃあ、それで目隠しをするんだ。緩まないよう、しっかりと後ろで縛れ」

一瞬だけ躊躇う気配があったが、次には晴美の目にタオルが押し付けられていた。ほんの少しだが洗剤の香りがする。いつも使う洗剤だ。

タオルは頭の後ろで強く縛られた。少々のことでは緩みそうになかった。

次に彼等は晴美をダイニングチェアに座らせ、背もたれの後ろで両手首を縛った。さらに両足首をそれぞれ椅子の脚に縛りつけた。その間も口は軍手を嵌めた手で塞がれたままだった。

「これからあんたと話がしたい」晴美の口を塞いでいるリーダー格の男がいった。「だから口を自由にする。ただし、大きな声を出したりするな。俺たちは凶器を持っている。声を上げたりしたら殺す。だけど、本当はそんなことはしたくない。小さな声で話してくれれば、危害は加えない。約束できるなら、首を縦に振ってくれ」

逆らう理由などなかった。晴美はいわれた通りにした。直後に口から手が離れた。

「すまねえな」リーダーがいった。「もうわかってると思うけど、俺たちは泥棒だ。今夜、この家は留守だと思って忍び込んだ。あんたがやってくることは計算外だった。こんなふうに、あんたを縛ったのも計画外だ。だから悪く思わないでくれ」

晴美は無言で吐息をついた。こんな目に遭わせておいて、悪く思うなといわれても無理な相談だ。

しかし心のどこかに少し余裕ができた。この男たちは根っからの悪人ではないと直感したからだ。

「俺たちは、目的を果たしたらすぐに出ていく。目的というのは、金目のものをいただくってことだ。ところが今のままでは出ていけない。というのも、俺たちはまだ金目のものをろくに見つけてないからだ。そこで相談だ。金目のものはどこにある？　この際だ、贅沢はいわない。何でもいいから教えてくれ」

晴美は呼吸を整え、口を開いた。「ここには……何もありません」

ふん、と鼻を鳴らす音が聞こえた。

「そんなわけないだろう。あんたのことは調べてあるんだ。ごまかそうとしても無駄だ」

「嘘じゃない」晴美は首を振った。「調べてるんなら知ってるでしょ？　ふだん私はここには住んでません。だからお金はもちろんのこと、高価なものも置いてないのよ」

「そうはいっても何かあるだろ」男の声に苛立ちの響きが混じった。「思い出せよ。何かあるはずだ。思い出してくれなきゃ、出ていけない。それじゃあ、あんたも困るだろ」

たしかにその通りだったが、残念ながら本当にこの家には大したものがないのだった。秀代の形見にしても、すべて自宅のマンションに移してある。

「隣の和室に床の間があります。そこに飾ってある茶碗は、有名な陶芸家のものらしいけど……」

「あれはもういただいた。ついでに掛け軸もな。ほかにはどうだ」

茶碗は本物だが、掛け軸は印刷したものだと秀代がいっていた。だがそのことは黙っていたほうがいいだろう。

「二階の洋室は見ましたか。八畳の部屋だけど」

「ざっと見たけど、大したものはないようだった」

「鏡台の引き出しは？　上から二番目の引き出しは二重底になっていて、下の段はアクセサリー入れになっているの。そこは見た？」

男が沈黙した。ほかの仲間たちと確認し合っている感じだ。

見てこい、と男がいった。誰かが立ち去る足音が聞こえた。

鏡台は秀代のものだが、アンティーク調のデザインが気に入ったので、今も捨てずに置いてある。引き出しにアクセサリーが入っているのは本当だ。ただし晴美のものではなく、秀代の娘の公子が独身時代に集めたものらしい。じっくりと見たことはないが、おそらく大した価値はない。高価なものなら、公子が嫁ぎ先へ持っていっただろう。

「あなたたち、どうして私を……この家を狙ったの？」晴美は訊いた。

少し間があり、別に、とリーダーが答えた。「何となくだよ」

「でも、わざわざ私のことを調べたんでしょ？　何か理由があるからじゃないの」

「うるせえな。どうだっていいだろ、そんなこと」

「よくないわ。気になる」

「いいんだよ、気にしなくて。黙ってろ」

男にいわれ、晴美は口を閉じた。相手を刺激するのはよくない。

気まずい沈黙が少し続いた後だ。「ひとつ訊いていいですか」と男がいった。リーダーではない男のほうだ。敬語が意外だった。

おい、とリーダーが窘（たしな）めるようにいった。「何をいいだすんだ」

「いいじゃないか。俺、どうしてもこの人に確かめておきたいんだ」

「やめろ」

「何が訊きたいの？」晴美はいった。「何でも訊いて」

大きな舌打ちが聞こえた。たぶんリーダーだろう。

「ホテルにするって本当ですか」リーダーではない男が訊いた。

「ホテル？」

「『丸光園』を取り壊してラブホテルにするつもりだって聞きました」

予想外の名称が出てきた。意表をつかれた思いだ。するとこの男たちは、苅谷の関係者なのか。

「そんな計画はないわ。『丸光園』を再建したくて、買い取ることにしたんだから」

「それは嘘だって、みんなはいってるぜ」リーダーが口を挟んできた。「あんたの会社は、つぶれかけた店をリニューアルさせて儲けたりするって話だ。ビジネスホテルをラブホに変えたっていう話も聞いた」

「そういうこともあったけど、今回の話とは関係ない。『丸光園』のことは、私が個人的に動いていることなの」

「嘘だ」

「嘘じゃない。こういっては何だけど、あんなところにラブホテルなんか造ったって、客が来るわけない。そんな馬鹿なことはしません。信じて。私は弱い人たちの味方なの」

「本当ですか」

「嘘に決まってるだろ。信用するな。何が弱い人の味方だ。金にならないとわかったら、さっさと切り捨てるくせに」

その直後、階段を下りる足音が聞こえてきた。

「遅えじゃねえか。何やってたんだ」リーダーが叱責した。

「二重底の開け方がわからなかったんだ。でも開けたぜ。すごいよ。これを見てくれ」

じゃらじゃら、という音がした。引き出しごと持ってきたらしい。

ほかの二人は黙っている。骨董品にしか見えないアクセサリーにどれほどの価値があるのか、まるで見当がつかないからだろう。

「まあいいだろう」リーダーがいった。「何もないよりはましだ。これをいただいて、ずらかろう」

衣擦れの音、ファスナーを開け閉めするような音などが晴美の耳に入ってきた。盗んだ品物をバッグか何かに収めているらしい。

「この人はどうする?」『丸光園』について質問してきた男がいった。

少し間があり、「ガムテープを出せ」とリーダーがいった。「騒がれるとまずいからさ」

ガムテープを切る音がした。次には晴美の口に、それが貼られた。

「でも、このままじゃまずいぜ。この家に誰かが来ないかぎり、この人、飢え死にしちゃうよ」

また少し間がある。多くの事柄はリーダーに決定権があるようだ。

「俺たちが無事に逃げ終わった後、会社に電話してやろう。おたくの社長が縛られてますってな。そうすれば問題ないだろう」

「トイレは?」

「それぐらいは我慢してもらうしかないな」

「我慢できますか」晴美への質問らしい。

彼女は頷いた。実際、催していなかった。それに、もし今トイレに連れていってくれるとしても、お断りだった。とにかく一刻も早くこの家から出ていってもらいたい。

「よし、じゃあずらかるか。忘れ物はないな」リーダーの声がして、三人が立ち去る気配がした。足音が遠ざかっていく。玄関から出ていくようだ。

少しして、男たちの声がかすかに聞こえた。車のキー、という言葉が交じっている。

晴美は、はっとした。車のキーを靴箱の上に置いたことを思い出した。

しまった、と唇を嚙んだ。路上に停めた車の助手席には、ハンドバッグを放り出してある。車から降りる前、トートバッグから出したのだ。

彼等がトートバッグから見つけたのは予備の財布だ。実際に使っている財布は、ハンドバッグの中にある。そこには現金だけで二十万円以上は入っているはずだ。クレジットカードやキャッシュカードも、その財布に入れてある。

しかし晴美が悔やんだのは、財布のことではない。むしろ、財布だけを持っていってくれるなら、大いに結構だ。だが彼等は、おそらくそうはしない。急いで逃走したいだろうから、中身を確かめることなく、ハンドバッグごと持ち去るに違いない。

ハンドバッグの中には、『ナミヤ雑貨店』宛ての手紙が入っているのだ。あれは持っていかれたくない。

だけど同じことか、と思い直した。あの手紙を残していってくれたところで、この状態ではどうすることもできない。朝までは動けないのだ。そして、『ナミヤ雑貨店　一夜限りの復活』は夜明けと共に終わる。

一言お礼を伝えたかったのに、と思った。あなたのおかげで大きな力を得ることができました。今後は私が多くの人を救っていきたいと思います。手紙には、そんなふうに書いたのだ。

それにしても何てことだ。なぜこんな目に遭わねばならないのか。自分がどんな悪いことをしたというのか。天罰を受ける覚えなど全くない。誠実に、ただひたすら前を向いて走り続けてきただけなのに——。

その直後だった。不意にリーダー格の男がいった台詞が蘇った。

何が弱い人の味方だ。金にならないとわかったら、さっさと切り捨てるくせに——。

心外だった。いつ自分がそんなことをしたというのか。

しかし次に頭に浮かんだのは、饅頭屋の社長の泣きだしそうな顔だった。

晴美は鼻から息を吐き出した。目隠しされ、手足を縛られた状態で苦笑を浮かべた。

たしかに懸命に走り続けてきた。だがあまりに前だけを見過ぎていたかもしれない。これは天罰などではなく、少し心に余裕を持ったらどうか、という忠告と捉えるべきか。

救ってやるか、栗饅頭——ぼんやりと考えた。

10

夜明けは近いと思われた。敦也は白紙の便箋を見つめていた。

「なあ、そんなことって本当にあるのかな」

「そんなことって、何さ」翔太が訊く。

だからさ、と敦也はいった。「この家が過去と現在で繋がってて、過去の手紙が俺たちのところに届いて、逆にこっちが牛乳箱に入れた手紙が向こうに届くってことがだ」

「今さら何いってんだよ」翔太は眉間に皺を寄せた。「実際そうなってるから、俺たちは手紙のやりとりをしたんじゃないか」

「それはまあ、わかってるけどさあ」

「たしかに不思議だよな」そういったのは幸平だ。「『ナミヤ雑貨店　一夜限りの復活』が関係しているんだろうけど」

よし、といって敦也は白紙の便箋を手にしたままで腰を上げた。

「どこ行くの」翔太が訊いた。

「確認だ。試してみよう」

敦也は裏口から外に出て、ドアをきっちりと閉めた。それから路地を通って表に回り、シャッターの郵便口から折り畳んだ便箋を投入した。再び裏口から屋内に入り、シャッターの内側を見た。そこに置かれた段ボール箱に、外から入れたはずの便箋はなかった。

「やっぱり、思った通りだったね」翔太が自信に満ちた口調でいった。「今この店の外からシャッターに手紙を放り込んだら、たぶん三十二年前に届くんだよ。それが一夜限りの復活の意味だ。これまで俺たちは、その裏側の現象を体験してきたってわけだ」

「こっちが夜明けになる時、三十二年前の世界では……」

敦也の言葉の後を翔太は継いだ。「爺さんが死ぬんだと思う。『ナミヤ雑貨店』の店主だった爺さんが」

「やっぱりそう考えるしかないか」敦也は、ふうーっと長い息を吐いた。不思議な話ではあるが、ほかに説明がつかなかった。

「あの子、どうなったかな」幸平がぽつりと呟いた。敦也と翔太が揃って顔を見ると、彼は顎を引き、「『迷える子犬』ちゃんだよ」といった。「俺たちの手紙、何かの役に立ったのかな」

さあねえ、と敦也はいうしかなかった。「まあ、ふつうだったら信じないだろうな」

「どう考えても胡散臭いもんなあ」翔太は頭を掻く。

『迷える子犬』からの三通目の手紙を読み、敦也たちは焦った。どうやら彼女は怪しげな男に騙され、利用されかけているようだった。しかも彼女は、『丸光園』の出身者だという。これは何とかして救わなければならない、いやそれだけでなく、彼女を成功へと導いてやらねばならないと三人で話し合った。

そこで出した結論は、ある程度の未来を教えてやろう、というものだった。一九八〇年代後半にバブル景気といわれる時代があったことは三人も知っていた。そこで、どううまく立ち回ればいいのかをアドバイスすることにしたのだ。

三人は携帯電話であの時代のことをあれこれと調べると、『迷える子犬』への手紙に予言の如く書き込んだ。さらにはバブルがはじけた後のことも付け足した。インターネットという言葉を使用できないのは辛かった。

迷ったのは、事故や災害について知らせるかどうかだった。一九九五年の阪神淡路大震災、二〇一一年の東日本大震災、教えてやりたいことは山ほどある。

だが結局、それらについては教えないことにした。『魚屋ミュージシャン』に火事のことを教えなかったのと同じだ。人の命に関わることには触れてはいけないと思った。

「それにしても気になるのは、『丸光園』だよなあ」翔太がいった。「こんなにいろいろと絡んでくるのは、一体どういうことだろう。偶然かな」

そのことは敦也も気にかかっていた。偶然にしては、出来過ぎている。そもそも今夜彼等がこんなところにいること自体、『丸光園』が原因なのだ。

自分たちの育った施設がピンチらしい、という情報を得てきたのは翔太だ。先月の初めだった。いつものように幸平を含めた三人で飲んでいる時のことだった。といっても居酒屋などではない。安売り店で缶ビールや缶チューハイを買ってきて、公園で酒盛りをしていたのだ。

「なんか、どっかの女社長が『丸光園』を買い叩こうとしてるらしいぜ。再建するとかいってるけど、たぶん嘘だって話だ」

翔太は勤めていた家電量販店をクビになり、コンビニのバイトで食いつないでいる。そのバイト先から『丸光園』が近いので、今でも時々様子を見に行くらしい。ちなみに家電店をクビになったのは、単なる人員削減だった。

「参ったなあ。俺、住むところがなくなったら、あそこを頼ろうと思ってたのに」幸平が情けない声を出した。彼は無職だった。自動車修理工場で働いていたが、この五月に突然会社が倒産したのだ。今は工場の寮にいるが、いずれ追い出されるだろう。

そして敦也もまた失業中の身だった。二か月前までは部品工場にいた。ある時、親会社から新型部品の発注があった。いつもの部品とあまりに寸法が違うので、敦也は何度も確認した。しかし間違いないということなので、そのまま作った。ところがやはりミスだった。連絡係だった親会社の新入社員が、数字の単位を勘違いしていたらしい。大量の不良品が発生することになったが、あろうことか、その責任を敦也が負わされることになった。確認不足だというのだ。

これまでにも何度かあったことだ。会社は親会社に頭が上がらない。職場の上司は守ってくれない。面倒が起きた時には、いつも敦也たち下っ端のせいにされる。

堪忍袋の緒が切れた。「辞めます」その場でそういい捨て、工場を出た。

貯金など殆どない。通帳を見て、そろそろやばいなと思った。アパートの家賃だって、二か月間払っていない。

そんな三人が集まり、『丸光園』のことを心配したところで、何かができるわけでもなかった。買収しようとしているらしい女社長の悪口をいうのが関の山だ。

誰がそんなことをいいだしたのか、はっきりとは覚えていない。自分だったかもしれない、と敦也は思う。確信はない。ただ、拳を固めてこういったことは覚えている。

「やろうぜ。そんな女から金を盗んだって、マリア様は許してくれるって」

翔太と幸平も拳を振り上げていた。やる気満々だった。

同い年で、中学も高校も一緒だった。三人で、散々悪いことをした。置き引き、万引き、自販機荒らし。暴力を使わない窃盗行為は大抵やった。今でも驚異的だと思うのは、殆ど捕まらなかったことだ。同じ場所でやらない、似たような手口を使わない――それなりにセオリーを守り、タブーを犯さなかったのがよかったのだろう。

空き巣狙いも一度だけやった。高校三年の時だ。就職を控え、どうしても新しい服が欲しかった。狙ったのは、学校で一番の金持ちだった男子の家だ。家族旅行に行く日を突き止め、防犯設備などを細かくチェックしてから実行した。失敗したらどうしようとか、まるで考えなかった。盗み出したのは現金三万円ほどだ。たまたま開けた引き出しに入っていた。それだけで満足して逃げた。傑作なことに、家の者たちは被害に気づかなかった。楽しいゲームだった。

ただし高校を卒業してからは、そんなことはしていない。三人とも成人している。捕まったら新聞に名前が出る。

だが今回、やめようといいだす者はいなかった。全員が切羽詰まっていて、苛立ちを何かにぶつけたかったのだろう。本音をいえば、敦也は『丸光園』がどうなろうと構わなかった。前の館長には世話になったが、苅谷のことは好きじゃない。あいつが仕切るようになってから、施設内の雰囲気が悪くなった。

ターゲットに関する情報収集は翔太がやってくれた。後日三人で集まった時、「グッドニュースがある」と翔太は目を輝かせた。

「女社長の別宅を摑んだぜ。『丸光園』に来るって話を聞いたから、スクーターを用意して待機してたんだ。尾行して、場所を突き止めた。『丸光園』から二十分ほどだ。小奇麗な家だけど、あれなら楽勝だ。簡単に忍び込める。近所の人間の話だと、女社長は月に一度使うか使わないかってところらしい。おっと、その近所の人間に顔を覚えられるようなヘマはしてないから心配しないでくれ」

翔太の話が事実なら朗報だが、問題は金目のものがあるかどうかだった。

「あるに決まってるよ」翔太は断言した。「その女社長、上から下までブランド品だぞ。別宅にだって宝石とか置いてるに決まってるし、高価な壺とか絵が飾ってあるはずだ」

だよなあ、と敦也や幸平は同意した。正直いうと、金持ちがどんなものを家に置いているのか、全くイメージできなかった。頭の中にある絵は、アニメやドラマで見たリアリティのない金持ちの邸宅だった。

決行日は九月十二日の夜とした。特に理由はない。翔太のバイトが休みだというのが最大の理由だが、休みの日はほかにいくらでもあった。だから、ただ何となくだ。

移動用の車は幸平が調達してきた。整備工だった頃の腕前を生かしたわけだが、古い車種しか扱えないのが彼の泣き所だった。

そして十二日の夜十一時を過ぎた頃、三人は侵入を図った。庭側のガラス戸を割り、クレセント錠を外すという、極めてクラシカルな方法で簡単に入れた。ガラスにガムテープを貼ったので、破片が音をたてて飛び散ることもなかった。

思惑通り、邸内は無人だった。物色のやり放題だ。手当たり次第にかっぱらおうぜと気合を入れた。だがそこまでだ。気合は空振りに終わった。

家の中をくまなく探したが、ろくなものがないのだ。全身をブランド品で固めているはずの女社長の別宅が、なぜこんなに庶民的なのか。おかしいなあ、と翔太は首を捻るが、ないものはない。

その時だった。家のすぐ近くで車が停まる音が聞こえた。三人は持っていた懐中電灯を消した。すると次は、玄関の鍵が外された。敦也は股間が縮み上がった。何と、女社長がやってきたらしい。話が違うじゃないかと焦ったが、文句をいっても遅い。

玄関と廊下の明かりが点いた。足音が近づいてくる。敦也は腹をくくった。

11

「おい、翔太」敦也はいった。「おまえ、この廃屋をどうやって見つけたんだ。たまたまみたいなことをいってたけど、ふつう、こんなところまでは来ないだろ」

「うん、じつをいうとたまたまじゃない」翔太はばつが悪そうな顔をした。

「やっぱりそうか。どういうことなんだ」

「そんなふうに睨むなよ。どうってことのない話だ。女社長を尾行して、あの別宅を見つけたって話をしただろ。その前に女社長が、この店の前で停まったんだ」

「停まった？　何のために？」

「わかんないよ。何でか知らないけど、この店の看板をじっと見上げてた。それで気になって、別宅のことを調べた後、もう一度ここに戻ってきた。で、万一の時に使えるかもしれないと思って、場所を覚えておいたんだ」

「ところがその廃屋が、とんでもないタイムマシンだったってわけか」

翔太は肩をすくめた。「まあ、そういうことだね」

敦也は腕組みをし、低く唸った。その目を壁際の鞄に向けた。

「あの女社長、何者だ。何ていう名前だっけ」

「武藤……何だっけ。ハルコだったかな」翔太も首を捻る。

敦也は鞄に手を伸ばした。ファスナーを開け、ハンドバッグを取り出した。玄関の靴箱に置かれた車のキーに気づかなければ、盗み損なうところだった品だ。路上に停められた車のドアを開けたところ、助手席に置いてあったのだ。何も考えず、鞄に放り込んだ。

ハンドバッグを開けた。真っ先に紺色の細長い財布が目に入った。敦也はそれを取り出し、中を改めた。現金は最低でも二十万円はあるだろう。これだけでも忍び込んだ甲斐はあった。キャッシュカードやクレジットカードには興味なし。

自動車の免許証が入っていた。武藤晴美という名前だった。写真を見るかぎりは、なかなかの美人だ。翔太の話では五十歳を超えているという話だったが、とてもそうは見えなかった。

その翔太が敦也を見つめてきた。目が少し血走っているようなのは睡眠不足のせいか。

「どうしたんだ」敦也は訊いた。

「これ……これがバッグに入ってた」翔太が差し出したのは一通の封筒だった。

「何だよ、それ。どうかしたのか」

敦也が訊くと、翔太は黙って封筒の表を見せた。それを目にし、敦也は口から心臓が飛び出しそうになった。

ナミヤ雑貨店様へ——そう手書きされていた。

『ナミヤ雑貨店様へ
インターネットのサイトには、「一夜限りの復活」とありました。本当にそうなのでしょうか。でも本当だと信じて、これを書くことにしました。

ご記憶でしょうか。私は一九八〇年の夏にお手紙を出した、「迷える子犬」という者です。当時はまだ高校を出たばかり。本当に未熟者でした。何しろ相談の内容は、「水商売で生きる決心をしたが、どのようにして周りを説得すればいいか」という呆れたものでした。もちろんナミヤ様は、そんな私を叱責してくださいました。まさに完膚なきまでに。

でも若かった私は、簡単には納得しませんでした。自分の生い立ち、境遇を説明し、世話になった人々に恩返しをするにはこれしか手がないのだと粘りました。さぞかし強情な娘だとげんなりされたことでしょう。

でもナミヤ様は、「それならば好きにすればいい」と突き放すようなことはされませんでした。その代わりに助言を下さいました。これからどのように生きていけばいいのかという指標です。しかもそれは抽象的なことではなく、極めて具体性に満ちていました。いつまでに何を学ぶべきか。何を扱い、何を捨て、何に執着するのか。それは予言というべきものでした。

私はナミヤ様の助言に従いました。正直なところ最初は半信半疑でしたが、やがて世の中の流れがナミヤ様の見立て通りになっていると確信した頃からは、疑うことはなくなりました。

とても不思議に思っています。なぜバブル景気の訪れと、その崩壊を予測できたのか。なぜインターネット時代の到来を正確に予測できたのか。

でもおそらく、今それを私が問うことに意味はないのでしょうね。答えを知ったところで、何かが変わるわけではないのですから。

だから今私がナミヤ様に伝えたいメッセージは、次の言葉以外にありません。

ありがとうございました。

心の底から感謝しています。もしナミヤ様から助言をいただかなかったならば、今の私はありません。下手をすれば、世の中の底辺にまで沈んでいたかもしれないのです。あなたは永遠に私の恩人です。何のお返しもできないのがとても歯がゆいのですが、せめてこうしてお礼を述べさせていただきます。そして、今後は私が多くの人を救っていきたいと思います。

サイトによれば、今夜はナミヤ様の三十三回忌だとか。私がご相談したのが三十二年前の今頃。つまり私が最後の相談者だと思います。これも何かのご縁かと感慨にふけっている次第です。

どうか安らかにおやすみくださいませ。

かつて迷っていた子犬より』

手紙を読み終え、敦也は頭を抱えた。脳が痺れるような感覚がある。今の思いを口に出そうとするが、言葉が何ひとつ思いつかなかった。

ほかの二人も同様らしく、どちらも膝を抱えたままだ。翔太の視線は宙を漂っているようだった。

何ということだ。水商売の世界に入ろうとする女性を懸命に説得しようとし、未来の出来事を教えたのは、ついさっきだ。彼女は無事に成功したらしい。ところが三十二年後、敦也たちが彼女の家を襲ってしまったとは——。

「何かあるんだな、きっと」敦也は呟いた。

翔太が顔を向けてきた。「何かって？」

「だから……うまくいえねえんだよ。『ナミヤ雑貨店』と『丸光園』を結ぶ何かだ。目に見えない糸っていったらいいかな。誰かが空の上から、それを操ってるような気がする」

翔太は天井を見上げ、そうかも、といった。

あっと幸平が声を出した。彼は裏口のほうを見ていた。

ドアは開放してある。そこから朝の光が射し込んでいた。夜が明けたのだ。

「この手紙、もう『ナミヤ雑貨店』には届けられないね」幸平がいった。

「それでいいんだよ。だってこの手紙、俺たち宛てのものなんだから。そうだろ、敦也」翔太がいった。「この人が感謝している相手は俺たちなんだ。俺たちに、ありがとうございましたって書いてくれてるんだ。こんな俺たちに。クズみたいな俺たちに」

敦也は翔太の目を見つめた。その目は赤く、涙が浮かんでいた。

「俺、あの人のことを信じる。ラブホテルにするのかって俺が訊いたら、そんなことはないといってくれただろ。あの言葉に嘘はない。『迷える子犬』は、そんな嘘をつかない」

同感だった。敦也は頷いた。

「じゃあ、どうする？」幸平が訊いた。

「決まってるだろ」敦也は立ち上がった。「あの家に戻ろう。盗んだものを返すんだ」

「手足をほどいてやらないと」翔太がいう。「目隠しも。口のガムテープも」

「そうだな」

「その後は？　逃げるのか」

幸平の問いに、敦也は首を振った。「逃げない。警察が来るのを待つ」

翔太も幸平も反論はしなかった。幸平が、「刑務所かあ」と肩を落としただけだ。

「自首するんだから、執行猶予ぐらいはつけてもらえるよ」そういってから翔太は敦也のほうを向いた。「問題は、その後だな。ますます働き口がなくなるぜ。どうする？」

敦也は首を振った。

「わからねえ。だけど、一つだけ決めた。もう人様のものには手を出さない」

翔太と幸平は黙って頷いた。

荷物をまとめ、裏口から外に出た。太陽の日差しがまぶしかった。どこかでスズメが鳴いている。

敦也は牛乳箱に目を留めた。一晩で、この箱を何回開け閉めしただろうか。もう触れることはないと思うと、少し寂しくもある。

最後にもう一度だけ開けてみた。すると中に一通の封筒が入っていた。

翔太と幸平は先に歩きかけている。おい、と二人に声をかけた。「こんなものが入ってたぞ」封筒を見せた。

封筒の表には万年筆で、名無しの権兵衛さんへ、とあった。かなりの達筆だ。

封を開け、中から便箋を引っ張り出した。

『これは白紙の便箋をくださった方への回答です。お心当たりのない方は、どうか元の場所に戻しておいてください。』

敦也は息を呑んだ。たしかに先程、何も書いていない便箋を郵便口から投入した。この手紙はあれに対する回答なのだ。書いたのは本物のナミヤの爺さんということになる。

文面は次のように続いていた。

『さて、名無しの権兵衛さんへ。

わざわざ白紙をくださった理由を爺なりに熟考いたしました。これは余程のことに違いない、迂闊な回答は書けないぞと思った次第です。

耄碌しかけている頭にむち打って考え抜いた結果、これは地図がないという意味だなと解釈いたしました。

私のところへ悩みの相談を持ち込んでくる方を迷子に喩えますと、多くの場合、地図は持っているが見ようとしない、あるいは自分のいる位置がわからない、という状態です。

でもおそらくあなたは、そのどちらでもないのですね。あなたの地図は、まだ白紙なのです。だから目的地を決めようにも、道がどこにあるかさえもわからないという状況なのでしょう。

地図が白紙では困って当然です。誰だって途方に暮れます。

だけど見方を変えてみてください。白紙なのだから、どんな地図だって描けます。すべてがあなた次第なのです。何もかもが自由で、可能性は無限に広がっています。これは素晴らしいことです。どうか自分を信じて、その人生を悔いなく燃やし尽くされることを心より祈っております。

悩み相談の回答を書くことは、もうないだろうと思っておりました。最後に素晴らしい難問をいただけたこと、感謝申し上げます。

ナミヤ雑貨店』

敦也は便箋から顔を上げた。ほかの二人と目が合った。どちらの目も、きらきらと輝いていた。

自分の目もそうに違いないと思った。

初出

回答は牛乳箱に　「小説　野性時代」二〇一一年四月号

夜更けにハーモニカを　「小説　野性時代」二〇一一年六月号

シビックで朝まで　「小説　野性時代」二〇一一年八月号

黙禱はビートルズで　「小説　野性時代」二〇一一年一〇月号

空の上から祈りを　「小説　野性時代」二〇一一年一二月号

東野圭吾（ひがしの　けいご）
1958年、大阪府生まれ。85年、『放課後』で第31回江戸川乱歩賞を受賞しデビュー。99年『秘密』で第52回日本推理作家協会賞、2006年『容疑者Xの献身』で第134回直木賞を受賞。その他の著書に『殺人の門』『探偵倶楽部』『さまよう刃』『夜明けの街で』『麒麟の翼』『真夏の方程式』『マスカレード・ホテル』など多数。

ナミヤ雑貨店の奇蹟

平成二十四年三月三十日　初版発行

著　者――東野圭吾
発行者――井上伸一郎
発行所――株式会社角川書店
〒一〇二―八〇七八　東京都千代田区富士見二―一三―三
電話／編集　〇三―三二三八―八五五五
発売元――株式会社角川グループパブリッシング
〒一〇二―八一七七　東京都千代田区富士見二―一三―三
電話／営業　〇三―三二三八―八五二一
http://www.kadokawa.co.jp/
印刷所――大日本印刷株式会社
製本所――大日本印刷株式会社

ISBN 978-4-04-110136-0 C0093

Emma Gray is a young shepherdess who has lived on the National Trust farm Fallowlees in Northumberland for ten years, joined by her husband Ewan and their baby Len. She is a record-breaking trainer of sheepdogs, and competes in trials with her own dogs. Her first book, *One Girl and Her Dogs,* detailed her solitary life and search for love on her remote farm. Since then, Emma has starred in ITV's celebrity shepherding contest *Flockstars,* BBC One's *Countryfile* and BBC Two's *This Farming Life.*

Also by Emma Gray

One Girl and Her Dogs

Also by Barbara Fox

Bedpans and Bobby Socks
Is the Vicar in, Pet?
When the War Is Over
Eve's War

My Farming Life

Tales from a shepherdess on a remote Northumberland farm

EMMA GRAY
with Barbara Fox

SPHERE

SPHERE

First published in Great Britain in 2021 by Sphere
This paperback edition published by Sphere in 2022

3 5 7 9 10 8 6 4 2

A CIP catalogue record for this book
is available from the British Library.

ISBN 978-0-7515-8201-7

Typeset in Palatino by M Rules
Printed and bound in Great Britain by Clays Ltd, Elcograf S.p.A.

Papers used by Sphere are from well-managed forests
and other responsible sources.

Sphere
An imprint of
Little, Brown Book Group
Carmelite House
50 Victoria Embankment
London EC4Y 0DZ

An Hachette UK Company
www.hachette.co.uk

www.littlebrown.co.uk

To Ewan

PART ONE

Down On My Luck

Prologue

I huddled deeper into the grubby jacket I had found in the back of Dan's van. It wasn't the most flattering or savoury thing to pull on, but as it was freezing outside and not much warmer in the van, I hardly cared.

I shivered. Is the heating not working, I wondered, as I twiddled irritably with the controls on the dashboard. My body felt cold and achy, a consequence of celebrating the new year a little too enthusiastically. Dan grunted non-committally in the driver's seat. His jaw tightened the way it always did when he was annoyed, and I noticed how he stiffly stared at the road ahead.

Don't bother being civil, I thought, as the van ate up the frosty early-morning miles.

We had spent New Year's Eve in the pub in Alston, the small Cumbria town where my boyfriend's family farmed. People in these remote communities know how to celebrate, and Dan's friends were no exception. Everyone knows everyone else, and they are all as generous as each other when it comes to buying the drinks.

Towards the end of the evening, Dan and I had had a spectacular argument. I racked my brain to remember what it had been about; although I could remember the fight, the reason behind it eluded me. But that came as no surprise. We were always quick to fire and quick to forget. This time, though, it felt different. I had been able to sense the bubbling animosity building since waking up in the morning. Dan acted as if he could hardly bear to look at me, and my attempts at conversation had been thwarted. As I curled my legs under myself dejectedly, I resigned myself to a journey home in a hung-over silence.

It was the first of January. A new start; a fresh sheet. This was not the way I had imagined 2012 beginning. It would be my third year as tenant at Fallowlees, a farm near Rothbury in Northumberland, and it was supposed to be a good year. I had a partner by my side now, for a start. We had been together long enough for him to figure in my plans for the future.

A wave of nausea swept over me. Do not be sick, I told myself. That would hardly help the already strained atmosphere. I cranked the window open a fraction and a blast of bracing Northumberland air shook up the stale interior. Dan shifted and I saw his jaw tighten once more.

'I can close it if it gets too cold.'

He grunted again.

'What is it?'

No reply.

I couldn't spend the rest of the journey like this. 'Dan, what is wrong?'

And in desperation, 'Please, speak to me!'

Finally he turned to face me. I had expected him to look angry. Instead, I was shocked to see sadness etched in his features.

We locked eyes for a fraction of a second before he turned back to the road.

'I'm sorry, Emma, but I think we are finished.'

1

Bill

Fallowlees sits defiantly against the Northumberland weather, just as she has done for hundreds of years. She is the last stand against the march of the evergreen conifers, as the forest has slowly swallowed up all of the other farms. Modern society has left her well alone, a relic of the past: there is no telephone line, no mains electricity, gas or water. She has barely changed from when she was built, probably in the latter half of the eighteenth century.

It is always a relief when I turn the final corner on the shingle track home through Harwood Forest and see Fallowlees Farm between the parted trees. *Home*. Securing the tenancy on the farm was the best thing that ever happened to me.

And today felt like the worst. The unexpected dumping had left me feeling fragile, vulnerable. I thought about the book I'd written, all fresh from the printers, neatly finished with the girl getting her prince and living happily ever after. The countryside would be laughing at me now, I thought, and blushed with shame.

I could hear them all sniggering. 'She couldn't even keep a hold of her chap till the ink dried!'

Why, oh why did I put it all down in black and white?

In truth, I knew exactly why; and I would do it all again. I wouldn't be the first person to throw herself head first into a relationship thinking it would last for ever. And I wouldn't be the first to want to tell the world how happy I was. Nor would I be the last.

It was hard for me to think rationally about work with everything going on in my head, but I knew I had only one day to get my ducks in a row at Fallowlees before a four-week lambing stint began the next night. I had been looking forward to putting my back into lambing, earning some proper money. Now January stretched out in front of me like a prison sentence. Twelve-hour shifts, no going out, no seeing other people – just a long, lonely slog in the darkest, dreariest month of the year.

In fact, I was likely to remain alone for some time, as I had, in my wisdom, booked myself another lambing for March before dealing with my own at Fallowlees in April.

Work is a cure for everything, my dad would say, and to some extent I have always believed him. Directing whatever negative energy you are feeling into doing something useful can really help. With that in mind, I had borrowed a telehandler from a neighbour so that I could clear out one of the byres near the house. A telehandler is a bit like a tractor and a forklift truck rolled into one. More manoeuvrable than the former, it has a long boom that can be fitted with different attachments, and can be used to perform a wide variety of lifting, loading and emptying jobs. The byre had been full of junk – broken fence posts, carpet remnants, old lawnmowers – since I arrived at the farm. It seemed silly to sit around moping all day, knowing it would be my last opportunity for several months to get this job out of the way, and I had to return the telehandler to its owners the next day. So, with a sense of despair and hovering loneliness, I made a start on the day's task of emptying the contents of the byre into the telehandler's enormous front bucket.

I was twenty-three when I first saw Fallowlees. I was living in a cottage on my own, looking after nine hundred sheep on a farm about twenty miles north-west of Newcastle, when someone told me about the isolated National Trust farm that needed a new tenant. I knew very little about it, but once it was in my mind I found I couldn't stop thinking about it. A voice in my head told me that this might be the place and the opportunity for me, while at the same time another, more insistent voice told me not to build my hopes up. I was definitely too young, as well as painfully single. Would someone like me even get a look-in? I sent away for the particulars all the same.

When the fat envelope landed on my doormat a few days later, little did I know that Fallowlees was my future. The papers included just a single photo of the farm steading, taken from the lowest part of the farm on a summer's day. How I studied that photo! The stone farmhouse, the handful of outbuildings and the field – framed by a drystone wall – were bathed in a pale golden light. I think I started to fall in love with her from that moment. Even when I read about the lack of amenities, my enthusiasm didn't wane.

My parents – who run the family farm in Hawick in the Scottish Borders where I grew up – accompanied me to the viewing day, when I fell for it even harder. The farm was, in short, my dream made real. At one hundred and twenty acres, it wasn't a big farm, but it was big enough for me. In the fields I saw a flock of my own, as well as an ideal training ground for my dogs; in the barns and outbuildings I saw kennels for future champions. My vision for the future was all here, wrapped up snugly in this centuries-old property.

Seeing the competition I was up against, however, felt like reality smacking me in the face. If I had expected the isolation of Fallowlees to put people off, I had been mistaken. Despite the fact that we had left the road and driven up a four-mile, badly maintained forestry track to reach it, there were cars and people everywhere. I don't know which one of us was more surprised to see this – Dad, Mum or me. Older, more experienced-looking farmers were wandering around inspecting the different buildings; men and women with children in tow walked in and out of the farmhouse, looking as if they already belonged. People who wanted the place as badly as I did. People who looked somehow more deserving of it than me.

The application process that followed was daunting. I had to submit a business plan and work out cash flows and profit and loss accounts. I was out of my comfort zone, and wondered more than once if it was worth the effort. It caused frustration as well as the odd tear. But it got me an interview.

Nerve-racking though it was to face the panel, that was the easy part. Answering questions about farming was my bread and butter. After that, I just had to convince them to put their faith in me, a single young woman, and to banish any doubts they might have had about my living there on my own. If I say so myself, I was rather proud of the little speech I gave.

They must have seen something they liked, for a few days later I learned that the tenancy was mine if I wanted it.

Two years had passed since that day in January 2010 when I had moved into Fallowlees with a suitcase and my dogs. Overnight I had found myself responsible for a farm of my own, as well as continuing with my other shepherding work, a forty-five-minute commute away. It had been a steep learning curve at times, but I had come a long way by having to just get on with things by myself, with no one else to turn to. It was amazing what you could do when you had to.

Money had been a problem, and had forced me to make some difficult decisions. The most difficult had been selling Fly, my favourite dog. Loyal and loving Fly. It was almost too painful to remember her.

The byre clear-up operation was slow-going at first, but once I started making some visible progress, I began to gain a sense of satisfaction from the rhythm of the job. I should have done this earlier, I thought, as I saw all the extra space opening out in front of me. Backwards and forwards I went with the telehandler, to and from the byre. But no matter how hard I tried, I couldn't stop my mind wandering back to Dan and the break-up. Should I have seen it coming? Were there any signs

I'd failed to read? I thought back to that fun, crazy day we met at the Kelso tup sale sixteen months ago, which ended with a game of cabbage rugby! Things had moved pretty quickly – had it all been too quick? Dan was a farmer's son, so we had a lot in common right from the start, and shared a passion for sheep. He had his own job shepherding nearby. Over the past few months we had even pooled our resources and begun to build up a flock between us. It was meant to be for ever.

My brain just wouldn't switch off. Round and round it whirred, looking for clues and answers to what had gone wrong, driving me mad, then starting all over again.

The dogs, picking up on my feelings, lurked about the yard. I had three main dogs in my life, though I was always looking out for promising new pups. Roy was my best work and trial dog. Handsome and intelligent, he was in his prime. He was also the Casanova of my pack, never happier than when surrounded by females! Alfie, his second in command and six months younger, was a jolly dog with a heart of gold, who, though twice Roy's size, always deferred to Roy. He was also super-obedient and a great work dog.

Oldest of the three was dear old Bill, a massive, woolly mammoth of a collie. His eyes had a silver sheen and he was totally deaf, but the sight of the telehandler today had perked him up. When he was a young, fit dog and I used the telehandler regularly, driving it laden with silage bales to feed sheep and cows miles away, he would run alongside, barking out his joy and flagging his tail, defending the feeders aggressively and noisily against any livestock who dared to venture too close while I filled them, allowing me to drop the bales of silage into them without trapping any greedy heads in the process.

I got a lot of shepherding work thanks to Bill's reputation. He could put a thousand ewes through a dipper (to rid them of parasites) and clear a hill in ten minutes flat. Not a trial dog, perhaps, but honest and brave.

'Remember those days, Bill? You do, don't you!'

I had forgotten until now how much he had loved that job, and it was a delight to see the youngster in him getting excited again. He stuck near me all day, woofing his enthusiasm and paddling his arthritic paws whenever I turned on the ignition.

That was one consolation. No matter what happened, the dogs were always there for me, steadfast in their loyalty.

'Shame I can't get a man like you!' I told Bill. Not that he could hear me.

January days are short, and it was growing dark before I knew it. I chucked the last lot of wood into the bucket and fired up the machine. I'll take it round the back to burn – a nice fire will cheer everything up, I thought, as I drove up the road.

Maybe I was destined to be single. It wasn't going to be easy to meet someone new. I had the baggage of a farm and a heap of dogs and sheep, as well as living miles from anywhere. I knew that the distance from so-called 'civilisation' scared a lot of people, who tended to panic if they couldn't get to a shop in a few minutes or pick up the phone for a takeaway. But I wasn't going to leave here for anyone.

Maybe I was a lost cause.

All these thoughts were jostling into each other in the turmoil that was my mind.

As I prepared to make a right turn into the field, I felt the whole front right-hand side of the telehandler lift up, move over something and thump back down.

A thick wave of dread swept through me.

No! Please, not Bill.

But I already knew.

I jumped down and flew round to the tyre. There was Bill, lying prone behind the wheel.

'No! No! No!' I was screaming, even though there was no one to hear me.

'Bill! Bill! Bill!'

He was motionless; he made no sound but his eyes flickered. He was alive.

I scooped him up and ran.

2

Delphi

'So that's about it,' said Ian the shepherd, finishing the tour he was giving me of the lambing shed. 'I'm sure you'll manage OK.'

I mustn't have said much, and he gave me a sidelong look. 'Are you all right?'

I had turned up a bit broken to my lambing job. I hadn't said anything about Bill as I wasn't sure I could trust myself. It was still so raw. I'd been working for Ian at the farm down the road on a part-time basis for as long as I'd been at Fallowlees, and he knew me well enough to be able to tell that something was wrong – not that it was difficult to miss my swollen, bloodshot eyes.

'I ran over Bill yesterday,' I choked. 'I had to have him put down.'

There was a moment's pause, then, much to my surprise, Ian put an arm around me, kind of awkwardly, and gave me a squeeze. Shepherds are not typically demonstrative creatures.

The human contact was more than I could cope with and fresh tears sprang to my eyes.

'I'm so sorry,' he said. 'It's hard to lose a mate like Bill. No one knows what it's like to lose a working dog, and Bill was a special one.'

It's true, the relationship between a working dog and its owner is different to anything I've experienced: you rely on each other in a way that doesn't exist anywhere else. It's a rare kind of partnership and the bond forged is very powerful. I had rescued Bill after finding him chained to an old kennel on a farm. The farmer had a reputation for tying dogs he deemed useless to a heavy block and drowning them in the sheep dipper. He was happy for me to take Bill off his hands.

'Mind,' the farmer had said as a parting shot as I led Bill away, 'he'll never make a work dog in a million years.'

It took less than a month to prove him wrong. I'd left college and was flat out with contracting work, and before I knew it Bill and I were easily getting to grips with huge numbers of sheep. After my move to Fallowlees he was my right-hand man, and we'd often arrive home after dark, exhausted and dirty but satisfied at a job well done. He passed the reins to Roy and Alfie as he got older, and more recently spent any left-over energy arthritically patrolling the molehills in and around Fallowlees. This mainly involved enlarging the mess the moles had already created. He never caught one, barring the one he presented to me still enclosed in its trap!

Losing a workmate in their twilight years was bad enough, but actually being responsible for it was heart-wrenching. I knew only too well that if I hadn't been indulging in self-pity

I might have noticed Bill before I started turning the corner. I kept thinking how overjoyed he had been to run alongside the telehandler again and it made my heart tighten and twist. A dog of mine had suffered a similar accident when I was a girl. Dad had failed to see Bess, my best friend and my pride and joy, while operating a telehandler. I was grief-stricken. But that story had a happy ending as, despite her serious injuries, Bess had surprised us all by pulling through and going on to live a long and fruitful life.

There's nothing I can do, the vet had said as I turned up with Bill. He's had a good life, it's time to let him go. I took him home and buried him under the sycamore trees. Roy and Alfie watched on patiently as I dug his grave. I think digging a dog's grave is a rite of passage: it gives you pause to reflect on all the times you had together, and it is the final act in the play of the life you shared, before the curtain falls.

Ian let go of me. We both coughed and looked at the ground self-consciously.

'I'll leave you to it, then,' he said.

I took a proper look round at what was going to be my home for the next month. A lambing shed full of pedigree Suffolks and Texels, with a smattering of Ian's Leicesters for good measure.

Suffolks are big-boned, heavy sheep with strong dark heads and long floppy ears. They are noted for their large appetite and docile nature. Texels are white-faced sheep, often structured like a pig, with a beefy bum and a short muzzle.

The Leicesters were Ian's 'pack' sheep – these are sheep

that a paid shepherd is allowed to keep for free at the farmer's expense, as a kind of bonus. If a shepherd is good, the number of his pack will often increase year on year. Ian had twelve Leicesters – tall, elegant creatures, with long necks, bodies and ears. They have very fine wool and the gentlest nature of all sheep.

My own flock at Fallowlees was a mishmash of all sorts of breeds, mostly Blackfaces, well-suited to the rough ground, but I had also collected a few dodgy characters over the years. One of these was Peggy, a stunning Texel I found in a pen waiting to be shot when I turned up to work on a farm one day. Her crime? A broken leg. I saved the farmer the bullet, took her home and set her leg. She was quite a character, often finding her way into the yard to share Bill's dog food. My pride and joy, however, was the twenty-strong flock of (almost) pedigree Texels I had bought, despite knowing deep down that they wouldn't suit the ground. I think I was trying to show Dan what a hotshot I was by buying these really good sheep. So far they had managed fine, but I treated them with kid gloves, even more so now they were all in lamb.

I had also recently added a horse to the menagerie – not the shaggy, cobby type of pony I ought to have bought for myself, but a broken-down racehorse, a thoroughbred bay. What was it about me and other people's reject animals? It seemed to have become a bit of a habit.

Delphinia – Delphi for short – was thin-skinned and had a history of teeth problems. Looking up her race record, I saw she had either fallen or failed to finish most of her races. Added to that, she was a wind-sucker. Wind-sucking is something of a vice in horses. It is a behavioural condition where a horse swallows air as it bites an object, such as the paddock fence, accompanied by a gulping noise. It isn't uncommon in race-horses and may be the result of stress, or boredom, or even just copied from other horses with the same affliction.

Delphi was the most unsuitable horse I could have found.

She was also in foal.

But she was just so beautiful! Right from the minute I saw her, all sixteen hands of her, I knew she was coming home with me. I bought her for the price of her wardrobe (her rugs, saddle, bridle, and so on) – cheaper than meat money, I was told later. She had the sweetest nature of any horse I'd ever met. She simply didn't have the killer instinct for the racetrack.

Since I didn't have any cows, I kept her in the big cattle shed, bedded deeply in straw, wearing three rugs and an old duvet. Although I bought her on impulse, I didn't regret it for a second.

I had been watching her growing gradually rounder. I didn't know exactly when she was due, but her previous owner guessed it would be some time in the early spring. I read up on pregnant horses and the literature told me to watch for wax on her teats as a sign of impending labour.

I realised quite quickly that night shift was going to be a grind. I was used to the fast pace of a busy lambing shed, popping out lambs all over the place. But the pedigrees weren't going to fall into that category. There were just one hundred ewes, their deliveries spread out over nearly a month. It's hard to keep concentration levels up over such a long shift when there isn't much going on, and that's when mistakes are made. Mistakes with valuable pedigrees are unacceptable.

One of Ian's pack sheep quickly gave me something to worry about, popping out four lambs in quick succession, none of which were particularly thrifty. I spent most of that first night coaxing them to feed and nurturing them as best I could.

I was proud to present the new crew to Ian as he came to take over in the morning.

'Grand,' he said, clearly delighted by the now healthy-looking lambs, all four of them tups (males). Relieved they had made it, and pleased to hand over the reins, I gave Ian a quick tour of the rest of the sheep, very much like a handover on a hospital ward when the day staff take over from the night shift. Then I got in my car, ready to leave.

I was about to turn on the engine when I heard Ian shout out. It didn't sound good. I dashed back to the shed, only to see him holding two of the Leicester quads, stone dead.

'She's only gone and bloody lain on them!'

Ovine infanticide – it's not uncommon, especially in multiple births.

Although saddened, as well as annoyed that my night's work had gone to waste, I was also relieved it hadn't happened on my watch. That's sheep for you, I thought.

At home I let the dogs out and fed and checked my own flock, before wearily making it over the threshold. The heating was on and my bed was beckoning. It took me a few seconds to realise that Dan had been in to collect his things while I was at work.

It felt like a final kick in the teeth.

When I got into bed I was so miserable that, exhausted though I was, I couldn't get to sleep. I turned this way and that, adjusted my pillow, but it was no good. Daylight streamed through the curtains as my body clock fought against the change in schedule. Putting the light back on, I flicked through a little booklet I'd won in the new year's raffle at the pub. It was a collection of Border collie memories and stories. On the last page was a poem. I swear I felt my heart break as I read it.

A Dog's Prayer

If it should be that I grow weak,
And pain should keep me from my sleep
Then you must do what must be done,
for this last battle cannot be won.

You will be sad, I understand;
Don't let your grief then stay your hand,
For this day more than all the rest,
Your love for me must stand the test.

We've had so many happy years,
What is to come can hold no fears,
You'd not want me to suffer so,
The time has come, please let me go.

Take me where my need they'll tend,
And please stay with me until the end,

Hold me firm and speak to me,
Until my eyes no longer see.

I know in time that you will see,
The kindness that you did for me,
Although my tail its last has waved,
From pain and suffering I've been saved.

Please do not grieve, it must be you,
Who has this painful thing to do,
We've been so close, we two, these years,
Don't let your heart hold back its tears.

Writer Unknown

3

Coquet

After the long nights of the pedigree lambing in January, I had little respite before heading to my next job, which was also a night shift.

The second lambing was much more my style: twelve hundred ewes, all inside, meant that my twelve-hour shift was busy and gave me little time to contemplate how lonely and isolated I had become. I hadn't seen anyone other than at my lambing handover since the beginning of the year, and working in permanent darkness had done little to raise my spirits after the fiasco of January.

By the middle of March, everything had become a bit of a grind. I was struggling to sleep during the day and becoming very tired on my shift. I was looking forward to getting back into a more natural routine.

One day, I thought, I would give up this contracting work and concentrate on my own farm. (But Fallowlees wasn't big enough to provide a proper living so I would need more land – and how was I going to afford that?) One day I would train champion sheepdogs. (But that took time – and time was a cost I had to account for too.) I had a hazy picture in my head of someone beside me, sharing the joys and the struggles in this future existence. (But how was I going to meet that person? Chance would be a fine thing!) I was too much of a dreamer, that was my trouble. In twenty years' time I'd probably still be here, on my own – the strange lady with the dogs; Heaven help me!

I was looking forward to lambing my own flock of one hundred ewes, particularly the (nearly) pedigree Texels. Each night as I returned home after night shift and before I left for the next one, I would feed my girls and enjoy just watching them. They looked outstanding – fat and healthy. I also couldn't wait to see the Mule lambs, my favourite sheep. Mules are the cross produced from the mating of a Bluefaced Leicester ram and a pure-bred hill ewe – in my case, the Blackies (Blackfaces). I might have been lambing sheep for a long time, but lambing your own is something different, special, and I couldn't wait.

I had a short window between the end of my second night shift and the beginning of my own lambing. I used this time to catch up on all the paperwork I had been letting slide for the past few months. It had been weighing on my mind, and although lambing was the perfect excuse to ignore it, I knew I couldn't leave it much longer.

I really dislike paperwork, but, frustratingly, farming seems to generate such a lot of it. Bills especially.

So it was with a mixture of emotions that I headed off to see my accountant one dreary day at the end of March. On the one hand, I was happy to be out and about in daylight. But on the other, I wasn't really looking forward to the fluorescent office lights or the disapproving look of my accountant under them as he eyed my badly organised heaps of receipts and my mangled paperwork.

My accountant was based in Berwick, nearly two hours' drive away. I was going to be away for most of the day.

All was well at the farm when I left. The sheep were fat and in good order, the Texels in the front field with Delphi the horse on the best grass, and the Blackies, which are hardier beasts, on the higher part of the farm where the grass is rougher.

Delphi looked huge! I felt sure she could go any day now. I regularly checked her for waxy teats but had seen no sign of this yet. The foal is going to be too big to get out if she cooks it any longer, I thought.

It was nice to be wearing normal clothes, and I left the house feeling quite respectable, and pleased I was finally going to get this job out of the way. Despite its inconvenience, I enjoyed the drive, and it was always a pleasure to get that first glimpse of Berwick nestled within its hefty walls. Seeing people going about their business there helped me to realise that the world was in good working order, even if I didn't get to see it these days.

My accountant greeted me with a handshake and asked me to sit down.

'So, how are things, Emma?'

'Great. Fine, thanks.' As I presented him with all my

documentation, I couldn't help thinking that what he was about to read would belie my bullish reply.

Was it my imagination, or did he seem to sigh a lot as he went through it all, asking me questions along the way?

'A horse now, too?' He raised an eyebrow.

'Oh yes, she's a shepherding pony. Tough little thing. Essential for the farm.'

I gave him my most winning smile as I thought of beautiful, pampered Delphi, all long delicate legs, and hoped he couldn't tell I was lying.

He was looking at all my receipts now, showing the purchase of farm equipment, sheep, silage . . . I could sense him working up to something.

He coughed. 'Well,' he began, putting everything into a tidy pile, 'you have a good, saleable service to offer in your contracting, and that's where you make your money. The farm is – how shall I put it? – a drain on your business.' He paused for a second, and patted the pile of papers. 'Now, Emma, if you were to . . .'

I cut him short.

'I realise that, honestly I do, and I'm working really hard to make the farm pay its way. But I've only been doing this a couple of years, and businesses can take a long time to establish. It's early days, really.'

I knew I was babbling, but I would defend my farm and every creature on it to the hilt. Why, if I decided to buy a unicorn I would have a good reason for my decision!

I smiled again. 'I'll get there in the end. I'm an optimist.'

I suspected as I left his office that optimism and accounting didn't really go hand in hand, and that optimism had been the ruin of many a business.

I was in a more cheerful mood as I drove home. The job was done – until the next time, anyway.

I can see Fallowlees a mile from home. There is a moment when I'm on the highest part of the road where the gap in the trees frames her like a beautiful picture. But on this occasion, the picture wasn't quite right. I could tell there was something wrong. Normally the sheep in the front field would be evenly distributed, like a polka-dot pattern on green material; this afternoon they were clustered in little white mobs in the corners. There was no sign of Delphi.

When I got out of the car I was shocked by what confronted me. There was wool all over the ground in the front field, and the sheep stood, dirty and traumatised, on churned-up clumps of earth. Many of them were bleeding from wounds on their faces and necks. I still couldn't see Delphi anywhere.

I knew instantly it had been a dog attack. A public footpath runs alongside the field, making it easy for a dog off its lead to get in. Sometimes I saw dogs off-lead in the forest, the owners assuming there was no livestock around until stumbling upon the sheepy little oasis of Fallowlees. Perhaps one of these dogs had set off after a deer and happened upon the sheep? There were all sorts of possible scenarios. What I did know, I thought grimly, was that the owner of the dog or dogs that had carried out this attack would know what had happened. The dogs could not have done this without getting covered in blood themselves.

It couldn't have come at a worse time. So close to lambing,

the strain on the ewes' bodies was already great. Sheep are also very vulnerable to stress and I could see how badly this had affected them.

I quickly assessed the damage. Six sheep were missing, as well as Delphi.

I was frantic as I ran round the field trying to locate them. In the bottom corner I saw that the gate had been smashed and was lying in splinters on the ground. Beyond it, under the trees in the next field, stood Delphi with my missing ewes. I was breathless when I reached them. I saw to my relief that they were all unhurt. I wondered how they had got to safety. Had Delphi destroyed the gate, or could the panicking sheep have done it? Did the dogs fail to spot them making their escape and spare them the attack, or did Delphi defend herself and her little flock against the assault? I would never know, but at least they were safe.

I went to soothe Delphi and check her over. She seemed none the worse for wear. A quick look at her developing udder revealed, yep, waxy teats. Impeccable timing.

I gathered up the Texel ewes as best I could with Roy and Alfie. (I always wonder if they were distressed as, confined to their kennels, they heard the sounds of the carnage that was taking place but were unable to help.) The wily Blackies on the higher part of the farm had completely escaped the notice of the dogs and were grazing nonchalantly, as I had left them.

When I had them all inside, I surveyed their injuries. Thank goodness for their big thick fleeces, which had protected them like woolly armour from the worst of the attack. A few of them had bites to their legs, and several had lost great chunks of fleece. The ewe who had suffered the most had severe facial injuries and had lost the whole of her top lip.

I rang the vet to ask for his advice. He warned me that with them being so heavy in lamb, there might be worse to come.

I injected the worst-bitten with antibiotics and gave sugary water drench to those who looked flat and exhausted. All of them came to feed, which I took as a good sign, as a really sick sheep would not want to eat.

It was a deeply upsetting experience for me. I could hardly believe I had been so unlucky – my one day off from the farm in months, and disaster had struck. After such a bad start to the year, I had thought I was due a change in my fortunes. Surely I deserved it! I can usually find a bright spot to focus on, but at that moment I felt very low. I hoped that my run of bad luck wouldn't extend to Delphi's foaling.

I checked regularly on Delphi throughout the night, setting my alarm every two hours. I would love to say I was there for the birth, but she foaled first thing in the morning, when I was having a nap. Foaling, it turns out, is a far faster affair than lambing or calving.

She gave birth to the most strikingly marked little colt. I named him Coquet, after the valley and river where I enjoyed shepherding most. Coquet had also been the name of a horse my mother rode when she was young. My sisters and I had grown up hearing about this magnificent creature, and the name just seemed to suit the new arrival.

Coquet was exactly as I had imagined: dark bay like his mum, with four knee-length socks, a white face blaze and two thick white flashes on his withers and rump. Delphi was a natural mother and adored him right from the outset.

Karma, of course, was at work, as during the night one of my Texels died, the stress of the attack being just too much. It wasn't entirely unexpected, but I hoped now that the rest of them would be OK. The ewe missing a top lip seemed to have rallied, though the poor thing looked a fright. Otherwise they were quite the picture – a racehorse, her gypsy-coloured foal and a heap of pregnant Texel ewes all sharing the same shed space, munching happily on their hay.

Time for some good things to happen.

4

Big Daddy

It came as no surprise when the Texels didn't have a good lambing that April. A number of the lambs had died inside the ewes, the stress and violence of the dog-worrying having been too much. This made the births more difficult as the birthing fluids just aren't the same when the offspring are stillborn. However, Peter, the farmer at my previous lambing, gave me a stock of 'pet lambs' as a kind of bonus to replace the ones I had lost.

Lambs become pet lambs when they are orphaned or, more commonly, when a ewe gives birth to more lambs than she can happily rear herself – for example, a ewe having three lambs, or producing milk on only one side of her udder. In these cases a farmer would take one of the lambs away and rear it on the bottle. Most commercial sheep producers don't like pet lambs: they are difficult to rear on artificial milk and are more susceptible to ailments, so Peter was happy for me to take them off his hands.

In an ideal world, each ewe in my care would rear two lambs, one for each teat. If a ewe gave birth to a dead lamb, a pet lamb could be the answer for both farmer and ewe. I would take one of the pet lambs and soak it in the birth juices of the dead lamb. Then I would tie the pet lamb's legs so that it would appear to be newborn, struggling to stand for the first time. A ewe's hormones are so overwhelming at this time that she wants a baby to fall in love with and will hopefully accept this impostor as her own. This technique generally saves a lot of heartbreak. There can be no worse sight than a ewe looking for her dead lamb – and they do. All of their instincts are crying out for something to love, and if I can give them that something, they are none the wiser that it is not their own, and everyone is happy.

Fortunately, only the ewes who had been most worried by the dog attack lost their lambs; most of my other girls rallied and gave birth with no problem. Even Lippy had a single ewe lamb, who gave not a hoot about her mother's disfigured face. And of course those tough old Blackies gave birth on their own, out in the open, with very little intervention from me.

I had tried to make the best out of a bad situation, but I was so shaken by the dog-worrying that I wasn't keen to leave the farm. This, coupled with the solitude of months of lambing, meant I hadn't seen a friend or gone out for a drink – not even a coffee – since the previous year.

I found myself living on bowls of cereal – fast, easy and requiring zero creativity. I knew it wasn't healthy, I knew I was in a mess, but I also knew that summer was round the corner and I was hopeful I could shake off my apathy when I needed to.

Fortunately my contracting work came along and got me out and about again. The demand for contract shepherding is usually at its greatest directly after lambing, and this year was no exception. The arrival of May found me travelling to a different farm each day. I was often employed by farmers who didn't have sheepdogs, pleased to have me bridge the gap in their workforce. I would do whatever jobs needed doing, which at this time of year included gathering ewes and lambs for the first time, clipping all the muck off the ewes' tails, dosing lambs for worms and foot-bathing them. I had around three thousand sheep between the four farms I contracted for and I was never short of work.

This year I had also picked up a contract from my old college, Kirkley Hall, where I had spent an enjoyable year as a fresh-faced seventeen-year-old studying sheep management, with Bill by my side. They had asked me to look after the sheep on their massive hill farm, Carlcroft, as Geoff, the shepherd there, hadn't been well. It was possibly the nicest work I'd had since starting up my contracting business.

The daily commute from the forest up the valley is as pleasant a one as you will find. The road clings to the Coquet all the way up to the foothills of the river's birth, flanked by steep hills. Proper sheep country – which makes for proper dog country.

The hills of the Hope and the Slyme are familiar to me as I lambed them during those student days. I'd heard that right up until the 1860s there used to be a Slymefoot pub, an old meeting place for drovers and smugglers, located where the Rowhope Burn meets the River Coquet. There's nothing left of it now, but it's fascinating to think of the people who have walked the ground before me.

When I reached the farm I used the quad to drive around both hills inspecting the flock. Roy, Alfie and the youngsters enjoyed running alongside the bike. They all loved the solid two hours of exercise.

Driving a quad on the hills of the Coquet in late spring must class as one of the most enjoyable things on earth. It's like the land that time forgot. You feel as if you are the only person for miles around. However, you might not be! I remember getting caught short one day after too many morning cups of tea – no facilities anywhere on the hill, of course; you have to get used to powdering your nose alfresco. I was just about to, you know, when seemingly from nowhere, a squaddie in full camouflage stirred about twenty feet away from me. I'd like to say I didn't scream, but I would be lying. And it echoed for ages! I was mortified, and he looked pretty embarrassed too. The hills are owned by the Ministry of Defence and used regularly for training. Since then I've always been a bit more guarded when it comes to calls of nature.

My favourite part of the morning was always coming across the wild goats. They have to rank as some of the most extraordinary creatures I have ever seen. They can usually be smelt before they are seen. The billy goats have a unique stench, like a very overripe goat's cheese left out in the sun. They are big, shaggy creatures with huge, upright curved horns, like some demon from a storybook. Most of them wear a dark grey colour, but one billy, I assume a very old one, had developed a light silver back like a gorilla. He carried the most impressive horns and seemed to be the dominant male. I guessed he was the father of the majority of the kids. I named him Big Daddy. The nannies were hardy little ladies, with much smaller horns. Since the weather had been so good, many of them had kids that year. The goats aren't protected, nor are they farmed, nor do they seem to be hunted. They just exist in the valley like they have for hundreds of years. Apparently they have been roaming the hills since Neolithic times, when they probably escaped from farms. They are said to bring good luck and ward away the devil, which would explain why they have escaped persecution for so long.

One day, on finding a little batch of billies nearby, I set Roy the challenge to go and gather them, just to see what would happen. Roy worked his socks off and brought them close enough for me to film them on my phone, a clip I still have to this day. But even tough old Roy couldn't hold the goats together for long before they split every which way and disappeared into the hills.

The terrain on the hills can be treacherous, and sticking to the quad tracks is the best and, really, the only way to operate safely. The tracks are exactly where they need to be for the shepherd to check and gather the hills effectively; they follow paths all over the hills, and have done since the invention of the quad. Constant use keeps them alive, easy to find and easy to use.

I once found a quad track going up a very steep part of the Hope. I needed to gather some sheep and it was a long way round. I figured if the track was there, it meant Geoff had made it with the bike, and therefore I could too. I put her in gear and with a never-say-die attitude, zoomed her up the hill, knowing that I couldn't stop or slacken off or all would be lost. En route I felt the bike's front tyres lighten and lift a bit. I couldn't help but think of an accident my dad had had at about my age when an old three-wheeler bike had turned over and landed on top of him while he was climbing a hill like this one. Despite his broken back, he had somehow managed to crawl back to the farmhouse, where Mum had called an ambulance. I was shaking like a leaf and my heart was pounding when I made the pinnacle. I decided Geoff was a far braver person than me, and vowed never to do that again.

I discovered later that the track was a 'down only' route.

'No one would be dumb enough to do that one uphill,' Geoff confirmed.

I remember nodding and agreeing that someone would have to be pretty stupid to try it, while biting my lip and hiding a blush.

Thanks to the combination of approaching summer and doing a job I enjoyed, I was slipping out of my despair. Life at Fallowlees was getting sweeter. The sun was shining. Coquet was a daily delight and quite the entertainer. However, he was a cheeky chap, not averse to giving the odd nip. It was around this time in early summer that I had a special visit from the crew of the television programme *Tales from Northumberland,* hosted by Robson Green. They were keen to see what life was like on such a remote farm. I took Robson, a devoted racer, to show off my own racehorse and her foal. Robson held out his hand to Coquet in the time-honoured way, hand flat, no fingers loose. Coquet gave it a sniff and looked ever so gently at Robson before biting him square in the middle of his palm. I could hardly believe it was possible! He didn't do any serious damage, thank goodness, and Robson, being a good sport, just laughed, but I swear I could see Coquet sniggering from his spot beside his placid mother. I think Coquet enjoyed being the only man on the farm. He was surrounded by women, and that's how he liked it. He was growing up thoroughly spoilt.

Northumberland County Show, the start date in my social calendar, was just around the corner. But a day at Mum and Dad's was in order first. I hadn't seen my family for ages.

5

Muirfield

There is a fever that is caught by horses, cows, sheep and farmers alike. They call it spring fever. Symptoms include a lightness of step, a feeling of motivation and an enthusiasm for life. You might even call it euphoria. Horses will buck unexpectedly, cows will kick up their heels, lambs will frolic and even weary shepherds, finally released from their lambing garb, will crack a grin!

I had spring fever. I felt that the tide was finally turning. Lambing was over and I had earned some money. The sun was out and the grass was growing. Those months of hard grafting had been good for me, I reflected, as I set off for Muirfield, Mum and Dad's farm in the Borders, on the first weekend in June. I felt as if I was finally getting Dan out of my system. Heartbreak had been followed by acceptance. There were other dividends, too: I had lost weight and toned up. I was feeling excited about the future.

It was the day before county show day, when all of the

farmers in Northumberland congregate to show off their stock in what is the first show of the season. Everyone would be shaking off their winter woes and sharing tales of the trials and tribulations of lambing as they gathered with friends in the beer tent. I was looking forward to being one of them. My farming friends would all be there and it would be the perfect opportunity to catch up. It felt like an even bigger deal for me than usual as I hadn't been anywhere since New Year's Eve. I had a lot of news to share, that was for sure. It was also the weekend of the Queen's Diamond Jubilee celebrations, and I could sense the carnival atmosphere in the air.

But always before fun comes work. I was helping my parents to gather in their 'hill' – a hundred acres of rough grazing. Bess, my first sheepdog – the one who had recovered from the accident with the telehandler – had passed away not long ago at a grand old age and my parents didn't feel the need to replace her when I could come up on the big days with my team, something I was more than happy to do. It was strange not to see Bess there. Though our relationship had changed since I left her with Mum and Dad when I went to college – I had soon been usurped by Mum as number one in her affections – she always came over to greet me and have a fuss made of her.

'Hello, stranger!' Mum gave me a hug.

It was good to see her again. I realised how much I'd missed my family these last few months.

People assume I got into farming largely thanks to Dad, who was in turn influenced by his own father, Grandpa Len. But actually, I think if it hadn't been for Mum, I might never have become a farmer. Although Mum wasn't born into a farming family, she quickly had to learn as it was foisted upon her. Like a lot of farmers' wives, she was the one holding the fort, getting on with the day-to-day jobs while Dad was doing other work away from the farm to make ends meet. As the oldest child, I was often helping her, trailing around after her, learning as I went. Seeing a woman coping like this, in what is traditionally a man's world, was a big factor, I reckon, in my decision to follow in the family profession.

'Where's Dad? I'd better say hello before I get started.'

'He'll be back later. But come and have a cup of tea first, we haven't seen you for ages. What's new? Have you been looking after yourself?'

'Oh, work, work and more work. Not much to tell.'

'Well, Caroline is inside. Go and let her know you're here.'

My sister Caroline is three years younger than me and we've always been close. I popped my head round the door to tell her we'd have a proper catch-up later and she shouted back that she'd put the kettle on ready. Then I went back outside to get on. Mum made sure I admired the new dog box fitted to the bars on the back of the quad. I had long been an advocate of having something comfortable for the dogs to ride on, and hated to see dogs crouching on the factory-basic bars. These bars also made them vulnerable to broken legs, as they could get them caught when they jumped off. After making suitable appreciative noises about the improvements, I set off on the quad, Roy and Alfie riding on the new dog box, to gather the two hundred ewes and lambs from the hill.

Ewes and lambs are tricky to move the very first time after

lambing. Sometimes a ewe would rather stand and fight the sheepdog than be moved on. Other times they like to crouch in the longer grass and rushes and try to hide. The worst scenario is if the lamb loses contact with its mother and starts to panic; the lambs don't understand the dogs as well as their mothers do, and often run in the wrong direction in confusion.

It takes a great deal of skill on the dogs' part to move the flock down to the farm in these early weeks. The dogs need to be quiet and sensible in order to coax the protective mothers in the right direction and find the ewes who are hiding, and to be patient, to try to keep the lambs trotting along with their mothers.

Roy and Alfie were both pros at this. I sent one off in each direction and gave them the odd instruction via a whistle. A toot of the bike horn was enough to set a lot of the ewes in motion – most of them knew the drill as well as the dogs.

Things were well under way, the flock heading in the right direction, and I was enjoying myself. The ground was radiating life, the clover blossom releasing a heady scent as the tyres passed over it. The grass was dry and could have done with some rain, but with not a cloud in the sky it didn't look as if it would be watered any time soon.

Towards the end of the gather I saw across the side of the old quarry a ewe and two lambs who had pushed through into a section of the farm fenced off for wildlife, no doubt tempted by the lush grass. I sent Roy slipping through the fence to outpace them and direct them back to the main flock.

As he was wheedling the ewe out of the field, they dipped out of my view behind the quarry. Now Roy was good, but the ewe was aggressive without the protection of the flock and wanted to fight. I needed to be able to see Roy in order to guide him, so I drove the bike round the edge of the quarry to get the best vantage point.

It wasn't new to have an escapee in the wildlife field, nor was it unusual for me to drive so close to the quarry. That day, however, I was concentrating so hard on not allowing the ewe to hurt Roy that I drove slightly too high on the quarry's edge. The next thing I knew, the whole right side of the bike was tilting up into the sky. I saw a sudden view of brilliant blue above me before the heavy machine rolled on top of me, crushing my body into the ground.

I know it is a cliché to say that these things happen in slow motion, but that's exactly how it was. I could feel the bike pressing onto me, squashing me into the earth. I tasted soil in my mouth. The weight was so heavy, I couldn't breathe, I couldn't move.

Then it was off, careering down the hill, end over end.

But I still felt as though the bike was there; I could still feel its weight on top of me, flattening me. And I still couldn't breathe. I started to gasp like a floundering fish, but my lungs wouldn't inflate. Was this how it would all end for me, in a field on my family's farm? Images flashed across my mind – Fallowlees, my parents, my dogs. Would I see them all again?

I could hear myself groaning. I was still alive then. Now I had to make sure I stayed alive.

Gradually, a tiny bit at a time, I managed to suck in some air. To start with it was like breathing through a straw, tiny sips, then I managed a little more, wheezing like an old man.

Roy, having abandoned his ewe, came running over to offer me moral support.

Eventually I managed to sit myself up, but when I tried to get onto my feet I felt an excruciating pain in my back. I had obviously forgotten the agony of being winded.

I surveyed the damage to myself. Part of the bike had slashed right through my jeans and left a long, bloody mark on my thigh, but other than that I appeared to be unscathed. Apart from the pain in my back, I felt OK.

The bike, however, had come to a stop at the bottom of the slope and was in less good shape. I groaned as I noted the smashed dog box – its first outing had turned into its last! Mum was not going to be happy. Luckily the quad had landed back on its wheels and looked drivable.

I shuffled off to retrieve it. Each step was agony, but I needed to finish the gather – to let the sheep go back to the hill now would have wasted the whole morning's work. After a wretched few minutes, tears streaming down my face, I reached the bike and made to swing my leg over the saddle, but try as I might I just couldn't do it. Every time I tried to raise my leg I felt a stab of agonising pain. After a few attempts I gave up and set off to finish the gather on foot. I'd have to come back for the bike later.

Alfie had already pushed most of the ewes homeward by himself, and at my command Roy set off to give him a hand. I left them to it – they knew the drill by now.

The final two hundred yards were a struggle as I could only walk very straight-legged with my chest pushed forward. I watched as Alfie and Roy chivvied all the ewes and lambs into the pens, then went to break the news to Mum that I had not only broken her dog box and left the bike stranded, but I wasn't going to be able to help with the next job, dosing the lambs, because I was struggling to move. My breathing still felt stilted.

Tears sprang to my eyes when I tried to explain the pain. I'd expected Mum to be annoyed, but seeing the state I was in she sent me up to the house for a cup of tea, dealing with the enormous drove herself. In the kitchen Caroline took one look at me and rang the cottage hospital.

'They're sending an ambulance,' she said, putting the phone down.

'That's ridiculous!'

She shrugged. 'Wonder if they'll have to cut your clothes off?' she questioned with a grin.

'I bloody hope not! Here, help me take off these wellies, just in case. They're my favourites.'

The ambulance arrived unbelievably fast, which further embarrassed me. I was hardly an emergency. The crew agreed on this, after finding me on my feet and walking around. But protocol was protocol, and would I just lie on this stretcher please.

At the hospital the doctors wanted an X-ray and a scan.

'Honestly, there's no need. Please just give me some pain-killers and I'll be good to go.'

I was thinking of the county show the following day. The day I'd been looking forward to for so long. Nothing was going to keep me from being there.

Caroline waited with me, perusing the ancient magazines, while I was wheeled off to various rooms. I lay for ages on a trolley before a female doctor I hadn't yet seen came in and shut the door carefully behind her.

'I'm sorry to say that you've broken your T12 vertebra. It's unstable.'

I gasped. Caroline stopped, mid page-turn, and looked at me in horror.

'I'd better ring Mum,' she said.

It was the bank holiday weekend with only a skeleton staff working at the hospital. The country was celebrating and I was confined to a hospital bed, a physical and emotional wreck.

'You have been a very lucky young woman,' the doctor had said.

Lucky? I didn't feel very lucky. But it turned out that if it hadn't been for Caroline's quick thinking in getting me straight to hospital, I might never have walked again.

I couldn't get my head round what had happened. Breaking my back while doing what to me was an everyday job, a routine activity, seemed such a ridiculous way to almost cripple myself. I imagined backs were broken in high-speed car chases, or motorbike crashes, not a ten-miles-per-hour quad roll. But then I remembered that day on the Coquet hills when the bike had almost tipped, and my dad's accident all those years ago. There was no doubt about it: a small mistake could have far-reaching consequences. I cursed myself for not being more careful. Crazy how history was repeating itself. Thankfully, I could reassure myself with the knowledge that Dad had made a complete recovery.

*

Where am I?, I wondered as I opened my eyes the next day to the sound of nurses' voices and a ward being woken. I hadn't slept well, thanks to the pain in my back and the unfamiliar noises. It was a shock to remember where I was and why I was there.

My ward was full of elderly ladies having hip replacements. As the morning wore on and they each took their turn to walk past my bed, using their walking frames for support, I realised that they were more agile than I was. I tried to return their smiles but I knew I probably looked as grouchy as I felt.

To say I felt sorry for myself is an understatement. All I wanted was to be on my two feet, up and out of here, seeing my dogs again, seeing the sheep and Delphi and Coquet. Never had the most humdrum of my daily jobs held such an allure.

There were six beds in the ward and one television on the wall next to the window. I watched the Queen's Jubilee celebrations on that little screen. It was all a bit hazy as the morphine had started to take effect.

My phone pinged with messages from friends asking where I was, telling me to meet them at the bar. Telling me to get a move on. Reception was good enough to receive the messages but never good enough to reply, and it wasn't as if I could get up and move to the window for better service.

If I get out of here, I thought – *when* I get out of here – there will be no stopping me. I really will turn my life around.

I cheered up a bit when my parents, Caroline and my other sister, Elizabeth, the youngest of the family, came to visit, bearing fruit and sweets and books.

'Fallowlees is just fine,' said Caroline, who was looking after the farm in my absence.

'The dogs are missing you, though,' added Elizabeth, who was also helping out. Elizabeth was the one who took pride in knowing all of my dogs' quirks and personalities, so I knew they were in good hands. All the same, my sisters' comments brought tears of guilt and self-pity to my eyes.

Mum saw my distress. 'There's nothing you can do, so don't worry, we're taking care of things. Make the most of the rest.'

But I did worry. I was anxious about all the jobs I should be doing and places I should be going to. It wasn't easy for anyone to placate me.

Oh, I was grateful, of course I was. When you're in a situation like that you are hugely thankful for our amazing NHS. But I felt so helpless, and for possibly the first time in my life I couldn't do anything about it. It was bringing out the worst in me.

All the same, I managed a smile. 'Thank you. And please thank everyone else who's mucking in.'

I stayed in hospital for a week. They say to leave your dignity at the hospital door and pick it up on the way out, and I found this to be sound advice. Stretched out on the bed unable to move meant having to suffer the indignity of bed baths and being rolled onto those cardboard pots to wee into at regular intervals. I stopped eating the moment I arrived and didn't touch a thing throughout my entire stay. There was no way I was going to suffer the ultimate humiliation of performing that other bodily function in situ. Most of the nurses were kind and understanding, but I think my hunger strike was challenging for them. I know at least one of them was glad to see the back of me when I went home!

It wasn't a pleasant experience, but I knew I was lucky: that I would get up at the end of it all and walk away. That it could, in fact, have been so much worse.

6

Dreams

I left hospital on a sunny June day wearing a corset brace from my neck to my hips. It wasn't the sexy Victorian-style corset I had been imagining when the word 'corset' was mentioned – more of a gladiator-style bondage get-up in white plastic with painted black metal trim.

Caroline came to take me back to Mum and Dad's. She whizzed me out of hospital in a wheelchair as if she was my getaway driver.

'That was so funny, you thinking you were still going to the show when you had broken your back!' she quipped, as we careered into the car park.

'Hey, slow down! I feel like an escapee on the run!'

I managed to grin at my foolishness, though I was still sore about missing the show. It would have to wait till next year, I thought, as I eased my way carefully into the back of Caroline's car. To my surprise she hopped into the back beside me before crawling through the gap to install herself in the driver's seat.

'The front door packed in,' she told me as we drove off.

I giggled. Caroline and cars were an ongoing saga that rivalled my own often fraught relationship with them.

I had already asked Mum to contact everyone she could and let them know I wouldn't be able to work for a week or so, but it was evident now that that was going to be a much longer period. I had to stay at my parents' farm while I healed and got used to the brace, and one of the first jobs I did on my arrival was ring up and cancel all my forthcoming contractual work. I hated doing it. I felt guilty and unreliable. Even worse, it meant I had zero income until I was able to work again. I was used to getting by on very little, but this was supposed to be one of my busiest and most profitable times of the year. I had my lambing money, of course, and I could survive on that, but I'd been planning to invest it in things for the farm rather than fritter it away on just existing. I felt as if my dreams had been ripped from me.

I was a terrible patient. Frustrated and restless.

I knew I had only myself to blame. I thought of how the year had panned out up until now – breaking up with Dan, Bill's death, the dog-worrying and now this. One thing after another. Perhaps I wasn't cut out for this life after all.

Dad gave his mum a ring to tell her what had happened. Grandma Gray is the widow of Grandpa Len, the grandfather who gave me Bess when I was a thirteen-year-old girl. A farmer's wife and mother of seven – three boys and four girls – she had seen it all. Dad and his brothers Toffa and John, all of whom had gone on to be farmers, had given her plenty to worry about when they were growing up – and a fair bit in adulthood, too! I guessed that on the danger scale my accident would rank only around midway when compared to some of my uncle Toffa's exploits. Fortunately Granny took the news in her stride.

It was at times like this that I realised how important my friends and family were. Caroline stayed at Fallowlees by herself in the early days of my recovery. She looked after the farm and commuted an hour each way to her job in Newcastle as a dog groomer in her unreliable one-door SEAT Leon. It was a weight off my mind to know someone was there. I knew it must be a great effort and highly inconvenient for her, but she never once complained.

Mum and Dad went down to treat my ewes and lambs, setting up some makeshift pens in the polytunnel. They were helped by my dear friend Archie who, despite being in his seventies, was still one of the most capable shepherds around.

Archie and I met somewhere in the mists of time, when I was starting off as a young shepherdess. He'd always been there to lend a hand and give me advice when I needed it.

'Emma Gray, what have you gone and done to yourself, yer daft bugger?' said the voice at the end of the phone one day as I sat there feeling sorry for myself.

I swallowed, and tried to give a breezy reply. Underneath the bravado I knew Archie would be worried about me.

He drove up to Fallowlees for several days in a row, even though it was quite a commute for him and his car was less than suitable for the track, and gathered in all of the sheep with his ageing Border collie, Dale. Mum and Dad couldn't have managed without him as none of my dogs would work for them – sheepdogs often won't work for other people.

After a few weeks I was allowed back to Fallowlees on strict orders. I was delighted to be home. Restricted by my brace, I couldn't bend down, I couldn't pick anything up, I couldn't carry things, but I was mobile, and that was all that mattered. Caroline, Elizabeth and Mum popped down when they could to do the heavier tasks.

I quickly discovered that there was one thing I could still do without too much difficulty: train the dogs. At least the older ones, whose obedience I could rely on. And train them I did. Roy and Alfie had never been so fit.

Sometimes I would lead Delphi on long walks in the forest, with Coquet and the dogs tagging along. Coquet was the apple of my eye.

I was used to being alone, but there was a difference between my chosen isolation and having it forced upon me. I realised I was starting to live a rather sad existence. When I wasn't walking or training the dogs, I was just mooching about. On my own. I had to admit it – I was lonely.

But this lack of structure also gave me a lot of time for contemplation: time to think about where I was going and what I wanted. My dreams seemed so outrageously big, so unreachable, but I wrote them down anyway.

First on my list: I wanted to find a way I could give up my contracting. This had only been reinforced by my accident, as I now had the additional worry of the stress that looking after a large number of sheep would put on my now fragile back. Contracting is far harder work than normal farming because you have a greater number of sheep to look after. You also don't tend to get the more enjoyable parts of the job. Just the jobs no one else wants – like gathering in the sheep in freezing rain, or tailing dirty lambs in concrete pens under a burning sun.

Secondly, I wanted to be better at competing with dogs. I had already had some success at trials, but I wanted to make the big time. I wanted to be known for my dogs more than anything.

To achieve the above I also wanted more dogs – who doesn't! I wanted to be able to spend more time with them, and to provide them with state-of-the-art kennels and lots of exercise space. I also wanted to be able to generate an income from the dogs – not by training other people's, as I had done in the past, but by choosing and training the best-bred dogs I could to the highest level and selling them.

I wanted to improve the appearance of Fallowlees – to get rid of junk, to keep it tidy, to make it work better for me.

Finally, I really wanted to find someone to share it all with. The five previous months had made me realise how vulnerable I was on my own. Sometimes I scared myself by wondering what would have happened if I had had the accident at Fallowlees rather than at Mum and Dad's place, with no one to overrule me when I thought I didn't need medical help. But it wasn't just that – the fact was, I might have been used to living and working alone but I was not a recluse, not by any means. I didn't choose to live at Fallowlees to get away from people; I just accepted the solitude as part and parcel of the farm. Now I wanted someone to share this amazing life with me. And it was an amazing life! I may have had my troubles, but I was realistic enough to know that they did not define my existence. I was doing my dream job, and how many people can claim that?

How was I going to achieve any of these things, though? They were big asks.

It was around this time that I heard on the grapevine of a farm that was coming up to let. In some ways I was surprised to find my interest piqued. I had never given any thought to leaving Fallowlees. But the more I heard, the more I realised that Broomhouse might help me to fulfil some of my dreams. Like Fallowlees, Broomhouse was a National Trust farm on the Wallington Estate, close to the house and gardens of Wallington that are such a popular Northumberland tourist attraction. When I also heard that they weren't specifically looking for a farmer, but for someone who could work with the National Trust to bring more visitors to Wallington and encourage them to explore what farming is all about, I became even more interested.

Perhaps taking this step in a slightly different direction was the way forward for me, and would enable me to earn a living while also allowing me to spend time training my dogs.

7

Arthur

Broomhouse had got me thinking, that was for sure. I kept leafing through the brochure, wondering if it might be the move for me. I was still having to take it easy, and used some of the extra time I had to sort out all the paperwork I had amassed. In the stack, I came across some information about the Environmental Farming Scheme, something the Wallington Estate was keen to get its tenants involved in. It was a voluntary scheme in which farmers who were accepted were given support to carry out environmentally beneficial farming practices, a matter close to my heart. The scheme was made up of three levels, the higher level being most relevant to me: this involved making changes to agricultural land in order to provide habitats for particular species of wildlife.

Fallowlees itself hadn't changed physically since I took over the tenancy, but I had made several improvements. I had fitted new gates, and had a go at repairing some of the drystone walls. Drystone walls don't just keep your cattle where they are supposed to be, or act as windbreaks – they are a sanctuary for wildlife. Mice, voles, birds, toads, newts and insects all seek refuge in their nooks and crannies. The walls have their own microclimates: a south-facing wall provides a sunny environment favoured by warmth-loving insects and basking reptiles; a north-facing one provides refuge for lovers of cool dampness. Wild flowers can put down roots in the shallow, nutrient-poor soil that might develop in the gaps. But these benefits decline if walls are not maintained or are allowed to collapse. Fallowlees might never be a highly productive farm, but this was an area where she could outshine the others. I hoped that the scheme might enable me to get a grant and have the walls repaired by a professional. I was only too aware of my own shortcomings as a builder.

So it was that I had an expert come to the farm to evaluate whether Fallowlees had enough environmental value to be considered. Arthur Davis was the man who turned up. How could I know that meeting him would be the first step in realising my dreams?

Having a stranger on the farm felt unsettling, particularly as he was there to 'analyse'. It had been a while since I had dusted off my social skills, and in the silence of the Fallowlees kitchen, I found them a bit rusty.

After Arthur had sat down with his paperwork and accepted my offer of a coffee, I was mortified to find out I didn't have any! As he was sitting with his back to me, I hastily poured some boiling water into an ancient Nescafé jar in which some coffee was welded to the bottom after too many wet teaspoons. I gave it a rough shake, tipped it into his mug and presented it to him.

He sipped it without expression while talking me through what the higher-level scheme entailed. He was very knowledgeable. I listened and nodded and tried to ask some intelligent questions. He then took a walk by himself around Fallowlees, making notes as he went. As I was still limited in my mobility, I knew that the farm wasn't as tidy as it might have been, but hoped that Arthur might still see its potential. All the same, it felt odd, and a little bit intrusive – like someone checking to see how tidy your bedroom is. I couldn't help feeling judged, wondering if Fallowlees – and myself, by extension – was up to scratch.

I've always been careful to farm extensively – farming with little input of labour or investment relative to the land being farmed – as it's really the only way to manage an upland farm, where levels of agricultural productivity are low. I know of farmers on short-term leases who have to take what they can get while they can, exhausting the ground in the process. But I knew I was at Fallowlees for the long term – well, I had thought I was until Broomhouse started putting ideas in my head! – and I was happy to go with the pace of nature and work with what suited the farm. Consequently, I felt that what I was doing already suited the wildlife, or at least I hoped it did.

'Your farm looks like a good candidate for the scheme,' Arthur announced.

Phew.

'Your best option would be to create more habitat for ground-nesting birds – you already have some lapwings and curlews, and it wouldn't surprise me if there were snipe here too.'

I nodded.

'That would involve getting some cows. You see, their grazing action and the varied growth it encourages, along with their movements treading on the rough ground, help to create the right combination of bare ground and thick cover needed for the birds to nest and for the chicks to avoid predators. Is that something you could do?'

'Of course,' I replied, panicking a little. I've always been a people-pleaser and my natural instinct is to say yes.

'Yep, I can get cows, no problem,' I continued, while my mind made some frantic calculations about how much they would set me back.

We talked about it all in more detail, then, as he packed away the paperwork, Arthur caught sight of the letting particulars for Broomhouse.

'Are you thinking of moving?' he asked, pointing to the brochure.

'Yes, well, I'm going to apply.' Then with sudden inspiration, I quipped, 'You don't fancy representing me, do you?' An agricultural consultant would be the perfect person to help with my application.

Arthur smiled but shook his head. 'I'm sorry, I would love to but I'm already representing someone else.'

'Oh, OK, of course.' I tried not to sound too disappointed.

'But, you know, I do represent people who are involved in share-farming practices. It might be something for you to think about if you are serious about wanting to expand.'

I nodded. 'Yeah, that sounds interesting.' I wondered if that meant he thought I was unlikely to succeed with Broomhouse.

We shook hands. 'I'll be in touch,' he said, before driving his nice car tentatively across the crater-ridden farm road.

A few days later Arthur rang to say that he had submitted my application for the higher-level environmental scheme and that it looked promising. He also mentioned that although he couldn't advise me on Broomhouse, he knew some people who might be able to help me with my proposal.

'They have a couple of farms and do a lot for farming in the area. They know what they're talking about, and I really think you'd find them helpful if they were to look over your application. I've told them all about you.'

He gave me the telephone number of John and Rosalind Murray.

PART TWO

Bouncing Back

8

Broomhouse

I had worn the brace for six weeks. Once it was off, in the middle of July, I could officially return to work. At last! I could hardly wait! I had been told to take it easy at first, and I did try, though I dare say the doctors wouldn't have been too happy about some of the inventive ways I got round certain jobs. But I wasn't going to do anything foolish; I knew how lucky I was.

Broomhouse was consuming my thoughts more and more. The farm was to be let in November. This farm was the real jewel in Wallington's crown, an in-bye farm (not a hill or upland farm) with lots of nice parkland field running alongside Wallington Hall itself.

Fallowlees and Broomhouse might have been relatives, but they were from different branches of the family. One was the affluent family member with a good job and deep pockets; the other was the impoverished cousin struggling to get by. Broomhouse was fertile and well sheltered; she benefited from mains electricity and water, and a telephone line. Fallowlees consisted of poor upland grazing and was exposed to all weathers, while a generator provided electricity. Broomhouse was only ten minutes' drive from the village shop in Kirkwhelpington. At Fallowlees it took me fifteen minutes just to get to the bottom of the forestry track and onto a proper road!

I couldn't help thinking that all of the above meant that Broomhouse would make it far easier for me to meet (and keep?) the man of my dreams than Fallowlees.

It was also way beyond the reach of any farm I could imagine running for so many reasons, but I thought I might have a trump card to play. The National Trust didn't so much want a farmer as someone to entertain and inform the public – someone to help increase the footfall to Wallington itself, to bring farming closer to the community and to strengthen the connection between food and farming. A people person.

This was where I thought I could shine in a way that old-fashioned farmers might struggle. I was a sociable person. I especially loved talking and showing off my passion for dogs and farming.

It was probably an unachievable dream, but I had to give it my best shot. I would be a wild card, and sometimes even wild cards succeed.

The viewing day for Broomhouse was bright and sunny. Interest in the farm had been so great that Anna Shiel, the National Trust agent, and Paul Hewitt, the countryside manager, had staggered arrivals so that they could meet everybody. But you'd hardly have guessed it as there were cars everywhere.

Viewing a farm is a funny experience for all involved. Farmers who are normally friendly and gossipy become gruff and non-communicative on spotting a fellow farmer on a viewing day. People will pretend not to see you, and I'm sure I do the same. No one wants anyone else to know that they might be tendering for a farm. But when a fertile and productive farm like Broomhouse becomes available, well, anyone with the slightest interest wants to see it for themselves, and it's impossible not to bump into people you know. And yet, when you do meet, if you really can't avoid it, the pretence continues, and the conversation skirts around the elephant in the room. Perhaps it is simply that none of us wants to show our hand. Perhaps we are scared of looking foolish should our own proposal fail to succeed. Whatever the reason, everyone is kind of stilted and embarrassed. Even those who seem assured on the surface can't hide a hint of their inner turmoil. How much is the farm worth to them? Could they move there? Do they *want* to move there? Could they afford to offer more than the rest? Bids are confidential, and although agents often say it's the candidate that matters, it is their job to fund the estate and therefore in their interest to prove themselves by securing a high rent.

I felt enormously sheepish – if you'll excuse the pun – turning up on my own in my battered pickup. I had made an effort to dress well, to present what I hoped was the right image to the agents. But standing there alone, clutching the farm particulars in a clammy hand, I felt self-conscious and out of my depth. I was the only single person there among several family groups, many of them accompanied by their agricultural advisers. Everyone was dressed in cords or chinos with a Schoffel gilet. They looked as if they had stepped out of the pages of *Horse & Hound* magazine. I was like Bridget Jones turning up to a party without knowing the dress code.

Broomhouse didn't disappoint in the flesh. It was a truly beautiful farm. With more than twice the acreage of Fallowlees, and a mix of arable and grassland, I could see the extra opportunities it offered. The ground seemed to be made of milk and honey; rich and fertile, any type of animal would thrive on it. And the farmhouse looked a lot more comfortable than Fallowlees, less raw and rugged. Well, that wasn't terribly hard! I suppose I fell in love with it a bit – perhaps not in that head-over-heels way I had fallen for Fallowlees when I first saw her, but a love resulting from having an older, wiser head on my shoulders. Life would certainly be easier here in the lowlands.

Once I got home I was quick to get to work on my proposal for the farm. I had big plans and needed plenty of time to think them through properly and get them on paper before the deadline.

The core of my plan was a sheepdog centre; this seemed particularly appropriate when the father of the modern Border collie, a dog called Old Hemp, had been born in the village of West Woodburn, a stone's throw from the Wallington Estate. I wanted to give dog and duck displays (my displays with Indian Runner ducks, which the dogs herded like sheep, had been popular in the past). I could offer lessons in dog training and give the public access to lambing. I pictured tractor and trailer rides so that visitors could see parts of the farm they couldn't on foot. I imagined sheepdog trials on the large parkland in front of Wallington Hall. I made it very clear that I was happy to work with the Trust at every stage, that I would listen to what they thought would work and that it would be very much a two-way process.

I really felt inspired by my plans. I even dared to feel a little optimistic.

Not long after, I heard on the grapevine that I was one of the favourites for the farm. I was surprised, but secretly rejoiced in the gossip. It invigorated me. I looked at the business plan again and made some improvements.

One Friday evening I had a call from Arthur. He asked how the application was going and I replied that I was pleased with it, on the whole, but that I was struggling with a few figures.

'Remember those people I mentioned?' he said. 'John and Rosalind Murray are actually my in-laws. I think you'd find them really helpful. Perhaps you should meet them.'

A couple of days later I found myself driving along the red tarmac road that swept steeply up a hill above the market town of Rothbury, with butterflies in my stomach.

I knew the Murray name. Everyone did. They were farming royalty in these parts, and they helped to run an evangelical church in the nearby village of Thropton.

Cartington Farm, the Murray home, was daunting and, well, unexpected. I had never come across a farmhouse quite like it. Perched on the highest hill in Rothbury, surrounded by large and well-manicured gardens, it sat in dignified splendour. It was less of a farmhouse, more a stately home. It was overlooked by a rather magnificent ruined castle.

But in the end, the meeting wasn't nearly as intimidating as I had anticipated.

A lady gave me a warm and generous welcome at the door, ushering me through the high-ceilinged porch. This was Rosalind Murray. Rosalind gave off a sense of attentiveness and a lively energy. I imagined she was the sort of person who would always be busy. The hall I found myself in, though impressive in size, felt homely, thanks in part to the photos and news cuttings that were pinned to boards flanking either side of it. I was just admiring the cuttings, including one showing a man receiving an MBE from the Queen at Buckingham Palace for services to the community and education, when the man in question emerged from the end of the hall.

John Murray shook my hand firmly. Right from the outset I knew I was going to like this family.

They ushered me into a conservatory, where I gasped at the view of the Coquet Valley spread out in front of me.

'This must be one of the best views in Northumberland!' I exclaimed, and the Murrays agreed that they were very fortunate.

I could have sat there all day, just looking, watching the comings and goings in the valley below.

Rosalind poured tea from an elegant pot and pushed delicious cakes on me. Never one to turn down a piece of home baking, I was more than willing to indulge.

Of course, I thought to myself, once I had settled in my chair, I ought to have known there was no need to get stressed about the company, for despite the grandeur, John and Rosalind were farmers like me, and farming is the best leveller. Be you lord or labourer, if you have farmed you have lots of common ground. Sheep, in particular, have little regard for your station in life – they will do something dumb or reckless regardless.

After a while we came to the real reason I was there: Broomhouse. John and Rosalind both had some ideas about my proposal, and I found talking it through with other people helped me to see some things more clearly, as well as giving me new ideas to think about. The afternoon slipped away quickly and enjoyably. When I got up to leave I felt reinvigorated, and John and Rosalind gave me their vote of confidence.

A few weeks later I hand-delivered a bound copy of my vision to the National Trust office, complete with glossy photographs, carefully worked-out spreadsheets and gross margins for the first three years. I had struggled with my proposal for Fallowlees, and this one was even more detailed, but I had more of a business head on my shoulders now. I don't mind admitting that I was very proud of this proposal. And optimistic, too. Seven candidates would be selected to go through to the interview stage. I had to be one of them.

9

Mr Tumnus

I always was a bit of a dreamer. Every report card I brought home, from the start of my schooldays to the last, said pretty much the same thing: 'Could do so much better if she stopped dreaming and applied herself.'

But I love to dream! My lifestyle gives me such a lot of time for contemplation that to this day, even when I am working, I can just zone out and switch into automatic mode. It helps kill some of the monotony of my job.

And contract shepherding can be monotonous. I don't dislike any of the jobs it entails per se, but when you find yourself doing each one of them hundreds of times over – whether it be dosing, shearing or foot-trimming – the novelty can start to wear off.

But after a long period of imposed rest, I was back at work which, oddly, seemed like freedom after the time out. I had felt very guilty about letting down my contracts, and I was now working double time to catch up.

Thankfully my favourite contract was waiting for me, the one with Kirkley Hall. They had arranged for Michael, a student, to cover for me when I was bedridden. We would discover we shared a similar outlook on life and would go on to become great friends.

I had wondered how it might feel to get on a quad bike again. But actually, it was fine. It felt good to be in the driver's seat once more. I was just happy to be back.

When I arrived Michael told me about a large wet hole on the track where he had got the bike stuck twice. Quads are amazing things – they go almost everywhere, and it takes a lot to get them stuck, but it does occasionally happen. This particular track had been well used for many years but for some reason had become washed away. I scoffed at Michael for letting it happen twice and not learning his lesson the first time.

By the time I left the farm in the autumn, I had made the walk of shame from that particular wet spot back to the farm steading three times. Michael took great glee in my discomfort when he found out.

After the long hours spent at the kitchen table preparing my application, it was good for my own mind and soul, as well as for the dogs, to spend a few hours cruising the hills I loved so much. It was a cracking summer and the ground was bursting with life. Rabbits pricked up their ears and scarpered when they heard me coming, and birds on the wing called out to each other.

I was just rounding the top of the Hope, a long way from the farm steading, the dogs jogging casually alongside, when I heard a terrible scream. It was truly horrifying, like a person – a small child even – caught in a trap. The dogs, hackles raised, like true protectors jumped on the bike and hid behind me, growling unsteadily.

Again it came, a heart-rending wail. There's a kind of dread that seeps into you when you hear a sound like that. Part of me just didn't want to know what it was – wanted to close my ears and head in the other direction – but the other part of me knew I couldn't ignore it. Imagine if it was an abandoned baby, or a walker who had met with an accident? Unlikely, perhaps, but the papers are full of all sorts of strange occurrences and I could rule nothing out.

I continued along the valley, listening for the sound. I could smell the billy goats nearby, and as I rounded the corner into the plantation, I saw some of the large males gathered. They were vigorously assaulting something with their horns, and it was the creature on the receiving end of this attack that was emitting the awful noise.

There in the midst of them stood a little black and white goat, trembling and panting. He clearly didn't belong to this herd of wild goats, but had decided he wanted to join them. He just wouldn't leave the other goats alone. When the wild goats thought he had had enough of a beating from their curled horns, they would turn to leave. But every time that happened, the little black and white goat, battered though he was, would pick himself up and follow them, panting and bleating pathetically. The billies would go a short way then turn round and start attacking him again. He was a dogged little chap, that was for sure.

As soon as they saw me the wild goats ran off like deer. This little goat must have been someone's pet once, as he trundled over to the bike, showing no fear of me.

His neck was bald where he had previously worn a collar, and his ear tags had been cut out to hide anything that might have identified his owner. It was clear he had been dumped. Perhaps it had been carried out with decent intentions – perhaps his owner had thought he would be accepted into the wild goat community. But it was obvious that that wasn't going to happen.

He was a cute little fellow and appeared to be well fed, with a bit of a pot belly. He had stunted horns, not the impressive, scimitar-like ones that some of the wild goats had – his were more akin to upside-down ice cream cones. He seemed pleased to see me, and was unperturbed by the dogs. I tied a bit of orange baler twine round his neck and, still on the bike, proceeded to lead him back down to the steading. The dogs, thoroughly disgusted by this interloper, trotted along behind.

Back in the steading I had a predicament. I couldn't put the goat in the back of the pickup with the dogs as one of the parties would end up having a rough time. But I could hardly put him in the back seat. Or could I?

Of course I could. The goat hopped in as if he had been travelling in cars his whole life. I tied his makeshift collar to the Jesus handle and set off, hoping to hell I wouldn't meet a police car.

Just out for a drive with a battered, overweight, abandoned goat, Officer!

Back at Fallowlees, I wondered what on earth I was going to do with him. For one thing, I didn't need a goat. But this plucky little character was a real sweetheart. I put a dog collar on him and attached him to a dog tie-out stake on the lawn in front of the house while I decided on my next step.

I've done it again, I thought. I've adopted another hopeless case! This wasn't just a habit, it was an addiction. I'm sure a shrink would have had a field day with me. 'Do you feel rejected yourself, Miss Gray? Are you a loner, isolated, in need of love?'

I already knew what I was going to call my latest addition: it had to be Mr Tumnus.

Ten minutes later, Mr Tumnus was hot-footing it across the lawn trailing the stake behind him. He gave a bleat of recognition as he saw Delphi and Coquet in the front field. The gate wasn't an issue as he made a surprising jump for one so portly and cantered across to join them, the stake clanging off the metal five-bar gate.

He ran straight up to Delphi, bleating with joy. She sniffed him appreciatively with her gentle nose before going back to grazing. For Mr Tumnus it was love at first sight, and from that moment on he was never far from her side.

His welcome from her son was less enthusiastic. Coquet instantly viewed Mr Tumnus as a rival. He was furious, and chased the new addition round and round his mother with angry squeals, bites and kicks that only just missed their target. Mr Tumnus was untroubled, settling eventually for the safety of a spot under Delphi's belly. He had found his place in the world and the love of his life all in one go!

And so I had yet another addition to my farm. Mr Tumnus, like the faun in the Narnia books by C. S. Lewis, would prove to be as big a character as his namesake.

10

Penny

Every day I hoped I might hear about Broomhouse. Perhaps I hadn't made it after all, I thought, as no letter or phone call was forthcoming. Yet I had enough confidence in my proposal to feel I should at least make the interview stage. As I waited for news, I carried on with my plans for the higher-level environmental scheme. I knew from my conversation with Arthur that cattle were the next step for Fallowlees if I wanted to be accepted for the scheme. In order to function well, every good livestock farm needs a mix of cattle and sheep to complement each other and keep the grazing right. The cattle eat the brash and less palatable grasses and make way for the sweeter grass to come through for the sheep. Their trampling action also helps to clear the ground of rushes and bracken.

The most cost-effective way to begin a herd at Fallowlees, I reasoned, would be to buy the cattle at their cheapest, in other words, as newborns. But then I would be faced with the problem of how to rear them. Pet calves, like pet lambs, don't thrive on artificial milk. And if I were to go down that route, I would have the added bother of being tied to regular bottle-feeding, something made difficult by my daily contract work. The real crunch, however, was that I really didn't have the funds for cattle, newborns or not. Those six weeks of not working had played havoc with my bank account. I would just have to wait.

Then one day a location scout for ITV's detective drama, *Vera,* appeared at the door like a fairy godmother. He had been briefed to find a remote farmhouse in a bleak location.

Music to my ears!

ITV had filmed an episode of *Vera* at Redpath, a derelict house on my land, a few years earlier. Knowing the state of Redpath inside and out, I had thought it was a joke at first, but had been assured that the farmhouse was just what they were looking for. They had decorated the whole interior and it had been unrecognisable when the programme aired. This time they wanted to use Fallowlees, and I knew they paid well. What a stroke of luck!

OK to redecorate? he asked.

Yes!

Set up a canteen marquee?

Yes!

Use your house for a week?

Yes!

Borrow your car?

Yes!

In fact, yes, yes, yes – to everything!

The funds had no sooner hit my account than I used half the sum to buy my first generation of cattle for Fallowlees. If I was successful in my bid for Broomhouse, well, the cows would come with me.

Early one morning, I drove into a deserted car park at Hexham Mart. Although dawn had broken several hours ago, the weak sun was making little impression on the broody sky. I switched up the heating, even though I was clad in waterproofs. It had been raining solidly for three days, pretty much since the TV entourage had arrived at Fallowlees. Now it started again. I watched the windscreen wiper as it screeched back and forth.

A pickup pulled into the car park, flashed its lights and pulled up beside me.

'Emma?' the driver questioned.

The week before I had rung one of the few dairy farmers in the area to see if there was any chance of buying some baby calves from him. We had struck a deal for four cross-bred heifers. In the cold light of day, the spindly calves in his vehicle didn't look as if they were worth the money we had agreed. I quashed a brief flash of regret that I had already made the deal, and reassured myself that nothing looks its best on such a cheerless day. I handed over the cheque; a deal was a deal, after all.

The calves were all about three days old. They looked kind of scrawny, offspring of long-legged dairy cows mated with the meaty, overdeveloped Belgian Blue. They were mostly patchy, apart from one, whose coat was an unusually brilliant white, who instantly became my favourite. They were dairy calves and they smelt like it; the scent of warm milk on the turn, kind of cheesy, isn't unpleasant but it's not exactly delicious either.

Between us we managed to transfer the calves from his vehicle into mine. I had deeply bedded the pickup with straw, in readiness.

At Fallowlees the calves were unruffled as I carried them from the pickup and deposited them in the shed. I always find baby animals have a kind of indifference to being handled in the very early days – they don't seem to have developed that fear or survival instinct they will have after a few days have passed. They looked pretty wretched as they huddled together in the shed, butting each other in their search for milk.

Plan A executed.

Now for Plan B.

Penny was a pedigree Jersey cow in full milk, and probably the most beautiful cow I'd ever seen. Had she been a person she would have been a sought-after model. Her eyes were huge, fringed with lustrous black lashes and lined with permanent kohl. She was a deep tan colour with brown points on her knees and nose. She carried a perfect full udder with excellent teat placement.

My plan was to use Penny to multi-suckle the calves. She would have more than enough milk to accommodate all four of them. I felt that the combination of being fed the way nature intended, as well as a mother's love, would mean they would grow into strong adults. I had chosen heifers so that in a few years they would become the foundation cows for the Fallowlees herd.

So, OK, I came up with this plan after a glass (or two) of wine, but I really thought the idea had legs. But for the plan to work, both A and B had to come together.

Would Penny take to the calves? I needed her to mother them as if they were her own. It was possible she would reject them outright. The more I thought about it, the more it seemed crackers to think a cow who had never reared her own calf would suddenly want to rear not one calf, but four. And foisted on her out of the blue, at that. I was also very aware of the fact that Fallowlees was far from ideal territory for a dairy cow. They thrive in the milk-and-honey grazing of the lowlands, not the adder-and-tick country of Fallowlees.

I drove round the back field to the shed with newly purchased Penny in a borrowed horsebox. I had to drive carefully, weaving between random police cars and buses the TV crew had left all over the field.

The ground was slippery and the pickup slid dangerously close to the guy ropes on the canteen marquee as I inched my way closer to the cattle shed.

It was with some trepidation that I lowered the ramp and let caramel-coloured Penny step blinking into the shed to meet her new children.

I needn't have worried. Penny took to motherhood instantly. The four calves, with a delighted moo and a skip, gathered round her. They knew instinctively how to be calves in the same way Penny knew how to be a mother. They butted and nudged at her udder and set to work drinking. It was wonderful to see how happy Penny was to have them. She kept sniffing and licking at them as if she couldn't believe her luck.

But I was really the lucky one – lucky to have found Penny, a born mother, with the kindest of natures. This was hammered home to me a year later when I tried the same thing with another cow who promptly rejected her adopted offspring. As someone with no thoughts of being a mother myself, I watched Penny with admiration.

I was just sitting on a bale in the corner of the shed, watching the happy family scene playing out in front of me while the rain drummed noisily on the tin roof, when I heard voices coming from outside.

'Ahh! Look at the baby cows!' a female voice cooed.

I could see a woman peeking through the hole in the door.

'Ahh, yeah, they are cute,' a male voice agreed.

'You don't think they're for veal, do you?' asked the female voice.

'Probably. You know what these farmers are like.'

I was up like a shot and bounded over to the shed door, swinging it open to reveal a young, very pierced, red-haired woman in a paramedic's uniform and a heavily built security guard.

'They aren't for veal, they're going to be kept to be cows,' I retorted to the clearly surprised pair.

They stepped back apologetically.

I softened at their embarrassed faces. 'Come inside and have a look. You'll want to get out of the rain.'

I was always happy to explain to people the fundamentals of farming work, and today I was keen to show off my new additions, too.

I was also fascinated to know what it was like for them, working on a TV show. Worlds apart from my own life. It seemed it wasn't as glamorous as I'd thought.

'The money's not bad, but we spend a lot of time just twiddling our thumbs until they need us,' said the woman.

'It gets pretty boring,' her companion agreed.

'It's nice here, but a pity about the weather,' she said.

The calves were a welcome distraction. We stood there watching them.

'What are they called?' asked the woman.

'They haven't got names yet. I've only just got them.'

'That white one's got to be Chalky,' she said.

We chatted for half an hour and I explained why I had bought the cattle, and how they were part of my environmental plan for the farm. How the calves would have Penny as a mum until they were older. I also dispelled any myths they had about veal. They in turn gave me some juicy gossip on the cast and crew.

Meanwhile the calves had drunk their fill and all four had lain down in a satisfied heap. A proper feed had done them the world of good, and they looked far more substantial than when I had first seen them in the dingy morning light. Penny stood, her contented head lowered protectively over her new charges, watching lovingly with her chocolate eyes.

'Fancy some lunch?' asked the security guard. 'The marquee food is really good.'

The three of us plodged through the ever-deepening mire to the makeshift canteen. It wasn't much drier inside. Fallowlees soil is mostly clay and doesn't take well to being tramped on by man or beast. It had rebelled by making the floor inside as greasy as an ice rink. But that didn't matter – the food was indeed exceptional. How those chefs could conjure up such delights with so few facilities I had no idea. Having loaded a tray with lasagne, garlic bread and chocolatey profiteroles, I went to join my new friends on one of the long rows of tables, along with other members of the crew. (I discovered that it takes a lot of people to make an episode of *Vera*.)

Just as I was about to sit down, I felt myself slip, and with no hands free to save myself I knew I was a goner.

But a cameraman, quick as a flash, jumped up and grabbed my arm to steady me, just in time.

'Whoa, you nearly went there,' said someone.

'Thanks for that.' I sat down next to my saviour and gave him an appreciative nod.

'It's so damn muddy here,' he said. 'You know, we filmed here a couple of years ago and the same thing happened then. It rained every bloody day.'

I nodded sympathetically as I tucked into the lasagne.

He carried on. 'I mean, it's in the middle of nowhere, it rains all the time, it's bloody freezing and there's not even a pub to go to. Who actually lives in a shithole like this? They must be soft in the head to farm out here!'

I stifled a giggle with a slice of garlic bread as my new friends looked from him to me in alarm.

'What?' he asked, seeing their faces and my own embarrassed smile.

'Actually, it's my shithole,' I answered, swallowing the lasagne. 'I'm the farmer here, and I quite like it.'

'Sorry.' It was the cameraman's turn to be embarrassed.

'It's OK,' I said with a laugh. 'You are right, anyway, I am a bit mad.'

There was a brief stunned pause before the rest of the table joined in the laughter.

When the post arrived later that day I discovered I had an interview for Broomhouse. I was delighted, but my elation turned quickly to guilt: what was I thinking of? I loved it here at Fallowlees. All the same, I was going to put my heart and soul into it. I'd be mad not to.

11

Fallowlees

I was excited and nervous on the day of the interview, but it turned out I had no need to be either. I could tell about one minute into proceedings that I wasn't going to get Broomhouse. There was lots of polite nodding and nice questions from the panel of three, but no getting down to the nitty-gritty of numbers. None of the in-depth quizzing I had been expecting and was prepared for. It was more meeting a new boyfriend's parents than *Dragons' Den*. Sitting at their posh table, glass of water in front of me, I could tell that they didn't see me as a potential tenant for the farm. It was very hard for me to keep my face neutral and not give in to my disappointment there and then. I remember sitting in the car afterwards, head resting on the steering wheel, dwelling on how very silly I must have appeared to think I stood a chance. I turned off my phone. I didn't want to speak to family and well-wishers who would soon be ringing with the 'How did it go?' question.

The tenancy for Broomhouse was awarded to a farming consultant who, it turned out, had similar ideas to mine. Later in the year, when the new tenant had settled in, one of the interviewing panel got back to me and asked if I would still consider holding dog and duck displays on the farm. I declined politely (gritting my teeth).

I should have known that I was aiming too far, too soon. But it still stung. I had really thought that Broomhouse could be the place for me, the place where I might even spend the rest of my life. If I'm being honest, I'd also hoped, deep down, that getting Broomhouse would make it easier for me to meet someone to share the journey with – that being the tenant there would turn my status as a farmer into a plus rather than a negative in others' eyes.

Those hopes were crushed. For a few days after the interview I fell into a kind of apathy. I became listless and lazy. I knew I was silly and ungrateful. I already had a brilliant life, and I felt bad that I wasn't appreciating it.

I had been so wrapped up in my plans for Broomhouse that at times I had almost forgotten how fortunate I was to have Fallowlees. As I looked at her now, I felt guilty to think how consumed I had been by my thoughts of leaving her. Without Fallowlees, I wouldn't be the person I was now. Without Fallowlees, who knows where I might have been? My life could have ended up taking a different course.

When I think of Fallowlees, it's of an oasis set in the barren landscape of the forest. The journey to it by car is a dull one: a rutted road bordered by acres of Sitka spruce. No real views to speak of, just towering trees on either side. Then, just when you think you have left all civilisation behind, the trees open to reveal her. I do think of Fallowlees as a 'she', in the way ships are always female, representing a mother and nurturing.

Despite the long drive through the forest to get to her, her situation is high and open. On a sunny day you can see the sun winking off the North Sea on the east coast. There is almost always a breeze. In the winter the wind can be so sharp it feels as if it's cutting you in half, but in the summer it keeps the midges away and brings the foreign, coconut scent of the gorse bushes.

The farmhouse has been here for hundreds of years, but there have been people on this land for thousands. The man-made cup marks (small depressions cut into rock surfaces and thought to be a form of prehistoric art) bear witness to Neolithic past guardians. A tumbledown bastle – a fortified farmhouse – lies next door. Its foundations are so deep in the earth, efforts made by past tenants to dig them up have ended in failure and they have resigned themselves to leaving the ruins be.

I was beckoned over in the pub one evening and told a story by the wise old boys round the bar. Apparently there had once been a concerted effort to remove the enormous cup-marked rock situated by the bastle. It took a full day, many workers, some heavy-duty machinery and a lot of cursing before they decided the rock must be set so deep it would never be moved by man. That night, they said, the entire crew fell ill with food poisoning. They put it down to a dodgy lunch . . . or could it have been something more sinister?

I don't know for sure, but I would guess that much of the

stone used to build the farmhouse was stolen from the bastle. As it's still on the farm, I guess it's not really stolen, just repurposed. Things were built to last in those days, and most things do. All of the fields are hemmed in by well-made stone walls, hundreds of years old. It seems we aren't the only ones to appreciate them.

'Y'all must love those rock fences y'all got around here!' some visiting Texans said one day.

The walls of the house are outrageously thick, designed to keep out the cold in winter and make the place cool in the summer. The kitchen is the heart of the home in any farmhouse, and that's where I spend most of my time. There is a huge fireplace with a massive stone lintel, exposed beams on the ceiling and red tiles on the floor. I pulled up some vinyl one day in the cupboard under the stairs to reveal gorgeous stone flags, which I assume floored the whole house at one stage. One of the tenants must have decided to concrete over them and replace them with more modern tiles. Perhaps they will never see the light of day again, but it's nice to know they are there.

I have made several changes to the house myself over the years. I put down carpets, sorted out the heating and had the generator totally overhauled. Those miserable trudges in dressing gown and wellies to fix a temperamental machine in an outbuilding on a freezing night are now just memories.

One day I had a farmer round who was buying a puppy from me. When he came to leave, he stopped on the doorstep, looked out over my fields and took a draw on his cigarette.

'Did ye hear of that young lass getting galloped to death on that fell over there?' He pointed to Greenleighton Moor, just beyond my own land.

By galloped to death I guessed he meant she had fallen from her horse but was held by her stirrup. I shook my head and shuddered at the thought. I get told lots of stories, but that was a new one on me.

'Aye, it's a wonder you don't have her round here on a night-time.' He winked. 'This place looks ripe for a ghost.'

If there are ghosts, I can only think they are friendly ones.

Sometimes I sit and think about the life these walls have seen, the good times and the bad times. People have been conceived, born and have died in this house for centuries, and many of them have left their mark in some way. Signatures on walls, scratchings etched in the stonework of the byres, even a bottle time capsule in one of the stone walls.

Fallowlees has so many secrets. I am only just discovering some of them. I guess I'll never know them all.

The area was more heavily populated in the past. Much of the land that is now forested would have been grazing land in times gone by, and there would have been more farms. The derelict farmhouses of Redpath and Chartners, barely a couple of miles from Fallowlees, were family homes only a few decades ago.

It makes me realise I am not so special, really – just the most recent occupant out of hundreds before me, no more significant than any other.

12

Archie

It was summer, and I had so much to look forward to. It was back to my favourite weekend occupation. I figured that trialling wasn't too strenuous for my back, the most physical thing I had to do being to close the gate of the pen once the sheep were inside. We had a wet spell, and some of the trials were cancelled due to waterlogged fields, but when they resumed in Belford at the end of July there was no stopping me. I had done little but train my dogs during those weeks of recuperation, and we were ready for the competition. I had high hopes for Roy and Alfie, who were both running well.

Roy and I came second in Belford. It was a great way to make a comeback.

I caught up with old friends and fellow triallists while I was there. There were lots of congratulations and enquiries after my health, as well as the leg-pulling I had expected.

'By, you've come back in fine fettle!' said my old friend Archie, his dog Dale by his side.

I gave Dale's rough coat a rub. It was wonderful to see them both again.

'Thanks so much for your help when I was just out of hospital, Archie. Mum and Dad would have been stuck without you and Dale.'

He shook his head in a way that indicated there was no need for thanks. 'You'd have done the same for me.'

'Of course!'

I could always rely on Archie to be honest with me about my performance, pointing out what I'd done wrong as well as congratulating me, so I was pleased with his praise.

'The time off's done you good,' he winked. 'I'll have to try a few weeks in bed meself.'

'Ha ha! Chance would be a fine thing! I've been on my feet training ever since they allowed me back to Fallowlees. It was the only thing I *could* do at first.'

'Well, lass, I always thought you were some woman, and I can see I wasn't wrong!'

Normally Archie would be telling me next he'd found the ideal man for me, as it was one of Archie's missions to see me married off.

'All his own teeth and hair, too,' he would tell me, as he gave the lowdown on the latest candidate.

I would argue that I didn't see the above as a selling point so much as a prerequisite.

'And the right side of sixty!' he would add, to my protests that I was still in my twenties.

But Archie kept off that subject today.

'It's made my day to see you back again, lass. Just keep off quad bikes for a while.'

Back on the farm, my other animals were also doing well. Penny was still besotted with her role as a mother and spent much of her time contentedly watching over her calves, getting frustrated whenever they went frolicking around the field in different directions. The juveniles were mushrooming on her plentiful supply of buttery Jersey milk.

Coquet was also growing, mostly in the leg department. It wasn't going to be long before he reached the dizzy heights of his mother's 16.2 hands. Coquet and Mr Tumnus still had the old rivalry going, though to be honest, it was more of a vendetta on Coquet's part. Mr Tumnus paid Coquet scant regard, preferring to roam widely across the farm, nibbling at things that shouldn't be nibbled, including newly planted trees, shrubs and the electric cable for my trailer lights.

I had shaken off my apathy. I knew I was lucky. I was doing the things I enjoyed, day in and day out. My life was a permanent holiday, training dogs and working with sheep in the countryside that was my office. I knew others would give their eye teeth to be in my shoes. If this was how the rest of my life was going to pan out, well, that would be just grand by me. Of course there would always be the odd day when the solitude would sap my resolve and enthusiasm, but they were few and far between.

I did what every farmer has to do: I dealt with the disappointment and moved on. It's a useful habit; in fact, to a farmer, it's more than that – it's an essential one.

*

The day the official rejection letter landed on the doormat, Arthur Davis rang out of the blue with commiserations – and another proposal for me.

Would I be interested in entering into a farming partnership with John and Rosalind Murray? I was flabbergasted.

Partnerships are common in farming, particularly within families, where different generations often work together, though other farmers might combine their finances and labour too. My first thought was to wonder what I possibly had to contribute. I couldn't cough up a load of cash, for a start.

It turned out that Arthur had had me in the back of his mind as a potential for this partnership after assessing Fallowlees for the environmental scheme. My meeting with John and Rosalind to help with the Broomhouse application had acted as an informal interview – a chance for them to see if they liked me and whether they wanted to work with me. And it seemed that they did.

Even after the call had ended, my mouth still hung open in surprise. What Arthur had told me sounded too good to be true.

The farm was called Healey Mill and was a twenty-five-minute drive away, near the village of Netherwitton. I would, effectively, be in charge of it. I would have two hundred and forty acres of ground at my disposal, rent-free, in return for looking after two hundred ewes for the partnership. I would need to stay at Fallowlees as Arthur and his wife Kirstine, one of John and Rosalind's daughters, lived in the farmhouse, but in reality that suited me. John and Rosalind were coming to Fallowlees the following afternoon, so I would find out more about it all then. If the deal was as good as Arthur had outlined, I would be able to give up my contract shepherding after all.

I hardly dared get excited for fear of more disappointment. I had passed my first test with the Murrays, but I knew, even without Arthur saying so, that their visit to me was a second test. Fallowlees needed to impress them, too, and I would hate to let them down. Fortunately, I had already put a lot of effort into tidying up the farm when I was applying for Broomhouse, knowing that a home visit is part of the interview process for serious contenders. All the same, I cast a critical eye over it and found other tasks that required my attention. Those who have gardens know that the work is never done, and it's the same on a farm – only more so. It was going to be a long twenty-four hours.

In the end, I needn't have worried. John and Rosalind were happy with all they saw at Fallowlees. They outlined the terms of the deal, and it was much as Arthur had said: I would pay no rent, and in exchange for looking after two hundred of their ewes, I would have the rest of the farm to stock with my own sheep. They would also provide and maintain both a quad and a tractor.

The partnership, it turned out, included several people with much expertise between them. John and Rosalind had four daughters, two of whom, along with their husbands, were involved in the business. There were also two other men – one of whom worked for the Wildlife Trust and another who had recently moved to another farm nearby and was the reason for the vacancy in the first place.

The crux of the matter was that they were looking for someone capable and reliable, and also someone they could get on with and trust as there would be a great deal of crossover between buildings and equipment.

I was over the moon. It was the first time I could take heart in the saying, 'As one door closes, another opens.'

John and Rosalind left me with a map of the land and urged me to take a look as soon as I could. It was all I could do to let the dust settle on the forestry track after their departure before setting out to see the new farm. My farm, dare I say it.

Netherwitton contained a mansion house, a small church, some handsome stone cottages and little else. It is so chocolate-box pretty it would make a perfect setting for an episode of *Midsomer Murders*. Healey Mill lay on its outskirts.

My heart was jumping as I drove up the track and saw my new farm laid out in front of me. I had my own steading, a cattle shed and some sheep pens set firmly in concrete. But the land was the real jewel in the crown. The terrain consisted mostly of rolling hills, with some rougher land thrown in for good measure. Some of the fields were edged by trees, others were flat and almost arable. It was, in short, the perfect land for schooling sheepdogs. In order to gain the experience to compete at a high level, dogs need to practise their skills in a variety of fields and landscapes. As I drove round on my designated quad, I just knew in my bones that I could really turn my sheepdogs into something here. It was made for the task.

I thought too of my little flock back at Fallowlees – those Texels who had survived the dog attack, and all the Blackies. They would think all their Christmases had come at once moving to such fertile, sheltered ground as this! My mind was racing with all the possibilities this new land offered. I would still keep some sheep at Fallowlees, I thought; I would use it to raise ewe lambs who would become replacements for the flock, as well as be used for training the younger dogs. Having two such different farms was an answer to my prayers.

I immediately gave notice on my contracts. I was terribly sad to say goodbye to all of them. I had worked for many of them for years. However, I think my former employers could see the joy bubbling over in my heart at the thought of being my own boss at last. They all wished me the best of luck in the next chapter of my life.

13

Caroline

My sister swept in on a breeze of glamour and scent. Caroline is a blonde bombshell, sophisticated and tastefully dressed, but hardy as they come. She can lamb a sheep as well as anyone. She's not a farmer (she has more sense), but is often called in to help out between me and my parents. She had been a godsend to me with my broken back.

Both Caroline and my other sister, Elizabeth, who is seven years younger than me, are my greatest friends. Growing up on the farm together we were always full of mischief. We also fought like cat and dog, and to this day I still bear the scars of some of the vicious fights we got ourselves into. Mum, who had her own ideas of how sisters should behave, would be heard lamenting in the background, 'Why can't you all be more like *Little Women*?' I did point out to her that the March sisters in Louisa May Alcott's book had their own conflicts too!

My mum also commonly says, 'Only family can be brutally honest with you.' I was about to get a taste of that.

'Are you living on cereal?' Caroline had only just stepped through the front door and into the kitchen, where she was confronted with the bowls in the sink, the telltale marks of dried-on muesli dotting the sides.

'And have you got all the dogs in the house?' She sniffed at the distinct aroma of work dogs.

It was true I had let things slip since I'd broken my back. Then with the application for Broomhouse taking up so much time, and my thoughts now being consumed by Healey Mill, I had stopped noticing and caring about the chaos indoors. Anything for an easy life. Outdoors had always been my priority. Normally all the work dogs would live in the kennels, and only Roy and Alfie would be allowed inside, but I had let the whole pack into the house in recent weeks. I found the hustle and bustle good company.

I had also started to enjoy a glass of wine every night while trawling social media. They were large glasses and they seemed to make the evenings go faster. I knew it wasn't a good thing, but it was the only social life I had.

'I know,' I replied, an answer that both confirmed her suspicions and admitted to my guilty feelings about them.

After giving me a talking-to about how I should start eating properly and relocating the dogs, Caroline – somewhat ironically – produced a tube of Pringles and a selection pack of dips. My sisters and I share an obsession with these snacks. It can really get out of hand at Christmas when we are all together, and the thought of those moreishly salty crisps dunked into tubs of hummus or soured cream and onion flavour dip makes our mouths water almost as much as Mum's lovingly prepared roast dinner.

'So, what's new?' Caroline asked, as we sat down and started munching.

'I'm in partnership,' I said, liking the sound of saying it aloud.

Caroline looked impressed, or she may have just been relishing her first delicious mouthful.

'Sounds very grown-up.'

I told her all about Healey Mill and how I was planning to move the sheep there in the next few months.

'I could do with someone to help when the time comes,' I hinted, testing the water. I knew I shouldn't push my luck – I had already leant on my family a lot lately – but it was worth a try.

Caroline dodged the question efficiently. 'You really should try dating again.'

'Yeah, right. That's going to be easy!'

'There's loads of options these days. Have you heard of Tinder?'

'Yeah, but isn't that like a hook-up site?'

'It's a new dating app. You should try it. Now you have mobile reception up here it'll be so much easier. In fact – what are we waiting for – you can do it now. It doesn't take a minute.'

Until recently, reception at Fallowlees had been so poor I had to rely on a temperamental satellite, which only worked on nice days and when the swallows weren't perched on top of it. But since the arrival of 3G, my life had been revolutionised. Well, it had made me feel less isolated, at least.

As we munched our way through the Pringles, I downloaded the app. It couldn't do any harm, I reasoned. I didn't have to do anything about it if I didn't want to. Caroline was right – it did look easy. All I had to do was create an account, put in a few personal details and decide on a photo as my main image.

'Not that one – use the one in your blue dress! That's a really cool picture. Now another four that sum you up.'

'OK, OK. I've done it.'

Caroline nodded her approval.

'Now I have to choose a geographical distance. What shall I say? Ten miles?'

'Hardly! There won't be anyone to match with out here. You'll have to set your circle large, like maybe as far as Newcastle.'

Job done, I put the remains of the dips in the fridge. 'C'mon, I'll show you the calves.'

The calves had grown really well on the super-butterfat milk Jerseys are renowned for. Penny and her new family were outside full time now, and her anxiety over their mischief-making had lessened. They really looked a great herd.

'They're beautiful. But I've never heard of a Jersey living on a hill farm,' said Caroline.

'I know, it's not ideal. I really need more cattle – some that suit the ground better.'

I was concerned that, come winter, the calves would need to be housed to maintain their condition. And with housing come all sorts of additional needs: silage and straw. And with silage and straw: a tractor.

I had always known a tractor would be on my purchase list. It was in my business plan when I first came to Fallowlees, but I hadn't really needed one that desperately till now. I had always managed with the quad and trailer and my own muscle power to get feed out when it was needed.

I had begun to trawl the agricultural papers for cheap tractors. I knew what I wanted: a four-by-four with a loader – it didn't need to be flash.

'But how will you afford it?' Caroline knew as well as I did that tractors weren't cheap.

'I think I'll have to sell one of the younger dogs.'

Caroline looked at me in alarm. 'But you love those dogs!'

'Yes, but I have Roy and Alfie. It's always been the plan to train to sell. To make my dogs a business.' This would be my first foray into the big world of dog selling. I was trying to justify it to myself as much as anyone. 'And I sold Fly, didn't I?'

'Yes, and it nearly killed you!'

Caroline was right. Fly had been my favourite dog and I had sold her out of sheer necessity when finances were tight. I had had several bills to pay at the same time, one of them, ironically, being the vet's bill for Fly's own life-saving operation.

'Anyway,' I added, 'it's just a thought.'

It was a gorgeous day and we decided to take the opportunity for a plod through the forest on the horses. Any of my previous daredevil tendencies had been well and truly curbed by the accident. We'd just take it easy.

So we set out, Caroline on Delphi and me on Piper. Piper was a big old gypsy cob, with fat brown patches. She was a kind, gentle sort and probably the type of horse I should have bought in the first place rather than the highly bred Delphi. She had been loaned to me by a friend who decided she needed a summer of happy hacking to recover from the loss of her foal. It's funny how quickly my little herd had grown – apparently that's a common side effect: once you have the first horse, they just multiply.

Coquet, of course, was leading the way. He understood himself to be the only man and the rightful leader of the herd, and took this role very seriously. Jogging alongside, with fast little steps to keep up with the long strides of the horses, came the unflagging, tenacious Mr Tumnus.

My Tumnus couldn't – wouldn't – be left behind. I had tried that in the past, tying him to a post, a bucket of food as a bribe. I wouldn't be repeating that again. The shrieks and screams could be heard for miles. They echoed in the trees and made him sound like a deranged monster. Which was partly true. He was a bit of a nightmare; he could and would travel everywhere on the farm eating whatever he fancied. I swear that goat had super-refined hearing – he could sense a bucket being moved forty yards away! If he wanted Penny's food he would poke her in the belly with his horns and she would move over. This was frustrating as Penny was rearing four calves and Mr Tumnus was only growing his fat belly. In the end I had to feed Penny in a specially constructed goat-proof pen.

I did have a notion at one point to cut off his horns, but when it came to it, I just couldn't bring myself to do it. He wouldn't be Mr Tumnus without them.

It serves you right, I thought, as I watched his barrel-like form jogging alongside us. You have to get fit. With his head swinging from side to side, he was wheezing like a forty-a-day smoker.

Delphi was still the love of his life. He followed her everywhere. She acted cool as a cucumber, as with everything. Coquet, however, still hated him. If Mr Tumnus showed any sign of trying to move ahead of Coquet whenever we were out on a walk, there was hell to pay. Coquet wasn't beyond giving him a sly nip, or even letting loose his heels.

We were a funny-looking gang, picking our way across the dappled forest floor. Caroline and I talked nonsense, of days out, parties and men. We arrived on Greenleighton Moor, a huge expanse of fell ground opposite Fallowlees.

You know, I found out the other day that a girl our age got galloped to death here, I thought to mention, but decided against it.

A jay shot through the trees. Neither Delphi nor Piper batted an eyelid, but Coquet made a big song and dance about it, reeling back against his mum in mock horror. Caroline and I laughed. Some stallion he'll be! Not one to waste an opportunity, Mr Tumnus quickly overtook him and led the way through the gate, whereby Coquet rallied, squealed and roared ahead, his masculine pride dented.

We had a quiet trot along the sheep trods on the fell – tracks worn into the ground by the regular use of sheep travelling the hill.

'Shall we try the double-ditch horror?' I asked Caroline, momentarily forgetting my new-found resolution.

The double-ditch horror was two large ditches, one straight after the other, so that you never knew what your horse would do. Would it jump both in one long leap, or would it do a series of bunny hops and bounce over each one separately?

It was a lovely day, so why not – though we were secretly thankful that we had safety stirrups.

We set off at a gentle loping canter, Mr Tumnus bleating as we gradually left him behind. Piper decided against jumping the ditches and came to a dead stop. I was slapped violently onto her neck before she manoeuvred her large backside over them in two ungainly bounces. Delphi, however, demonstrating the racehorse in her, decided to really extend herself, taking both ditches in her giant graceful stride. She and Caroline had landed safely when Coquet decided he wanted to swerve off to give the approaching Mr Tumnus a piece of his mind.

Seeing her offspring departing, Delphi made a sudden about-turn, dumping Caroline unceremoniously on the ground.

It was too much for me to bear. I broke down in stomach-aching giggles, slumped on Piper's saddle. Caroline, unhurt, stood up and saw what I saw.

'Christ help us if anyone sees that!' Coquet was chasing Mr Tumnus in circles, Delphi, trailing her bridle, was chasing Coquet, and Mr Tumnus was chasing her. A real merry-go-round menagerie.

We both fell about with helpless laughter.

Back at the kitchen table, we were still laughing as Caroline nursed her face with a bag of frozen peas I had dragged from the depths of the freezer, where they lay among unmarked carrier bags of dubious remains.

After she had caught up with Delphi, the horse had swung her head sharply, whacking Caroline on the side of the head. That marked the end of our ride.

Apart from Caroline, Mr Tumnus was the only one of the

party the worse for wear when we got home, lying flat out on the ground, panting like a marathon runner at the finishing line.

I made us both a cup of tea and we sat at the kitchen table and polished off the crisps.

I pulled out my phone. My first dip into Tinder had already produced results.

'Look, I've matched with this guy, a firefighter from Galashiels.'

Caroline took the phone from me.

'Mmmm, looks nice. But you know, being in the fire service is the most lied-about occupation on Tinder. And I bet he doesn't actually look like that. You have to take Tinder with a pinch of salt.'

'He's quite far from Fallowlees, too.'

'It's no distance really. I wonder if he knows anyone from Hawick? Galashiels isn't that far away from home, is it?'

'Yeah, I wonder. He does look nice, though.'

With his blue and white face paint and Scotland rugby top, I was reminded of Mel Gibson in the film *Braveheart*.

'What do you think I should do?'

'Ping a message!'

I had nothing to lose.

14

The Tractor

On a farm one season merges into another. Hints of the coming season sneak up on you slowly at first – the first green shoot or snowdrop, the glint of a handful of copper leaves on an otherwise green tree – then, before you know it, you find you have well and truly left the old one behind and are in the midst of the new one. With all that had happened to me this year, time seemed to be passing by even more quickly than usual. Summer was now slipping into autumn. Summer jobs had been done – sheep were clipped and weaned and were now putting on weight ready for the breeding season. I was on the cusp of taking over Healey Mill and was excited about the future.

Breaking my back so soon after the publication of my book in the spring had taken the edge off the excitement of being a published author, though I had managed to give a few interviews and make some TV appearances. There was a random trip to London to be on *The Alan Titchmarsh Show* with Roy and three of my Runner ducks, the ones I gave displays with. We all travelled down on the train – yes, the ducks included. As I got off at King's Cross, a lovely passenger approached me and told me how Roy must really love his little friend in the canvas carry cage (it was canvas so nobody could see the contents).

'He didn't take his eyes off his little friend throughout the whole journey,' he said, repeating that Roy must love him dearly.

'Yes, he does love his little friend so very dearly,' I agreed, making a hasty getaway before I could be questioned any further on the contents of the cage. I figured I would have great difficulty trying to explain the presence and purpose of Runner ducks and a sheepdog on a train!

It felt bizarre to be performing in a TV studio, with its fancy shelving and ornaments, but the three minutes flashed by. Roy was a star, lying there good as gold until his moment came. He herded the ducks from one cage into another in a jiffy. The audience were impressed. Alan Titchmarsh gave the book a quick plug at the end, though he managed to fluff the title and call it *One Girl and His Dogs* – a sort of mash-up of my book and the long-running TV programme *One Man and His Dog*. Oh well, they say there's no such thing as bad publicity.

The newspapers that wrote about the book loved those old clichés about me: 'Britain's loneliest shepherdess', or 'The shepherdess looking for love'. I was always grateful for the interest the press showed in me and my story – I figured spreading the word about my occupation could only be a good thing for farming in general, and if this was the best way to do it, then I could put up with the more annoying aspects. But some of the reporting did seem, well, a little irresponsible. I'd never asked the papers to act as a marriage bureau for me. I sometimes had unwanted visitors arrive at Fallowlees out of the blue. There was usually a good reason for their appearance, but I suspect the odd one had turned up hoping to solve my relationship dilemma!

The fact remained that – expensive or not – I needed a tractor before the winter months set in and the job of feeding my animals became more labour-intensive. After trawling the farming press every week I had finally found one I could afford – a yellow Renault Cergos, with bald slicks for tyres. It was a four-by-four with a loader, and as such it fitted my bill. It was sold by a big company that regularly took out a full-page advertisement in the *Farmers Guardian*. Better a large reputable company than to start trawling round machinery sales or farm steadings, I thought.

I decided to go and look at it on my own. I ought to have taken someone with me who knew more about tractors than I did, but it was quite a long drive to their site and I didn't want to inconvenience anyone. Truth was, I knew that at the price it was going for, it was the only chance I had of having a functional tractor, and that short of it sitting growing grass or spurting oil, I would be buying it.

The sales yard was very smart. A long row of shiny tractors was parked in a tidy herringbone formation. A Rottweiler chained to a barrel sounded a warning before wagging its stump of a tail and retreating to its kennel.

I entered the very male territory of the Portakabin office.

The tight space smelt of cigarette smoke, oil and men. The carpet was well trodden with grubby work boots; posters of nude women shared wall space with noticeboards displaying scribbled tractor jargon.

No one acknowledged me at first as I sidled in awkwardly. It was difficult to work out who I needed to speak to as I couldn't tell customer from employee, and didn't want to make a prat of myself by asking the wrong person.

Most of the men were talking to each other or looking at their phones. One, who was clearly a regular, was chatting amiably to a man on the other side of the counter as he handed over a stash of notes. Then someone nodded in my direction and all heads turned to look at me.

'I've, erm, come to see the tractor. I rang yesterday.' I felt awkward and silly.

''Course you did, darling,' said one of the men. 'I'll just grab the keys.'

I noticed him wink at the others as he plucked a set of keys from a hook on the wall.

At the furthest end of the herringbone row was the Renault, dwarfed by an enormous Massey Ferguson. In truth, I wasn't greatly impressed by any of them. They were just tractors, after all, a necessary evil in the mind of any shepherd.

The man passed me the keys and indicated with a sideways flick of his head that I should get inside. I hopped into the driver's seat and turned the keys to hear the click of a flat battery. I looked at the man queryingly.

'The battery's grand. We've just replaced it. It's just that she's been stood a while.'

Well, that can happen, I thought, as he whistled for one of the lads to fetch a jump-starter.

The hydraulics didn't seem to work well, being sluggish compared to what I was used to, and the tyres had virtually no tread left, but I guessed they could be replaced easily enough.

'The oil will just need a change,' said the man. 'I'll do that for you and service it before it goes.'

The side window was non-existent.

'I'll fix that before it leaves as well, and throw in delivery. We have a wagon going up your neck of the woods next week. If you get payment to us quickly, I'll send it up on that load.'

What to do? Decisions flicked through my head. It's about the best I'm going to get at that price, I thought. I hadn't seen a loader tractor anywhere near the same ballpark figure, and the loader worked grand. I was also swayed by the quick delivery – the calves and Penny were needing silage every day now, and I had the horses to think about as well. It was becoming a tiresome job handballing it to them each morning before work. It was just a little shepherd's tractor for dotting about putting bales in, and that was all I needed it for.

Back in the grimy cabin we shook hands and I agreed to send a banker's draft once I was home. They reiterated that the tractor would be with me within the week.

I felt elated on the drive home: a tractor would complete my little farm and make my life so much easier. I was basking in this new milestone I had reached, right up until the sunshade on the windscreen fell off and I had to drive back to Northumberland squinting into the sun.

15

Coquet Grows Up

We had ponies when I was growing up, but they were more the feral kind, ridden at your own risk. Dad, quad and dog would have to be enlisted in order to gather them in. Once corralled in the shed and tack applied, we would ride them daredevil-style on the big silage field, leading them to the bottom before jumping on and letting them bolt to the top. It wasn't stylish, but it was great fun for my sisters and me. I think the ponies even enjoyed it – no sedentary happy hacking for them!

I really enjoyed having the horses at Fallowlees. I was lucky to have so much land for them, which stopped the fields looking 'horsified', as most farmers call it. Horses, unlike cattle, are selective grazers – they prefer the shorter, sweeter grass and will often graze it down to the bare ground, while leaving other plants to grow to maturity. For this reason, horses and farming don't always go hand in hand. They also pace a lot around fence lines, ruining the ground.

One dreary, plodgy day I shouted for them across the field.

I loved the way they all came running for a treat, so unlike the ponies of my youth. Coquet was getting pretty feisty – it wasn't just Robson Green who had been on the receiving end of the odd nip! He was starting to grow up and assert his authority. As the only male (Mr Tumnus had lost his crown jewels), he saw himself as the leader and liked everyone else to know that too.

Despite a couple of calls, the horses remained at the far end of the field. Piper began to move slowly in my direction but it wasn't the usual joyous thundering trot. I wondered why Delphi and Coquet weren't coming too. Aware of the fact that anything out of the ordinary is usually a bad sign in animals, I walked to the bottom of the field to see what was going on.

Delphi was standing by the wall holding up her front leg, the toe of her hoof barely touching the ground. She was trembling, too, despite her insulating rug. Horses and cows aren't very resilient to damage to limbs, so this was a bad sign.

I limped the whole sorry bunch up to the shed, where I managed to separate Delphi from the rest of her gang. I tried to give her a bute (phenylbutazone, a pain relief drug for animals), but even the treacle and apple I had mixed it with wouldn't tempt her. With a growing sense of dread, I rang the vet.

I hated to see my beautiful, delicate racehorse in such a sorry state, but there was little I could do except talk gently to her as we waited for the vet to arrive. The vet pulled the 'bad news face' when he saw Delphi. It's a kind of grimace that extends sympathy but admits at the same time a lack of hope.

I gave him Delphi's history: ex-racehorse, wind-sucker,

problems with her teeth, thirteen years old, docile as they come.

He examined her leg gently, but it still made Delphi flinch. He could tell that her lower leg was badly damaged, possibly broken. He would need to X-ray her in order to give a proper diagnosis. Perhaps she had been on the receiving end of a kick in the field, perhaps she had fallen; we would never know.

'It's up to you whether we go ahead with an X-ray,' he said, looking at me. 'But I'm afraid her prospects aren't good, and especially after what you've already told me.'

It had all happened so suddenly. Delphi had been fine when I last saw her. Now I was being asked if I wanted to choose a route that might only prolong her suffering, or end it all, here and now. She didn't even seem very old to me. But I knew a broken leg was the end of the road for any horse, and I loved her too much to be able to bear to see her suffer.

There was only one right decision. I took a deep breath.

'Can you do it now?'

It was more violent than I had expected. When dogs are put to sleep it all happens quietly, peacefully. The bang and thud gave us all a start. Though Coquet, Piper and Mr Tumnus were all outside, I heard Coquet squeal in fright.

But it was instant. And Delphi was free from her pain.

After it was all over and Delphi's body had been collected, I let the horses back in the shed. Poor Coquet nearly broke my heart as he looked everywhere for his mum. He couldn't understand how she had disappeared. Piper was no comfort. She was used to the comings and goings of horses, having spent much of her life in a busy yard, and was unconcerned by the absence. Mr Tumnus, though, was also bereft. He had idolised Delphi. She was the gentle, reliable one, the constant in all their lives.

In the shed later that night I found Mr Tumnus and Coquet standing side by side, their bodies touching. I like to think they drew comfort from each other, united by the pain of their loss. Coquet became an adult that night. The childish rivalry was never the same again. Coquet no longer chased or bit Mr Tumnus; the vendetta was forgotten. As for Mr Tumnus, he no longer spent as much time with the horses after Delphi was gone. It was as if she had been the glue that held them all together, and with her gone that bond had been weakened.

16

Newcastleton

The Blue Grey cow was a breed I had admired for some time. Known to be super-hardy, with great longevity due to the hybrid vigour of the cross, they aren't really a breed at all but a cross between a black Galloway mother and a Whitebred Shorthorn father.

Each breed brings something different to the table: the Galloway dam brings hardiness, a lack of horns and a strong mothering instinct, as well as the ability to live out all year round – thanks to a thick jacket – and survive on the worst of hill forage. The Whitebred blood evens out the wildness of the Galloway, bringing with it a peaceful and amiable nature and good milk yields. It also produces a longer, taller frame in its calves.

The Whitebred Shorthorn isn't the only white breed of cattle – there is the famous Charolais, while the British Blue and Beef Shorthorn can also be white. But weirdly, when crossed with a black, these more common breeds produce a diluting of the colour, so their calves are generally beige or cream or browny-black. The Blue Grey, however, has both the black hairs of its mother and the white hairs of its father combined in the same coat, giving it the unique blue-grey appearance.

They are an old-fashioned cross, and back when my dad first started out at the home farm they were all the rage, every upland farm in the north having some. In more recent years they have been largely replaced by bigger cattle, Limousin and Angus.

Never one to care about fashions in farming, I had always wanted some Blue Greys. Indeed, I was fascinated by them.

Now that I had made my first foray into the world of cattle with Penny and her calves, I was hungry for more. Penny had done a super job with the calves, who were starting to fend for themselves. But I knew the dairy blood in them might not suit the farm in the long term. They were certainly too soft to be turned out on the worst of the ground at Fallowlees, and to be honest, the worst ground was where I most needed to have cattle grazing in order to clear it to encourage birds for the higher-level environmental scheme.

So I had decided to indulge myself and the farm by making a trip to the only sale of Blue Greys to take place in the UK, in Newcastleton. I still had some of the location fee from *Vera* saved for this very purpose.

Newcastleton is in Scotland, just over the border, and hosts the Blue Greys sale over two days each year – one day for females and one day for males. The mart was built in the 1880s and has changed little since then. It still uses grass pens for the animals, meaning it can't fulfil the guidelines for washing out (most marts have concrete floors now), and it has an open-top roof. On arrival, you could swear you were going back in time, and for that reason it's one of my favourite marts.

It was raining when I got there – I've since learned that it always rains on Newcastleton sale day! The heifers were still arriving, scampering into the holding pens from the docks; wagons formed a queue all the way down to the village, waiting to unload their wares. The pens in Newcastleton are wooden, slimy and green with age and moisture, built high to keep the heifers where they need to be. For most it would be their first time off the farm, and for some, the first time they had been gathered up after spending the spring and summer on the hills nearby.

The mart was noisy, with cattle being moved all over. You had to keep your wits about you: if the easiest route was over the top of you, a heifer wouldn't think twice.

The heifers fell into two main age categories: the ones born this spring, eight to ten months old, and bulling heifers (unbred but of an age for breeding) at eighteen to twenty months. Most of the younger calves, only just weaned from their mothers, bellowed in anger and confusion. Steam rose off them as the damp air hit their warm hides. Each animal wore a number glued to its rump. Men in tweed caps stood next to their stock, leaning on sticks, answering questions and passing the time of day. Some smoked cigarettes. It was a scene that would have looked little different a hundred years ago.

The auctioneer passed through the pens outside ringing a large bell, announcing the start of the sale, and we all clambered into the ring, eager to get a good spot. The atmosphere was alive.

I drew the short straw here, not being very practised and not having been to this particular mart before. The best spot I could find was next to a giant pillar, which to some extent blocked me from the auctioneer. It would have to do.

Trade was on fire, right from the word go. Well, as it was the only sale of the year, no one wanted to miss out. Clearly I wasn't the only one keen to get my fill of Blue Greys. To my alarm, it wasn't long before we had been through the first one hundred lots. They were going for far more than I could afford, and I began to resign myself to going home empty-handed. But I stayed anyway, just because I love marts and, well, you just never knew what might happen.

As the day wore on a few of the younger calves came in, and although there was still a brisk trade for them, I did put in a couple of bids. The man I was standing next to was only buying the bullers, so we weren't in competition, and every time he saw a likely candidate for me he stepped to the side so that I could position myself where the auctioneer could see me. But the prices were still way out of my league.

The ring started to quieten as the day wore on. Satisfied customers went to pay and load up their wagons, ready to go home. I realised that with fewer customers, the price was dropping too. I had my eye on a pen of three calves, one of the last lots, and I wondered if, just maybe, I might be able to afford them.

The calves that trotted in were a lot smaller than I expected. They blared and looked confused as they entered the ring. A quick look at the board revealed them to be only four to five months old, old enough to be weaned but likely to take a backwards step in any new home, at least to start with.

The bidding started and the auctioneer quickly went down instead of up. This was a good sign.

'Two hundred, then?' he asked. 'Anyone at two hundred?'

I waved.

'Two hundred and fifty,' said someone else.

A look at me. I nodded three hundred.

The auctioneer looked across the ring to my competition. He frowned and shook his head. My heart was thumping. They were mine!

Then the farmer selling the calves shook his head angrily, mumbling. Nope, can't do them that cheap. The auctioneer took a last sweep around the ring, looking for another buyer, pleading with someone to up the bid. I despaired at losing the calves before I had even owned them. After a few heart-stopping seconds, the farmer, realising he wasn't going to get a higher bid, shrugged his shoulders and flapped his hand. The hammer fell and the calves were mine. They were ushered out of the ring.

I paid for them right away. I couldn't believe my luck. The fact that the farmer was unhappy selling them at that price made me even more sure I had got myself a bargain. Despite feeling a little bad for him, I could reconcile the thought with the fact that they were going to be well looked after, potentially for the next twenty years.

At three hundred pounds a head, the calves were fifty pounds per head cheaper than the baby calves I had bought for Penny. It was at this stage that I got myself a bit confused. For some reason I decided that because they were cheaper, and because they had seemed so small in the ring, they could be lifted into the back of my pickup. I backed my pickup to the docks and set off to find someone to lend a hand getting my calves to the loading bay and into the vehicle.

I found a lovely employee who was only too happy to help. Seeing the creatures now, close up in the pen, I was surprised at how big they suddenly seemed. I realised they had appeared small because I'd been comparing them to the heavier, older cattle that had preceded them. Yet I still didn't twig. Together we chased them to the dock.

When the mart man saw I didn't have a trailer hitched to the back of my pickup, he asked me how on earth I was going to transport them.

'Couldn't you just give me a hand to lift them in?' I asked him.

On hearing this he fell about laughing. I stood there feeling like an idiot – well, that wasn't new. The man beckoned to his mate, who came over, and on hearing my plan also fell about laughing. After the leg-pulling had subsided and my embarrassment reduced to a more manageable level, I grimly joined in. The calves were small, but still weighed over one hundred and fifty kilos each. It was a bonkers plan. I had to go all the way home and return with a trailer.

I sometimes see those mart men at the Carlisle auction, which is part of the same business, and to this day they still rib me about the time I tried to fit weaned heifers in the back of my pickup.

Back home I was thrilled with my purchases. The heifers were a super addition to the farm, and from that day on Fallowlees hasn't been without a Blue Grey cow.

17

Ewan

It was moving day! The fifth of November, Guy Fawkes Night, was chilly and mizzly – a typical autumnal Northumberland day. Some of the leaves remained on the trees, but they would all be gone in the next big storm. It is this time of year when the farming calendar really begins for me. Sheep mated on Bonfire Night start lambing on April Fools' Day, the traditional start for an upland farm. 'In with a bang, out like a fool,' the old farm saying goes!

I had had the land at Healey Mill for a month now, and taken over responsibility for John and Rosalind's sheep. The journey to work each day to check them was wonderfully easy compared to the long commutes of some of my contracts.

I had been wanting to get my own flock of one hundred ewes, born and bred at Fallowlees, to the better land at Healey Mill for ages. The grass at Fallowlees was running out and I had to go down daily and handball them sugar beets. But I needed the tractor to transport such a heavy load, and my latest purchase had not materialised. Yes, the tractor I had been assured would be with me within a week, over a month ago, was yet to make an appearance.

The cattle, too, were keeping me busy. Now that Penny's four calves were so much bigger, they were eating me out of house and home. And now I had my Blue Grey calves to add to the mix. They needed some tender loving care, being freshly weaned and therefore more vulnerable, but were starting to thrive. I was filling my quad trailer by hand each morning and handballing the feed to my growing herd, but they sure could pack it away quickly. It was taking me hours to do a job a tractor could do in minutes.

I wondered if I had been an idiot to let the tractor people have my money. I was too embarrassed to tell anyone what I had done, so instead I rang the company and grovelled week after week. It did little good. They patronised me with, 'Yes, darling, it will be with you in the next few days,' again and again. Now they had started to ignore my calls.

Then one day a wagon rocked up at the farm with that yellow goddess on board! They never did fix the window, and she still needed a jump to get her off the ramp, but I could overlook all that. She was finally here! Now I could get the ewes to Healey Mill.

That wasn't the only thing going on today. After a long text flirtation, I was finally going to meet the Scottish firefighter I had matched with on Tinder. Ewan Irvine from Galashiels had volunteered to give me a hand on one of his days off. So today, rather weirdly, was going to be our first date. I had it all sorted. I would transport the sheep to Healey Mill in the morning with the tractor. Ewan would meet me there, where he would hopefully be wowed by my impressive tractor-trailer combo as well as my amazing organisational skills. Then that afternoon he would help me with a job that was hard to do on my own – to colour (or raddle) the tups.

The tups are at their strongest at this time of year, and also their most aggressive. They can weigh in excess of one hundred kilos. In order to colour them they need to be sat on their rumps to give access to their chests, which are then daubed with oil-based raddle paint so that the tups leave a mark on the ewes when they mate with them. This helps me know when those ewes will lamb and when I need to bring them into the shed. It seemed a perfect job for a burly firefighter to assist me with. All the same, I wondered if he knew what he was letting himself in for when he offered his services.

Ewan had assured me that he would be happy to help; it would be an experience, if nothing else. In truth I would rather have met him on neutral ground, like a pub or restaurant, than on my newly acquired home turf, but with my demanding work and his shift pattern, we both realised that it might be the only way we'd manage a date this side of Christmas.

I jumped at his offer once I knew he was serious about it. It would be handy to have Ewan to hold the tups for me while I gave them their new colour scheme. Archie had helped me with the job the year before. I remembered our laughter as we began by trying to wrestle the tups to the ground and turn them over, neither of us being exactly built for the job, before working out a less strenuous solution. That's often the way in farming: finding a way to do a job based on the circumstances and who you have around at the time.

I was feeling deeply accomplished as I pulled away from Fallowlees in my new tractor, my fine sheep safely stowed in the trailer, all of them fit and ready to meet their man. I suppose, thinking about it, I was in the same boat! I had made a bit of an effort, with freshly washed and dried hair and plenty of mascara. I hoped I didn't seem too keen, though. It was hard to know how to play it when we'd already shared a fair amount of confidences and conversation. In some ways, I felt as if I already knew Ewan. I knew that he was divorced and had two young children who lived with their mother, and whom he saw regularly. I knew he was sporty – he played rugby and was keen on rock climbing and the winter pursuits of skiing and snowboarding. He seemed confident but also self-effacing, always a good sign, and I often found myself with a smile on my face when I was reading his texts. It all seemed to bode well. Yet who really knew how he might turn out to be in the flesh? It was only too easy to play fast and loose with the facts in a quickly bashed-off text message.

I wondered what he would make of it all. You never know how people will react when they first get a taste of the life I call mine. Healey Mill wasn't Fallowlees, but she was still a quiet backwater. I've known some to run a mile when confronted with a farm in the middle of nowhere: no shops, no local pub, the nearest takeaway fifty minutes away. Sometimes the only positive thing they can think of to say is that I won't have to go far for a Christmas tree!

I'd got to the end of the forest track and was on the road

just outside Harwood when a big red dashboard light started to flash. Red lights are always bad news, I've discovered. This one, even more upsettingly, was accompanied by an angry STOP sign.

I pulled in. Sod it. I had no idea where to start or what to do. I looked at the sign, willing it to disappear. No such luck. I would have to swallow my pride. I hadn't done it for a while but it was time to ring my dad and ask for his advice. Dad is very mechanically minded, and given a hammer and a spanner can fix just about anything.

'It sounds like the back-end oil transmission,' he said, when I explained what had happened.

I bit my bottom lip. 'Is that bad?'

'Could just be a sensor. Check there's oil on the dipstick.'

'There ought to be. The guys I bought it from said they would service it before they sent it.'

Even as I said it, I cringed at my gullibility.

'I'll check it anyway,' I said hurriedly, before Dad could comment.

I pulled out the dipstick. 'Yeah, there's oil there.'

'Could be it's just not getting round the system. You could keep driving, wait for it to cool down, then drive it again. See how far you get.'

So that was what I decided to do. I would drive the tractor until the light came on, then stop for a bit, then carry on until the light came on again until I got to Healey Mill, eight miles away.

The problem was the light kept coming on faster and faster each time. Time was ticking by, and I was still a few miles away and falling further and further behind schedule. I was also starting to get concerned about the sheep, who had been confined for so long. I decided to pull into a farm and ask for help. I had got out of the tractor and was wandering round the empty farmyard when my phone suddenly pinged, having just come back into signal.

Where are you? I haven't missed you, have I?

Ewan! With everything going on I'd forgotten all about him! The poor guy had been waiting for me at Healey Mill for twenty minutes now. I texted him back, explaining that I'd had a bit of a hiccup, and pinged him directions to come and meet me.

Fifteen minutes later a nice silver Golf drew up to the farm and the firefighter from Galashiels got out of it. He was recognisable from his photo, even without the warpaint of his profile picture. In other circumstances it could have been a perfect moment, but with all that was going on I didn't know whether to laugh or cry. The tractor had decided she didn't want to give up her load of sheep just yet, and wouldn't drop the tow bar to unlink the trailer. Being new to the tractor, I had no idea how to do it. The farmer, who had looked a little bewildered at me showing up with a load of sheep in the first place, was becoming more bemused by the second.

'Is this a friend of yours?' he asked me, scratching his head, as a smiling Ewan made his way towards us.

I blushed at the awkwardness of the situation. 'Well, kind of, we've not met before.'

I grimaced, then attempted to put on a more welcoming face to Ewan.

'Sorry about . . . all this . . . ' I tailed off, unsure which one of the two men I was apologising to.

I couldn't even introduce them as I didn't know the farmer's name, despite landing in his farmyard with a tractor, a trailer full of ewes and now, well, a suitor of sorts.

Ewan, however, took it all in his stride. He donned a pair of overalls from the boot of his car (how organised) and gave the tractor tow a hefty bang with a hammer from his toolkit (also in the back of his car). This was my kind of man! The tractor released her grip on the load.

After finding out the farmer's name and making some hasty introductions and more apologies, I asked if I could leave the sheep with him until I came back with another tractor. He didn't really have much choice in the matter, truth be told. Then I asked Ewan if he could run me across to Healey Mill to borrow one of John and Rosalind's tractors. So much for the capable, organised farmer he had been supposed to meet! I had barely had a chance to exchange a civil word with the poor chap, but I was growing more and more aware of the amount of time the sheep had been standing and of the morning flashing by.

As I installed myself in the passenger seat, I realised what a mess I must look. My face felt flushed from the stress and exertion and I didn't dare check on my mascara. My hands were covered in grease and oil from the rear of the tractor, my nicely blow-dried hair was mangled and scraped back into a ponytail.

'I'm so sorry. And thank you! But honest, this is my life all over,' I sighed. 'Never a dull moment.'

He seemed unperturbed. 'Don't worry,' he said, grinning. 'It's pretty different for a first date.'

As we pulled out of the farmyard, I sneaked a glance at him. Ewan looked tough, no doubt about it. His hair was close-cropped, for convenience, I guessed, and showed two Harry Potter-esque zigzagging scars on his scalp. He was broad and well built, with standard-issue firefighter arms. In fact, he was exactly like his pictures which, judging from Tinder date horror stories told by my girlfriends, was nothing short of a miracle. His hands were strong-looking, clean, but not prissy and soft.

I took some deep breaths and allowed myself to relax a bit.

'Sorry,' I said again. 'Things don't always go smoothly, but I think everything went wrong that could have gone wrong today.'

'Stop apologising, it's cool,' he said.

'Sorry,' I replied, and realising what I'd said, we both started laughing. I knew then we were going to get on as well in person as we had in our text messages. It was a good job, as we had a long afternoon of work ahead of us.

Ewan dropped me at Healey Mill to pick up the Murrays' tractor, then met me back at the farm where I had left the sheep. He helped me to hitch the trailer up to this second tractor and take the sheep to Healey Mill.

'I don't know about you but I feel as if I've done a day's work already,' I said, after we had unloaded our cargo at my new farm.

The sun had come out since the mizzly start and it was a perfect autumn day. We sat on the ground and ate the sandwiches I'd packed.

'Sorry there's no cake to finish. I'm not much of a baker.'

'These are great.'

We drank tea from my flask and watched the new arrivals making themselves at home in their new pasture.

'I used to have a smallholding,' Ewan told me. 'So I know a little.'

'Oh, great! That will help.'

'But don't expect me to be an expert.'

'Oh, no one's an expert at raddling.'

I told him about Archie and me the previous year. 'In the end one of us had to trap a tup in the corner and the other one got down and applied the raddle. You should have seen us when we'd finished!'

A few minutes later, Ewan was throwing himself into tup wrestling with impressive enthusiasm.

'They're bigger than they look,' he exclaimed, as he tried – and failed – to get his first tup tipped over.

'Tell me about it!'

'And you sometimes do this job on your own?'

'Not if I've got a willing volunteer.'

But despite him being a novice, we got the job done. Ewan wasn't scared to laugh at himself either, thank goodness. When Horatio, the enormous Leicester, took him for a wee pony ride across the pens, swiftly depositing him in a corner, I had tears streaming down my cheeks and was holding my stomach with laughter.

'I'm sorry, I can't help it,' I groaned. 'I wish I'd got that on camera.'

At the end of the afternoon I realised that I hadn't laughed so much in ages. My stomach was hurting. As well as joining in my laughter – often at his own expense – Ewan asked lots of questions about my work. He seemed genuinely interested.

'I've really enjoyed myself,' he said as, job complete, he ran me back in his car to pick up my tractor where I had so rudely deposited it earlier. 'How would you rate my raddling skills?'

'Hmmm, ten out of ten for enthusiasm and style. Umm, sorry, but zero for technique.'

He laughed. We were both still in high spirits after our energetic afternoon. I liked Ewan. I felt that we had a lot in common. I wished the journey was a little longer, but we were at the farm in no time at all.

I found the farmer and thanked him for letting me leave my tractor with him.

'Well,' I said to Ewan, as I climbed back into it, ready for the crawl back to Fallowlees, 'goodbye, and thank you for your help.'

'I'll follow you until you're home,' said Ewan, ever the gentleman.

'Honestly, there's no need.'

'I insist.'

We said our goodbyes but agreed that Ewan would tail me in his car to the start of the Harwood Forest track in case the tractor let me down. That was far enough, I thought. I didn't want to show him Fallowlees just yet.

I had only gone a few miles when the red light came on again. I stopped, and Ewan waited patiently behind. The light went off, and I started again. By the time I reached the forest it had happened twice more. I had had enough. I got out of the tractor in fury and abandoned it at the side of the track.

I was too tired to be proud now.

'Any chance of a lift?' I asked, as Ewan pulled up alongside me.

'You say you just bought it?'

'Yes, more fool me.'

'You should get back in touch with them. Anyway, hop in.'

Now that there was no choice in the matter, I thought, Ewan might as well see sooner rather than later how far away from civilisation I lived. I liked him; I was pretty sure he liked me. But there was no point in things going any further if he was going to scarper as soon as he saw the isolation of my beloved farmhouse.

There was the track to negotiate first. If it bothered him, he didn't let on. Even when I cringed as the bottom of his car grated against a particularly high part of the road, he seemed unruffled.

I pointed out the farm when we got our first glimpse. He stopped for a few seconds. I was pleased to see his eyes light up the way mine always did when I saw Fallowlees.

'What a view!' he said. 'What a spot.'

A few minutes later we parked and I led the way into the farmhouse. Roy and Alfie gave him an enthusiastic welcome.

'They like you.'

'I grew up with collies,' said Ewan, getting down to meet them properly as I quickly rinsed a couple of mugs.

He sat down at the table and pulled out his phone.

'We have 3G,' I said proudly, as he tapped away to the sound of the kettle coming on to boil.

He was silent for a few seconds.

'The company you bought the tractor from – I've just googled them. They're not exactly reputable.'

I made him his tea and sat down. He showed me the phone. Trading Standards had become involved to investigate complaints against the firm, and there was an impending lawsuit.

My heart sank. Why hadn't I thought to do that earlier? I might have saved myself a lot of bother.

'I suppose it's too late to do anything about it now.' I was trying to play it cool. 'Probably more trouble than it's worth. I'll have to get it to a dealership and see what the damage is.'

I felt a bit of an idiot – a gullible girl who'd been taken for a ride (or not!) – but I was determined to put a brave face on it.

I changed the subject. 'So tell me a bit more about your work. It's not all rescuing cats from trees, is it?'

Ewan laughed. 'Where do I start? No two days are ever alike. It's like solving a new problem every time we go out, using the kit we have on the fire engine.'

I could see he was as enthusiastic about his job as I was about mine, and I listened in amazement to some of his stories.

When Ewan left an hour later, we did the awkward no-idea-how-to-end-the-first-date dance. Cringey, at best. Needless to say, I've moved the light shade in the porch now and no one has since hit their head on it.

18

Yellow Goddess

I continued to do well with my trialling into the autumn, scoring regular wins with Roy. My heart sang to see him being recognised by many as a 'good' dog, and what's more, I was being recognised as a capable handler for the first time. Maybe after everything I had been through I had become more focused. It had certainly been one of my dreams, while I was recuperating after my broken back, to get better with the dogs. To be known as a serious triallist. And I had had the luxury of spending more time with them when heavier jobs were out of the question. Now I was seeing the results of those efforts. With the Healey Mill partnership to add to my bow, I felt the sky was the limit. I was excited about the future.

By the end of the season I had even managed to accumulate a few trophies, which would be awarded at the annual dinner dance. The Northumberland League holds the dance each year to award prizes to the winning triallists and generally have a big old knees-up. It had long been one of the highlights of my calendar and I had been going since before I even started competing.

This year I asked Ewan if he would partner me to the dance. It was only a couple of weeks since we'd first met, and we did have a hiccup when, on our second meeting – a mutually agreed date to the Hexham machinery sale (we farmers are such a romantic lot) – he texted me to say he couldn't come after all because his car was broken. Aha, that old chestnut. I figured he simply wasn't interested. I thought back to the fun we had had that day with the tups. It had been a laugh, and we'd really got on, despite the disastrous start. Perhaps he thought I was an idiot with the tractor buying. I couldn't really blame him if he did. Or maybe he just wasn't keen enough to contemplate driving from Galashiels to Fallowlees every time he wanted to see me. Or, let's face it, he might have decided in the cool light of day that he didn't fancy me after all and that this was the kindest way to let the whole thing fizzle out.

In truth, I was crushed. I didn't reply, and deleted his number from my phone, drawing a line under the episode so I wouldn't think of him again. I set off to Hexham by myself.

Ewan appeared at the sale later that day in a hire car, much to my embarrassed delight.

'I thought you would think the car was a pretty shabby excuse,' he said.

'Oh, not at all,' I lied.

We came back to Fallowlees with a suitable array of

paraphernalia (garden fork, spade, spanner set, ratchet straps and a dog kennel) at bargain basement prices. He seemed as delighted as I was.

The dinner dance felt like an important next step. We knew each other well enough for me to feel comfortable introducing him to the people I spent so many of my weekends with. They'd want to know all about him and, when they discovered he wasn't a farmer, they'd be sussing out whether he'd last long in this strange new world. It would be interesting to see if he would stand up to their grilling.

The dance was held in Otterburn Hall, a popular wedding venue half an hour's drive away. I wore a backless little black dress paired with silver whistle-shaped earrings and a pair of sky-high heels that instantly made my feet ache for my worn-in wellies.

My best accessory was my firefighter, who appeared at my door dressed in a smart suit. Ewan looked very dapper and not a bit nervous.

As we set off it was snowing fat wet flakes. I hoped it wouldn't get heavier. We had a four-by-four taxi booked to take us home but these country roads are treacherous in bad weather whatever you're travelling in.

We left our coats in the cloakroom and headed to the bar. Although I had seen some of this crowd when I began trialling again, there were others I hadn't seen since before my accident. I knew I was in line for some ribbing over it – they wouldn't think twice about it, especially not when they knew I had made a full recovery. As a woman in a man's world, I was used to the teasing by now. It started straight away.

'I saw an advert the other day: quad bike for sale, one careful lady owner,' someone called out as I passed them.

'I did warn you,' I whispered to Ewan, before laughing and going back to introduce him.

I always do a double take when I see everyone at this event – it's the only time of year we meet each other out of our farming clothes. We are all transformed. Everyone – male and female – makes an effort for the dinner dance. Hair is always neatly combed, male faces have been given a proper shave, women who don't always bother have carefully applied lipstick and mascara. The smell of aftershave and perfume is strong enough to knock out a flock of sheep.

I steered Ewan to the bar where a group I knew were congregated. I was happy to see them all, and it was touching how genuinely pleased everyone was to have me back.

'Gave us a fright, you did!'

'Great to see you in one piece!'

'We wondered if you'd make it!'

'Couldn't believe it when Archie told us what you'd gone and done.'

'No dancing for you tonight, mind!'

'You wanna bet!'

After I had answered enquiries about my health, it was Ewan's turn to be the centre of attention.

'And who's this handsome fellow, then?' asked one of the old farmers, handing us both the drinks he'd bought us.

I introduced Ewan to the gathered crowd.

'Oh, aye, Ewan, we've heard all about you,' said one of them, giving me a wink.

Ewan looked chuffed. He shook hands and promised to try to remember names.

'You like your job, do you, son?' one of them asked. 'It must come in handy, mind, for Emma. She never could turn down a sick animal.'

Ewan, not quite sure what he meant but assuming it was a joke at his expense, managed a laugh.

I wasn't expecting them to go easy on him, but when some of the crowd started getting technical right away, launching into questions about worm burden in sheep and lactation of whelping bitches, well . . .

'Sorry!' I mouthed, as Ewan fielded their questions with his usual good humour.

Then Archie came up to the bar.

'Ah, Ewan! The firefighter! I've heard all about you from Emma,' he said, shaking his hand vigorously.

The group at the bar looked puzzled. 'Firefighter? Eeh, we all thought you were a vet,' said one of the party. They all looked at me.

I felt myself go a little pink. An ex-boyfriend, a vet, had also been called Ewan. This explained all the technical questions!

Luckily Ewan saw the funny side, and I endured yet more teasing, this time from him as well as from the others.

After a while I left him talking to Archie and went to catch up with a couple of friends I hadn't seen for ages.

'What did you make of my old mate?' I asked Ewan, when it was just the two of us again. I so wanted him and Archie to get along!

'He's lovely. Wants to know when I'm going to get a dog and start trialling!'

I took a sip of my wine. 'Well, do you fancy it? I could teach you the basics.'

I'd talked to Ewan about my love of trialling, and he'd seemed fascinated, but I realised that didn't necessarily mean he wanted to have a go himself.

'Only if you're interested,' I added hastily.

'Yeah! Why not?'

We sat at a table with some good friends of mine. They were a lively, boisterous lot, especially after a few drinks. I wondered what Ewan would think of them all, then told myself to stop worrying. He was a Scot, after all! He was soon chatting away as if he'd known them all his life.

After the meal – lamb, of course! – the presentations were made. Despite my limited appearances on the trial field this year, I had still managed a respectable placing in the league and won some silverware. There had never been a female winner of the Northumberland League, so I felt that my chance to claim this title for myself and make history might be getting closer. Maybe next year, if I managed to stay in one piece, the title could be mine. Archie and Dale were second, and I felt proud of my friend and rival.

Before the disco there was some country dancing, which everyone threw themselves into – some too vigorously. One woman, green to the dancing techniques of farmers, had her arm broken as she didn't hold on tightly enough during one of the ceilidh dances. Some of our companions won bottles in the raffle, and when the disco started we had lost any inhibitions we might have had about our dancing skills. By the time Abba's 'Dancing Queen' was on I had thrown off my heels and was barefoot.

I always request 'Come On Eileen' by Dexys Midnight Runners. It's a favourite of mine and a sure-fire hit in our crowd. Just about everyone was on the floor when those familiar beats started up.

Ewan and I were sorry to leave when the taxi turned up. What a great night it had been! Even in our slightly tipsy state though, I could see that the taxi wasn't the four-by-four I had asked for. It would have to do. Ewan helped to lift my trophy haul into the back. The snow hadn't abated – a thin, treacherous layer of it coated the road.

We were both laughing wildly, reliving events of the evening as we rode home. Ewan seemed to have enjoyed himself as much as I had. He had met some of the key people in my life and won them over. It occurred to me that he had covered some major milestones in just a couple of dates.

The driver took it slowly in the poor visibility, windscreen wipers working overtime.

'Up this road here,' I said to him as we reached Harwood.

The car began to bump its way up the forestry track. I heard a few nasty crunches as unforgiving Northumberland rock made contact with the metal underside of the car. I grimaced on behalf of the driver. It wasn't a good sound. When it had happened several times, the driver stopped the car and turned to face us.

'I'm sorry, guys, I just cannot take you any further. The car's not going to make it, and if I rip the sump out my boss will kill me.'

I could hardly blame him.

'That's OK,' I said.

He looked surprised at how cheerfully I had taken the news. But a master plan was developing in my brain as I was sobering up fast. We stumbled out of the taxi. In the car's headlights the scene before us looked like one from Narnia: swirling snowflakes, snow-dusted conifers. All that was missing was a lamp post.

Ewan looked bemused as I took his arm. 'C'mon, Ewan, our chariot awaits,' I giggled. My trophies clanged together in the cardboard box I was clutching.

The tractor still sat at the end of the road in solitary splendour. She had been there since the day I met Ewan. I was still furious at her for letting me down – well, probably more furious at myself, really, but it amounted to the same thing – and hadn't walked the four miles from Fallowlees to retrieve her.

'There she is. All ready and waiting.' I waved in the general direction of the tractor.

'You mean . . . '

'She'll be fine for four miles. It's lovely and cold, so she's hardly going to overheat, is she? Not when it's minus four! It's got to be better than walking. I'm not sure I could do it in these heels, anyway.'

I noticed the taxi making its getaway before we could change our minds and make a fuss about being abandoned in the snow, miles from our front door.

'Come on, Ewan, I'm freezing – and getting soaked!'

The journey that followed was reckless, dangerous and downright stupid, but we were completely stranded and it was the only option at the time. I shouldn't have been surprised to discover that the wipers didn't work. Ewan had to cling onto the side of the vehicle wiping the windscreen every few seconds so that I could see where I was going. At one point his hand slipped and he grabbed the first thing he could to regain his balance. He still bears the scar from the exhaust burn to this day!

We were both laughing, ecstatic at our own idiocy, as I parked the yellow goddess at the farmhouse. She had redeemed herself.

PART THREE

A New Start

19

Ewan: Firefighter

I was in my mid-thirties, living and working in the Scottish Borders as a firefighter, stationed in Galashiels, when I met Emma. I had been single for a year following my divorce, and I had two children. I knew that I wasn't exactly an amazing catch but I had been working hard to recover and find happiness in my life. At the time I was renting a semi-detached house with a garden just across the park from the fire station. It couldn't have been easier to get to work.

I have always had a passion for the outdoors and the natural world. Growing up in the countryside, south of Edinburgh, we always had Border or bearded collies, and my first weekend job was on the farm by my parents' house. Before starting in the fire service I worked as an outdoor pursuits instructor, teaching canoeing and kayaking and guiding rafts in the French Alps. In fact, if it hadn't been for a life-changing event which happened to me while I was working in France, I might never have chosen firefighting as a career.

It was 2007, I was in my late twenties and working a ski season in Meribel. One day, I set off with two friends, Timmy and Ryan, to explore the vast ski area. It was my second winter there, and by now I knew the hidden off-piste routes which held untracked powder days after fresh dumps of snow. We spent a tremendous day together, Timmy on skis, Ryan and me on snowboards, and I was looking forward to getting back to watch the Scotland game on the TV at half past four.

For our last slide we returned to a spot our boss had told us about that morning. We set off down a couloir – a steep, narrow gully – that we reached after a short walk in. The run then opened out into a large bowl. The visibility wasn't great, so we were descending carefully, as we knew there was a rock band at the bottom of the bowl before the last two hundred metres out to the marked piste. I was below the other two and called a halt when I saw the line of cliffs below us. I signalled to Ryan to join me and pointed out the snow-filled gap between the rocks that I planned to drop through. Ryan was going to watch me through and then pass that information to Timmy before dropping through himself. I was watching Ryan safely pass the rock band when I heard a shout and saw Timmy slide on his back head first over the cliff. He must have fallen twenty feet or so.

I couldn't really believe what I'd seen. I quickly unstrapped my board and climbed back up the hill. Timmy had landed just out of my sight and Ryan had reached him first. When I got to them, Timmy was lying on his side across the fall line of the slope. Ryan said that Timmy had been blue when he reached him and that he had cleared the snow from his mouth. There was blood around his head and he was unconscious and not responding to our voices or touch. I tried to phone for help but couldn't get a signal, so Ryan went to shout to the people skiing the slopes beneath us. With several people responding to his cries for assistance, he returned to help me as Timmy was starting to make uncoordinated attempts to move his arms and legs and was at risk of sliding down the slope.

We tried to scoop a shelf out of the snow to stabilise Timmy. Ryan held him still while I tried to see what his injuries were. Timmy had a bruise above his left eye and a cut on the crown of his head. Then I discovered a huge, circular, bulging open wound about the size of a fist at the back of his head. There weren't any other obvious injuries so I used Timmy's hood as a compress and tried to cup the back of his head to stop the bleeding, all the while trying to prevent him from moving.

It felt like the longest hour of my life waiting for the rescue team to arrive. I kept talking to Timmy but he made no response. The bleeding seemed to have stopped but his blood was all over me. I seriously thought he might perish. When the first rescuer reached us, I explained in French what had happened. The poor guy was ashen, as I'm sure I was. Seeing him struggling to get his medical gloves on, I used a large wound dressing and bandage to bind the ghastly head wound. More rescuers started to arrive with further equipment and a sled. It was unnerving, seeing them slide about in their ski boots as we tried to keep Timmy as stable as possible while they formed a mattress around him, drawing out the air with a pump to cocoon Timmy within it before loading him onto the sled. I gathered up Timmy's belongings, finding only one ski, his poles and his hat, which had a clean hole punched out of the wool.

Ryan had to leave for work, but I was with Timmy in the medical centre while the team there worked on him. I stayed until he was loaded into the ambulance for the run down to Grenoble and the specialists at the hospital there. They had wanted to fly him, but a blizzard had blown in. I returned to our staff quarters where all our friends and colleagues had gathered and tried to explain what had happened. It was awful trying to tell them just how serious it was. I remember someone said, 'He'll be all right, he always is.' I knew that if he had seen what I had he wouldn't be saying that. I was crying when I went for a shower and the water ran red as I washed off Timmy's blood.

I was working the following day, picking up guests from Geneva airport and driving them into the mountains for the start of their holiday. I was near tears all day as I hoped beyond hope that Timmy would live. After work I drove down to the hospital to meet Timmy's family, who had dropped everything to fly out from the UK. I was full of guilt and really distressed, trying to explain to his parents what had happened.

That event changed the direction of my life. When I finished that season I enrolled in a ski patrol course back in Scotland, working at the Nevis range near Fort William, after which I did an emergency medical technician's (EMT) course and went on to work as a rescue medic. That was when I started thinking about applying to the fire service.

I just knew that I wanted to use my new-found knowledge to help people in emergencies.

It was a long, slow road to recovery for Timmy, who, as well as his traumatic head injury, had four broken vertebrae in his neck and back, a shattered ankle and a snapped cruciate. He reckoned it was about five years before he was back to 90 per cent of his old self. He's been changed by the accident, of course, but he's written a book and made a life for himself as a life coach and mindfulness instructor.

After my divorce several years later, I knew I didn't want to remain single for ever. As time went on and I wasn't meeting anyone through work or out kayaking and climbing, I decided I needed to up my dating game. When a good friend told me about the dating app Tinder, I decided to give it a go.

With Tinder you can set parameters such as location, distance and age. The profile picture of anyone who matches your search pops up and you swipe left or right depending on whether you fancy them or not. It might seem savage to make an instant decision based on a profile picture, but I guess we know in a couple of seconds whether we are attracted to someone or not. The good stuff comes when we get to know that person.

I was looking for a woman who was smart, funny, attractive, independent, gregarious, fit, happy, loving, loyal and with a lust for life. Not looking for much, then! Is it even possible to glean all that from a photo? It seems you can . . .

Emma's profile picture was a stunning one. She was wearing a sapphire-blue ballgown and holding a shepherd's crook in one hand, with sheep in the background and hills in the distance. A click on her profile revealed more pictures of this beautiful woman with a gorgeous smile, and that she was a shepherdess. I swiped right and prayed for a match.

I remember the excitement of our flurry of messages. Everything I learned made her sound like the woman I had dared to dream of. Emma told me about her passion for farming and sheepdogs, and that she ran a remote off-grid farm in Northumberland. I was blown away that this intelligent, witty, beautiful woman was chatting to me. In our chats we talked about books, both having a love of reading, and Emma mentioned that she had written a book. Of course I bought a copy of *One Girl and Her Dogs* straight away. When I read it I laughed and cried at the stories of her life and started to fall in love with this woman I had yet to meet.

The first time I saw Emma, she was climbing down from her tractor, a vision in waterproofs, wellies and tousled auburn hair. She crossed the yard, shook my hand and told me about her predicament. I thought her even prettier in person and was glad that I could help unhitch the trailer. We had a good blether in the car running across to the other farm to borrow their tractor.

I'm not sure how much use I was in the pens putting raddle on the tups. Emma had some huge Texels that must have weighed a hundred kilos and then some. They had such a low centre of gravity, and I could barely reach from their chins to their tails in my attempt to fold them and tip them onto their haunches. I was amazed that Emma had the skill to manage these beasts! The best I could do was to pin the ones I couldn't tip in the corner while Emma applied the marker dye.

In one of the fields Emma explained that she had a Bluefaced Leicester ram which she would put over Scotch Blackfaced ewes to produce a Mule lamb. I was staggered at the skill of her dog Roy, who singled out this leggy tup, about the size of a small donkey, and backed him up to the corner of the hedge. I was still playing rugby at the time and when Emma asked me to catch him, I thought I would impress her with my skills. I caught him under the chin and flung a leg over his back, thinking I would walk him over to Emma. Much to my embarrassment, I was barely able to plant my feet and the tup took off across the field with me riding him!

When I first saw Fallowlees, the sight of the sandstone farmhouse, alone at the edge of the forest, took my breath away. I could see why Emma had fallen in love with the place a few years earlier. But as the car scraped its way up the rutted track – all four miles of it – I realised that it wasn't the most accessible place to get to. Emma told me that the track had been the nemesis of many a car's exhaust, and I could well believe it.

Emma decided to take me riding one day. I think it was at least twenty-five years since I'd last been on a horse. Helpfully, she had some great advice as we set off through the trees. The gist was to lean forward going uphill and backwards coming down. For the ditches I should try to keep hold of the mane. It was great fun as we cantered through the countryside and up across the valley from the farm. Emma had neglected to fill me in on the finer points of horsemanship, like how to steer or how to stop, and at one particularly boggy ditch I was rudely catapulted head first as Emma's trusty steed thought the better of it and sharply swerved to avoid the leap. I emerged completely plastered in mud, but none the worse, with Piper happily grazing, unfazed by the sudden departure of her happy hack!

As we started to spend more time together, Emma took me to some of the sheepdog trials that were such a big part of her life. They are very sociable occasions, full of banter and gentle ribbing. I watched proudly as Emma made it all look so doable, always seeming to make the prizes. I wondered if I would ever be brave enough to have a go myself. Perhaps the best part of the day was the trip to and from the trials in the car, during which we talked about anything and everything while also getting to see some of the gorgeous Northumberland countryside. Considering our different paths in life before meeting, I discovered that we shared the same views on lots of subjects. I realised I was falling in love with Emma.

I wondered if one day I might make the move from one side of the border to the other to be with her.

20

Hoggy

Ewan's shift pattern meant that he did two day shifts followed by two night shifts followed by four days off. He started coming to Fallowlees when he wasn't working. There were always jobs he could help me with, and he didn't seem to mind that our dates were in a farmyard or a muddy field rather than in swanky restaurants.

I knew I liked him a lot and he seemed to like me, too. But after Dan, could I really judge what a man was thinking about me any more?

'It's meant to be your day off,' I said guiltily, as I watched him mending one of my fences on a freezing December morning.

But Ewan was one of those men who liked to be doing something, and if it was in the open air, so much the better. I started to think I had found my ideal partner – though hadn't I thought the same thing about Dan?

He would return to Galashiels on his motorbike. It took an hour and a half. Quite a long commute, I thought to myself, every time I waved him off. I worried that he would get fed up with it before long.

I spent Christmas Day with my family as usual and returned to Hawick on New Year's Eve, which in Scotland is as big a deal as Christmas. Ewan was on duty, so Caroline, Elizabeth and I were planning to welcome in the new year in Edinburgh. We didn't get to do it that often these days, but when the Gray girls get together, a good night is guaranteed!

Earlier in the year, it turned out, there had been a secret romantic encounter between Caroline's sheepdog bitch, Nan, and my very own Casanova, Roy. Now Nan was no spring chicken and had never had a litter before. By the time we realised she was in the family way it was too late to do anything other than let the pregnancy run its course.

As luck would have it, that very evening, just as we were putting on our glad rags, Nan started to whelp. That quickly put an end to the night out.

There was great concern in the ranks because of Nan's advancing age, and sure enough, after making herself a nest of torn newspaper in front of the Rayburn, she lay down and gave us more to worry about. A pup was born, still and lifeless. Then another, and another. It was heartbreaking.

Poor Nan was forlorn, frantically licking her newborns, trying to love them back to life. Seeing an animal distressed is horrendous. Even worse when you see your sister so upset at the same time.

I knew everyone was annoyed with me for allowing Roy to have his wicked way with Nan, so I felt doubly guilty – I was making Nan and my family suffer as well as having already ruined what was supposed to have been a great night out.

Just as the chimes of Big Ben announced the new year, the last pup made an appearance. On the TV on the kitchen bench, Edinburgh was one big party. The rejoicing crowds danced on the streets of the great Scottish city, the castle illuminated by fireworks.

None of us felt particularly like celebrating.

Nan gave a final push, and the pup slid out onto the newspaper.

Caroline gave a squeal of alarm and surprise.

This pup was alive!

Nan was delighted, the dead pups forgotten. She now had something to love and cherish. The pup was beautiful, too, a traditionally marked black and white female.

'Wouldn't Eve be a nice name,' I mused, 'given that she was born on New Year's Eve?'

'We're in Scotland,' said Caroline. 'She was born on Hogmanay.'

'Well, you can't call her Hoggy!'

Hoggy it was, and she remained my sister's dog until she started taking off after sheep on the family farm. Then she came to Fallowlees to join my upcoming nursery trial team.

'It seems crazy you paying rent on your place in Galashiels when you're hardly ever there,' I dared to say to Ewan one day. 'And such a long commute.'

'Emma Gray, you are so romantic!' said Ewan. 'Are you suggesting I move in with you?'

'Well, having a handyman around would be great. And I've got a spare room.' I poked him in the ribs. 'What do you think?'

'I think it's a great idea!'

He gave notice on the place he was renting and seemed as excited as I was at the prospect of living at Fallowlees. My parents had met Ewan, and liked him very much, and I had met his family. He got on well with my sisters, too, always important.

Just as I was thinking how well it was all going, I opened the glovebox of Ewan's car one day and found a pair of knickers. They weren't the sexy, lacy type, but they were ladies' knickers and they most definitely weren't mine. A girl knows her own knickers.

My heart began racing and a hundred different stories started playing out in my mind. Stay calm, I told myself. There must be a logical reason. I decided to give Ewan the chance to explain himself and very calmly confronted him with the said pair of (clean) knickers.

Ewan shrugged. 'I've never seen them in my life.'

'Oh, and I suppose they magicked themselves into your car,' I replied sarcastically.

He just gave me one of those I-have-absolutely-no-idea-what-to-say-next looks. I was almost as mad about his under-reaction as I was about the knickers. Why wasn't he worried about them? That unnerved me. Surely he should have been either giving me a straightforward explanation or rolling about making excuses for how they got there. Instead he did neither.

When I went to Hawick to lend a hand the following day, I thought I would mention it to Mum and see if she had some advice to impart.

We sat in the living room with our cups of tea. Mum was there with Caroline and had her sympathetic face on as I launched into the story. I had just told them about pulling out the unfamiliar knickers when I noticed that my sister had stuffed her face into a cushion and was making strange snorting noises.

'What the . . . '

'I'm sorry,' she just about managed to say, laughing even more now. 'I'm really . . . sorry.'

'Well, I'm glad you find it funny . . . ' I began, before she managed to string something intelligible together.

'They're Mum's knickers,' I heard through her muffled laughter.

It was time for Mum to look affronted.

'Mine?' She frowned.

Caroline finally took the cushion away from her face and managed to speak.

'Remember when my washing machine was broken and I had to use Mum's for a while?' She wiped away her tears and sat up straighter to pull herself together. 'I ended up taking a pair of her knickers home with my own washing, so I stuffed them in my handbag to give them back. But then, remember how we both went to the races and borrowed Ewan's car? I didn't want to carry them round in my bag all day so I stuffed them in the glovebox. I ended up forgetting all about them.'

It was too much. All three of us were now falling about laughing. And I owed Ewan a massive apology!

When a big removal truck rocked up to Fallowlees one day in January, I could hardly believe my eyes.

'What's all this?'

'A lifetime's possessions. I've got a few years on you.'

Out of the truck came furniture, kitchen paraphernalia, sports equipment, books and records. Box after box after box.

'I'm not sure there's going to be room for all this. Are you building an extension at the same time?' Something caught my eye. 'Ooh, is that the sofa I like?'

I loved the big brown leather sofa from Ewan's house in Galashiels. It would look good in the living room. But as luck would have it, no matter which way it was turned, we couldn't get it inside.

'No problem,' said Ewan. 'Now, where's my toolkit?'

'What are you going to do?'

'Saw it in half.'

He looked at my astonished face. 'Well, have you got a better idea?'

Several hours later, exhausted after lugging all the boxes from the lorry and finding somewhere for them to go, we prepared to plonk ourselves down on our new settee – now looking whole again – and put our feet up.

'You're just in time to help me with lambing,' I said, as I went first to the fridge. 'Glass of wine, or a beer?'

'I knew there was a reason you were in such a hurry to get me here.'

I had been looking forward to this year's lambing. It was my first at Healey Mill, and the first time since I was seventeen that I wasn't trekking around the country lambing other people's sheep. I was finally my own master. And now, with Ewan by my side, I had even more reason to look forward to it.

It turned out to be the most enjoyable lambing I had ever done, helped in no small part by having someone to share the workload with.

Ewan wasn't a total novice to farming when we met. He knew something about keeping sheep and cows from his time having a smallholding with his ex. But I took a lot of pride and pleasure in trying to pass on some of the knowledge I had gained over the years. He threw himself into the work – and, as I'd already witnessed, at the sheep! Never embarrassed to ask a question or do something that might make him look silly, he was different from anyone I had ever met.

21

Strawberry

That spring of 2013 was exceptional, reflecting our high spirits. The sun shone and the ewes hardly saw a wet day. The lambs flourished like hothouse plants. The ewes we had transported the previous year couldn't believe their luck – born on the rough uplands of Fallowlees, the move to lower pastures provided them with lush feed they hadn't known before and they grew fat, round and contented. Even Lippy, the Texel who had suffered the facial injury in the dog-worrying incident, had rallied. For a while I had wondered if I might have to cull her, but the sweeter grasses of Healey Mill suited her disfigured mouth and she was thriving along with the rest of them.

What's more, Roy and Alfie were loving the work at Healey Mill as much as we were.

It felt so good to have finally found someone to share this wonderful life with. In the evening, when work was done, Ewan and I would reflect on the day's little dramas over a meal and a glass of wine.

I didn't feel as if I was forging ahead on my own any more, sometimes making decisions I wasn't sure about. I knew that if I had known Ewan earlier I wouldn't have made the same mistake with the tractor. I had sometimes rushed into things because I didn't want to bother anyone else with my questions. Dad would always provide a sympathetic ear, but he was a busy man with his own farm to run. Archie, too, was a fount of wisdom, but had already done far more than I could ever repay him for. Besides, I had my pride. The last thing I wanted was people thinking I couldn't do this job by myself – a young woman in a man's world. I had come up against sexism of this sort too many times in the past for it not to affect me.

But now I had someone I could sound ideas off, someone who had my back, and I felt so much more secure.

I thought back to the goals I had set myself when I was recovering from my broken back. It had been less than a year ago that I had written down that list of dreams, and today I had achieved far more of them than I could ever have dared to think possible. I had given up contracting; I was making progress on the trials field; I had met the love of my life; and I was adding to my pack of dogs.

The number of dogs at Fallowlees had been slowly creeping northwards for some time. I couldn't seem to pass up a well-bred pup. I had built an excellent team of experienced dogs as well as a good number of up-and-coming youngsters for the nursery trials later in the year. In my new pack I now had Jamie, a handsome, playful, black and white youngster I bought on the spur of the moment and had high hopes for, while also rising up through the ranks was Fred, a son of Roy and identical in all but name. Hoggy was showing early signs of being a good work dog, too. The varied terrain at Healey Mill was ideal for developing their education. But I was determined, too, to be businesslike about my pack. I couldn't usefully employ all of them for all of their lives: some of them would have to be sold.

It wasn't just the number of dogs that was growing. Penny was due to calve in the summer, thanks to artificial insemination. I was happy she would be able to keep her own calf for the first time. The calves had wintered well and I had weaned them from her. She seemed happy to be relieved of her brood, who were now far larger than her. They had grown long and tall – lanky teenagers. Chalky, the pure white one, was still my favourite. I hoped to repeat the experiment in the future, but with fewer calves next time.

The Blue Grey calves I had bought in Newcastleton were continuing to thrive, and were enjoying eating down the spring growth. As I saw the way the cattle had improved the land – how everything was working in harmony – it solidified my resolve to grow my herd when funds would allow.

Then there were the horses. Coquet was no longer a foal but now a rapidly growing gelding. He was losing his winter coat and looking every bit the racehorse his mother had been. He had become withdrawn since losing Delphi, and after Piper, the fat gypsy cob, went back to her owner, he was left with just Mr Tumnus for company.

Their relationship had certainly improved since the early

days. I think, because Coquet was lonely and Mr Tumnus reminded him of his mother, there was still a bond between them, albeit a weaker one. They were like brothers: they loved each other but didn't always like each other.

Coquet needed more than a goat for company, though, even one with the character of Mr Tumnus. Horses never live alone by choice, and need equine companions around them to live a truly contented life. I had been keeping an eye on the horses for sale pages on Facebook, hoping to find a little pony to run with him.

One day I saw an advert I could not pass by.

Appalooser [sic] horse mare
Make 16 hands plus
Two years old
Haltar [sic] broken
£300

With the advert was a picture of the sorriest little pony you had ever seen. She was skin and bone; her coat was mangy and balding in patches, and her mane and tail were lank and ungroomed. In the background I could see more horses, looking as emaciated as she was.

I rang my sister Caroline immediately.

'Fancy a horsey road trip tomorrow?'

'Damn right!'

Ewan was at work that day, so knew nothing of my plan. Caroline and I set off with the livestock trailer and headed down to Durham on our rescue mission.

We arrived at a tiny plot of bare ground. To be honest, it was exactly what I'd expected: motorway barriers were tied up in gaps of broken-down fencing, junk was piled in heaps, scrap cars were dotted all over. There was not a blade of grass to be seen, and yet wherever I looked I saw broken-down horses.

It must have been a bog in the winter or after a wet spell. I could see where the horses' constant pacing had worn deep tracks in the mud, which had now baked dry.

It was a very sorry sight.

'I'm not sure I like this, Emma,' said Caroline. 'Remember the time we went to test-drive that car . . . '

I could hardly forget. Caroline had seen an advert for a cheap Fiesta that seemed worth checking out and asked if I would go with her. I felt a twinge of anxiety when the satnav directed us into the depths of a travellers' encampment. The people seemed friendly enough, and they agreed to let us take the Fiesta for a drive if we left my car with them. We promised not to be long. We stalled at the second junction, about a mile down the road, and the car wouldn't start again. We looked at each other. What to do? Should one of us walk back and get help? But we were in the middle of nowhere and didn't really want to split up. Should we abandon the car and both go back? What would the owners say? We tried the engine a few more times and after an age it finally fired and we took it straight back. When we got there we found that our car had been blocked in, and it took us some time to find someone to let us out so that we could make our way home.

'Christ, yeah, that was some day!'

But this mission felt important and so we opened the smashed-up gate and drove in anyway. Before we got out of the car, though, I checked my phone's reception and slipped it into my pocket. That previous incident had made me more cautious.

I saw the pony straight away, tied to a post in the field. Her head was hanging miserably.

I pointed her out to Caroline. 'Have you seen her?' I muttered. 'She's tiny. There's no way she's ever going to make sixteen hands.'

What I was actually thinking was that she'd be lucky to see out the summer. Next to her stood a slightly bigger blue and white colt, who was in a similar state. They were both lifting with lice. A stiff breeze could have knocked the pair of them over.

A lad appeared from nowhere, like magic, followed by several others.

I had already decided I was taking her, but I was no stranger to the art of negotiation.

According to the lad he had rescued both horses from a 'despicable' person a year previously, but could no longer keep them. He repeated the claim in the advert that the Appaloosa was going to make sixteen hands, as was her companion. This was a blatant fib. They were both about twelve hands tall and were most certainly ponies.

I said I would give him the asking price for the Appaloosa if he would throw in her friend. I could see that the blue pony was overly attached to her, and had no doubt they had been through a lot together. Having endured the trauma of reading about Black Beauty's love for Ginger as a child, I had no intention of splitting them up. The sight of the cash and the fact that I had the trailer there waiting was too much for the boy. He shrugged and took the money. He handed over two passports for Exmoor hill ponies. There was no way they were Exmoors (little fat brown ponies with a distinctive beige muzzle) any more than they were going to reach sixteen hands, but I said nothing and tucked the passports away in the glovebox before we got on with the job of moving them.

We dropped the tail ramp and the boy clipped a rope onto the blue colt while Caroline took the other. The blue colt walked dejectedly up the ramp, putting up no fight, but the sight of the trailer caused panic in the little Appaloosa, who shied and whinnied. I wondered what had happened to her in the past. She must have had a bad experience at some point, I thought, to be so frightened, even in her apathetic state.

The commotion brought more people out of the woodwork. Men, women and a bunch of scruffy children now stood there too, eyeing us suspiciously. The Appaloosa was wheeling, wild-eyed and terrified. Despite her size, she was giving Caroline a run for her money, dragging her rapidly backwards. And now the blue tied inside was starting to get worked up, too.

An old lady moved out of the crowd and began smacking the side of the trailer, yelling at the blue colt to calm down, which wasn't helping.

The Appaloosa was backing further and further away, her eyes rolling in her head, stumbling and shying despite Caroline talking to her gently, trying to reassure her. She reached out to give her nose a stroke but the horse flinched and jerked her head out of the way.

Suddenly the weakened pony tripped, fell backwards and lay there, spent, the fight in her gone. That was when four burly men swaggered over to her and Caroline. They scooped the pony up, one at each leg, and dragged her into the trailer.

With them both safely installed, I set off before anything else could happen. It wasn't exactly the rescue I had dreamed of, but I told myself it was all going to get better from now on.

I breathed a sigh of relief as we reached the safety of the main road.

'Phew! I'm glad we're out of there,' I said to Caroline.

'I know. You just wonder, don't you, what's going on when there's no one there to see it. Those poor animals. It breaks my heart.'

We both looked at each other, then burst into slightly hysterical laughter at the absurdity of the situation.

'Oh, my God, that old lady!' I exclaimed, between bursts of laughter.

'Least we got the ponies, and it'll make a good story.'

We were both excited to get the ponies home. I don't think they knew what to do when they stepped out of the trailer into the wide expanse of Fallowlees and more grass than they could dream of. In fact, it was all too much for them at first. They stood there bewildered, as if they were waiting for permission to move or to start grazing.

When Ewan got home that evening he found the two sorry creatures in the dog paddock. Somehow, in the more bucolic surroundings, they looked even worse than they had at the travellers' camp.

'I leave you two alone for one day and what do you do? Buy some broken-down ponies,' he laughed. He gave the blue one a closer look. 'Is that one a donkey?'

I turned my head on one side. 'Actually, he might be!'

Before he could say anything else, I added, 'But look at them, Ewan. It was our duty to rescue them.'

Caroline and I had worked all afternoon to worm, delouse and groom them. They were so tired they just stood there, resigned.

We named the Appaloosa Strawberry and the blue Tramp.

The following day I let them out into the horse field with Coquet. He came trotting over as soon as he saw us coming. I could see his excitement. He was beyond delighted to have companions. He pranced and danced for them and gave them all his best moves. But the poor ponies just wanted to graze or lie down. They were shattered from their experience. Having real grass to eat was clearly a luxury for them and they didn't have the time or inclination yet to fool around and play. Coquet looked dejected.

'Never mind, Coquet, give them time,' I said.

A quick inspection by Mr Tumnus marked the ponies as not worthy of his love, and he sauntered back up the hill to eat some more of my garden.

The ponies stayed with us for two years. They never did make sixteen hands, but they did make the most wonderful riding ponies. Their transformation took a long time but was remarkable.

To this day, if Ewan knows that Caroline is coming for a visit when he's at work, he asks if we'll be needing the trailer!

22

Gypsy

I got back into trialling with a vengeance in 2013. I had a great season with the dogs. Both Roy and Alfie had hit their prime. I felt as if they and I knew what we were doing. We were in the prize list most weeks. It's funny how people say, 'It's easy when it's done.' I know what they mean now. Up until then I had had little success – just odd flash-in-the-pan moments – and then suddenly I became consistent. I knew I had been lucky to make a complete recovery after my accident and I was determined to reap the benefits of it.

Trialling was still a male-dominated competition. I remembered how at my very first trial, one of the experienced shepherds told me he had had a bet with some of the other old-timers that I would be the Northumberland champion one year.

'I can see your talent, lass,' he said. 'Go on and win me my bet!'

I laughed modestly, but secretly that had been my aim, right from the start.

I kept an eye on the scores. I knew I had a chance. At the end of the season when all the points from all the open trials over the summer were tallied up, Roy and I had come out on top of the Northumberland League. I had done it! I was the first woman in its almost forty-year history to have won. I was delighted for both of us.

Roy was my top dog, though some of my youngsters were showing great promise. That was important to me – to have a team of dogs at all stages of life and training. Roy might be number one now but one day, this powerhouse of a dog would be usurped by one of my juniors.

Ewan had been serious about learning how to handle a dog and started coming with me to trials when he wasn't working. I gave him a blue-eyed pup called Dennis. Ewan had a whale of a time teaching him basic commands.

'Watch him, Emma! Look at the eye he shows on the other dogs. He'll be ready to start on the sheep soon.'

I could see the fire, the impatience to start training, light up in Ewan. I knew from my own experience how sometimes the hardest thing to do is wait for a dog to grow up before beginning serious training. With a young, keen dog it's so tempting – but counterproductive – to rush ahead.

With that in mind, we decided to keep an eye out for a capable dog for Ewan to run. That would fuel his desire to learn and take the pressure off Dennis. We bought a competent little trial bitch called Gypsy from Aled Owen in Wales. Aled is a big name on the international sheepdog circuit, and two-time winner of the World Sheepdog Trials. He also sells top-quality dogs.

Ewan and Gypsy took to the field for the first time at a charity trial for beginners and novices. I had a feeling he would enjoy it. It was a friendly event, and an ideal opportunity for him to take his first competitive steps.

Ewan entered the novice class, a class for entrants who hadn't been placed in the top six at open level before. This class was where I cut my teeth when I first started out in the sport. The course was exactly the same as an open course.

Oddly, I found myself to be more anxious watching Ewan than I would have been running the course myself. I so wanted him to do well, and for him to enjoy my sport as much as I did. Added to that was the fact that his performance was a reflection on me, too. I was his teacher, but was I any good?

Calmly and confidently, Ewan set Gypsy away to gather the sheep. He told me later that he was so engrossed in trying not to get his commands muddled that he was hardly aware of anything else. But Gypsy knew the ropes and tucked the packet of sheep through the gates with no trouble, and with Ewan's assistance, successfully penned them.

We waited nervously for the results. When we discovered he had been placed third we were both ecstatic. And Ewan was well and truly hooked.

'I'm in for some ribbing at work next week,' he said, posting a picture of Gypsy and her rosette on Facebook.

I don't suppose many firefighters are sheep triallists in their spare time. His family and friends were surprised too when he confessed his new hobby – and even more to witness his delight at coming third!

Ewan was able to compete as a novice at all the

Northumberland open trials that summer, and in the winter competition for young dogs. That meant he ran the same course as me and was scored by the same judge. There was always a separate prize for the best novice, and as the year went on he was regularly coming away with that prize. On a good journey home we would be buzzing, discussing the intricacies of the course and the sheep, debating the judge's prize list. Or we might be commiserating with one another. We felt like a team now. And it was wonderful to turn up at a trial with the man I loved by my side.

It wasn't all plain sailing on the farm. My skills as a teacher were less polished there. I often struggled to verbalise what I was trying to communicate. So much of what I know is just instinctive. As a naturally sporty, outdoorsy person – 'Jack of all trades, master of none,' he would tell me – Ewan had probably thought that farming would suit his abilities and personality. He was about to find out it wasn't quite as straightforward as that. That things had a habit of not going according to plan.

'How did you know the sheep were going to do that?' he would say in exasperation. 'How couldn't I see that?'

'It's sheep sense. They have done me over so many times in the past, I have had to learn,' I laughed.

I could try to explain everything to Ewan, but it was no replacement for experience; Ewan would have to learn sheep sense from his own mistakes.

'It's not a science,' I told him, 'it's instinct.' I gave him a playful poke. 'Being strong and sporty isn't going to help with everything!'

Sheep sense is not taught – it's acquired, slowly but surely, through mundane, day-in, day-out tasks. It's learned from making mistakes – and sheep usually punish these mistakes soundly. As Ewan was finding out.

The Border collie has been bred for generations to have innate sheep sense. We humans, however, have to learn the hard way. It's not in our DNA the way it is in theirs.

Ewan hoped he would pick up sheep sense through being a good pupil. That wasn't a bad start, and I could only admire his enthusiasm. But I think he wanted a paint-by-numbers approach to some of the new skills he was tackling, and a list of rules to follow. I had to explain that as far as farming was concerned, it didn't work like that. Sheep and dogs have their own agendas, everything happens very quickly and there are so many variables that no one situation is like another.

Of course it helped that as a firefighter he had developed good problem-solving skills, and these were indeed transferable at times. But as he began to realise, there is no substitute for time spent working with sheep to develop a feel and respect for them.

There were times when I wished I were a better teacher. So much of what I do is unconscious that I'd never thought of breaking it down and explaining it in simple terms until now. It was a good exercise to try, though.

23

Making Hay

Our first summer together had flown by. When Ewan wasn't away firefighting he was at my side, helping me look after the two farms. I had never been happier. I had two partnerships now, a professional one and a personal one, and my life had improved immeasurably thanks to both. The Murrays had proved to be the best of people to work with. I was allowed a free rein to look after their sheep, and to stock and manage my side of Healey Mill as I saw fit. I loved getting up each day to work around my own schedule, instead of jumping to someone else's tune. Dreams of Broomhouse seemed like a long time ago.

The tractor saga had run and run – if that's the right term to use for something that spent so much of its time conking out! Machinery isn't really my bag – it's the animals that drive me. But there were times I did need that temperamental vehicle. When Dad sensed that I was at my wits' end, he accompanied me on a special trip to the dealers. After some careful negotiation on his part, they eventually sorted out a replacement. This tractor was the same model as the first, but newer. It also cost more. When it arrived it needed a bit of fixing too.

Seeing my predicament – one that he had faced himself in his early farming days – Dad generously gave me some money to help. I didn't ask for it, but I took it without too much protest. I was happy to say goodbye to the whole sorry affair. I had learned my lesson the hard way.

I knew I was deeply privileged. I heard a saying once, 'It's easy to fly high if you know you have a soft landing,' and I make no bones about the fact that my parents are there for me and were able to help me pick up the pieces of a very poor decision. I know not everyone has something to fall back on, and I admire those who take risks without that safety net.

As part of the higher-level environmental scheme I had signed up to at Fallowlees, I was to make hay in my front field annually. Previously I had got contractors in to do the work, and they had made large round bales. This year I decided that with Ewan's help and the addition of a working tractor of our own, I would make my own nice little square bales.

I figured these would be easy to store in one of the small sheds and handy to feed to the cows in the winter should it snow. Bales of this size fit on the back of the quad bike perfectly and don't require a big tractor to distribute them like the enormous round bales do.

Ewan and I went out one day and purchased a little square baler. It looked like a relic of the past, and was probably older than both of us put together. But I'm sure it was the envy of the neighbourhood in its heyday (pun intended)!

We duly hired a contractor to mow the field. He actually got a puncture on the forestry track on the way home and vowed never to come back. (Punctures and Fallowlees are an ongoing saga – the boys at Hexham Tyre & Battery reckon I should have a loyalty card.) However, the job was done, thank goodness.

Every day we lovingly turned the hay with our tractor and haybob – a two-in-one piece of equipment that aerates and rakes the hay – so it would dry evenly in the sun, happily watching the grass go from vivid green to dried-out yellow. Ewan and I felt quite accomplished. We studied the weather forecast closely and prayed every night that it would stay dry.

We made the decision to bale the hay one day when Ewan was off work. I had put a plea on Facebook: anyone who wanted to come and lend a hand would be most welcome, and there'd be beers and quiches when it was all over. I had a *Darling Buds of May* image of us all laughing and joking, swigging a cold beverage as we sat on the safely stowed-away bales under a reddening evening sky.

Unfortunately, by mid-morning we realised no one was going to turn up, and with rain forecast that afternoon we had to make a start on our own. I figured a couple of hours would bale the whole field.

It turns out you need a university degree to operate a baler as old as ours. And when you do fathom it out, you discover that the baler actually has a personality. Despite its age, ours was a huffy teenager. The first row was grand. Ewan chugged away, the new tractor powering the baler behind it, which did its job popping out even, nicely tied bales. I collected them with the quad and trailer, and safely stowed them. All fine so far.

Then the baler went into a sulk and started putting out bales with no string on them. Ewan got out his handbook, did a bit of tinkering and she was back, spitting out bound bales again – but instead of the standard two strings, ours had twenty-five! More tinkering, a pat and a cuddle and a promise of a treat when it was all over, and she was putting out bales with two strings once more – only now the bales were eleven feet long and I couldn't lift them! Oh, she had a sense of humour all right, but not one we were appreciating. A prayer and another tinker led to a few good bales, and then she spat out a load of miniature two-foot-long bales instead of the standard three-foot.

All day this carried on. It was a never-ending task. I went round the field dragging the well-made bales into the trailer and stowing them away, leaving an ever more frustrated Ewan to his coaxing and his prayers.

If anyone ever asks you to help them stow away square bales, just say no. It is the itchiest, heaviest, most soul-destroying job ever. Especially on your own. Late afternoon, with about half of the field baled, some black storm clouds appeared in the distance. Our urgency increased and our tempers shortened. It was around this time that friend and salesman Peter Forster rocked up to lend a hand. I'd never been so grateful to see anyone – I could have hugged him. The two of us worked quickly to get any acceptable bales safely put away.

If hay is rained on it goes mouldy when it is stored, and

understandably cows and sheep won't eat it. Plus, the presence of a single wet bale in a stack can ruin the whole lot. Making bad hay and stowing it is also a fire risk, as for some reason hay can spontaneously combust. This scenario in particular was one Ewan was keen to avoid, having seen too much of it in his work.

In the end we got about three quarters of the field baled and most of that inside before the heavens opened. It was disappointing to see the result of the previous week's work ruined, but there was nothing we could do to save the remainder of the hay, and at least we had enough crop to see us through.

Coquet, Strawberry and Tramp had found the whole process fascinating and as we finally sat down on the bales and chinked our beers, they came over to investigate. Or perhaps they just wanted to seek shelter from the rain.

'This one looks like a thoroughbred if it wasn't for the patches,' said Peter, with an enquiring look at me, as he stroked Coquet's nose. Ever the showman, Coquet kicked up his legs and performed a little frolic for his new admirer. The other two looked at Coquet disdainfully and resumed their eating, after lapping up some attention of their own. They had become far more sociable since I had bought them but would never be extroverts like their companion.

I told him the story of Coquet's mother, my beautiful Delphi, a real racehorse. Peter listened with interest.

'Are you going to break him in yourself?' He nodded towards Coquet.

I glanced at Ewan, who spluttered on his beer at the suggestion.

'Not blooming likely!' I laughed. 'I don't intend to have any more hospital visits.'

'Perhaps I can help,' he said. It turned out he was a part-time horse trainer himself, and he offered to take Coquet for some expert tuition at a yard in Hexham when the time came.

'I'll take you up on that! Cheers!'

We touched bottles again. The day had proved to be more successful than we thought.

The next morning when the rain stopped we collected the bales left on the field and set fire to them and the rows of hay we had been unable to bale. It was sad to see what had been perfect forage go up in smoke, literally, but that's farming life.

We sold the baler the following month. We couldn't cope with the thought of dealing with its teenage tantrums or sense of humour again. We also didn't want to put our own relationship under any more strain. There's nothing like a bit of temperamental machinery to put you at loggerheads with your partner, when really it's the machine you're both angry with. But that just seems to be the way it happens. I did feel a pang of guilt thinking of the next farmer to purchase it from the dealer's yard. We wrote down all the little tips we had learned that day in the back of the handbook, with a good luck message to him or her!

By late summer our lambs had prospered and reached market weight, and I had begun to sell them. I was proud of the stock I took to market that year. It had been hard to get animals to really thrive on the ground at Fallowlees, whereas the grassy goodness at the partnership farm did the job with little intervention from me. You only needed to look at the animals to see the results.

In the past I had hated going to market. I had a ridiculous fear of backing up the trailer after making a fool of myself one too many times. Backing up a livestock trailer is an art, and one I only seem able to master when no one is watching. Everything changes when I have a critical audience of farmers and mart staff. Not to mention a queue of other drivers impatient to drop off their own animals.

Like they say, practice makes perfect, and I had spent a long time backing in and out of the yard at Fallowlees until I could do it like a pro. I was finally confident enough not to have to turn up at 6 a.m. when no one was there to see me. It was a turning point for me, and now taking a trailer full of healthy animals to the mart is one of my greatest pleasures.

24

Flockstars

Flockstars was the brainchild of television company Liberty Bell Productions. They asked if I would be prepared to film a pilot and test run in the hope that the programme would be picked up by one of the commercial TV channels. I had been happy to oblige; it was extra money, and easy money at that. At least, that's what I thought when they described it.

The plan at that early stage was very different from the end result. The idea was to find the most unlikely candidate and turn her into a shepherdess under my tuition. With that in mind, they had interviewed and selected Abbey Marie, a model and beautician. I had just a few weeks to turn her into a farmer and dog handler. The showdown was to be a sheepdog trial in an arena at the end of the training, where she would compete against experienced shepherds. The pilot would then be shown to the commissioners in the hope they would give it the green light.

Abbey Marie had rocked up to Fallowlees as inappropriately

dressed as it was possible to be, which was, of course, part of the plan. Given her long nails, platinum hair extensions and deep bottled tan I didn't know whether to laugh or cry. A clubbing-style dress completed the outfit.

Her knowledge of dogs was limited to her little Chihuahua, and she confessed that she had never seen a sheep in real life before.

She had been asked to play up to the role of blonde bimbo for the pilot, and she did so admirably. The producers threw her in at the deep end, asking her – still dressed in her finery – to complete a series of tasks only an experienced shepherd would have been able to do, so that they could have a good old laugh at her expense as she failed miserably.

She was as game as they came. She ran here and there trying to catch a sheep, falling over in the mud and the muck, her beautiful tresses flying all over. The tasks she had to complete were written on placards, which she read to the camera before attempting them.

'Catch a . . . you-eee?' She pulled a face as she read it, drawing out the word. 'What's that?'

'A ewe is one of those animals behind you,' I replied. 'A female sheep.'

She clipped the muck off the lambs' tails, making suitably disgusted noises as she did so; she tussled with a ewe, yelping as she went. She had no authority over Mist, the half-white-faced sheepdog that was to be hers for the duration of the experiment. The little dog took full advantage and ran amok, sensing her new freedom in the same way an unruly class senses a rookie teacher.

And yet, I knew she had it in her to make the transformation. I could see she wasn't as silly as all that – that she was enthusiastically playing the role expected of her.

We spent four weeks together as I showed her how to do all the day-to-day jobs. I taught her how to handle Mist and get her to take commands to guide the sheep round the front field. I watched, pleased and proud, as Mist recognised her authority. She learned surprisingly quickly. I really enjoyed the time, and hoped she did too. Although we were poles apart – think Town Mouse and Country Mouse – we also had a lot in common. We were, after all, women of a similar age, looking for the same things in life: a stable job, enough money to get by, happiness in love . . .

She and Mist really took to one another, and a few weeks in they were looking like a proper team. If you'd seen them together you wouldn't have known that a few weeks earlier this woman had never set foot on a farm, never mind worked on one.

We were filmed throughout the experience, and we quickly got used to the camera. The best thing was just to forget it was there.

The day of the finale came.

I had been asked to provide two competitors. I quickly roped in Michael, my friend from the hill farm, and Jonjo, a local farmer with a keen interest in sheepdogs who had used Alfie as stud on one of his bitches in the past. I lured them to the arena with the promise of a cash handout for not a lot of work and, hopefully, a bit of a laugh along the way.

We arrived to find everything ready for our arena trial.

Trials are often held in a similar format to this in the US – a tighter setting than the fields of our own trials. Each of the three competitors was to take a packet of four sheep around the obstacle course using their dog. It was far less refined than a normal sheepdog trial, and quite simply the fastest team to complete the course and pen the sheep would be the winners.

Jonjo was up first with Red, son of Alfie, who set off to gather his charges with great gusto. However, used to the open hills and valleys of home, the close environment and bright lights gave Red a touch of stage fright. After a dazzling start he was quickly distracted and snuck off for a dirty protest next to the pen, much to the delight and hilarity of all watching. In fact, Abbey Marie and I broke down into that helpless sobbing laughter that cannot be stifled, even after the director had roundly told us off for being immature. It was a good few minutes before we could get a handle on ourselves, and we spent a while after that quietly shaking with badly held-in giggles.

Abbey Marie was up next with Mist. Dressed in a smart tweed gilet and carrying my stick, she looked every bit the expert. I couldn't help but feel proud of my little unit. She put Mist through her paces as well as any seasoned triallist, completing the course quickly and efficiently.

Michael was last to run. His dog, like Mist, wasn't fazed at all by the new experience. It was a good performance. They would be hard to beat.

It was all down to the judges and the time on the stopwatch. The judges deliberated for what felt like an age. But in the end Abbey Marie and Mist were crowned the winners, to the delight of everyone there, especially the producers.

I still tease Jonjo and Michael about their trouncing to this day!

Liberty Bell were going to condense the filming into a single pilot episode. They would take the pilot to the commissioners at ITV, hoping the powers that be would see the bare bones of a show in there somewhere.

After that I didn't hear anything for a while and thought it had perhaps been a non-starter.

Then one day, out of the blue, the producer rang to say the show had been commissioned, but with a new twist. They still wanted to turn inexperienced folk into shepherds, but they had decided to do it with celebrities. And because most of the celebs they had in mind lived in or around London, they wondered if I could come down to a city farm for a few weeks and train them to run dogs. Oh, and could I also provide the dogs?

The money was more than the farm would earn in a year; I bit their hand off. Ewan agreed he would manage the farm between his firefighting shifts and I would come home at weekends, when we would do the bulk of the work with the sheep. As part of my agreement with Liberty Bell, they arranged kennelling for several extra dogs so I could continue the education of Alfie, Roy, Fred, Hoggy and Jamie in my spare time.

I hadn't voluntarily left the farm in anyone else's hands before, and – apart from when I had broken my back – had never been away for more than a day or so. But, confident in

Ewan's ability to keep things ticking over, I packed my bags and drove to London.

I hadn't been to London a lot. The previous time had been when I was invited to the Women of the Year Lunch, after my book came out. Driving there was quite the experience. I got well and truly lost, and was unbelievably late for the welcome session the producers had set up. They rang me, all in a panic.

'I thought I was lost but it's OK, I'm on the ferry now,' I told them cheerily.

'The ferry?!' they exclaimed. They put me on speakerphone and I could hear sounds of cursing in the background. 'You should not be on a ferry! Where the hell are you? Get off the ferry now!'

'The satnav told me to get on the ferry,' I answered simply.

I was on the Woolwich Ferry, that links the North and South Circular Roads, but the producers were frightened I was on my way to France!

I stayed at a Premier Inn, just down the road from the farm where filming was to take place, with two other shepherds, and we travelled there together each day. Woodlands Farm is in Welling in Kent. It's a traditional working farm, run as a charity, that aims to teach people about farming and give city dwellers the chance of a countryside experience.

The other mentors were Ioan Doyle, a fun-loving shepherd and rock climber from Wales, and Ed Hawkins, a shepherd and sheepdog triallist from East Anglia. Both twenty-somethings, but quite different characters.

I had seen Ed briefly on the trialling scene at one of the Nationals. I knew he was an excellent handler with a reputation for liking a headstrong type of dog. Ioan was more happy-go-lucky, a comedian – no one was immune to his charms and plucky nature.

I had never met them properly before, but we hit it off right away – a shared love of dogs and sheep is always good for bonding, as well as being thrown together in such a remarkably bizarre setting. Ioan and I were very much the country bumpkins, in at the deep end, while Ed was far less naive.

I told them about my journey and we had a good laugh about the producers' breakdown over the ferry conversation. They had their own tales of random mishaps. Ioan told me his Land Rover Defender had hit the roof barrier in the Premier Inn's multi-storey car park, while Ed's van had been stopped by the police right outside for looking suspicious. Boy, what a trio we made!

We each had to provide three dogs, who were housed in fancy new kennels on-site. I had selected Hoggy, Ewan's bitch Gypsy and a bitch called Sky hired from a friend. Roy and Alfie were the more experienced dogs, of course, but I didn't really want a novice handler taking the shine off their well-polished skills. However, I hoped that I could attend some of the trials in the South with them while I was down there.

We were instructed to put our dogs into the kennel that had his or her name on it. A picture of the celebrity assigned to that dog was also pinned to the kennel door.

We walked along the line, looking at the faces, scratching our heads.

'Do you recognise anyone?' I asked Ed and Ioan, as I looked at the pictures of my own celebrity pupils. Their faces were familiar, but not familiar enough for me to be able to name them.

'Not likely!' they chimed.

That is not to say these people were not famous, it's just that most shepherds live sheltered lives and have little interest in celebrities.

Ioan had Tony Blackburn, the DJ, and Fazer from the hip-hop group N-Dubz.

Ed's protégés were Kelle Bryan from the pop group Eternal, Wendi Peters, known for her role as Cilla Battersby-Brown in *Coronation Street,* and Amanda Lamb, the TV presenter who is perhaps best known as the face from the Scottish Widows advert. Actor Laila Morse, who played Mo in *EastEnders,* was a reserve.

I had Brendan Cole, one of the professionals from *Strictly Come Dancing,* Lee Pearson, the Paralympic gold medallist dressage rider, and Lesley Joseph, the actor who played Dorien in *Birds of a Feather*.

We had been laughing at our cluelessness, but now I looked at their pictures and felt my mouth go dry. I was out of my comfort zone here. I had nothing in common with these people – people I was about to spend whole days side by side with. I was so terrified at the prospect of meeting my charges, I hardly slept the night before. I tossed and turned in the pristine Premier Inn bed. It was far too hot. I got up to open a window but it didn't move far. After being used to a cool, draughty farmhouse, the heat was unbearable.

The more I thought about it, the more bonkers the idea seemed – me, teaching total novices how to run dogs! And not just ordinary novices, but people who quite possibly had no real interest in becoming triallists and were taking part solely to provide entertainment (and earn money). I still didn't consider myself a teacher, but then I thought of Abbey Marie, and how she had come on in leaps and bounds in a few short weeks, and of how Ewan was now a confident handler. I had asked him for some feedback on my technique.

'You're useless at explaining but good at demonstrating,' was his reply.

So that was going to be my approach. It's almost impossible, anyway, to lay down the fundamentals of training a dog on paper; far better to just go ahead and show them how it's done.

It turned out I had worried unnecessarily. Celebrities are just normal people.

Lesley was like my mum. I felt comfortable with her from the second we were introduced. She was very dedicated and very driven. She was determined to do well. She needed reassurance that what she was doing was correct. She was also a great dog lover and fell hard for little Gypsy.

Brendan was born for the job. With his dancer's discipline, natural authority and the right instincts, I would have employed him on my farm any day.

As for Lee, I warmed to him straight away. We all did. He was the person everyone got on with the best. He was lively and chatty and had a great sense of humour. As he had travelled from his home in Staffordshire, he too had to stay in London, so he, Ioan, Ed and I would often have our evening meal together.

Every day was sunny, and I surprised myself – for one who

sometimes feels out of her depth in the centre of Newcastle! – by loving London's urban sprawl. We country dwellers think of it as noisy and busy and dirty, and I suppose it is all those things, but for me it was a noisy, busy, dirty novelty. Suddenly there were shops on my doorstep, restaurants downstairs, a train ride to all of the places I had only ever heard of. One night Lee took us three shepherds (sounds like the start of a Bible passage) to see the bright lights of the city in his Range Rover. I loved how London never seemed to stop; there was always something to do.

Lee had his medals in the back of the car and being a fiddler I found them and asked if I could have a proper look at them. He showed us a video of him winning one of his gold medals, his horse dancing on the spot in the arena. Wowed, I asked Lee if he taught the horse to dance like that when he was on its back. He told me he taught the horse everything on its back. Ioan's eyes were wide. 'How do you get it to roll on its back?' We all cracked up. Lee, of course, meant with *him* on its back.

I was shocked at how clueless some of our celebrities were. On the first day I was asked by one of the contestants (who shall remain nameless) what breed of dog Hoggy was crossed with.

'She's not crossed with anything. She's pedigree all the way back, for generations.'

'Oh, I thought you said she was a bitch.'

'She is a bitch.'

'I thought all bitches were cross-breeds.'

It took all my self-control not to fall about on the floor.

'No, a bitch is just the term for a female dog.'

Every day is a school day!

Of course, the crew loved it when someone slipped up, or did or said something funny. They had one such priceless moment when it was decided that Lesley should be given some farm work to do. The manager suggested that she help check the bees. Lesley is tiny and the only suit that would fit her was a child-size one, which meant the headpiece was too small. She wasn't entirely happy about it, especially as her nose was touching the fine mesh at the front, but the director, keen to get some footage, assured her it would be fine.

Well, you guessed it – an angry bee landed right on the end of her nose and delivered a painful sting.

Lesley was pretty put out, but not the director, who watched the clip over and over muttering about it being 'pure TV gold'.

Gabby Logan was the host. She is as stunning in real life as she is on television, and has time for everyone. One evening, not long before the final, we had all congregated in the celebrities' hotel, where she bought a round of drinks. Ewan had come to join me, and he and I sat there, star-struck. Ewan, who had had a few by that point, gazed at his glass in wonder, declaring to me or the glass, I'm not sure, 'Gabby Logan just bought me a drink.' Perhaps a boyhood fantasy fulfilled!

There were four head-to-head rounds in the show, after which the four winners and the two best losers had the chance to compete in the semi-finals. All three of mine got through to the semis, and Brendan and Lee both made the final along with Amanda Lamb. The final took place in a huge arena in front of an audience. I felt sick with nerves. I wasn't just nervous about seeing my protégés in their ultimate test, and one in front of a lot of people – my reputation was also at stake here. None of the contestants had been able to complete the course in rehearsal, which I felt was going to reflect badly on us, the trainers. If that happened, the last episode was going to be an awful anticlimax, and the whole show might seem a pointless exercise.

Thank goodness Brendan Cole came through with his strong desire to win and saved the day in the nick of time, complete with a cartwheel in the closing seconds! He and Hoggy were crowned winners. I was incredibly pleased that Brendan was under my tuition, and that Hoggy was a dog I had trained from a pup. I planned to run her, Jamie and Fred in the upcoming nursery season.

I know the sheepdog community wasn't exactly over the moon about *Flockstars*, and indeed, a complaint was raised at the International Sheep Dog Society's AGM. But I would do it all again happily if I got the chance. It might have been entertainment, but it also allowed the viewing public to see the skill involved in training sheepdogs. It was educational as well as fun, and I'm all for that.

At the end of filming I asked if I could buy the kennels. The company said no, they were holding out for another series. Further down the line, when it became clear that the programme had not been the success they had hoped it would be, and a second series was ruled out, I asked again. This time they said yes, and my kennels were upgraded overnight!

25

Training

The one constant throughout my life has been my dogs, and the Border collie sheepdog in particular.

I have been lucky to have had a succession of talented and devoted companions who have each given me so much. It began with Bess, a gift from Grandpa Len when I was thirteen years old, all the way through to the dogs I own today. To own a sheepdog is to know unbounded loyalty.

I am often asked what I look for in a dog, so I thought it would be helpful to put it all down here.

I don't think you can pick a champion from the nest – that would be a valuable skill indeed – but you can pick a pup that pleases you from bloodlines that you admire. That's the cake mix. Then it's just up to you to bake it properly.

First, I look for a dog who likes me – a dog who wants to try for me. If a dog wants to please you, you can overcome most challenges. A will to please can even help to make up for a lack of talent to some extent.

If the dog's attitude to you, and to work, is right, the rest is easy.

Talent is the next ingredient, and an elusive one at that. I wish I could define it, but that's impossible. Talent is in the dog to start with, but it is up to the handler to bring it out. Even the most talented dogs can be ruined by poor training and handling.

Then comes heart: I love a dog with a big heart, one who will give everything to his cause. This type of dog will dig deeper when the chips are down, and try harder to get the job done. It's not something you can put into a dog – it has to be there – but allowing a dog to complete progressively more difficult tasks as a youngster will give it a never-say-die attitude as it grows older, allowing you, the handler, to reap the rewards. Equally, a young dog with a big heart can be ruined by expecting it to do near-impossible tasks, where it is doomed to fail, at too young an age. Too many failures early on will cause it to lose heart and throw in the towel early.

And finally, power – though this is a hard thing to measure. I used to think those dogs charging about and gripping sheep were powerful dogs, but time has taught me to re-evaluate. Now I believe that the really powerful dogs are the quiet ones – the ones that just get on with the task without any dramatics, who calmly approach the sheep with a presence that could part the sea. This is probably the rarest element of them all.

All dogs have these attributes in varying quantities, and as a trainer I believe it is my job to try to bring them out as much as I can, so that the dog can be the best version of itself. If a dog is well trained and well mannered, it is useful and will be respected.

Some people don't understand how I can train dogs to sell, and I can sympathise with this view. At the beginning I had a really hard time coming to terms with selling them myself. I remember my dad talking to me after I had sold my first dog. She was a nearly pure white Border collie I had been given by a farmer who told me she was no good as a worker. I proved otherwise, and set about bringing out her full potential.

Dad told me that now I had sold her, she would go to a good working home, which was a far better outcome for her than selling her untrained. And now, he said, I had room to train another dog and do it all over again. Not everyone can train dogs, he told me.

I still cried myself to sleep thinking about my dog, but I knew he was right. I had finally found a talent I could use not only to make extra income for myself, but also to help dogs achieve what they had been bred to do. I had identified a gap in the market: farmers could run dogs but they did not always have the time to train them properly. I could increase a dog's value and provide a useful service by selling a farmer a ready-trained collie.

I know there are people who, even after reading this, will still think me cold-hearted – and to some extent I have had to harden myself in order to do what I do. But I have made peace with the process now.

Training a large number of dogs each year allows me to filter through them and find the gems. Truly great dogs don't come along all that often. By trying out different bloodlines

I get to see what works for me. Bloodlines are important in all pedigrees, but never more so than in a working dog. It is the dog's lineage – like tracing its family tree and seeing the attributes of the ones who went before it. But of course it's not an exact science – you still never know how that dog will turn out. Occasionally one comes along that I just cannot part with. These are the Roys and the Jamies (of whom more later) of this world.

It's not all work, though. I allow my dogs a happy, carefree puppyhood, with lots of free running and rough and tumble with other dogs. I try to leave exposure to sheep as late as possible. Having sheepdogs on a sheep farm is a bit like having vampires running a blood bank, so the later they are switched on, the easier it is for me to keep tabs on them. Once they have their first exposure to sheep, I try to limit it to once a week until they are eight or nine months old, when I feel they are ready to understand the training. Just because a pup is keen to chase does not mean it has the mental development to be trained. For a dog, training is like playing football while being taught mental arithmetic – it is both fun and exhausting.

Most of my early training takes place in a fifty-metre-circumference fenced pen. I find this round pen is the best place for me to maintain control and protect the sheep from any overly exuberant pup antics.

I use 'light' sheep, who are well used to dogs. Light is the term for flighty sheep, who are very sensitive to movement, while 'heavy' is the way we describe sheep who react more slowly. I like to use little black Hebridean sheep for these first encounters. They react swiftly, which means that the dogs can see the results of their efforts straight away. Using slow, heavy sheep in these early encounters is boring for the pups and can dull their instincts – or it can make them rough and snappy in an attempt to liven up their charges, which is just as bad.

Once we have had a few sessions and I am confident that the pup is obedient to basic commands, I move out to the big field. The pup at this stage will be wearing an extra-wide collar attached to a light line about eight to ten metres long. This is my most important tool: it means that when things get a bit too exciting I am able to step in and restrain the pup. It also means I am able to catch a pup at the end of a session. Over the years I've noticed I need longer and longer lines – either the pups are getting faster or I'm getting slower!

I condition the dog so that every time they move round the sheep in an anticlockwise circle, they hear the command 'Away', and every time they run in a clockwise direction, they hear the command 'Come bye'. These are the traditional commands passed down the generations. (I have a friend whose business is brilliantly called Come-Bye and who sells – what else – sheepdog semen for breeding purposes!)

From then on it's just a case of regular tuition, teaching the dog to respect its sheep as well as the fundamentals of left and right. I aim to start taking the dogs to work with me when they are between fourteen and sixteen months old, and it's really the work that makes the dog.

Some tips for first-timers: don't crush your dog's instinct. I have people proudly tell me they have chastised their dog for chasing the chickens and they have stopped doing it now. All they have done is tell the pup not to listen to its instincts.

If the pup wants to chase chickens, put the chickens somewhere else.

I also see a lot of people making the mistake of rigorously drilling their dog – waving a big stick and continuously barking orders – so that the process is both unpleasant and boring. Your dog is your friend, so be kind, be fun. If the dog enjoys itself right from the beginning you will have a solid foundation to work on.

I always make sure a dog is praised for its efforts and that it is allowed to succeed at every stage before moving gradually on to the next one. If a dog has built up enough confidence it will be able to complete the most difficult task because it will believe it can't fail.

I aim to have a dog fully trained by around its second birthday. It happens earlier for some, and later for others. At this stage I decide whether I want to compete with the dog, use it solely for work or sell it.

Needless to say, my kennels are full of dogs of all ages and at all levels of training.

26

Jamie

Flockstars aired in the summer of 2015, and though I got teased about it, it was a brilliant experience for me. It was also great for the dogs. I came home with three dogs who had seen and done it all: Fred, Jamie and Hoggy. There was nothing that fazed them. I had gone to *Flockstars* with Roy and Alfie as my most experienced dogs, but as the filming drew to a close and we made our way home and back to reality, I realised that my two older dogs had aged. It was time to take the burden off them. I looked to my youngsters, and what I saw made me happy.

I had never had such a consistent or experienced team going into the nursery season. I had high hopes for the autumn trials.

The nursery season is a series of trials held in the autumn and winter months for dogs under three years old. The course is shorter, but the fundamentals are the same as they are for any trial and the sheep can be just as awkward. It's a good opportunity for young dogs to gain experience away from home turf.

Northumberland typically holds ten to twelve of these trials throughout the winter weekends. Although decades ago, when nurseries were first invented, they were supposed to be a sort of training ground for young dogs, they have become fiercely competitive.

The trial begins with the handler standing at the post with the dog by his or her side. On a command the dog sets off on what is called the 'outrun', making a wide loop around the sheep, who might be a few hundred yards away. The manner in which the dog approaches the sheep is called the 'lift', and is possibly the most critical part of the process as the dog must avoid panicking his charges. The dog then brings the sheep towards the handler in a controlled manner (the 'fetch'), taking them through a set of gates en route, before driving them away from the handler (the 'drive'), negotiating two more sets of gates. The run ends with the 'shed' – separating one or two of the sheep from the others – and finally the 'pen'. The shepherd is allowed to leave the post during the latter part of the operation to manage the dog more closely.

A maximum score is assigned to each element of the test and points are deducted for any faults.

The dog with the most points at the end of the season is crowned Northumberland Nursery Champion, and there is also a championship trial where the winners of each of the dozen trials can compete for the championship trial title.

The top three dogs from each county go forward to compete at the All England Nursery Final.

After *Flockstars* I hit the nurseries running, and despite it being a strong season, Jamie, Fred and Hoggy were a force to be reckoned with and made the prize list at almost every trial. At the end of the season Jamie and Fred both qualified as two of the three dogs to go forward to the All England Nursery Final in March 2016. It was the first time I had ever run at it, so it was a big deal for me.

The final was held down in Staffordshire and Ewan and I decided to make a proper trip of it and stay down there the night before. Well, why not? We didn't get away that often.

The day of the final dawned crisp and frosty. Forty of the best dogs in the country would compete on the huge course, and it really was huge, far bigger than any my dogs had seen in competition. But I was reassured by the fact that they had gathered bigger fields during the course of their day-to-day work.

The standard was high, and I had a bad case of pre-trial jitters. It was good to have Ewan beside me, reassuring me and helping me to keep my nerves in check. The competition was also the chance for a reunion with Ed from *Flockstars*, who had qualified with his dog. And Sky, the dog I had hired from a friend, Ben Smith, was competing too.

Fred was up first. Now Fred was a great dog, but the overnight stay in the car had wound him up. He was like his father in that respect. Roy was the best dog I ever had on home turf, but he would get worked up and excitable if he was in a new place for too long.

This mood carried over onto the field. Fred performed well and enthusiastically, perhaps too enthusiastically. In his volatile state, timing the turn for the gates was difficult and when we missed a gate I knew we were out of the running for a win. But we still had a decent score on the board.

Jamie was still to run. Deep down I felt he could be my trump card. He wasn't fazed at all by the new setting. I had noticed when we were in London how he just took everything in his stride, how nothing seemed to ruffle him. Whether he had a crowd of three or three hundred, it made no difference to him – he performed as if he were at home every time. We waited patiently for our slot. I slugged on a bottle of Lucozade and forced down a banana. I had used this combo to settle my nerves and pass my driving test when I was eighteen, and figured it was worth trying again.

As I stood at the post with him, I felt confident. At that moment, with the spectators and other competitors behind you, out of vision, it's just you and your dog – and the sheep, of course. You block out everything else, if you can. I had a good feeling about our chances. We've got this, Jamie, I thought.

He ran out like a gem. A beautiful curve, disappearing underneath the trees for a second or two before reappearing, not too close to the sheep, not too wide. It was a perfect lift: he approached them smoothly and the little troop came trotting steadily towards me in a straight line. They came into the ring, passed behind me, then set off for the first gate, between the trees. At my whistle Jamie turned the sheep as soon as they had passed through the gate, and drove them in a straight line, keeping his distance, to the other side of the field and the next gate. He was making it look easy. It was as if the sheep had decided of their own accord that this was where they wanted to go. Again, Jamie turned them tightly and they came trotting into the shedding ring, where our job was to separate two sheep from the other three before reuniting them and heading them towards the pen.

Everything had gone well so far. I felt a nervy excitement. Throughout the whole process I had been counting in my head what the judges might be deducting. I knew there wasn't much. He'd easily been the best dog so far.

The shed came easy, the pen was a piece of cake. My heart was racing and I felt elated as I shut the gate, with all five sheep safely inside.

Until now I had blocked out all thoughts of our audience, but now I could almost sense the ripple go through the crowd. The competitors who hadn't yet run knew it wasn't going to be easy. We had laid down a score that had to be beaten. I couldn't resist a fist pump round the back of the cars when I thought only Ewan and I were around – it turned out later a photographer had captured the moment!

All Ewan and I could do now was sit and watch the final twenty or so competitors try to better our performance. It was an anxious time. It's hard to be sporting when you are sitting at the top of the tree watching your friends try to knock you off.

The judges stopped releasing any scores when it came to the last round, which added to the tension. I knew I had a good score, but some of the dogs who came after us had done well too, so I really had no idea what the final result would be. I could feel the butterflies in my stomach twirling around with the Lucozade and banana. The time came for announcing the results. Ewan squeezed my hand.

The judge announced them from the bottom up, just like *The X Factor*. In sixth place . . . in fifth place . . . in fourth place . . .

still no mention of me. I was either in the top three or I was nowhere. They announced third place – still not us.

I looked anxiously at Ewan. He appeared to be calm but I guessed he felt as nervous as I did. Second place. Still not me. This was it. Had we done it?

'And the winner is Emma Gray and Jamie.'

Oh, I could have cried! We had done it! Champions!

Ewan gave me a big hug and I subtly wiped my tears on his jumper before shaking the hands of the people congratulating me.

It was the biggest thing I'd ever won. It took that trial for me to realise that Jamie really was something special. He had that little bit extra that turns a good dog into a great dog. The sheep loved it when he worked them; he made friends with them and asked them nicely to go where he wanted. He wasn't a bully, and as a result the sheep just accepted him and did his bidding. It all looked promising for future competition in the open trials. Perhaps Jamie would even be an English National Champion one day. I dared to hope, anyway.

That long drive back to Fallowlees seemed to pass in no time. I spent a lot of time thinking about where Jamie could go next, the future seemed so bright.

As we got closer to home, we drove along the Military Road. This is the local name given to a stretch of road in Northumberland that runs parallel to Hadrian's Wall; in fact, part of it is constructed on the wall's foundations. Cars were randomly parked all along the side of the road, which seemed strange for this time of night in the middle of nowhere.

'I wonder what they're all there for,' I said to Ewan.

I peered out of the window as we passed.

'Oh my God, Ewan! Look! Pull in!'

The inky-black, star-studded sky was a constantly moving pattern of green, blue and purple. The Northern Lights were putting on their other-worldly display above this World Heritage Site. It was almost too perfect an end to the day. The man I loved was by my side; my dog was the National Nursery Champion. For the second time that day I gave in to tears.

27

Blue

I have owned a lot of dogs in my time. My work and trial dogs of the past grow old, and eventually pass on, and younger dogs come along to take their place. It's sad to see loyal friends entering their twilight years, but I take satisfaction in the knowledge that I have given them a good life, and I have the memories of the happy years we have spent together.

Roy and Alfie had been beside me for many years now. As well as being champion trial dogs, they had been true companions, the closest to what non-farming folk would call a 'pet'.

Alfie, the younger of the pair, had been partially lame since tripping at a trial I competed at when I was in the South filming *Flockstars*. I was in new territory, and I suppose I went to the trial hoping to show off in front of all of those strangers, but after I set Alfie off, he never brought the sheep. This was not Alfie. He just stood there at the top of the field, frozen to the spot. I whistled and whistled and finally he staggered his charges down the field towards me. It wasn't until he got close that I realised his shoulder wasn't working properly. Goodness knows what had happened, but I guessed he had had some kind of stumble. No matter how much physiotherapy he got or quack treatments I tried, the shoulder never worked again and nor did he.

Roy, who had been showing signs of arthritis in his front toes for some time, just retired himself: one day he decided he had had enough, and that was that. My little black dog joined Alfie as a kitchen dog from that moment on, and both now lived in front of the Rayburn.

It was time to give the junior dogs a turn.

Since the Nursery Final in March, Jamie had gone up in the ranks and was now my number one work dog. He had proved to be a cracking lambing dog, enjoying his work, while his early runs in the opens had seen good results.

I sold Fred to a friend in Spain, just after lambing. He was an excellent dog, but I knew I wasn't the right partner for him. As for Hoggy, the dog who had partnered Brendan Cole and won *Flockstars,* I gave her to Archie. Here was my opportunity to repay my friend for some of his kindnesses to me. Dear Archie had lost his old dog Dale a few months earlier. The whole of the Northumberland League missed him at the trials. Some people tried to encourage Archie to take on another pup, but he always refused. I could see why – a pup would take a long time to train. Archie had had a heart attack in the past while training a young dog, and I didn't want to put any more strain on him. Giving Hoggy to Archie seemed the perfect solution – she was capable and friendly, and it meant that Archie could get back onto the trials field.

Along with Jamie, my other main work and trial dog was a daughter of Alfie, a little red bitch I named Blue.

The International Sheep Dog Society pick the top one hundred and fifty dogs to go through to compete at each of the four Nationals – those of England, Ireland, Scotland and Wales – that are held annually, and I was hoping that both Blue and Jamie would qualify.

The selection is made on a points system: six points for first place at a qualifying trial, down to one point for sixth place. You put forward your three best places, all the entries are collected and the top one hundred and fifty are selected to run.

I had competed Blue in the opens the year before. She had sixteen National points, and therefore her place was a pretty safe bet. Jamie, on the other hand, had only been competing at open level since May, which was also the month of the cut-off date for entries to the National, so I realised it was a big ask to gain the points we needed in time. Despite the tight window, we managed seven points.

The list for the National came out in June and Blue was on it. Jamie had not made the cut – but he had made it as one of the five reserve dogs. So should a dog drop out, he could take its place.

It was to be Blue's first National. I had mixed feelings about running her. Blue was a bitch, and a hormonal one at that. I am often asked why I mostly compete with male dogs, and my answer is always the same: 'There's only room for one hormonal bitch in this partnership!'

Blue could run like a true princess when she was on form, but the rest of the time she ran like a wicked lady of the night.

It depended on the moon and the stage of her season. As a woman, I totally get it – I've been there too – but it didn't make for an easy life as her handler.

The National was held over three days at Castle Howard in North Yorkshire at the beginning of August 2016. The weather forecast was good and Ewan and I had taken the weekend off to go and enjoy ourselves.

Only the week before, Blue had made a fool of me at a big hill course in Lancashire. She set off on her outrun, ran halfway, then decided she had gone far enough and lay down in a ditch. I was dizzy with whistling by the time I finally motivated her to get up again and fetch the sheep. Blue had talent, that was undeniable, but not all dogs are cut out for trialling, and Blue was perhaps better suited as a worker.

So I wasn't exactly feeling confident as I waited for our run, late on the first afternoon. Why, oh why did we not get just one more point, I asked Jamie for the umpteenth time. He had something Blue didn't – consistency. He was a trial dog through and through.

The large field, situated in the middle of the Howardian Hills, an Area of Outstanding Natural Beauty, looked challenging, with dips and rises. The sheep were big, strong Mule ewes, and becoming more obstinate as the day wore on, with good lines hard to achieve. They made it clear that they didn't like erratic dogs. That didn't bode well for Blue and me.

Then I learned that two dogs had been scratched from the list of competitors. Should one more drop out, Jamie was guaranteed a run.

I looked at Ewan. 'If I were to scratch Blue today, Jamie would get a run.'

I think I had made the decision even before I voiced it. It made total sense. Jamie was running so well, whereas Blue might run like an angel or waste her run, and with it a shot at making the National team.

I scratched Blue and Jamie claimed her place as a reserve dog.

Later that day I stepped out to the post with adrenaline zipping through my veins. It was Jamie's first National. He was one of the youngest dogs on the field, and perhaps because I knew we had nothing to prove, I just went out and enjoyed myself. Jamie seemed to enjoy it as well. He sailed round that field like a veteran and took total command of those tough Mules.

That evening, after rewarding Blue and Jamie with a leisurely riverside walk and settling them for the night with an extra-special dinner, Ewan and I walked into the hotel where a lot of the competitors were staying. As we approached the bar a ripple of appreciation broke out. Then a spontaneous round of applause.

I could feel myself blush bright red with a mixture of pride and embarrassment. As the clapping continued, the course director, Boggy, came over and bought us both a drink.

'Well deserved,' he said, slapping my back and chinking glasses.

Jamie had laid down the top score of the competition. We were that day's winners.

We had taken a risk on the final element. Coming into the

shedding ring to split the single off to complete the course, I had asked Jamie to slice in on the very last sheep, a dangerous move. It takes skill for a dog to hold a sheep when she can see her mates making a getaway; it's not uncommon for a sheep to bully her way over a weaker dog in order to rejoin the rest of her group. But Jamie was in like lightning. The risk paid off and we were awarded a perfect score.

It was a dream come true for me. What a year it had been! I was so proud and so grateful.

As the sun began to set on the final day, Jamie and I had to run off against the winners of the other two days for the title of overall champion.

We were the first to compete, and I was pleased with the run. The competitor after us needed a second attempt at the shed. That potentially put them out of the running. It was all down to the final competitor. In the end, Jed and his dog Zac were in excellent form, and beat us by a narrow margin.

Jamie and I were crowned Reserve National Champions. From Nursery Champion to almost-England Champion in five months! And with it, a guaranteed place in the team for the World Sheepdog Trials next summer. I could hardly believe how far we had come. I was realising what for me had always seemed so unachievable. A childhood hope, germinated back in those early days with my first pup, Bess. If I never did anything else in the sheepdog world, I would always have this.

Later that week a friend from Northumberland came to visit with his dog, a bitch named Stella. Jamie and Stella had a romantic liaison, brief but fruitful. Nine weeks later Stella delivered a healthy litter of six puppies. As owner of the stud, I got to choose my favourite to take home as a fee for Jamie's services.

Since Jamie was named after a character in *Game of Thrones*, it seemed only appropriate to carry on the naming tradition with this pup. So we called the dark, slick-haired pup Joff. Right from the outset he was full of mischief, but adored people so wholeheartedly it was hard to be cross with his antics. His favourite trick was to jump up and wrap his front legs around you in a bear hug, sighing with contented love. His second-favourite trick was to scale the top wire in the garden and gather up the sheep when no one was looking! He had talent and grit for sure.

But could he repeat what his dad had done? Only time would tell.

28

Snow

I had timed 2017's lambing at Healey Mill for April Fools' Day once more, the traditional start date for a northern lambing. This is to coincide with good grass growth for the ewes and milder weather to help the baby lambs with their thin coats. Mother Nature, however, threw us a curveball that year.

The demands on a pregnant ewe are at their greatest towards the end of her pregnancy, when the bulk of lamb growth happens. It is also when she fills her udder with life-giving first milk, ready for her hungry offspring. For these reasons, the end of March, a few weeks before lambing, is the worst possible time for it to snow.

But snow it did. The sky was forever grey as the whole country lay trapped under a sodden cloak. Cars sat stuck in drives while their owners stayed at home, huddled in front of their TVs; supermarket shelves were stripped bare and replenishing delivery wagons floundered. The UK ground to a halt as no one wanted to risk a polar expedition for anything less than absolute essentials.

It is at times like this that a farmer's lot is at its most demanding. The daily trip to Healey Mill became more like an expedition to the North Pole as Ewan and I packed shovels, blankets, food and drink – emergency provisions should we fail to make it home. The trip was strewn with hazards. The forestry ditches at either side of the road filled with drifted snow and became impossible to distinguish from the track – until the pickup nosedived into them. These nosedives were always accompanied by a great deal of swearing as we each blamed the other for the mishap. Even with a four-by-four, chunky tyres and chains, we might get stuck half a dozen times on each journey. The local council's snowploughs, understandably, had more valuable routes to plough than the comparatively little-used byways of this part of rural Northumberland. Thank goodness we had the tractor to get us through the worst parts. We spent a lot of time just driving our little orange peril backwards and forwards on the track to keep it open.

If we had had no need to go anywhere else we would have happily holed up in Fallowlees and seen it out. What better excuse to batten down the hatches, put the kettle on, curl up in a chair and read or binge-watch DVDs until it was safe to venture out.

But that wasn't an option. We had to get to the pregnant ewes at Healey Mill, so we blazed our trail every morning. Some of the drifts were higher than the bonnet of the pickup and we had no option but to smash or dig our way through them. Sometimes the best way to get through the drifts was to hit them hard, reverse and hit them again, and repeat the whole process. The snow shovels became our most valuable assets. The pickup bumper took some serious abuse, and I cursed the fact that I hadn't invested in bull bars.

Perhaps this was the truest test of our relationship so far. I can't pretend it didn't grow strained under the pressure of hours spent digging snow from under spinning wheels, our faces frozen and our fingers numb and aching. We didn't always agree on tactics, but we knew when to hold our tongues. It was only too tempting for one of us to say to the other 'I told you so' at times, but we started to learn when that might cause irreparable damage to our relationship.

The sheep were totally reliant on what we brought them to eat; there wasn't a chance they could dig through the snow to the grass beneath. They were eating the silage as fast as we could bring it, and often the younger, smaller ewes were being pushed out before they could have their fill. They were all burning up hundreds of calories just to stay warm – and alive. I felt as if I was watching them diminish in front of my eyes. Farming teaches you to be completely responsible and reminds you that you are utterly helpless.

Sheep will often stand next to a wall for shelter in a snow-storm, little knowing that the snow – when it's really bad – will drift over the wall and envelop them. Before they know it, it is too deep for them to move and they are stuck.

Ewan and I found a number of young sheep completely trapped in this way. It took a good deal of effort, patience and brute strength to heave them out of their cocoons, hungry but none the worse for the experience.

I decided to use this opportunity to see if the dogs had the sheep-finding ability their forebears were blessed with. As a child I had read many stories about the faithful sheepdog who would sniff out snowbound sheep and save the day. Was this a myth, I wondered, or could a Border collie instinctively locate its charges? I wondered if Jamie, my pride and joy, would be any good, and was quite excited to try him out. But if sheep-finding was a trait of his collie ancestors, then the genes must have skipped his generation as he was useless! He did enjoy joining in the digging, though, once we had found the sheep, so he was quite helpful in his own way. I live in the hope that if it happens again (God forbid), he will know what to do next time.

When the snow finally left us at the end of the month, the sheep were shadows of their former selves. I like my girls to be in the best condition possible heading into lambing, but this year they looked gaunt and had lost some of their sparkle. The snow had really taken its toll. They had little time to rally before they would be giving birth.

Ewan and I had a helping hand with the lambing that year. Dennis was a German office worker with a passion for Border collies who had contacted me to ask if he could stay and lend us a hand. In exchange for his assistance, we would help him to train his dogs and teach him something about the craft of shepherding as he hoped to get his own sheep one day.

You can't be too sensitive if you come to stay at Fallowlees, and a sense of humour helps, too. It's an open house with a kitchen that welcomes everyone, both two-legged and four. If you are sitting at our table it won't be long before a wet nose is pushed into your hand, or worse, you end up with a dog on your lap. Our guests need to be deep sleepers, or at least be able to get back to sleep quickly after being woken. This is because something as small as a mouse running in front of the kennels during the night can set a dog off barking, and one dog will start the rest off, and they can really make some racket.

Poor Dennis, did he get a baptism of fire! He arrived on a chilly day in March, and if he was looking for a hot shower after his long drive, he was disappointed. We hadn't had heating or hot water in the house for a week – the delivery tankers for the oil we rely on had a backlog of orders, thanks to the weather, and we were low on the list of priorities. Fallowlees doesn't hold the heat well or for very long, and had quickly turned damp and frigid. Dennis's shower, alas, was freezing cold. He never said a word as I apologised and vowed to make it up to him with a hearty home-cooked meal.

I had decided on slow-cooked Northumberland lamb with all the trimmings. About halfway through the meal Dennis mentioned that UK lamb tasted very different from German lamb. This seemed odd to me, but on reflection I did think it tasted, well, not like lamb at all. It turned out to be a leg of venison! I don't bother labelling the meat in our freezer as it's mainly our own. I just stick it into plastic bags and pull them out when I need them, without a thought. So Dennis didn't exactly have the best start, but at least he liked venison.

The three of us battled on with the lambing. Thanks to the weather, the ewes were thin and produced less milk than normal. However, by keeping a careful eye on everything, we were limping along OK. It was a blessing to have both Dennis and Ewan on hand. Over the years Ewan had become something of an expert himself in lambing, and I felt happy leaving him to make his own decisions.

We were about halfway through the operation, with two hundred ewes already lambed, when Mother Nature decided she wasn't done with us yet: the forecast spoke ominously of twenty-four hours of driving rain to be followed by piercingly cold clear skies and temperatures as low as minus eight. You'll need an umbrella and your warm socks, the presenter advised. Hmmm, for city dwellers that might have done the trick. The forecast was a recipe for disaster for us. Baby lambs' thin coats are easily penetrated by driving rain, ruining the ability of the fleece to protect them from the elements. And if this is followed by freezing conditions, they can quickly perish.

There was only one thing we could do to give them the best chance of survival, and that was to get all of the ewes and lambs less than a week old under cover as quickly as we could.

It's not as easy as it might sound – even a lamb a few days old can outrun a human. I buzzed around on the quad bike, trying to gather them into the trailers with the help of the dogs, while Ewan and Dennis dashed around on foot, helping me to catch them. Many of the ewes weren't keen to follow, even when their offspring were carried into the trailer, and had to be caught with man- and dogpower – not much fun for either party, but necessary. We were worked off our feet – sometimes literally. Poor Ewan and Dennis spent the odd occasion flat on their faces in the freezing slush. All the while the rain pelted down. Icy, face-numbing rain. The quad threw up a mix of mud and slush everywhere it went, splattering us and our fluffy charges. It was miserable work, all the more stressful for being pitted against the clock. The dogs did a great job. They seemed to understand the urgency of the situation and they all worked double time as we collected up those creatures who needed protection most.

Some of the slightly older lambs proved impossible to catch, and rather than make a big deal of it and stress them out, we instead herded them into the shelter of the adjacent woodland. We would have to work out how to get them out later; the immediate danger was so great that it called for desperate measures.

Every available inside space on the farm was filled to the gunwales with ewes and lambs. There were sheep in the stables, sheep in the woodshed, sheep in the coal bunker, sheep in the kennels and sheep in the trailer (top and bottom decks).

At the end of the day the rain stopped and the howling wind drove away the storm clouds to make way for one of the coldest nights of the year. The only thing for it was to head back to Fallowlees and wait till dawn to survey the damage.

It was dark when we drove home. The road was already frosted and the sky so starry you would think some of the stars were touching. A strange kind of camaraderie emerges in crises like these, where you've worked together as a team and know you've given it your best shot. It had been a wonderful show of what can be done under pressure. I was worried, but knew there was nothing more I could do.

The three of us were exhausted that night – as were the dogs – and despite my fears I slept solidly.

The drive across to Healey Mill the next morning was an anxious one. None of us knew what awaited us. My jaw was set. Dennis and Ewan knew better than to speak. I wasn't in the mood for any small talk. It was still dark when we arrived, the security lights snapping on as we drove into the yard. Stepping out into the shock of the freezing dawn air I had no idea what I was going to find. The lambs were still so young, so vulnerable. I headed first to the shed, flicking on the lights, almost too scared to look.

The sheep were all huddled tightly together. Their coats had been wet when we stored them and the night air had frosted their fleeces with a thick, crunchy rind. Even so, the lambs were clustered round their icy mothers, seeking comfort and shelter. Sure, they were cold and looked pretty miserable, but to my surprise not a single lamb in the shed had perished overnight.

I breathed a huge sigh of relief, though I wasn't finished yet.

I went next to the stables. All was quiet in the yard. Even the birds hadn't woken up yet. I opened the door of the first one with trepidation and peered inside. A ewe blinked at me in surprise. There too I found huddled family groups, bewildered at this early-morning interruption, but all living and breathing. The coal bunker, the woodshed and the trailer all yielded the same result.

There had been some new arrivals in the night, born outside, but even they were none the worse for wear. I decided that newborn lambs must surely be the hardiest little things on the planet.

It took us a good number of days to reinstate the sheep to where they belonged. We had a dodgy couple of hours when the ewe housed in the coal bunker refused to accept her black lamb, she was so sure she had given birth to a white one.

29

Shortface

Since my first foray into cattle with Penny and the Blue Greys, things had gone from strength to strength.

Penny's adoptive calves had all thrived, and when they were a year and a half old, I took three of them to the mart to be sold as breeding heifers. As much as I loved them, I knew it made sense to put the money they raised to buy native breeds more suited to the hilly landscape at Fallowlees. I couldn't, however, part with Chalky, the brilliant white one. She had become a firm favourite, who loved nothing more than having her back scratched.

The Blue Grey heifers grew up and we sold them at Newcastleton, where I had bought them as youngsters, as breeding cows for a large hill farm in Scotland.

The money from all my cattle sales was recycled into purchasing younger calves to rear, with some to spare.

Having the Blue Greys had perked up my interest in both the parent breeds, that is, the Whitebred Shorthorn and the

Galloway. I wanted to start breeding my own. Jonjo Pattinson, who had so gamely cooperated in the *Flockstars* pilot with Abbey Marie, happened to be a breeder of the cattle I wanted. Jonjo and his parents farm Hotbank Farm near Bardon Mill on Hadrian's Wall. The fifteen-hundred-acre windswept farm is famous for the sycamore tree that grows in the gap in the hill-side there, inventively named Sycamore Gap. It's the image in many a local painting, postcard and photograph.

Hotbank Farm has a long, unbroken line of white breeds going back generations. When foot-and-mouth struck in 2001, almost the entirety of their stock was slaughtered, including most of the herd of pedigree Whitebred Shorthorns. However, a twin set of heifer calves were being wintered away from the farm on some better grass at the time of the cull. They were named Lucy and Lucinda, and they were the only ones spared. Together the pair allowed Jonjo to rekindle the blood he almost lost. Since then all his cows are named Lucy or Lucinda, depending on which cow they relate to.

The first two Whitebred Shorthorn heifers we bought from Jonjo were descendants of Lucinda. One had a long face and the other a shorter face. They instantly became Longface and Shortface. It seems I am not so inventive with names either! But their official names were Lucinda 18th and Lucinda 20th.

I knew Jonjo had been very generous in letting us have such good blood as the foundation for our stock. When I offered my thanks, he brushed them off. 'Just name your first bull Jonjo,' he said.

I couldn't justify the purchase of a bull when Longface, Shortface and Penny were mated for the first time, and used artificial insemination. Longface never held to the service, and the following year I sent her to a neighbour who kindly let her run with his herd and be mated by his bull. Shortface and Penny, however, turned out in calf.

When Shortface was due to deliver, I didn't want to let on to Ewan that my knowledge of calving wasn't that extensive. I had never calved a cow on my own before; I had always been the runner: 'Run and get the gel!', 'Run and get the calving jack!', 'Run and get the vet!'

When he asked me, I bluffed it and told him it was pretty much like lambing a ewe but on a grander scale.

I also told him about the calving experience that stood out in my mind from my youth.

I was around fourteen years old, and one of the two-year-old heifers Dad had bought to fatten started to calve late one wet night. This heifer wasn't supposed to be in calf at all and hadn't had the treatment or care she would have had if we had known she was expecting. Despite my dad managing to get the calf presented correctly and most of the way out, it got stuck at the hips.

No manner of heaving would get the dangling calf out, and the heifer was getting very tired. The vet was duly called. He had no better luck. He heaved and heaved, but all to no end. By this point the calf was very much the worse for wear. The vet and Dad were busy discussing the benefits and logistics of killing the calf and taking him out in bits, when a young woman, a student who had accompanied the vet, asked if she could have a go. The vet gave a dismissive hand movement that said, 'Do whatever you want.' You could tell he didn't think much of her chances.

The veterinary student quietly slid her hand along the calf's pelvis and felt for a minute or so. At this point the vet was sorting out some wire and Dad was looking for a saw. I stood there, feeling pretty helpless. It wasn't a pleasant situation to be witnessing. I watched the student closely. I could see the look of quiet concentration on her face. Suddenly, with a little flick of her arm, the calf slipped out of the heifer and landed with a slap on the concrete floor.

We all stood there in amazement. Dad and the vet promptly dropped their chopping-up gear and set to work reviving the calf, drying him with bundles of straw, as the vet dripped kick-start drops onto his tongue.

When after fifteen minutes he hadn't rallied, we thought we ought to warm him up in the house. It was three in the morning by then, still raining outside, and we were exhausted and chilled to the bone ourselves.

Dad pulled out the bottom drawer of a large sideboard we used for storing stuff in the shed and scooped the calf into it. We carried him into the house and put him in front of the Aga while Mum poured coffee for everyone.

I had decided to make a massive tray of fudge that afternoon, and those thick chunks of cream and sugar revived us all along with the piping-hot coffee. Dad was telling the vet he didn't owe him anything because his student had done the work – he would pay her instead, he joked – but the vet failed to see the humour.

The calf was still flat as a pancake. Mum tube-fed him some powdered colostrum, after which there wasn't much more anyone could do. Besides, we all agreed that saving the heifer was the priority. The calf wasn't going to get up to much overnight, and we all stole off to bed.

We all lay in a bit longer than usual the next morning, even Dad, tired from the late-night shenanigans, and were still in bed when there came a knock at the door.

Panic ensued as Mum and Dad tumbled down the stairs. They had forgotten they had a meeting that morning. In the kitchen the calf was alive but still looking very listless and making no effort to move from his drawer.

Before opening the door to the visitor, Mum and Dad scooped up the drawer and carried it and its sorry-looking load into the office next door. They plonked the drawer on top of the spare bed that had been relegated to a corner of the office.

Disaster averted, they welcomed their guest, who happened to be none other than a farm inspector. I had surfaced by now, too, and Mum gave me a poke and indicated that I should offer him some fudge while she cleared the mugs from the night before. All was fine and dandy until the inspector wanted to see the paperwork and decided to follow Dad through to the office.

I still don't know how Dad explained the live calf on the bed, but I would have liked to have heard!

The calf went back to his mother that day and she was happy to see him again, despite the ordeal he had put her through. The heifer got a stay of execution and entered the farm's breeding herd, where she remained until she was an old lady.

In the end Ewan and I didn't have any dramatic calving stories of our own to hand down. Despite our inexperience, our first calving was painless. The calves simply arrived in the night with no need for intervention and were standing there with Shortface, happy as Larry, the next morning.

As our herd grew, so grew the need for better facilities. Good pens are required in order to move cattle easily, safely and efficiently. As I was to realise, they are better for your relationship, too. We couldn't afford a large outlay on expensive pens at the very beginning, so we made do with whatever we could pick up cheaply. As a result, no day working with the cows was ever dull.

Poor Ewan was often shouted at. 'Be more instinctive!' I would order him, which, thinking about it, is a terrible thing to say. It's like telling someone to be more artistic.

At the beginning that lack of instinctive awareness around cattle made things difficult. He hadn't grown up with animals, and sometimes stood in the way. When I'm working, I'm the first to admit I'm not the most, er, sensitive, shall we say, and can be rather sharp.

But as always, he was game and never took things too personally. And I think that over time I became more patient and started to become a better teacher, that I learned how to break down my reasoning and communicate it to Ewan.

With more cattle, it finally made sense to purchase a bull of our own. I would be delighted to say goodbye to the artificial insemination man. So off we went bull shopping to a friend of Jonjo's. A pedigree Whitebred bull duly arrived at Fallowlees, much to the appreciation of our girls. We of course named him Jonjo.

Jonjo wasn't the spectacular beefcake I was used to seeing. Whitebreds are in a different category of size and presence when compared to other breeds. This lad was built to breed a hardy hill female, and as such wasn't the muscular bodybuilder of the more common Charolais and Limousin bulls. Jonjo was also young and had a bit of growing to do, but he knew the job. He charged out of the trailer with his top lip curled and his wedding equipment dangling outrageously.

We were fond of Jonjo. He turned out to be a kind-natured lad who carried out the job we had bought him for efficiently, and didn't make a fuss at all when handled.

It wasn't only cattle we had got from our farmer friend Jonjo. Our cat, Salem, also came from Hotbank Farm. Salem is such a good hunter I don't ever need to feed him. He's our resident pest controller, yet despite his independence he's the most tolerant cat you can imagine – quite unlike the cats I grew up with – and will let puppies swarm all over him in their play, registering the intrusion with barely a flick of a superior eye.

30

World Trial

In July 2017 I found myself on the wrong side of the road, headed to the World Sheepdog Trials in Holland with my friend Lisa. Jamie's 2016 National performance had automatically qualified us for this prestigious event, which is held every three years. Here the three hundred best dogs from across thirty nations compete against each other over four days to find a world champion.

I had hoped Ewan could accompany me, but there had been no alternative other than to leave him holding the fort. It was too much to ask of anyone else, and I knew that he was the most capable person for the job. It was hard to leave him, especially as I knew how much he wanted to attend the event as well as support me. And despite knowing the farm was in such good hands, I was anxious – I always am when I'm away from home. Travelling doesn't suit me – I find it stressful at the best of times. I'm not ashamed any more to admit that I'm a bit of a homebody.

Why on earth am I going, I thought for the umpteenth time. I was finding it hard justifying the expense and time away. Plus, I didn't expect to do well. I had run on continental sheep once before and they proved to be very heavy, dull and unexciting. Not the best challenge for Jamie, a dog whose talent lay in his ability to sweet-talk even the wildest of ovines.

The first roundabout on foreign turf just about blew my brain as cars came at us from the wrong direction. Thank goodness I wasn't driving. It didn't faze Lisa, who zipped through the traffic easily and confidently. I marvelled at how quickly her mind snapped into driving on the right-hand side of the road.

Lisa is German but has a Scottish islands accent. I can't actually pinpoint the moment we met, but we have been in regular contact for years, swapping dog-training tips, talking sheep and general gossip. Lisa and her boyfriend have a large farm on the Isle of Bute. She wasn't competing, but, good friend that she was, had volunteered to be my chauffeur for the trip. She knew as well as I did that this was a big deal for me and that I could do with some friendly support.

Our drive took us on various detours around random parts of Holland, but we got to our destination, Hoogwoud, at last. On arrival we were grouped into individual nations to walk with our country's flag through the streets of the town, our dogs in tow. The whole town had come out to wave and cheer us on, at least that was how it seemed. The dogs were the stars, of course, but I got a feeling of what it must be like to be a top athlete, about to compete at the Olympic Games! As I stood under the English flag, with Jamie by my side, I had never felt prouder. In front of and behind me were some of the best handlers in the world. Jamie and I had earned our place beside them, at the highest level. This was beyond even my wildest childhood dreams.

Jamie was still a young dog, one of the youngest in the competition, so I knew the chance of a performance good enough to go through to the semi-finals was unlikely. But the opportunity for us both to gain experience at this level was invaluable.

The event began with two days of qualifying trials. Jamie and I weren't running until day two, so on the first day we had time to watch the competition. There were three fields, with forty competitors running in each. We wandered around, taking it all in.

The biggest problem I could see beyond the sluggish, unimpressionable sheep was the absolute flatness of the fields. British dogs are used to hills and valleys. Here in Holland the long – you might call it boring – flatness made the sheep difficult to see and the gates hard to judge.

We spent the whole day watching. Studying the field I would run in the following day, I saw with growing alarm that there wasn't a weed or molehill to be seen. At home we can generally use the odd thistle or rough patch of grass to help us make sure the sheep are in line for the gates. Here there was nothing but a vast expanse of uniform green grass. Time and time again I watched as the British dogs fell foul of the flatness, purely because of a lack of distance perception. The Dutch handlers, used to such conditions, were faring much better.

The sheep themselves were not the type to be easily charmed. A dog would need all of its power to push them round as they were used to capable dogs and would quickly suss out any who didn't have enough courage.

Lisa and I made the most of our time and finally got to see in the flesh a selection of dogs we had long admired from afar. We were also there with our business heads on, looking to see which pedigrees were breeding well and seeking out potential stud dogs.

Sometimes farmers give trial dogs a bad rap. They often tell me that their work dog is better than any trial dog, who only has to gather four sheep. I disagree. I think that putting a dog under pressure on a trial field is the truest test: a trial dog has to run on foreign ground, on sheep he has never met before, and to complete a course only on commands given by his master. It's the difference between driving on a road you have driven every day and racing on a rally track you've never seen.

Some of those same people are often surprised when they come to the farm and see Jamie working ewes and lambs in the pens, or nipping the nose of a cow who doesn't agree with the direction of travel. Good trial dogs make the best work dogs. And in Holland we were surrounded by the crème de la crème.

The following morning I was hit with the standard bout of nerves. This was the most demanding audience in the world, and no matter how often I told myself I had no expectations, the nerves just grew and grew. I had a banana and took a gulp of Lucozade, my now go-to snack before any big event.

We watched each run critically for mistakes I could avoid. I decided the best option was simply to let Jamie power on and use his own sheep sense as much as possible. In the UK sheep often need handling with kid gloves in order to be nudged in the right direction, but these Dutch sheep needed a tougher approach. They didn't need to be guided, they needed taking!

I was very worried about the third set of gates. They were proving exceptionally hard to judge. So many people had come unstuck trying to hit them and I didn't have a lot of hope for my own distance perception, a definite failing on my part.

It was a hot day. Time dragged on until, suddenly, we were in the competitors' box. Jamie, unperturbed by the whole event, sat quietly watching the proceedings. Here goes nothing, I thought.

Lisa mouthed a 'good luck' from the sidelines as I made my way to the post.

Jamie set off on the outrun as focused as ever. As he arrived at the top of the field my nerves suddenly disappeared. I knew we were off to a good start. I gave Jamie a 'power on' whistle, normally reserved for working tough sheep at home. He didn't need to be asked twice. He brought those sheep down the field on the end of his nose, through the first fetch gates, striding with purpose. It was magic. They turned sharply at my feet and made a perfect line for the second set of gates, bang through the middle, without a waver. The crowd quietened as the sheep were taken by their confident little black and white master straight to the notorious third set. A groan went up as the sheep skimmed the very edge of the hurdle. One ewe even stopped for a sniff on the way past. Inwardly I cursed. That would cost me points. I needed to be foot-perfect now if we were to make up for it.

I quickly collected myself from my disappointment. All was not lost. We entered the shedding ring that had been mowed into the perfect lawn. Two of the sheep wore collars, and it was Jamie's job to shed two of the three who didn't. As if by telepathy, Jamie shot into the tiniest of gaps and separated them. Next up was the pen. I didn't even need to work. Jamie had cast his spell on these sheep all right, and they didn't put up a fight. I took a deep breath as we moved to the last test, the single. A ewe wearing a collar had to be shed. I was hardly back in the ring when I saw my chance. Jamie saw it too and split her off, to the applause of the crowd.

Knowing his work was done, Jamie jumped into the large container of water that was sitting in the competitors' box. He took a good slurp, his tongue hanging out of his mouth. He was unused to the warmer climate.

My elation quickly disappeared as I came off the field to be greeted by a tearful Lisa.

'Are you OK?' I asked, concerned that something bad had happened.

'It was just so wonderful!' she said, wiping her eyes as she gave me a hug.

Relief and joy nearly set me off as well.

Points were released quickly after each run, and one look told me we had gone to the top of the leader board. Despite the slip-up at the third set of gates, the rest of the performance had been good enough to make up for it.

I had my leg pulled about the error and had to put up with several 'You should have gone to Specsavers' comments. But it was wonderful to have people congratulating me. There was also a lot of interest in Jamie's bloodlines, and enquiries about stud services.

We watched closely as the remaining competitors took to the stand. The sun was going down as the final competitor retired.

The results were announced, and Jamie and I were third in the competition. We were going through to the semi-finals. Jamie was one of the top forty dogs in the world!

My elation was short-lived. That evening I could see that Jamie wasn't himself. During the night he was sick and had violent diarrhoea. I felt my heart sink. The next morning he had improved, but with another challenging course ahead, on a new, far bigger field, I didn't feel very optimistic about our chances. I wondered what had happened to my usually healthy dog. Perhaps it was the upheaval of a long trip, I thought, or even just the heat, something we rarely worry about in Northumberland.

I took him to the trial vet who, it turned out, had been seeing similar cases all morning.

'You didn't let him drink out of the trough in the competitors' box, did you?' she asked.

'I thought that was what it was there for.'

She pointed out that the water had been sat in and drunk by almost every dog on the field. If one of them had a bug, it was the quickest way to transmit it.

I gave Jamie some hydration therapy and cursed my own stupidity before walking the course we would have to run that afternoon.

The field was bigger than the previous day's and seemed to stretch for miles into the distance. The lack of fences made it seem even bigger. Instead of the traditional fences we have in the UK, flat fields in the Netherlands are divided by enormous ditches, twelve feet across. This gives the impression of a vast, unbroken expanse that can trick the dogs.

The day felt even hotter than the previous one. I fanned myself with my catalogue.

'It's never like this in Northumberland,' I said to Lisa.

'Nor in Bute.'

The vast field was causing problems, as I'd thought it might. A lot of the British dogs were running too wide, assuming they needed to gather all the ground they could see, and even one of the Dutch dogs landed slap bang in the middle of one of the deep ditches. He was finding it difficult to get out, so his handler ran up the field, shedding clothes as he did so, to dive in and rescue him, much to the amusement of the crowd.

'I wouldn't put it past Jamie to do something similar,' I told Lisa.

'You'll be fine. I just hope you've got matching underwear on, though, just in case,' she said with a wink.

Away from all the excitement, Jamie and I took some time out before our run. He really was one of the most balanced dogs I had ever owned. He didn't seem to be fazed by anything. Although Roy had been an outstanding work dog, he could get very hot and excited away from home, and I felt he never showed himself off as well as he could. I also never quite felt that he had my back at a trial. With Jamie, however, it was almost like taking a machine out of the box each time – all new and shiny and in perfect working order – following the instructions and, hey presto, everything going according to plan. It was as if he was saying, 'OK, Mum, tell me what you want me to do and I'll do it.'

He also never fed on my nerves the same way my other dogs did, and always gave his all to any situation.

We were on.

As I walked to the post I saw to my horror that a large group of dairy cows had been let out after their afternoon milking. They currently stood next to the ditch line on the left-hand side, the side of my chosen outrun.

My mind began some frantic calculations. Should I change my plan and run right? The field seemed to lend itself to a left-hand outrun, but the cows were far more visible to a dog than the tiny specks on the horizon that were the sheep. And because of the way the ditches were set, the cows looked to be in the same field. But there was just so much opportunity for things to go wrong on the right-hand outrun, so much ground for the dog to get lost in. I had hardly seen a British dog do well on that side.

We were at the post. Jamie looked fixedly up the field to where the sheep were. Left, I thought to myself. It's got to be left. Don't change your mind now.

'Come bye,' I whispered, and he was off, bang on the right trajectory. He ate up the ground with a positive pace. He was looking good.

Then I saw him lift his head, and my heart sank. He had spotted the cows. He swerved deeply into the field, heading swiftly for the ditch near to where they were standing. I shoved my whistle in my mouth and blew a hard 'Stop'. Jamie skidded to a halt on the bank of the ditch, just as he was collecting himself for a mammoth jump.

I whistled at him to continue up the field, and he did, for a while, but once he was level with the cows he made another attempt to cross the ditch, so sure was he that I needed him to bring them to me. I cursed inwardly, knowing we had already shed a good number of points. I eventually guided him to the sheep, but I had gone to pieces in my head. I knew we were out of the running, and the run that followed fell far short of Jamie's usual standard. I could sense his own frustration, too, how he was unsettled by the commands I was giving him on what he thought was a well-thought-out outrun. His movements were sluggish, and I found I had stopped trying too. It wasn't our day.

There was lots of commiseration as I came off the field, but I couldn't feel too downhearted. It was just one of those things.

'Next time, Jamie,' I told him, looking at his sleek black head. 'Next time.'

We watched for the rest of the day to see who would make it to the final fifteen. Some dogs were well and truly showing off their mettle, while others were coming unstuck. After a while I realised Lisa wasn't watching but had her head buried in the catalogue, her phone in her hand, adding up scores on its calculator.

'You know, I wouldn't feel too sad,' she said, nudging me. 'I've checked this three times.' She showed me her adding-up. 'Unless my maths is wrong, I think England have got the team gold.'

If Lisa was correct, there it was in black and white – the total scores of each of the five team members from each nation from the qualifying trials put England on top. Jamie had actually posted the top score of the England competitors.

I rang Ewan, who was delighted but also gutted he had missed it.

'I watched Lisa's live stream,' he said. 'Jamie looked awesome! I'm so proud!'

Lisa had been spot on: England had won the team gold. And Jamie and I had played a big part in our victory. Celebrations were in order that night. Everyone at the trial (apart from the sixteen who had qualified to run in the final) let their hair down. We all sat on the grass outside the beer tents in the evening sun until long after it had dipped below the horizon. We drank the native beer, ate bratwurst and talked pedigrees and training. It turned out that Dutch beer is very strong and before long we were all very merry. All the different nations mixed happily together, and I came away with loads of new friends.

'To the dogs!' we toasted, and raised our glasses.

The next day found Lisa and me groggily waking at dawn in a tent with the mother of all hangovers. That sweet Dutch beer had a hell of an afterkick.

We nursed our sore heads with coffee in the trial marquee and fed our cooked breakfast to Jamie, who was back to his chipper self and delighting in all the praise he was receiving. I felt my cheeks flush as a memory came back from the night before, around beer number five, when I had declared him the best dog in the world.

'Did I really say that?' I groaned to Lisa. I might think these things myself but I am usually very modest when I'm with other people.

Nothing could dampen our spirits as we watched the final.

Once again, the course was huge, the dog expected to run eight hundred yards for the first packet of sheep and a further eight hundred yards for the second. It was a spectacular feat for a dog, even a champion.

Sixteen worthy competitors took to the post to compete. We watched each run on tenterhooks. Some dogs made small errors, some couldn't even find the sheep, and yet one more dog took a bath. But when Jaran Knive and Gin from Norway finished their run, we all knew they couldn't be beaten.

Disappointingly, we couldn't stay for the ceremony as our boat was sailing that night, so I didn't have the pleasure of being presented with the gold medal. However, we had our own presentation of the medals at the National later that year. I was very proud to be part of the England team. It had taken me thirty-one years to get to this point, and I felt that I had finally arrived. If I did nothing else, no one could take this away from me. I had it for ever.

I owed it all to an unassuming little black and white dog.

31

Nessie

My birthday is in January, not exactly the best month of the year to celebrate. It fell on a Friday in 2018, and Ewan and I went away for the weekend to stay with Lisa and Ian on the Isle of Bute. My long-suffering sister Elizabeth held the Fallowlees fort.

It was a few months since the eventful World Trials, and I was looking forward to reliving that time with Lisa. She had bred me a cracking little bitch, and we were going to collect her and have a good old chinwag at the same time. Yes, another dog for the pack. And it never gets any less exciting. Every dog is different, and you're always hoping that the latest addition will have that little bit extra – that he or she might turn out to be another Roy or Jamie.

Bute lies off the west coast of Scotland, in the Firth of Clyde. Ian and his father run a sheep and cattle farm on the west of the island. Bute is a wonderful place to unwind, a paradise for walkers, anglers and anyone who appreciates the great outdoors.

Lisa and Ian rent out the adjoining part of their nineteenth-century farmhouse as self-catering holiday accommodation.

It's hard to believe as you watch Lisa with her dogs that she used to be a book-keeper in her home town of Frankfurt. She's a classic example of the person who quits the city for a new rural life. She met Ian when she moved to Bute after a year learning the ropes on a farm in the Borders. Like mine, her pack of dogs has grown rapidly over the years.

'She does understand English, doesn't she?' I asked Lisa jokingly, as I admired Nessie, my pretty new pup.

Lisa laughed. Her main dog, Harvey, who was born in Germany, was famous for understanding commands in both German and English.

A few minutes' walk from the farm is the secluded Scalpsie Bay, with views to the Isle of Arran. Lisa, Ewan and I walked the dogs along this beach, watching the seals lazing on the rocks. Lisa said if you were lucky you could sometimes see porpoises and basking sharks in the water.

Today Lisa pointed to a spot on the edge of the beach where she said she was going to put a glamping pod.

'It's actually going to be a shepherd's hut, small, but with all mod cons.'

'Oooh, what a brilliant idea! I bet you'll get loads of visitors.'

'I hope so. Glamping is really popular these days.' She added, 'You don't fancy doing something like that at Fallowlees?'

'With the midges? People would need danger money!'

'Well, with your cooking you certainly couldn't do bed and breakfast,' she joked.

'Oi, less of that, you cheeky cow!' I laughed. Lisa is famously blunt, but we are good enough friends to be able to say what we want to each other.

The evening before we were due to return home, at the end of what had been a wild and windy January day, Ewan asked if I would like to go for a walk down to the bay. He might have had a special twinkle in his eye, but I didn't notice.

I pulled a face.

'You're joking, Ewan. Have you seen outside? Can't we just stay in and have a glass of wine?'

I spend enough time out and about in the worst of the weather, thanks to my work, so felt no need to subject myself to a Scottish island gale on a well-earned day off. Especially when the alternative was a cosy farmhouse and a drink with friends.

Ewan just shrugged, and said something about it being our last night.

I caught his eye as we sipped our gin and tonics half an hour later. I thought he knew me better than to drag me off for some exercise, however well intentioned. But never mind; he looked to be in a good mood as he laughed with our hosts.

One of the nice things about leaving Fallowlees – whether for a few hours, a day, or longer – is the welcome I receive on coming home. The dogs are always delighted to see me. The sight of their wiggling, enthusiastic bodies, anxious for their share of my attention, makes everything seem worthwhile.

I could always be sure of a welcome from Coquet too.

Coquet was now a fully grown horse, and he was

magnificent. He was every bit the racehorse, and as full of himself as ever. I had taken our friend Peter up on the offer he had made us all those years ago when he helped us with our haymaking, and loaded Coquet off for a couple of months' training at a yard in Hexham when he was old enough. Peter had done a great job with him, and he paid me the compliment of telling me that Coquet had been one of his top five nicest horses to break in.

Tramp and Strawberry had left me some time ago. They had flourished in the years since their arrival as scraggy ponies, making an incredible transformation into rather good-looking specimens. As they were really only suitable for children to ride, I felt that they could have more useful lives elsewhere and, with a heavy heart, set about finding them new homes. Strawberry's striking looks immediately attracted the attentions of a friend, who snapped her up for her daughter. As she lives nearby in Rothbury, I often see Strawberry grazing in her field when I drive through the village.

Tramp had turned into something quite special. He was a proper athlete, like a racehorse in miniature. He was taken on by another friend who had also had a Border collie from me, and from there he was broken in and turned into a remarkable show-jumping pony. Last time I enquired he had been sold for a large amount of money to an excellent show-jumping yard. I was so pleased that someone was helping him realise his potential.

So Coquet was the only horse at Fallowlees now. He had been to my sister's in Kelso to get an education in traffic, before coming back to Fallowlees for the winter.

Mr Tumnus – he who had never left Delphi alone – didn't give a hoot about horses any more. He must have been quite an age by now, but he was still as sprightly as ever, and still making a nuisance of himself eating things he shouldn't.

PART FOUR

Changes

32

The Ring

I was so lucky to have a man like Ewan by my side. He always threw himself into whatever work needed doing. I think he loved farming as much as I did. I wondered if it acted as an antidote to his work as a firefighter. I encouraged him to talk about some of the difficult days he had, rather than bottle up his feelings, and he said that it helped him to do that. I knew his job could be tough; I knew he saw things a lot of people should never have to. I sometimes pull his leg about firefighters sitting around watching TV and drinking tea, but in reality I know that few people could do what he and his colleagues do. Every call-out could mean risking their own lives. Ewan never wanted to talk about the worst things that happened, and on the days when he arrived back at the farm exhausted and ill-tempered, not like his usual self, I knew not to pry too much. Though I couldn't help asking, 'Saved any lives today?' as I was always massively curious to know.

A few days after our return from Bute, he had got in from

work and gone to get changed and came back into the kitchen where I was preparing tea. I was chopping an avocado when I wondered what he was doing on the floor beside me.

I saw he had got down on one knee.

'Emma, will you marry me?' he asked.

I didn't hesitate. 'Yes!' I cried out, throwing my arms around him – after I had put down the knife, of course.

That was when I learned I had scuppered his plans for a more romantic proposal of marriage on the beach at sunset while we were in Bute.

'Remember our last night there, and how you refused to come for a walk with me? I'd tried to get you to myself all weekend, but with you and Lisa glued to each other's sides for most of the time, I didn't get a chance. In fact, I've been carrying the ring around for almost a month, waiting for an opportunity.'

He presented me with a French antique emerald and diamond white gold ring. My heart soared when I saw it. I couldn't have chosen a better one myself. It was beautiful.

'So, just think, you could have told people we got engaged on a Scottish island rather than at your kitchen table.'

I laughingly apologised. But somehow it seemed more appropriate that it had happened here. Fallowlees had been the stage for so many great things for us both that it just felt right. I wondered if any other proposals had taken place under its ancient roof, or if a young suitor had stood nervously in the same spot as Ewan to ask permission of the farmer to marry his daughter. I suspected we were merely the latest in a long line.

I couldn't wait to tell my family. In fact, I think I was straight on the phone to my parents, followed by my sisters.

My parents were delighted, as I'd expected them to be.

'About time too,' said Dad. 'I hope the wedding isn't going to cost me a fortune.'

'Let us know how we can help,' said Mum. 'What lovely news!'

33

Uncle Toffa

Ewan and I planned to get married in August 2018. We couldn't bring ourselves to spend an outlandish amount of money on a wedding; money was hard-won and we had so many more pressing things to buy. Dad was very generous and gave us a contribution for the party we wanted to hold. We hummed and hawed and finally came up with the idea of concreting the floor of the cattle shed so we could host the reception there. That way we could reap the benefits of the work for years to come.

We worked all summer getting ready for the party. It became quite a stressful affair, and I wondered if we had bitten off more than we could chew. We wanted Fallowlees to look her best. Many of our friends had never actually been on the farm and we didn't want them to be disappointed.

We fenced and we walled, we cleared and we cleaned and we scrubbed, we weeded and we sprayed. We organised the concrete and laid it ourselves. That was before all the other things you need to consider for hosting a wedding reception: tables and chairs to hire, food and drink to order, toilets, car parking. I spent a lot of time writing lists and crossing things off them, only to start another list with yet more jobs on it.

I chose the very first dress I tried on, white lace and off the shoulder. It was from a bridal warehouse and had a reasonable price tag, which was just as well given the punishment it would get on the day.

We decided to put in a proper drainage system for the shed. Until that point it had flooded every year. We figured that while we had the machinery and labour to do the concreting, we might as well take advantage and get some new ditches dug. We got my uncle Toffa in to help us with his digger.

Toffa (short for Christopher) is my dad's brother and has been there for me throughout my life. During my college days I would work weekends on his farm with my dog Bill to earn my beer money, and he often came to lend a hand at Fallowlees.

Toffa is well known throughout the farming community. He's the hardest worker you could meet, but he is also notorious for having nine lives.

One day when Dad and Toffa were young boys, their father, my late Grandpa Len, bought a nail gun from a travelling salesman. The salesman proudly proclaimed that it had enough power to shoot a nail into a steel girder. My dad, being of curious mind, decided to put this to the test one day. He loaded the biggest cartridge he could find into the nail gun and placed its nose against a steel girder in the cattle shed. A split second after he pulled the trigger, he heard a loud shout from Toffa, who had just walked into the shed. The gun had not only blown the nail into the girder, it had punched the nail all the way through, and it had flown across the shed, grazing Toffa's ear in its flight. Just a few millimetres and that could have been the end of him!

When Toffa was a young man he spent his summers as a shearer, travelling to farms all over the country, shearing hundreds of sheep in a day. One blisteringly hot day he was hard at work outside. All of the shearers had stripped off in the heat. Toffa stopped briefly for a drink and took a swig from a bottle lying on a wall next to the shearing trailer. Though it looked like lemonade and was in a lemonade bottle, he quickly realised it wasn't lemonade and spat it out, caught his next sheep and continued his work.

His sister, my auntie Elspeth, who was rolling wool for them, sniffed the contents of the bottle and realised Toffa had just drunk cattle pour-on. This is a noxious and deadly poison poured onto the backs of cattle to kill external parasites.

Alarmed, she tried to get Toffa to stop shearing so that she could take him to hospital. He brushed her concerns off, telling her he was fine. When he started to sway on the trailer, she called an ambulance.

Toffa's heart stopped three times on the way to hospital. He was brought back to life each time by the skills of the ambulance crew. It was a miracle he survived – and a lesson in labelling medicines.

Years later, on a wet winter's day, he was working alone, feeding the cattle in the sheds on his farm near Hexham. He was towing a forage box with a tractor. A forage box has a conveyor belt that dispenses silage in an even amount in front of the cattle barriers as the tractor drives along. The forage box became blocked and Toffa jumped off in his cumbersome wet-weather gear to switch the power over.

The power take-off on the rear of the tractor (known as the PTO) is the means by which power is transmitted from the running engine to another machine. It was spinning at one thousand rotations a minute when it caught hold of some of Toffa's loose clothing.

He was very nearly skinned alive as the PTO chewed off every piece of clothing he was wearing and a fair amount of his skin, and flipped him over, before sheer strength and determination helped him to wrench himself free. Another lucky escape.

Toffa had lived to tell the tale after one too many near misses and, generous with his time as ever, came along to lend us a hand a couple of weeks before the wedding. We left him with his excavator, doing some exploratory digging, while we got on with the hundred and one other tasks that still needed doing. He was looking for a field drain in the front field so that he could direct the guttered rainwater from the shed roof into it.

A few hours later he stumbled into the kitchen, white as a sheet – he had dug through the armoured electric cable from the windmill to our batteries.

'No guard tape,' he muttered, lighting a fag. 'Nearly blew me sky-high.'

Another life gone!

34

Mushrooms

In the weeks leading up to the wedding, we had a bumper crop of field mushrooms on the farm. Fresh mushrooms are just the best. They have pink ribs underneath instead of the brown ones on the mushrooms you find in supermarkets, and they are made even more delicious by being organic, home-grown and free. I have always loved mushrooms, and it was wonderful to have this bountiful crop on our doorstep, a true gift from nature. For a fortnight they formed the main part of our diet. We ate them on toast, we fried them, we made omelettes and risottos. They were unreal.

I was still trying to do a thousand different things to get ready. This was probably why most people chose to hold their wedding parties in hotels, I mused. So much of the planning was taken care of for you. I wasn't sure if it was the stress or too many mushrooms that started to give me a gippy tummy. I guessed it was both. I couldn't do anything about the wedding, but decided I had better cut down on my mushroom consumption. It seemed to help.

Just a few days before the wedding, I trailered a batch of store lambs to the auction at Hexham Mart. When I got out of the pickup I felt sick. It was a few days now since I'd overindulged in mushrooms, and though I'm a notoriously bad passenger, I rarely get carsick as a driver. I sat back down for a while, the window wound down, breathing in some fresh air. I hoped I wasn't coming down with something, with the big day so close.

The lambs were drawn a late ballot, so I had time to walk across the road to Tesco's. Something else was niggling me, too.

I bought a pregnancy test in the supermarket and took it back to the mart. I was all alone in the ladies' toilets when the second blue line appeared, confirming my suspicions. Apparently taking two contraceptive pills when you miss a day is not effective birth control.

The result knocked me sideways.

I remember standing next to my lambs, about to run them up for sale, and a farmer friend chatting about his children.

After hearing a long story revolving around childish misbehaviour, he sighed contentedly. 'Couldn't be without them, though.'

Hmmm, I thought to myself. He hadn't exactly sold parenthood to me.

'Kids not on your agenda?' he asked.

I swallowed. I'd been asked this question many times, and was so used to the reply I always gave that the words just trotted off my tongue, same as usual.

'Nope, not for me. I'll just keep popping those little pills!' Then I added, 'I'm really not a maternal kind of person.'

I said it with a smile, but inwardly I shrank. Kids hadn't been part of my plan. Ewan had come pre-packaged with two lovely children. I certainly didn't feel any pressure from him or anyone to have a baby. My view of the future was, well, just more of the present: me and Ewan and a whole load of dogs and sheep. I'd never thought beyond that.

I was a bit anxious about telling Ewan. I knew he loved kids and adored his own. We had great fun with them when they came to visit the farm. They particularly loved being pulled by the dogs on their sledges in the winter snow. (Ewan's mum was a fan of our dog rig, too!) But we hadn't been planning to start a family of our own.

Ewan found me in tears in the kitchen when he got home from work later. He put his arms around me. I could see he was worried as I'm not usually a crier. I managed to tell him the news.

'But that's wonderful! What are you upset for?'

'I don't know. It's a shock, I suppose.'

'A lovely shock!'

'It'll be just my luck if it's due at lambing time.' I managed to laugh as I wiped away my tears.

Nothing was going to dampen Ewan's mood.

'I'll take my holiday when it's due and I'm sure both our mums will be more than happy to help out. When can we tell them? They're going to be thrilled! Is it too soon?'

Ewan was buzzing as we prepared our meal, and it helped to lift my mood too. We'd manage. Of course we would. But it was a big piece of news for me to absorb. Our future had just changed radically.

But first of all, we had a wedding to celebrate. Most of the jobs had been crossed off the list. The concrete flooring was finished, and Uncle Toffa had dug our ditches – and lived to tell the tale. We were all set.

35

The Dress

The day of the wedding was also Ewan's fortieth birthday – and the last fine day of the summer.

We were married in the registry office in Kelso, which is located in the town hall. Ewan, being better travelled than me, commented that the pretty building with a clock tower and flags flying, centred within the town's cobbled square, is just like a *mairie*, lifted straight from a French town.

I walked into the registry office, all nerves and excitement, on my dad's arm. I could see mine and Ewan's entire families there, waiting expectantly. Ewan was no doubt expecting to be blown away by the sight of me. I might have known I would cock it up. Somehow I managed to snag my beautiful dress on the door as I went in. It brought me up short and tore a great hole in the lace down the side. Well, start as you mean to go on, I thought, as Dad unhooked me from the door to much laughter from the room. I might have ruined the supposed grand entrance, but the rest of the ceremony went without a hitch – well, apart from Uncle Toffa and Granny Gray missing it completely! They arrived a wee bit late and the registrar had locked the door.

We had a small reception back at my parents' house for close family. Mum had gone to a lot of trouble to make sure the garden and house were looking their best, and it was hard not to overindulge in the delicious spread she had laid out for us.

Still in our wedding finery – Ewan in his kilt, me in my dress – we headed back to Fallowlees to get the party started. We stopped at the abandoned farmstead of Redpath on the way up the track. There on the boarded-up front door we drew a big red love heart and an arrow with sheep-marker spray to point the way for our guests.

Time flew as we raced to make final preparations before our guests arrived. The photos were taken in the front field with the dogs and sheep, and the bottom of my dress got covered in all the usual muck you find in a field full of sheep.

We had the shed blinged out with chandeliers, and our families had helped us decorate it with wild flowers and heather. We had borrowed chairs and tables from the local village hall in Elsdon. The Bird and Bush, our local pub, had been roped in to run a one-pound bar and we had a disco, a bucking bronco and a hog roast. We borrowed a couple of huge firepits from our shearer and built a giant bonfire in the field behind the house with the old wood from all our tidying. With strings of lights to guide the way from the car park paddock and all along the house, as darkness fell, Fallowlees had never looked more enchanting.

The bucking bronco was a big draw at the start of the evening.

'Come on, Emma,' said my sister Elizabeth. 'You're not getting out of this.'

'But I've got my dress on!' I protested.

She wouldn't hear of it. It was no wonder – after the beating that dress had been receiving all day – that I was back in jeans and a shirt by 10 p.m., the dress relegated for ever.

Elizabeth wanted to get Ewan on the bronco, too, but he said that as he was in his kilt, it was best he gave no one a fright.

'Why is no one dancing?' I asked Ewan as the disco got going.

'Haven't you been to a wedding before? You two are supposed to kick it off!' said Caroline. 'What have you chosen for your first dance?'

'Umm, I haven't even thought about it. What about you, Ewan?'

Neither of us is a gifted dancer, and we just wanted something to carry on the relaxed vibe. We opted for 'Sweet Home Alabama', and were soon surrounded by our guests on the dance floor.

It was wonderful to have all our nearest and dearest together in the place that had been my mainstay over the past years. I had grown up here. I had arrived as a naive twenty-three-year-old and I was now thirty-two. Not that I felt any different on the inside.

I watched everyone enjoying themselves in the beautiful late-summer evening. The grey and violet clouds slowly gave way to a sky of purply-black. People were happily drunk, aided no doubt by the one-pound bar. Even the bar staff joined in the party.

I saw Ewan giving someone a big hug. He called me over and introduced me to Timmy, the friend whose life he'd saved in the Alps, and his partner, Whitney.

'It's wonderful to meet you both. And what a long way you've come,' I said, knowing that Timmy lived in south London.

'I wouldn't have missed it for the world,' he replied.

Timmy told us about his business, The Mindful Baker, and it was wonderful to know he had made such a satisfying life for himself, one that drew on his terrible experience and used it in a positive way with his love of baking.

I spotted Archie talking farming with my dad, and Lisa swapping dog stories with some of the other triallists. Well, that's what happens when your job is also your passion. We are fortunate people. I managed to drag Archie away and coax him onto the dance floor.

'There's still life in you yet, Archie!' I exclaimed, as we strutted our stuff to Sister Sledge's 'He's The Greatest Dancer'.

'Hmmm, try telling that to my old bones in the morning.'

Lots of our friends were camping around the farm, so didn't have to stay sober or leave the party early. Many of them were still throwing logs onto the firepits at three in the morning.

I took some of my friends to their accommodation. Chartners, another of the abandoned farmhouses in the forest, had recently been repurposed as a bunkhouse, often used by Scout groups, and we had booked it for the weekend.

'You can't drive, Emma, you're mortal!' one friend told me, looking aghast as I hopped into the driver's seat.

'It's OK,' I told them. 'I'm feeling quite sober.'

Little did they know I had been drinking orange juice all night! Ewan and I had only told our families about the baby, figuring that as I was just a few weeks pregnant, it was too early to spread the news more widely.

I made my way to bed, with Jamie by my side, at 3 a.m., exhausted but content. Ewan stumbled in beside me three hours later.

We both agreed it had been a perfect wedding.

36

Brenna

'Well, Emma Gray, you're a married woman at last!'

Archie and I were at a trial. After swearing he'd never trial again when he lost Dale, it was great to see him back. He and Hoggy made a good team.

'Surprising, isn't it? I thought I was going to be single for ever at one point.'

'Well, I seem to remember you were pretty fussy when it came to men.'

'Quite right, too. I might have been pushing my husband round in a wheelchair by now if I'd gone for one of your choices, Archie.'

We both had a chuckle as we looked back on those days. Not so long ago, really, but in other ways, they felt like half a lifetime ago.

'Yeah, you've got a good one in Ewan. Mind, I can see some marital discord when he starts beating you.' He nodded towards my new husband, who was about to take to the post with Dennis.

'Healthy competition, Archie.'

After the World Trials, I felt I had discovered how to train dogs well. As I had hoped when I first set eyes on it, Healey Mill had proved to be the perfect training ground. It had the right mix of terrain in order to get the dogs used to varied landscapes. By the autumn of 2018, a year after the World Trials, I had three promising young dogs: Nessie, the dog I collected from Lisa on Bute; Brenna, a talented tricolour who was the daughter of Aled Owen's Cap, an International Supreme Champion; and Joff, the offspring from Jamie's mating with my friend's bitch after the English Nursery Final.

To be honest, Joff was the one I really had high hopes for – he wasn't a sweet-talker, like Jamie, but he was tougher-natured and had power to burn. At the end of the season Joff was winning the Northumberland Nursery League, closely followed by Brenna. Nessie was not far behind.

The final trial in the Northumberland winter nursery series was held on the military ranges of Rochester, a steep rush-covered field, and not one for the faint-hearted.

I had a blinding run with Nessie. She was foot-perfect, the sheep loved her and she was in total control. It was one of those runs that make the crowd fall silent. The sheep walked into the pen as if they were pet lambs, not straight-off-the-hill mountain sheep. I released them and was just lining them up to take the shed when the judge appeared beside me.

'Sorry, Emma, but you are disqualified,' he said.

I dropped my stick in shock. 'Why?'

'You didn't close the gate properly when you penned.'

'Oh!' I was stunned. 'Can I just re-pen them and try again?'

'No, sorry,' he said, and walked to his car.

There was nothing to do but walk my sheep off the course. Everyone watching was wondering what on earth had happened. I was close to tears, mostly born of frustration. It seemed that although I had swung the gate round, it hadn't touched the clashing post, which meant disqualification.

I still had Joff and Brenna to run. I was careful not to make the same mistake again. Brenna went on to win the trial.

The championship trial was held directly after, open only to those dogs who had won one of the nursery trials. This was a bigger challenge, and included a shed and a single. The single is the most difficult task to accomplish with a dog, who has to separate a single sheep from the others without any assistance from the handler. Sheep are flock animals, and it is their natural instinct to want to stay together, so to persuade one of them to break away from the security of her companions is a big ask for a dog, especially a young one.

Nessie was first up, and another foot-perfect run left no doubt in anyone's mind that she had won the championship. On penning, I pushed the gate hard against the clashing post and held it there, adding the flourish of a little showman's bow, to the cheers and laughter of the crowd.

Afterwards people asked me if I was sore about the disqualification for the pen. Of course I felt hard done by at the time, I can't lie, but in reality it was a valuable lesson, and better to happen there on a nursery field than at a national or international competition. No, in the end, the truth was I was grateful for it.

The result that day meant I qualified for the English Nursery Final the following February, with both Brenna and Joff.

I was, however, in a quandary. I had a lot of dogs now and, realistically, I knew I couldn't keep them all. It had been my plan, back when I was recuperating from my broken back, that I would earn part of my living from the sale of top-quality sheep-dogs, not that I would keep every dog I spent time training for myself. I knew I needed to be hard-nosed about this. I also had a stack of bills to pay – not that that was anything new.

I had to sell one of the three. But which one? All three were talented. Joff, being the son of Jamie, my star, was now the apple of my eye. I felt particularly close to him because of that link with Jamie, who was still my number one dog. Nessie, meanwhile, was proving to be a natural – she had a talent I wanted to develop further.

I realised it had to be Brenna, and following her success I had had a great deal of interest in her from abroad. I had no idea how to value her, and so I entered her in the Skipton auction.

Skipton is a world-renowned auction for working sheep-dogs. It hosts three sales a year, and there, the best – and occasionally the worst – sheepdogs are sold. I had never sold a dog at auction before and the thought terrified me. The Friday of the auction also happened to be the weekend of the 2019 Nursery Final that I was supposed to be attending with both Brenna and Joff. Could I do both?

I entered Brenna in the auction with the proviso of still being able to run her at the final. It would perhaps dent her value, but my place at the final had been hard-won and I didn't want to give it up.

Ewan and I travelled to Skipton with the dogs. I was feeling pretty uncomfortable. The first scan had revealed that the baby was due in early April – yep, lambing time. It could hardly be worse timing for a shepherdess. Large and round with persistent indigestion, I now had blistering nerves to contend with too.

I had seen dogs I thought quite good flop badly at sales like this, but I had seen others soar, so I knew I could take nothing for granted. I had never been out on the sales field before and was anxious about meeting such a critical audience.

I drew great comfort from having Ewan with me. He reminded me that if we weren't happy with the price, we could always take Brenna home again. It was a consoling thought, but we both knew that with a baby on the way and the farm racking up the usual bills, we needed the money.

Our lot number came round in the early afternoon and I took to the field for what I guessed would be the last time as Brenna's owner. It's customary to put a dog being sold as a working dog through his or her paces at a sale like this. Brenna didn't let me down – she ran as she always ran, with great flair and power, the sheep obeying her will. While Brenna was running, the auction was taking place behind us. I was concentrating so much on her performance, I didn't hear how things were panning out. Or perhaps I had tuned everything out deliberately.

Job accomplished, I whistled Brenna to me and we walked down the slope towards the auctioneer. It became clear that the bidding was winding down.

'Fourteen thousand – are we done?' the auctioneer was saying. 'Last chance, fourteen thousand!'

Fourteen thousand? Had I heard right?

'Selling now! Fourteen thousand!' he shouted to the collected crowd.

He glanced at me, checking it was OK to sell. My gobsmacked face must have told him it was, and the hammer fell. The crowd burst into spontaneous applause as we walked out of the field to massive congratulations. At fourteen thousand guineas, Brenna had just broken the centre's record price for a bitch. (Sheepdogs are traditionally sold in guineas, a pound and a shilling, so one pound and five pence in today's money.)

Ewan was there waiting, pride in his eyes. We had hit the big time! I felt the baby do a flip inside me. Everyone was buzzing. I could almost feel electricity in the air.

Brenna had been sold to an American, Pamela Helton, who I knew from our communications on Facebook. She was a university professor who did trialling as a hobby. Brenna was going to live with her in Maryland, and eat grilled chicken, as well as be her primary work and trial dog. I was delighted for both of them. It was a brilliant scenario.

But we had little time to reflect, because on the Sunday both Brenna and Joff were competing for Northumberland in the All England Nursery Final in Westmorland.

I knew there was a lot of pressure on me. The last time I had run at a nursery final had been three years earlier in 2016, with Jamie, Joff's father, and he had won the competition. And after Skipton people were expecting great things of me and my dogs. I had a lot to live up to. Equally, I knew that there would be a contingent of people who would revel in my misfortune should a fourteen-thousand-guinea dog make a fool of us both.

The final was being live-streamed to the world on social media. The thought of it had been making me feel sick for days. I hadn't slept properly for the last week for worrying about the weekend, and it was starting to show. And my heartburn was even worse. The only thing I was really consuming was Gaviscon, swigged straight from the bottle. Hardly nutritional.

The final was one of the biggest held, its location and the dawn of a fine day meaning that cars were wall to wall and parking spaces at a premium.

The field itself was lovely, not massive, but tricky in its own way. The sheep were Mules, my favourite.

The stakes were high when I stepped out late morning to take to the post with Brenna. She ran like fourteen thousand guineas should, flexible and responsive, a Ferrari. A wide turn at the last set of gates and tricky sheep in the shedding ring took us out of the running for one of the top slots, but it had been a smartly completed run, one that ensured her reputation.

It was well into the afternoon before Joff and I had our turn. The time wore on terribly slowly for a heavily pregnant woman awaiting her fate. Performances varied enormously; some were outstanding, and in other cases, it was just too much for the dog. Often young dogs can feel the sense of occasion and the pressure makes them behave erratically. All I could hope was that Joff had inherited his father's ability to pull a performance out of the bag, despite the pressure I knew I was inadvertently applying.

I waited beside the judge's box with Ewan, fluttering with jangly nerves. Joff was just, unconcernedly, cocking his leg on the steps when I felt a terrible gripping in my stomach.

I clutched Ewan.

'What's the matter? Are you OK?' he asked, looking at me with concern.

I put my other hand on my stomach. 'Fine.' I paused. 'It was just a twinge.'

'Christ, don't have the bloody baby here!' said Ewan, panic in his eyes, while the course director, standing beside us, visibly blanched.

Whether it was nerves or the baby moving, I don't know. It wasn't the best time for it to happen, that was certain, and now our names were being called. Nothing for it but to concentrate on why we were here and walk to the post.

At a word, Joff snapped into work mode. What followed was a real cracker of a run; he showed everyone what I had known all along – that he was a class act and had a bright future. The sheep clearly had ideas of their own as the little party came trundling towards me and the first set of gates, but every time they veered off course Joff brought them back into line. He knew how to get them where he wanted while always keeping a respectful distance. He was a natural, like his dad. He brought them behind me, then through further sets of gates, smoothly and efficiently. Some of the sheep made it clear they would rather sit around munching on the grass, but Joff moved them on swiftly. Stay focused, I said to myself, as the five sturdy creatures trotted into the shedding ring. When he had separated two from the other three, easy as pie, I was happy that it couldn't have gone much better. Soon after that all five sheep were safely penned.

I trotted off the field to Ewan with a big smile on my face.

'That was great!' he said.

Because we had run so close to the end of the day, we didn't have many more competitors to watch before the trial concluded. After that, we could only wait, as we had done three years before with Jamie, for the judge's decision. As we all gathered round the judge's box, I was hopeful, yet also trying not to hope too much. Ewan was by my side and the next generation tucked up in my stomach. I wondered briefly if our child would be doing the same thing in twenty-odd years' time.

Then the results were announced. First prize and English Nursery Champion, Emma Gray and Joff. Ewan hugged me; we had done it!

It was one of the most remarkable weekends of my life. And I could be honest now and admit that Joff was the favourite of my young dogs. He had his faults, for sure, but I felt that his will to please would help us overcome anything.

The money from Brenna was unexpected but very welcome. It burnt a hole in my pocket and I quickly invested part of it in some Suffolk cross gimmers and one-crop ewes. These heavy-boned lowland ewes were due to lamb around the same time as our main flock, which was also the same day our baby was due. Perfect, I thought, and snapped them up. They were delivered a week later.

Ewan had taken time off work to do the lambing. I hoped I wouldn't be out of action for very long. Having seen so many animals in labour, I felt that it wasn't a big deal, and planned to be at his side as soon as I could make it after my own delivery. It was all part of nature, wasn't it? How hard could it be?

The Suffolks were a problem almost immediately. A few weeks after arrival, some started to abort, and the foetuses didn't have white faces as expected, and promised by the seller, but were horned and black-faced. Clearly the farmer had an errant Blackie tup somewhere.

But this changed things for us, too. Some types of abortion in sheep can lead to complications or miscarriage for a pregnant woman. It just wasn't worth the risk.

I handed the sheep over to Ewan. I was going to have to sit this one out.

37

Roy

Not long after the Nursery Final, I realised that Roy was nearing the end of his life. Alfie had passed away a couple of years earlier, and at the age of twelve, Roy was an old man for a Border collie. He had been retired to the kitchen for a few years now, and did little more than have an occasional potter outside. In the middle of the night he would suddenly start woofing at nothing. He also started climbing on the kitchen table and cocking his leg in the house, something he had never done in his youth. I think he had developed some form of dementia. I let him get away with murder – he was, after all, the one who had been with me through it all – the only dog I still had who had been by my side when I took on Fallowlees. It was hard to watch that brainy dog deteriorate.

A previously slow-growing tumour on his spine picked up pace in the early part of 2019, and by March I realised Roy's time had come. His quality of life had gone downhill steadily, and I wasn't going to wait until he was in pain. Sheepdogs are the most stoic of creatures, and I knew the dullness in his eyes meant it was time to let him go.

The vet put him down quietly in his basket in front of the radiator in the kitchen. It was very peaceful. Feeling a friend who has been one of the constants in your life go limp and heavy in your arms is an agonising experience. We had been all over the country together, from Devon in the south of England to Thurso in the north of Scotland; he had partnered me during long hours of lambing and shared the fun and excitement of a trial field. He won me the Northumberland League and my first team cap. He could also be hard to hold, and sometimes made me look a fool as he ran as strongly as a train, with a similar stopping distance.

I had so many memories of our time together, but my favourite one remains one evening at Gilsland Agricultural Show in Cumbria.

I had carried on to Gilsland after attending Alston Sheepdog Trials. I was full of beans and enthusiasm as Roy had come second in the trial that day. I had to go into the beer tent to try to drag my boyfriend Dan from the bar to go home. One thing of course led to another (show bars have that tendency), and before I knew it, I was also sinking a drink or two. Everyone was quite well oiled, and I found myself taking part in the age-old debate about trial dogs versus work dogs with a drunken farmer. He argued that a fancy trial dog couldn't do his farm work – he needed a rough-and-ready type of dog; I argued any trial dog worth its salt was a good work dog first and foremost.

It turned out that this farmer owned the land just across the road from the show field.

'Let's see your dog gather that, then,' he challenged, waving at the wide, steep slope that was filled with ewes and lambs grazing happily.

Tipsy as I was, I was determined to prove my point and collected Roy from the car. The drink that had fuelled my bravado in the bar made my legs wobble out in the open air. I hopped the fence with Roy, crossed the road and bent the wires to let him in.

A hiss, and he was off.

Meanwhile a crowd had gathered. Roy made his way neatly round the field, before, to my horror, disappearing through the fence on the skyline and out of sight into the field beyond. I took a step backwards in surprise – this wasn't like Roy – and fell into the ditch behind me, much to everyone's merriment. The alcohol had well and truly gone to my head. Bugger, I thought, as I stood up, dripping, provoking more hilarity from my audience. I prepared to blow my recall whistle, aware that not only had Roy shown me up, but I had also shown myself up, when four ewes and lambs came pinging through the fence, the very one Roy had shot through, hotly pursued by one diligent little black dog. Roy continued to gather the escapees and unite them with the rest of the flock, which he then brought in their entirety neatly to my feet.

After I'd called him off, the farmer grinned as he patted a panting Roy.

'Well I never! You've proved me wrong.' He shook his head. 'I guess trial dogs can be good work dogs. I never thought he would know those ewes were back there!'

That farmer brought his bitch to be mated to Roy later that same year.

When I remember Roy, I like to think of that evening and his proud, panting face.

Losing Roy in the final weeks of my pregnancy, and with lambing just round the corner, made Fallowlees a stressed and emotional place to be at that time.

38

Len

I was induced on the evening of 9 April 2019, as there was some concern over the size of my baby. We were in the thick of lambing, and the Suffolks were in full swing. It was all Ewan could do to get away and drop me off at the hospital, with reassurance from the doctors that it would be at least twenty-four hours before anything started happening. Comforted by this knowledge, he went home so that he could feed the sheep in the morning and check that things were OK before coming back to join me. We both agreed that there was no point in him hanging around waiting when there were lots of jobs to be done.

That night my contractions began coming very close together, and by early morning the midwife told me the baby was close to being born. She was diabetic and needed a break to go and get something to eat, she told me, but she reckoned she would wait as the baby would be here in less than ten minutes.

Eek! Ewan hadn't come back yet. He's going to miss the birth, I thought. A thick wave of disappointment swept over me. As if that wasn't bad enough, I felt dreadful – as well as the contractions gripping me like a vice, I was being violently sick on a regular basis. I hadn't even been able to ring Ewan to warn him that things were moving faster than expected.

Just then a midwife walked in.

'I found this gentleman outside.'

Ewan breezed into the stifling room, smelling of lambing and fresh country air, just in the nick of time.

Almost in the same breath, all hell broke loose. My midwife looked at the monitors and decided the baby was in distress. We were all whisked off to theatre.

Three failed attempts at a forceps delivery meant that our baby was delivered by caesarean section. This was the last thing I had been expecting, or hoping for, but our baby boy was delivered alive and wailing, albeit a bit battered.

We named him Leonard Ray Irvine after Grandpa Len, my paternal grandpa, who gave me my first dog, and Mum's dad, Raymond Connell, who was happy to see his name put to good use. Granny Gray cried when Dad told her that Grandpa's name had been handed on to his great-grandson.

Ewan, who hours earlier had been lambing one of those pesky Suffolks, was now proudly holding our son. While they stitched me back together, I was sick on his feet.

I changed after Len was born, even though I had promised myself I wouldn't. I was a faded, more tired-looking version of the usual Emma Gray. I've always made an effort with my appearance – I was even a bit of a make-up junkie in the past – but I didn't have the enthusiasm or energy for anything but the bare minimum now. It was hard enough just to get out of bed and throw on some clothes.

But I was changed in a deeper way, too. I didn't know myself. And I didn't know what had happened to the life I had had before.

People often assume that because of my job I must be maternal, a natural mother. I have helped skinny lambs slither into the world and coaxed life into them. I have birthed cows and pigs. I have caressed tiny pups, a few minutes old. But until I had Len I had never held a human baby in my arms. Not once. Perhaps I held my sisters when they were babies, but I had no memory of ever holding a baby as an adult. In fact, I was the sort of person who would avoid doing so. It just wasn't my area.

And yet I'd assumed that when it did happen it would all come to me naturally. I had seen how sheep, dogs and cows took to motherhood so quickly, without a manual. I thought that would happen to me too. How wrong I was.

I wasn't able to hold Len for the first few hours of his life. I was exhausted and numb from the chest down after the epidural. I have often wondered, if I had held Len straight after his birth, would I have felt a closer connection to him sooner? A sheep in the same situation, not able to mother her lamb for several hours, would have rejected him outright.

As it was, I didn't get that lightning bolt of overwhelming love I had heard so many mothers talk about. I just felt empty.

And then we were home. And I was on my own, or, on my

own plus my new appendage. Ewan was at Healey, taking care of the lambing, all day and every day. It was, after all, our busiest time of year. Had it not been for Ewan the flock would have had to be sold, which would have meant an enormous loss of earnings, not to mention the loss of generations of sheep raised from scratch.

I might have laughed if I had been in the mood to do so, thinking about how carefully I planned lambing time for my ewes and yet had made such a mess of my own.

I longed to be out there with Ewan, doing the job I did best. Instead I was confined to the house, a nappy-changing milk machine.

Caroline and my mum came down to stay for a few days. They helped Ewan with lambing and looked after the dogs for me. Ewan's mum arrived, too, and was super-helpful. I think if one of them had suggested taking Len home with them and looking after him for a few weeks or months until I felt stronger, I would have readily agreed!

I fell hard into the baby blues. I was stiff, sore, tired and unhappy.

I had never felt so utterly responsible for anything before. I was required all the time. I had assumed that a newborn would sleep for twenty hours out of twenty-four. Which was partly true. Only they wake up every hour demanding a feed, and often when you are only just getting off to sleep yourself.

You lucky thing, I thought to myself, as I watched Ewan leave the house for a shift in the lambing fields with his dogs. You lucky, lucky thing! I wanted to be out there with him, working, not stuck indoors with a baby.

Then at two weeks old Len got colic. He cried night and day. Ewan was already drained from lambing and I was permanently exhausted. It was one of the lowest times.

I realised that I didn't have time to give all my dogs the attention and exercise they needed, so, reluctantly, I sold off some of the youngsters.

This wasn't how I imagined motherhood would be.

I make no bones about the fact that I had been horribly naive about the whole thing. How could I have been so arrogant to assume I would pop the baby out and go right back to work, baby in tow? I'd pictured going about the farm, getting on with my jobs, Len in a sling; or strapping him into his car seat and popping him in a corner of the shed while I got stuck in to lambing, occasionally breaking off to admire my new production or give him a feed before he settled back into a blissful milky slumber. I guess anyone who has kids will be reading this thinking what a total idiot I was. And I agree.

It took all my resolve not to break down when the health visitor came round asking her set questions about how I was getting on, how baby was feeding, how my scar was healing. Ticking away at her boxes.

I told her I was fine. I told her that I was enjoying my new role. Somehow I held back the emotion that was lurking. Perhaps if she had seen through me or asked one more question, these feelings might have been triggered. But I was terrified that Len would be taken away if she found out how miserable I was, so I kept up the pretence and told her what I thought she wanted to hear.

I wondered if I had ruined for ever what had been a pretty amazing life.

As my scar healed and I gained a bit more energy, I was able to go outside, with Len in the sling. I still couldn't drive or visit my sheep, but I realised I could start to train my dogs again.

But my overriding feeling was one of guilt. After a session with the dogs I felt guilty for having Len in the sling for so long. If I spent a day in the house with him, I felt guilty for neglecting the dogs. And I felt guilt all the time for leaning so much on Ewan, who was still a full-time firefighter but who now had the bulk of the farm work to do on his own.

Len's colic carried on for the first four months of his life, and throughout that time he cried incessantly. Health visitors told me it was normal. Up to that point, the only colic I knew was the agonising pain a horse suffers before it is shot. I mentioned this to the health visitor, who was not impressed at what she regarded was a flippant remark.

I was given various tips about cutting out dairy products and coffee, but whenever I asked whether I should bottle-feed Len, the mantra was 'Breast is best'.

One day Ewan came home and put his arm round me. It was one of those trigger moments. I started to sob, and once I started I found that I couldn't stop. I cried all that evening, really ugly crying, all snotty and red-faced.

It was, however, the turning point. Ewan listened to me as I blubbed out my guilt and misery. Together we set out a plan of action. Ewan fed Len a bottle that evening, and every evening after. Len was immediately happier. If I had been a ewe I would have had my ear notched and been sent away on a wagon as a failure.

The colic improved with time, until one day I realised it had all but gone.

I also realised that I loved Len more than anything. It had snuck up on me, not the lightning I was expecting, but there all the same.

My crying, clingy baby became a cheerful outgoing one, who smiled readily at everyone. It was a relief to see that the colic, although bad, had left no ill effects – at least not on him!

I really think that having a baby is an incredible feat. I take my hat off to mothers around the world: they are amazing!

Spring turned into the summer, and we were firing on all cylinders once more.

39

Ewan: A Dad Again

Our wedding day flashed by in a giddy blur. I'm smiling now as I think back to snapshots of the day, like catching our cake, which Emma near cowped slicing into it with a recklessly brandished knife! There were a few romances kindled at our wedding party, and another of our friends has gone on to marry the girl he met that night.

When Emma told me she was pregnant I was delighted, of course. We hadn't discussed having kids of our own, but this instantly felt so right. We started calling our unborn son – we knew it was a boy after the first scan – Zorro, much to the amusement of family and friends, who weren't quite sure if we were serious.

The morning after Emma was admitted to hospital to be induced, right in the thick of lambing time, I was up early, sorting out problems and feeding up. When Emma wasn't replying to my texts or answering her phone, I started getting worried and decided to cut and run for the hospital. I was still in my lambing clothes, minus the waterproofs, when I got there. It was perfect timing. Emma was already pushing and the baby's head was crowning. I was amazed at how calm and collected Emma was, and massively relieved to have made it.

Things suddenly changed very quickly. One minute the midwife was full of praise for how well Emma was doing, the next she was calling for a doctor. We learned that the baby's heartbeat was decreasing during contractions and he was in distress. He was also turned on his side. We ended up being rushed to theatre and were told we might need a C-section. (I say 'we' – as if I was doing anything!) Emma was wheeled away and I was sent to a room to strip off and don some scrubs. When I came into the theatre it was full of people. Our doctor began talking us through all the risks a caesarean entailed, but we had no time to think it through, and besides, in that situation we were always going to be guided by whatever the experts thought best. It was terrifying. We had gone in a matter of minutes from me holding Emma's hand and the baby seemingly about to make an appearance, with little assistance, to a scenario where I might lose both my wife and baby if something went wrong.

The doctor and consultant made three attempts between them to turn the baby using forceps so that he could be born naturally. Poor Emma was being hauled up and down the table. I kid you not! When that didn't work they resorted to cutting her open. Even then it was a struggle to free Len. I can still see our doctor stressing and sweating, a knee braced against the table and his hands grasping the legs of our son, whose head was deeply engaged in Emma's pelvis. It was traumatic to watch, and not too different from some of the farmyard birth scenes I've witnessed, bar the twenty or so people involved. But despite his rough start – with his poor head bruised and squished – Len found his voice and was crying and mouthing when he was passed to me to cuddle in one arm, while I continued to hold Emma's hand with the other. She was struggling to stay awake as they stitched her up.

I guess dads the world over feel that unbelievable surge of love for their partner and their baby in these moments, if they are lucky enough to be there at the birth. I certainly did. I'm super-grateful to all the people who were there that day to help us.

I had worried about how my older two, Finn and Jessica, who I have for a day most weeks, would be with Len, imagining some jealousy. Pretty fat-headed, I know, but I feel we have such a good life here, and are so happy in our little family unit, that they might have felt less than welcome somehow. I needn't have been concerned. They are both really sweet with Len. The first time they met him they had made cards and picked out some of their favourite toys from when they were younger to give him. Jess looks out for Len and takes time to play and engage with him, reading stories and drawing pictures with him. Len adores the pair of them and follows his older brother Finn around, watching over his shoulder when he is helping mend things or getting his twenty minutes of *Farming Simulator*, a video game where the player takes on the role of the farmer. They love bouncing on the trampoline together, and it fills me with joy to hear their unbridled laughter.

It is so sweet to see my older pair each holding one of Len's hands when we walk up to the lochan to swim and play in the canoe and kayaks.

I really love the life that Emma and I have at Fallowlees, even more so with Len now part of the crew. I love that Emma is her own boss and admire how successful she is. I can appreciate the dedication and hard work she has put in to get to where she is today. I began to harbour the ambition to strike out with her – to find our way in the world without my other job drawing me away. Ideally, a farm big enough for us both to run without needing other employment.

It's always been a privilege for me to serve my community and help people in their time of need. My parents brought up my two sisters and me to have great respect for the public sector, and I knew how proud they had been when I was successful in the recruitment process for the fire service. But a wee bit of me was longing to be working out in nature once more.

I thought back to my first-ever job – helping out on the farm near my family home. Was I about to come full circle?

40

This Farming Life

I probably shouldn't have entered the English National in 2019. In fact, there's no 'probably' about it. I definitely shouldn't have. I was still adjusting to becoming a mother; and, quite frankly, the dogs were not up to scratch.

With trialling, as with any sport, you can't just turn up on the day without putting some major work in behind the scenes. At that particular time in my life, polishing up the trial work of my dogs came bottom of a very long list of priorities. Both Jamie and Joff, my best dogs, needed practice, and it was an even bigger step for Joff, who had yet to compete in such a major competition.

But with only one National a year, and a dog maybe having six or seven shots at it in a lifetime, I couldn't see any harm in giving it a bash. What's the worst that could happen, I pondered? A bit of humiliation, perhaps? Well, I could cope with that.

But this year, any humiliation would not just be in the trial field – it would be humiliation on a national scale. Ewan and I were being filmed for a television programme.

It all began when I received a phone call one day in the early summer of 2019 from my cousin Darren, son of Uncle Toffa (he of the nine lives). Darren was the coordinator for Northumberland Young Farmers and had been asked if he knew of any young families in the county who would be interested in taking part in a new series of the BBC programme *This Farming Life*. There had been three series of the programme already, so far set wholly in Scotland, but this year the producers had a new remit and were looking for farms south of the border as well.

I have always felt that *This Farming Life* is an important programme, achieving that rare feat of being popular with farmers as well as with the general viewing public. I was a big fan of it, anyway. It showed proper farming, un-sanitised and real. You saw the ups and downs of farming life, not just a rosy picture designed to make city dwellers ooh and aah over country living. I had always thought it gave the public a true taste of the realities of family farming.

I didn't hesitate. 'Definitely give them my number,' I said to Darren.

Shortly after that conversation I had a telephone interview with Kate, the casting agent. I was keen to be involved and didn't hold back on how exciting our daily lives were, though I did wonder, when I put the phone down, if I had overdone it a bit. A few weeks later Kate arrived at Fallowlees, camera in hand, to film a recce video. We were but one on a long list of candidates, and Kate had many more people to visit, even a couple more that same day. Because of that, even though I enjoyed the filming and felt it had gone well, I didn't set too much store by it. Television is very fickle, I told Ewan. I had been let down in the past and had learned not to get my hopes up.

But this time it was different. Not long after Kate's visit, the BBC rang and told us we had been successful. In fact, they wanted to send a crew right away to capture the upcoming National.

I was elated. But then my stomach sank. Ah, yes – the National. I remembered waxing lyrical about it on the phone to Kate, but really, I'd have been happier to give it a miss this year. I couldn't help thinking that it wasn't a good National to be capturing.

That week the BBC sent the producer and crew to Fallowlees to discuss formalities.

'There will be a small fee for having us film,' Fiona, the producer, said over coffee in the farmhouse kitchen.

Damn it, I thought, but I suppose it's only to be expected. The BBC were sending a lot of people and kit, after all.

'Oh, OK. How much would that be, and when do you need us to pay it?'

Fiona looked at me blankly.

'We pay you the fee,' she said. 'Just to cover you for the extra time you might have to spend explaining things to us.'

'Oh, I see!' I beamed, relieved.

Ewan slapped his head in exasperation. 'Honestly, you can't take her anywhere,' he chuckled.

The film crew, Kate and Steven, were a boyfriend and girlfriend of similar ages to Ewan and me. We got on with them like a house on fire. We had similar outlooks on life, and right from the word go they were fun to have around. I'm not going to lie and say they never got in the way or slowed things down, but their company certainly made the days more enjoyable and go faster.

The National took place in Lancashire in August. It was one of the hottest days of the year when I walked the course the day before the main trials began. The grass cracked as I followed the lines of the course beneath my feet. Marquees had been erected housing craft stalls and trade stands. In another area of the grounds there were rides for children. There were going to be smaller events for dog lovers, too – a pet dog show and obedience workshops.

But I could feel the pressure in the air – there was a storm brewing.

What followed were three days of truly horrendous weather. The car parks turned to bogs and, gradually, the spectators were driven away. They had all but disappeared by the time I ran.

Joff was running on day one, Jamie on day two. I had come down on my own as Ewan had stayed at home to look after Len, as well as his bitch Rita – a daughter of Brenna and Jamie – who was due to whelp that weekend.

I was very aware of the crew shadowing my every move. It felt strange, unnatural. I felt awkward for another reason, too: the sheepdog community would be expecting great things of me and my ensemble – I mean, I had brought a bloody camera crew with me! I was really feeling the strain from the start.

Joff and I fluffed it right away. It was all too much for his shallow trial experience. He had missed out on lambing completely that year because I had just had Len, and it showed.

I told the camera crew that I was more confident about Jamie, due to run the next day. He was the more experienced of the pair, I assured them, and would fare better. But deep down I knew I was woefully unprepared.

The next day the weather worsened. There were no spectators at all. The wind picked up tents and blew them across the fields. The TV crew looked fed up. Even Jamie looked fed up.

They strapped an enormous contraption to my chest to try to capture some of our run and I set Jamie off, hoping to regain that feeling of optimism I so often felt when he was running. But when he arrived at the top of the field on his outrun, the sheep took one look at him and ran as hard as they could back to where they had been let out. This wasn't a normal occurrence for Jamie – he never spooked the sheep. He regained control, took charge of his little packet and began to bring them towards me. I could see now that he was nowhere near as fit as he usually was and that he was struggling to outpace his woolly charges. About halfway down the fetch I could tell that he had stopped trying. I whistled with all my might to try to speed him up, but he continued to do the bare minimum and didn't respond to my whistles in his usual way.

Of course I knew the reason for it – he hadn't had my time and attention the way he had in previous years. Nor did he have the fitness a long lambing season would have given him. He just wasn't on the button.

I knew I shouldn't have come, I thought, as I retired. I should take more notice of my instincts in future.

I felt bad for the crew. It hadn't been the most thrilling start to our filming. But then, this was what it was all about – showing the good times and the bad. All the same, I hoped they weren't too disappointed. I hoped too that I wouldn't look too much of a fool when the programme aired. (I needn't have worried as, when the time came, they dealt with it carefully and sympathetically.)

Another lesson learned, I thought, as I drove home. In fact, wasn't my life proving to be a series of lessons, each one teaching me something new. I would never get everything right, but then life would be very dull if I did! I cheered up considerably when I got back in time to see Ewan, with Len in a sling, helping Rita with the last of her pups. What's more, the crew were still with us, filming, and able to capture this miracle of nature. You might expect me to have become blasé about newborn pups, having seen hundreds in my lifetime. But I'm not. Every birth puts a big smile on my face. Puppies – like human babies – are good for the soul! Every new pup is the cutest thing I have ever seen. They are what it's all about. And to cap it all, a little lilac pup slipped out as if on cue – the only one I have ever seen – a rare case of a dilution gene working on a redcoat, giving the pup an almost purple tinge.

I was still smarting from the debacle at the National when a disappointing letter landed on our doormat. It declared that Forestry England would not be renewing our lease on the land we rented from them.

That was it. After eight years we got two lines and no explanation. Most of our land is rented from the National Trust, but twenty-five acres is leased from Forestry England. The land adjoins Fallowlees and has always been included with the farm; it wouldn't make sense for anyone else to rent it. The ground is poor, for sure, but additional land on a marginal farm like ours can make all the difference.

I immediately rang Arthur, my agricultural adviser and one of the partners in the business with John and Rosalind Murray.

It wasn't good news. He said that if the loss of the land meant I was unable to fulfil my obligation to the higher-level environmental scheme, then I was at risk of having to pay back what I had earned on the land as well as warranting a hefty penalty.

We both agreed that the most likely reason for the ending of the lease was that the organisation wanted to plant more trees. Many farmers had been thrown off their land in recent years to make way for landlords cashing in on generous government initiatives to do so.

There was nothing I could do, except explain my predicament to the agent at Forestry England and throw myself on his mercy.

I suddenly felt vulnerable and insecure. Someone who had never clapped eyes on the land surrounding my house had the authority to take it away. That is a tenant farmer's lot. It smacked of the Highland Clearances, which began in the 1750s, and saw Scottish tenants evicted from their land in the Highlands and Islands. Whereas then landlords were looking to increase their income by throwing out the crofters in order to populate the hills with sheep, now sheep were being cast aside for another more lucrative cash crop.

41

Jonjo

Jonjo, the bull we had bought to service our growing herd of cows, had lived a contented life at Fallowlees. But now his own daughters would be coming into the herd, and although there is a certain amount of line breeding in Whitebreds, father and daughter was most certainly too close. Jonjo would have to be sold.

We decided that there was plenty of life left in Jonjo, and that he could continue passing on his genes at another farm. With that in mind, we asked the vet to put a ring in his nose, a procedure that is carried out so that bulls – being potentially dangerous animals – are easier to handle. We then put Jonjo in the polytunnel so that we could pamper him over the winter before entering him for the sale at Carlisle in the new year.

As we had the crew following us, and were aware of the need to provide a good spectacle for the cameras, I suggested to Ewan that we have a go at halter-breaking Jonjo. Yup, I thought, another chance for the great British public to see us making fools of ourselves.

Almost all young bulls are sold haltered in the ring; this proves they are quiet-natured enough to be handled. A halter goes over their head in the same way it would a horse. With a bull, though, a rope is clipped onto the ring through their nose for added security and greater control. Some bulls can weigh up to a ton, and if they start getting feisty the handler isn't going to be able to hold them through sheer brute force.

I had never halter-trained a bull, and nor had Ewan, but hell, we were game.

Jonjo had been used to being handled right from the start, and he quickly grew accustomed to having us around, feeding him and scratching his back. We practised putting a halter on him while he was eating so that he was distracted. I say 'we', but I confess that it was Ewan who undertook this job. Jonjo may have been mild-mannered for one of his species, but he was still a bull.

'Just chuck it on,' I said, from where I stood safely on the other side of the barrier, Len watching from his sling.

I'm not sure what Ewan's reply was to that. It was probably best I didn't hear.

Jonjo tossed his powerful head and tried to shake it off.

Ewan kept a decent distance from Jonjo at first so that he would have time to make a run for it should Jonjo decide to turn on him, gradually getting closer when he had some control. As I watched, I reflected that my fears that I might have overcooked our lives in the hope of being selected for *This*

Farming Life were all unfounded. Every new day on the farm was full of drama – both expected and otherwise.

The next stage was tying Jonjo to the front of the tractor. I drove at a snail's pace and Ewan walked patiently alongside him, holding his halter, day after day. We reached the stage where Ewan could lead him round the field quite effectively. The following year, we hoped, he would be doing the same with him in the ring at Carlisle. Jonjo grew more and more used to Ewan. He particularly enjoyed the shampoo Ewan gave him every week or so to keep his beautiful skin in good condition and his hair whiter than white.

The sale catalogue came and showed a whopping eight entries for bulls, way more than we had expected. There are often few buyers for bulls at the best of times, so this wasn't great, but with a well-trained bull like Jonjo, we were still optimistic.

The day of the sale dawned, with Jonjo in a foul mood. Mum was looking after Len for the day, so that was one less thing to worry about.

The early start didn't help any of us, and was made worse by the additional pressure of the crew filming it all. Jonjo made it clear from the off that he was not going to cooperate. He was a nightmare to load, and by the time we had him in the trailer he was as mad as a cut snake. His twisting and turning all the way to the mart didn't do anything for our nerves as we made our way down the narrow country roads.

Unless he calmed down on our arrival, I couldn't see how Ewan was going to be able to lead him in the ring. I was disappointed for Ewan. All those hours he had spent handling Jonjo, gaining his trust, getting him to cooperate, to be quiet and acquiescent. We knew he could be obstinate, and grumpy at times, but we had never seen this side of his nature. It looked as if all of Ewan's efforts had been for nothing.

When we arrived at the mart we saw that Jonjo's nose was bleeding. He must have caught his nose ring on something while he was getting so worked up. As he emerged onto the unloading bay, his appearance was more that of a Spanish fighting bull than a Whitebred Shorthorn, which is known for its docile nature. He was furious.

'You can't lead him like that,' I told Ewan. 'We'll just have to sell him unled.'

'I'm going to give it a go,' Ewan said.

I went to ready his pen while Ewan tried to put a halter on him and give him a wash. His constant spinning had left long silver go-faster stripes on each flank.

As I put the straw down in his pen, Jonjo's namesake appeared beside me.

'I'd put that bull back in the trailer, if I were you,' Jonjo Pattinson, the farmer who had sold us Longface and Shortface, told me. 'He's just tried to flatten Ewan. He's gone crazy.'

'Oh, Christ!'

I started running up the corridor and met Ewan coming towards me, leading a furious, freshly washed Jonjo down the long alleyway. I could tell by the look on Ewan's face and from the tension in his arm what an effort it was to keep the bull from tearing out of his grasp.

By some superhuman effort Ewan got him into the pen and tied him up.

The show for the Whitebred bulls was about to start.

Ewan looked at me and gave a wry smile. 'I think we should sit the show out.'

Damn right, I thought. I wanted my husband in one piece.

I hoped the time spent standing in the pen would calm Jonjo down. This was his chance to go to a new home as a breeding bull rather than end up as someone's dinner.

C'mon, Jonjo, I willed him, behave. Show them what a nice lad you really are.

As the oldest bull in the sale, Jonjo was first in the ring. We made a last-minute decision to sell him unhaltered. Let's face it, there was no way anyone could have walked round the ring with him and stayed in one piece.

I looked at the foaming, enraged creature in front of me. He was nothing like the docile animal who enjoyed having his back scratched in the polytunnel, or being shampooed by Ewan in the yard. The excitement had clearly been too much for him.

Perhaps a little run round the ring would quieten him down, I hoped, while knowing I was clutching at straws.

Of course, the run around the ring did nothing to help. If anything, he got angrier.

'Just a little excitable!' the auctioneer shouted, pleading for bids.

The crowd weren't buying that. And they weren't buying Jonjo. There were other bulls to follow and they were going to wait for them. It wasn't our day, and it certainly wasn't Jonjo's. He galloped out of the ring unsold, and we took him home to Fallowlees.

He sadly sealed his fate that day. The following week he loaded like a lamb into the trailer that took him away to be sold for burgers. I was disappointed the cameras were there to capture this episode in our life, with its less than happy outcome. But I guess it's all part of our farming life.

42

Megan

Megan had been bought to boost the Fallowlees female numbers. Up to that point we had become quite dog-heavy, not helped by my preference for males. I had been speaking to our friend Lynn Morland, who told me she had kept back three bitch pups from a litter and they were becoming rather a handful at eight months old. Lynn showed me a video of them all. Megan stood out for me straight away. She was a very dark dog with lots of mottles all over her white patches; she also had terrible ears. When choosing a sheepdog, handlers like a dog's ears to be set upright and high on its head, as this makes it easier for them to hear the handler's commands and also lends the dog greater presence when they need to move difficult sheep. Meg's hung down like those of a Labrador, which was far from ideal.

And yet there was something about her that spoke to me, that I just liked, even from viewing a video.

'I'll take her,' I said to Lynn, and we agreed a price.

Now Meg was certainly not the easiest dog to train or have around. She was very driven and could get hyperactive if she wasn't worked enough. People sometimes ask me if collies make good pets, and in reality, some do. If the right line is chosen and the dog gets enough stimulation, a collie can make a very good pet. There are plenty of happy, relaxed pet collies out there to prove it. Meg, however, was not one of those dogs – she was born to work. Had she ended up as a pet, I'm almost certain she would have been a car-chasing, toddler-biting nuisance and her next move would have been to a rehoming centre – or worse.

When Len was born in April 2019, she was top of the transfer list for sale because I could see she was the one suffering the most from the lack of regular training. However, in the end I kept her.

By the time I got out and about with the dogs again, I would aim to make Meg my priority as she needed the training the most. By the time summer came, I was out with her every day, with Len in a sling.

We quickly developed a good relationship. Despite her odd ears, Meg had plenty of positive features as well as a lot of talent. It wasn't long before I realised she had the makings of a very good trial dog.

By the time the nursery season started in November, it had become apparent that Meg really liked competing. I was delighted to be back at the post. We won numerous trials together. Thanks to her I retained both the championship trophy Nessie had won me the year before as well as the overall Northumberland League nursery title I had won with Joff.

But I knew I had really bought Meg to sell, and that was always at the back of my mind, even when she was winning. I had enough talent in Jamie, Joff and Nessie already, as well as a rapidly growing pup pack for next year.

I think if it hadn't been for *This Farming Life* I would have sold Meg privately and that would have been that. But as it was, I had already pitched the idea of selling a dog at Skipton to them when we auditioned for the show. The producers hadn't featured a dog auction in any of the previous series, and I think the idea probably helped to get us on the programme.

I duly entered Meg for the Skipton sale of February 2020, and shared a video demonstrating her extensive range of experience online. The response was spectacular. After a week or so I reckoned I had three Americans lined up as potential buyers. They were all competent handlers who only wanted the best.

About ten days before the sale, a pregnant Nessie – in pup to Joff – had a squabble with Meg. They had always got along well; both were daughters of the same dog, so I suppose they were half-sisters. But for some reason the exuberant Meg must have annoyed a hormonal Nessie and Meg ended up with a sore-ish bite on her paw. It wasn't terrible and she wasn't lame, but with the sale so close it was poor timing. I sprayed the foot and rested her.

Three days before the auction, one of the Americans offered me ten thousand pounds for Megan. It was a great offer. But he added, 'It's this or nothing. If you turn it down and take her to auction, I won't be bidding.'

I didn't know what to do. Ten thousand pounds was a lot of money. She might not make that much at the auction. But I felt I was committed to going to Skipton now. The two other buyers were strong contenders, and I owed it to them to take her. I also felt the crew would be disappointed to miss out on the drama of an auction I had promised them. I remembered the buzz of the previous year's auction when I had sold Brenna. It would have made great television if we'd had the cameras then. So I thanked my potential buyer for his offer but declined politely.

The next day Meg was lame, hopping lame. She couldn't even put her foot to the floor. Ewan and I didn't know what to do. It looked as if we would have to scratch her from the sale. The film crew were supposed to be filming us getting ready for the auction; instead they tagged along as we took her to the vet to get a prognosis.

'I'll give you a fifty-fifty chance of her going to the sale,' Stuart the vet said. 'I've given her some painkillers and some antibiotics. You'll just have to rest her and see.'

I was kicking myself. 'I knew I should have taken the ten thousand,' I wailed to Ewan.

There wasn't another sale for months, and I had a feeling that if I waited and took her to a later one the hubbub would have died down and she wouldn't generate the same interest.

'What's done is done. We'll just have to wait and see,' said Ewan, as calm as ever.

The next day Meg was almost sound, and the day after that, auction day, you couldn't even tell she had been lame.

It was a wet morning as the crew and I travelled down to Skipton. It felt as if it had been raining for months. Ewan was on night shift and was going to drive down to meet us there after work.

I was hopelessly nervous, and this time was worse than the last because of the TV crew. I felt like a real show-off, having a camera and sound team following me round. I could see people thinking, 'Who the hell does she think she is, swaggering about like that?' I felt unworthy of the attention. I remembered how the crew had accompanied me to the National and seen me flop badly. I didn't want it to happen all over again. More national humiliation could be on the cards, I thought.

I reassured myself that I didn't mind taking Megan home if the sale did flop. She was a cracking bitch, after all. But even so, the sum I had turned down was burning in my head.

Where was Ewan? I was relying on him more and more these days to calm me down when I was feeling stressed. I suppose the training for his job helped. Strangely, though, he couldn't watch programmes depicting medical emergencies on TV – he found them too distressing as they brought back memories of that day with Timmy. Yet he was always as cool as a cucumber when he was under pressure.

I kept looking at my watch and thinking he should have been here by now. He arrived on his bike in the nick of time.

'Have you eaten anything?' he asked me.

I shook my head.

'Honestly, Emma.'

I didn't have much appetite but managed to finish my banana and take a few swigs of a Lucozade. Our turn was fast approaching.

'Go get 'em,' said Ewan, giving me a hug and Meg a few gentle slaps on her side.

I went to stand next to the auctioneer. The previous dog was being escorted off the field for disrespecting one of the sheep.

'Do you get nervous?' I asked Steven, the director of *This Farming Life,* who was standing beside me, camera on his shoulder.

'Do you know,' he said, 'I'm kind of feeling nervous for you right now!'

'That makes two of us, I guess.' I managed to laugh but it felt forced.

Ewan gave me a thumbs up from his vantage point. He was live-streaming the sale to one of the potential American bidders.

Meg and I made our way to the post. The atmosphere seemed a little flat compared to last time; the driving rain meant that only the very dedicated were intrepid enough to be ringside.

Of course, I might have known it wouldn't go to plan. Everyone up until now had been given four sheep, but when the door opened, four sheep came out followed by a very dirty and unhappy fifth sheep. I found out later that this was the sheep that had suffered the over-enthusiastic attentions of the previous dog. It had jumped in with my packet after being chased across the field and rolled in the mud before the dog had been removed from the field for bad behaviour.

My heart sank. I could see that it was going to be very difficult to keep this ewe with the others. She was clearly upset and didn't want to join their little group.

Nonetheless, as in trialling, you work with the cards you are dealt, and at a word I sent Meg to gather the mismatched assortment. It took us a little while of careful handling to get the packet moving the way it should, and by that time I realised the bidding had started. I tried to listen this time; I didn't want to miss all the drama as I had done with Brenna.

I angled my head in the direction of the driving wind. Was that eight thousand I heard? It must have been, for the next thing I knew it was nine thousand, and then it had crept up to nine thousand five hundred. A sudden gust blew my hat off my head. I tried not to let it distract me. The bidding had stalled now. Nine thousand five hundred, I heard again. Well, that was fine. I was a little disappointed, of course, bearing in mind the earlier offer, but perhaps it was another lesson. Maybe when I was an old lady in my eighties I would have it all figured out! I picked up my now filthy hat and crushed it back onto my head.

I called Meg to me, to make our walk down the field to the rostrum, happy we hadn't made fools of ourselves, when the bidding restarted. Up it went.

Twelve thousand. Thirteen. It was flying now.

Fifteen thousand. Sixteen. Seventeen.

Surely not.

And then – eighteen thousand.

'And for the last time – eighteen thousand,' said the auctioneer.

The hammer fell.

It was a new world record, and yet there was none of the cheering or applause that we had got when I sold Brenna – everyone was too wet and cold to manage that level of enthusiasm. Everyone apart from Ewan, who was beaming from ear to ear. He gave me a big hug. What a lot of money that was. And for a dog that I had trained. I was proud – and totally stunned. Steven, holding the camera, asked me for my reaction. I'm not sure what I said. I could hardly make sense of what had just happened.

'Eighteen thousand guineas, Megan! You're a record-breaker.' Her turn for a hug. What a good girl she was.

'You've broken your own record,' said Ewan.

I hadn't thought of it like that, but it was true. A year ago Brenna had been the most expensive sheepdog bitch to be sold. Now Megan had broken that record, while at the same time becoming the most expensive sheepdog of either sex.

The press had covered Brenna's sale, but there was even more publicity this time. We were featured on both the BBC and ITV news, as well as in several of the biggest newspapers. I think this story helped the general public to realise for the first time just how valuable a well-trained dog is to a farmer, as well as the importance of good bloodlines.

Meg was sold to a big cattle and sheep rancher in Oklahoma who had seen some of my videos on Facebook and had followed Megan's progress throughout the season. As I felt a random raindrop drip off my nose, I reflected that she was off to a better climate.

I bought her half a chicken from Marks & Spencer and she slept right beside me, on my pillow, in the guest house where I was staying as we were en route to a trial. I realised that Megan had just helped me tick another box on the dream list I'd written all those years ago.

43

Coronavirus

Meg set off for the US in March, two weeks before lockdown came fully into force. I was more upset to see her go than I thought I would be. A couple of weeks later I received a photo of her, sitting in a well-worn but handsome leather armchair in a room that looked every inch that of the millionaire American ranch owner. She had clearly found a new throne, and a new kingdom to rule over.

Ewan and I were preparing for lambing and our days were spent at Healey Mill, feeding the expectant ewes and building pens ready for the influx of new arrivals. We still ran four hundred ewes there: two hundred of the partnership ewes and two hundred of our own. The breed of sheep we ran on our own side of the farm had changed since the early days. At the beginning we had mainly Blackfaced ewes, which we put to a Bluefaced Leicester, but as time wore on – and with the addition of all the female lambs resulting from these unions – our flock now consisted mostly of Mule ewes with some Texel crosses, as well as those cursed Suffolks I bought before Len was born, the ones who had forced me to take a back seat for the previous year's lambing. I was pretty confident that the abortions would be a distant memory this year; at least I hoped so.

At Fallowlees, my latest Blue Greys had grown into remarkable little heifers and this year we would be buying our first Angus bull to breed with them. Chalky, my favourite of the cows raised on Penny, was now on her third calf. She has only ever given us heifer calves, all of whom I have kept, so I now have Tippex, Powder and Snowy, who will each enter the herd when they come of age. We still have Shortface and Longface, the pedigree Whitebred Shorthorns, and have added a range of their daughters to the herd over the years.

Beef gets a bad press these days, along with the cattle that produce it, who are blamed for the part they play in producing greenhouse gases. But I am cautiously optimistic that the demand for good-quality red meat is not going to disappear. If other farmers are cutting down on their cattle numbers, then perhaps it is a good time for us to up ours. Only time will tell.

All was well and we were happy with our growing farm when it became clear that a virus that originated in China and that no one had heard of six months earlier was going to start affecting our everyday lives, as it had the lives of our continental neighbours. On Monday 23 March, the world as we knew it came to a halt and Britain entered official lockdown thanks to Covid-19, the respiratory disease caused by a coronavirus.

Coronavirus meant that Len, now just under a year old, could no longer go to the childminder two days a week. With

Ewan still working full-time as a firefighter, and therefore a key worker, I just had to get on with things and take Len with me to work each day. Before the virus I would have thought it irresponsible to have him around when I was working, but now there was no alternative.

Farming is one of the most dangerous professions, I know that. I know farmers who are missing arms or legs, or have had near misses – well, just look at Uncle Toffa! But I hadn't seen danger in so many places until I had Len by my side. Suddenly I saw death or a potential maiming round every corner. That water trough standing innocently in the field was just the right height for a small child to fall into and drown in. Farmyard machinery took on the appearance of medieval torture instruments, in which arms, legs and heads could easily become trapped. The wheels of the tractor had never looked so big and dangerous! Every animal from the biggest to the smallest looked capable of delivering a crippling kick. I found I was anxious all the time, and jobs were taking twice as long to perform as they used to.

As soon as Len started walking I had to be even more vigilant. Len is already showing a penchant for the animals, which is both a blessing and a curse. He is far too familiar with the dogs, and is regularly chasing them round or catching them and opening their mouths to giggle at their teeth! Most of them have easy-going natures and are incredibly tolerant of him – they seem to have accepted him as a rather annoying new member of the pack. But I do worry that one day he'll grab an unfamiliar dog in the same way and get a sharp nip or worse for his efforts.

Our cat, Salem, is also a fond favourite of Len's. During the weeks of lockdown, Salem was even more indulgent with him than usual. I think Salem was missing the camera crew, whom he always managed to seek out and put on a performance for. He liked to crawl up the director's legs when he was busy filming.

Len's love for and attitude to animals reminds me of myself as a child, which makes me think Len could really benefit from a pony . . .

Once I began to accept the fact that jobs were going to take longer with Len at my side, I started to enjoy having him around and spending the extra time with him, as did Ewan on the days when he was at home. He was (and still is) a real daddy's boy and loved to copy everything Ewan did, from the way he ate his cereal in the morning to trying to climb up and help him drive the quad bike. We watched proudly as he learned to pull himself up and take his first steps. I realised his first words wouldn't be far away either. I do worry, though, that some of his first will be along the lines of 'That'll do!' or 'Quiet!', the ones I use most often at three in the morning when our resident hedgehog is teasing the dogs again, snuffling around outside their kennels.

As the world shut down, the weather improved. It had been a long, wet winter, but suddenly, as if to make up for it, the sun shone down every day. Ewan and I enjoyed the best lambing we had ever had. The rays warmed the stone byres – usually such chill places – and cheerful wild flowers put in an early appearance in unexpected corners of the farmyard. The world was in turmoil, but life was still sweet and we went about our jobs with smiles on our faces. The newborn lambs thrived. 'The film crew would have loved this!' we found ourselves saying at regular intervals. Filming for *This Farming Life* had inevitably been cut short and we missed the craic and having them around.

My sister Caroline, having been forced to shut her dog-grooming parlour in Kelso in the Scottish Borders, came down to look after Len for us while we were in the thick of lambing. In return I gave her Coquet.

I loved that horse as much as I had loved his gentle mother, but I no longer felt I could give him the time and attention he needed. I had such a lot going on in my life that exercising a horse inevitably came low on my list of priorities. I felt sad to see him go, and with him the reminder of the lovely Delphi. At about the same time, I gave the mischievous Mr Tumnus to a friend. Having a free-range goat was getting more difficult as I was becoming more farm-proud. One day he stripped the tops off a whole row of saplings I had been nurturing. When a friend asked on Facebook if anyone had a goat looking for a home, I knew instantly that was the answer to my problem. Dear old Mr Tumnus – we had been together a long time. It felt like the end of an era.

Despite the despondency we felt because of the virus, everything we had been working towards was finally coming together. We were a happy family unit. Our cows were looking good, our sheep were healthy and the dogs were, well, the cherry on top. I felt the planets were aligning for us. There was talk of filming for *This Farming Life* resuming later in the year.

One day Lisa, my friend from Bute, phoned. There was a

massive farm coming up to let on the island, and they were looking specifically for a young couple. She knew Plan Farm well as she had worked there before she and Ian got together. It was one of multiple livestock farms on the island under the management umbrella of the Mount Stuart Trust, a trust set up to manage the Bute Estate on behalf of the current Marquess. The tenancy was a rarely seen twenty-year duration, real security, a once-in-a-lifetime opportunity

Was this what we had been waiting for? Could this be the farm to tempt us to leave Fallowlees?

Fallowlees was my baby. Ewan loved it too, of course, but we now needed somewhere that worked for us as a couple and as a family. We had already discussed the possibility of moving. We wanted – needed – somewhere that was big enough to employ both of us. It was hard for Ewan to juggle his work, his two older kids and the farm work I needed him to help me with. I was also becoming aware that although in some ways Fallowlees was an idyllic environment for a child to be raised in, there were drawbacks, too. In a few years, Len would start school and make friends of his own. He might want to attend after-school clubs or join the football or cricket team. None of this was going to be easy if we were living at Fallowlees. I didn't want him to be known as the boy who lived in the house in the forest, the one that nobody's parents wanted to drive to for risk of getting a puncture. I thought back to my own childhood. It had been wonderful most of the time, but more difficult in my teenage years, being stuck on the farm, reliant on lifts into town, and I was a mere fifteen minutes away.

Plan Farm was advertised in the *Scottish Farmer* the same week that the paper ran a big spread on Ewan and me at Fallowlees. It felt like a good omen. We sent for the particulars and pored over the beauty of it. It was huge! One thousand four hundred and seventy acres of stunning countryside, hills and improved in-bye. It had a broken-down castle, a chapel, even the remains of an ancient village. It covered the entire lower part of the island, and as such included great lengths of coastline. The house was built of stunning whitewashed stone, with lots of adjoining buildings just ripe for kennels.

A few weeks later we set off for the viewing. It was a wild and wet day as we made the three-hour drive to Wemyss Bay, from where we caught the ferry to Rothesay, the main town on the island. The ferry was on amber storm alert and the thirty-five-minute crossing was choppy. Thanks to Covid-19 we had to wear face coverings and stay in our car, and there were signs about handwashing and observing physical distancing everywhere. But we were both in a good mood. We already knew from our visits to Lisa and Ian that we loved the island.

There were thirty parties viewing the farm over two days, and arrivals were staggered so that everyone could be interviewed. Ewan and I were both suited and booted to create a good impression. Just because you are viewing a farm doesn't mean you turn up in your twenty-year-old Barbour and muddy wellies – although that would have been more sensible gear that day. However, as it was blowing a hurricane, much of our effort was wasted – it was all we could do to stay dry and keep our feet on terra firma.

The agents, Harry and Ian, had pulled some garden furniture into one of the living rooms to set up an impromptu interview room. It was supposed to be an informal interview, but actually felt anything but. The questions went into details we hadn't been expecting. Ewan and I sat there in our soaking-wet clothes trying to put our minds to matters of funding, our experience and plans for the future, while I secretly cringed at the boot prints from all those farmers adorning the pale carpets.

We looked at each other, shell-shocked, as we left the room.

'I wasn't expecting that!' was about all I could manage. But at least we could relax now and enjoy seeing the rest of the farm. Having missed the last ferry, we stayed with Ian and Lisa overnight, thankful that my mum was looking after Len.

The next day the weather had done a U-turn, as often happens on islands. The wind and rain had blown off somewhere else and left us with blue sky and sunshine. With her knowledge of the farm, Lisa took us round the parts we hadn't seen. She and Ewan walked ahead. I could see Lisa waving her arms around energetically, pointing out this and that, and sense the enthusiasm in Ewan's replies and questions, even if I couldn't hear exactly what he was saying.

A peregrine falcon shot through the air above us before dropping like a bullet onto some unseen prey and disappearing from view. Below us we could see the coast and a lighthouse. It was sensational. And yet, and yet . . . Something was holding me back. I could feel a twinge of – what? Doubt? Fear? Whatever it was, it wasn't the excitement that Ewan was clearly feeling. Perhaps it was the thought of leaving my familiar life at Fallowlees. God, I loved that farm so much! It was my baby, and always would be. But I knew this was an amazing opportunity for Ewan and me, a project we could start together. There was no doubt we were going to give the application our very best shot, but my heart wasn't exactly where I knew it should be.

I remembered having a feeling like this just before I took over Fallowlees. Just cold feet, I suppose, but I could remember clearly that feeling of dread, of terror, when you are about to uproot your life for a whole new one.

'What's up?' asked Lisa, sensing my lack of interest.

Ewan gave me a querying look. 'You OK?'

'Just imagine, we can be neighbours!' said Lisa.

Feeling bad about being such a mood hoover, I forced a smile and made an effort to shake off the apathy that had come over me.

Back at Fallowlees, we had ten days to prepare the business plan. It seemed no time at all when we were potentially planning the rest of our lives. We put our all into it, the same way I had done for Broomhouse and before that, for Fallowlees. But now there were two of us pulling for the same cause and it felt so much easier. I really felt we could get this farm.

So tight was the turnaround that we used an agricultural consultant. Consultants know what agents are looking for in tenancy applications and we felt it was a worthwhile investment. I hoped our sales of dogs in the past few years, coupled with our successes on the trial field, would stand us in good stead, as well as our achievement in building up our herd of cattle and our flock. Perhaps our upcoming TV show would help too.

All the same, I cautioned Ewan against hoping for too much. I knew how I had felt after missing out on Broomhouse. It was disappointing when you invested so much of yourself in something to see it slip out of your hands.

Our application won us an interview on the island in the large Gothic house of Mount Stuart, the ancestral home of the Marquesses of Bute. It was for 8.15 in the morning, and with the ferries operating a limited timetable due to Covid-19, we decided it would be safest to leave Len with Mum again and stay at Lisa and Ian's the night before.

I didn't sleep a wink all night; my anxiety levels were sky-high. I spent the whole time going over our facts and figures until I was word-perfect. It was the height of summer, and I heard the dawn chorus at around 3.30 a.m. Ewan woke up at five, looking refreshed and unflustered, while I staggered out of bed looking as if I hadn't slept for a week. Ewan, thankfully, is a rock in these situations and just takes it all in his stride. His level-headedness helped to calm me.

I tried to work a miracle on my face and hair while Ewan went to have breakfast with our hosts. He brought me up some orange juice and toast.

'We'll be fine,' he said, putting my breakfast down. 'Our figures are sound. Now eat something.'

I looked at my handsome husband. If I had been the chair of the interview panel, I would have given the farm to Ewan there and then. He was surely the personification of what they were looking for: capable, wise, calm under pressure.

In our haste to not be late we were outrageously early, arriving even before the interview panel. I looked at the house, a magnificent mix of Georgian and Victorian architecture. It was hard not to feel daunted by its splendour.

A couple of people walked past us and we wondered whether to pretend we hadn't seen them or to introduce ourselves formally. Oh, why did we have to be so early, I thought, becoming even more nervous.

Then I managed to drop the five files containing our proposal on the gravel. As I scrabbled to pick them up, more of the panel arrived. Classy, Emma, I thought.

When the time finally came we were taken into the bowels of the house to a rather grand room, where four men sat, socially distanced, around a large table.

The opener was brutal.

So, tell us about yourselves?

Straight in, no messing. A question like that, with no parameters, can floor you. I hesitated briefly before launching into my prepared introduction. Did I say prepared? I think I actually made most of it up as I went along.

Afterwards I felt relieved, like people do after a near-miss car accident. The adrenaline was gone. I just felt empty.

We had asked if we could return to the farm for another look round. The panel agreed and said they would be pleased for us to see Plan Farm on such a nice day.

We spent a good few hours going round the farm at our leisure. This was the prize, but did I still want it? I just wasn't sure about my feelings for it; it didn't sing to me the way Fallowlees had done that fateful day ten years ago. But I looked at Ewan and knew that this would be a brilliant future for us as a family. There was a school close by, and the nearest supermarket was only fifteen minutes' drive away. Even though this was a small island, we would have access to the facilities that we didn't have at Fallowlees, the ones that other people take for granted.

The estate was moving very quickly with their search for a new tenant and within a week we received word that we had made it through to the next stage. I heard on the grapevine that our rivals were another young family. I knew them – they were very similar to us, a couple with a young son. The next step was a visit from Harry and Nick, two of the men who had interviewed us, to see Fallowlees and how we farmed it.

Even reading the email set my nerves a-jangling. I had been expecting it, but now it was really happening. They were coming to the farm to judge us.

The next week saw a Herculean effort from everyone involved. Thankfully we had the added assistance of Nusa and Nate, two Slovenians who had been stranded by Covid and had resigned themselves to helping out on farms instead of sightseeing.

It reminded us of the days spent preparing for our wedding party. I topped the long grasses on the fields. We pulled weeds out of the cracks in the concrete and planted flowers, even though I knew the dogs would wreck them in no time at all. We primped and we fluffed. In short, we did all those little jobs that normally don't get done.

I even baked a cake. Yes, me. It was spectacular, if I do

say so myself: a three-tiered Black Forest gateau with fresh cherries on the top. We all eyed it greedily while waiting for our arrivals. You would have thought the Queen was coming for tea.

Just before they were due, Len – who was tottering about practising his new walking skills – managed to pull himself up on the table, smashing our only coffee pot and hitting his head painfully at the same time. Len has a very disconcerting habit of holding his breath when he is hurt. It's as if he gets stuck on that first outward breath and can't inhale again. He goes blue about the lips and passes out before coming round. I've been to the doctor about it and done research of my own, but there is nothing anyone can do – it's just a habit that does no harm and that he will eventually grow out of.

But seeing it is a horrifying experience, and even when it sometimes happens a couple of times a week, it doesn't get any easier to witness. Len was holding his breath and had turned blue when a dust cloud in the distance announced the arrival of our judges.

Len was still very distressed and Ewan was working hard to placate him as we invited Nick and Harry into our home.

'Would you like a tea or a coffee?' I asked, remembering at the last moment that we didn't have any coffee – we had just swept it, glass shards and all, into the bin.

They both opted for tea, and Ewan gave me a sly wink.

I fed them generous slices of my cake. I cut a slice for myself but found I could hardly eat it.

Fed and watered, we took them on a whistle-stop tour of Fallowlees. The clock was ticking as Ewan was on night shift and needed to leave shortly, but I was confident we could cram a lot in.

We showed them the cows and discussed why we liked the Blue Greys so much. We demonstrated one of the dogs working. We showed them our pristine kennels. We took them across to Healey to see the breeding ewes, fat and contented in our managed grassland. Ewan had to leave before the end of the tour, but I finished up at the steading at Healey, feeling a little breathless but pleased with how it had gone.

They met Steven, one of the partners, and Kirstine, daughter of John and Rosalind, who lives on the farm itself. She kindly took Len from me so that I could chat to them more easily.

As we wrapped up, they asked me, 'If you are unsuccessful with your tender for this farm, would you consider another farm on the island?'

I didn't think twice. I was so keen to please them that I answered, 'Yes, of course.'

In the days that followed I cursed my answer to that question, over and over.

A week later we received an email from the agent to tell us we had been unsuccessful in our tender for the farm.

It had happened again.

Although I had been unsure how I would feel should this be the outcome, I found that, like Ewan, I was bitterly disappointed. Despite my misgivings I knew that this farm had been an opportunity for us that wouldn't come around again for a long time.

That night, Ian the agent rang, telling me not to be too

despondent as Nick and Harry were going to contact us about other farming opportunities on the island.

But it wasn't much consolation. Plan Farm had been a rare gem. That bloody question, I thought. I wish I'd said no. I wish I'd said it was that farm or none at all.

44

Nether Ardroscadale

I had time to stop and smell the roses after we lost out. It was high summer, and the days were long. The fields shimmered in the sparkling light. We had a mini heatwave and it was an effort to do anything. Even the dogs sought shelter from the sun and found cool, dark corners to lie in.

I knew that Fallowlees was still a wonderful home and provided the most fabulous life for me and my family.

Then a few weeks later, as promised, we heard from Harry, one of the agents. I was still pretty sore about being turned down for Plan Farm. I felt that they would never be able to offer us anything close to what we were hoping for. I knew in my mind that the next move was going to be our last move, so it had to be the perfect fit. No room for compromise. Bute had now lost some of her lustre for me – she had become entwined with my disappointment. I didn't really want the booby prize, especially when I knew that, deep down, I had even had some doubts about the main prize.

It was Ewan who got the email. I could tell he was excited. He said that Harry and Nick had 'multiple' opportunities on the island they would like to show us.

I kind of pooh-poohed it all. I had a feeling that because we were such a rough little farm at Fallowlees, they probably thought we would be suited to a rough little farm on the island.

'Give it a chance, Emma,' Ewan told me. 'It's surely worth a look at least.'

I knew he was right, but we had invested so much time as well as money in our application for the last farm, and I didn't want to throw away more. I felt that ever since Plan Farm had been advertised we had put our life on hold: waiting, always waiting for the next hurdle to be cleared. After the interview we can relax, we had thought, but then there was another interview, and then one more. It felt as if we had been gearing up to move for months now, and I was actually relieved to have put it to the back of my mind at last.

But I knew Ewan was right. It would be silly not to give it another shot. We loved the island, and, well, it was a day out if nothing else.

So we took the ferry once more and greeted Harry and Nick at Mount Stuart House ('The Big House', as all the tenants called it, for obvious reasons).

It was immediately a less intimidating and far more friendly affair. The pressure was off and I found I wasn't nervous at all. We sat on a picnic bench in the gardens where Nick and Harry laid out maps of the farms they wanted to show us, weighing them down to stop the summer breeze whisking them away.

I gave Ewan a sly surprised look. He gave me a half-smile that said, 'I told you so.'

The maps showed not tiny smallholdings but real farms – *good* farms, large and viable.

Harry and Nick announced that three farms were looking for new tenants. Yes, three! All of them were over six hundred acres in size. They asked if we would like to take a drive to see which one we liked.

At this point I was struggling very hard not to give away how utterly overwhelmed I was. I steadied myself with the thought that they might not be as good as they seemed on paper, but I still couldn't suppress a shiver of excitement.

Ewan and I hopped into the back of Harry's pickup. The boot was on the other foot now, I thought. It hadn't been all that long ago that I had been showing them round Fallowlees and Healey.

It was a stunning August day with no cloud to taint the bright blue sky. We pulled onto a bumpy track, and Harry gestured across to the fields both right and left. I looked at Ewan wide-eyed. He gave an appreciative grin. The maps, laid out between us on the back seat, told us that those fields were part of the farm. Those fields were perfection.

When I look at fields I have a different appreciation to other people. While most farmers will admire the size, the soil and the drainage, at the forefront of my mind is how these fields will benefit a sheepdog's education. And here I had just seen the training field of my dreams. It was a long, large and wide arc, sweeping right down to the sea. Although it was huge, the viewing was excellent. I would be able to see a dog eight hundred yards away. It also looked like super ground for grazing – yes, I had my farmer's hat on, too.

I nudged Ewan, trying not to draw too much attention from the front.

'Look at that!' I mouthed, pointing surreptitiously.

'It's amazing!' he mouthed back.

We pulled up onto an immaculate concrete steading while swallows swooped overhead.

'This is Nether Ardroscadale farm,' said Harry.

'Nether Ardroscadale,' I said, trying out the new name. It certainly had a ring to it.

The farmer and his wife came out of a dazzling whitewashed farmhouse. Harry introduced them as Duncan and Janey.

The outgoing tenants were friendly and accommodating. Duncan said he could hitch up the trailer to the quad and take us for a tour. Ewan and I accepted the offer with enthusiasm, as did Harry, who had been managing the estate for less than a year and hadn't seen the farm yet. Nick, who was already familiar with it, opted for a coffee in the farmhouse instead.

It was immediately apparent that Duncan and Janey were excellent farmers. Everything was where it should be, and as the farm whipped by from our vantage point on the trailer, we could tell that the land had been seriously well maintained. The grassland was quality, fertile, weed-free and rush-free, with no great big wet patches, a stark contrast to what we were used to working with at Fallowlees.

And then there was the view. As we drew close to the high point of the farm, we could see all the way down to a little peninsula jutting out into the sea, where a ruined church and two abandoned cottages lay. Where the peninsula met the mainland was a long sandy white beach.

'It goes all the way to there?' I consulted the map.

'All the way,' said Duncan.

I kept looking at Ewan to see if my excitement was reflected in him. It was – and more.

This could be ours, I thought. It was too good to be true. I was really falling for the place, no doubt about it. It was like a first date that was going far better than expected. This farm sang to me in a way the other farm hadn't. But dare we get too excited? We had had our hopes dashed before. Surely this was too good for us?

We arrived back in the main steading and were reunited with Janey and Nick to have a look around the farm buildings. The main cattle shed backed onto the house.

'You can check the calvers in your dressing gown,' Janey told us.

The buildings were better than anything I'd ever imagined. In the past the farm had held over two hundred cows, a figure that made our herd of thirty seem puny in comparison.

In the kitchen the kettle boiled on a pristine Aga and Janey served us coffee and some unbelievably short shortbread. While Duncan and Janey were all smiles and answered our questions enthusiastically, I couldn't help wondering how they were feeling inside. I imagined myself leading strangers around Fallowlees, knowing I was leaving. It made me well up just to think about it. Running a farm is like having a relationship, a marriage, even. It is like part of your identity. When I buy sheep at the mart they are knocked down to 'Emma

Fallowlees'. When I am introduced to people, it's always, 'This is Emma from Fallowlees.' No one takes on a farm thinking it will be for the short term; farmers are serial monogamists.

This time it wasn't just my marriage, it was Ewan's, too. But I could tell from the look on his face that the farm was singing to him as much as it was to me.

I was astounded. This was no booby prize. This could be our future.

Harry and Nick took us, as promised, to the other farms that day, but we were already ruined for anywhere else. Nether Ardroscadale was what we wanted.

The next step for us in the weeks that followed was to get Mum and Dad over to see it. I value my parents' opinions, and I was particularly anxious to see what Mum thought, as she helped out so much with Len. She doted on her only grandchild, and I felt whisking him off to a Scottish island would be mean for both him and her. I wanted Mum and Dad to tell me straight what they thought.

We ended up booking a hotel on the island so that we could show my parents round properly. I actually classed it as our first foreign family holiday! We did the whole tourist shebang: open-top bus tour, tea and cake in cafés, aimless wandering round the shops, before Ewan, Len and I took them to meet Duncan and Janey.

Mum and Dad were as sold on the place as we were. However, I could tell that Mum was putting on a brave face. She told me there was no way she could cope with driving the complex roads around Glasgow that had to be negotiated to reach the ferry terminal at Wemyss Bay, so could only ever visit if Dad was able to drive her.

I felt horrible. She had been there to support me through all those difficult times, and now, when things were going well, I was about to up sticks and take her grandson further away. It seemed a cruel thing to do.

Dad went for an early-morning walk the next day and got chatting to someone from the Borders. He brought back to the hotel the news that Mum could, in fact, get a train when she wanted to visit. It wasn't quite door to door, but she could catch one from the Borders all the way to the ferry terminal by making a few changes. The news was a comfort to Mum – at least I hoped it was.

With Mum and Dad's approval we completed another proposal, we tendered a new rent amount and we waited.

Our life was back on hold, only this time I had a feeling we wouldn't be disappointed.

Epilogue: Farewell to Fallowlees

Our proposal was accepted by the Mount Stuart Trust, and just like that, our lives were about to change. We weren't just starting out on a new chapter. This time, Ewan, Len and I were on the first page of a whole new book. Ewan would be able to give up his job – we were in this together.

It's a book we could never have started without Fallowlees. I am so thankful for everything she has given us. There is no doubt in my mind that I am standing where I am today thanks to Fallowlees and the succession of lucky strokes that took me to her. I am an advert for being in the right place at the right time. Like the saying goes: better to be lucky than good.

A few weeks after being granted the tenancy of Fallowlees all those years ago, before I had even moved in, I was at the wedding of one of my cousins. At the reception I ended up in conversation with a well-known property agent, one of the biggest in the area.

'You know that farm is probably the worst farm in the whole

of Northumberland, don't you?' he declared with a sympathetic smile.

I hadn't thought of it like that, but I knew what he meant. From a purely technical point of view Fallowlees was small, unproductive and inhospitable. She was never going to generate a lot of income for her tenant. Perhaps the agent was trying to warn me that I was doomed to fail.

The words stuck with me, though, and I think of them often.

I'd like to show him round the farm now as I prepare to leave. Fallowlees may be small as farms go, she may be wild and remote, but she has a big heart; she has weathered many storms and will go on to weather many more.

This small farm has helped me to grow. Because of her size, I had to think differently in order to support myself. I had to think beyond the land and the number of sheep she could support. The steps I trod luckily led me to the partnership at Healey Mill and everything it offered. Having both farms allowed me to give the dogs the training they needed to become excellent work and trial dogs. I have been so proud of our achievements on the local, national and international stage.

I can't deny there were low times and heartache over the years. That's part of being a farmer – in fact, it's part of life. But each setback – physical, emotional and professional – taught me something and helped me to move on.

When I look back at the twenty-three-year-old who moved in on a chilly January day, I know that even if I don't feel so very different now, I have matured in many ways. And best of all, I have Ewan beside me, someone who loves this farming life as much as I do. I am fortunate indeed.

We are bound together, Fallowlees and I. That will never change; we have too much history, too many memories. Knowing we are about to part makes me take stock of all we have been through together, and how we have both changed.

We are only ever custodians of our farms and of the land. It is part of the cycle of nature that we too will move on and our farms will welcome the generations that come after us. And so it is with me and Fallowlees, who has stood for hundreds of years and will stand for many more.

It will be a wrench to let go of the farm I have called home for the past ten years, but I hope when the day comes I will be able to leave without too much heartache. It will be done with a heavy heart, of course, but I hope I will be happy knowing that the time is right to allow someone else to take custody of her. I hope she will nurture them as she has nurtured me. I am honoured to have been part of her legacy.

I know that if the choice of the next tenant was down to me, I wouldn't choose the one with the big bank balance, or the one with the smooth patter and the superior business plan. I would choose the one with the glint in their eye that told me they had fallen in love with the farm the way I did – the one with the spirit and determination to take her on.

As I look out of the window on to the world that I will soon say goodbye to, I know that in my heart I will always be 'Emma from Fallowlees'.

Acknowledgements

I would like to thank my mum, the first strong woman in my life, and still the best I know, though I know she will deny it.

To Dad, whose quiet support and faith in me has enabled me to trust my gut instincts, and whose advice is always sound.

To my sisters Caroline and Elizabeth, the best friends I could ever have – apart from Lisa and Nikki, who are pretty much sisters in all but name!

To Ewan and Len, for completing my world.

To John and Rosalind Murray, for putting their faith and trust in me and supporting me throughout the years. I will never be able to pay back everything the partnership has afforded me, but will be for ever grateful that they chose me.

To Arthur and Kirstine, for finding me in the first place and putting up with having me around all of the time – sometimes with my grumpy pants on!

I would also like to thank everyone whose support has helped me get to where I am today.

Finally, thanks to Barbara, who now knows more about me than I do myself, to our agent Sallyanne Sweeney at MMB Creative, and to our editors at the Little, Brown Book Group, Rhiannon Smith and Nicola Crane. Thank you also to copy-editor Jenny Page, and to Nithya Rae and all of the rest of the team at Little, Brown, who have helped in different ways.